신현덕 수필집

아내의 자리, 함께 한 삶

2015

신세림출판사

신현덕 수필집

아내의 자리, 함께 한 삶

작가의 말

20대 초반에 아내를 만나서 함께 살아온 삶이 벌써 60년에 가까워 온다. 처음 대학에서 만나서 연애를 하다가 6년 만에 낯설은 미국의 뉴욕시에서 맨손으로 결혼생활을 시작했다. 나는 한편으로는 비싼 학비를 벌어야 했으며 다른 한편으로는 어려운 대학원공부를 따라가기에 바빴다. 아내는 우리 부부의 살림을 책임지기 위하여 바쁜 직장생활을 하기 시작했다. 다행히 내가 4년 만에 공부를 마치고 직장을 구해감으로써 아내의 수고는 끝났으며, 우리 부부는 조용한 대학촌에서의 새로운 삶을 시작할 수 있었다.

커네티컷 주립대학교가 있는 전원과 같은 스토아즈에서의 7년 반 동안의 생활은 아마도 우리 부부의 일생에 있어서 가장 행복했던 시기였을 것이다. 그곳에서 귀여운 두 딸을 낳아서 길렀다. 나는 장래의 전망은 별로 없는 직장이었지만 큰 욕심내지 않고 내가 맡은 업무에 충실했으며, 아내는 아이들 키우는 일에 정성을 쏟았다.

그러다가 12년간의 미국생활을 청산하고 미국을 방문하셨던 아버님의 권고에 따라 두 딸을 데리고 귀국했다. 한국에서는 우리 부부가 예상하지 못했던 새로운 삶이 기다리고 있었다. 나는 한국에서 박사학위 공부를 시작하여 박사학위를 받고 대학교수가 되었다. 아내도 대학에서 시간강사로 영어회화를 가르치면서 영어학 석사학위를 받았다. 우리 부부는 모두 대학교수로서 65세 정년을 맞이했다.

정년퇴임한 우리 부부는 함께 해외여행을 다니면서 유럽에도 여러 번 다녀왔으며, 나는 은퇴 후에 소일삼아 소설을 쓰기 시작한 것이 나이 80에 「동방문학」에 소설가로 등단했으며, 뒤이어 창작집을 3권이나 출판했다. 나이에 어울리지 않게 단편소설을 많이 써내는 편이다. 우리 부부는 10년간 가톨릭교회의 ME 봉사 부부생활을 했다. 부부대화를 증진하기 위한 주말봉사를 통하여 젊은 부부들과 많은 의사소통을 했다.

우리 부부의 짧지 않은 삶을 정리하여 한 권의 책으로 내기로 했다. 우리 부부의 삶은 어떻게 보면 우리 부부에게만 의미가 있는 삶에 불과할지 모르지만, 감히 우리 부부의 삶을 책으로 출판하는 데는 우리가 살아온 방식과 우리가 다녀본 국가들이 다른 부부들에게도 도움이 될 수 있을 것이라는 기대감을 갖고 있기 때문이다. 부부 독자들의 일독을 기대해마지 않는다.

2015년 6월 5일

안산 우거(寓居)에서 **신 현 덕**

체질화되어 버린 성실함

신현덕 작가님의 자서전적 수필집 『아내의 자리, 함께 한 삶』에는 모두 열아홉 편의 글이 실려 있다. 그 내용인 즉 작가의 어린 시절로부터 대학시절, 군대 및 유학생활, 결혼 후 미국에서의 직장생활, 귀국 후 아버지 제약회사에서의 짧은 근무, 서울에서의 박사학위 과정, 대학교수로서의 활동, 은퇴 후 소설쓰기 등이 망라되어 있다. 특히, 부부가 함께 한 외국여행에 대한 기록이 비교적 많이 차지하고 있다.

이는 작가 개인과 60여 년을 함께 살아온 부인과 그 가족들에게는 지울 수 없는, 그래서 남기고픈 소중한 개인의 역사요 가정사가 되겠지만 독자들에게는 성실하게 살아온 작가의 삶의 방식과 폭넓은 지식과 인간 세상에 대한 비전 등을 통해서 간접적으로나마 생각해 보고 배울 바가 적지 않으리라 본다.

신현덕 작가님은 평소에도 책 읽기를 좋아하셨고, 틈틈이 자신의 삶에 대하여 기록을 남겨왔기에 대학에서의 퇴직 후 그 내용들을 가지고 '소설'이라는 그릇과 형식을 빌려서 하고 싶었던 말들을 쏟아내기 시작했다. 작가의 그런 생활이 불과 2~3년 정도밖에 안 되는데 이미 3권의 작품집을 펴내었다. 사실, 이 과정도 무언가 일하지 않고는

가만히 있지 못하는 그의 체질화되어 버린 습성과 성실함을 반증해 준다고 본다.

　소설이란 세상에 없는 얘기조차 있는 것처럼 만들어내는 허구(虛構)이면서 동시에 인간 삶의 조건과 양태를 통해서 존재의 본질을 추구, 탐색해가는, 문장으로 짓는 집이다. 법학과 환경학과 도서관학 등을 공부한 작가에게는 분명 소설쓰기가 생소하고 낯설지만 한 가지 한 가지 그 의미와 기술을 터득해 가고 있고, 터득한 테크닉을 가지고 적용해가는 과정에 있다. 세상 사람들이 너도 나도 할 것 없이 두루 읽고 싶어 하는 작품은 아직 못 될지라도 더디지만 한 걸음 한 걸음 나아가는 작가님의 노력에 삼가 경의를 표하지 않을 수 없다.

　이번에 펴내게 되는 이 자서전적인 수필집도 그의 문학세계 지평을 넓혀가는 또 하나의 계기가 될 줄로 믿으며, 원컨대, 애벌레가 성충이 되어 마침내 날개가 돋아 훨훨 날아다니는 나비나 잠자리가 되듯이 장고(長考)와 습작(習作)을 거쳐서 대작(大作)을 탄생시키시기를 독자의 한 사람으로서 기대해 마지않는다.

2015. 06. 24.

이 시 환 (시인/문학평론가)

아내의 자리, 함께 한 삶 ┃ # 차례

아내의 자리, 함께 한 삶

1. 나의 어린 시절

　나는 부모를 잘 만난 덕으로 대학원 졸업까지 대체로 무난한 생을 살아왔던 셈이다. 성격은 어렸을 때는 무척 부끄러움을 타는 편이었으나 친구들과는 잘 사귀는 온순한 성격을 갖고 있었다. 그러나 내가 살았던 인생을 되돌아보면 파란만장했던 현대사의 역사의 소용돌이 속에서 청소년시대를 살아왔던 것이다.

　도쿄에서 한국인 부모에게서 태어난 때는 일본의 중국침략이 가속화되고 유럽에서는 나치 독일과 파시스트 이탈리아가 일본과 손을 잡고 세계제패의 야망을 갖고 제2차 세계대전의 준비에 착수하던 풍운의 시대였다. 내가 3세 때(만 1세)에 부모님을 따라 한국으로 돌아왔지만 일본의 강점 하에 있던 식민지인 서울에서의 생활은 일본인을 상전으로 모시는 노예생활에 불과했다.

　유치원과 초등학교를 다니면서 집에서는 여전히 한국어를 사용하면서 유치원이나 학교에서는 일본어를 사용해야 했으며, 만일 이를 어길 때에는 유치원 보모나 초등학교 교사들에게 심한 꾸중을 들었던 기억이 난다. 초등학교 때 일본군이 하와이의 미 해군기지를 공격한 것을 큰 경사나 난 듯 선전하기도 하고, 싱가포르에서 영국군의 항복을 받아냈다 하여 당시에는 굉장히 귀했던 고무공 하나씩과 일본 찰떡을 나눠 주어 전교 학생들이 좁은 운동장에 발 디딜 틈 없이 찰떡을 먹으며 공치기를 했던 일이 기억난다.

어린 마음에도 그렇게 사는 것이 좀 이상하게 느껴지기는 했지만 내가 태어났을 때부터 그러한 세상이었으니 내가 사물을 인식하기 시작하면서 그러한 생활이 당연한 일로 받아들여졌을 것이다. 내가 막연히 이러한 부조리했던 현상을 인식하게 되었던 것은 아마도 초등학교에 들어가면서 태평양전쟁의 심화로 생활이 어려워지고 있다는 것을 피부로 느끼게 되면서 부터였을 것이다. 전쟁 때문에 한국의 젊은이들을 군인으로, 징용으로, 심지어 위안부로 마구 끌고 갔으며 한국인의 재산을 제멋대로 공출해 갔다.

이러한 전쟁의 영향은 나에게도 닥쳐와서 태평양전쟁이 최고조에 달한 일제말기인 초등학교 3학년 때 정릉으로 온 집안 식구가 소개(피난)를 가야했다. 당시만 해도 정릉은 서울이 아니라 고양 군에 속했으며 90여만 명밖에 되지 않았던 서울의 인구규모로 볼 때 정릉은 아주 시골에 속했다. 서울의 주요 교통수단이었던 전차가 처음에는 혜화동까지, 다음에는 삼선교까지, 그리고 당시에는 돈암동까지 들어온 지 얼마 되지 않았다. 나는 서울의 수송초등학교에서 신설된 돈암초등학교로 전학해 갔다.

초등학생과 같은 민감한 연령대에 전학을 간다는 것은 아동기에 있던 나에게 많은 심리적인 영향을 주었다. 정릉에 살았던 내가 학교에 가려면 아리랑고개를 넘어가야 했는데, 당시만 해도 그 고개가 나무도 제법 우거지고 동네 불량배들도 가끔 나타나서 등교하는 나를 괴롭혔다. 두 살 아래인 누이동생을 데리고 의기양양하게 그 고개를 넘어가던 나는 동네 불량배들이 길을 막아서서 시비를 걸 때는 꼼짝 없이 당하곤 하던 일이 누이동생 보기에 몹시 부끄럽고 속이 상했었다.

학교에 가보아도 아는 얼굴보다는 모르는 얼굴이 더 많았으며 문 안에서 온 겁쟁이라고 집단 놀림의 대상이 되어서 학교생활에 재미가 없었다. 전쟁이 막바지에 이르면서 어린 학생들도 수업의 진행 보다는 노력동원에 참가시켜서 하루 종일 풀뽑기와 마당청소 등의 잡일로 하루 일과를 맞추는 일이 다반사였다. 그래도 모범생이었던 나는 학교를 빠지지 않고 열심히 다녔다.

이러한 피난생활을 하던 중에 미군의 반격에 견디다 못한 일제가 마침내 항복을 하고 미군의 진주와 때를 같이하여 일본인들은 모두 일본으로 쫓겨 가버렸다. 일본인들이 일본으로 가버린 후에 나는 다시 서울에서 전에 다니던 수송초등학교로 되돌아 왔다. 일본인들은 그들이 상대하던 미국인과 영국인을 사람이 아니라 원숭이라고 악선전을 해대었기 때문에 8·15 해방 후에 내가 진주한 미군이 그들의 말대로 정말 원숭이인지 확인하기 위하여 미군을 실제로 보려고 트럭을 타고 가던 미군들을 따라가 보았지만, 그들이 말했던 대로 원숭이는 아니었다. 머리가 노랗고 피부가 검은 병사들도 있었지만 그들도 우리와 같은 사람임에는 틀림없었다.

어제까지 상전으로서 한국인을 지배하던 일본인들이 오늘은 하루아침에 거지꼴이 되어 보따리를 이고 지고하면서 일본으로 쫓겨 가는 모습을 보고 초등학생이었던 나에게도 세상일이 참으로 허망하다는 느낌이 들었다. 이제는 더 이상 일본어를 학교에서 쓸 필요가 없어졌다. 집에서나 학교에서나 한국어만 쓰면 되었다.

그런데 해방이 되었다는 것이 즐거운 일만은 아니라는 것을 곧 알게 되었다. 좌익과 우익이 서로 갈려서 패싸움을 하기도 하고 맨날 시위를 하거나 마이크소리로 시끄럽게 요령부득한 말로 떠들어대서 하루도 조용할 날이 없었다. 38선으로 남북이 갈라선 남쪽에는 대한민국 정부가 수립되었고 북쪽에서는 공산정권이 들어서서 서로 그 세력을 과시했다. 50년 6월 25일에는 북한의 도발로 3년여에 걸친 한국전쟁이 발발했다.

남북 간에 전쟁이 일어나면 즉시 반격을 가하여 점심을 평양에서, 저녁은 신의주에서 먹겠다고 호언장담하던 정부의 고위층들은 다 어디로 사라지고 단 사흘 만에 서울을 적의 치하에 떨어지게 했다. 자꾸만 대포소리가 커지면서 가까워지고 있었는데, 대통령이라는 사람이 시민들에게는 서울을 사수하라는 녹음기를 틀어놓고 자신은 남쪽으로 도피하고 인도교마저 절단하여 수많은 사람들을 공산치하의 서울에 그대로 가두어 놓고 말았다.

그래도 대통령말씀이니 믿어야지 하면서 순진하게 서울에 남아 있던 사람들은 하루 밤 자고나니 온 세상이 새빨갛게 변해 버린 것을 보고 아연해졌던 중학생 때의 기억을 나는 지금도 도저히 잊을 수가 없다. 더운 여름 적 치하에서의 끔찍했던 일은 다시 되풀이해서 기억하고 싶지도 않다. 더욱이 꽁무니가 빠지게 자기만 살겠다고 내뺐던 정부의 고위공직자들이 마치 자신들만 애국자이고, 그들 때문에 피난도 가지 못했던 애꿎은 서울 시민들을 '부역자'로 몰다니 적반하장도 이 정도면 기네스북에 기록될 만한 일이라고 어린 마음에도 내가 한탄했던 적이 있었다.

50년의 6 · 25 전쟁 발발 후 3개월은 어쩔 수 없이 공산치하에서 고생을 했지만, 51년의 1 · 4 후퇴 시에는 가족 모두가 결사적으로 추운 겨울날 피난열차의 지붕위에 타고 부산까지의 피난길에 나섰다. 부산에서의 피난생활은 고3 1학기에 천막학교에서 마쳤다. 2학기에는 서울로 돌아와서 대학과 대학원을 서울에서 졸업했다.

2. 아내와의 만남

　나의 80여 년이라는 짧지 않은 인생여정에 있어서 아내와 함께 살아온 시절이 거의 60년에 가깝다. 20대 때 함께 다니던 대학에서 만나서 서로 사귀게 된 후로 80세가 넘은 이 나이가 되도록 함께 살아오고 있는 중이다. 내가 대학원까지 졸업을 했던 늦은 나이에 사병으로 입대를 하여 군에 갔다가 1년간의 군복무를 마친 후 유학귀휴로 제대한 후 20대 후반에 미국 유학을 갔다. 한국에서 법학을 전공했던 우리 부부는 미국에서는 전혀 쓸모가 없는 공부를 하였기 때문에 내가 미국에서 공부를 하는데 여러 가지로 어려움이 많았다. 그런데 내가 미국에서 대학원 공부를 마치고 직장을 구할 수 있게 된 데에는 아내의 도움이 절대적으로 필요한 것이었다.

　아내와의 첫 만남은 물론 대학 1학년 때부터였다. 우리가 다니던 대학은 서울법대로서 입학시험 때 보니 300명을 모집하는데 1800명이나 응시를 해서 1500명이 불합격되는 어려운 시험이었다. 전국에서 모여든 우등생으로만 채우더라도 정원이 모두 차게 된다는 말까지 있었다. 입학한 후에 학교에 가보았더니, 남학생이 한 학년에 300명이나 되는 남자학교로서 여학생의 숫자는 10여 명에 불과했다. 남자고등학교에 다녔던 나는 아내를 처음 본 인상이 아직 고등학생티를 벗어나지 못한 키가 자그마하고 예쁘장하게 생긴 여학생처럼 보였다.

그 당시만 해도 남녀학생 간에 서로 마주쳐도 인사를 하지 않는 것은 물론 오히려 인상을 쓰고 지나칠 정도였다. 말이 우리나라에서 제일 좋은 법대이며 전국의 수재들이 모였다는 캠퍼스이긴 했지만, 창고처럼 크기만 한 강의실에 몇 백 명이 함께 강의를 듣다보니 맨 뒷자리에 앉아 있으면 교수의 얼굴도 잘 보이지 않으며 말도 잘 들리지 않을 뿐만 아니라, 그런 식으로는 강의를 듣다 보면 들으나 마나였기 때문에 강의를 제대로 들으려면 남보다 강의실에 먼저 와서 앞자리를 차지해야만 했다.

학생들은 많고 강의실은 좁아서 살벌한 분위기에서 공부가 잘 될 리가 없었다. 더욱이 대부분의 학생들은 대학 2학년이 되면 대부분 산사로 고시공부들을 하러 떠나게 되어 강의실이 거의 빌 정도였다. 지금 생각해 보면 고시공부를 한다고 산사로 떠나는 것이 이해가 가지를 않았지만 그때만 해도 모두 그렇게 했다. 도서관의 열람실도 고시공부를 하는 학생들의 차지가 되기는 마찬가지였다. 나는 그래도 나름대로 대학생활을 제대로 해보려고 국제법학회에도 들고 영덕이나 울산 같은 지방에서 서울에 유학 온 친구 집에도 여름방학 때 찾아 가기도 했다. 졸업반 때는 영어회화반에도 적극 참여했으며, 2명의 여학생과 5명의 남학생이 영어회합클럽을 만들어서 매주 만나기로 했다. 이 모임을 만든 사람 중에 하나가 나였으며, 나의 미래의 아내가 될 미스 김을 우리 모임에 넣은 것도 나였던 것이다.

이렇게 여러 가지로 애를 썼던 나는 그나마 대학생활을 의의 있게 보냈으며 대학에서 아내가 될 미스 김을 만나게 된 것은 대학생활에서 내가 얻은 가장 큰 소득이었다고 할 수 있을 것이다. 아내와 나의 인연은 이렇게 해서 시작되었던 것이다. 이제 와서 생각해 보면 적성에도 맞지 않는 법과를 선택했던 우리 부부는 아마도 서로 만나기 위하여 법대에 왔던 것이 아닐까 싶다. 아마도 사람의 평생인연이라는 것이 그렇게 시작되는 것인가 보다. 그때부터 아내와 나는 마치 한 몸인 것처럼 나의 문제는 바로 두 사람의 문제로 바뀌게 되었다. 공부를 계속하는 것도, 그리고 직장을 구하는 것도 모두 우리 둘의 앞날을 위하여 필요한 일로 바뀌게 되었던 것이다.

아내와 정식으로 교제를 시작하기 전에 영어회화클럽에서 남녀 간에 애정이 아닌 우정이라는 것이 과연 가능할 수 있는가 하는 문제에 대한 토의를 해본 적이 있었다. 나의 경우에는 그것이 가능할 수 있다고 말했는데, 아내의 생각은 그렇지가 않았다.

"우리 클럽은 졸업한 후에도 계속 모였으면 하는데 결혼한 후에도 남녀동문 간에 우정이라는 것이 가능할 수 있다면 배우자와 함께 만났으면 좋겠습니다. 어떠한 의견들을 갖고 있는지 기탄없이 말씀해 주시지요."

"나의 생각으로는 남자동문의 경우에는 배우자가 별문제 없이 남편과 함께 행동을 해주기 때문에 문제될 것이 없겠지만, 남편이 우리와 잘 알지 못하는 사이이거나 남들과 쉽게 어울리지 못하는 성격의 소유자인 경우에는 자신의 아내인 여자동문이 옛날 남자동문들을 만나는 것을 좋아 하겠습니까? 결국 결혼한 후에는 남녀동문

간에 서로 만난다는 것은 말처럼 쉬운 일이 아닐 것입니다." 누군가 그런 의견을 말하자 아내는 그의 의견에 전적으로 동의했다.

"나는 남녀동문 간에는 애정은 모르겠지만 우정이란 것은 존재할 수 없다고 생각해요. 배우자들이 남녀동문 간에 결혼한 후에도 순수한 우정으로 계속 만나고 있다는 사실을 인정하려 하겠어요?"

"여러분의 의견이 남녀동문 간에는 우정이라는 것이 가능할 수 없다는 비관적인 것 같습니다. 우리가 한 주일에 한 번씩 만나서 토론만 할 것이 아니라 음악 감상이라도 하고 싶은데 누구 전축을 갖고 있는 사람 없습니까?"

그 당시만 해도 전축이라는 것이 카메라와 같은 재산항목 제1호에 해당하는 물건이라 가난했던 회원들 중에 그 누구도 집에 전축을 갖고 있던 회원이 없었기 때문에, 동문들 집에서 음악을 들으려던 계획은 깨끗이 포기하기로 했다. 그 대신 서울시내의 여러 곳에 있던 '르네상스'나 '돌체'와 같은 대형 음악다방에 모여서 음악 감상을 하기로 했다. 그때만 해도 한국전쟁이 끝난 지 얼마 되지 않던 시절이라 산다는 것이 참으로 힘든 시절이었다. 나는 영어회화클럽을 통하여 서로를 잘 알게 되어서 친해진 미스 김에게 어느 날 저녁 사랑을 고백하고야 말았다.

학교에서 가깝고 방도 넓은 그녀의 집에서 자주 모임을 가졌다. 내가 그녀에게 사랑을 고백했던 그날 저녁에 그녀의 집을 혼자서 방문했다. 대부분의 집에는 전화조차 없던 시절이라 연락할 사항이라도 있다면 최선의 방법이라는 것이 연락을 해야 할 사람이 집에 없으면 허탕을 칠 작정을 하고 직접 찾아가는 것이었다. 나도 허탕을 칠 각오를 하고 마음이 급했던 나는 그녀의 집으로 혼자서 찾아가기로 했다. 늘 누구와 함께 그녀의 집을 방문했던 내가 혼자서 방문한 것을 본 미스 김은 의아한 눈으로 나를 바라보면서 나에게 물었다.

"오늘은 혼자 오셨네요. 무슨 일 있으세요?"

"잠시 나올 수 있습니까? 긴히 할 말이 있습니다." 잠시 내게 기다리라고 말한 후 곧 그녀가 뒤따라 왔다. 나는 그녀에게 소위 사랑고백이라는 것을 했는데, 지금 생각해 보아도 그때 사랑고백으로 했다는 말이 참으로 싱거운 말이었다고 하지 않을 수 없었다.

"미스 김은 애정과 우정의 차이를 어떻게 생각합니까? 남녀 간에도 우정이 가능하다고 생각합니까?"

"새삼스럽게 왜 그런 것을 제게 묻고 있나요?"

"실은 제가 미스 김에게 애정을 느끼고 있기 때문입니다."

"제게 사랑을 고백하시는 것입니까?"

"그렇습니다."

"그러시다면 잘못 짚은 것 같군요? 솔직히 말해서 나는 미스터 신을 결혼할 수 있는 마지막 남자로 생각하고 있었으니까요."

미스 김의 이러한 대답을 듣고 난 나는 실망이 이만저만이 아니었다. 그러나 자존심도 강했던 내가 그냥 물러서기도 뭐해서 무안한 김에 그녀에게 좀 걷자고 했다. 그녀에게 거절당했다는 것이 무척 무안했던 나는 점잖지 못하게 그녀의 인물이 별로라는 말까지 해버렸다. 그것은 무안해서 내가 생각 없이 했던 말이지 그녀의 인물은 실은 예쁜 얼굴이었다. 내가 그때 했던 말은 지금까지도 아내가 나를 비난할 때 자주 언급되는 말이다. 그녀는 나와 함께 걸으면서 나에 대한 그녀의 마음을 결정해보았다고 했다.

나에 대하여 그녀의 장래 배우자로서 한 번도 생각해보았던 적이 없었던 그녀가 나의 느닷없는 사랑 고백을 듣고 당황한 김에 거절 비슷한 말을 해버렸던 것이다. 그런데 나의 사랑고백을 듣고 가만히 혼자서 생각을 해보았더니 내가 남편으로서 하나도 부족한 것이 없다는 생각이 처음으로 들게 되었다는 것이다. 우선 내가 키가 크다는 것이 마음에 들었다는 것이다. 그녀에게 접근한 남학생들도 있었지만, 모두가 키가 작은 친구들이라 별로 마음에 들지를 않았다고 한다. 그러다가 처음으로 당시의 한국 사람으로는 키가 큰 편이었던 내가 사랑고백을 했는데, 그것을 마다할 필요가 어디에 있느냐 하는 생각이 들더라는 것이다. 참으로 현명한 결정이었다고 할 수 있을 것이다.

다음에 내게 관하여 생각하게 된 것이 차남이라는 점이었다고 했다. 장남이었다면 아무래도 부모에 대한 부담이 있는 것이 우리 사회에서는 일반적인 현상이라고 생각했던 것이다. 지금 같았으면 그런 것은 결혼조건으로 결정적인 장애요인은 아닌 것이지만…. 서울 법대까지 들어온 것을 보면 머리는 좋은 사람인 것 같으니 앞으로 잘 될 확률이 큰 편이라 그것도 마음에 드는 조건이라 할 수 있을 것이라는데, 생각이 미치게 되자 나와 사귀는 문제를 기피할 필요가 없다는 결론에 도달해서 나와 헤어질 때 이러한 말로 여운을 남겼다.

"미스터 신이 내게 한번 교제해 보자고 제안을 했는데 그 제안을 받아들이겠어요. 앞으로 천천히 사귀면서 서로를 잘 알아보도록 하지요."

"우리의 클럽이 아직도 매주 모이고 있는데 우리 둘만이 가까워진 것을 보면 동요하는 회원도 있어서 클럽이 깨져버릴 수도 있으니 각별히 조심합시다." 나는 그녀에게 주의를 주고 함께 크리스마스 파티준비를 하게 되었다. 남자회원이 5명이며 여자회원이 2명이라 각자가 파트너를 갖기 위해서 미스 김의 여고 동창생 3명을 초청하여 전부 10명이 그녀의 집에서 크리스마스이브에 파티를 갖기로 했다. 파티준비로 친구 집에 대표로 함께 갔던 그녀가 준비모임을 가진 후에 내게 성남극장에서 상영 중에 있는 '누구를 위하여 종은 울리나?' 라는 영화를 함께 보러가자고 제안했다.

우리는 남영동에 있는 성남극장으로 그 영화를 보러갔다. 내가 그녀에게 사랑고백을 한 후에 처음으로 함께 하는 데이트였다. 유명한 영화라 극장에 사람들이 많이 보러왔기도 했지만, 서로 들뜬 기분으로 영화를 보았기 때문에 그랬는지는 알 수 없지만 영화의 내용이 전혀 머릿속에 들어오지를 않아서 도대체 무엇을 보았는지 기억해낼 수가 없었다. 영화가 끝난 후에 걸어서 시청 앞까지 걸어와서 중국집에서 자장면을 먹었으며 원남동에 있는 그녀의 집까지 데려다 주었다. 걸으면서 그녀와 수많은 대화를 나누었는데, 과연 무슨 말을 그렇게 많이 했는지 기억이 잘 나지를 않는다. 그때 함께 자장면을 먹은 이후로 여유가 많지 않았던 우리는 서울시내의 거의 모든 자장면을 다 먹은 셈이다.

아내에게 사랑고백을 하기 전에 12월 3일이 생일이었던 내가 우리 클럽회원들을 나의 생일파티에 초대를 했다. 미모에 어느 정도 자신이 있다고 생각하고 있던 다른 여자동문은 실제에 있어서도 남자친구들이 자기를 따라다닌다는 것을 알고 있었는데, 나도 자기에게 관심을 갖고 있다고 착각을 했는지 나의 모친에게 잘 보이도록 노력을 하는 것 같았다. 전혀 헛다리를 짚은 셈이다.

그런데 내가 관심을 갖고 있던 미스 김은 치과의사가 돈을 벌려고 미스 김의 앞니를 무식하게 금으로 씌웠기 때문에, 입을 벌려서 보기 흉한 이를 보여주기를 꺼려했던 그녀가 다른 여자동문과는 달리 잘 웃지도 않았다. 그러다 보니 모친은 미스 김이 왜 상냥하게 웃지도 않느냐고 내게 물을 정도였다. 내가 동급생인 여학생을 좋아한다는 말을 나에게서 들은 모친은 당연히 다른 여자동문일 것이라고 지레짐작을 하고 있다가 미스 김이라고 했더니 약간 실망하는 눈치였다. 그녀의 보기 흉한 앞의 금니는 미국에 살 때에 내가 600달러를 주고 깨끗이 고쳐주었기 때문에 그 후에는 입을 자유스럽게 벌려서 모친이 했던 오해 같은 일은 더 이상 발생할 필요가 없게 되었다.

크리스마스이브는 해마다 돌아오고 있지만, 내가 미스 김에게 사랑을 고백한 후에 처음으로 맞이하는 크리스마스이브파티였기 때문에 우리 둘에게 평생 잊지 못할 추억이 되었다. 우리 둘이 서로 사귄다는 것이 얼마동안은 비밀로 붙여질 수 있었지만, 밤샘파티를 하다 보니 우리의 각별히 친밀한 사이가 파티참가자들의 의심을 사게 되어 드디어 우리 둘이 사귀고 있다는 사실을 고백하고야 말았다. 대부분의 회원들은 배신감 같은 생각이 들어서 기분이 좀 언짢았겠지만 우리 둘을 축하해 주었다. 그러나 성질이 좀 모난 한 회원만이 우리 둘의 새로운 관계의 발전을 받아들이기 힘들어하는 것 같았다.

만일 그의 기분을 제대로 풀어주지를 않으면 클럽 자체가 깨질 수도 있는 위험에 직면할 수 있는 심각한 문제였다. 미스 김과 나의 관계발전은 건강한 성인남녀 간에 자연발생적으로 생긴 일이며, 클럽의 존폐여부 때문에 제약을 받아야 하는 문제는 결코 아닌 것이다. 그러나 그런 문제를 떠나서 우선 그 회원의 집을 내가 직접 방문해서 우리의 입장을 그에게 잘 이해 시켜서 클럽의 해체와 같은 극단적인 문제가 발생하지 않도록 조치를 취했다. 나의 경우 연애를 하기 위하여 미스 김을 클럽회원으로 가입시켰다는 오해를 받지 않기 위해서라도 클럽해체와 같은 일은 절대로 발생해서는 안 되었던 것이다.

아직도 졸업 전이라 우리 둘은 졸업 후의 계획을 세우기로 했다. 나는 고등고시에 계속 응시할 계획을 갖고 있었다. 졸업 후에 당장 직장을 구하는 대신에 대학원에 진학하여 국제법을 전공하기로 했다. 아내는 대학원에 진학하는 대신에 직장을 갖기로 했는데 다행히 미국의 자선기관에 번역사로 직장을 구할 수 있었다. 우리는 당장 결혼을 할 수 있는 처지가 아니었기 때문에 결혼은 어쩔 수 없이 좀 늦추기로 했다. 그러나 우리의 연애는 날이 갈수록 열렬해지기 시작하여 하루라도 서로 만나지를 못하면 큰일이라도 날 것처럼 매일 만났지만 지칠 줄을 몰랐다.

미스 김과 미국유학을 가는 문제를 갖고 구체적인 논의를 해본 적이 있었다.

"미스터 신은 국내에서 대학원에 들어가기는 했지만 미국에 가서 대학원 공부를 해볼 생각은 없나요?"

"그러지 않아도 내가 그 문제에 관하여 심각하게 생각하고 있는 중이오. 미스 김도 알다시피 대학원 지도교수를 비롯하여 대학원을 가르치고 있는 교수 중에 대학원을 정식으로 졸업한 교수가 한 사람도 없는데 어떻게 대학원 학생들을 교육할 수 있는지 의심이 들기 시작했소. 거기에다 대학원 교육을 지원해 줄만한 도서관 시설도 형편없이 미비한 상태에서 어떻게 대학원 학위논문을 써낼 수 있을 것인지 걱정이 태산 같소."

"그러한 우리나라의 현실을 잘 알고 있으면서도 미국유학을 가지 못하고 있는 것은 결국 돈 때문에 그런 것이 아니겠어요? 미스터 신이 하고 있는 국제법과 같은 분야에서의 연구는 미국 대학에서 장학금을 받을 가능성도 없다고 하네요. 결국에는 자비로 공부를 해야 하는 어려움이 있다 보니 미스터 신이 미국유학을 가는 자체를 꺼리게 되는 것을 충분히 이해할 수 있을 것 같아요."

그런데 이러한 우리의 염려는 몇 년 후에 내가 병역의무를 필하기 위하여 돈 한 푼 없이 미국유학을 가서 아내가 도와주기는 했지만 거의 고학으로 미국 컬럼비아대학교 대학원에서 2개의 석사학위를 받음으로써 해결되었던 셈이다. 나는 그 대학원에서 국제법 석사학위를 받았으며, 나중에 귀국하여 연세대학교 대학원에서 국제법학에 박사학위까지 받아서 국제법학 공부를 마무리 짓게 되었다. 내가 미국유학을 가기 전에 나도 고시공부를 하다가 남들이 다 그 역술가에게 찾아가서 고시에 합격할 수 있느냐 여부를 물어보았듯이 나도 그에게 나의 고시합격 여부를 물어보러 갔다. 그런데 나를 본 그는 고시의 합격여부에 대해서는 한마디의 언급도 없이 한다는 말이 '당신은 학업중단이요' 라는 말만 한마디 하고 마는 것이었다. 그때는 그가 하는 말이 도대체 무슨 말인지를 알지 못하고 있다가 그때로부터 거의 20여 년이 지난 후에 박사학위까지 마쳤을 때에야 비로소 그가 예언했던 말의 참뜻을 깨달을 수 있었던 적이 있었다.

　내가 대학원에서 석사학위를 받은 후에 우리나라의 격동기인 4 · 19 학생혁명과 5 · 16 군사혁명을 겪게 되었다. 이보다 먼저 나는 8 · 15 해방과 6 · 25 한국전쟁을 겪었지만, 그때만 해도 나이가 어렸기 때문에 나에게 어떠한 직접영향도 미친 것이 없었다. 해방이 되었을 때에는 초등학교 4학년의 너무 어린 나이였기 때문에 일제가 물러가고 한국이 독립했다는 것은 알 수 있었지만, 좌우대립으로 나라가 하루 종일 시끄럽다는 사실을 떨쳐버릴 수 없을 정도 이외에 더 이상은 아는 것이 없었다. 한국전쟁도 적의 수중에 서울이 떨어져서 더운 여름 3개월간 적 치하에서 고생을 했던 일은 있었지만 내게 직접 피해를 준 일은 없었다. 중학 3년생이었던 나는 군에 소집되기에는 어린 나이였기 때문에 전쟁에 참가하는 일은 면할 수 있었다. 내가 중학교 5~6학년이었던지, 아니면 대학 1~2학년생이었다면 틀림없이 사병이나 장교로 소집되어서 전사했거나 부상당했을지도 모르는 일이었다.

　그러나 4 · 19 학생혁명보다는 5 · 16 군사혁명이 내게 직접적인 영향을 미쳐서 처음으로 시련을 겪게 되었다. 그때까지 병역을 마치지 못했던 나는 병역을 필해야 했던 것이다. 병역을 필하지 않고는 취직도 할 수 없었으며 외국유학도 갈 수 없었던 것이다. 그리하여 병역문제를 해결해야 하는 것이 내가 당면한 가장 시급한 문제로 제기되었다. 나는 이때 처음으로 좋은 대학을 나오는 것이 우리의 인생살이에서 많은 도움이 된다는 것을 처음으로 알게 되었다. 병역미필자들이 한꺼번에 훈련소에 입소하려했기 때문에 훈련소 입소가 마치 하늘의 별따기처럼 어려웠다. 종로구청 병무과에 근무하고 있던 대학동문의 도움으로 나는 61년 8월에 논산훈련소에 갔다가 출석점호시에 친구들이 찾아와서 그들을 만나려고 자리를 잠시 떠났다가 누락되었기 때문에 입소를 하지 못하고 되돌아 왔다. 9월에 그 동문의 도움으로 논산훈련소에 다시 가서 입소하는데 성공할 수 있었다. 대학동문의 덕을 단단히 본 셈이다.

우리 부부는 6년에 가까운 기간 동안 결혼은 하지 못하고 요란하게 연애만 하면서 아내와 나는 대학원까지 졸업을 했지만, 나는 대학원을 졸업하고도 직장을 구하지 못했다. 그 당시에는 대학졸업자의 수에 비하여 그들이 취직할 수 있는 직장이 엄청나게 부족한 시절이었다. 법학을 공부한 그녀와 나는 고등고시에 합격을 해야만 공직을 구할 수 있었다. 그런데 고시제도에 문제가 있었던 것인지 때로는 1000대 1의 비율로 고시합격자를 배출하다 보니 아내는 처음부터 고시를 포기하고 직장을 구하기로 했다. 다행히 아내는 영어를 잘 했기 때문에 미국의 자선단체에서 영어번역사로 직장을 구하여 다른 직장보다 많은 봉급을 받고 미국유학 갈 때까지 그 직장을 갖고 있었다.

대학재학시에 외교관이 되기를 원했던 나는 고등고시에 합격해야 외교관이 될 수 있었기 때문에 대학 다닐 때는 물론 대학원에 다닐 때도 고시를 몇 번 쳤는데 시험에 합격하지를 못하고 대학원까지 졸업했다. 외교관이 되려면 고시가 아니더라도 외교관시험을 쳐서 합격하면 되는 것이었지만, 외교관이 되려는 것이 나의 궁극목표가 아니었는지 그쯤에서 그 목표를 포기하고 병역문제를 우선 해결하기 위하여 군에 입대하기로 했다. 나이가 들어서 군에 입대한 나는 군대생활이라는 것이 견디기 어렵다고 느껴져서 가급적 빠른 시일 내에 군에서 제대할 수 있는 방법을 찾아보기 시작했다.

나는 어떻게 하면 조기제대를 할 수 있을까 하여 당시에 군의관으로 복무하고 있었던 형에게 의병제대의 가능성을 타진해 보았지만, 형의 말은 의병제대를 하게 되면 평생 동안 병력에 관한 문제가 뒤따라 다니게 될 것이기 때문에 의병제대의 가능성을 찾아보지 말고 다른 방법을 강구해 보라고 내게 말해주었다. 나는 군에 입대할 때에 의병제대의 방법을 생각해 보았지만, 형이 말리는 것을 구태여 택할 필요가 없다는 판단 하에 다른 방법을 강구해 본 결과 유학귀휴제도가 아직도 존재하고 있다는 것을 알아내고 그 방법으로 조기제대를 하기로 결정했다. 유학귀휴이기 때문에 그 방법으로 조기제대를 하게 되면 외국유학을 꼭 가지 않으면 아니 된다는 것도 잘 알고 있었지만, 다른 조기제대의 방법이 없었으므로 유학귀휴를 택할 수밖에 없었던 것이다.

유학귀휴로 미국유학을 가기 위해서는 우선 여권을 받아야 하는데 그때만 하더라도 유학생여권을 받는다는 것이 하늘의 별따기처럼 어려운 시절이었다. 여권과에 유학생여권을 신청하러 갔더니 그곳에도 대학동문이 있었다. 재정보증서가 없었던 나는 그 동문이 보여주는 재정보증서를 하나 베껴서 그대로 재정보증서라고 여권신청서와 함께 제출을 했는데, 담당직원이 나의 재정보증서가 너무나 형식적인 서류라 받을 수가 없다는 것이다. 나는 그 동문이 귀띔해 준 대로 문서국장으로 있던 대학선배를 찾아가서 부탁하기로 했다.

그 선배를 찾아간 나는 단도직입적으로 부탁부터 했다.

"안녕하십니까? 저는 대학후배인 신군입니다. 유학귀휴를 받아 미국유학 수속을 하고 있는데 여권을 받기가 무척 어렵습니다. 제가 3월 이전에는 출국을 해야지 그렇지 못하면 다시 군에 가서 만기제대를 해야 할 형편입니다. 선배님 좀 도와주십시오."

"유학귀휴로 제대를 하려면 미국유학을 가야 하겠군요. 나는 후배의 여권이 올라오면 10분 내로 도장을 찍어줄 생각입니다. 그러니 여권신청서류를 여권과에 접수하고 가십시오. 내가 여권과장에게 지시해 놓겠습니다."

"네, 참으로 감사합니다. 그렇게 하겠습니다. 안녕히 계십시오."

3. 미국행

나는 그 선배의 말을 믿고 집에 와서 조용히 기다리기로 했다. 과연 사흘 만에 나의 여권이 나왔던 것이다. 당시만 해도 여권이 나오는데 몇 달씩 걸리게 되어 자칫하면 유예기간 6개월 내에 출국을 할수 없을지도 모르는 일이었다. 나는 대학동문이 내게 전해준 유학생여권을 갖고 일사천리로 미국유학 수속을 밟을 수 있게 되었다. 나는 결국 유학귀휴제도를 통하여 군에서 풀려났으며 미국유학을 가게 되었던 것이다. 다른 일반학생들과 마찬가지로 공부를 하기 위하여 미국유학을 간 것이 아니라, 나의 경우에는 군에서 벗어나기 위하여 할 수 없이 미국유학을 가게 되었던 것이다. 내가 미국유학 수속을 밟아서 제일 먼저 간 대학은 펜실베니아주에 있는 빌라노바 대학교였다.

사람이 세상을 살아가다 보면 운명이 사람을 끌고 가는 것인지 사람이 운명을 개척해 가는지 분명하지 않은 경우가 더러 있다. 내가 지금 지나간 세월을 돌이켜 생각해 보면 젊은 시절에 미국유학을 가게 된 것은 자신의 의지에 의하여 갔던 것이라기보다는 군복무를 단축하기 위한 수단으로 갔던 것이 그 주목적이었다고 할 수 있다. 그런데 막상 미국에 가서 보니 살기 위해서라도 만사를 운명에만 맡길 수는 없다는 생각에서 말하자면 운명을 한번 개척해보겠다는 무리한 시도를 해보았던 것이다. 군복무를 마치기 위한 한 수단이긴 했지만 미국유학은 나의 일생에 있어서 중대한 영향을 미치게 된 계기가 되었던 것만은 틀림없는 사실이다. 그 당시에만 하더라도 미국유학을 간다는 것 자체가 특권계급의 전유물처럼 여겨졌던 시대라 미국유학을 간다는 것만으로도 다른 사람들의 부러움을 살만한 일이었다. 나의 1년간의 군대생활은 생각보다 빨리 지나갔으며 1년간의 군대생활에서 단련된 몸과 마음으로 미국에 가서 고학으로 공부를 해내겠다는 다짐까지 하게 되었다.

나는 61년 9월에 군 입대를 했으니 62년 9월이 되면 만 1년이 되어 유학귀휴로 제대할 수 있으며, 그 시점으로부터 6개월이 되는 63년 3월 이전에 실제로 유학을 가게 되면 유학귀휴의 혜택을 받게 되는 것이다. 국내에서 법학을 공부한 나로서는 일류대학을 나왔으며 석사학위까지 받았지만 이공계를 공부하는 학생들과는 달리 미국대학에서 장학금을 받을 수 있는 가능성도 없었다. 뿐만 아니라 미국의 법체계가 한국과는 전혀 상이하기 때문에 한국의 법은 미국에서 아무 쓸모가 없는 분야로서 그동안 헛공부만 한 셈이었다. 그렇다고 해서 대학원에서 국제법을 전공했던 나로서는 가능하면 국제법 공부를 계속했으면 하는 막연한 희망을 갖고 국제법과 가장 근접한 분야인 정치학, 특히 국제정치학을 전공하기를 희망하여 학교선택도 비록 대학원이긴 하지만 그런 분야로 정하기로 했다.

나의 유학생활은 어려움이 많은 고난의 생활이었다. 당시의 미국유학생이 공식으로 가져갈 수 있는 돈은 미화 100달러였다. 나는 공식으로 교환한 100달러와 시장에서 암매한 100달러를 합쳐서 200달러를 갖고 용감하게도 미국이라는 미지의 세계에 감히 도전을 하게 되었던 것이다. 나중에 부모님이 500달러를 학비로 쓰라고 한번 부쳐준 일이 있기는 했지만, 미국에서 유학생으로 체재하는 동안의 모든 경비는 자체조달하지 않으면 안 되었다.

내가 미국유학을 갔던 63년 1월만 하더라도 제트여객기가 취항한 지도 얼마 되지 않아서 서울에서 미국으로 직행하는 비행기는 없었다. 서울의 김포공항에서 도쿄의 하네다공항까지 작은 중국 제트기를 타고 가서 거기에서 좀 더 큰 팬암제트비행기로 갈아타고 태평양을 건너갔다. 중도에 하와이에 착륙하여 연료보급을 받고 샌프란시스코에 도착했다.

태평양상의 일부변경선을 넘어왔기 때문에 시간상으로는 하루가 지났지만, 같은 날 저녁에 샌프란시스코 공항에 도착했다. 나처럼 동부에 있는 필라델피아까지 가는 승객은 시카고 행 국내선을 기다렸다가 시카고까지 타고 간 후, 거기에서 또 기다렸다가 다시 다른 비행기를 타고 목적지인 필라델피아까지 직행하는 비행기를 타고 가면 되었다. 요즘 같으면 그렇게 복잡한 비행기를 타고 내리는 절차를 거치지 않고 인천공항에서 필라델피아까지 직행하는 비행기를 타고 가면 될 것이다.

내가 미국유학을 가기 전에 미국에 교환교수로 다녀오셨던 박교수님께서 학교근처의 공항에 도착하기 전에 학교에 전화를 걸면 학교 측에서 차를 갖고 마중 나올 것이라고 말씀하셨다. 나는 순진하게도 그 말씀을 믿고 샌프란시스코 공항에서 필라델피아의 국제공항에 몇 시에 도착할 것이라고 전보를 쳤다. 막상 공항에 도착해 보았더니 공항직원이 나를 보고 하는 말이 학교에서 전화로 연락이 왔는데, 택시를 타고 학교까지 오라고 했다는 말을 전해주었다. 나는 그 때 비로소 깨달았다. 박교수님의 경우는 외국의 대학에서 오는 교환교수였지만, 나의 경우는 그냥 유학 오는 가난한 미국유학생에 불과했다는 사실을….

또 한 가지는 미국유학 가서 이발사로 아르바이트라도 하기 위하여 이발 기술학교에 등록금까지 지불했었다. 미국에 다녀온 아버님이 잘 아신다는 의사 한분이 하는 말이 국내에서 한 법학공부와 같은 것은 미국에서 전혀 쓸모가 없는 공부였다는 것을 미국 가보면 곧 깨닫게 될 것이란 말을 했다. 이발 기술만 하더라도 미국에는 이발조합이 있기 때문에 외국인의 경우는 조합에 가입할 수도 없으며 가입해도 요즘은 미국인들이 머리를 잘 깎지 않기 때문에 돈벌이도 신통하지 않을 것이라는 말도 해주었다.

이런 말을 처음 들었을 때에는 자존심이 몹시 상했다. 그런데 곰곰이 생각해 보니 미국에서 이발사로서 아르바이트를 하는 것이 쉬운 일이 아니라는 충고는 받아 들일만 하다고 생각했다. 내가 며칠 전에 등록한 이발 기술학교에 입학금을 돌려달라고 요구했지만 그렇게 쉽게 되돌려줄 리가 있겠는가?

오늘날에는 한국에서도 유통질서가 많이 확립되어서 물건을 사왔지만 마음에 안 들어서 바꾸러 가면 영수증만 제시하는 경우에 군소리 않고 바꾸어준다. 그 당시에는 그런 말을 했다가는 오히려 물건을 바꾸러 갔던 사람이 망신을 당하는 일이 비일비재했으니 입학금을 돌려 달라는 말은 처음부터 문제도 되지 않는 일로서 내가 이발학원을 다니지 않으면 기지불한 입학금은 자동적으로 떼이게 되는 것이 상식이었다.

나는 유학 갈 준비를 다 끝내고 정식으로 국방부의 허가를 받아 63년 1월 23일에 미국유학의 장도에 오르게 되었다. 당시의 김포공항의 규모가 현재의 지방공항의 규모보다 작은 시절이라 비행기를 타기 위해서는 걸어서 비행기까지 가서 트랩을 타고 비행기를 타러 올라가야만 했다. 공항에 나온 환송객들은 청사 2층위에 있는 옥상에서 비행기를 바라보며 환송을 해주었다. 이러한 광경은 오늘날 더 이상 찾아볼 수 없는 희귀한 현상이었다.

당시에는 누가 외국에 나간다면 수많은 사람들이 환송을 나왔는데 유학생의 경우 마치 죽으러 가거나 하는 듯이 가족구성원이 많은 경우에는 수십 명씩 한 사람을 환송하기 위해서 좁은 비행장에 나와서 시끄럽게 굴었다. 나의 경우에도 부모님과 약혼녀, 친척과 친지 및 친구들이 모두 환송한다고 나와서 북적거렸다. 나는 그들의 기대에 어긋나지 않도록 열심히 공부해서 반드시 성공해서 금의환향하겠다는 생각이 들었다. 다른 한편으로는 군사정권이 나라를 좌지우지하는 현실에서 내가 할 수 있는 일이 무엇일까 하는 의문마저 들었다. 또한 미국에 가봐서 살만 하면 아주 눌러 앉아서 돌아오지 말아야지 하는 상반되는 생각도 들어서 환송 나온 사람들과 변변한 인사조차 제대로 나누지 못한 채 비행기에 오르고 말았다.

비행기는 중국비행기로서 타이완에서 도쿄로 가는 길에 서울에 들러 사람들을 태우고 가는 아주 작은 비행기였다. 비행기 안에서는 미국에서 공부를 하고 통신사에 취직하고 있던 대학 동기동창인 문동문이 아주 능숙한 솜씨로 비행기 내를 왔다 갔다 하는 모습을 보고 은근히 기가 죽었다. 비행기는 약 2시간 이내에 눈이 덮인 후 지산을 저 멀리 바라보며 도쿄만 쪽에 자리 잡고 있는 하네다 국제 공항에 도착하였다.

비행기가 착륙할 때에 귀가 몹시 멍멍했지만, 도쿄에 도착하고 보니 이제야 한국이라는 나라에서 그 동안 만 27세가 될 때까지 살아오다가 단신으로 생소한 땅으로 찾아가고 있다는 현실을 새삼스럽게 실감할 수 있었다. 이번에 미국이라는 넓은 세계로 가기 위하여 중간에 일본에 도착하여 태평양을 건너가는 좀 더 큰 비행기를 타기 위하여 도쿄에 잠시 쉬었다 가는 것이다. 나는 지금까지 한국어로 모든 공부를 하는 한편 영어를 주요 외국어로 공부해 왔다. 이번에 내가 27년 전에 태어났던 도쿄를 거쳐 영어를 사용해야 살아갈 수 있는 미국으로 유학을 떠나게 되었던 것이다.

미국행 비행기를 타야할 일행은 도쿄 시내에 있는 프린스호텔에서 밤 12시에 출발하는 비행기를 타기 위하여 기다리기로 했다. 비행장에서 호텔까지 가는 길에 보이는 일본의 모습은 하나도 낯설지가 않았다. 그들이 하는 말도 대충 알아들을 수가 있었으며, 그들의 모습도 우리네와 흡사한데 여자들이 대체로 우리나라 여자들보다는 키가 좀 더 작다는 것만이 다른 점인 것 같았다. 도쿄 시내는 64년에 개최되는 도쿄 올림픽대회를 준비하느라 시내가 무척 붐비는 것 같았으며 사람도 많고 차량도 엄청나게 많은 것 같았다.

호텔에서 한 방에 묵게 된 젊은 2명의 학생들과 함께 택시를 잡아타고 카메라를 사겠다는 그들을 따라 긴자로 갔다. 그들이 카메라를 산 후 함께 들어가 본 백화점이 다까시마야백화점이었다. 물건이 산더미처럼 쌓여 있는 것이 한국보다는 잘 산다는 느낌이 들었으며, 한국에서 귀한 물건들이 이곳에 와서 보니 흔해빠진 것이라는 것을 깨닫고 한국은 언제쯤에나 이들처럼 잘 살게 될 것인지 하는 부러운 생각마저 들었다. 오늘날의 우리의 삶은 물질적인 면에서는 그 때의 그들보다 별로 뒤떨어지지 않게 되긴 했지만….

일행이 자정에 갈아탄 비행기는 하와이를 경유하여 샌프란시스코로 향하는 팬암항공사의 대형 제트기로서 승객들도 대부분 미국인들이었다. 하와이를 거쳐 간다는 말에 서울에서 껴입었던 내복을 벗어버리고 코트만 입고 비행기를 탔다. 그 때 벗은 내복을 미국 가서는 동부지역의 겨울날씨가 매섭기는 했지만, 다시 입을 기회가 없게 되었다. 왜냐하면 미국은 겨울에도 난방이 잘 되어 있기 때문에 구태여 내복을 입을 일이 없었기 때문이다.

비행기 안에는 한 젊은 한국부인이 어린 딸을 데리고 가까이에 앉아 있어서 서로 대화를 할 수 있었다. 그 부인은 좀 둔하고 무식한 것 같았다.

"어디로 가십니까?"

"휴스턴에 있는 남편을 만나러 가는 길이에요. 휴스턴은 미국에서 제일 큰 도시인데, 남편이 그곳에서 엔지니어로 일하고 있으며 돈을 참 잘 벌어요."

"참 좋으시겠습니다. 따님은 몇 살이지요? 아주 예쁘게 생겼네요."

"고맙습니다. 4세인데 샴페인도 잘 마셔요. 자 보세요."

나는 어린 딸에게 샴페인을 실제로 마시게 하는 그 무식한 부인네를 바라보면서 남편이라는 사람이 무척 속 썩겠구나 하는 한심한 생각이 들었다. 아니나 다를까, 조금 있다가 그 꼬마가 술이 취하여

주정을 하는 꼴이라니…. 차마, 눈뜨고 볼 수 없는 희한한 일이 벌어지고야 말았다.

가까이 앉아 있던 한국인들과 서로 이야기 할 기회가 있었다. 나만 빼놓고 모두가 그 부인네처럼 남편을 찾아서 가기도 하고, 시카고에 있는 병원에 인턴직을 구해간다는 젊은 여의사도 있었고, 형이나 누나가 사는 도시에 공부하러 가는 학생들도 있는 등 모두가 미국에 있는 누군가를 찾아서 가고 있었다. 그런데 나만이 아무도 기다려 주지 않는 필라델피아를 향하여 홀로 외로이 가고 있는 중이었다. 앞으로 나에게 닥쳐올 운명이 어떤 것인지도 알지 못하면서 그냥 무조건 앞으로 나아가고만 있었다. 나는 자신의 처지가 이미 활을 떠난 화살과 같은 신세처럼 처량하게 느껴졌다.

비행기는 하와이 공항에 잠시 머물면서 급유도 받고 쉬었다가 샌프란시스코로 향했다. 하와이 공항에 잠시 머무는 동안에 음료수 티켓을 한 장씩 받았다. 내가 아는 음료수라야 그 때까지 커피나 홍차 정도라 더운 공항에서 더운 커피를 달라고 했다. 땀을 뻘뻘 흘리면서 더운 커피를 마시고 있자니 좀 더 더워지는 느낌마저 들었다. 옆에 앉아 있는 사람들을 보니 나처럼 더운 커피를 땀을 뻘뻘 흘리면서 마시는 사람은 한명도 없었고 모두들 파인애플 주스나 오렌지 주스, 또는 심지어 시원한 아이스크림을 드는 사람들만 있는 것이 아닌가? 나도 그런 것을 달랠 것을 잘못했다는 후회가 막급이었다. 그러나 이미 돌이킬 수 없는 일이었으니 아쉬웠지만 어쩔 수 없다고 자위했던 기억이 난다.

1월 23일 자정을 지나서 도쿄를 떠난 비행기는 어두운 밤하늘을 한참 날아가다가 일부변경선을 지나면서 먼동이 훤히 트이면서 날이 밝아오기 시작했다. 분명히 23일 자정을 지나서 비행기가 떠났으니 지금 시간이 24일 몇 시이어야 하는데, 일부변경선을 지났기 때문에 또 다시 23일이 된다는 것이다. 비행기가 날아가다가 갑자기 밑으로 급속히 떨어지는 것을 체험했다. 하와이 근방의 공중에서 심한 에어포킷에 빠져서 그러는 것이니 안전벨트를 매고 좌석에 앉아 있으라는 안내방송이 나와서 그렇게 했다. 거대한 쇳덩어리가 하늘을 날아간다는 것이 참으로 신기하게만 느껴졌다.

내가 타고 가는 비행기는 60년대에 아이젠하워 미국대통령 당선자가 한국을 방문했을 때 처음 타고 온 기종으로서 그 당시에는 제일 큰 비행기였다고 했다. 나의 친구는 장교로서 교육차 미국으로 갔다가 귀국할 때 이 비행기를 타기 위하여 일주일이나 일본에서 기다렸다고 했다.

팬암항공사는 당시로서는 세계에서 가장 큰 항공사였는데, 누적된 부채를 감당하지 못하여 수년전에 파산하고 말았다. 그도 그럴 것이 내가 63년에 미국 갈 당시의 편도 항공요금이 600달러였으며, 74년에 귀국할 때의 편도 항공요금도 700달러였던 것이 2013년도 현재의 항공요금과 별로 다를 것이 없으니 비행기회사는 과연 무엇을 먹고 살라는 말인가? 다른 물가가 수백 배에 오른 것에 비한다면 항공요금은 오히려 제자리걸음을 했다기보다는 형편없이 줄었다고 해야 할 것이다. 그러다 보니 망하지 않을 항공사가 과연 몇이나 되겠는가?

내가 탄 비행기는 23일 저녁에 샌프란시스코 국제공항에 도착하였다. 샌프란시스코는 '이곳이 바로 미국이구나' 하고 느껴질 정도로 이국적인 냄새가 물씬 풍기는 곳이었다. 외국근무를 마치고 귀국하는 군인들의 애인이거나 부인들이 서로 끌어안고 진한 키스를 하던 영화에서나 볼 수 있는 광경이 여기저기에서 연출되었다. 그런 광경을 보면서 나는 '이곳이 바로 우리와는 생활풍습이 전혀 다른 미국이구나' 하는 소외된 느낌이 강하게 들면서 이국에 와있다는 외로운 느낌이 절실해졌다. 도쿄의 하네다 공항에 도착했을 때만 하더라도 우리네와 별로 다르다는 소외감이 들지 않았는데, 샌프란시스코 공항에서는 전혀 다른 이국적인 광경을 목격하면서 심한 소외감을 느꼈다.

함께 비행기를 타고 왔던 일행들은 대부분 제 갈 길로 가버리고 나와 두 세 사람만이 시카고 행 비행기로 갈아타기 위하여 공항에서 기다리고 있다가 시카고 행 비행기로 갈아탔다. 처음 외국여행을 하는 나와 같은 경우에는 비행기를 자주 갈아타는 것이 별로 바람직한 일이 아니었다. 가능하면 한 비행기를 타고 목적지까지 갔으면 하는 생각이었지만 그 때만 해도 그렇게 하기는 쉬운 일이 아니었다. 시카고에 도착한 비행기는 여객을 공항에 잠시 내리게 한 후 다시 태웠다. 그 때가 한 겨울이라 시카고 공항에서 필라델피아로 출발하는 비행기를 타고 대기하고 있는 비행기속이 너무나 춥고 발이 시려서 고생을 했던 생각이 지금도 난다.

시카고에서 떠난 비행기는 새벽에 필라델피아 공항에 도착했다. 비행기 트랩을 내려서 공항청사로 걸어가고 있던 나에게 이미 말했듯이 제복을 입은 공항직원이 다가와서 미스터 신이냐고 묻기에 그렇다고 했더니 빌라노바대학교에서 전화가 왔는데 학교에서는 마중을 나올 수 없으니 택시를 타고 학교까지 오라는 전화전언을 나에게 전해주었다. 필라델피아 공항에서 학교까지의 택시요금은 5

달러였다. 흑인운전기사가 나를 학교까지 안전하게 데려다 주었다.

빌라노바대학교에 도착해 보니 그 때가 봄방학 기간이라 대학원 지도교수는 플로리다주에 휴가차 가 있었다. 예쁘장하게 생긴 노랑머리 여비서만이 홀로 사무실을 지키고 있으니 나에게는 아무런 도움도 되지를 않았다. 그 여비서는 나에게 우선 외국학생 지도교수를 만나보러 가자고 하면서 나를 데리고 외국학생지도교수 사무실로 갔다. 가면서 학교 캠퍼스를 둘러보니 그 모습이 담장이 넝쿨이 우거진 연세대학교 본관과 아주 흡사했다.

외국학생 지도교수는 쿠바난민이었으며 외국학생이 미국에 처음 와서 신고해야 할 서류들을 친절하게 만들어 주었다. 나는 학교 기숙사에 들어갈 능력도 없었지만, 그에게 기숙사에 들어갈 수 있느냐고 물었다. 그의 대답은 기숙사는 학부학생들만을 위하여 만든 것으로 대학원생을 위한 기숙사시설은 없다는 것이었다.

그러고 보니 오늘밤 당장 잠잘 곳이 없다는 사실에 생각이 미쳐서 나는 그에게 자신의 절박한 사정을 설명해 주면서 도움을 요청했다. 그는 나의 절박한 사정을 듣고는 잠시 기다리라고 하면서 한국 여학생 전화번호를 찾아서 친절하게 전화까지 걸어주는 것이 아닌가? 어처구니없는 일이었지만 워낙에 사정이 다급했던 터라 그 생면부지의 여학생 전화를 받고야 말았다.

"전화 바꾸었습니다. 신군이라고 빌라노바대학교에 유학생으로 방금 도착한 학생입니다. 초면에 이러한 말씀을 드려서 송구합니다만, 제가 오늘 당장 잘 곳이 마땅하지를 않아서 도움을 청하려고 염치없이 실례를 무릅쓰고 전화를 걸었습니다."

"저도 어떻게 도와드려야 할지 알 수가 없군요. 일단 거기서 기차를 타시고 필라델피아 정거장까지 나와 주세요, 제가 어떻게 방도를 강구해 보겠습니다."

"잘 알겠습니다. 곧 필라델피아 정거장까지 가지요. 그런데 어디에서 만나면 되겠습니까?"

"게이트 몇 번(?)으로 오세요. 거기에서 기다리겠습니다."

그 여학생이 분명히 게이트 몇 번을 말했는데, 나는 도대체 몇 번이었는지를 기억해 낼 수가 없었다. 나는 난생 처음으로 그 여학생과 황당한 대화를 주고받았다. 생전 듣지도 보지도 못한 낯 설은 남학생으로부터 엉뚱한 부탁을 받았으니 그 여학생이야 말로 얼마나 놀랐겠는가? 농담도 아닌 것 같은데….

나는 비행장에서 학교에 도착했을 때 경비실에 맡겨두었던 여행용 가방을 찾을 생각도 않고 학교 후문에 있는 작은 버스정차장과 같은 기차역으로 필라델피아 행 기차를 타기 위하여 내려갔다. 비는 부슬부슬 내리는데 기차를 기다리느라고 작은 시골 역에 앉아 있자니 앞날이 참으로 암담해지는 느낌이 들었다. 내가 가져온 200달러의 전재산중에 이미 2달러는 샌프란시스코에서 학교에 언제 갈 것이라는 전보를 치는데 써버렸고, 5달러는 필라델피아 공항에서 학교까지 오는 택시비로 써버리고, 지금 막 필라델피아까지 가는 기차표를 샀으니 돈이 자꾸만 없어지는 데서 오는 불안감으로 가슴이 답답해졌다.

기차를 타고 필라델피아로 가면서도 마음이 불안하고 초조해지기는 마찬가지였다. 이 기차가 제대로 필라델피아로 가기는 하는 것인지? 너무 답답해진 나머지 옆에 앉아 있던 흑인에게 물었더니 필라델피아로 가는 기차가 틀림없다고 말하면서 정색을 하고 나에게 말해준 값을 내라는 것이 아닌가? 참으로 어처구니없는 일이라 나는 못들은 척 아무런 대꾸도 하지 않고 그 흑인에게서 멀리 떨어져 앉았다.

지하에 있는 필라델피아 역에 도착해 보니 역의 규모가 한국에서는 상상할 수 없을 정도로 크며 게이트도 한 두 개가 아니었다. 더욱이 게이트 번호까지 잊어버린 나로서는 당연히 더욱 혼란스러워질 수밖에 없었다. 나는 일단 기차에서 빠져나와서 위층으로 올라갔다. 거기에 가보니 또 게이트표시가 많이 있어서 어정쩡한 자세로 게이트마다 살피고 가는데, 저만치서 동양사람 남녀가 내 쪽으로 걸어오면서 누구를 찾는지 두리번거리는 것이 눈에 띄었다.

서로 거의 동시에 한국인이냐고 묻기 시작했다. 한국인이라는 것을 알게 된 다음에는 자연스럽게 한국말로 서로 자기소개를 하다 보니 그 여자가 바로 나와 통화했던 서양이고 남자는 신학을 공부하러 며칠 전에 이곳에 왔다는 박씨였다. 그들은 필라델피아에 있는 오목사와 함께 왔는데 지금 밖에서 차를 주차시키고 기다리고 있다는 것이다. 얼마나 잘 된 일인가? 나는 드디어 안도의 깊은 숨을 한껏 내뿜을 수 있었다.

과연 밖에 나가보니 40대 후반으로 보이는 오목사라는 분이 차를 세우고 일행을 기다리고 있었다. 나를 무사히 오목사에게 소개해 준 서양은 자신의 임무를 다했다는 듯이 볼 일이 있다면서 먼저 갔다. 나와 박씨는 오목사의 차를 타고 함께 오목사의 집으로 가기로 했다. 집으로 가기 전에 박씨가 신학을 공부하기 위하여 다니기로 했다는 남 침례교신학대학을 가보았는데, 건물도 작고 초라한 것이 보잘 것 없다는 느낌이 들었다. 가는 도중에 오목사는 가만히 있었는데, 박씨가 이것저것 꼬치꼬치 나에게 물어보면서 귀찮게 굴었다. 종교가 무엇이냐? 왜 천주교신자가 되려고 하는가? 빌라노바대학교에는 어떻게 오게 되었느냐는 등 피곤해서 대답조차 하기 귀찮은 질문들을 마구 퍼붓는 데는 정말 짜증이 날 지경이었다. 그러나 대충 이럭저럭 대거리를 하면서 오목사 집에 도착했다.

오목사 집은 필라델피아 변두리에 있는 오두막 같은 작은 집이었다. 방은 2개 있었는데, 박씨와 나는 아이들 방에 있는 벙크베드 위에서 잠을 잤다. 내가 미국에 와서 정식으로 집에서 잠을 자기는 이번이 처음이었다. 참으로 감개가 무량한 바 있었다. 까딱 잘못했으면 한 데에서 밤을 새웠을지도 모를 일이 아니었던가? 이렇게 생면부지의 오목사 집에서 신세를 지게 될 줄이야 어떻게 알았겠는가? 저녁식사는 오목사 집에서 했는데, 김치라는 것이 배추가 없어서 캬베츠로 담갔는데 너무나 싱거웠다. 다른 반찬들도 별로 입에 맞지를 않았지만 오목사 부인이 정성껏 차려주는 저녁을 그런대로 맛있게 들었다. 오목사에게는 7세의 딸과 5세의 아들이 있었는데, 박씨는 영어로만 말하는 것이 이상하게 여겨졌는지 왜 아이들이 영어만 하느냐고 묻지를 않겠는가? 나도 동감이었지만 박씨처럼 그런 약점을 묻고 싶지 않아서 가만히 있었다. 이상하게 느껴지기는 나도 마찬가지였다.

오목사가 나에게 말하기를 빌라노바대학교 근처에 사는 미국부인과 연락이 되었으니 오늘 밤은 자기 집에서 하루 밤 자고 내일 아침 그 부인에게 데려다 주겠다는 것이었다. 고맙다는 인사를 하고 그 날 밤은 일찍이 잠자리에 들기로 했다. 다음 날 아침 자몽과 커피, 우유, 계란 후라이, 토스트 등으로 조반을 들었다. 속이 빨간 자몽은 미국에 와서 처음 맛 보았는데 맛이 있었다. 조반을 들고 난 후, 오목사가 나를 미국인인 로저스 부인에게 데려다 주겠다고 차를 타고 나왔다. 워낙에 추운 날씨여서 그랬는지 언덕을 올라가려고 가속을 하다 그만 자동기어가 망가져서 차를 갖고 갈 수 없게 되었다. 나는 다시 오목사 집으로 되돌아 왔다.

점심때가 거의 될 때까지 그 곳에서 쉬다가 오목사가 가르쳐 주는 대로 그곳에서 조금 가니까 작은 기차역이 있었다. 그곳에서 기차를 타고 가다가 중도에서 다시 갈아타고 빌라노바까지 갔다. 겨울 날씨가 되어서 그런지 날은 이미 어두워져 있었다. 빌라노바까지 별로 멀지도 않은데 거기까지 가는데 왜 그렇게 시간이 많이 걸렸는지 잘 기억이 나지를 않았다. 기차를 갈아타는데 그렇게 많은 시간이 걸리지는 않았을 터인데….

빌라노바대학교 경비실에 맡겨두었던 여행 가방을 되찾고 보니 가방 한쪽이 녹아 있었다. 경비가 나의 가방을 스팀위에 놓아두어서 그렇게 된 것이었는데 항의도 하지 못했다. 경비에게 가방을 잘 보관해 주어서 고맙다는 인사를 하고 로저스 부인에게 전화를 좀 걸어 달라고 부탁을 했다. 전화로 들려오는 로저스 부인은 무척 상냥한 여자인 것 같았다. 내가 필라델피아 오목사 소개로 온 한국유학생 신군인데 지금 빌라노바대학교 정문 경비실에 있겠다고 했더니 곧 데리러 오겠다고 말했다.

얼마 지나지 않아서 중년의 미국 부인이 차를 갖고 나를 데리러 왔다. 첫 인상에 자상한 부인처럼 느껴졌다. 나는 그 부인과 함께 학교에서 얼마 떨어지지 않은 곳에 있는 그 부인의 집으로 갔다. 집에는 늙어 보이며 말과 행동 모두가 느린 중늙은이 남편이 있었으며,

고등학생과 초등학생인 두 아들이 있었다. 그다지 유족해 보이지는 않았지만 여유 있게 살고 있는 가정 같았다. 남편은 수도회사에 사무원으로 다니고 있었으며, 부인은 주로 살림을 하면서 나와 같은 외국학생의 미국생활에의 정착을 좀 도와주는 일을 보람으로 느끼면서 살고 있는 것 같았다.

나는 그 집에서 이삼일 머문 후에 빌라노바대학교 수학과 조교로 있는 서울 공대출신의 김군과 만났으며 그와 함께 방을 얻는데도 가보았다. 학교에서 좀 떨어진 아드모아에 있는 3층 다락방을 1주일에 10달러의 방세를 주고 잠만 자는 방을 얻었다. 내가 로저스 부인 집에서 처음 묵던 날밤에 다락방에 있는 침대에서 잠을 잤다. 그때가 한 겨울이라 다락방에는 스팀이 들어오기는 했지만 한기를 느낄 정도였다. 로저스 부인이 나에게 추우면 벽장 속에 있는 담요를 덮고 자라고 했다.

잠을 자려고 침대를 보니 한국에서는 한 번도 구경해본 일이 없는 침대를 덮는 베드스프레드가 깨끗하게 정돈되어 있었다. 아마도 그 위에서 담요를 덮고 자라는 뜻으로 로저스 부인이 추우면 담요를 덮고 자라고 상기시켜 준 것이라고 지레짐작을 하고 그렇게 했더니 유난히 추웠던 그 날 밤에 덜덜 떨면서 겨우 새우잠이 들었다. 다음날 아침 내가 베드스프레드를 들치고 들어가서 잠을 자지를 않았다는 사실을 알고는 로저스 부인이 아주 미안해 하면서 미리 이야기를 해줄 것을 안 해준 것이 자기의 큰 실수였다고 송구해 하던 모습이 지금도 눈에 어른거린다.

나는 침대에서 자지 않을 때에는 침대를 반듯하게 정리하기 위하여 그 위에 덮어두는 베드스프레드가 있다는 것을 그때 처음으로 알았으며, 나는 그런 것이 있다는 것조차 몰랐다는 사실이 무척 무안했다. 그런데 50년이 가까이 된 지금까지도 우리나라에서는 베드 스프레드라는 것이 존재하지 않는다. 침대에서도 방바닥에서 자는 것과 마찬가지로 침대위에 이불을 덮고 자는데, 나도 그러는 편이 훨씬 더 편안하게 느껴지는 것이 사실이라는 데야….

  내가 새로 이사간 집은 식사를 해먹을 수 없어서 불편한 점이 많기는 했지만, 혼자서 조용히 지낼 수 있어서 좋았다. 그때가 마침 한겨울이라 웬만한 것은 창문을 열고 밖에 있는 지붕위에 내놓으면 냉장고에 넣어둔 것처럼 며칠간은 끄떡없이 견딜 수 있었다. 집주인인 노부부는 아이리쉬계 미국인으로서 여유 있게 살고 있는 것처럼 보이지는 않았지만, 가톨릭 신자들인 그 부부는 내가 가톨릭 신자가 되려고 한다는 말을 듣고 반가워했다. 일요일마다 아침에 토스트와 커피를 올려 보내주고 근처에 있는 성당에 그들의 차를 타고 그들과 함께 미사에 참례하러 갔다. 그 집에서는 약 한 달가량 살다가 근처에 있는 이탈리아 할머니 집으로 이사를 가서 김군과 함께 룸메이트를 했다.

  김군은 서울 공과대학을 졸업하고 당시에 빌라노바대학교 수학과 조교로 있었으며 나보다 한 살이 아래였다. 성격이 착실하며 가톨릭 신자였다. 그 이탈리아 할머니 집에는 원래 김군 이외에도 빌라노바대학교에서 화학공학을 전공하는 목군과 학부학생인 미국인이 함께 살고 있었다. 그런데 목군도 그렇고 그 미국학생도 영 생활태도가 글러먹어서 그 할머니의 눈 밖에 나서 쫓겨나게 되었을 즈음에 그들이 자진해서 나가버렸다. 결국 그 빈자리를 내가 대신 차지하게 되었던 것이다.

4. 미국유학생

    집주인인 이탈리아 할머니는 내가 수입이 없다는 사실을 알고 그 집 앞에 있는 이탈리아인들이 경영하는 아타론이라는 세탁소에 나를 취직시켜 주었다. 나는 직장을 갖게 되어 수입이 있어서 좋았고, 그 할머니는 나를 자기 집에 하숙시켜서 하숙비를 받을 수 있어서 서로 좋았다. 나는 매일 8시간씩 5일을 근무하여 50달러를 받았다. 총각이라 세금을 1주일에 수입의 20퍼센트에 해당하는 10달러씩 내야 했다. 그 세탁소에서 일하면서 버는 돈을 아껴 써서 6개월 후에 뉴욕으로 이사를 갈 때 700여 달러를 저축했다.

    그때 이후로 74년 9월에 한국으로 영구 귀국할 때까지 10년 이상을 일하면서 사회보장세금을 낸 결과 65세 이후부터 한국에서 비록 소액이기는 하지만 미국정부로부터 아내와 함께 사회보장 연금을 죽을 때까지 매월 받고 있다. 내가 일했던 세탁소는 이탈리아인 형제 셋과 자매 셋이 경영하는 가족회사로서 트럭 6대가 다니면서 세탁물을 거둬오는 그 일대에서는 규모가 제법 큰 세탁소였다. 내가 담당한 일은 단순노동이었다. 세탁이 끝나고 세탁물에 묻어있던 불순물들을 제거한 세탁물을 수취한 번호순서대로 바지, 저고리, 드레스 등으로 분류하여 그것을 위층에 있는 다림질하는 사람들에게 운반해 주는 것이었다.

나는 오전 8시부터 오후 5시까지(12시부터 오후 1시까지는 점심시간임) 일을 하고, 저녁에는 대학원 강의를 들으러 가거나 공부하러 도서관에 가기도 했다. 그런데 여름이 되면서 일거리가 차츰 줄어들게 될 즈음, 나에게 대학원 입학허가가 나온 뉴욕대학교를 다니기 위하여 7월에 뉴욕시로 이사를 가버렸다. 내가 빌라노바대학교에서 공부하고 있을 때 한국에서 미국유학 오기 전에 신청해 두었던 뉴욕대학교 대학원에서 입학허가서가 나왔다. 나는 워낙에 순진하고 고지식한 사람이었기에 당시에 빌라노바대학교에 다니고 있다는 사실을 뉴욕대학교에 구태여 알릴 필요가 없었는데도, 그러한 사실을 뉴욕대학교에 알려서 긁어 부스럼을 만들어 놓고야 말았다. 왜냐하면 뉴욕대학교에서 나에게 현재 다니고 있는 빌라노바대학교에서 평균 B 이상의 학점을 따와야 입학을 허가한다는 불필요한 추가연락이 나에게 왔기 때문이다.

일단 뉴욕대학교 대학원의 입학허가를 받았으면 잠자코 있다가 학기 시작 전에 가면 되는 것이다. 또한 그 대학원에서도 내가 무슨 학교에를 다니건 말건 간섭할 성질의 것이 아니었는데, 엉뚱한 요구를 해온 셈이다. 내가 빌라노바대학교 대학원에서 택했던 3과목에 모두 B 학점 이상을 받아서 이 문제는 없던 일로 일단락되긴 했지만….

내가 세탁소에 취직하기 전에는 한국에서 가져온 돈이 별로 없었지만 당장 별 할 일도 없어서 미국인 로저스 부인을 따라서 시장에도 가고, 그 근처에 있는 독립전쟁 때 워싱턴 군이 머물렀던 요새인 벨리퍼지도 구경 갔고, 화란계 청교도들이 문명을 등지고 살고 있다는 란카스터에 있는 에미쉬 더치팜도 구경을 갔다. 시간을 보내기 위하여 나 혼자 동네 극장에도 영화를 보러 가거나, 동네 공공도서관에 가서 있는 책을 보기도 했다. 필라델피아에서 가까운 거리에 있었던 델라웨어주에 있는 뒤뽕가든에도 가서 잘 가꾸어놓은 식물원구경도 했다.

학교가 개강하기 전에 학교에 가서 2학기 등록을 하고 대학원 정치학과 과목을 3개 수강 신청했다. 나는 부모님이 보내주신 500달러로 한 학기 등록을 마칠 수 있었는데, 이것이 내가 미국유학 온 후 부모님께 받은 지원의 처음이자 마지막이었다. 내가 택한 과목들은 미국정치, 미국헌정사, 국제정치학이었다. 한국에서 국제법을 전공한 나는 정치학과 이외의 다른 학과를 선택할 여지가 없었다. 법학전문 대학원인 로스쿨 진학도 생각해 보았지만, 미국의 영주권이나 시민권이 없는 나로서는 로스쿨에 진학한다는 것이 거의 불가능한 일이었다. 왜냐하면, 외국인의 경우 비교법학 같은 분야를 전공할 수는 있었으나 그런 분야를 전공해 보았자 미국 변호사 자격을 얻을 수 없었다. 미국변호사 자격을 얻기 위해서는 로스쿨에 가야 하지만 외국인은 자격이 없었다.

나처럼 외국에서 법학을 전공한 학생의 경우 굳이 국제법을 공부하려면 정치학과를 선택할 수밖에 없었다. 미국에서는 국제법을 정치학과와 로스쿨에서 모두 가르치고 있었다. 로스쿨에서는 국제변호사를 양성하려는데 그 목적이 있는데 반하여, 정치학과에서는 국제법학자를 양성하려는 것으로 국제변호사의 양성과는 직접적인 관련이 없는 것이다. 미국에서 공부를 시작하면서 한국 대학에서의 법학공부가 전혀 도움이 안 된다는 것을 뼈저리게 느꼈다. 미국에서 로스쿨에 갈 수 없다면 미국에서 국제법을 전공한다는 것 자체가 별 의미가 없다는 것을 새삼스럽게 깨닫게 되었다. 결국은 내가 정치학 공부를 하다가 먹고 살기 위하여 도서관학으로 전공을 바꾸어 그나마 직장을 구할 수 있었던 것은 국제법학에 대한 미련을 과감히 떨쳐버릴 수 있었기 때문이리라.

내가 정치학으로 전공을 바꾸었지만, 정치학도 나에게는 새로운 분야이기는 마찬가지였다. 대학원 3월 학기 등록을 마치고 수강신청을 할 때에 처음으로 대학원 지도교수를 만났다. 나에게 이번 학기에 선택할 과목을 지정해 준 다음에 나에게 몇 마디 조언을 해주었다.

"미스터 신은 한국에서 대학원을 나오셨군요? 전공이 국제법이지요? 미국에서도 국제법을 계속해서 전공하시겠습니까?"

"네, 그러고 싶습니다. 어떻게 했으면 좋은지 조언해 주시겠습니까?"

"미국에서 국제법을 전공하려면 두 가지 방법이 있습니다. 그 하나는 대학원 정치학과에서 국제법을 전공하는 것인데, 이 경우에는 국제변호사가 되는 것이라기보다는 국제법학자가 되는 것입니다. 다른 하나는 로스쿨에 가는 것인데, 이 경우에는 변호사로서 국제법 관련 국제 업무를 다루는 것입니다. 그런데 외국인에게는 로스쿨 입학자격이 없다는 점에 유의해야 합니다."

"이 대학원에서 국제법을 전공할 수 없습니까?"

"이 대학원에서는 국제법을 담당하는 교수가 없습니다. 미스터

신은 한국에서 대학원 공부를 하여 석사학위를 받았는데, 미국에서 박사학위 공부를 하려면 미국에서 석사학위를 하나 더 받아두는 것이 도움이 될 것입니다. 기왕에 이 대학원에 왔으니 미국 대학원의 맛을 좀 본다는 정도로 생각하면 될 것입니다. 좀 더 큰 대학에 가서 국제법을 전공하시기 바랍니다."

"네, 나도 그렇게 생각하고 있습니다. 다른 필요한 조언은 또 없으십니까?"

"미스터 신의 경우 영어로 공부를 하기는 이번이 처음이겠지요? 한국어가 아닌 영어로 공부한다는 것이 얼마나 어려운 일인가 하는 것을 충분히 짐작할 수 있습니다. 열심히 공부를 하십시오. 그리고 공부하기 힘이 들 때에는 교수님을 찾아뵙고 사정을 하십시오. 그들도 인간이니 간절히 구한다면 많은 도움을 줄 것입니다."

"교수님의 조언에 감사드립니다. 열심히 해보겠습니다."

이렇게 시작된 빌라노바대학교 대학원에서의 한 학기동안의 공부는 거의 악전고투에 가까운 것이었다. 나는 대학원 개강과 동시에 시작된 버스파업으로 인하여 학교까지 가는 교통수단이 아주 불편하게 되었다. 학교까지 가는 기차도 있었지만 한 시간에 한번 정도 다니는 기차는 시간을 맞추기가 여간 어려운 것이 아니었다.

학교에 다니면서 내가 제일 먼저 한 일은 한국에서 떠나기 전에 약혼자와 약속했던 가톨릭 신자가 되는 것이었다. 다행히 내가 다니는 빌라노바대학교는 성 어거스틴계의 가톨릭 학교였다. 학교에 가보면 때로는 수도원처럼 검은 옷을 입은 수사들이 많이 있어서 누가 신부인지 잘 알 수 없는 경우도 있었다. 신부님이 누구신지 만나보고 싶다고 나의 바로 앞에 서있던 검은 수단을 입고 있는 사람에게 물었더니 자기가 바로 대학의 학생지도 신부라고 하면서 나를 자기 방으로 데려갔다.

"내가 갤라거 신부인데 신부는 왜 만나보려고 합니까?"

"저는 이번 학기에 빌라노바대학교 대학원 정치학과에 유학 온 한국학생인 신군입니다. 저는 한국을 떠나오기 전에 약혼자와 약속하기를 미국에 가서 꼭 가톨릭 신자가 되고 결혼식도 가톨릭교회에서 올리기로 약속을 했습니다."

"그러시다면, 오는 부활절에 세례를 받으면 되겠습니다. 혹시 가톨릭에 대해서 알고 있는 것이 있습니까?"

"저는 약혼자가 가톨릭 신자이기 때문에 함께 성당에 가서 미사에 참례한 적이 여러 번 있었습니다. 저는 감리교 신자로서 교회에 다녔지만, 가톨릭교회의 엄숙한 미사진행에 감명을 받았으며, 또한 약혼자가 가톨릭 신자이므로 저도 종교를 가톨릭으로 바꾸려고 하는데, 한국에서는 출국 전에 그럴 시간적 여유가 없어서 세례를 받지 못했습니다."

"가톨릭 교리교본을 드리겠으니 읽어보시고 이해가 안가는 부분이 있으면 언제든지 물으러 오십시오. 기독교 신자이니 가톨릭교리를 이해하는데 별로 어려움이 없을 것입니다. 그리고 가톨릭 신자가 되려면 성인의 이름을 딴 본명을 하나 정해야 하는데, 생년월일이 언제이지요?"

"1935년 12월 3일 생입니다."

"나보다 한 살이 아래시군요. 12월 3일은 예수회 창설자의 한 분이시고 학자 신부님이신 프란치스코 사베리오 축일입니다. 프란치스코라는 세례명을 쓰시면 되겠습니다."

갤라거 신부님과는 자주 만나서 대화도 하고 교리공부도 했으며, 나에게 직업을 구해주겠다고 원고교정직을 소개해 주기도 했다. 도와주려는 성의는 고마웠지만 외국인으로서 영어도 신통치 않은데 어떻게 영문 교정을 할 수 있다는 말인가? 여하튼 갤라거 신부님이 도와주어서 나는 4월 10일에 정치학과 로그교수에게 대부를 부탁하고 로저스 부인이 세례식에 와서 사진을 찍어주었다.

로그교수는 세례대부를 서주기로 약속하고 잊어버렸는지 나타나지를 않아서 내가 안절부절하고 있었다. 마침 세례식에 참석했던 수학과의 곰머리교수가 대신 대부를 서주어서 대학성당인 토마스 아퀴나스 교회에서 세례를 받았으며, 갤라거 신부님이 베푼 세례축하 점심식사를 들었다.

얼마 후에 갤라거 신부님이 내가 기거하던 집으로 찾아와서 곧 필라델피아 주교좌성당에서 있을 견진을 받으라고 말해주었다. 룸메이트인 김군을 견진대부로 세워서 함께 필라델피아에 가서 견진까지 받았다. 나의 가톨릭 신자로서의 생활은 약혼자와 한 약속의 이행으로 시작되었으며, 가정의 종교를 하나로 통일하게 되니 결혼식은 물론 자녀교육에 있어서도 통일을 기할 수 있어서 좋았다. 결혼 후 늦게 얻은 큰딸과 작은딸을 출생한 지 얼마 되지 않아서 유아세례를 받게 했다.

나는 미국에서 학생으로 또는 직장인으로 생활하면서 여러 가지 어려움이 많이 있었다. 그 때마다 성당에 가서 묵상하면서 하느님께 의탁했다. 나중에 지나고 보면 고난을 당할 때마다 잘 알지 못했으나 모든 일이 잘 풀려 나간 것을 보면 하느님께서 도와주신 결과라고 볼 수밖에 없을 것이다. 나는 그러한 사실도 모르고 자신이 문제해결을 잘 했기 때문이라는 자만심을 은근히 갖고 있기도 했던 것을 부끄럽게 생각하고 있다. 내가 세례를 받아 가톨릭 신자가 된 63년 4월 10일만 하더라도 신부가 신자들에게 등을 돌리고, 제단을 향해 신자들이 잘 알아들을 수 없는 라틴어로 미사를 드리고 성가도 신자들이 함께 부르는 것이 아니라 성가대가 대신 부르고 있었다.

그러던 것이 65년의 바티칸 제2차 공의회 이후 자국어로 미사를 드리게 되었다. 성가도 신자들이 함께 부르고 독서도 평신도가 읽을 수 있을 정도로 변하였다. 모든 기도문은 전부 영어로 바뀌었다. 그리하여 나도 주요 기도문을 전부 영어로 외웠는데, 74년에 귀국하면서 기도문을 전부 한국어로 다시 외우는 어려움을 또 다시 겪게 되었다.

나는 미국에서 63년 3월부터 빌라노바대학교 대학원에서 정치학 공부를 했으며, 63년 9월부터는 뉴욕대학교에서 외국인을 위한 영어를 공부했으며, 64년 3월부터는 컬럼비아대학교 대학원에서 정치학을 전공하여 65년 12월에 국제법 전공으로 정치학 석사학위를 받았다. 또한 65년 9월부터 컬럼비아대학교 도서관대학원에 입학하여 67년 2월에 도서관학 석사학위를 받았다. 컬럼비아대학교에서 2개의 석사학위를 받게 된 나는 66년 6월 15일에 컬럼비아대학교 졸업식에 참석하여 나에게 낯익은 거의 모든 건물 앞에서 많은 사진을 기념으로 찍었다. 앞으로 받을 도서관학 석사학위 수여식에는 아마도 못 올 가능성이 크기 때문에 미리 사진을 찍어두는 것이 좋겠다는 생각이 들어서 그렇게 하기로 했는데, 예상했던 대로 그 졸업식에는 오지를 못했다.

나는 58년 3월 28일에 서울대학교 법과대학을 졸업하고 60년 3월 28일에 국제법 전공으로 서울대학교 대학원에서 행정학 석사학위를 받았다. 따라서 미국에 유학을 온 나는 컬럼비아대학교에서 국제법 전공으로 65년 12월 15일에 정치학 석사학위와 67년 2월 22일에 도서관학 석사학위를 받음으로써 석사학위만 3개를 받게 되었다. 74년 9월에 귀국한 후에는 75년 3월부터 연세대학교 대학원에서 박사학위과정을 공부하여 79년 2월 19일에 국제법 전공으로 법학박사의 학위를 받게 되어 나의 공부는 미국유학에 이어 마무리를 한 셈이었다.

빌라노바대학교 대학원의 한 학기의 정치학 공부는 별로 어려운 점이 없었던 것 같다. 처음 듣는 영어로 하는 강의라 알아듣기 어렵거나 알아듣지 못하는 부분도 많이 있었지만, 모든 과목의 과제가 시험대신에 리포트를 작성해서 내는 것이었기 때문에 B학점을 받는 것은 어렵지 않았다. 파키스탄인 교수가 가르치던 국제정치학은 중공의 유엔가입문제를 찬성하는 리포트를 작성해서 냈더니 A-를 받기도 했다. 그런데 이러한 첫 학기의 좋은 학점이 후에 컬럼비아 대학교와 같은 명문대학교의 대학원 공부를 할 때 오히려 큰 장애가 되었다. 컬럼비아의 한 과목의 수준이 빌라노바의 4과목과 거의 맞먹는다는 것을 깨닫게 되었지만, 이미 때는 늦었다는 것을 처절하게 경험했던 일이 지금도 가끔 상기되곤 한다.

컬럼비아대학교와 같은 명문대학교의 대학원 공부를 할 때 학과목의 수준을 빌라노바의 경우처럼 과소평가했던 것이 결국에는 학점이 나쁘게 나온 직접적인 원인이 되어서 박사학위를 포기할 수밖에 없었다. 첫 학기의 공부가 어려웠다면 좀 더 신중을 기해서 서둘지 말고 박사학위과정의 학과목을 무리하게 많이 택하지 말았어야 했다. 우선 한 두 과목을 택해서 맛을 본 다음에 성적이 잘 나오면 과목수를 늘려가는 전략을 세웠어야 했을 것이다. 공부하는 시간보다 일하는 시간이 더 많았던 나의 처지로서는 박사학위 공부를 하는데 장기전을 펴고 결코 초조하게 굴지 말았어야 좋았을 것이다.

내가 빌라노바에서 택한 미국정치와 미국헌정사는 나의 관심분야와는 좀 거리가 먼 분야였다. 미국정치에서는 주로 미국 대통령의 권한을 중심으로 공부했다. 미국은 대통령제를 채택하고 있는 대표적인 국가로서 한국의 대통령제의 모형으로서 자주 언급되고 있지만 엄밀한 의미에서 보면 한국의 대통령제는 영국의 의원내의 각제를 가미한 절충식 대통령제로서 미국의 제도와는 분명히 상이한 제도라는 것을 분명히 인식할 필요가 있었다. 미국의 대통령제에 있어서는 대통령을 수반으로 하는 행정부와 상원과 하원으로 구성되는 의회와의 관계에서 양자 간에 완전히 분리 독립을 지향하고 있었다.

따라서 미국에서는 비록 대통령이라 하더라도 자신이 속한 하원 또는 상원의원을 통하여 의회에 영향력을 행사하는 방법 이외에는 한국의 경우처럼 대통령이 의회의 위에 서서 마치 제왕처럼 군림하는 일은 존재하지도 않으며 또한 상상할 수도 없는 일이었다. 대통령과 의회간의 정책이나 의견의 불일치가 있는 경우에는 4년에 한 번씩 시행되는 대통령선거와 매 2년에 한 번씩 시행되는 하원의원의 선거, 그리고 매 6년에 상원의원의 3분의 1이 선거에 의하여 교체되는 상원의원의 선거에 의하여 해결하는 외에는 별 다른 해결방법은 존재하지 않았다. 그러나 민주당과 공화당의 양대 정당의 정당정치에 의하여 200여년이 넘게 이어지고 있는 미국의 민주정치는 끄떡없이 유지되고 있다는 사실을 미국정치라는 과목을 통하여 철저하게 배울 수 있는 기회를 가졌다.

미국헌정사에서는 미국의 마샬 대심원원장이 어떻게 미국의 사법권 우위의 정부형태를 형성하는데 기여했느냐에 관한 것을 주로 공부했다. 미국에서는 우리나라의 경우처럼 로스쿨을 나오고 변호사시험에 합격한 사람이 처음부터 판사나 검사로 임용되는 것이 아니라 일정기간 이상의 변호사 경력과 자격을 가진 사람 중에서 선거나 대통령의 임명으로 판사나 검사가 되는 것이다. 우리나라의 경우처럼 변호사라는 직업이 판사나 검사를 지낸 사람들이 마지막으로 돌아가게 되는 돈벌이의 자리는 결코 아니다.

미국의 변호사는 대학교육을 받은 사람 중에 대학원 수준의 로스쿨을 나온 사람만이 변호사시험에 합격하여 변호사자격을 얻을 수 있기 때문에 한국의 경우처럼 대학에서 법률공부를 체계적으로 받지 않은 사람이라도 독학으로 사법시험에 합격하면 변호사자격을 얻을 수 있으며 판사나 검사에 임명될 수 있는 경우는 존재할 가능성이 전혀 없는 것이다. 왜냐하면 변호사는 미국에서는 대표적인 전문직이기 때문이다. 판사의 경우에도 우리나라의 경우처럼 임기제가 아니라, 일단 대통령이 예를 들면 대심원 판사를 임명하게 되면 그 판사가 죽을 때까지 판사직에 있게 되는 종신직이기 때문에 판사의 임명 전에 고도의 검증과정이 요구되는 이러한 엄격한 검증과정을 거쳐서 미국의 판사에 임명된 변호사들은 신분이 보장되어 소신껏 법률과 양심에 의하여 재판을 하여 사법부를 행정부와 의회의 불필요한 영향에서 방어하여 사법권의 독립은 물론 사법권의 대통령과 의회에 대한 우위를 유지하고 있는 모범국가가 된 역사적 과정을 내가 미국에 처음 와서 미국헌정사 과목을 통하여 배울 수 있었다.

이 두 과목은 위에서 살펴본 바와 같이 미국에 대한 나의 이해를 좀 더 증진시키는데 많은 도움이 되었던 과목들이라 할 수 있다. 그런데 미국헌정사를 가르쳤던 교수의 발음이 나에게는 너무나 강해서 잘 알아들을 수 없는 말들이 상당수 있었다. 예를 들면, '머시'와 '떠리칼'과 같은 말들이 바로 그러한 것들로 나중에 알고 보니 머시는 데모크라시의 중간 부분이며 떠리칼은 히스토리칼의 뒷부분에 해당하는 말이었다. 그 교수가 이러한 단어들을 뉴잉글랜드 특유의 강한 악센트로 빠르게 말하다 보니 그의 어법에 익숙하지 않았던 나에게는 그렇게 이상한 말로 들리는 결과를 가져오게 되었던 것이다.

똥글똥글한 특유의 영어 발음을 하는 파키스탄인 교수가 가르친 국제정치학은 시카고 대학의 한스 모르겐소의 국제정치학 책을 그대로 읽다시피 했는데, 외국인이 가르치는 것이 나에게는 오히려 알아듣기 쉬웠다. 한국에서는 국제법을 전공한다면, 법만을 공부하기 때문에 국제관계의 전반적인 흐름을 알지 못한 채 법적인 측면만을 다루게 된다. 따라서 지나치게 피상적으로 흐르게 되는 경향이 있었다. 그런데 미국에 와서 국제법을 공부하다 보니 정작 국제법에 대한 공부보다는 국제관계라는 보다 큰 틀에서 접근하여, 국제정치, 국제조직 및 국제법을 동일한 차원에서 접근을 시도하고 있었다. 국제법에 대한 올바른 이해는 국제정치와 국제조직에 대한 기본지식을 공부하지 않고는 불가능하다는 것이다. 그러한 의미에서 국제정치의 기초이론의 공부는 나의 국제법 공부의 기초지식 형성에 있어서 아주 중요한 의미를 갖는 학과목이며 성적도 내가 택한 3과목 중에서 가장 잘 나왔다.

내가 미국에서 대학원 공부를 시작했을 때만 해도 복사기가 보편화되어 있지도 않았다. 한 장당 복사비도 대단히 비쌌기 때문에 나의 처지로서는 원하는 부분을 마음대로 복사할 수도 없었다. 그것을 복사하는 대신에 하루 종일 도서관에 자리 잡고 앉아서 아침부터 점심도 굶어가면서 노트에 손으로 베꼈으니 그 수고가 어느 정도였으리라는 것을 가히 상상할 수 있을 것이다. 미국 유학 와서 고학하며 공부를 하면서 특히 느끼게 된 것은 공부할 시간이 돈 버는 시간 때문에 엄청 부족했다는 것이다. 외국학생으로서 공부만 해도 따라가기가 힘든 판이었는데, 일하는데 더 많은 시간을 허비하고 있었으니 가끔 나는 본직이 학생인지, 아니면 일하는 것인지 분간하기 어려운 때가 한 두 번이 아니었다.

그래도 내가 유학할 당시인 60년대 초반에는 외국학생도 취직을 하면 사회보장 카드를 발급받았으며, 대학병원 같은 데에서는 내가 학생여권을 갖고 가서 취직도 할 수 있었으니 참으로 호랑이 담배 피우던 시절이었다고 할 수 있었다. 사실 내가 63년 후반에 코넬대학교 의과대학병원인 뉴욕병원에서 응급실 서기로 밤일을 구했을 때만 해도 학생여권을 보여주어도 병원에서 아무 의심도 하지 않던 시절이었다.

나의 공부는 63년 7월에 빌라노바에서의 생활을 청산하고 뉴욕으로 올라온 후에 다시 계속되었다. 빌라노바대학교에 다닐 때 김군, 목군 및 미국인 학부생과 함께 뉴욕시를 방문하여 윤선배 집에서 이틀 밤을 묵고 오면서 뉴욕시를 사전 답사했다.

나는 뉴욕대학교로 옮길 계획을 갖고 있었으니 약혼자가 한국에서 뉴욕시에 오기 전에 내가 먼저 뉴욕시에 옮겨 와서 결혼준비도 하고 함께 살 집도 마련해야 할 판이었다. 늦어도 7월 중에는 뉴욕시에 올라와야 하겠다는 결심을 뉴욕시의 사전답사 후에 좀 더 확실하게 하게 되었다. 필라델피아 버스터미널까지는 목군이 차로 데려다 주어서 편히 왔으며, 윤선배의 집까지는 지하철을 타고 갔다. 그 집에서 이삼일 묵으면서 방도 구하고 살림도구도 윤선배 부인의 도움으로 몇 가지 마련하여 결혼 후에 약혼자와 함께 살 수 있는 준비를 모두 마쳤다.

5. 뉴욕생활

　뉴욕시는 워낙에 방값이 비싼 도시라 내가 월 125달러를 주고 빌린 집은 아파트라기 보다는 스튜디오라 할 수 있었다. 방 하나에 작은 부엌과 욕조가 달린 화장실이 있었으며, 응접실 겸 침실로 사용할 수 있는 방 하나가 있는, 나의 처지로서는 대단히 비싼 것이었다. 값이 저렴한 다른 방을 구하기에는 결혼할 때까지 너무나 시간이 없었기 때문에 어쩔 도리가 없었다. 나는 길 건너편 107번가에 있는 주교좌성당인 아쎈션 교회에 가서 결혼 전까지 나와 약혼자가 결혼한다는 사실을 세 번 교중미사에서 선포해 주도록 신부님께 부탁하는 일도 나의 몫이었다.

　내가 그 성당에 처음 갔을 때 면담했던 퀸 신부는 연세가 많고 보수적이어서 부산피난 갔을 때의 주소가 미국과 표기방법이 다르다는 이유로 나에게 애를 먹였다. 내가 한국에서는 번지 다음에 동네 이름이 나오는 것이 미국과는 다르다는 것을 수십 번 되풀이해서 설명해 주었지만 납득이 가지를 않는 모양이었다. 왜 미국처럼 번지 다음에 거리가 나와야 하는데 그렇지가 않느냐며, 내가 거짓말을 하고 있다고 몰아세울 때는 참으로 가슴이 답답해 왔다.(그때부터 거의 50년 가까이 된 2014년 1월 1일부터 한국도 도로명 주소를 채택하긴 했지만…) 결혼을 위한 일이라 그 노인의 망령을 더 이상 대꾸하지 말고 묵묵히 참기로 했으니 큰 곤욕을 치른 셈이었다.

다행이 나와 약혼자가 결혼할 때에 임박하여, 퀸신부님은 휴가를 갔고 대신 젊고 잘 생긴데다가 이해심이 많은 웰비신부가 혼인면담과 주례를 맡아 주어서 무사히 가톨릭 결혼식을 10여 명의 하객들이 축하해주는 가운데 무더운 여름철인 63년 7월 27일에 미사 없이 결혼의식만 올렸다. 드디어 6년간 계속되었던 아내와의 열렬했던 연애에 종지부를 찍고 나는 아내와 결혼식을 올리고 이제부터 부부가 된 것이다.

우리 부부는 성당에서 발행해 준 결혼증명서를 간단한 신체검사의 결과와 함께 뉴욕시청에 제출하여 결혼증명서를 발급받았다. 미국에서는 우리나라에서 일반적으로 하는 예식장 결혼식을 교회에서 올리고 시청에 혼인신고를 하게 되면 정식 부부가 되는데, 혼인신고만 하고 부부가 되는 사례도 허다하게 있다고 한다. 우리나라의 경우는 혼인신고만 해서는 정식 부부가 된 것처럼 여겨지지를 않아서 결혼식을 꼭 올리려는 부부들이 적지 않다. 그리하여 10년, 20년을 함께 살면서 아이들도 낳고 기른 후에 새삼스럽게 뒤늦게 아이들을 앞세우고 결혼식을 올리는 부부들도 드물지 않았다.

우리 부부의 결혼식은 말하자면 '10달러의 결혼식'이었다고 말 할 수 있을 정도로 간소한 것이었다. 그런데 당시의 10달러는 적은 돈이 아니었다. 10달러는 우리 부부가 한 주일 동안 먹을 식품을 충분히 사고도 남을 돈이었다. 한국에 있었다면 결혼식은 부모님께서 다 알아서 해주시는 것으로 나와 아내는 사실상 할 일은 거의 아무것도 없었을 것이다. 하객의 대부분도 나와 아내의 친구들이라기보다는 부모님이 아는 사람들로 예식장이 채워졌을 것이다. 그러나 뉴욕에 이사 온 지 얼마 되지를 않았던 우리 부부의 경우는 불과 10여 명의 친구들만 모인 조촐한 결혼식이었다. 그러나 우리 부부는 지금까지도 그 때의 간소하고 조촐했던 결혼식을 부모님의 도움 없이 자신들의 힘만으로 올렸다는 것을 자랑스럽고 뿌듯하게 여기고 있다.

나와 아내의 결혼식을 위하여 성당에 감사헌금으로 10달러, 윤선배 집에서 결혼식에 참석한 하객을 위한 피로연에 쓰일 펀치와 케익값으로 10달러, 결혼식에 쓰일 꽃값으로 10달러, 그리고 뉴저지주의 휘크드리버에 있는 로저스 부인 별장에 우리 부부가 신혼여행 겸 다녀가라고 로저스 부인이 여비로 보내준 돈이 10달러였으니 10달러의 결혼식이라 할 수 있는 것이 아니겠는가? 결혼 후에 우리 부부는 둘 다 직업이 없는 처지에 놓이게 되었다. 아내는 한국에서 직장을 갖고 있었다가 미국에 오면서 직업이 없어졌으며, 나는 빌라노바대학교를 다니면서 아드모아에 있는 이탈리아인 세탁소에서 하던 막일마저 뉴욕으로 올라오면서 없어져 버렸다.

나는 뉴욕시로 이사를 온 후에 직장을 구해보려고 이곳저곳 수소문해서 알아보았다. 심지어 큰 거리에 있는 빌딩마다 구걸하듯이 찾아가서 일자리를 알아볼 정도로 비참한 신세가 되었다. 그러다 보니 더 이상 알아 볼 곳도 없어서 약혼자가 한국에서 온 후 결혼할 때까지 일단 성과 없는 구직활동을 중단하기로 했다. 그러다가 결혼한 후 뉴저지주로 신혼여행을 다녀온 후 둘이서 직장을 구하러 나섰다. 아내가 뉴욕시내의 지리를 잘 몰랐기 때문에 내가 굽 높은 하이힐을 신고 나선 아내와 함께 다니자니 몇 곳 가보지도 못하고 하루가 다 가버렸다. 아내는 타자수 일을 구해보려고 했는데, 타자는 한 번도 쳐보지 못하고 까다로운 영어 단어시험만 치르다가 떨어지곤 하니 답답한 노릇이었다. 아내는 굽이 높은 하이힐 때문에 발이 아프다고 성화이니 가슴만 답답해질 뿐이다.

나의 직업은 구할 생각도 못하고 아내의 직업을 구하는 데만 한 주일 가까이 다녔지만 직업을 구하지 못하여 고심하던 끝에 파파스씨를 찾아가 보기로 했다. 그리스계의 이 미국인은 내가 미국유학 올 때 여권을 받기 위하여 형식적인 재정보증서를 그의 한국 거래선이었던 아버님을 통하여 내가 보내준 양식대로 보증서의 내용을 적고 공증 받아 다시 보내준 사람이었다. 그가 아내를 직업소개소에 소개해주어서 그 곳을 찾아가서 아내의 직업을 부탁하기로 했다. 그날이 마침 주말이라 일요일에는 우리 부부가 결혼한 성당에 가서 미사참례를 하고 만사를 잊고 쉬기로 했다.

월요일 아침에 아내와 함께 집을 나서면서 아내에게 말했다.

"오늘부터 우리 부부가 따로따로 다닙시다. 지하철을 타고 어디를 가든지, 아니면 만일 길이라도 잃게 되면 지하철을 타고 타임즈스퀘어로 오시오. 거기서 7번가 지하철을 타고 110번가에서 내려서 브로드웨이로 2블럭만 내려오면 우리 부부가 사는 아파트가 되니 그렇게 하시오. 혼자서 할 수 있겠소?"

"나 혼자서 다니기 힘들 터인데, 죽기 살기로 해보지요. 나는 우선 지난번에 갔던 직업소개소부터 가보겠어요. 당신은 오늘 어디로 가실건가요?"

"글쎄, 나도 직업소개소에 가보아야지 않겠소? 무슨 직업을 구할 수 있는지를 알아야 직장을 잡을 수 있지 않겠소?"

"여하튼 힘을 내세요. 일주일씩이나 나만 따라다니느라 당신 직업도 알아보지를 못해서 미안해요. 오늘 좋은 결과가 있기를 빌겠어요."

"겁먹지 말고 마음을 단단히 가지시오. 그럼 이따가 집에서 만납시다. 힘내시오."

안쓰러운 모습의 아내를 혼자 떠나보내긴 했지만, 그날 아내는 직업소개소를 통하여 AMA에 타자수직을 구했다. 나는 육체노동을 하는 직업을 알선해 주는 시립 직업소개소를 찾아갔다. 미국에서는 무슨 직업이나 다 그렇듯이 경력이 있어야 직업을 구할 수 있었다. 내가 미국에서 쌓은 경력이란 세탁소일 밖에 없어서 그 분야의 일을 알아보려고 했다. 그런데 우연의 일치였는지 내가 그곳을 방문하던 날 할렘에 있는 일본인이 경영하는 세탁소에서 막일을 할 사람을 구한다는 것을 알고 적어준 주소를 갖고 그 세탁소를 찾아 할렘으로 지하철을 타고 갔다. 할렘은 흑인들의 주거지역으로서, 한국인을 비롯하여 다른 종족의 사람들이 그곳에 들어가기를 꺼렸지만, 그 당시 내 입장으로는 찬밥, 더운밥 가릴 처지가 되지 못했다.

내가 찾아간 할렘에 있는 세탁소는 두 곳이었는데, 한 곳은 고급 세탁물을 주로 다루는 세탁소로서 80세가 넘은 일본 노인이 운영하고 있었다. 내가 취직하려고 하는 세탁소는 30대 중반의 그 노인의 외아들이 경영하고 그 어머니가 돌봐주고 있는 좀 값싼 세탁물을 다루는 곳이었다.

나는 뉴욕대학교 대학원에 입학하면 저녁에 대학원 강의가 있으니 낮에는 그 일인의 세탁소에서 일하고 저녁에 학교에 다닐 계획을 세워놓고 있었기 때문에 그 세탁소에 쉽게 취직이 되었다. 아버지가 되는 주인 영감은 15세 때 미국으로 와서 캘리포니아에서 식품점 경영으로 상당히 성공했다. 30대에 일본 여자를 일본에서 데려다 결혼하여 아들 하나를 두었다. 2차 세계대전 때 적국인으로 몰려서 재산을 모두 몰수당하고 수용소 생활을 하다가 전후에 동부로 이사를 와버렸다. 현재는 외아들과 함께 세탁소 2개를 경영하는 처지에 있었다.

나는 이 일본인 부자를 통하여 귀소본능의 위대함을 새삼스럽게 깨닫게 되었다. 아버지의 경우 15년간만 일본에서 살았으며 나머지 65년이라는 긴 세월을 미국에서 살았지만, 아버지는 기본적으로 일본인이었지 결코 미국인이 될 수 없었다. 부인도 15년 연하의 일본 여인을 미국으로 데려와서 결혼하여 살면서 아들 하나를 낳았다.

그런데 그 외아들은 미국에서 태어났기 때문에 그런지는 몰라도 결코 일본 사람이 될 수가 없었다. 2차 세계대전 때 부모님은 캠프로 끌려갔지만, 외아들은 미국군대에 소집되어 군복무를 마치고 미군으로 제대했다. 후에 재향군인 재훈련을 받으러 갔더니 일본인인 네가 무엇 때문에 미군부대에 훈련받으러 왔느냐는 희한한 질문을 받았다는 것을 나에게 말해 준 적이 있었다. 외아들은 자신이 미국인이라는 것을 자랑스럽게 말하는 모습을 보면서 귀소본능이라는 것이 이렇게 강할 수가 있는 것이구나 하는 사실을 다시 한 번 깨닫게 되는 계기가 되었다.

외아들은 아버지의 권유로 일본에 건너가서 일본 여자를 아내로 맞아들이기 위하여 여러 번 선도 보았다고 했다. 마음에 드는 여자를 만나지 못하고 다시 미국으로 돌아와서 미국여자와 결혼하고 말았다고 나에게 말해 주었다. 나중에 미국부인과 그들 사이에 낳은 아들 둘과 딸 하나를 만나볼 기회가 있었다. 아이들이 동양인에 가까운 혼혈아였지만 틀림없는 미국인들이었다.

우리나라 사람들도 학생으로 갔다가 미국인이 되었거나 또는 처음부터 이민을 간 사람들도 많이 있었다. 대부분의 1세의 경우는 한국냄새가 물씬 풍기지만 그들이 2세, 3세, 또는 그 이상의 세대에 가서는 한국인의 특성을 전혀 찾아볼 수 없게 되는 것이 현실이라 할 수 있을 것이다. 아들은 외아들이라 외롭다고 하면서 나에게 함께 형제처럼 지내며 세탁업도 같이 해보자는 제안을 했다. 나는 공부를 더하고 싶은 욕심이 있어서 그의 제안을 거절했다. 만일 그때 그의 제안을 받아들였더라면, 미국서 고학하며 어렵게 공부하는 수고는 더 이상 안 해도 좋았을 것이며 세탁업으로 많은 돈을 벌었을지도 모른다. 그러나 아무리 직업의 귀천이 없는 미국이라고 하더라도 세탁업을 나의 천직으로 선택한다는 것은 그 당시 나의 자존심이 허락하지를 않아서 그러한 제안을 완곡하게 거절했다. 지금 생각해도 그의 제안을 거절했던 것은 참 잘한 일이었다고 판단된다.

뉴욕대학교는 모든 외국학생에게 영어시험을 치르게 하여 대부분의 학생을 불합격시켜서 최소한 1학기를 대학에서 계획하고 있는 영어 과정을 밟도록 하는 것이 학교의 방침이었다는 것을 그 영어 과정을 1학기 이수하면서 알게 되었다. 뉴욕대학교의 영어시험을 치루고 보니 단순히 영어 문장을 읽고 해석하는 것뿐만 아니라 듣고, 쓰기, 올바른 단어선택 등 내가 일찍이 훈련받은 적이 없는 현재의 토플이나 토익 같은 내용을 시험 보니 내가 합격할 수가 있었겠는가? 그리하여 63년 2학기에는 뉴욕대학교에서의 대학원 공부는 전혀 하지 못하고 영어과정만 1학기 수강하고 말았다. 그런데 이 영어과정의 수강은 나에게 많은 도움을 주었다. 오전에는 문법과 단어공부, 오후에는 발음과 문장해독 등으로 나누어 체계적으로 영어를 가르치는 이 과정을 통하여 나는 한국에서 10여 년간 배운 것 보다 더 많은 분량의 영어를 참으로 효과적으로 공부했다는 만족감을 느낄 수 있었다. 또한 영어에 대한 자신감도 처음으로 생겼다. 영어과정은 비록 강제적인 것이긴 했지만, 내가 1학기동안 참 잘 선택했다는 생각을 하게 되었다.

그런데 이렇게 낮에 학교에 다니게 되리라고는 예상하지 못했던 일이다. 일본인의 세탁소에서 일자리를 갖게 된 것은 낮에 일하고 밤에 학교를 다니기 위하여 계획했던 일이었지만, 그 계획자체가 이렇게 차질을 빚게 되고야 말았다. 하는 수 없이 세탁소 일을 그만두고 다른 일을 구할 수밖에 없었다. 그래서 얻은 일자리가 코넬대학교 의과대학 뉴욕병원의 응급실 사무직이었다. 그 당시만 해도 호랑이 담배 피우던 시절이라 외국학생이라는 것을 증명하는 여권을 제시하고 직장을 구했으니 말이다.

내가 미국유학을 간 63년 초에 외국유학생에 대한 관리법이 바뀌었다. 그 전에는 유학생으로 미국에 공부하러 온 남녀학생이 결혼을 하여 부부가 되더라도 양쪽 모두 학교에 다녀야만 했다. 그렇지 않은 경우에는 학교에 다니지 않는 쪽이 강제추방의 대상이 되었던 것이다. 그런데 법이 바뀌어서 학교를 다니는 쪽은 F-1 비자를 받아 유학생 신분을 유지할 수 있으며, 공부를 하지 않는 쪽은 남편이든 또는 아내이든 관계없이 남편이나 아내가 유학생신분을 유지하고 있는 한 F-2 비자를 받아서 공부를 하지 않아도 미국에 배우자와 함께 합법적으로 체재할 수 있게 되었다.

이러한 유학생 관리법의 변경에 관한 상세한 사항은 내가 빌라노바대학교에 다닐 때 외국학생 지도교수를 통하여 이민국에 문의해 본 결과 필라델피아에 있는 이민국에 직접 방문하면 상세하게 설명해주겠다는 편지를 받고 내가 직접 이민국에 가서 알아보았던 사항이었다. 나의 경우 아내와 결혼한 후 부부 양쪽이 모두 학교에 다닐 처지가 아니었는데, 혹시 무슨 방법이라도 없을까 하여 결혼 전에 알아 본 결과 관리법이 결혼 후의 우리 부부에게 유리하게 바뀌었다는 사실을 친절하게 설명해 주어서 내가 아내와의 결혼생활을 준비하는데 많은 도움이 되었다.

유학생이나 그 배우자는 원칙적으로 직장을 가질 수 없었지만, 뉴욕 근처의 롱아일랜드에 있는 세인트 존스대학교에 유학생으로 왔던 아내는 유학생 신분을 포기했다. 그 대신 내가 공부를 마치고 직장을 구할 때까지 3년 반 동안 한 직장에 머물면서 직장생활을 하여 생활비를 벌어들일 수 있었다. 나도 틈틈이 학비를 벌기 위하여 자주 일자리를 바꾸긴 했지만 공부 마칠 때까지 계속 일을 해왔다. 내가 새로 직장을 구했던 뉴욕병원은 코넬대학교 의과대학의 3000여 병상을 가진 초대형 대학병원으로서 내가 담당한 일은 하루 3교대의 마지막인 밤 12시(자정)부터 다음날 아침 8시까지 밤을 새워서 응급실을 찾는 환자들의 접수를 담당하는 일이었다.

미국이라는 나라는 세계 각국의 인종으로 형성된 나라로서 이름은 문제될 것이 없었지만, 성은 왜 그렇게 복잡한지? 그리고 그렇게 많은 성들이 존재한다는 것을 처음으로 알게 되었다. 내가 해야 하는 일은 환자의 기록카드를 작성하는 일이 주 업무였다. 기록카드의 중복여부를 확인하기 위하여 환자 부모의 성과 이름을 정확히 기록하는 것이다. 그런데 그것이 생각했던 것보다 그렇게 용이한 일이 아니라는 것을 곧 알게 되었다. 환자 부모의 성과 이름을 정확히 기록하는 이유는 환자 기록카드를 정확하게 밝혀내기 위한 것이다. 상당수의 환자가 이 병원에 이전에 왔던 일이 있었지만, 그러한 사실을 잊어버렸거나 온 일이 없다고 주장하는 경우에 그 진위여부를 제대로 가려내기 위해서였다.

그 병원에서 거의 5개월간 그 일을 계속했다. 뉴욕대학교에서 63년 9월부터 영어과정을 택했을 때에는 잠을 제대로 잘 수가 없다는 것 이외에는 별로 어려운 일이 없었다. 그런데 64년 3월부터 컬럼비아대학교 대학원 정치학과에서 박사학위 과정을 택한 후로는 자지 못하고 밤을 새워 일한다는 것 자체가 그 어려운 박사과정 공부를 따라가기조차 힘겹게 만들었다. 할 수 없이 타의 반, 자의 반으로 응급실 일을 그만두어 버렸다. 영어가 서툰 나로서는 응급실에서의 업무 자체가 힘겨운 일이었다.

응급실에서는 희한한 일도 많이 겪었다. 크리스마스이브에는 길에서 넘어져서 머리를 다쳤다고 한 남자가 응급실에 들어와서 머리가 다쳤는지 여부를 알아보고 싶다고 나에게 묻기에 엑스레이라도 한 번 찍어보라고 그에게 말해 주었다. 촬영결과 그 환자가 하는 말이 머리가 깨진 줄 알고 엑스레이를 찍으라 하여 찍었더니 아무렇지도 않다고 말하면서, 대단히 기쁘다고 나에게 1달러 지폐 한 장을 '메리크리스마스'라는 인사말과 함께 팁으로 주고 간일도 있었다.

또 한 번은 잠도 오는데 웬 할머니 한 분이 새벽 두 세시경에 찾아와서는 누구에게 향한 것이랄 것도 없이 혼자서 고래고래 소리를 지르는 것이 아니겠는가? 하도 시끄럽게 굴어서 내가 왜 그러시냐고 말참견을 했더니, 웬 동양녀석이 건방지게 자기에게 대꾸한다고 기분이 몹시 상했던지 자기가 누구인지 아느냐고 시비조로 나오는 것이 아니겠는가? 할머니는 도대체 누구시기에 밤중에 잠도 주무시지 않고 병원에 와서 노시느냐고 하니까 참 기가 차다는 표정으로 나를 쳐다 보면서 하는 말이 실로 가관이었다.

　"나로 말할 것 같으면, 그 유명한 나폴레옹 보나파르트의 손녀란 말이야."

　"나폴레옹이란 분의 이름은 전혀 들어 본 기억이 나지를 않는데요. 혹시 미국사람입니까?"

　"도대체 나폴레옹이 누구인지도 모르는 사람도 이 세상에 존재한다는 거요?"

　이 할머니는 얼굴이 벌겋게 달아올라서 나에게 악을 쓰면서 대드는 것이었다. 나폴레옹이 누구인지 모르는 바보도 이 세상에 존재한다는 것인가? 그런데 200여 년이나 전에 살았던 나폴레옹이 어떻게 그녀의 할아버지가 된다는 말인가? 나는 정신이 이상하면 낮에 와서 치료를 받을 일이지 밤중에 응급실에 나타나서 여러 사람들을 괴롭히는 그 할머니가 몹시 원망스러웠다.

　그리고 새벽 세 시경 나에게 장난을 치려고 나타나는 것인지 인물도 훤하게 잘 생기고 키도 훤칠하게 큰 서양여자가 응급실에 나타나서는 나의 손도 잡아보고 실없는 말을 걸곤 하던 젊은 여자도 있었다. 나에게는 이러한 사람들이 기쁨을 주기보다는 짜증을 더하게 해줄 뿐이었다. 이제는 밤일을 한다는 것 자체가 지긋지긋하게만 느껴져서 언제 가야 이 고달픈 일에서 벗어날 수 있을 것인지 궁금해질 지경이었다. 아마도 이러한 사람들, 특히 밤중에 찾아왔던 정신이 돈 할머니 같은 사람이 나의 상급자를 찾아가서 나에 대한 불평을 늘어놓고 파면시켜 줄 것을 요구하는 바람에 그렇게 된 것인지는 알 수 없지만, 나는 64년 3월 학기가 끝나기도 전에 책임자의 권고로 마침내 응급실의 밤일을 그만두게 되었다.

그 덕택으로 64년 여름방학은 나에게 있어서 가장 어렵고도 지루한 기간이 되었다. 왜냐하면, 64년은 세계박람회가 뉴욕시에서 개최된 해로서 벌써 5월말 이전에 미국 각지에서 100만 여명이나 뉴욕으로 올라와서 5월중에 웬만한 자리들이 전부 다 차버렸다. 5월말에나 학교가 끝나는 나로서는 이미 다 차버린 직장을 구한다는 것이 결코 용이한 일이 아니었다.

내가 뉴욕병원에서 밤잠을 자지 못하면서 악전고투를 하고 있던 5개월간에 아내는 아직도 신혼기간 중인데도 남편인 내가 함께 지낼 수 없다는 것이 안타깝기만 했다. 결혼한 지 얼마 지나지 않아서 도둑이 들었다. 결혼선물로 친구들에게 받은 토스토 등 살림도구는 물론 한국에서 가져온 비상약도 모두 쓸어가 버린 직후라 밤에 혼자 잔다는 것이 얼마나 무서웠겠는가? 더욱이 약혼반지로 아내가 나의 부모님께 받은 3부 다이아반지는 오히려 손가락에 끼고 다니는 편이 안전했을 것을 나의 공연한 말 한마디 때문에 잃어버린 셈이다. 한국에서 누가 반지를 끼고 다니다 버스 속에서 손가락이 잘렸다는 이야기를 내가 들려주면서, 반지를 집에 두고 다니는 편이 안전할 것이라고 아내에게 말해준 바로 그 다음 날에 집에 놓고 간

다이아반지를 도둑이 집어가고야 말았던 것이다.

74년에 영구 귀국하기 전에 뉴욕시의 티파니 보석상에 가서 다이아 반지를 하나 사주려고 했지만 웬만한 것이 수천달러에 달하기에 포기해버렸다. 그 대신에 80달러하는 금반지 하나만 사주고 다이아 반지는 다음에 사주기로 하고 그 가게를 나와 버렸다. 그런데 80에 가까운 현재에 이르기까지 그 약속을 지키지 못하고 있다. 실은 이제는 다이아 반지를 수십개 사줄만한 여유도 생겼지만 아내는 더 이상 그런 것을 원하지 않는다면서 금반지 하나만으로 만족해하는 연륜의 여유를 보여주고 있다. 나는 혼인 50주년을 맞이하여 아내에게 30여만 원을 주고 금목걸이를 하나 사주었다. 아내는 그것을 목에 걸고 좋다고 다니는데 나는 아내의 이러한 소박한 모습이 좋다.

아내는 내가 집에서 잠을 자지 못했던 5개월간 밤만 되면 현관문을 열지 못하도록 밥상과 의자 등으로 막아놓고 잠을 잤다고 했다. 우리 부부가 살던 아파트는 현관 키 이외에는 아무런 안전장치가 추가로 부착되어 있지 않았기 때문에 현관문을 도둑이 따기는 식은 죽 먹기였다. 그러다 보니 밤에는 아내의 모든 신경이 현관문으로만 가 있어서 잠을 제대로 이루지 못했다고 했다.

내가 뉴욕대학교에서 영어를 공부할 때는 오후 3시에 강의가 끝난 후 집에 와서 잠을 잤다. 아내는 5시에 회사일을 끝내고 집에 오면 함께 저녁식사를 하기 위하여 나는 일어나야 했다. 식사 후에는 잠시 아내와 이런저런 이야기를 나눈 후 또 잠을 자다가 11시경에는 일하러 갈 준비를 해야 했다. 이런 판에 박힌 생활을 다람쥐 쳇바퀴 돌 듯하다 보니 아내의 불만도 많이 쌓여갔을 것으로 짐작되며, 나의 피곤은 날이 갈수록 깊어만 가던 중에 응급실에서의 밤일을 그만 둔 것은 두 사람을 위하여 너무나 다행한 일이었다고 할 수 있었다.

나는 한국에 있었을 때, 특히 대학시절에 영어에 관심을 두었다. 졸업한 후에도 미국 군인이었던 브라운을 영어회화클럽에 끌어들여서 영어회화를 많이 연습했기 때문에 영어회화는 나름대로 잘 한다고 생각했다. 영어원서도 상당히 읽었기 때문에 미국유학을 가더라도 충분히 강의를 듣고 따라갈 수 있을 것이라고 생각했다. 그런데 막상 미국에 와서 강의를 듣다보니, 한국에서 10년 이상 영어를 배웠는데도 나의 영어 실력이 강의를 제대로 알아듣고 과제로 주어지는 책들을 읽고 충분히 이해하고 활용하는 데는 월등히 그 능력이 떨어지고 있다는 사실을 절실하게 깨닫게 되었다.

뉴욕대학교에서의 1학기 동안의 영어공부가 나에게 많은 도움을 준 것만은 사실이었다. 그러나 그 정도의 영어실력의 향상만으로는 대학원 공부를 제대로 따라가기 어렵다는 것을 새삼스럽게 깨닫게 되었다. 더욱이 미국동부의 명문대학 중의 하나인 컬럼비아대학교 대학원에서의 공부는 결코 만만히 볼 일이 아니었다. 뉴욕대학교에서 1학기 동안 영어과정을 거치면서 나는 기왕에 비슷하게 비싼 학비를 내고 대학원 공부를 할 바에야 좀 더 이름이 난 컬럼비아대학교로 옮기는 편이 낫겠다는 판단을 내렸다. 결국 64년 3월 학기부터 컬럼비아대학교 대학원 정치학과에 입학원서를 내고 영어시험까지 합격을 했다.

그런데 학교방침이 5,000달러가 입금되어 있는 은행통장 증명서를 첨부하라고 하여 좀 애를 먹었다. 한 달을 그러한 증명서를 나에게 첨부해 줄 사람을 찾아다니다가 지쳐버렸다. 내가 다시 한 번 입학담당자를 찾아가서 학교에서 요구한 증명서를 만들어 올 수 없는데, 그러한 증명서는 모든 신입생에게 요구하는 것이냐고 물었다. 그의 대답은 반드시 그런 것이 아니라 한국 등 몇몇 국가에서 온 유학생에게만 적용되는 예외적인 요구사항이라고 하면서 은행예금증명서를 만들어올 수 없다면 재정보증서라도 첨부시키라고 하면서 그 원래의 요구사항을 상당히 완화시켜 주었다.

다행히 고등학교 선배가 재정보증서를 써주어서 이 보증서를 첨부하여 입학허가가 나왔다. 그리하여 나는 64년 3월 학기부터 컬럼비아대학교 대학원을 다닐 수 있게 되었다. 나의 경우 은행통장에 5,000달러는 고사하고 단돈 기백 달러도 저축되어 있지 않았다. 하루 벌어 하루 사는 거리의 노동자들처럼 내가 버는 수입이 있었다 하더라도 저축보다는 그것을 써버리기에 바쁠 지경이라 목돈이란 구경도 해볼 수 없는 처지였다. 미국학생들이라고 해서 누구나 돈을 쌓아놓고 공부를 할리는 없지 않은가?

부모가 부자이거나 공부를 아주 잘 해서 장학금을 받고 공부하는 극소수의 학생들을 제외하고는 상당수의 학생들은 학비를 버는데 고심하고 있었다. 컬럼비아대학교 대학원에서 박사학위 공부를 하는 대부분의 한국학생들도 학비조달에 어려움을 겪고 있었다. 그러다 보니 박사학위를 받는데 10년 또는 20년이 걸리는 사람들도 적지 않았다. 나의 경우처럼 학비도 벌어야 하고 영어실력도 부족한 경우에는 경제적인 여유가 있거나 장학금을 받아서 공부만 할 수 있는 학생들의 경우처럼 공부를 빨리 마치기 위하여 급히 서둘러야 할 필요는 없었을 것이다. 처음 학기에는 한 두 과목만 택하여 공부의 맛을 좀 본 다음에 서서히 수강 과목수를 늘려나가서 박사과정의 성적관리를 좀 더 철저하게 효율적으로 했어야 좋았을 것이다.

그런데 나의 경우에는 무엇이 그렇게 급했던지 첫 학기에 4과목이나 신청을 하여 한 과목도 제대로 따라가지를 못하여, 시험과 리포트를 병행하던 과목의 최종점수가 B- 학점만 주로 받게 되었다. 이러한 성적만 받게 되니 결국에는 박사학위 취득을 포기하고 그 대신 석사학위를 받는 것으로 만족할 수밖에 없었던 것이다.

박사학위 과정에서 무슨 과목들을 택했는지 전부 기억이 나지는 않았지만, 그 중에 가장 어려움을 겪었던 과목은 말할 필요도 없이 정치사상사였다. 한국에서는 서양 정치사상가들의 이름과 그들의 기본사상이 무엇인지 간단히 알고 있을 정도에 불과했다. 구체적으로 그들의 사상이 무엇이었는지 체계적으로 공부해 본 일은 전혀 없었다. 그들의 사상을 공부하고 비판하고 다른 사상가들과 비교하는 일은 나에게 실로 너무나 벅찬 일이었다. 미국학생들의 경우에는 대학에서 이미 배웠던 내용을 대학원에서 다시 복습하는 정도의 공부라 하나도 어려울 것이 없다는 것이었다. 그러나 나에게는 너무나 생소하고 복잡하여 잘 이해가 가지를 않는 과목이었기에 급한 마음에 사상가들의 대표작들을 사서 제대로 읽어서 소화할 시간이 없어서 밤에 잠자리에 들 때 그 책들을 베고 자면서 잠자는 중에라도 그 책에 들어있는 내용들이 고스란히 나의 머릿속으로 들어와주기를 간절히 바랐던 웃기지도 않는 일까지 있었다.

정치사상은 결국 개인의 철학사상에 기초를 두고 있는 것이었기 때문에 정치사상을 공부하기 위해서는 그러한 사상이 근거하고 있는 특정 철학자의 사상이 무엇이었는지를 체계적으로 철저하게 공부하는 것이 우선되어야 했다. 나처럼 이러한 기초적인 과정을 전혀 거치지 않고 정치사상을 공부하겠다고 뛰어든 것 자체가 무모한 일이었다고 할 수 있다. 나의 경우 각 정치사상가의 개인적인 철학적 배경과 각자의 사상적 변천과정을 공부하지 않았기 때문에 그들의 정치사상을 논한다는 것 자체가 무의미한 일이었다. 한 개인의 성장과정과 마찬가지로 그의 철학적인 사고방식도 연륜에 따라 성장 발전하는 것이므로 그들의 정치사상도 시대적인 배경에 따라 상이한 양상을 나타낼 수밖에 없는 것이었다. 결국 나는 정치사상을 체계적으로 공부하는데 흥미를 잃어버렸으며, 그나마 갖고 있던 책들도 전부 정치사상을 역사적인 관점에서 공부하고 있던 대학동창인 박동문에게 전부 주어버리고 말았다.

국제정치학도 확스교수라고 한스 모르겐소교수와 함께 시카고학파에 속하는 유명한 교수가 강의를 했다. 그가 읽으라고 학생들에게 나누어 준 도서목록에 있는 수백 권의 책들을 전부 읽지 않고는 도대체가 무슨 말을 하는지 알아들을 수가 없었다. 대충 대충 도서의 내용과 저자의 입장을 지적하면서 넘어가는 그의 강의내용이 나에게는 하도 진도가 빠르게 느껴져서 도저히 따라갈 수가 없었다. 그 때만 해도 내가 뉴욕병원의 응급실에서 밤 새워 일하고 있을 때라, 환자가 없을 때 틈틈이 읽는다고 해보았지만 허쯔교수의 '원자탄과 국제정치'라는 책 한 권을 학기가 시작한 후 2개월이 지나도록 다 읽지를 못했다. 독서의 속도가 그렇게 느려서야 어떻게 확스교수의 그 어려운 강의를 따라갈 수 있었겠는가? 밥 먹고 잠자는 시간만 빼고 도서관에 가서 공부만 한다고 해도 제대로 따라가지를 못했을 터인데도 말이다.

국제정치학은 빌라노바에서도 1학기 공부했지만 그때의 강의는 책 한권을 갖고 그 내용을 교수가 거의 읽다시피 하던 강의라 교수가 지정해준 한권의 교과서 이외에는 사실상 다른 책을 읽을 필요도 없었다. 이런 강의를 듣다가 확스교수의 강의를 듣고 보니 과연 대학원 강의라는 것은 이렇게 하는 것이구나 하는 새로운 인식이 나를 사로잡게 되었던 것이다. 확스교수는 부부가 국제정치학 교수로서 남편은 미국과 소련을 중심으로 하는 초강대국가들의 관계를 주로 다루고 있었으며, 그 부인은 이러한 초강대국가들의 영향 하에 있는 군소국가들의 관계를 다루고 있었다. 그 부인의 강의는 들어본 바가 없었지만 아마도 확스교수의 주장과는 다른 입장을 취했을 것이다.

확스교수의 주장은 국제정치라는 것이 결국에는 미국과 소련과 같은 초강대국가들만이 국제정치의 주도권을 형성하고 변경시켜 갈 수 있는 능력을 갖고 있다는 것이었다. 기타의 군소국가들은 확스부인의 주장이 무엇이었던 간에 초강대국가들의 지배하에 들어가야지, 만일 그렇지 않다면 생존의 기회마저 잃어버릴 수밖에 없다는 것이었다. 이러한 질서를 변경시킬 수 있는 것은 군소국가들이 아니라 초강대국가들 뿐이라고….

컬럼비아대학교 대학원의 정치학부에서는 '법과 정부학과'에서 국제관계와 국제법을 전공할 수 있었다. 이 분야를 전공하기 위해서는 기본적으로 국제정치, 국제조직 및 국제법의 3개 분야를 모두 유기적으로 공부하지 않으면 안 되었다. 그 이유는 국가 간의 국제정치의 결과물로 제1차 및 제2차 세계대전 후에 생긴 국제연맹과 국제연합을 비롯한 다수의 기타 정부조직과 비정부조직의 형성이 국가들을 급속히 조직화 하는데 많은 기여를 했으며, 국제법의 발달에도 많은 영향을 주었기 때문이다. 따라서 우리나라에서의 국제법학의 연구처럼 국제정치와 국제조직에 관한 연구를 전혀 고려하지 않고 국제법 만을 별도로 떼어내어 마치 독립된 학문분야처럼 다루는 것은 국제법의 올바른 이해에 전혀 도움이 되지 않는 방법론이라 할 수 있을 것이다.

미국의 로스쿨에서 어떻게 국제법을 가르치는지는 알 수 없었지만, 주로 판례를 중심으로 학생들을 가르칠 것이며 우리나라처럼 지나치게 편협한 접근은 하지 않을 것으로 판단된다. 그 이유는 나의 석사학위 논문지도교수였던 리씨쩐교수의 강의내용에서 짐작해볼 수 있었다. 그 교수는 대학원 정치학과와 로스쿨에서 한 학기의 강의와 한학기의 세미나를 가르치고 있었다. 그의 강의와 세미나 진행방법으로 볼 때 결코 한국적인 고립주의적 편협한 방법론을 사용하지 않은 것만은 분명한 일이었다.

내가 리씨쩐교수의 지도를 받아서 컬럼비아대학교 대학원 정치학과에서 65년 9월 학기에 제출하여 65년 12월 15일에 수여받은 정치학 석사학위 논문의 제목은 '국제법상 공해상의 정착어족의 법적 지위' (A Legal Status on Sedentary Fisheries on the High Seas)로서 국제법 논문이었다. 나는 이보다 앞서 60년 3월에 서울대학교 대학원 행정학과에서 국제법전공으로 행정학 석사학위를 받은 바 있었다. 논문제목은 '국제법상「재판거부」라는 용어의 의미에 관하여'로서 역시 국제법 논문이었다. 79년 2월에는 연세대학교 대학원 법학과에서 '약품의 국제관리에 관한 연구'라는 국제법 논문으로 법학박사의 학위를 받았다.

나는 행정학과, 정치학과 및 법학과를 오가며 국제법을 전공하여 석사학위 2개와 박사학위 1개를 받았다. 컬럼비아대학교의 정치학 석사학위는 해양국제법, 특히 해양생물에 관한 것이었으며, 연세대학교의 법학 박사학위는 마약의 국제관리에 관한 연구였지만, 오히려 환경이나 국제통상 분야와 같은 미래지향적인 분야를 공부했던 편이 좀 더 보람이 있지 않았을까 하는 아쉬움도 있었다. 그런데 내가 박사학위를 받기 바로 전인 78년 말에는 환경분야와 관련된 국제법 박사학위를 받는다는 것이 거의 불가능했다. 왜냐하면 당시에는 환경에 대한 인식이나 자료도 절대 부족하여 만족할만한 박사학위 논문을 써낸다는 것 자체가 무리였기 때문이다. 그러나 내가 20여 년간의 환경학 교수생활을 하면서 98년 저술했던 '국제환경법론: 지구환경문제와 국제법'은 문화관광부 99년도 우수학술도서로 추천된 바 있어서 교수은퇴 전에 나의 국제법연구의 결정판으로서 보람을 느끼고 있다.

내가 컬럼비아대학교의 석사학위 논문으로 '정착어족'에 관한 문제를 다루게 된 직접적인 동기는 대륙붕문제를 좀 더 심도 있게 다루고 싶었던 데도 그 목적이 있었다. 하지만 그것보다는 오히려 한국에서 지나친 법리연구에 치우친 경향에서 과감히 벗어나서 '정착어족'과 같은 해양생물이라는 실체적인 대상을 중심으로 보다 구체적인 결과를 가져올 수 있는 연구를 하고 싶었던 것이다. '정착어족'이라 함은 해양에 서식하던 새우, 게, 산호, 스폰지와 같은 어족으로서 그들의 전 생애에 걸쳐서 서식지가 물이냐 또는 해저의 토지이냐에 따라 그들의 법적 지위에 관한 규제에 있어서 큰 차이가 발생할 수 있다는 것에 관한 연구를 하려는 것이었다.

연안국의 해저로 연결되는 해저의 일정부분까지를 대륙붕이라 하며, 대륙붕의 땅위를 기어 다니거나 또는 땅 밑에서 생활하는 '정착어족'의 경우도 있다. 스폰지와 산호 등은 완전히 성장한 후에는 해저의 땅위에 해저식물처럼 움직이지 않게 되는 것도 있다. 영해의 범위는 대포의 포탄이 날아갈 수 있었던 거리인 3해리가 17세기의 국제관행으로 영해의 범위가 되었지만, 그 후 영해의 범위확장을 주장하는 국가들에 의하여 영해의 범위가 4해리, 6해리, 12해리, 그리고 심지어 200해리의 경제수역을 주장하는 범위까지 확장되었다. 따라서 영해의 3해리의 범위를 벗어나서 해저로 연장되는 해저 토지는 대륙붕 이론에 의하여 연안국의 관할권 하에 있다는 주장이 받아들여져서 이러한 주장을 뒷받침해 줌에 있어서 정착어족들이 연안해에 속하느냐 또는 대륙붕에 속하느냐 하는 법적 논리가 결정적인 역할을 한다는 것을 알 수 있었다.

왜냐하면 그러한 정착어족들이 바닷물에 속한다면 연안국은 영해의 범위 내에서만 정착어족에 대한 관할권을 갖지만, 만일 해저의 땅에 속한다면 대륙붕이론에 의하여 연안국만이 배타적인 관할권을 행사할 수 있게 된다는 것이다. 그런데 이러한 법적인 논란도 영해의 범위가 200해리 경제수역의 도입으로 영해와 대륙붕의 구분자체가 현재에는 무의미해지고 있다는 것을 유의할 필요가 있을 것이다.

내가 한국에서 국제법에 석사학위 논문을 작성하는데 명목상으로 지도교수를 정하기는 했지만, 그 교수 자신이 대학원 과정을 밟은 일도 없었으며, 대학도서관에 풍부한 자료도 구비되어 있었던 것도 아닌 상태에서 좋은 석사학위 논문을 기대한다는 것 자체가 처음부터 불가능한 일이었다. 논문작성의 방법을 지도교수에게 지도받은 일도 없었으니, 외국인들이 어떻게 하는지 책을 통하여 살펴볼 수밖에 별 도리가 없었다.

그러다가 미국에 가서 대학원 공부를 시작해 보니 자료는 한국과는 비교가 되지 않을 정도로 많았다. 오히려 문제는 그 많은 자료들을 어떻게 정리하여 나의 논문작성에 활용할지를 체계적으로 공부한 바가 없었으니 컬럼비아대학교에서 국제법 석사학위 논문을 준비하면서 유명교수의 저서를 노트도 달지 않고 상당부분을 베껴버릴 수밖에…. 이것이야말로 지도교수의 당연한 지적 사항이었으며, 남의 글을 인용할 때에는 반드시 인용했다는 노트를 달아야 한다는 조언을 해주었다. 나는 그 후로는 그 교수가 지적했던 대로 학술논문에는 반드시 노트를 달고 있다. 나의 어수룩한 논문이 금방 들통이 나게 되었던 또 하나의 이유는 내가 직접 쓴 부분과 남의 책을 인용한 부분이 나의 미숙한 영어로 인하여 뚜렷이 표가 나다 보니 남의 글을 인용했다는 것이 밝혀질 수밖에 없었던 것이다. 그러면 노트만 달면 그 교수의 말대로 표절이 아닌 것인가? 우리나라의 표절기술이 너무나 비상하게 발전하고 있는 오늘날 그 말의 타당성에 대해서도 의문의 여지가 있다.

그 당시만 해도 나는 자신이 다루고 있던 분야가 앞으로 국제법의 중요한 관심분야로 떠오르게 될 국제환경법의 중요한 일부가 되리라는 것을 미처 깨닫지 못했던 것이다. 그러한 미래지향적인 의미에서 내가 박사학위 논문의 주제를 '마약'보다는 '환경'으로 바꾸었다면, 자료수집과 제도정비의 초기단계에 있었던 환경 분야 연구에 고전을 면하지는 못했겠지만 좀 더 보람 있는 일이 아니었을까 하는 생각을 해보았다.

내가 컬럼비아대학교 대학원 정치학과에서 택한 과목 중에 아직도 기억에 남는 과목으로는 유엔조직에 관하여 다수의 저서를 낸 구드리치교수의 국제조직에 관한 강의였다. 구드리치교수만 하더라도 강의시간을 빼먹는다는 것은 상상도 할 수 없는 일이었다. 노인인데도 체구가 당당하고 음성도 우렁찼다. 대학원 지도교수이기도 했던 그는 내게 박사학위과정을 따라가기 힘들겠지만, 기왕에 컬럼비아대학교 대학원에 다니고 있으니 학문하는 방법론을 배우는 것만으로도 결코 손해날 것이 없다는 조언을 해주었다. 그 교수의 이러한 조언은 그 후 한국에서 국제법학에 박사학위를 받고도 대학에서 '국제법강의'를 하지 못하고, 그 대신에 '환경학강의'를 하게 되었을 때 많은 도움이 되었다. 컬럼비아대학교에서는 박사학위가 아닌 석사학위로 만족할 수밖에 없었지만 컬럼비아대학교에서 공부한 여러 가지 학문분야의 상이한 방법론이 나에게 많은 도움이 되었다. 특히 훗날에 내가 '환경학'이라는 한국인에게 새롭고 낯설은 학제적인 종합학문의 방법론을 개발하는데 컬럼비아에서 배웠던 방법론들이 많은 도움이 되었다.

'사회세력과 국제관계'라는 과목을 강의한 교수는 음성도 허스키하며, 강의에도 열의가 없는 것처럼 보여서 그의 강의시간에는 조름만 솔솔 올 정도로 재미가 없었다. 그의 강의에서는 중남미에서 왜 빈번히 혁명이 일어나느냐에 관한 중요한 사실을 배웠으며, 그의 강의가 우리나라의 군사혁명을 이해하는데 많은 시사를 나에게 주었다. 그 교수의 강의를 내가 전부 이해한 것은 아니었지만, 내가 이해한대로 강의의 내용을 요약해 보면 대체로 다음과 같다. 중남

미제국에서 군사혁명이 자주 일어나는 이유는 그러한 혁명을 가능하게 해준 지식계급과 기업의 야합이 있었기 때문에 가능했다는 것이었다. 군인들에게 부족한 머리는 지식계급을 적절히 활용하면 되고 돈줄을 댈 수 있는 기업을 양성해야 군사혁명이 성공할 수 있다는 것이었다.

우리나라의 경우, 특히 구한말의 정치사를 살펴보면, 일본이 한국을 점령한 것이 불과 2개 대대의 병력을 갖고 결행한 것이었다는 사실을 책에서 보았을 때에 어떻게 그러한 일이 가능할 수 있는지 의문을 가진 적이 있었다. 그러나 이러한 역사의 되풀이는 61년 5월 16일에 박정희 등이 주도한 군사혁명이라는 것이 고작해야 구한말의 일본군의 병력보다 더 나을 것이 없는 결사대들에 의하여 이루어진 것이었다. 이러한 소수의 병력을 갖고 방송국과 신문사의 언론매체를 제일 먼저 장악했고 계엄령을 선포하여 저항세력들의 효과적인 움직임을 사전에 차단함으로써 가능했던 것이었다. 이러한 사실을 상기할 때 군사력에 의한 권력의 장악에는 그렇게 많은 병력이 필요 없었다는 것을 새삼스럽게 깨닫게 되었다.

또한 그러한 군사혁명이 실패하지 않고 성공을 거둘 수 있었던 것은 소위 정책평가교수단을 적절히 활용하여 필요한 인재를 적소에 차출하여 지식계급의 머리를 효율적으로 활용한 것과 군사정권에 적극 협력하여 함께 성장해 갈 수 있는 기업의 선택과 육성으로서 그러한 기업은 반드시 대기업일 필요는 없었다는 사실이었다. 우리나라의 경우 대우, 현대 및 삼성과 같은 기업이 군사혁명의 직접적인 영향을 받아서 대기업으로 성장하는 기틀을 마련했다고 해도 과언이 아닐 것이다. 군사혁명의 성공은 또한 적절한 시기에 성공적으로 민정으로 정권을 이양해야 하는 과제를 안고 있었다. 군정이 자연스럽게 민정으로 이양되려면 국민의 관심을 한 방향으로 이끌어 갈 수 있는 공동목표의 설정이 필요했다.

군사정권에서 민정으로 정권을 성공적으로 이양하여 18년간의 장기집권을 하는데 성공한 박대통령의 경우 '경제발전'이라는 캐치프레이즈가 "우리도 잘 살 수 있다"는 전 국민의 바람과 일치할 수 있었기 때문이다. 또한 실제로 그렇게 된 것은 독재적인 요소를 수반하기는 했지만, 국민을 한 방향으로 이끌어 국가발전을 이룩한 군사혁명의 성공에 힘입은 바가 크다고 할 수 있을 것이다.

내가 컬럼비아대학교 대학원에서 공부하면서 크게 착각한 부분의 하나는 극동에서 온 한국학생이기 때문에 당연히 중국과 일본문제에 대하여 잘 알고 있다는 것이었다. 컬럼비아대학교의 동아시아 연구소는 미국에서도 유명한 극동문제연구소로서 중국과 일본에 대한 저서를 수십만 권씩이나 보관하고 있었으며, 한국관계의 자료도 많이 수집하고 있었다. 이 연구소에는 중국인과 일본인 연구원들과 교수들이 배치되어 있었으며, 미국인도 중국어와 일본어를 영어보다 더 잘하는 교수들이 여러 사람 있었다.

그 중에 한 사람은 20년대에 중국에 영사로 가서 중국이 일본의 침략을 받아 항일전쟁을 하면서도 국부군과 중공군이 대립되는 현상을 전부 목격하면서 중국에 계속 체재하여 마오쩌둥이 북경을 점령할 당시 북경주재 총영사를 마지막으로 외교관생활을 정리하고 컬럼비아대학교 동아시아 연구소에 출강하고 있던 클럽이라는 노인이 있었는데 중국어를 영어보다 더 잘하는 사람이었다. 나는 중국문제에 대하여 잘 알고 있다는 착각 하에 중국말을 전혀 알지 못하면서 영문도서에만 의존하여 청나라 말기의 '권비의 난'을 다루는 리포트를 그 노교수에게 제출했다가 망신만 당했다. 중국의 청나라 말기의 역사적 배경을 제대로 인식하지 못하고 있었기 때문에 생긴 일이었다.

더욱이 미국의 극동정책에 관한 세미나 과목을 택하였을 때에는 한국전쟁 당시의 맥아더장군의 입장을 변명해 주었다가 망신만 당한 일도 있었다. 한국에서는 한국전 당시에 맥아더장군이 주장한 만주폭격과 한만국경선에 영구적인 코발트벨트를 설치하여 한반도를 중국의 영향에서 영구적으로 격리하자는 작전을 투르만 행정부가 저지하였기 때문에 남북통일이 성취되지 않았다고 대부분의 한국인들이 믿고 있었듯이 나도 같은 견해를 견지하고 있었다.그러나 맥아더와 미행정부의 대립되는 입장을 연구하다 보니 맥아더의 주장은 기술적으로는 물론 전략적으로도 도저히 받아들일 수 없는 성질의 것이라는 사실이 곧 분명해졌다.

만주폭격의 주장은 중공군에 의하여 이미 완전히 장악되었으며, 중공군에 투항한 100만명의 국부군 투항자를 총받이로 하여 한국전에 참전한 마오쩌둥의 전술을 좌절시키기에는 너무나 역부족이었다. 마오쩌둥의 의도는 만일 그들이 전사하면 충성심이 의심스러운 투항자들을 힘 안 들이고 제거할 수 있어서 좋았으며, 만일 미국과의 전쟁에 승리한다면 중국의 국가적 위상을 미국과 같은 수준으로 끌어올릴 수 있는 계기가 되기 때문에 좋다는 것이었다. 이러한 입장에 있었던 중국에 압력을 가한다는 의미에서 만주폭격을 결행한다고 해보았자 돌아올 실익이 없다는 결론이 미행정부로부터 나올 수밖에 없었던 것이다.

그 당시에 한국 내에서는 잘 알려지지 않은 한·만국경선에 대한 코발트벨트의 설치는 코발트와 같은 위험한 방사선 물질을 일정한 장소에 고정시킬 수 있는 기술이 그 당시까지는 발달되어 있지 않았으며, 또한 앞으로도 그러한 기술이 발달할 가능성이 전혀 보이지 않았기 때문에 한·만국경선에 대한 코발트벨트의 설치는 실현가능성이 전혀 없는 위험천만한 엉뚱한 주장에 불과했었다고 할 수밖에 없었던 것이다. 이와 같이 내가 이러한 문제에 대하여 깊이 있는 분석을 해감에 따라서 내가 한국에서는 미처 알지도 못했고 또한 알 수도 없었던 맥아더장군에 관한 새로운 사실들이 수없이 산적해 있다는 것을 새삼스럽게 깨닫게 되었다.

이러한 연구를 통하여 얕은 지식만으로 중요한 문제를 속단하는 것은 학문연구의 자세가 아니라는 것을 명심했으며, 나는 평생을 통하여 어떤 문제에 대해서도 올바른 접근을 시도해 보기 위한 노력을 게을리 하지 않고 있는 중이다.

나는 박사학위 공부를 하다가 중도에서 포기하고 컬럼비아대학교 도서관대학원에서 도서관학 석사학위를 받기 위하여 65년 9월부터 도서관학을 공부하기 시작했다. 내가 도서관학을 공부하기로 결정한 직접적인 동기는 고등학교 동창으로 작은 대학에서 강의를 하면서 정치학박사학위 논문을 준비하고 있던 이동문의 권유에 의한 것이었다.

"정치학에 박사학위를 받는다고 하더라도 이제부터 직장을 잡으려면 그렇게 용이한 일이 아니지…. 만일 네가 도서관학을 공부하게 되면 아직까지는 취직자리가 보장된다고 하더라."

"컬럼비아대학교에도 도서관학 대학원이 있는데…."

"그러면 더 잘 되었다. 정치학 석사학위와 도서관학 석사학위를 둘 다 갖고 있으면 전문사서로서 인정된다고 하더라. 내가 알고 있는 중국 사람은 정치학 박사학위까지 받았는데, 도서관학 석사학위를 또 하나 마친 후 대학도서관에 좋은 대우를 받고 취직해 갔다고 하더라."

"네 충고를 고맙게 받아들여서 나도 그런 방향으로 나의 인생행로를 바꿔야 하겠다. 그런데 너는 박사학위 논문이 잘 되어 가는 중이냐?"

"그러지 않아도 나는 지금 논문 때문에 고민 중이다. 내가 한·일 국교의 정상화 문제를 연구 중이었는데, 국교가 이미 정상화되어 버렸으니 어떻게 논문을 마무리 할지 걱정이 태산 같다. 나는 일본말은 전혀 모르면서 한국어와 영어에만 의존하여 한·일관계를 연구하자니 고생이 이만저만이 아니다."

"네 사정은 충분히 이해할 수 있는데…, 한·일 국교의 실질적인 정상화 여부와는 관계없이 국교정상화 이전의 일정시기까지만 연구의 대상으로 하고 네 정상화 방안과 실제적인 정상화의 결과를 상호 비교연구하면 좋은 논문이 나올 것 같은 생각이 드는데…."

"고맙다. 네 말을 충분히 참고하겠다."

나와 이동문은 서로 자신이 잘 알지 못하고 있던 분야나 방법론을 대화를 통하여 서로 알게 되었고, 또한 각자가 고민하던 문제에 대하여 많은 도움을 서로 받았을 것이다. 특히 나의 경우에는 인생행로를 전환하는 계기가 된 셈이었다. 솔직히 말해서 나는 이동문에게서 도서관학이라는 말을 듣기 전까지는 그런 학문이 실제로 존재하고 있었다는 것조차 알지 못하고 있었다. 그런데 그 분야를 공부하면 직장을 구할 수 있다는 이동문의 말에 기왕에 고생하고 있는데, 좀 더 고생해서 도서관학 석사학위를 하나 더 받기로 결심했다. 그리하여 65년 9월 학기부터 도서관학 대학원에 입학하여 여름학기까지 포함하여 4학기를 공부하여 67년 2월 22일에 도서관학 석사학위를 컬럼비아대학교에서 받고 대학도서관에서 정부간행물 전문사서로서 취직해갈 수 있었다. 고달픈 고학생의 신분에서 벗어나 만 4년에 걸친 유학생활을 2개의 석사학위를 3년 만에 컬럼비아대학교에서 마침으로써 끝낼 수 있었다.

유학생으로 미국에 온 외국학생들은 만 7년 안에 학사, 석사, 박사 학위 중에 어느 것이든 끝내야지, 그렇지 못한 경우에는 강제추방의 대상이 된다는 사실을 모르고 있다가 7년이 지나도록 어떤 학위도 받지 못하고 전공 선택문제로 방황만 하다가 강제추방 위기에 몰려서 변호사까지 동원하여 겨우 추방만은 면했던 대학동문의 경우를 보고 처음으로 그러한 사실을 알게 되었다. 그리고 보면 나의 경우는 상당히 양호한 편이었다고 할 수 있다.

박사학위의 경우에도 공부를 시작한 지 7년 이내에 학위를 받아야지 만일 학위를 받지 못한 채 그대로 7년의 기간이 경과하게 되었을 경우에는 특별히 용납될 만한 예외적인 이유가 없는 한 그 학교에서는 더 이상 박사학위를 받을 수 없게 된다는 것이다. 만일 박사학위 취득을 계속 원한다면 다른 학교에 가서 처음부터 박사학위 과정을 밟는 이외의 다른 방법은 없다는 것이다. 그 이유는 7년의 기간은 학문의 발달에 있어서 그 방향이 바뀔 수 있을만한 충분한 기간이므로 이미 7년 전에 시작되었던 박사학위 과정은 변화한 새로운 학문연구의 추세에 따라 처음부터 다시 시작할 수밖에 없다는 것이 그 논리적 근거가 되었던 것으로서 이러한 요구사항은 미국은 물론 한국에서도 요구되고 있는 사항이다. 그러나 이러한 엄격한 규정도 최근에는 상당히 완화되고 있는 추세에 있다고 한다.

그런데 내가 도저히 이해할 수 없었던 것은 다수의 한국 학생들이 컬럼비아대학교에서 박사학위 공부를 하고 있다면서 10년 또는 20년 가까이 그 대학에 여전히 학생으로서 머물러 있었다는 사실이다. 그들은 7년이라는 제한규정이 생기기 전에 박사학위 공부를 시작했기 때문이라는 주장을 하고 있었지만, 7년의 제한규정과 같은 새로운 제도가 도입되었을 경우 7년의 제한규정에 대한 일정한 유예기간이 주어졌다고 하더라도 길어야 1~2년간이었지 그들의 말처럼 무한정 박사학위를 받을 때까지 기간연장을 해주었을 리는 없었을 것이다. 그들의 사정을 개인적으로 일일이 체크해보지도 않았으며 또한 그렇게 할 수도 없었으니 그들의 말을 믿을 수밖에는 없었다. 미국에서는 박사학위 취득에 필요한 과목을 모두 이수하고 박사종합시험에 합격을 하게 되면 박사후보자로서 대학에 정식으로 취직해 갈 수 있었다. 일단 대학에 취직하여 정년보장을 받게 되면 박사학위라는 것이 교수에게 있어서 충분요건은 되지만 필수요건은 결코 아니었을 것이다. 따라서 박사학위 취득이 교수채용의 필수요건으로 특별히 계약을 하지 않는 한 박사학위의 유무는 교수로서의 자격요건과는 전혀 별개의 문제였을 것이다.

한국의 경우에도 해방직후에는 대학교수요원을 현재와 같이 대학원을 정식으로 졸업하여 석사 또는 박사학위를 가진 사람들만 채용할 수가 없어서 대학만 졸업한 사람, 심지어는 대학을 졸업하지도 않은 사람들까지 교수로 채용했었다. 그들이 대학교수를 정년퇴

임할 때 까지 석사나 박사학위를 받았다면 그나마 다행스러운 일이 었겠지만 그들에게 학위를 취득하도록 강요할 수는 없었던 것이다. 한국의 경우 75년을 기준으로 하여 그때까지 대학교수로 근무하던 사람들에게 박사학위를 수여하여 구제해주었던 소위 구제박사 학위를 수여하고 있던 대학들이 존재하고 있었다. 당시에 교수직에 있던 사람들은 대학원과정을 거치지 않고 자기가 이미 써놓았던 저서나 논문을 제출하여 박사학위를 받게 하여 수많은 구제박사들을 양산해 낸 적이 있었다.

그런데 75년 이후에는 소위 구제 박사제도는 폐지되었고 미국식 박사학위과정이 대학원에 새로 도입되어서 일정한 박사학위과목들을 이수하고 종합시험에 합격한 후 박사학위논문을 작성하여 제출한 다음 심사위원회에서 통과되어야만 박사학위를 받게 하는 제도의 도입으로 대학교에서의 박사학위취득이 어렵게 되었다. 미국에서 받은 박사학위 논문이 대부분 한국의 문제들을 그 주제로 하고 있는 경우가 많았다. 그렇다면 한국에서 박사학위를 받으면서 한국에 관한 문제들을 주제로 한 논문들과의 차이점은 무엇이란 말인가? 만일 한국에서 작성하여 심사를 통과한 논문이라도 국제적인 관심사를 주제로 한 경우라면 미국 대학교에서 작성하여 한국관련 문제들을 주제로 하여 박사학위를 받은 경우보다 비교우위에 있다고 볼 수는 없겠는가? 미국대학교와 한국의 대학교간의 질적인 차이가 있어서 그 우열을 논할 수 없다는 주장은 설득력이 별로 없는 것이 아니겠는가? 그렇다면 유일한 차이점은 미국의 학위는 영어로 썼고 한국의 학위는 한국어로 썼다는 차이밖에 없다고 할 수 있지 않겠는가? 그렇다면 한국에서도 영어로 박사학위 논문을 쓰게 되는 경우에는 과연 어떻게 되는 것인가? 등등의 몇 가지 문제점들을 생각해 볼 수 있다.

한국 대학교의 박사학위 과정이 실제로 통일되어 버린 75년 이후에 교수직에 있으면서 구제 박사학위를 더 이상 받을 수 없게 된 젊은 교수들은 처음에는 자신이 교수로 있던 대학에서 구제 박사학위의 경우처럼 학위를 받기 위하여 대학원과정을 밟고 있었다. 처음에는 학교당국에서 이를 묵인해 주었다가 후에 같은 사람이 한 학교에서 한편으로는 학생인 동시에 다른 한편으로는 교수로서 학생들을 가르칠 수 없다는 주장이 받아들여져서 박사학위를 받으려면 타 대학의 대학원으로 적을 옮겨야 하는 사태로까지 발전했던 일이 있었다.

65년 9월 학기는 나의 미국 유학생활 중에 가장 고달팠던 학기였다고 할 수 있다. 정치학과의 박사학위 공부는 중도 포기하고 국제법에 석사학위 논문을 쓰기로 결정하였으니, 이번 학기 내에 논문을 완성해야만 했다. 컬럼비아대학교의 학비가 종전의 학점제에서 학기제(신청하는 과목 수에 따라 정규학생과 비정규학생으로 나뉘게 되어 학비가 달라짐)로 바뀌게 되었다. 나의 경우 이번 학기 안에 학위논문이 통과되지 않으면 다음 학기부터는 추가적인 비용을 내야 하니 논문작성에 매달릴 수밖에 없었다. 도서관학 대학원에서는 첫 학기에 최소한 3과목을 택하도록 의무화되어 있어서 지도교수가 권장하는 3과목을 택하지 않을 수 없었다. 정치학 과목들은 강의도 알아듣기 어렵고 읽을 책도 너무나 많아서 공부하는데 큰 부담을 느꼈지만, 학문을 한다는 느낌을 가질 수 있었다. 이에 비하면 도서관학의 경우에는 학교의 분위기도 직업교육을 주로 하는 학교라서 그런지 강의실에 들어가 보면 여자들이 자리를 잡고 있었으며, 대부분의 결혼한 여자들이 아이들을 어느 정도 키우고 난후 취업준비 차 도서관학 공부를 하러 온 것 같은 분위기였다. 남자학생들도 있었지만 대부분이 외국인들이었으며 여자들을 피해 쑥스럽게 강의실 뒤쪽에 앉아서 강의를 듣고 있는 모습이 정치학과에서는 도저히 상상할 수 없었던 일이다.

강의의 내용도 정치학의 경우처럼 이론적인 논란은 하나도 없었고, 암기식이 주종을 이루고 있었다. 예를 들면 참고문헌의 서명을 암기해야 했으며, 그 책이 무엇을 찾는데 소용이 되느냐를 암기해야 하는 식으로 대부분의 강의가 진행되었다. 출제의 경향도 4지선다형의 문제로서 사전 안에 몇 개의 단어가 들어 있느냐는 등의 싱거운 질문만 쏟아지는 것을 보고 공부의 흥미를 잃었지만, 취직을 하기 위한 것이니 공부가 끝날 때까지는 꾹 참기로 했다.

65년 9월 학기에는 내가 논문과 공부에 더하여 동아시아연구소 도서관 대출계에서 1주일에 20시간씩 일까지 했다. 이전에 세탁소나 응급실에서 일할 때에 비하면 육체적인 노동은 아니었기 때문에 덜 피로했으며, 좋은 분위기 속에서 일하는 데서 오는 만족감을 오래간만에 느낄 수 있었다.

컬럼비아대학교에는 중앙도서관 이외에 40여개의 크고 작은 도서관들이 더 있었다. 말하자면, 각 학과마다 도서관을 갖고 있는 셈이다. 도서관학 대학원의 도서관에 가보면 교수들이 과제도서로 도서관에 비치해 놓은 도서들이 선배들의 낙서로 더러워져 있는데, 그 부분만 유의해서 잘 보면 도서관학 과목들의 출제경향을 대충 알아낼 수 있게 해주었다. 컬럼비아대학교 내의 한 도서관에 과제도서로 비치된 것도 다른 도서관에 가면 1개월간 대출해 갈 수 있어서, 학기 초에 특정 과목의 과제도서 목록에 오른 도서가 어느 도서관에서 대출해 갈 수 있느냐를 가능한 한 빨리 숙지해 둘 필요가 있었다. 특히 내가 도서관학 공부를 시작한 후로는 도서를 찾아내는 기술을 체계적으로 공부하고 습득할 수 있게 되었기 때문에 책을 읽거나 논문을 작성하는데 많은 도움이 되었으며, 전문사서로서 대학도서관에 직장을 구한 후 업무처리에 많은 도움이 된 것만은 틀림없는 사실이었다.

65년 9월 학기에는 또한 한국 남자유학생들이 한국에서 병역을 필하지 않고 미국유학을 왔다는 이유로 병역미필자가 되었다. 그들에 대하여 여권연장을 해주지 않기로 함으로써 미국에서 비자를 연장할 수 없게 되어 미국 이민국에서 말썽이 일어난 적이 있었다. 미국에 유학생으로 와있던 병역미필자들이 일시에 휴학하여 공부를 중단하고 한국에 돌아가서 병역을 필하고 다시 유학생으로 미국에 되돌아 와서 공부를 계속한다는 것도 불가능했던 일이라 결국은 없었던 일로 되었다. 나는 이 기회에 자신의 제대문제가 어떻게 처리되었는지 한번 알아보기 위하여 한국에 있는 대학동기 동창인 이동문에게 편지를 보내서 알아봐 달라고 부탁했다. 나는 1년간의 군복무를 마치고 유학귀휴를 받아 6개월의 유예기간이 만료되기 전에 국방부의 정식허가를 받아 미국유학생으로 출국해서 미국에 와서 2년 가까이 공부하고 있는 중이었으니 별 문제 없으리라고 안심하고 있었다.

그런데 이동문에게서 온 소식은 내가 탈영병으로 신고가 되어 있어서 제대가 되지 않았다는 것이다. 병무청에 찾아가서 나의 잘못

된 병적사항을 바로 잡았다는데, 나의 아버님께 돈을 받아서 담당자들에게 3번이나 술을 사먹이고서야 바로잡았다는 말을 듣고 기가 찰 노릇이었다. 그것도 모르고 귀국했었더라면 영창에 직행했을 것이 아니었겠는가? 잘못된 법적 오기를 바로 잡아 주면 되는 것이지 어떻게 피해자에게 술까지 얻어먹느냔 말이다. 사병들이 자꾸 바뀌다 보니 귀향조치를 시킨 후 과실로 탈영보고를 올렸듯이, 나의 경우에도 제도가 폐지된 후에 유학귀휴를 허가하여 미국유학을 보낸 후에 신병의 과실로 탈영보고서가 올라갔던 모양이다.

병무행정이라 하여 과실이 없으리라는 법은 없겠지만, 한국의 경우는 과실자체보다는 그것을 바로 잡는 방법에 있어서 더 문제가 있는 것 같다. 내가 경험한 유학귀휴 제도가 폐지된 후 기득권자의 구제에 있어서 당국이 보여준 조치라든가, 유학귀휴를 허가하여 미국유학을 보낸 후 실수로 탈영보고를 올린 것까지는 이해할 수는 없었지만 병무행정의 과실로 받아들일 수 있었는데, 이를 교정해주는 과정에서 보여주었던 병무청의 행태는 도저히 이해할 수가 없는 일이었다.

미국의 경우 컬럼비아대학교가 65년 9월 학기부터 학점제에서 학기제로 변경시키면서 학비인상과 관련하여 취한 경과조치는 손해를 보는 사람은 하나도 없게 모든 사람을 배려해준 현명한 조치였다고 하겠다. 학비의 급격한 인상에 따른 충격을 최소화하기 위하여 신입생에 대해서는 새로 변경된 제도를 적용하고, 재학생에 대해서는 졸업할 때까지 종전의 제도를 그대로 적용하고, 대학원생의 경우 석사학위 논문을 쓰고 있는 경우 추가부담을 과하지 않는 유예기간을 1학기 주고 박사학위 논문을 쓰고 있는 경우에는 2학기의 유예기간을 주고 그 유예기간 안에 학위를 취득하지 못하는 경우에는 추가비용을 부담해야 한다는 규정을 명문으로 작성하여 모든 학생에게 공평한 기회를 주고 있는 것을 보고 과연 민주주의 국가인 미국은 다르구나 하고 감탄했던 일이 있었다. 해마다 신입생과 재학생의 구별 없이 모든 학생들의 등록금을 올려서 재학생들의 부담을 가중시키고 재학생들의 불만을 사고 있는 한국의 대학실정과는 얼마나 대조적인 현명한 조치였던가?

내가 공부를 마치고 안정된 직업을 잡을 수 있었던 것은 나의 노력도 컸지만, 내가 아내와 결혼 한 후 공부하던 3년 반 동안에 아내가 한 직장에 꾸준히 눌러 앉아서 생활비를 벌어 주었기 때문에 비로소 가능했던 일이었다고 할 수 있겠다.

나는 낮에 학교에 다녀야 했기 때문에 4개월간의 여름방학 동안에 그 비싼 학비를 벌지 못하면, 학기 중에라도 파트타임으로 일을 해야만 했다. 하지만 마땅한 직장을 구한다는 것이 그렇게 용이한 일이 아니었다. 나는 빌라노바대학교에 다닐 때 세탁소에서 일한 것을 시작으로 할렘의 일본인 세탁소에서 잠시 일했었고, 64년 여름방학 2개월 동안 링컨센터 근처의 유태인 세탁소에서 일한 일도 있었다.

우리 부부가 결혼직후 부부가 함께 매일 아침 같은 시간에 출근했다가 저녁에 같은 시간에 돌아오는 것을 지켜보던 거리의 불량배들이 우리 부부가 집을 비운 사이에 들어와서 얼마 되지도 않았던 살림살이를 전부 털어갔던 일이 있었다. 그런데 할렘에 가서 일을 하다 보니 우리 집을 턴 도둑이 거리의 불량배들이라기보다는 오히려 할렘에서 원정 나온 마약중독자들이 아니었던가 하는 의심마저 들었다. 도둑을 맞은 후 경찰에 연락했더니 경찰들이 오기는 했지만, 매일 그런 일들이 수십 건씩 일어나는데 어쩔 수 없지 않느냐고 오히려 반문하면서 도둑은 잡을 수 없으니, 내년에 세금환급 받을 때에 손해액을 세무서에 신고하여 환급받으라는 말을 남기고 가버렸다.

나는 흑인 거주지역인 할램에 있는 일본인 세탁소에서 일을 하면서 희한한 사실들을 목격할 수 있었다. 할램은 원래 백인들의 고급 주택가가 있었던 업타운 지역이었다. 그 곳에 살았던 부유한 백인들이 처음에는 마차를 탔었고, 그 다음에는 자동차를 타고 다운타운인 월스트리트에 있는 은행 등으로 출퇴근을 하던 베드타운이었다. 제2차 세계대전 후에 흑인들이 맨하탄에 있던 낡은 주택으로 대거 몰려들면서 할램 지역까지 위험하게 되자 백인들이 주변의 커네티컷주나 뉴저지주로 이주해 나가버렸다. 그 후 흑인들이 백인 대신에 할램 지역을 완전히 차지하게 되어 내가 할램에서 일하던 63년에는 완전히 흑인 거주 지역으로 변해 버렸다. 백인들은 물론 동양 사람들까지도 그 곳에 들어가는 것조차 기피하고 있었지만, 나는 그곳에 있는 일본인 세탁소에서 1개월여를 일했다.

할램에는 세 가지 그룹의 사람들이 있다는 말을 들었다. 첫 번째 그룹은 도박꾼들이었으며, 저녁에는 돈이 한 푼도 없어서 1달러나 2달러의 작은 돈까지 이 사람 저 사람에게서 빌리는 초라하게만 보였던 자들이 다음 날 아침에는 100달러 지폐를 한 다발씩 주머니 속에 넣고 다니는 모습을 어떻게 설명해야 할 것인가? 그들은 넘버를 팔아서 돈을 번다고 했는데, 도박에 문외한인 나로서는 무슨 말을 하는 것인지 전혀 이해할 수가 없었다.

두 번째 그룹은 알코올 중독자였으며, 하루 종일 술 이외에는 다른 음식은 입에도 대지 않고 취한 채 길가에 서서 기분이 좋아서 노래만 부르고 있었다. 목욕도 안하고 옷도 빨아 입지를 않아서 그들이 옆에 오면 역한 냄새가 나고 세탁소에 와서 바지라도 다림질 해달라고 하면 그 역한 냄새 때문에 기절할 지경이었다.

세 번째 그룹은 가장 숫자가 많은 약품중독자들이었다. 그들은 정상적인 직업을 갖고는 약품구입에 필요한 대금을 확보할 수가 없어서 도둑질을 할 수밖에 없었던 것이다. 일반적으로 마약중독자들은 포악한 범죄자라고 인식하고 있지만, 그들이 약품의 영향 하에 있을 때에는 더 이상 온순하고 평화로울 수가 없었다. 그들이 약품이 떨어져서 그것을 구하려고 하는 경우에 때로는 강압적으로 사람들의 금품을 갈취하는 과정에서 폭력적으로 될 수도 있다는 것이었다. 왜냐하면, 열심히 일을 하는 사람들보다 일도 하지 않고 복지보조금을 타먹으면서 놀고먹는 사람들이 훨씬 더 잘 산다는 모순점을 복지제도 자체가 안고 있었기 때문이다. 이러한 자들의 대부분은 게으르며 마약이나 하는 자들로서, 병이 나면 공짜로 병원에 입원할 수 있었으며, 음식물만 사먹으라고 제한하고 있는 식품보조금으로 담배와 술까지 사먹겠다고 말썽을 부려서 시민들의 빈축을 사고 있었다.

생각하건데, 복지제도라는 것은 극빈자로서 생활능력이 없는 자들을 국가에서 어느 정도의 수준까지 올려놓아서 국가발전의 혜택을 그들에게도 골고루 나누어 주려는데 그 제도의 목적이 있었다. 그런데 이러한 근본목적을 무시하고 수혜자들이 가구까지 사달라고 난동을 부리는 것을 뉴스에서 목격할 때는 너무나 지나친 일이 아닌가 하는 생각마저 들었다. 그들은 보통사람들과 마찬가지로 자신들의 노력으로 보다 나은 사회적 지위를 확립하려는 노력은 하지 않고 계속 복지보조금을 받으려고만 하고 있었다. 그들의 일반적인 기대감에는 복지제도 때문에 일하는 것보다 일하지 않는 것이 더 잘 살 수 있는 빠른 길인 것을 알면서 무엇 때문에 힘들게 일을 하겠는가 하는 것이었다. 그리고 그들의 상당수는 자신이 받는 복지보조금으로서는 도저히 자신이 필요로 하는 약품을 구입할 최소한의 경비도 확보할 수 없었기 때문에 결국에는 도둑질에 호소할 수밖에 없었다는 것이다.

할램에서 잠시 일했을 때에 그 곳에 사는 도둑들의 생리를 처음으로 알아 낼 수 있었다. 도둑들은 의리상 자신들이 살고 있는 같은 아파트 주민들의 집은 절대로 털지 않는다는 것이었다. 우리 부부가 결혼초기에 아파트가 털린 것도 실은 할램에 사는 도둑들이 원정을 와서 그렇게 되었다는 것을 새삼스럽게 깨달을 수 있었다. 그들에게 부탁하면 무엇이든지 구해다 주었던 소위 장물주문을 받아가는 도둑마저 있었다. 내가 빌라노바대학교에 다녔을 때 필라델피아에 있는 백화점에서 40달러를 주고 산 휴대용 타자기를 지난번에 집에 도둑이 들었을 때 가져갔기 때문에 공부를 하는데 여러 가지로 불편한 점이 많았다. 지금 같으면 노트북 컴퓨터가 있어서 학생들의 필요성을 무엇이든지 해결해줄 수 있었겠지만, 지금은 거들떠 보지도 않는 타자기가 그 당시의 학생들에게는 필수품이었다. 나는 그들을 통하여 장물로 가져온 나의 것보다 값도 싸고 훨씬 더 나은 타자기를 마련할 수 있었다. 나는 소위 주문받는 도둑이라는 자에게 장난삼아 양복을 한 벌 주문한 일이 있었다. 설마 내가 말한 치수와 색상의 양복을 한 벌 가져올 것인지 별로 기대도 하지 않고 있었다. 그런데 하루는 포장이 다 된 큰 박스를 하나 끼고 내 앞에 나타나더니 내가 주문한 양복이라면서 포장된 박스의 한쪽을 열고 내가 주문했던 양복을 꺼내 놓는 데는 실로 아연해질 수밖에…. 내가 주문한 것이니 그가 원하는 값을 지불할 수밖에 없었다.

뉴욕의 백화점에서는 그 당시에 1일 매출의 10퍼센트 정도가 가게털이들에 의하여 없어졌다는 것이다. 지금처럼 짧은 치마를 입지 않았던 시절이라 여자들의 경우 폭이 넓은 치마들을 입고 훔친 물건들을 치마 속에 껴입은 바지의 큰 주머니 속에 잔뜩 집어넣고 백화점 안을 활보하고 다니더라도 인권침해라는 이유 때문에 의심이 나는 여자들을 불러 세워서 몸수색을 할 수는 없는 노릇이었다. 또한 훔친 물건을 갖고 일단 백화점 밖으로 완전히 나오고 나면 그 백화점 물건이라는 것이 확실한 경우에도 장물임을 주장할 수가 없었던 것이다. 고객들이 물건을 들고 백화점 안을 활보한다고 해서 엉뚱하게 도둑으로 몰아 잡으려 했다는 소문이 나쁘게 나서 백화점 영업을 더 이상 할 수 없게 되는 지경에 이를 위험성마저 있었다 하겠다. 그러다 보니 도둑을 잡을 수 있는 정확한 시점은 도둑이 한 발짝은 밖으로 나오고 다른 쪽 발은 아직도 백화점 안에 있을 때였다. 이 시점을 정확히 포착하여 도둑을 잡아야 했는데, 오늘날처럼 CCTV가 설치되어 있지 않았던 그 당시에 정확한 시점을 포착하여 도둑을 잡기란 전문요원들을 다수 채용하더라도 결코 용이한 일이 아니었다. 예산을 도둑잡기에만 쓸 수 있는 것도 아니었으니 그런 식으로 도둑을 잡는 방법도 결코 쉽게 이루어질 수 있는 일이 아니었을 것이다.

뉴욕은 눈뜨고 있어도 코 베어가는 곳이라고 할 수 있었다. 내가 당한 것은 순전히 나의 부주의로 그렇게 된 것이었다 할 수 있을 것이다. 하루는 내가 집에서 쉬고 있었는데, 웬 사투리 쓰는 자가 초인종을 누르기에 나는 별 생각 없이 현관문을 열고 그를 집안에 들여 놓았다. 그자가 하는 말이 자기는 잡지를 싸게 주문받아 주는 일을 하고 있는데, 주문하고 싶은 잡지가 있으면 무엇이든지 자기에게 주문하라고 점잖게 나에게 말을 걸었다. 정상적인 경우였다면 그자가 이상한 말을 한다는 의심이 들어 그대로 쫓아냈을 것이었지만, 그 때까지만 해도 내가 세상물정에 대해서 너무나 순진했을 뿐만 아니라 아내가 보기를 원하는 잡지를 이자를 통하여 싸게 주문할 수 있다는 엉뚱한 생각까지 하게 되었다. 아내가 내셔널 지오그래픽 잡지를 보고 싶어 하는 것을 알고 있던 나는 정상적이었다면 그 잡지사나 대행사를 통하여 정식으로 주문할 것이지 집에까지 찾아온 이러한 엉뚱한 자에게 주문하는 어리석은 짓은 하지 않았을 것이다. 나를 사로잡았던 당시의 지배적인 생각은 아내가 보고 싶어 하는 잡지를 몰래 사주어서 기쁘게 해주어야 하겠다는 일념뿐이었다. 그의 어리숭한 사기에 걸려들어서 그 당장에는 돈이 없었던 내가 은행에까지 같이 가서 돈까지 찾아서 뉴욕시에는 도둑이 아주 많다는 말까지 하면서 어리석게도 그 사기꾼에게 선뜻 돈을 넘겨주고 말았으니 그자가 나를 얼마나 비웃었을 것인가?

내가 사기당한 사실이 들통 난 것은 내가 그자에게 잡지를 주문한지 여러 달이 지나도록 아무런 소식이 없어서 아내에게 그 사실을 이야기 한 결과 사기를 당했다는 사실을 알게 되었다. 그의 영수증이라고 내가 맡아놓은 종이 위에 적힌 전화번호로 연락을 해보았지만 불통이라 비로소 속았다는 것을 알게 되었던 것이다.

뉴욕시에서 공부하면서 생활하던 3년 반의 기간 동안에 한국에서 오는 친구나 친지들이 만나자는 전화를 자주 걸어와서 그 바쁜 와중에도 그들을 안내해 주고 대접하느라 많은 시간과 비용을 들일 수밖에 없었다. 오래간만에 뉴욕시에서 만나보는 친구들은 반가웠지만, 때로는 잘 알지도 못하는 사람들이 만나자고 하여 나의 귀중한 시간을 축을 낸 것은 별로 반가운 일도 아니었다. 그러나 한국에서 온 지 얼마 되지 않았던 나로서는 그들의 청을 딱 잘라서 거절하지도 못하여 손해를 본 일이 한 두 번이 아니었다.

64년에는 세계박람회가 개최되어 여름방학 때 2개월간이나 마땅한 직장을 구하지 못하다가 방학을 2개월여 남겨두고 링컨센터 앞에서 유대인이 경영하는 나에게는 세 번째 세탁소가 되는 곳에서 일자리를 구하게 되었다. 9월 학기 개강까지는 불과 2개월 밖에 남지 않았기 때문에 과외시간까지 일하면서 학비를 버느라 바쁘게 지내다가 일요일 하루 만이라도 푹 쉬어야 다음 주일에도 일을 계속할 수 있을 정도로 눈코 뜰 새 없이 바쁘게 지내고 있었다.

그런데 간교한 고등학교 동창생인 이동문이 전화를 걸어서 이삿짐을 나르는데 도와달라고 하였다.

"나 이동문인데 이번 일요일에 이사 가게 되어 자네 도움이 좀 필요한데 도와줄 수 있겠나?"

"나는 요즘 학비를 버느라 그럴 겨를이 없네. 특히 내게 있어서 일요일은 일주일간의 피로를 풀기 위하여 성당에만 다녀온 후 외출도 하지 않고 집에서 쉬기로 하고 있네. 도와주지 못해서 정말 미안하다."

나는 자신의 절박한 사정을 말하고 그의 부탁을 완곡하게 거절했다. 그랬더니 당일에 전화를 다시 걸어서 집에서 휴식을 취하고 있던 나에게 보스톤에 있는 오래간만에 만나는 동창들이 자기 집에 온다고 하여 점심식사를 함께 하기로 했으니 점심만 먹으러 오라는 것이다.

"나 이동문인데 이삿짐 나르는 것 도와주지 않아도 괜찮네. 우리 집에 보스톤에 사는 김동문과 서동문이 와있으니 점심이라도 먹으러 왔으면 좋겠네. 아마 졸업하고 그들을 한 번도 만나본 일이 없을 테지…"

아무래도 그의 말이 좀 찜찜하긴 했지만, 오래간만에 친구들이 먼 데서 찾아온다는데, 모른 체 할 수야 없는 일이 아니겠는가? 결국 이동문은 바로 나의 이러한 약점을 이용하여 억지로 자기 이삿짐을 나르도록 유도했던 것이다.

아내와 함께 이동문 집에 점심을 먹으러 갔더니 하버드대학교에서 정치학박사학위를 받은 김동문과 경제학 박사학위를 받은 서동문이 부부 동반으로 그 집에 와 있었다. 고등학교를 졸업한 후 미국 와서 처음 만나게 되었던 두 동문이라 무척 반가웠다. 즐거운 담소를 하면서 점심식사를 기분 좋게 들었다. 그런데 문제는 점심식사가 끝난 후였다. 내가 이동문에게 이삿짐을 나르는 일을 도와줄 수 없다고 분명히 말해주었으며 그도 나의 처지를 충분히 이해했었던 것으로 알고 있었는데, 점심을 들자마자 손님들이 있는데도 무조건 짐을 싸기 시작하는 것이었다. 점심을 먹으러 멀리서 온 친구들도 이동문의 엉뚱한 행동에 놀랐는지 어처구니없다는 듯이 멍하니 앉아 있었다. 그들이라고 해서 점심 먹으러 와서 예고 없이 이삿짐을 싸는 것을 보고 바보처럼 예정에도 없었던 일을 도와주려고 하겠는가?

고등학교 졸업 후 또는 대학교 저학년 때 미국 와서 박사학위까지 받았으니, 미국식 사고방식에 철저히 익숙해져 있었던 그 두 동문이 이동문의 얕은 수작에 넘어갈 수야 있었겠는가? 결국 이동문의 이삿짐을 나르는 일을 마지못해 도와준 것은 한국에서 미국 온 지 얼마 되지 않았던 나의 몫이 될 수밖에…. 지금 같았으면 내가 이동문의 엉뚱한 태도에 말려들지 않았을 것이고 김동문이나 서동문처럼 원래의 의도대로 점심만 얻어먹고 그냥 왔을 것이다. 그러나 한국에서 온 지 얼마 되지 않았던 나로서는 그렇게 모질지도 못했고 또 이동문이 뉴욕에서 나를 다시 만난 후 입버릇처럼 타국에서 고생하고 살고 있는 처지에서 내 것 네 것 없이 형제처럼 지내자는 말에 다분히 영향을 받은 것도 무시할 수 없는 일이었다고 하겠다.

그리하여 나는 마음속으로는 이동문을 도와주고 싶지가 않았지만, 친구라는 의리상 어쩔 수 없이 앞장서서 엘리베이터도 없는 5층에서 나는 주로 크고 무거운 짐만 날라다 주었더니, 너무나 힘이 들어서 다음날 코피까지 흘렸다. 이동문은 내가 유학귀휴로 미국가기 전에 한국에서 만난 일이 있었다. 나는 장학금도 받지 못한 채 군에서 제대할 목적으로 돈도 별로 없는 처량한 신세로 미국유학 길에 오르려 하고 있었는데, 이동문은 군에도 재주 좋게 안간데다 좋은 직장에서 일을 하면서 미국 대학으로부터 장학금까지 받고 간다고 의기양양해 하며 은근히 나의 기를 죽였던 일이 있었다.

그런데 막상 미국에 오고 보니 이동문은 공부하러 보스톤에 갔다가 아내가 임신하는 바람에 공부를 중도에 포기하고 뉴욕에 돈을 벌기 위하여 와서 나에게 접근해 왔던 것이다. 아내 되는 사람은 여자의대를 졸업했지만 당시에는 미국 의사시험에도 합격하지를 못해서 미국에서 의사노릇도 못하고 있었다. 그 부부가 우리 부부에게 타국에서 다 같이 고생하는데 내 것 네 것 없이 형제처럼 함께 잘 지내자고 하는 말을 밥 먹듯 했다. 이 말은 겉으로는 그럴 듯한 이야기인 것 같았는데, 그 내용을 알고 보면 그들의 것은 그들의 것이며, 우리 부부의 것도 그들의 것이라는 논리로 귀결되는 웃기는 논리였던 것이다. 그러다 보니 아내가 주스믹서를 새로 사왔다는 것을 어떻게 알아냈는지 그 물건을 사자마자 찾아와서 한 번도 아내가 쓰지 않았던 새 물건을 그녀가 먼저 쓰겠다고 가져갔던 일도 있었다. 아내도 성질이 모나지를 못해서 통상적인 경우에는 그러한 무리한 요구를 해오면 한마디로 거절했어야 하는 것이었는데 그렇게 하지를 못했다. 이동문은 나에게 무리하게 이삿짐을 나르게 했는데, 내가 막상 이사를 가게 되었다면 그 신세를 당연히 갚아야 하는 것이 사리에 맞는 일이 아니겠는가?

"나 신군인데 모래 토요일 오전에 내가 이사를 가게 되었다네. 저번에는 내가 도와주었으니, 이번에 내가 이사를 가는데 자네가 당연히 도와 줄 것이지?"

"도와주어야 하겠는데 문제가 좀 생겼어. 다름이 아니라 그날 공교롭게도 휴가를 내서 캐나다로 놀러가기로 약속을 해서 도와 줄 수가 없구나. 미안하다."

"그럼 할 수 없지. 휴가 잘 다녀와라."

전화를 끊고 보니 기분이 몹시 상했다. 이동문이 좀 얌체 짓을 한다는 것은 이미 알고 있었던 일이지만 이렇게 까지 뻔한 거짓말을 천연스럽게 하리라고는 미처 몰랐다. 그런데 자기가 생각해 보아도 나에게 너무나 미안했던지 얼마 후에 전화가 다시 걸려와서 하는 말이 더욱 놀라웠다.

"나 이동문인데 새벽 4시에 짐을 나르겠다면, 내가 도와줄 수 있을 것 같은데 그래도 되겠니?"

"너 참 희한한 사람이구나? 이미 네가 나를 도와줄 수 없다고 말을 했는데, 사람 성질나게 무슨 농담도 아니고 너 제정신으로 말하는 거냐? 도대체 무엇이 그리 바빠서 토요일 아침에 잠도 자지 않고 새벽 4시부터 짐을 나른다는 말이냐? 쓸데없는 소리하지 말고 피곤한데 전화나 끊자."

이사 가기로 한 당일에 내가 한 친구의 도움으로 마지막 짐을 실어 나르려고 이사 짐차를 길가에 세워두고 있었다. 그런데 이동문이 번쩍거리는 새로 산 폭스바겐차를 끌고 현장에 나타나서 하는 말이 실로 가관이었다.

"아직도 짐을 나르고 있니? 아직 다 끝나지 않은 것 같은데 지금이라도 도와달라면 도와줄 수도 있는데…."

"캐나다에 간다더니 어떻게 된 일이냐?"

"오늘 가지를 못했어. 다음 기회에 가기로 했어."

"네가 보기에는 우리가 다 끝난 일에 네 도움이 필요할 정도로 불쌍하게 보여서 그러는 거냐? 네 도움 같은 거 전혀 필요 없으니 가서 편히 쉬시게나…."

참으로 기가 찰 일이었다. 70여 평생을 살면서 그런 사람은 그 전에도, 그 후에도 다시 만나보지를 못했다. 이동문의 경우는 가히 기네스북에 나올만한 세계최고의 얌체였다고 할 수 있을 것이다. 그 친구의 경우는 지금까지 용서가 되지를 않아서 고등학교 졸업 50주 년 기념식에서 거의 40년 만에 만났는데도 그 친구와는 말을 거는 것은 고사하고 인사조차 하지 않을 정도로 실망의 골이 너무 깊었 다는 것을 새삼 느낄 수 있었다.

또 한 번은 대학동창인 김동문이 사귀고 싶은 여자 친구를 데리 고 달리 갈만한 곳이 없어서 우리 집에 오겠다고 간청을 하는 것이 었다. 노총각이 장가도 가지 못하는 것이 측은한 생각이 들었다. 나 는 내일이 학기말 시험을 보는 날이라 한마디로 거절하고 싶었지만 그러지를 못하고 아내와 함께 밤을 꼬박 새워가며 두 사람의 대화 분위기를 마련해 준 일이 있었다. 우리 부부가 그 친구를 위하여 무 리하게 대화분위기까지 조성해 주었지만 그 친구는 결국 그 여자와 결혼에 성공하지를 못했던 일이 있었다.

그 외에도 내가 뉴욕병원 응급실에서 밤새워 일할 때에 초저녁에 잠을 좀 자두어야 밤일을 나갈 수 있었는데, 염치없이 예고도 없이 그 시간에 찾아와서 초인종을 마구 눌러대던 아내의 여고동창생도 있었다. 응답이 없으면 그냥 갈 것이지 계속 초인종을 눌러대던 염 치없던 그녀는 아마도 신분이 모호한 아내의 여고동창이었을 것으 로 짐작되었다. 또한 아내의 여고동창생의 언니는 밤새워 일본식당 에서 일하고 있었기 때문에 새벽에 집에 돌아가는 시간밖에는 아내 를 만날 시간이 따로 없어서 그랬는지 모르지만, 한 밤중인 새벽 2 시나 3시에 초인종을 울려서 나의 단잠을 깨우기도 했다. 전화를 걸 어서 아내와 미리 약속이라도 하든지 아니면 낮에 찾아와서 메모라 도 남겼으면 좋았을 것을 시도 때도 없이 새벽에 찾아와서 단잠을 설치게 했는데 본인의 생각으로야 그 때밖에 시간을 낼 수 없었다고 변명할 수도 있었겠지만, 단잠을 깬 그녀가 별로 중요한 것도 아닌 일을 갖고 아내를 만나려 한 것으로 나에게는 더 할 수 없는 고통이 되었던 것만은 틀림없는 일이었다.

결혼한 나는 공부하고 돈 벌러 다니느라 아내에게 고생만 시켰던 것이 미안한 생각이 들어서 저녁식사 후에 시간이 있을 때에는 허드슨 강을 끼고 있는 리버사이드 파크에 가거나 그 공원을 끼고 있는 리버사이드 드라이브를 자주 산책하면서 도도히 흐르고 있는 허드슨강을 바라보면서 마냥 로맨틱한 기분에 잠기기도 했다. 리버사이드 드라이브에 있는 컬럼비아대학교의 인터내셔널 하우스에는 뉴욕시내의 치안이 험악해지면서 다음과 같은 경고문구가 벽 한가운데 크게 붙어있어서 주의를 환기시켜주고 있었다.

"밤에 밖에 나가서 길을 걸을 때는 반드시 둘이서 함께 천천히 걸어서 가시오. 누군가 밤중에 뒤에서 말을 걸더라도 결코 뒤를 돌아보지 말고 계속 걸어가면서 대답하시오!" 라고….

우리 부부가 뉴욕에서 살았던 60년대 초에는 치안상태도 많이 악화되어 있어서 택시의 운전석과 승객석 사이에는 방탄유리로 막혀 있었으며, 승객의 요금계산은 그 방탄유리 밑에 작게 뚫려있는 구멍으로 계산해주면 되었다. 순찰차도 2대씩 언제나 함께 다녔으며 경찰도 곤봉 같은 것이 아니라 장총을 갖고 다닐 정도였다. 특히 컬럼비아대학교 부근은 학생들이 주로 살던 가난한 주거지역이었으며 흑인들의 주거지였던 할램에서 아주 가까운 거리에 있었다.

뉴욕시내와 주변의 명소들도 기회 있을 때마다 찾아다니기도 했다. 샌트럴파크를 비롯하여 타임즈 스퀘어, 유엔본부, 록펠러센터,

래디오씨티 뮤직홀, 자유의 여신상, 세인트 패트릭대성당, 크로이스터, 메트로폴리탄 박물관, 인류사박물관, 구겐하임 미술관, 뉴욕공공도서관 등 시내에서 볼만한 곳들이 많았다.

친구의 차를 얻어 타고 루즈벨트 대통령의 생가와 묘지가 함께 있는 허드슨 강변의 하이드파크, 게이츠길 산맥과 웨스트포인트 육군사관학교, 나이아가라 폭포 등은 뉴욕시에서 상당한 거리에 있는 가볼만한 곳들이었다.

그 중에도 우리 부부가 그 아들의 대부대모를 서준 마이클 김의 연로한 어머님이 돌아가시기 전에 아들을 보러 미국에 오셨을 때 그 어머님을 모시고 나이아가라 까지 갔던 일이 비록 고생은 되었지만 지금은 뉴욕생활의 한 즐거운 추억으로 남아있다. 우리 부부는 그가 함께 가자고 제안하여 따라 나섰지만, 좁은 차속에 많은 사람들이 타서 공기가 탁했고 고속도로 비용을 절약한다고 뒷길로 갔기 때문에 시간만 많이 걸렸으며 캐나다 쪽에서 만나러 오겠다던 그 어머님의 조카를 만나지 못했던 어머님이 못내 아쉬워하셨던 모습을 뵙고 나의 잘못도 아닌데 공연히 송구한 생각마저 들었다.

비록 미국 쪽에서만 보았던 나이아가라 폭포였지만 과연 소문대로 장관이었다. 배를 타고 바로 폭포 밑에까지 가보기도 했는데, 오고가는데 길이 하도 멀어서 고생은 되었지만 좋은 구경을 한 셈이다. 당시만 해도 나는 차도 없었으니 자연 운전도 할 줄 몰랐던 때라 마이클 김 혼자서 왕복운전을 하느라 무척 고생을 했으며 힘이 들었겠지만, 우리 부부가 추억에 남을 만한 구경을 할 수 있도록 초청해주었던 그에게 지금도 감사하고 있다.

우리 부부는 이처럼 뉴욕시에서 열심히 일하고 공부하고 있던 중

에도 연애기분을 잃지 않고 아이들이 생길 때까지 몇 년간을 고생
이 되었지만 즐거운 마음으로 장래에 대한 희망을 갖고 열심히 살
았다.

6. 전원생활

　도서관학의 공부는 처음부터 취업을 목적으로 시작한 공부였으며 대학원에서도 취업의 알선을 해주었다. 66년 당시 취업담당자의 말은 뉴욕 시내에서만 취업할 생각을 하지 말고 뉴욕시에서 밖으로 100마일 이상 나가서 찾아본다면 반드시 원하는 직장을 구할 수 있을 것이라고 장담을 했었다. 그의 말대로 나는 뉴욕시에서 150마일 떨어진 거리에 있는 커테티컷주의 스토아즈 소재 주립대학교 도서관에 전문사서로 취직을 했다. 외국학생인 나에게는 이러한 도서관 취업도 결코 용이한 일은 아니었다. 다행히 그때만 해도 도서관 취업의 기회가 아직도 여유가 있어서 나도 대학원 졸업 전에 직장을 구해올 수 있었다.

　그런데 내가 5~6년간 한 도서관에만 머물러 있는 것이 지루했고, 또한 우리 부부가 살고 있는 스토아즈는 아이들 낳아 기르기에는 더할 나위 없이 주변 환경이 아름답고 조용했던 대학촌이었다. 그러나 발전의 여지가 전혀 없어서 다른 곳으로 직장을 구해갈 생각을 하기 시작했다. 내가 대학원 졸업 전에 여러 군데에 지원서를 보냈지만 번번이 거절을 당했다. 대학원 마지막 학기에 뉴욕병원 도서실에서 일했을 때 도서실장에게 추천서를 여러 번 써달라고 부탁을 했더니 추천서를 일일이 한 장씩 써주었던 모양인지 왜 그렇게 많은 추천서를 써달라고 하느냐고 짜증까지 냈던 적이 있었다. 일본계 여자였던 그 실장은 컬럼비아대학교 도서관학 대학원 선배로서 성질이 깐깐하고 정확해서 내가 컬럼비아대학교 도서관학 대학원 졸업예정자인데 왜 빨리 직장을 구하지 못하는지 이해가 잘 되지 않았던 모양이다.

나는 커네티컷주로 가기로 결정하기 전에 뉴욕주의 버팔로에 있는 뉴욕 주립대학교 도서관에도 취직이 되었으며, 직급도 커네티컷 주립대학교 도서관의 경우보다 높게 받았다. 그곳을 포기하고 커네티컷주로 가기로 한 직접적인 동기는 다름이 아니라 도서관장과 인터뷰차 갔을 때, 관장이 하는 말이 버팔로는 겨울에 눈이 많이 온다는데 그곳으로 가지 말고 이곳에서 함께 일하자는 간곡한 부탁에 감격하여 직급 상향조정에 대한 어떠한 제안도 하지 않았으니 그에 대한 어떠한 언질도 받지 못한 채 그대로 스토아즈에 직장을 잡기로 하고 언제부터 시작하겠다는 약속만 하고 뉴욕시로 돌아오고야 말았던 것이다.

나는 컬럼비아대학교에서 도서관학 석사학위 이외에 정치학석사학위도 받았으며, 한국의 서울대학교 대학원에서 행정학 석사학위도 받았기 때문에 직급 상향조정이 얼마든지 가능했던 일이다. 더욱이 버팔로의 뉴욕 주립대학교 도서관에서는 이미 직급 상향조정을 약속 받은 바 있었으니 최소한 그 직급 또는 그 이상의 직급이라도 상향조정해 볼 수 있는 기회가 얼마든지 가능할 수 있었던 것이다. 그러나 내가 너무나 양심적이었으며 순진했기 때문에 도서관업무에 관한 전문적인 경력도 없이 다만 학위가 몇 개 더 있다는 이유만으로는 좀 양심에 걸리는 일처럼 여겨져서 말도 꺼내보지 않았다.

내가 커네티컷 주립대학교 도서관에서 근무한지 2~3년쯤 되었을 때 젊은 유대계 미국인 데이비드가 새로 도서관에 부임하면서 나보다 3단계나 직급이 높은 자리로 왔다는 말을 들었다. 나중에 알고 보니 나처럼 도서관학 석사학위를 비롯하여 3개의 석사학위를 갖고 있었기 때문에 그렇게 되었다는 것이다. 경험도 없었던 데이비드가 처음부터 부관장보의 높은 자리로 왔으니 나도 취업인터뷰 왔을 때에 말이라도 한번 걸어볼걸 그랬구나 하는 후회도 되었지만, 지금 와서 그것을 거론해 보았자 무슨 소용이 있겠느냐 하는 생각으로 혼자 속으로 삭이기로 했다.

데이비드는 특별히 담당한 업무도 없었기에 도서관내 소식지를 낸다고 빈둥대면서 무슨 특별한 소식이나 있나 하고 이 방 저 방 다니는 것이 한심하게 보였으며, 내가 집에서 도서관까지 출퇴근하려고 새로 자전거를 사자 소식지에 당장 올려서 내가 새로 자전거를 샀는데 반짝반짝하는 새 자전거가 도서관 정문 앞에 주차해 있으니 유의해서 살펴보라는 등 실없는 이야기로 채워진 쓸모없는 소식지나 발행하면서 월급을 타먹고 있다니…. 데이비드처럼 나보다 직급도 높고 월급도 많이 받지만 그렇게 할 일이 없어서 매일 빈둥댄다면 얼마나 답답하고 괴롭겠는가? 이런 사람을 채용하는 것도 예산 낭비라고 할 수 있다. 그 당시 도서관의 총 장서는 100만권을 넘어섰다고 했지만, 대부분의 도서는 누구의 손도 단 한번 거치지 않은 새 책들이었고 그것도 예산낭비임에는 틀림없었다.

나는 유엔 공문서와 외국 정부간행물을 정리했으며 정부간행물 전반에 대한 참고업무를 해주었는데 이러한 업무수행으로 눈코 뜰 새 없이 바쁜 생활을 할 수 있었던 것을 오히려 하느님께 감사드렸다. 내가 비록 도서관학의 공부에는 별로 흥미를 갖지 못했지만 대학도서관에 취직을 하여 실제 업무를 담당하면서 이론적으로만 배웠던 도서관 업무, 특히 정부간행물과 관련된 업무의 폭과 내용이 무궁무진하다는 것을 발견하고 내가 전문사서로서 직무에 대한 자긍심과 자부심을 갖게 되었다. 더욱이 내가 공부했던 정치학과 법학공부는 정부간행물을 다룸에 있어서 많은 도움이 되었다.

커네티컷 주립대학교 도서관은 미국 정부간행물과 유엔 공문서에 대한 기탁도서관으로서 미국정부와 유엔이 간행한 거의 모든 간행물을 내가 근무했던 정부간행물과에서 수취하고 있었다. 나는 7년 반 동안 정부간행물과에 근무하면서 미국 정부간행물과 유엔 공문서에 숙달해졌으며 그러한 간행물을 통한 광범위한 지식에 접근할 수 있었다. 내가 다루었던 외국 정부간행물 가운데에는 거액을 들여서 사들였다는 오래 된 독일 주들의 법령과 의회 의사록들은 권수도 제대로 구비되어 있지 않았으며 그 대부분이 이제는 더 이상 존재하지도 않는 구 독일제국 설립 이전의 연방구성 단위들이었던 란트의 출판물들이었다. 나의 판단으로는 이러한 만지기만 하면 책이 부서졌고 손에 더럽게 묻어났던 폐기직전에 있었던 출판물이라면 거액을 들여서 구입할만한 가치가 없는 것들이었다. 어떻게 이런 것들을 도서라고 사들였다는 말인가? 참으로 한심한 예산낭비였다고 아니할 수 없는 일이다. 아마도 수서과장이었던 케씨가 구도서 판매업자에게 속아서 그랬는지, 아니면 자진해서 그런 쓸모없는 독일 간행물들을 거액을 들여서 사서 모았는지는 모르겠지만, 나의 판단으로는 막대한 예산을 낭비하면서 실로 쓸데없는 짓을 했던 것 같다.

케씨의 말은 이러한 귀중본을 지금 사두지 않으면 앞으로는 그것을 살 기회가 영원히 없어질 것이라고 했다. 그러나 나의 판단으로는 과연 몇 사람이나 그러한 자료에 관심을 두고 진지하게 연구할 사람이 있겠는가? 아마도 이러한 자료는 내가 거의 1년여의 기간에 걸쳐서 힘들게 정리해서 서가에 꽂아놓은 후 아무도 활용하지 않았던 덩치만 큰 애물단지가 되어버렸을 것임에 틀림없을 것이다. 그녀의 덕택으로 나는 서가의 한 구석이 모자라서 복도에까지 산처럼 쌓여있던 손에 잡기만 해도 더럽게 묻어났던 오래 된 도서들을 정리하느라 꼬박 1년 이상을 소비했다. 나는 외국어 사전들을 찾아가면서 수시로 사들였거나 기증받은 외국의 정부간행물들을 정리했다. 대부분의 외국 정부간행물들은 미국 정부간행물처럼 무료로 도서관에 기탁되는 것도 아니었고, 비용부담이 막대했기 때문에 체계적으로 수집할 수 있는 것도 아니었기 때문에 결코 완전한 공문서로서의 가치를 지닐 수는 없었던 것이다.

이에 비하면 유엔 공문서의 경우에는 커네티컷 주립대학교 도서관이 그 문서의 기탁도서관이었기 때문에 무료로 배부 받아서 그것만 정리하는데도 내가 많은 시간을 소비해야 했다. 기왕에 같은 일을 하는데, 한국이 당시에 유엔 회원국가였다면 이러한 지방대학 도서관에서 근무하는 대신에 뉴욕의 유엔도서관에서 유엔공문서를 정리하고 참고업무도 해주었을 터인데 하며 아쉬운 생각마저 들었다. 그때에는 나에게 그러한 운이 닿지를 않아서 그렇게 된 것이니 어쩔 수 없는 일이 아니었겠는가?

내가 70년대 초에 다른 도서관으로 직장을 옮겨가려고 수십 통의 편지를 보내보았지만, 나의 편지를 받은 곳마다 나의 자격은 인상적이지만 현재 채용할 자리가 없어서 미안하다는 의례적인 완곡한 거절편지만 보내왔던 것이다. 나는 그때까지 도서관 잡지들을 통하여 또는 사람들이 하는 말들을 통하여 도서관직을 구하는 것이 얼마나 어려워졌는가를 대충 짐작하고 있었다. 그러나 사정이 이렇게 심각하리라는 것은 감히 짐작도 하지 못했다. 도서관 일자리에 대한 구인광고는 그 성격을 제대로 알기 전에는 결코 속단해서는 아니 되는 신빙성이 적은 정보라 할 수 있었다.

내가 대학원 졸업 전에 취업정보를 참고하여 도서관직을 찾아보았다. 그런데 생각했던 것보다는 직장을 구하는 것이 쉽지 않다는 것을 알 수 있었다. 그래도 그때는 도서관직에 여분이 있어서 뉴욕시에서 100마일 이상 밖으로 나가서 취업을 시도해볼 때는 시간이 걸리더라도 직장을 구할 수는 있었다. 그러나 5~6년이 지난 후에는 뉴욕 밖으로 100마일이 아니라 3,000마일이나 떨어진 서해안 쪽으로 가더라도 일자리를 찾을 수가 없게 되었다.

그러면 어떻게 해서 이러한 사태가 발생하게 되었는가? 미국 내에 존재하는 도서관에서 충원해야 할 인력이 매년 도서관마다 1~2명씩 증가한다고 상정하는 경우에, 전국적인 통계는 매년 100,000명을 상회하게 되는 것이다. 만일 이러한 숫자가 불황 등의 이유로 갑자기 더 이상의 채용을 하지 않게 되는 경우에는 0명으로 변하게 되어 직장을 구하는 것이 하늘에서 별을 따기처럼 어려워지는 것이다.

커네티컷주의 스토아즈라는 작은 대학촌에만 살고 있다 보니 사람들과 별로 접촉을 하지 않고 두 딸들을 기르면서 조용히 살 수 있었던 것은 좋았지만, 가끔 뉴욕시에라도 나들이를 갔다 오면 우리 부부만 남들에게 뒤떨어지는 것 같은 느낌이 뼈저리게 들곤 했다. 나는 이곳에서의 일을 배울 만큼 배웠으니 더 이상 새로운 할 일이 없었는데, 이곳을 벗어나지 못하고 평생을 썩어야 할 것을 생각하니 밤잠도 설치게 될 지경으로 답답한 심정이었다.

내가 그동안 한 발짝도 앞으로 나아가지 못하고 제 자리 걸음만 되풀이 하고 있었다는 사실을 뼈저리게 느낄 수 있었던 사건이 일어났다. 이 사건은 나로 하여금 한국행을 결심하게 한 직접적인 계기가 되었다고 하겠다. 나의 취업탐색 중에 하와이대학교 로스쿨 도서관장 자리가 눈에 들어왔다. 내가 그곳에 신청서를 제출하고 컬럼비아대학교 도서관학 대학원에서 법률자료 강의를 담당했던 코헨교수를 수소문해서 하버드대학교 로스쿨 도서관장으로 가있다는 사실을 확인하고 자문을 얻으려고 그를 찾아갔다. 그는 나를 기억하는지 반갑게 맞아주면서 그때 아메리칸대학교 로스쿨 도서관에 취직을 해서 갔느냐고 물어보는 것이 아닌가?

대학원 졸업 전인 66년에 코헨교수는 내가 비록 한국에서 법과대학을 나왔지만 국제법학에 행정학 석사학위까지 받았으며, 미국에 유학 와서 컬럼비아대학교 대학원에서 국제법 전공으로 정치학 석사학위를 받았고 머지않아 도서관학 석사학위를 받게 되면, 비록 미국의 로스쿨은 졸업하지 못했지만 로스쿨 도서관에서 일하는데 손색이 없다는 판단 하에 그곳으로 갈 것을 강력하게 추천해 주었다.

그의 질문을 받고 보니 그때 그의 말을 따르지 않았던 것이 못내 후회되었다. 코헨교수가 추천해주었던 대로 그곳에 가지 않기로 거절하기 전에 최소한 워싱턴 DC라도 한 번 가보고 거절할 일이지 모처럼의 좋은 기회를 자세히 조사도 해보지 않고 헌신짝처럼 차버리다니 너무나 무책임했던 일이 아니었던가 하는 후회가 되었던 것은 인지상정이 아니겠는가? 내가 워싱턴 DC에 가기를 꺼린 첫 번째 이유는 힘들게 공부하느라 지친 나에게는 도시라면 당연히 뉴욕 같겠지 하는 생각만 앞섰지, 워싱턴 DC와 같은 도시는 또 다른 맛이 있으니 충분히 도전해 볼만한 가치가 있었다는 것을 미처 깨닫지 못했던 것이다.

인생에는 가정이라는 것이 있을 수 없는 것이지만, 그곳에 코헨교수의 추천대로 갔었더라면 상황이 많이 달라졌을 것이다. 로스쿨에 가서 공부하여 미국 변호사 자격증을 받았을 수도 있고, 만일 여건이 허락하지를 않아서 그렇게 되지 못했다 하더라도 아메리칸대학교에서의 5년 이상의 로스쿨 도서관 업무경력을 갖고 있었다면, 하와이대학교 로스쿨 도서관장직에 도전하는데, 커네티컷 주립대학교 도서관의 정부간행물 전문사서로서의 경력보다 훨씬 더 유리했을 것이다.

코헨교수는 나를 위하여 하와이대학교 로스쿨에 직접 즉석에서 장거리전화를 걸어서 도서관장 자리에 어떤 사람들이 경합하고 있는지에 관한 현 상황을 문의해 본 결과, 처음에는 외국법대 출신자와 동양계도 무난할 것이라는 판단을 했었는데, 미국 로스쿨 출신 미국 변호사가 경쟁자로 부각되면서 나의 취업가능성은 점점 어려워지고 있다는 말을 전해 들었다는 말을 나에게 해주면서 너무 실망하지는 말라는 말을 해주었다. 결국 미국의 로스쿨 도서관에서 법대를 졸업했다는 것만으로는 로스쿨 도서관의 일반직원은 될 수 있지만 그 이상의 자리에 욕심을 내는 것은 무리라는 점을 절감했다.

미국에서 직장생활을 하면서 가장 의의 있었던 일은 미국의 아름다운 자연을 기회 있을 때마다 경제적인 저렴한 비용으로 찾아볼 수 있었다는 것이었다. 우리 가족이 7년 반 동안 살았던 스토아즈를 포함하여 커네티컷주 자체가 골수 양키들의 본거지로서 커네티컷 주립대학교에서는 막일을 하는 사람들조차 영국과 유럽에서 온 백인들이었다. 뉴욕시나 기타 대도시에서는 막일이나 더럽고 힘든 일들은 의례 흑인들의 몫이라는 것과는 극히 대조적인 현상이었다.

커네티컷주는 주 전체가 아름다웠기 때문에 별달리 다른 지역으로 휴가차 가기 보다는 오히려 다른 주에서 이곳으로 휴가를 오고 있었으니, 별 달리 다른 곳으로 휴가를 갈 일이 없다면 그냥 이곳에 머물러도 되는 곳이었다. 우리 가족이 7년 반 동안 살면서 두 딸을 기르며 별다른 욕심 없이 평화롭게 지냈던 스토아즈의 원주민이었던 커네티컷 양키들은 대부분 불과 150마일 떨어진 뉴욕시에도 가본 일이 없었다고 하는 말을 들었다.

미국에서의 유학생활은 이미 말했던 바와 같이 돈벌이도 하랴 공부도 하랴 몹시 고생하면서 그래도 3년 만에 박사학위는 받지 못했지만 석사학위 2개를 컬럼비아대학교 대학원에서 받고 67년 2월에 내가 커네티컷 주립대학교 도서관에 취직을 해감으로써 악전고투에 가까웠던 공부를 마치고 조용하고 그림 속 같은 뉴잉글랜드의 아름다운 자연 속에 있는 대학촌에서 7년 반의 은둔생활과도 같은 조용한 생활을 하면서 두 딸을 낳아 기르면서 행복한 생활을 즐기고 그 근처의 여기저기를 차를 몰고 다녔다. 멀리는 나 혼자 폭스바겐 웨곤을 몰고 아내와 두 딸과 함께 플로리다주까지 보름동안에 7500 킬로미터를 달려갔다 돌아왔다.

당시에는 아직 우리 부부가 유럽에는 가보지 못했지만, 사람들이 하는 말이 유럽에는 유서 깊은 탁월한 문화재들이 많아서 그곳을 가본 한국 사람들은 우리 조상들이 그동안 무엇을 하고 있었냐 하며 조상들을 원망하게 된다고 했다. 이에 반하여 풍부한 자연경관을 갖고 있는 미국인들은 하느님의 축복을 누구보다 많이 받았다고 부럽게 여겨져서 미국에 한국인이 오게 되면 그렇게 풍부한 자연환경을 미국인에게만 허락해 주신 하느님을 원망하게 된다고 했는데 과연 그 말이 옳았다. 우리 가족이 숲이 우거진 동북부 지역에서 살 때도 그렇게 느꼈지만 지난 2002년에 미국유학 간 작은딸을 만나러 LA로 가기 전에 관광차 둘러본 미국서부의 경관은 실로 일품이라 아니 할 수 없었다.

우리 부부가 미국에 살면서 가본 동부의 도시 중에 보스턴은 하버드대학교에 볼 일이 있을 때마다 찾아가 본 일이 있는데 도시 전체가 고색창연한 느낌을 주었다. 그런데 하버드대학교로 들어갈 때에는 제대로 길을 찾아 들어갔는데, 고속도로 쪽으로 되돌아 나오려면 번번이 길을 잘못 들기 일쑤여서 한참 시내를 이리저리 헤매다 겨우 제 길을 찾아내곤 한 적이 한 두 번이 아니었다.

보스턴의 길 표시는 미국에서 가장 악명 높은 곳으로, 예를 들면 좌회전하는 길 표시는 당연히 좌회전을 해야 하는 길에서 상당히 떨어진 거리에 있는 오른 쪽에 있어야 좌회전을 할 수 있는 것인데 그 표시가 이미 좌회전한 길의 오른 쪽에 있으니 보스턴의 길에 익숙하지 않은 타지인들이 어떻게 그 길을 찾아서 제대로 갈 수 있겠는가? 이에 비하면 로드아일랜드의 푸로비던스의 길 표시는 너무나 잘 되어 있어서 계속 그 표시를 따라가다 보면 아무 어려움 없이 무사히 원하는 곳으로 갈 수 있게 해주었다.

워싱턴 DC는 우리 부부가 살던 곳에서는 서울에서 부산 정도에 해당하는 거리에 있었다. 뉴욕의 번잡함만 대하던 우리 부부에게는 워싱턴 DC가 뉴욕과는 전혀 다른 분위기를 풍기는 80만의 인구를 가진 아담한 중형도시라는 것을 그곳에 가보고서야 처음 알았다.

뉴욕시에서 공부를 마치고 취직을 하려고 이곳저곳 알아보고 있을 때 워싱턴 DC에 소재하고 있는 아메리칸대학교 로스쿨 도서관에 자리가 비어있다 하여 그곳으로 직장을 구해서 가라는 코헨교수의 권고를 받았다. 나는 또 다시 뉴욕시와 같은 도시에서는 살기 싫다는 일종의 도시기피증 때문에 워싱턴 DC에 가보지도 않고 모처럼의 좋은 기회를 사전에 깊이 생각해 보지도 않고 거절해 버렸었다. 그 좋은 자리를 거절했던 또 하나의 이유로는 취업인터뷰를 하자고 그 도서관에서 정식으로 나에게 연락이 왔을 때는 이미 커네티컷주립대학교 도서관에 막 자리를 잡고 뉴욕시에서 옮겨 앉은 지 얼마 되지를 않았을 때라 워싱턴 DC라는 도시로 또 다시 옮겨 간다는 것 자체가 번잡스럽게 느껴졌기 때문이기도 했다.

그런데 몇 해 후에 워싱턴 DC에 가서 보고서야 내가 비로소 잘못 생각했다고 후회도 했지만, 이미 지나간 일이었으니 어쩔 수 없는 노릇이었다. 세상을 80세 가까이 살면서 느낀 것은 행운이란 그것을 잡을 수 있는 용감한 사람에게만 다가온다는 엄연한 진리를 깨달았다는 것이다. 이러한 진리는 나이가 들어 갈수록 좀 더 절실하게 느껴지는 것을 보니 그것이야말로 인생의 묘미가 아닐까 하는 생각을 가끔 해보게 되었다.

워싱턴 DC는 세계 최대강국의 수도답게 의사당 건물도 방대했고 국방부인 펜타곤을 비롯하여 국무성과 상무성 등 주요 행정기관의 건물들도 웅장하게 컸다. 이에 비하면 대심원 건물과 백악관은 생각했던 것보다 규모가 훨씬 작은 것 같았는데, 그 이유는 이러한 건물들이 작아서 그런 것이 아니라 다른 정부기관들의 건물이 워낙 그 덩치가 컸기 때문에 그렇게 보이는 것이었다.

우리나라의 경우 전직 대통령 중에 국민의 존경을 받고 있는 대통령이 단 한 사람도 찾아보기 어려운데 비하면 미국 국민들의 존경과 사랑을 받았던 대통령을 기념하기 위한 워싱턴 기념탑, 링컨 기념관, 제퍼슨 기념관과 케네디 묘도 있었다. 국립묘지에는 케네디만이 넓은 지역을 독차지하고 꺼지지 않는 가스불을 끌어온 제크린 여사의 허영은 방문객들의 빈축을 사기도 했다.

워싱턴 DC는 의회나 기념관들이 있는 지역은 아름답게 단장되어 있어서 사람들의 눈길을 끌만 했지만 그 주변의 흑인들이 살고 있는 빈민가는 아파트의 창문이 전부 깨져버려서 합판으로 막아놓은 것이 세계 최강의 부를 자랑하고 있는 미국에도 이러한 빈민가가 있었는가 하는 의심이 갈 정도였다. 인도와 같은 빈국에서는 외국원수의 방문환영식을 개최하고 있는 배후에 걸인들이 떼 지어 몰려다니고 있는 모습을 흔히 볼 수 있었는데, 그러한 모습과 워싱턴 DC의 빈민가의 초라했던 모습과 무엇이 다르단 말인가?

나는 아내와 워싱턴 DC의 인상에 대하여 서로의 의견을 나누어 본적이 있었다.

"우리 부부가 뉴욕시에서 3년 반을 사는 동안 나는 워낙에 돈벌이와 공부에 정신없이 지내느라고 뉴욕 시내조차 제대로 구경하지 못했는데 워싱턴 DC에 와서 보니 뉴욕과는 전혀 다른 도시 같구려."

"나는 엠파이어스테이트 빌딩 바로 앞에서 3년 반이나 일을 했지만, 관광객들처럼 한 번도 그곳에 올라가 보지를 못했어요."

"말이 뉴욕시에서 살았다는 것뿐이지 살기가 바빠서 이것저것 구경할 것도 많았다는데…, 이제 뉴욕시를 떠났으니 우리 부부도 관광객으로 뉴욕시에 다시 가서 뉴욕시에 살 때에는 보지 못했던 명소들을 찾아봅시다."

"워싱턴 DC가 뉴욕시보다는 작은 도시이고, 특히 기념관 주변을 잘 정비하고 있어서 아름다운 도시처럼 보였지만, 흑인들이 살고 있는 펜실베니아 애비뉴에 있던 창문들이 다 깨지고 합판으로 창문을 막아놓았던 아파트들을 볼 때 뉴욕시의 빈민가인 할램 지역보다도 못한 것 같네요."

"당신이 할램까지 거론하는 것을 보면 워싱턴 DC의 빈민가를 보고 큰 충격을 받은 것 같구려."

"할램은 당신을 통해서 많이 들어서 익히 알고 있으며, 당신처럼 그곳에서 일을 한 적은 없지만, 차를 타고 할램 거리를 지나가 본 일은 몇 번 있었지요. 할램 거리에서는 흑인들이 살고 있는 뉴욕시의 빈민굴이라고는 하지만, 이곳에서 볼 수 있는 합판으로 창문을 막아놓은 빈민 아파트들은 찾아볼 수 없었던 것으로 기억이 나네요."

"알링톤 국립묘지의 케네디 대통령 묘를 보고 놀란 것은 역사에 기록할만한 큰 업적도 내기 전에 암살을 당한 전직 대통령의 묘가 왜 그렇게 큰 것인지 정말로 충격을 받았소."

"그것은 나도 마찬가지에요. 케네디 묘소가 다른 사람들처럼 작을 필요는 없겠지만, 좀 초라하다는 느낌이 들 정도의 규모였다면, 더 많은 사람들의 존경과 사랑을 받았을 것이라고 확신해요."

"나는 워싱턴 DC가 뉴욕보다는 살기 좋은 곳일 거라고 생각하오?"

"당신이 아메리칸대학교 로스쿨 도서관에 취직해 왔었더라면, 당신도 지금보다는 훨씬 더 발전할 수 있었을 것이며, 나도 여기서 도서관학이라도 공부해서 둘이 함께 일할 수 있지 않았겠어요?"

"커네티컷주의 스토아즈에서의 생활은 아이들 기르기에는 좋은 곳이었지만, 우리 부부는 아무 발전도 없이 제 자리 걸음만 한 시기였다고 생각되는구려. 앞으로 좋은 기회가 우리에게 주어진다면 주저하지 말고 그 기회를 단단히 잡아서 우리의 것으로 만들어 보도록 노력합시다."

미국에 살면서 우연한 기회에 미국 국도 1번 도로를 타고 대서양의 해안선을 따라 동북부의 끝에 있는 메인주의 아카디아 국립공원까지 올라갔다 온 일이 있었다. 큰딸이 돌이 채 되기 전이었는데, 그렇게 멀리까지 갈 생각하지 않고 가벼운 옷차림으로 나왔다가 생전 처음으로 돈도 다 떨어져서 고생을 많이 했던 적이 있었다.

지금은 은행에 여유 돈도 예금하고 있기 때문에 신용카드를 몇 개씩 갖고 있어서 현금이 떨어진다는 일도 거의 발생하지를 않는다. 그러나 그때만 하더라도 월급의 대부분을 거의 다 써버려서 은행예금 잔고가 400달러를 넘어본 적이 없었다. 따라서 신용카드를 마음 놓고 쓸 수 있는 처지도 아니었다. 신용카드를 쓰게 되면 그나마 얼마 되지 않았던 은행잔고마저 언제 고갈될지도 모르는 가난한 처지에 있었으니 마음 놓고 자동차 여행을 다닐 수도 없었다.

메인주까지 수중에 돈도 충분하지 않은 채 장거리 여행을 감행한 것은 거의 무모한 짓이었다고 하겠다. 메인주에서 커네티컷주에 있는 집까지 돌아갈 휘발유를 가득 채우고 났더니 돈 한 푼 남지 않게 되어 불안하기 짝이 없었다. 신용카드도 없었으니 중도에서 기름이라도 넣게 되는 경우가 발생하게 되면 어떻게 할 것인가 무척 걱정이 되었다. 다행히 기름도 중도에서 떨어지지 않았고 집에 가까워 올수록 안개가 짙게 끼어서 앞도 잘 보이지를 않아서 운전하기 어려웠지만 무사히 스토아즈까지 돌아올 수 있었다.

메인주는 미국 동북부의 제일 북쪽에 위치하는 주였으며 아카디아 국립공원은 한국의 다도해와 같은 작은 섬들이 많은 바다와 캐디락산이 어우러져 있어서 그 산위로 차를 몰고 올라가서 바다를 내려다보았더니 경치는 우리나라의 다도해와 비슷한 것이 그야말로 절경이었다. 여러 곳에 산재해 있는 식민지시대와 독립전쟁 때의 요새들이 많이 있었는데, 그 중에 한 곳을 들어가 보았다. 메인주는 바다가제, 특히 '치킨러브스터'라고 1파운드짜리 바다가제는 바닷가에 있는 허름한 가마솥에서 직접 삶아주는 것이 우리나라에서 게를 삶아 먹을 때처럼 값도 쌌고 맛도 있는 것이 일품이었다.

메인주의 바다가제가 일품이라는 말은 들었지만, 처음에는 어디에서 어떻게 사먹는지를 몰라서 식당에 가서 바다가제 샌드위치를 사먹었더니 값만 비싸지 양도 적어서 바다가제의 맛을 제대로 맛보지 못했다. 아카디아 국립공원은 하루에 갈 수 있는 거리가 아니어서 중도에서 잠을 잤는데, 모텔이 벌레가 물고 너무나 지저분해서 잠도 제대로 잘 수가 없었다. 아름다운 해안선을 따라 국도 1번 도로로 메인주의 아카디아 국립공원까지 올라갔던 즐거운 여행길도 그 지저분했던 모텔을 상기할 때면 반감되었다.

미국서 살 동안에 또 다른 장거리 여행의 감행은 72년 5월에 플로리다주까지 폭스바겐 웨곤을 타고 어린 두 딸과 아내와 함께 7500킬로미터의 거리를 보름에 걸쳐서 나 혼자서 운전을 해서 다녀온 것이었다. 플로리다주는 보통 돈 많은 미국인들이 추운 겨울동안에 내려가서 겨울을 나고 오는 지역으로서 여름에는 너무나 더워서 여행하기조차 불편하며, 은퇴한 노인들이 여생을 편안하게 지내기를 첫 번째로 선호하는 지역이기도 하다. 내가 알고 있던 미국인 로저스 부부가 키시에스타에 은퇴하여 살고 있어서 그들도 만나볼 겸해서 플로리다까지의 여행을 계획했다.

나는 여행안내 책과 지도를 보고 사전에 면밀하게 계획을 세웠으며, 경비도 통상적으로 3,000여 달러가 든다는 것을 700여 달러로 보름동안의 플로리다 여행을 계획했다. 이러한 계획을 구체적으로 실현하기 위하여 헌 가방과 보통 여행가방 2개를 준비하여 헌 가방에는 아침식사와 점심까지 준비할 수 있는 후라이펜, 토스토, 커피팟 등을 챙겨 넣었다. 보통가방에는 아이들 옷들과 우리 부부의 옷 등 여행 중에 필요한 물건들을 챙겨 넣고 시침 떼고 가방들을 둘이 하나씩 들고 모텔을 찾아들었지만 우리 가족을 아무도 의심하지 않았다.

모텔의 숙박료는 평균 12~3 달러 정도였으며 20달러를 받은 곳이 가장 비싼 모텔이었다. 플로리다주의 마이에미시에 있는 모텔도 불과 1주일 전만 해도 50달러나 받았던 하루 숙박비가 우리 가족이 그곳에 갔을 당시에는 1층은 15달러, 2층은 12달러를 받는다고 하여 우리 가족은 당연히 2층에 머물기로 했다.

이러한 점을 감안하여 우리 가족은 5월초에 스토아즈를 떠나서 3일이나 걸려서 플로리다주로 진입했다. 그곳까지 오는데 너무나 힘들었던지 아내는 감개가 무량하여 눈물까지 흘렸다. 우리 가족이 떠난 5월 초순의 커네티컷주는 아직도 찬바람이 불고 눈까지 내리는 추운 날씨를 보여주었다. 차츰 아래로 내려가면서 날씨가 더워지다가 조지아주에 이르니 아열대성 기후를 보였고 플로리다주에 다다르니 실로 열대성 기후를 보이는 무더운 날씨가 되었다.

나는 아내가 어린 딸들을 돌봐야 했기 때문에 나 혼자서 하루에 많이 갈 적에는 600마일(960 킬로미터)이나 달리는 경우도 더러 있었다. 나는 모텔을 잡고 저녁을 먹으면 그대로 곯아떨어졌다가 다음 날 아침에야 깨어나곤 하는 생활을 거의 매일 되풀이 하는 일과가 되다시피 했다. 아내는 여행 중에 아이들을 돌봐주느라 잠도 제대로 자지 못했을 것이다.

아버님께서 어머님과 함께 스토아즈를 방문했을 때 어머님도 여행을 즐기셨다면 가족과 함께 충분한 여유를 갖고 나이아가라 폭포를 보러가는 장거리 여행을 여유 있게 다녀올 수 있었을걸…. 그러나 그때는 어머님이 여행가는 대신에 아내와 아이들과 함께 스토아즈에 남아서 쇼핑이나 하면서 계시겠다고 했기 때문에 나와 아버님만이 잠도 제대로 자지 못한 채 나이아가라 폭포를 보고 캐나다로 돌아서 그 먼 거리를 이틀 만에 운전을 하고 오느라 내가 무척 고생을 했다. 나는 거의 10년 만에 만나본 아버님과 함께 먼 길을 가면서 그동안 쌓였던 회포도 풀었고 아버님의 권유로 한국행을 처음으로 생각해보기 시작했다.

"미국에 와서 보니 한국보다는 경제적인 여유도 있고 사는 모습들이 좀 더 자유스럽게 보이는구나."

"아버님께서 일본에서는 오래 사셨지만 미국에는 처음 오셨는데 미국에 대한 인상이 일본과는 어떻게 다르신가요?"

"일본에는 19세 때 학생으로 공부하러 가서 거의 20년 가까이 그곳에서 살다보니 일본어는 일인처럼 하게 되었고 모습도 일인들과 구별하기 힘들 정도로 변했지만, 한국 사람들과 지지고 볶고 사는 서울보다는 일본인의 세계인 도쿄의 생활이 어쩐지 남의 옷을 빌려 입은 듯 어색한 기분을 떨쳐버릴 수가 없었지…."

"무슨 말씀이신지 이해가 가는군요. 저는 그간 미국에 와서 힘들게 공부도 하고 지금은 직장생활을 하고 있지만 한국계의 미국인인 경우 미국의 시민권을 받는다 하더라도 결코 미국인이 될 수 없다는 것이 너무나 당연한 일처럼 여겨집니다."

"네 말처럼 미국에 와서 보니 한국인은 피부색이 달라서 미국인이 되기에는 좀 어렵지 않겠는가 하는 소외감 같은 느낌이 드는구나."

"한국에서는 대통령이 잘못한다고 비난을 해도 그냥 넘어갈 수도 있는데, 미국에서 대통령 흉을 보면 왜 남의 나라 대통령을 비난하느냐? 불만이 있으면 너희 나라에 돌아가면 되는 것 아니냐는 등 즉각적인 반응을 보이면서 신경을 곤두세우는데, 그런 경우 나도 '미국 시민권자'라고 말을 해도 마땅찮은 표정을 얼굴에 나타내곤 한

답니다. 그것이 다 자기들 틈에 끼어주지 않겠다는 속셈이 아니겠어요?"

"일본에서도 재일 한국인들을 무시하고 일본인으로 받아들이려고 하지도 않았지…. 대부분의 한국인들 중에는 제 아무리 오래 동안 일본에서 살았다 해도 일본인이 되기를 거부한 사람들이 압도적으로 많았다는 것은 역시 한국인들은 한국인들끼리 살아야 한다는 유대감 때문이 아니었을까?"

"아버님 말씀이 맞아요. 저는 미국에서 뿌리를 내리고 싶은 생각은 없습니다. 미국에서는 설사 높은 자리에 올라간다고 하더라도 소위 미국인들이라고 자처하는 사람들의 텃세인지 한국인 밑에서 일하기를 꺼리다보니 소외감을 느끼게 되고, 자연 큰 욕심을 내지 않고 분수껏 사는 것이지요…."

"그런 생각이 들었다면 한국에 돌아와서 더 늦기 전에 자리를 잡아볼 생각은 안 해 보았느냐?"

"아직은요…. 그래도 앞으로는 그런 방향으로 생각을 정리해 보아야 하겠지요."

"네가 한국에 올 생각이 있다면, 내가 힘이 닿는 대로 도와줄 생각이야. 내가 하고 있는 제약업을 네게 물려준다든가 하는 계획을 구체적으로 세워보겠다."

그때 나는 아버님과 단 둘이서 나이아가라 폭포를 구경 갔다가 우선 미국 쪽의 폭포를 구경한 다음 레인보브릿지를 건너서 캐나다로 들어간 후 캐나다 쪽의 폭포구경도 했다. 폭포는 캐나다의 폭포가 미국 폭포보다 더 크고 장관이었다. 폭포구경 후 잠은 토론토에 가서 모텔에서 새우잠을 잤다. 새벽 4시에 그곳을 떠나서 어둠

속에서 토론토를 빠져나왔기 때문에 토론토에 관해서는 아무 것도 본 것이 없었다. 7월인데도 만주벌판과 같이 추웠던 퀸즈엑스프레스웨이를 달려서 몬트리올까지 가서 점심을 들었다. 몬트리올은 그 전에도 가본 일이 있었는데, 캐나다에서 유일하게 프랑스어를 쓰는 퀘백주에 있었다. 길표시가 글자 대신에 그림으로 표시하고 있는 것이 특히 인상적이었다.

몬트리올을 대충 둘러보고 그곳을 떠나서 뉴욕주로 들어온 후 산길을 넘어왔다. 어제 밤에 충분한 잠을 자지 못했던 여파로 나는 운전 중에 꾸벅꾸벅 졸음이 몰려 와서 운전이 몹시 힘이 들었다. 그런 경우 휴게소에 차를 주차하고 좀 쉬었다 가야 했는데, 만일 잠이 들어버리면 오늘 안으로 집에 돌아갈 수 없다는 염려 때문에 기를 쓰고 차를 몰았다. 큰 사고가 나지 않고 무사히 집에 도착할 수 있었던 것만 천만다행한 일이었다.

플로리다주의 여행계획은 우선 뉴욕주에 있는 형네 집에 가서 하루 밤을 자고 다음날 남쪽으로 내려가면서 윌리암스버그와 제임스타운을 구경했다. 두 곳 다 영국인들이 미 대륙에 기반을 잡은 곳이었다. 제임스타운은 영국의 서민들이, 그리고 윌리암스버그는 영국의 귀족과 부호들이 자리 잡았던 곳이었다. 제임스타운은 도시가 있었다는 흔적만 남아 있었는데 반하여, 윌리암스버그는 그 도시를 재현해서 문화유산으로 보호하고 있었다. 시간이 없었고 구태여 우리 부부가 살고 있는 뉴잉글랜드 지역과 별로 차이가 없는 그곳을 보고 갈 필요가 있느냐는 생각도 들어서 그냥 밖에서만 대충 살펴보고 갈 길을 재촉했다. 윌리암스버그는 조지 워싱턴과 토마스 제퍼슨, 알렉산더 해밀톤, 벤자민 프랭클린, 패트릭 헨리와 같은 미국

건국의 아버지들을 배출한 곳으로도 유명했다.

그곳을 떠난 후에 허허벌판과 같은 델라웨어주를 남쪽으로 가로질러서 한참 내려가다 보니 델라웨어만 위를 가로지르는 거의 27킬로미터에 이르는 긴 다리를 건너서 미국 해군기지가 있는 애나폴리스로 넘어갔다. 비록 델라웨어만이 얕은 바다이기는 했지만, 바다 위에 델라웨어베이브릿지터널과 같은 그렇게 긴 다리를 놓았다는 것은 미국의 힘을 과시한 하나의 산 증거로서 우리 부부에게 강한 위압감을 느끼게 한 깊은 인상을 남겼다.

델라웨어베이브릿지터널 위를 건너오려 할 때 큰딸은 어지러운지 차 의자에 드러누워서 노래를 부르면서 놀랐던 마음을 진정시키려는 모습을 보고 대견한 느낌이 들었던 일이 기억난다. 다리 옆에서 낚시들을 하느라 정박해 놓은 작은 보트들은 마치 상어 떼가 다리 위를 달리다가 실수로 추락하는 차들을 잡아먹기 위하여 대기하고 있는 악어 떼들처럼 섬뜩한 느낌마저 들었다.

우리 가족이 주간 초고속도로 95번을 타고 남쪽으로 내려가다 남북전쟁 때 남군의 수도였던 리치몬드 근처의 모텔에서 하룻밤을 지냈다. 리치몬드는 남북이 갈라지는 중간지대에 있는 주들이어서 그런지 인종차별의 잔재가 아직까지 남아있는 것 같았다. 내가 첫 번째 모텔에 가서 빈방이 있느냐고 물었더니 카운터에 앉아 있던 젊은 백인여자가 나를 한번 슬쩍 쳐다 본 후에 빈방이 없다고 냉정하게 딱 잡아떼며 말했다. 그리고 덧붙여 말하기를 이 근처에 있는 모텔들은 다 찼으니 방을 얻을 생각은 아예 포기하는 것이 나을 것이라고 엄포까지 놓는 것이 아니겠는가? 나는 그녀가 동양인이라고 인종차별을 한다는 불쾌한 생각이 들면서 미국생활 10년에 미국에

인종차별이 있다는 말을 자주 들었지만 이렇게 노골적으로 당하기는 처음이라 여행을 계속할 흥미마저 없어질 지경이었다.

그 여자의 말이 정말인지 근접해 있는 두 번째 모텔에 가서 빈방이 있느냐고 물었더니, 빈방은 얼마든지 있다면서 친절하게 우리 가족을 안내해 주었다. 방은 더블침대가 2개 놓여 있는 깨끗한 것으로 숙박비도 10달러 정도였던 것으로 기억된다. 내가 미국에 그동안 살면서 얻은 신념의 하나는 남의 말을 믿을 것 없이 직접 무슨 일이든지 알아보라는 것이었다. 첫 번째 모텔여인의 엉뚱한 말만 믿고 두 번째 모텔에 가서 똑같은 질문을 해보지 않고 방 얻기를 포기했다면 뜻하지 않은 고통을 겪었을지도 모를 일이었다.

하루 종일 운전을 한 나는 피곤이 절정에 이르러 빨리 저녁식사를 들고 잠을 자고 싶은 생각밖에 없었다. 그런데 하루 종일 차속에 갇혀있다시피 했던 아이들은 침대위에서 둘이 껑충껑충 뛰면서 정말 즐거워했다. 나는 중간에 사온 캔 맥주 한잔과 아내가 차려준 저녁식사를 마치자마자 아이들이 좋다고 떠들며 침대에서 뛰노는 소리를 자장가처럼 들으면서 깊은 잠에 골아 떨어졌다.

내가 플로리다 왕복여행 중에 모텔을 구할 때 당했던 것보다 더 한층 놀랐던 사실은 10여 년이나 미국에서 살아온 내가 그 다음날 아침에 그 근처의 가게에서 담배를 한 갑 달라는 말을 했다. 실제로 나의 말을 못 알아들어서 그런 것인지, 아니면 일부러 못 알아들은 척하는 것인지 담배를 한 갑 달라는 나의 말이 가게주인에게 전혀 먹혀들지를 않았다. 화가 난 내가 담배 한 갑을 집어 들고 얼마냐고 묻고서야 겨우 담배 한 갑을 사 피울 수가 있었다.

뉴잉글랜드의 프리머스에 상륙한 영국에서 온 청교도들은 윌리암스버그에 상륙한 영국의 귀족이나 부호와는 달리 정치적 영향력의 행사보다는 종교의 자유를 한층 더 추구했던 가난한 서민출신들이 대부분이었다고 했다. 윌리암스버그에서 플로리다주까지 내려가는 주간 초고속도로인 95번 도로를 타기 위해서는 이미 살펴본 바와 같이 델라웨어베이브릿지터널을 거쳐서 애나폴리스로 건너간 후 리치몬드에서 95번 도로를 갈아타야 했다. 27킬로미터의 긴 다리에는 바다 한가운데의 깊은 곳에 2개의 터널로 연결되어 있었는데, 대형선박이 해저터널 위를 항해하다가 터널을 무너뜨려서 통행이 전면 중단되었던 일도 있었다고 한다.

그런 말을 전해들은 내가 조마조마한 마음을 억누르며 조심스럽게 해저터널 속을 지나가고 있을 때 나의 자동차에 경고등이 들어와서 터널 밖으로 나가서 잠시 주차하고 쉴 수 있는 곳에 주차했다. 플로리다주까지의 긴 여행을 떠나기 전에 자동차의 안전점검을 철저히 하여 이상이 없다는 것을 확인하고 떠났었는데 도대체가 어떻게 된 일이란 말인가?

곰곰이 생각해 보았더니 여기까지 오는 길에 주유소에 들려서 연료를 넣고 배터리를 점검해 보았더니 배터리액이 많이 줄어든 것 같았다. 아마도 줄어든 배터리액을 증류수로 보충하지 않고 그냥 수돗물로 보충한 것이 화근이 되었던 것 같았다.

이러한 우려가 경고 정도가 아니라 실제로 중대한 위험으로 나타났던 것은 스토아즈를 떠난 지 만 3일 만에 플로리다주에 도착하여 아내가 감격의 눈물을 흘린 지 얼마 되지 않아서 또 다시 경고등이 들어오며 자동차의 힘이 빠지는 것을 겨우 억지로 끌고 가서 첫 번째 만나게 되었던 출구로 나가자마자 그곳에 있던 주유소에 차가 겨우 닿을 수 있었다. 그때는 이미 차가 완전히 정차해버린 후였다.

할 수 없이 그곳에 차를 세워두고 자동차 배터리를 밤새도록 충전하는 한편 그 주유소 여주인의 호의로 근처에 있던 모텔에 가서 하룻밤 잠을 잤으며 다음날 아침에 그 여주인이 우리 가족을 다시 데리러 와주었다. 밤새 충전이 되었을 차를 다시 찾았고 감사의 표시로 연료를 가득 채운 후에 또다시 여행을 계속할 수 있었다. 남부의 사람들은 그 주유소의 여주인처럼 정이 많았고 친절했다. 플로리다 여행 중에 버지니아에서 당했던 것처럼 기분 나쁜 일은 한 번도 당하지 않았으니 하는 말이다.

그런데 우리 가족이 마이애미에서 미국의 최남단인 키웨스트까지 갔다가 마이애미로 되돌아 왔을 때, 또 다시 경고등의 불빛이 들어와서 부근에 있는 모텔에서 하룻밤 묵은 후 다음날 아침 일찍이 여행을 시작하기 전에 나 혼자 근처에 있는 폭스바겐 정비소에 차를 갖고 갔다. 정비소에서는 무슨 원인에서인지는 모르지만 전기 케이블 하나가 불량하여 새것으로 교체했다고 말했다. 이번에는 차가 제대로 고쳐졌고 북상해서 커네티컷주로 올라올 때까지 별 다른 말썽을 부리지 않았다.

아내는 어린 두 딸을 남겨두고 차를 고치러 떠나간 나를 기다리느라 마음고생이 심했다고 했다. 지금처럼 이동전화도 없던 시절이라 연락할 방법도 없었고, 만일 내가 차를 고치러 갔다가 사고라도 당했다면 어떻게 할 것인가 하는 걱정으로 초조하게 기다렸다는데, 별 탈 없이 내가 나타나 주어서 아내가 얼마나 하느님께 감사드렸는지 모른다고 말했다.

남부지역으로 가던 중에 노예시장이 있었던 남 캘로라이나주의

챨스톤에서 켄터키치킨을 사먹으려고 했는데 흑인들이 많이 사는 지역이라 좀 지저분하게 느껴져서 사먹지 않고 좀 더 내려가다가 켄터키치킨을 사먹으려고 했는데, 눈에 뜨이지를 않았다. 결국은 마이에미에 갈 때까지 단 한 곳도 찾지를 못했다.

노스캘로리나주를 관통하면서 담배산지의 담뱃값을 알아보았더니 동북부지역의 담뱃값의 절반 값에 불과했다. 당시의 담배 10갑들이 1카톤에 동북부지역에서는 5달러 정도였는데, 이곳은 과연 담배의 주 생산지답게 1카톤에 2달러 50센트여서 1카톤 값으로 2카톤을 살 수 있었다. 다른 지역에 있는 사람들이 이곳에 와서 차떼기로 담배를 사가는 경우가 종종 있는데, 담배 밀수범으로 법망에 걸린다는 말을 들었다. 담배생산지답게 말보러, 팰맬, 필립모리스 등 담배의 상표이름을 가진 동네 이름들이 눈에 많이 띄었다.

미국담배는 최근에 폐암발생의 원인물질로 사회문제화 하고 있으며 담배회사들이 대형 소송에 계속 패소함에 따라 오래 전에 주력 사업을 미국에서 규제가 덜 강력한 외국으로 옮겨갔다고 했다. 이에 반하여 우리나라의 경우에는 담배생산이 아직도 전매사업으로 국가의 독점경영 하에 놓여 있다. 한때는 미국담배의 합법적인 수입이 허용되지도 않았으며 미국담배인 소위 양담배를 몰래 피운 사람들에게 과중한 벌금을 부과하여 미국담배의 소비를 국가가 적극 저지했던 일까지 있었다. 한국에서는 정부가 담배소송, 특히 폐암관련소송에서 지금까지 한 번도 패소하지 않았던 지구상에 존재하는 유일한 국가가 되었다.

내가 내려가고 있는 도로변에서도 남부지역의 프랜테이션으로 불리는 대농원으로 추정되는 장소들이 이곳저곳에 있었다. 어떤 곳에는 가난한 사람들이 사는 곳처럼 보이는 부락에 무기력하게 보이는 흑인들이 둘러 앉아 있는 모습도 볼 수 있었다. 링컨 대통령이 남부의 흑인 노예들을 해방시켜서 그들에게 자유를 준 것까지는 좋았는데, 그들이 이전처럼 남부의 대농원에서 농노로 안주를 하지 못하고 북부의 공업도시로 공장노동자가 되어 밥벌이를 할 수밖에 없는 공장노동자 신세로 전락해버렸다. 그리하여 그들의 비극은 오히려 이렇게 하여 시작되었다는 말이 있을 정도로 흑인노예들이 남부의 프렌테이션을 강제로 떠나게 될 수밖에 없었던 것이 그들의 비극적인 생의 발단이었다고 주장하는 학자들도 있다.

플로리다주까지는 이미 말했듯이 만 3일이나 걸려서 저녁노을이 붉게 하늘을 물들이게 될 즈음해서 플로리다의 주경계선을 넘게 되었다. 배터리의 완전방전으로 플로리다주에 들어오자마자 고생을 했던 우리 가족은 모텔에서 하룻밤을 잔 다음날 아침에 주유소에 와서 밤새 배터리가 완전 충전된 차를 다시 찾았다. 그런 다음 탬파 부근에 살고 있는 미국인 로저스 부부 댁을 향하여 차를 몰아갔다.

차를 몰고 가다보니 앞에 거의 움직임이 없는 차가 길가에 서있는 것 같았다. 이 차를 비켜서 옆으로 지나가다 쳐다보니 그 차가 길가에 서있는 것이 아니라 머리가 하얀 노인이 워낙 차를 천천히 몰고 있었기 때문에 마치 차가 전혀 움직이지 않고 서있는 것 같은 인상을 주었던 것이다. 플로리다주에서는 그렇게 서행하는 차들을 여기저기에서 찾아볼 수 있었다.

로저스 부부가 은퇴하여 살고 있는 탬파 근처의 키시에스타는 은퇴한 노인들이 살고 있는 지역답게 깨끗하였으며 바닷가에서 약간 안쪽으로 들어와 있는 강을 낀 내륙에 있는 아주 조용한 소도시였다. 그들이 살고 있는 집은 풀장이 집안에 있는 아담한 집이었으며 우리 가족이 거기서 하루 밤을 묵고 마이에미 쪽으로 떠났다. 5월이었지만 그곳의 날씨는 남부의 날씨답게 몹시 무더웠으며 햇빛도 아침부터 눈이 부실 지경이라 더울 때는 살기에 적합하지 않은 지역인 것 같았다.

로저스 부부도 여름에는 플로리다주를 떠나서 뉴저지주에 있는 주택으로 가서 산다고 했다. 로저스 부부는 이미 본 바와 같이 내가 미국에 처음 유학생으로 왔을 때 필라델피아의 오목사 소개로 알게 되었으며 그 집에 가서 묵기도 하고 여러 가지로 신세도 진 일이 있는 고마운 부부였다. 플로리다의 그 부부가 살고 있는 집 근처의 멕시코만이나 마이에미에서 북쪽으로 올라가면서 펼쳐져 있는 대서양의 해안지방은 은퇴한 사람들이나 피서를 온 사람들로 붐볐던 아름다운 곳이었다. 그런데 내륙으로 들어가다 보면 황무지처럼 야생 야자수들이 제멋대로 자라고 있는 황량한 모습을 드러내고 있는 것이 해안가의 모습과는 판이한 대조를 이루고 있었다.

탬파가 있는 멕시코만에서 마이에미 쪽으로 가기 위해서는 해안가를 끼고 돌아가는 길은 없었고 다만 황무지를 거쳐서 동서로 연결되는 도로를 타고 갈 수밖에 없었다. 그 길은 황무지에 가까운 야생 야자수들이 여기저기 산재해 있는 황량하기 짝이 없는 길로서 여기가 과연 휴양지로 유명한 플로리다주인가 하는 의심마저 들 지경이었다.

나는 마이에미에 도착한 후 마이에미에서 여장을 풀지 않았고 그곳에서 250여 킬로미터 떨어져 있는 미국 최남단 도시인 키웨스트까지 가서 자기로 했다. 키웨스트까지는 크고 작은 섬들을 바다위로 연결하여 다리를 놓아서 그 다리들을 도로로 이용하고 있었다. 마이에미에서 키웨스트까지는 상당한 거리가 있었기 때문에 시간이 많이 걸렸다. 곳곳에 다리를 보수하고 있어서 다리를 건너가는 데 자주 지체되곤 했다.

키웨스트는 미국 최남단의 항구도시로서 쿠바난민들이 많이 살고 있었으며, 국도 1번 도로의 최남단 종착지이기도 했다. 헤밍웨이가 이곳에 거주하면서 작품 활동을 했던 집도 있었다. 나는 키웨스트의 우체국에서 직장동료들에게 우편엽서를 보내서 이곳에 다녀갔다는 것을 공개적으로 기념하는 흔적을 남기기도 했다.

키웨스트에서 하루 밤을 묵은 다음날 역순으로 해서 계속 연결되는 다리들을 건너서 마이에미로 되돌아왔다. 오는 길에 돌고래를 야생상태로 기르고 있는 수족관에서 돌고래 쇼를 감상했다. 마이에미에 도착했을 때는 아직도 잠자기에 이른 시간이었기에 에버그레이드 국립공원에 가보기로 했다. 야생상태로 보전하고 있는 플로리다주 특유의 습지대인 이 공원에는 악어와 다른 파충류들이 야생상태로 서식하고 있었으며, 독충도 창궐하는 특이한 공원이었다.

악어가 서식하는 습지위에 걸쳐놓은 다리위에서 바라본 야생 악어들은 개처럼 짖어댔으며 저희끼리 큰 입들을 벌리고 서로 무시무시한 소리를 내고 싸우던 것을 보고는 소름이 끼칠 지경이었다. 이 국립공원은 워낙에 방대하기 때문에 방문객의 그 누구도 전체를 볼 수는 없었으며 우리 가족이 본 것은 극히 작은 일부에 불과했다.

우리 가족은 마이에미에서 하룻밤 자고 아침에 말썽부렸던 차를 완전히 고치고 난 후 마이에미 해변을 따라 북쪽으로 올라가기 시작했다. 마이에미 해변을 따라 호텔들이 즐비하게 늘어서 있었다.

마이에미 해변은 대부분 개인소유라 공공비치가 별로 눈에 뜨이지 않았다. 간혹 차창을 통해서 볼 수 있는 비치에는 노인들만이 선탠이나 햇볕을 즐기고 있을 뿐 젊은이들은 발견할 수가 없었다.

우리 가족은 마이에미에서 수영을 하지 않은 채 좀 더 위쪽으로 올라가다 보니 포트라우더델의 공공비치가 길가의 해변 가에 전개되어 있었다. 비키니를 입은 풍만한 육체를 가진 젊은 여자들과 건장한 젊은 남자들이 수도 없이 비치를 가득 메우고 있는 모습이 나에게는 싱싱하게 느껴졌다. 마이에미 비치에서는 볼 수 없었던 젊은이들이 전부 이리로 몰려왔구나 하는 생각마저 들었다. 우리 가족도 잠시 그들과 어울렸다 가기로 했다. 오래간만에 딸들이 수영도 할 수 있게 되어 두 딸에게 차를 타고 달리기만 했던 부담감을 덜 수 있는 기쁨을 잠시나마 줄 수 있어서 나의 마음은 한결 가벼워졌다.

올란도에 있는 디즈니월드는 우리 가족이 귀국하던 74년 8월에 LA에 들렀다가 가본 디즈니랜드보다 규모도 훨씬 더 컸고 설비도 잘 되어 있는 것 같았다. 우리 가족이 디즈니월드에 갔던 날이 하필이면 주말이었기 때문에 디즈니월드를 그날 방문했던 인원수가 3만 명을 넘어섰다고 했다. 그 말이 사실이었음을 증명이라도 하듯 방대한 주차장에 빼곡히 차들이 주차하고 있어서 주차공간을 발견하는데도 많은 시간이 걸렸다.

정문까지 가는데도 멀어서 셔틀카를 타고 가야만 했다. 입장권을 사는데도 줄을 서야 했다. 모노레일을 타고 안으로 들어가서 무엇이건 타거나 구경하려면 한 시간 이상씩 기다려야 했다. 큰딸을 데리고 작은딸을 안고 구경하는 것보다는 기다리는데 더 많은 시간을 허비하고 났더니 기진맥진해졌다. 큰딸은 디즈니월드가 어떤 곳인지 어느 정도 예비지식을 갖고 있어서 다음날 아침에 디즈니월드에 간다는 것을 아내에게 듣고는 일찍 잠자리에 들어갔으며, 작은딸은 말도 제대로 못하던 나이였는데도 제 언니를 따라 일찌감치 잠자리에 들었다. 큰딸은 보통 때는 늦잠을 잤는데 그날따라 새벽 일찍이 일어나서 세수도 혼자서 하고 옷도 혼자 입었으며 빨리 가자고 재촉까지 했다. 작은딸도 언니에게 가세하여 서두르는 것을 보고 참으로 디즈니가 어린이들에게 미친 영향이 그렇게 크다는 것을 처음으로 깨닫게 되었다.

"엄마, 아빠. 내일은 디즈니랜드에 가나요?"

"내일 우리가 갈 곳은 디즈니랜드가 아니라 디즈니월드란다. 너는 어디서 디즈니랜드에 대해서 들었니?"

"그림책에서 봤어요. 동생도 디즈니랜드에 관해서 잘 아는데요."

"그래? 동생도 우리가 내일 디즈니랜드에 가는 거 알고 있니?"

"나도 알아요. 언니가 가르쳐 줬어요."

"엄마, 언니는 디즈니랜드를 내일 보고 집에 돌아가서 친구들에게 자랑할거래요."

"그러면 오늘 밤에는 일찍 잠자리에 들어야 내일 아침 일찍 일어날 수 있는 거 알겠지?"

"저녁식사하고, 이 닦고 일찍 잠자리에 들거예요."

"저두요."

어린 동생도 언니를 따라 일찍이 잠자리에 드는 것을 보고 참으로 아이들이 신통하게 여겨졌으며, 디즈니의 어린이에 대한 영향력이 그렇게 큰 것을 보고 다시 한 번 감탄하지 않을 수 없었다. 디즈니월드에 갔을 때는 큰딸이 만 4세, 작은딸이 만 2세의 어린 나이었지만 열심히들 구경했다. 작은딸은 기다리는데 지쳐서 졸음이 오는 것을 참고 있어서 그 아이를 안고 있던 내가 이제 잠을 좀 자라고 말하니까 비로소 안심하고 깊은 잠에 빠져들고 말았다.

디즈니월드는 그날따라 사람들이 많아서 기다리는데 시간을 많이 허비했을 뿐 별로 구경한 것도 없이 시간이 마감되어 버렸다. 사람들이 나오는데도 많은 시간이 걸려서 겨우 그곳을 빠져나와서 차를 주차했던 자리로 가보았다. 그 넓은 주차장에 빽빽이 주차했던 모든 차량들은 이미 모두 빠져나갔으며 내 차만 홀로 쓸쓸하게 주차되어 있었다.

우리 가족은 저녁을 디즈니월드를 구경하면서 미리 들었기 때문에 케이프 케네디 우주로켓 발사장소 근처까지 가서 머물기로 하고 어두운 밤길을 차를 몰고 갔다. 그곳에는 자정이 지나서야 도착했으며 내가 잡은 모텔은 홀리데이인으로서 이번 여행 중에 가장 비싼 20달러가 넘는 곳이었다. 그런데 아침에 일어나보니 풀장도 있는 깨끗한 모텔이었다. 딸들이 풀에서 수영하며 놀다가 가고 싶어 해서 아이들에게 즐길 시간을 주고 난 후에 케이프 케네디를 구경하러 갔다. 케이프 케네디는 워낙 방대한 지역이라 대형버스를 타고 2시간 이상 돌아 다녀야만 겨우 구경할 수 있었다.

그곳에서 우리 가족은 로켓트 발달의 역사박물관을 구경했으며 우주 로켓트의 조립공장에도 가보았다. 그 조립공장 내에서 3단계로 조립된 우주 로켓트가 보관되어 있는 곳을 볼 수 있었다. 로켓트가 보관되어 있는 그 건물이 50층 건물에 상당하는 높이라는 말을 들었다. 우주에 발사되는 로켓트가 그렇게 큰 것이라는 사실을 알고는 참으로 놀라움을 금할 수 없었다.

그 뿐만 아니라 이 로켓트의 무게는 어마어마하게 무겁기 때문에 이를 발사대까지 끌어가는데 하루에 겨우 800미터만 끌고 갈 수 있다는 말을 듣고 굉장한 무게임을 경이로운 눈으로 바라보았다. 이렇게 어마어마하게 큰 로켓트를 발사하여 사람이 탄 캡슐을 정확하게 목표지점까지 보낼 수 있는 과학기술의 발달에 다만 찬사를 보낼 수밖에 없었다.

케이프 케네디를 구경한 후 북쪽으로 올라오면서 라이온 사파리를 구경했다. 아프리카의 맹수들이 사파리 내에서 자유자재로 다니고 있었다. 딸들은 에어컨도 없는 창문을 굳게 걸어 잠근 무더운 차 속에서 땀을 뻘뻘 흘리면서도 그것을 보고 좀 무섭게 느껴지기도 했겠지만 좋다고 박수까지 쳤다.

사파리를 구경하고 나오니 밖에 작은 동물들만 있는 작은 사파리가 있어서 아이들은 그것이 훨씬 더 재미있는지 좋아들 했다. 올라오는 길에 어디서 보았는지 정확히 기억이 나지는 않지만 사파리 근처에서 앵무새들의 재롱을 보고 아이들이 참 좋아했던 기억이 났다. 사파리를 구경하고 나오면서 서산에 해는 지고 있는데, 오늘밤은 또 어디에 가서 지낼까 하니 처량한 느낌마저 들게 됨을 어찌할 수 없었다. 불과 2주간의 여행이기에 망정이지 이런 식으로 일생을 살아야 하는 집시들의 경우는 어떨까 하는 것을 잠시 생각해 보았다.

올라오는 길에 스모키 산맥이 있는 곳에 갔다. 그곳에서 체로키 인디안 마을을 찾아보았는데, 인디안 마을은 우리나라 옛날 초가마을 비슷했다. 나와 아내에게는 거기에서 만난 일단의 사람들이 좀 더 흥미를 끌었다. 20년 전에나 볼 수 있었던 옷들을 걸친 무척 가난해 보이는 이 사람들이 아마도 힐리빌리라고 불리는 아파라치안 산맥에서 살고 있는 산사람들 같았다. 이 지역은 미국에서도 가장 문제가 되는 곳으로 루즈벨트 대통령의 TVA 프로젝트로 전기가 펑펑 나오는 지역에 살고 있는 이들의 집에 그때까지 전기가 들어오고 있지 않다는 사실은 세계 최대 부국인 미국사회에서 도저히 상상할 수 없는 희한한 일이라는 생각이 들었다.

TVA 프로젝트의 하천댐 하나를 방문했더니 오랜만에 커네티컷 주에서 온 방문객이라고 방명록에 서명을 하라면서 무척 반가워했다. 별로 커보이지도 않은 발전소였는데 1백만 킬로왓드의 발전용량을 갖고 있다는 발전소를 소개해주면서 루즈벨트 대통령의 집권시에 불황타개에 크게 기여한 TVA 프로젝트였지만 관광객들의 관심을 현재는 별로 끌지 못하여 내가 최근에 들른 아주 드문 방문객 중에 하나였다는 말을 듣고는 어깨가 좀 으쓱해졌다.

위에서 잠깐 언급했듯이 아파라치안 지역은 미국에서도 가장 문제가 되었던 대표적인 빈곤지역이었다. 당시에 여러 가지 빈곤 해결방안을 강구중에 있었지만, 별다른 효과를 보지 못하고 있었다. 내가 이 지역에 관하여 이해할 수 없었던 일중에 하나는 TVA 프로젝트의 성공으로 미국의 30년대 공황이 해결을 보았고 전기가 다른 지역보다 많이 생산되는 TVA에 근접해 있던 아파라치안 지역이 어찌하여 전기조차 들어오지 않는 낙후지역으로 그대로 남아있게 되었으며, 이에 대한 해결대책도 별다른 효과가 없게 되었느냐 하는 것이었다. 아파라치안 지역은 미국에서 가장 가난한 지역으로 사는 모습들이 무척 가난해 보였으며 문을 열고 있는 구멍가게에도 살만

한 물건 하나 없는 일제시대 말기의 우리나라 시골의 구멍가게처럼 보잘 것 없었으며 초라하기 짝이 없었다.

스모키산맥 위에 있는 불루리찌 파크웨이는 산등성이를 위태롭게 돌아가는 길로서 우리 부부가 보통 상상하는 고속의 공원도로가 아니었다. 우리 가족이 착각하고 그곳에 올라갔다가 천둥번개가 치면서 소나기도 내리고 바위덩어리들도 실제로 여기저기 굴러 내려서 떨어져 있는 것을 보았다. 천 길 낭떠러지가 옆에 있는 길가에는 가드레일조차 설치되어 있지 않은 험한 산길이라 고속도로처럼 달릴 수도 없다는 것을 비로소 깨닫고 겁이 나서 고생하며 겨우 산 아래로 내려왔던 기억이 난다.

나는 오늘은 날씨도 별로 좋지 않으니 여행은 그만하고 일찍부터 모텔을 잡고 쉬기로 했다. 산 밑에 있는 한 모텔에 가서 방을 잡으려고 했더니 인디안 같은 여주인이 나를 보고 반가워하면서 아메리칸 인디안이냐고 물었다. 나는 얼굴색이 좀 붉은 편이라 미국에 유학와서 아메리칸 인디안이냐는 말을 가끔 들은 적은 있었지만, 이 여주인처럼 단정적으로 말하는 것을 들은 적은 처음이었다. 왜 그렇게 생각하느냐고 물었더니, 이 지역에는 백인과 흑인, 그리고 아메리칸 인디안밖에 없으니 나의 경우 백인도 아니고 흑인도 아니니 아메리칸 인디안이라고 생각할 수밖에 없는 것이 아니겠느냐 라고 오히려 반문하는 것이었다.

아파라치안 산맥을 따라 북쪽으로 올라오면서 테네시주에서 노스캘로라이나주 쪽으로 2,000미터가 넘는 산맥을 넘어갔다. 그높은 산맥 위에도 숲이 울창한 것이 참 미국은 삼림자원도 풍부한 나라이구나 하는 감탄사가 절로 나왔다,

플로리다주를 떠나서 주간 초고속도로인 75번을 타고 조지아주의 애틀랜타시를 경유하여 테네시주로 갔다. 애틀랜타시는 붉은 흙이 사방에 산재해 있는 것이 특히 인상적이었다. 테네시주에서는 테네시, 켄터키, 노스캘로라이나 3개 주가 전방에서 서로 만나고 있는 지역을 차타누가라는 산위의 요새에 올라가서 보았다.

그 지역에는 또한 지하 동굴이 많이 산재해 있었다. 우리 가족이 들어가 본 동굴은 엘리베이터를 타고 내려가서 종류석이 있는 지하 동굴을 한참 걸어갔더니 지하에 20미터 높이의 폭포수가 쏟아지고 있었다. 그 물이 전부 지하로 스며드는지 수량이 전혀 늘어나지 않는 것이 신기하게 여겨졌다. 올라오면서 쉐난도아를 거쳐 링컨대통령의 그 유명한 민주정부에 대한 연설을 했다는 게티스버그 묘지를 둘러보았다.

우리 가족이 2주전에 출발했던 스토아즈는 아직도 겨울이 완전히 가시지 않았는데, 남쪽으로 내려가면서 차츰 더워지다가 플로리다주는 한 여름의 날씨를 보여주었다. 북쪽으로 올라오면서 차츰 날씨가 서늘해지기 시작했다. 남부의 너그러운 인심에 비하여 북쪽으로 갈수록 인심이 각박해지는 것을 피부로 느낄 수 있었다. 남쪽에서는 모텔에서 하룻밤 자고 얼음을 양껏 채워가도 군소리 한마디 듣지를 못했다. 북쪽으로 올수록 어름을 공짜로 얻는다는 것은 있을 수도 없는 일이었으며, 주유소에서 기름을 넣지 않으면 화장실을 사용하지도 못하게 하는 곳이 더러 있음을 보고 참으로 야박한 인심도 다 있구나 하는 격세지감을 느꼈다.

총 경비 700달러를 지출하여 초경제적으로 15일간에 7,500 킬로미터를 운전해서 플로리다주까지 갔다온 72년 5월의 장거리 여행은 미국에서 12년간 살면서 체험했던 가장 의의있는 일이었다. 이러한 여행을 통하여 우리 부부는 미국에 대하여 더 많은 현장교육을 받은 셈이다. 미국이라는 나라가 상상을 초월하는 방대한 국가라는 것을 새삼스럽게 깨달았다. 한국에 비할 때 미국은 풍부한 자연에 대한 하느님의 축복을 받은 나라라는 것을 새삼스럽게 알게 되는 계기가 된 셈이다.

나의 12년간의 미국생활이라고 해야 내가 63년 1월에 처음 미국와서 필라델피아 근교인 아드모아에서 살았으며 빌라노바에서 공부를 했다. 뉴욕시에 올라와서 결혼한 후에는 아내와 함께 3년 반을 서로 도우면서 공부하고 일도 하면서 바쁘게 살았다. 커네티컷 주립대학교 도서관에 취직을 해서 스토아즈에서 조용히 살아온 7년 반 동안에 두 딸을 키우면서 미국의 대학촌에서의 전원생활을 즐겼다.

뉴욕시에서 살 때에는 결혼식을 63년 7월 27일에 성당에서 올렸고 뉴저지주의 훠크드리버에 있는 미국인 별장에 신혼여행차 다녀왔다. 펜실베니아주의 알렌타운에 살았던 친구의 집에 버스를 타고 방문하기도 했다. 장거리 여행으로는 친구의 가족과 차 한 대로 나이아가라 폭포까지 갔다가 하룻밤 자고 돌아왔다. 혼자서 왕복운전을 한 친구도 힘들었겠지만, 옆자리에 앉아서 말동무를 해주었던 나나 많은 사람들이 차 한 대 속에 장시간 끼어 앉아서 갔다 왔던 장거리 여행은 즐겁기 보다는 고통스러운 것이었다. 그러나 그 친구의 덕택으로 우리 부부는 말로만 듣던 나이아가라 폭포의 장관을 볼 수 있는 기회를 가졌다. 비록 미국 쪽에서만 본 것이긴 했지만, 배까지 타고 폭포 바로 밑에까지 우비를 쓰고 다가가서 쏟아지는 폭포수의 안개 속에서 기념촬영까지 했다.

뉴욕시에서 살 때에는 뉴욕시의 명물인 엠파이어스테이트 빌딩에 올라가 보지를 못했다. 오히려 내가 필라델피아에서 뉴욕관광을 갔을 때 올라가 보았다. 아내는 바로 그 근처에서 3년 반 동안이나 근무하면서도 다만 그 빌딩을 올려다보기만 하였을 뿐 정작 올라가본 것은 귀국하기 전에 우리 부부가 뉴욕에 관광객으로 갔을 때 거의 12년만에 비로소 올라가 보았던 것이다.

유엔본부는 한국에서 친구가 왔을 때 그 친구부부와 함께 처음으로 가보았다. 유엔본부 앞에 있는 동상에 성경문구인 '대검을 보습 속에(Swords into Ploughshare)' 라는 말이 적혀 있는 것이 참으로 인상적이었다. 미국의 한 정치학교수는 이 문구를 그의 유엔에 관한 저서의 제목으로 사용하기도 했다.

자유의 여신상은 로워 맨하탄에서 배를 타고 가야하는 뉴욕항 입구에 위치하는 작은 '자유의 섬' 위에 있었다. 우리 부부는 아내 친구 부부와 함께 그곳에 가서 여신이 쓰고 있는 관까지는 물론 손에 들고 있는 횃불이 있는 최상단까지 올라갔다. 뉴욕 공공도서관도 공공시설의 명물이었으며 장서 수에 있어서도 세계에서 몇 손가락 안에 드는 거대 도서관의 하나로서 뉴욕 관광 중에 꼭 봐야하는 명소의 하나이다.

타임즈 스퀘어는 뉴욕의 중심지로서 그곳을 관광하는 사람들의 숫자가 많아서 그곳에서 길을 물어보는 사람이나 길을 가르쳐 주는 사람들 모두가 관광객이었다는 웃지 못 할 일도 다반사로 발생하는 곳이라고 했다. 이곳에 있는 가게들도 관광객들만 상대하는 곳으로 한 번 물건을 팔아버리면 그만이라는 태도로 가게주인들이 엄청난 물건가격을 주로 관광객들에게 받아서 폭리를 취하고 있었다. 나는 당시 뉴욕시에 살았던 때라 전기제품 하나를 사려고 값을 물었더니 비싼 가격을 부르기에 왜 그렇게 비싸냐고 물었더니, 세금 때문이란다. 내가 대뜸 전기제품에 대해서는 연방세금을 과할 수 없는 것 아니냐고 따졌더니 금방 얼굴색이 변하면서 터무니없이 싼 가격을 제시하여 그 값으로 물건을 구입했던 일이 있었다. 그 뿐만 아니라 그곳의 어느 가게에나 들어가서 물건 값을 물었는데, 예컨대, 50달러라고 하는 경우에 비싸다며 그냥 돌아서서 나오면 금방 25달러로, 또다시 그 값도 비싸다며 되돌아 나오면 10달러 선까지 훌쩍 값이 내려가는 곳이 타임즈 스퀘어라는 곳이었다.

뉴욕시에도 메이씨를 비롯해서 크고 작은 백화점들이 성업 중이었으며, 한때는 알렉산더와 같은 백화점의 80퍼센트 이상이 한국제로서 성업을 하고 있었다. 이것은 마치 현재 세계 각지에 퍼지고 있는 중국산의 물결처럼 한국산이 미국 내에 급속히 퍼져갔던 좋은 시절이었다. 그런데 이러한 유통과정의 발달과는 별도로 뉴욕시의 철길 밑에 있는 재래식 시장에서는 한국처럼 물건 값을 얼마든지 깎고 덤도 듬뿍 얹어주는 후한 인심을 뉴욕시의 한복판에서 찾아볼 수 있었다.

록펠러센터는 소위 미드타운에 있는 명물로서 로켓트 댄스단의 공연으로 유명한 래디오씨티 뮤직홀도 그 부근에 있었다. 미드타운에는 링컨센터, 카네기홀 등의 음악당도 있으며, 5번가에는 성 패트릭 뉴욕 주교좌 대성당도 있다. 뉴욕의 고급아파트 촌도 그 곳에 몰려있었다.

뉴욕의 중심부를 구성하고 있는 맨하탄은 원래 아메리칸 인디안이 백인들에게 13달러를 받고 팔아버린 쓸모없던 바위섬이었다. 단단한 바위만으로 이루어졌던 섬이었기 때문에 훗날 마천루의 도시를 형성할 수 있었던 것이다. 뉴욕시의 지하철은 5번가 같은 곳은 지하로 깊이 100미터를 파고 3개 노선이 그 위로 겹쳐서 지나가도 끄떡없을 정도로 건설한 것이 벌써 내가 뉴욕시에 살 때 이미 100여 년 전에 이루어졌던 일이었다니 놀라운 일이며, 그러한 대공사의 성공은 미국의 지하철공사의 기술수준은 물론 맨하탄이 완벽한 바위섬이었다는 견고성에 연유하는 것이었다. 복잡한 뉴욕 지하철의 총 연장의 승차시간이 얼마였는지 아무도 모르고 있었는데, 한 호기심 많은 사람이 밤새워 모든 노선을 끝에서 끝까지 타본 결과 총 시간이 25시간 걸렸다고 했다.

뉴욕 맨하탄의 인구는 당시에 200만 명이었으며, 업타운, 미드타운, 다운타운으로 완벽하게 구분되는 도시는 미국에서 맨하탄 이외에는 없을 것이다. 뉴욕은 맨하탄을 포함하여 다른 200만 인구를 각각 보유하고 있는 브롱크스, 불르클린, 퀸즈 및 스타텐아일랜드의 5개의 보로우로 구성되는 1,000만 인구의 대도시였다. 스타텐아일랜드 까지는 다리를 건너가거나 로워 맨하탄에서 훼리를 타고 갈 수 있었다. 다른 3개 보로우는 지하철로 연결되어 있어서 거리에 따라서 비록 시간은 걸리더라도 편리하게 맨하탄과 왕래할 수 있었다.

2002년의 9 · 11 사태로 폭삭 주저앉아 버린 쌍둥이 빌딩인 세계무역센터는 우리 부부가 귀국하기 얼마 전에 완공되었지만, 멀리서 쳐다만 보았을 뿐 그 빌딩 속에는 한 번도 들어가 보지 못했다. 워싱턴 스퀘어에 있는 뉴욕대학교에서는 내가 한 학기동안 영어공부를 하느라고 거의 매일 그곳에 다녔다. 근접지역에 있는 예술가들의 주거지였던 그린위치 빌리지와 차이나타운에도 자주 갔었다.

59번가에서 110번가까지에 이르는 맨하탄 중심부의 금싸라기 땅에 자리 잡고 있는 뉴욕 명물의 하나인 센트럴파크는 그러한 넓은 공간을 공원으로 도심 한가운데 남겨둔 미국인들의 지혜에 탄복했다. 뉴욕시라는 거대 도시가 숨통이 트일 수 있었던 것도 바로 이러한 거대 공원이 존재하였기 때문이라는 것을 알고 감탄을 금할 수 없었다. 미국의 유명한 박물관인 메틀로폴리탄 박물관과 인류사 박물관도 그 공원주변에 있으며, 유명한 현대미술관인 구겐하임 미술관도 그 근처에 있는데 이 미술관은 엘리베이터를 타고 올라간 후 화랑을 걸어 내려오면서 벽에 전시해 놓은 그림을 감상할 수 있게 된 특이한 구조를 갖고 있었다.

뉴욕시에는 여러 가지 볼거리들이 수없이 많았지만, 그 중에서도 뉴저지주와 연결되어 있는 허드슨강 위에 걸쳐있는 조지 워싱턴 대교근처에 있는 중세 프랑스의 수도원을 그대로 옮겨 놓았다는 크로이스터는 뉴욕시에서는 희귀한 존재였다. 후에 유럽에 여러 번 갈 기회가 있어서 찾아본 수도원들 중에는 뉴욕시에 있는 크로이스터와 닮은 크고 작은 수도원들이 수없이 있어서 그 많은 수도원들을 둘러보았던 기억이 난다. 스토아즈에 이사를 가서는 큰딸이 아주 어렸을 때부터 커네티컷주 내의 주립 공원들을 둘러본다고 찾아다녔다. 한 두 곳을 가보았더니 모두가 엇비슷하여 중도에 포기해버렸다. 그곳에서는 시간 나는 대로 주변지역을 자주 돌아다녔다.

뉴욕시에는 친구들도 있었고 친척들도 있었기 때문에 가끔 찾아갔다. 그곳에 갔다 올 때마다 도시에 사는 사람들보다 시골에 사는 우리 가족이 은연중에 뒤떨어지는 것 같은 묘한 기분이 들어서 뉴욕시는 아니더라도 다른 중소도시에라도 이사를 가야겠다는 생각을 차츰 하기 시작했지만, 결단은 내리지 못하고 그냥 지냈다. 조용한 대학촌에서 몇 년간을 아이들을 키우면서 별 욕심 없이 눌러앉아 살다보니 남들보다 세상사는 일에 뒤떨어지는 것 같은 소외되는 느낌마저 들기 시작했다.

스토아즈에서는 뉴헴프셔주에 있는 화이트마운틴에 자주 가보았는데 그곳은 울창한 국가삼림지역이며, 메사추세츠주에 있는 스터브릿지는 초기 개척시대의 주거형태를 재현해 놓은 곳이다. 단풍철에는 버몬트주나 메사추세츠주로 단풍구경을 가거나, 그대로 커네티컷주에 눌러앉아 있어도 아름다운 단풍을 볼 수 있기는 매한가지였다 할 수 있었다.

허드슨 강변을 따라 올라간 게이츠킬 산맥 근처에 있는 웨스트포인트 미 육군사관학교도 가보았다. 그곳으로 가는 강위에는 2차 세계대전 때 전쟁에 참가했다가 퇴역한 군함들이 수백 척 줄을 서서 정박하고 있는 모습은 실로 장관이라 할 수 있었다. 스토아즈에서 좀 멀리 갔다 온 곳은 미쉬간주의 랜싱에 있는 미쉬간주립대학교에 공부하러 온 매제문제로 그곳에 비행기를 타고 잠깐 다녀온 일이 있었다.

74년 8월에 귀국할 때는 뉴욕 근교에 살고 있는 처제 집에 가서 1주일 묵었다. 아이들은 처제가 돌봐 주었기 때문에 아내와 함께 기차를 타고 자주 뉴욕시내에 가서 친구도 만났고 티파니 보석상에도 구경 갔고 엠파이어스테이트 빌딩에도 올라가 보는 등 시내의 이곳저곳을 구경하면서 다녔다. 형네가 살고 있는 디트로이트에 가서도 1주일 묵었다. 그곳에서는 포드공장에 견학 가서 철판으로 자동차 휀더 같은 것을 찍어내는 프린트숍을 구경했으며, 앤아버에 있는 미쉬간주립대학교를 구경하러 갔다. 캐나다 쪽으로도 다리를 타고 국경을 건너갔다 왔다. 디트로이트는 시청에서 일직선으로 동서로 뻗혀있는 도로가 1마일 간격으로 구획되어 있어서 1마일로드, 2마일로드로 표시되어 있는 것이 특이하게 느껴지면서 평평한 지대이니 그렇게 하는 것이 가능할 수 있다는 것을 잠시 생각해 보았다.

자동차 생산도시인 디트로이트 근처에는 캐디락, 폰티악, 프리머스 같은 자동차이름과 같은 도시들이 많이 있었다. 마치 노스캐롤라이나주를 지나가면서 보았던 말보러, 팰맬, 윈스톤 같은 담배이름과 같은 도시들이 담배의 주산지답게 여러 곳에 산재해 있는 것과 대조적인 모습이었다.

LA에는 당시에 큰처남과 막내처남이 살고 있었다. 큰처남은 당시 실직상태에 있었기 때문에 신세지기도 무엇해서 막내처남 집에서 묵기로 했다. 막내처남과 함께 멕시코 국경도시인 티후아나와 앤세냐다에 가보았는데 미국과의 생활수준의 차이가 많이 나는 것 같았다.

74년 9월에 내가 보았던 올림픽불르바드의 코리아타운은 2층 집들이 한가하게 서있는 한적한 동네처럼 여겨졌다. 하와이에는 3일간 묵고 갈 예정으로 KAL이 소유하고 있는 와이끼끼 호텔에 묵었는데, 아내가 아는 상해아저씨라는 분에게 전화연락을 했더니 호텔로 찾아왔다. 나도 이 분을 서울에 있을 때부터 알고 있었다. 하와이 관광가이드를 부업으로 하고 있었다. 우리 가족에게 하와이 관광의 편의를 제공해 주겠다고 하여 비록 하와이 관광의 일부이긴 했지만 그 분 덕택에 구경을 잘 했다. 저녁에는 그 분의 아파트에 가서 저녁대접까지 잘 받고 왔다. 하와이 와이끼끼 해변에서는 아이들과 함께 수영도 했다. 교통편이 불편하여 진주만까지는 가보지 못했다.

하와이는 내가 63년 1월에 미국유학을 가면서 공항에서 잠시 머물다 간 곳으로 무척 더운 곳이라는 인상을 받았다. 그분 덕에 이렇게 비록 일부이기는 하지만 구경을 잘 하고 갈 수 있었으니 감회가 새로웠다. 귀국하기 전에 잠깐 착륙했던 일본의 하네다 공항도 63년 내가 미국유학 갈 적에 착륙하여 팬암 비행기회사에서 제공한 프린스호텔에서 잠시 투숙했다가 자정에 하와이로 비행하기 위하여 다른 큰 비행기로 하네다 공항에서 갈아탔던 일이 있었다.

7. 새로운 환경적응

아버님의 귀국 권유를 받기 전에는 나는 그런대로 미국에서 사는 것이지 아버님 말씀대로 귀국한다는 것은 전혀 생각해 본 일이 없었다. 나는 한국이라면 5·16 직후의 살벌했던 상황만 떠오르지 그간 경제적으로 상당히 발전했다는 한국의 변화한 모습을 상상할 수가 없었다. 따라서 10년 이상을 미국에서 산 한국인들의 경우 대부분은 그대로 미국에서 사는 것이지 귀국한다는 것은 생각할 수 없는 일이었다. 그런데 나의 경우에도 이대로 도서관에 일하면서 정년까지 간다는 것은 왜 그런지 답답한 느낌이 들었는데, 이번에 귀국하기로 결심했으니 나의 새로운 도전에 적극 대처해 보기로 결심하고 귀국했다.

그런데 막상 귀국하고 보니 아버님이 중견기업으로 성장해서 후계자가 필요하다고 말씀하신 것과 아버님 밑에 있는 사람들이 나를 후계자로 데려 오라고 말했다는 것이 사실과는 다르다는 것을 금방 확인할 수 있어서 씁쓸한 기분이 들었다. 중견기업이 아니라 내가 미국가기 전에 사장, 전무 및 공장장 세 사람으로 형성된 구멍가게 회사의 모습이 규모면에서도 전혀 중견기업으로 성장했다는 것이 보이지 않았다. 왜냐하면 사무실도 보잘 것이 없었으며, 사무실 한 귀퉁이에 작은 책상 하나를 놓고 나보고 거기에 앉아서 일을 보라고 했다.

귀국한 다음 날 회사에 첫 출근을 한 나에게 아버님이 하시는 말씀은 내게 부사장의 직함을 주려고 했는데 반대하는 사람도 있고 해서 기획실장의 직함을 주기로 했다는 것이다. 미국에서 직장생활을 했던 나는 내가 기획실장으로서 회사에서 해야 할 일이 무엇인지 아버님께 여쭈어 보지 않을 수 없었다. 그랬더니 아버님이 하시는 말씀이 본인이 하시는 일을 모두 대신해서 하면 된다고 하시는 게 아닌가. 이렇게 애매하게 말씀하시고 나의 직무 범위를 명확히 정의해 주지 않으신 것이 그 후의 나의 업무수행에 있어서 아버님과의 크고 작은 갈등의 원인을 제공하는 계기가 되었다.

신경안정제의 제조와 보급에 30여 년간 종사해 옴으로써 독보적인 지위를 유지해 온 전문 제약업체를 경영해 왔는데 내가 미국유학 가기 전이나 귀국해서 아버님을 돕기로 하여 회사에 출근한 후나 아버님 혼자서 뛰어다니시는 것이 조금도 달라진 것이 없었다. 내가 아버님회사에 출근한 첫날에 사무실에 앉아 보니 사무직원이 나를 포함해서 모두 7명이 있었는데 출근한 사람 중에 사장과 나, 그리고 남자직원과 여직원 하나만 남기고 전무라는 사람과 다른 2~3명의 직원이 어디로 사라져서 나타나지를 않는 것이다. 내가 하도 이상해서 여직원에게 물어보았더니 다방에 가 있다는 것이다. 사무실이 아니고 다방에는 오전부터 무엇 하러 가 있느냐고 여직원에게 물었더니 늘 그러는 거란다. 어처구니가 없어서 그럴 수가 있느냐고 나 혼자서 말을 하니 여직원 말이 전무님은 사무실에서 업자나 다른 사람들을 만나는 것이 아니라 다방에서 모든 업무처리를 한다는 것이다.

오전부터 사장 혼자서 이리 뛰고 저리 뛰고 있는 것 같았다. 내가 아버님의 일을 돕겠다고 온 것이니 아버님을 도와드려야 하겠는데 무엇을 어떻게 도와드려야 할지를 잘 모르겠다. 아버님이나 전무라는 사람이 내가 첫 출근을 했는데도 회사 현황에 대하여 오리엔테이션 같은 것을 전혀 해주고 있지를 않으니 앞으로 내가 어떻게 무엇을 해야 하는지 막연한 생각밖에 들지를 않았다. 그런데 사무실에 있던 한 젊은이가 나에게 와서 인사를 하면서 자기는 막내이모 셋째 딸의 남편으로서 사무실에서는 제품수급 일을 담당하고 있다는 것이다. 이종사촌동생의 남편이니 나에게는 매제가 되며 나의 조력자가 될 수 있을 것 같았다.

나는 매제를 통하여 회사의 현황을 상세하게 알아낼 수 있었다. 그와 함께 하나밖에 없는 회사의 검은색 지프차를 타고 정릉에 있는 공장에 가보았다. 내가 어렸을 때는 공장이 한적한 개울가에 외롭게 지어진 건물 안에 있었던 것으로 기억하고 있었는데, 내가 귀국한 후에 다시 찾아 본 공장은 정릉이 그동안 번화한 시내로 발전하여 시내를 흐르는 하천가에 공장이 서있는 것이 전혀 낯설은 느낌을 주고 있었다. 공장 내에는 20여 명의 공원들이 일을 하고 있었으며, 내가 어렸을 때부터 잘 알고 있는 공장장이 나를 반갑게 맞이해 주었다.

공장에서는 수입해 온 원료를 갖고 신경안정제를 제조하고 있었다. 이러한 약품제조 업무를 담당하는 관리약사도 있어서 만나 보았다. 사무실에서는 내가 아직도 만나보지 못한 병원담당의 학술부장과 영업담당의 영업부장과 각 지방을 담당하는 주재원과 시내 약국을 뛰고 있는 영업과장과 약국 담당자들이 있다는 것을 알아냈다. 회사조직은 외형상으로는 그런 대로 조직되어 있는 것처럼 보였지만, 과연 그 조직이 제대로 굴러가서 수익을 올리고 있는 회사이냐 하는 것이 문제였다.

내가 매제에게 처음 던진 질문은 내가 어릴 때부터 알고 있던 전무라는 사람이 하는 일이 무엇이며, 그 사람은 왜 출근하자마자 사무실에는 앉아 있지 않고 다방에서 노닥거리고 있는 것인지. 마시는 찻값은 자기 돈으로 내는 것인지 아니면 회사 돈으로 내는 것인지도 물어보았다. 전무라는 사람이 하는 일은 자금담당인데 현재 회사 빚이 상당액에 이르고 있어서 적자경영의 상태에 있다는 것이다.

나중에 만나본 병원담당의 학술부장과 영업부장을 만나본 결과 두 사람 사이에 무슨 앙금이라도 있는 듯한 느낌이 들었다. 아마도 영업 분야에서 주도권 경쟁을 벌이고 있는 것 같았다. 왜냐하면 이 회사의 주 종목은 신경안정제이므로 병원에 신경안정제를 공급해주는 것이 주종을 이루어야 함에도 불구하고 다른 제약회사들의 유사제품의 저가 공급경쟁으로 고전을 면치 못하고 있는 것 같았다.

일반적으로 제품의 판매가를 결정함에 있어서 아버님의 방법과 다른 제약회사의 방법은 판이하게 다른 모습을 보여주고 있었다. 아버님의 경우에는 원가 2,000원의 제품이 있는 경우 600원을 추가해서 2,600원으로 출시를 하기 때문에 제품 값을 깎아달라고 하는 경우에는 오히려 원가 이하로 팔아야 하기 때문에 원료는 현찰로 들여오고 제품은 외상으로 1년이나 유예기간을 주면서 팔고 있었으므로 팔면 팔수록 적자만 누적되는 적자경영을 하게 될 수밖에 없는 것이었다.

그런데 다른 제약회사들은 2,000원 원가의 제품가격을 10,000원으로 출시하기 때문에 약국에서 30퍼센트를 깎아 달라고 하는 경우에도 7,000원에 팔 수 있으니 제품 당 5,000원의 이익금이 남는다는 결론이니 약국의 경우 어느 제품을 선택할 것인가 하는 것은 너무나 명백한 일이 아니겠는가?

공장의 관리약사를 만나보았는데, 제품제조를 위한 원료공급이 제대로 이루어지지 않고 있으니 그것을 시정해 달라는 요청이었다. 필요한 원료가 제때에 공급이 되지를 않으면 제품제조에 차질이 있으니 이 문제는 자금조달의 문제 때문에 그렇게 된 것이라 보고 문제해결방법을 생각해보기로 했다.

내가 보사부에 가서 과장이나 국장을 만나보고 있을 때 사장은 장관을 만나야 하는 것이 정상적인 순서일 것 같은데, 말단 직원을 만나고 있으니 나의 체면이 어떻게 되며 내가 정상적으로 업무를 수행할 수 있겠는가. 약사와 같은 고급인력을 판매요원으로 채용할 수 있는 처지에 있지 못했던 회사는 고졸출신의 직원만 채용하고 보니 제품판매에 있어서 약사판매원 채용회사보다 자연 열세에 있을 수밖에 없었다. 회사의 주종제품이 신경안정제라는 것을 생각해볼 때, 처음부터 다른 경쟁회사와 우열을 다투는데 실패할 수밖에 없었다.

사장이 전무를 신용하여 인감도장까지 그에게 맡겨두고 있으니 장부도 없는 상태에서 전무가 단독으로 자금을 차용해온 증거로 발행해 준 어음의 숫자가 내가 귀국한 후에 급속도로 늘어나서 회사 파산의 원인이 되었는데 사장은 그에 대한 의심을 전혀 하지 않고 있었다. 그러던 중에 회사의 주종 제품이었던 향정신성 약품이 마약검사의 수사대상이 되어서 회사가 존폐 위기에 놓였을 때 법대를 나온 내가 당시에 서울지검 특별수사부장검사로 있던 대학동문의 힘을 빌어 회사를 위기에서 구해냈다.

이러한 회사의 위기가 있었음에도 전무가 소개해서 영업부장직을 맡고 있던 사람이 일반제품 중에 잘 나가던 주종제품의 판매가 급속히 증가한 공로를 영업부장에게 돌리고 자축까지 했다. 사장은 제품이 평상시보다 많이 팔린 것만 신경을 썼지 제품이 얼마로 팔렸는 지에는 전혀 생각이 미치지 못하고 계신 것 같았다. 나중에 드러난 사실에 의하면 영업부장이 제품 값을 원가에도 미치지 못하는 저렴한 가격으로 후려쳐서 전국에 제품을 팔아치웠기 때문에 종전가대로 제품을 공급 받은 약국에서는 항의가 빗발치고 난리가 났다. 이러한 방법으로 한 몫을 잡은 영업부장은 결국 회사에 끼친 손해에 대한 배상을 하고 스스로 물러나 버렸다.

전무가 빌리지도 않은 돈을 어음을 발행해 주고 돈을 빌려왔다고 하지를 않나, 영업부장이라는 자가 자살행위와 같은 영업방식으로 회사에 손해를 끼치지 않나, 향정신성 약품 판매가 검찰의 수사대상이 되어 회사가 존폐 위기에 몰리지를 않나, 제약업만 갖고는 이익을 낼 수 없다고 판단한 사장은 회사의 경영합리화를 위한 조치를 강구할 생각은 하지 않고 자칭 소금박사에게 속아서 미국의 몬산토 회사의 식탁염과 같은 제품을 만들어내서 제약업에서 생기는 손실을 보상하시겠다는 야심 찬 계획을 세워놓았지만 제약업과 식탁염 제조는 동시에 공멸하고 말았다. 회사는 전무가 모아두었다는 사장 명의로 전무가 대신 차용한 액수 때문에 파산해버렸고, 죽을 때까지 일을 하실 생각이었던 아버님은 75세의 나이로 할 수 없이 자리에서 물러나시고 당신 소유의 공장과 사무실 건물을 팔아서 빚을 갚고 회사명의는 종근당 출신의 약사 경영인이 인수하여 그 이름으로 건물도 짓고 장사도 잘 해서 돈도 많이 벌었다고 한다.

나는 이러한 위기가 닥치기 전에 귀국해서 회사의 형편을 보니 도저히 살아남기 힘들 것이라는 판단 하에 연세대학교 대학원 법학과에서 박사학위공부를 시작했다. 회사의 파산과 동시에 나는 법학박사의 학위를 취득하여 아버님의 힘을 빌어서 K대학교 교수로 자리를 잡을 수 있었기 때문에 아버님 회사의 파산은 내게 별다른 영향을 미치지 못했다.

아버님 회사에 근무하던 4년 반의 기간 동안에 나는 한국에서 내 자신의 위치를 확립해 가는 일을 하기 시작했다. 내가 박사학위 논문의 주제로 설정하고 있는 마약과 향정신성 약품의 국제 관리에 관한 연구를 계속하면서 약사신문 같은데 향정신성 약품에 관한 글을 자주 써 주었더니 한 번은 나의 글을 보고 국회 보사위원회의 한 의원이 나에게 전화를 걸어 '향정신성 약품 규제법'을 위한 초안을 작성해 달라고 하여 그것을 만들어주고 그 의원이 고맙다는 의미로 나에게 저녁을 샀던 일이 있다. 만나고 보니 그는 나의 대학 4년 선배였다.

대학동문의 소개로 영자신문에 고정칼럼을 갖고 2년간 매주 영어칼럼을 써준 것이 90여편이나 되며, 영어로 잡지도 내 주었고 한글로의 번역은 특히 특허사무소에 출원한 특허신청서를 변리사를 위하여 단골로 해준 일도 있었다. 약업 관련 국제회의가 있을 때는 통역도 해주었으며, 상공회의소에서 주최하는 국제회의에는 내가 자주 참석해서 토론도 하고 발언도 하여 회의에 적극적으로 참여하기도 했다.

돈벌이에 능한 사람들의 경우를 보면 회사가 망하더라도 다른 방법으로 살아남을 수 있는 방법을 강구하고 있다는 것을 알게 되었다. 종근당 이회장의 경우 내가 공장시찰을 갔을 때 공장의 구조를 살펴보니 회사가 망하는 경우에도 건물구조를 35평형 아파트로 즉시 전용해서 쓸 수 있도록 공장을 지어 놓았으며, 파산한 아이디얼 미신 공장에 가 보았더니 남아 있는 건물들이 각각 300평의 규모로 되어 있는데, 그 건물을 필요한 사람들에게 100평, 200평, 그리고 300평 전체를 대여하는 업무를 하고 있었다. 건물을 지키는 인원도 4명의 경비원으로 충당하고 있으니 인건비도 절약할 수 있는 것을 보고 공장건물 소유자의 현명한 처사에 감탄하지 않을 수 없었다.

이에 비하면 안산의 우리 집 근처에 짓다가 부도가 나서 중단해 버린 실내 수영장의 경우에는 그 건물을 수영장으로만 크게 지었지, 만일 수영장이 제대로 운영되지 않는 경우에 다른 용도로 활용할 수 있도록 처음부터 건물을 지을 생각이 없었던 건물이라 수영장의 용도가 폐기된 건물을 어디에 활용할 수 있다는 말인가. 흉물스럽게 용도폐기된 실내 수영장 건물을 바라볼 때마다 씁쓸한 기분이 들게 되는 것은 어쩔 수 없는 노릇이다.

내가 법학박사의 학위를 받고 법과가 아닌 엉뚱한 학과의 초대교수로 취직이 되어 고생했던 일은 다시 되돌아보고 싶지도 않은 일이다. 최초에 그 학과를 만들어 낸 사람들은 생물학과의 교수들이었는데, 처음부터 학과를 생물학과로 만들었다면 별문제도 없었을 것이며 나도 그 학과 때문에 불필요한 고통을 받지 않아도 되었을 것이다.

최초의 학과 설립의 목적이 환경학과를 지향했던 것은 아니었지만, 그 학과가 살아남기 위해서는 학과의 현재의 명칭이 무엇이든 간에 학과의 목적을 환경학과로 지향하는 것이 올바른 길이라는 판단 하에 교과과정을 환경학과로 대폭 수정해버렸다. 지금까지도 그 당시에 내가 취했던 행동은 올바른 것이었다고 생각한다.

그 당시에 우리나라에 새로 도입되기 시작한 환경학은 학제적이며 종합과학적인 학문 분야로서 어느 특정 학문분야만이 환경과 관련이 있는 분야라고 주장하려는 경향이 강한 것은 환경학의 방법론으로서는 결코 바람직한 방법이 아닐 것이다. 우리나라의 경우에는 자연과학분야의 학문들이 환경학 분야를 독점하려는 경향이 특히 강한 것 같다.

환경분야에 ppm이라는 개념을 최초로 도입하여 오염의 수치를 측정하는데 공헌을 한 과학자들의 공로를 과소평가하려는 것은 아니지만, 역설적으로 말하면 그러한 사람들 때문에 환경문제에 접근함에 있어서 지나치게 미시적인 방법만 중시하고 거시적인 측면의 환경문제의 접근을 등한시한 결과 우리가 볼 수 있는 바와 같은 현재의 환경위기를 자초하게 된 것이라고 판단되기 때문이다.

환경학 분야가 왜 학제적이며 종합과학적인 분야이어야 하느냐에 관한 것은 다음과 같은 사례를 보고 알 수 있을 것이다.

우선, 환경오염 물질의 발생과 파급효과에 대한 것은 화학, 물리학 및 생물학, 미생물학과 같은 자연과학 분야의 몫이다. 이러한 오염물질의 발생 자체를 방지하거나 이미 발생한 오염물질을 환경 내에서 제거하는 작업과 방지시설의 설치 등은 화학공학, 토목공학 및 기계공학 등 소위 환경공학의 분야이다.

이에 비할 때 환경문제에 대한 사회과학적인 접근방법으로는 융자, 보조금과 같은 경제적 유인책과 환경사범의 처벌을 포함하는 법집행의 방법을 생각해 볼 수 있다. 이와 같이 환경문제의 접근은 자연과학과 사회과학의 종합과학적인 접근에 의해서만 바람직한 해결을 기할 수 있는 분야이다.

내가 미국 컬럼비아 대학교 대학원 정치학과에서 박사학위 과정을 공부할 때 보면 모든 학과목의 강의 시작 전에 그 과목의 방법론에 관한 것을 장황하게 소개하는 것을 보고 좀 지루하게 느껴진 적도 있었지만, 나중에 깨닫게 된 것은 방법론이 없는 학과목은 학문이라고 감히 부를 수도 없다는 것이다. 결국 방법론이 결여된 학문은 그 학문의 더 이상의 발전을 기할 수 없다고 해야 할 것이다.

내가 한국에 와서 발견한 놀라운 사실은 환경학에 대한 방법론을 환경학 도서에 소개한 사람은 불행하게도 나 한 사람밖에 없었다는 사실의 발견이었다. 대부분의 관련학자들은 새로운 학문분야인 환경학에 대한 공부는 전혀 하지 않은 채 자신이 연구했던 학문분야가 환경학이라는 착각에 빠져서 환경학자 행세를 하고 있는 어처구니없는, 염치없는 모습을 보여주고 있다. 이러한 대부분의 관련학자들의 참여만으로는 우리나라의 환경문제의 개선에 희망을 걸기는 어려울 것이다.

내가 80 평생을 살아오면서 회고해 본 사례는 나에게 어떤 의미를 갖고 있는 것일까. 아마도 나의 인격성장에 많은 도움을 주었다고 할 수 있을 것이다. 우리가 살아온 인생은 도중에 일어났던 사건마다 별개로 생각할 수 있는 것이 아니라 서로 인과관계를 갖고 있는 것이어서 우리의 인생을 마감할 때 가서야 그 진정한 의미를 알아낼 수 있는 것으로서 과연 나는 만족할만한 삶을 살았는지 가끔 되돌아보고 싶어진다.

우리 부부는 귀국한 후 새로운 환경에 적응해 가면서 둘이 모두 교수로서의 새로운 길을 걷기 시작했다. 아내는 영어회화 교수로서 나보다 긴 25년이라는 세월동안 비록 시간강사이기는 했지만, 여러 대학에서 계속 가르쳐서 22년간 환경학 교수로 정년퇴임을 하게 된 나와 같은 해에 그녀도 대학에서 가르치는 일을 그만두고 은퇴생활을 하고 있는 중이다. 우리 부부는 은퇴 전에는 학생들 가르치는 일 때문에 마음 놓고 해외여행을 할 수 없었다. 그러나 01년 2월말로 함께 교단에서 물러난 우리 부부는 자유로운 상태에서 많은 돈을 들여서 해외여행을 다녀왔다. 유럽에만 8번이나 다녀왔으니 하는 말이다.

50대 초반부터 한 10년간 ME라는 가톨릭 부부봉사활동을 함께 하면서 우리의 사랑을 재확인할 수 있었다. 우리 부부가 은혼식을 맞이하게 된 이틀 전에 처음으로 ME주말에 초대되어 수원에 있는 아론의 집을 찾아갔다. 2박3일 동안 봉사부부들이 발표하는 그들의 부부생활을 접하면서 우리 부부는 많은 감동을 받았으며, 우리 부부는 그동안의 부부생활을 다시 한 번 되돌아볼 기회를 가졌다. 주말이 끝나기 전에 행하여진 혼인갱신식을 통하여 우리 부부는 그때까지도 젊었을 때처럼 열렬히 사랑하고 있다는 사실을 재확인할 수 있어서 감격의 눈물을 서로 흘렸다.

우리 부부는 그 주말에서 봉사부부로 활동하도록 선택되어서 그동안 우리 부부가 10여 차례의 주말에 봉사부부로 참여하여 우리들의 사는 모습을 주말에 참가한 다른 젊은 부부들에게 보여줄 수 있는 기회를 갖게 된 것은 우리 부부에게 참으로 축복할 만한 일이었다고 하겠다. ME 주말에 참가한 젊은 부부들은 우리들의 사는 모습을 우리 부부의 발표를 듣고 공감한다면서 우리 부부에게 새로운 활력을 부어줄 때마다 참으로 감격하곤 했다. 우리 부부는 주말봉사활동을 통하여 우리 부부의 사랑이 한 차원 높은 수준으로 성장해 가는 것을 체험할 수 있었다.

나는 소설가로서의 나의 마지막 삶을 만끽하고 싶다. 소설을 쓰는 시간만큼 내게 있어서 더 이상 즐거운 시간은 아마도 따로 없을 것이다. 새로운 소설을 구상하다 보면 새로운 생각이 떠오르고 그것을 소설로 그리다 보면 또 다른 생각이 떠오르고 아마도 소설가는 이러한 기분 때문에 소설을 쓰는 것이리라. 내가 소설가로서 나의 삶을 마감할 수 있어서 나는 참으로 행복하다. 죽을 때까지 계속 소설을 써야 하겠다.

내가 소설가로서 나이 80에 동방문학에 등단한 후 얼마 되지를 않아서 출판한 '제3의 인생'이라는 나의 소설집이 출판 후 6개월이 다 되어갈 때까지 인터넷 서점에서 연일 강세를 보여주고 있는 것을 보면서 한편으로는 의아하면서도 나 나름대로의 평가를 내리고 있는 중이다. 나의 소설집이 특히 젊은이들에게 인기가 있는 것은 '인생문제'에 대하여 최근에 그들이 보여주고 있는 특별한 관심을 '제3의 인생'이라는 나의 소설집이 상당히 충족을 시켜주어서 그런 것이 아닌가 한다. 그들의 반응을 좀 더 두고 보아야 할 일이기는 하지만 나의 소설집에 대한 인터넷 서점에서의 그들의 최근 반응은 참으로 고무적인 것이라 아니 할 수 없을 것이다.

나는 나의 첫 번째 소설집인 '제3의 인생'에 이어 제2 소설집인 '사람 속 들여다보기'와 제3 소설집인 '여성 상위시대'를 계속해서 출판했다. 나는 또한 우리 부부의 살아온 발자취를 한권의 책으로 남기고 싶다. 우리 부부가 젊은 시절에 함께 노력하여 열심히 살았던 많은 추억을 갖고 있는 미국생활과 부부가 함께 손잡고 다녔던 해외여행의 기록도 책속에 남기고 싶다.

8. 유럽 성지순례

　우리 부부가 유럽에는 지금까지 모두 여덟 번을 다녀왔다. 미국에만 가서 12년간 살다 오고 유럽에는 한 번도 가보지 못했을 때에는 유럽에서 살다왔다는 친구들이 유럽이야기를 할 때에는 질투심이 났으며 속이 상했다. 그런데 유럽을 여덟 번이나 다녀온 지금에는 누구보다도 많은 유럽 국가들을 둘러본 셈이며 자랑스러움으로 어깨가 으쓱해지기까지 한다. 유럽 성지순례 차 여섯 번 다녀왔으며, 교원공제회가 주관한 유럽관광여행과 가톨릭 신문사가 주관하긴 했지만 스칸디나비아 국가들의 문화관광여행은 엄밀한 의미에서의 유럽 성지순례여행에는 포함시킬 수 없는 것이었다. 유럽 성지순례여행은 평화방송에서 주최한 것이 한 번, 가톨릭신문투어에서 개최한 것이 다섯 번, 도합 여섯 번을 다녀왔다.

　평화방송이 주최한 첫 번째 유럽 성지순례는 40명이 참석한 대규모 집단이 94년 12월 22일부터 95년 1월 5일까지 14박 15일을 다녀온 여행으로서, 지도신부님 집전으로 출발 전과 도착 후에 평화방송 최상층에 있는 성당에서 출발미사와 도착미사를 바쳤다. 장모님께서 늘 편찮으셔서 여행을 떠나기가 쉽지 않았다. 94년 10월에 장모님께서 타계하시게 되어서 오래전부터 준비해 왔던 로마와 이스라엘 성지순례를 요한바오로 2세 교황님과 베드로 대성당에서 12월 24일 크리스마스 자정미사를 함께 바치기 위하여 12월 22일에 김포공항에서 에어프랑스를 타고 파리를 향하여 출발했다.

나로서는 74년 9월에 미국생활을 청산하고 귀국한 후 바쁜 생활을 그때까지 해오느라 해외여행을 할 기회가 없었다. 20년 만에 아내와 함께 유럽성지순례 여행을 가게 되는 기회가 생겼던 것이다. 당시의 환율이 800대 1 정도였다. 14박15일 간의 여행경비가 1인당 250만원이나 들었다. 우리 부부가 방문한 곳은 프랑스의 파리와 루르드, 이탈리아의 로마와 아시시, 이집트의 카이로와 시나이반도, 이스라엘의 예루살렘을 비롯한 생전 처음 가보는 여러 해외성지들이었다.

"여보, 우리 부부가 함께 유럽 성지순례에 나설 수 있게 된 데는 사연도 많았소. 다행히 장모님께서 몇 달 전에 돌아가셔서 더 이상 양측 부모님에 대한 의무를 지지 않아도 되었기에 2주간의 여행길에 나설 수 있게 된 것이 아니오?"

"나도 당신 말에 전적으로 동의해요. 여하튼 우리 부부가 이번 기회에 유럽 성지순례를 떠날 수 있게 된 것을 하느님께 감사드리고 많은 은혜 받고 올 수 있도록 하느님께 간절히 기도드립시다."

서쪽으로 날아가는 비행기는 태양과 함께 여행을 하기 때문에 장시간동안 태양이 떠있으며, 또한 요즘처럼 중국 본토를 거쳐서 비행하는 경우에는 유럽의 목적지에 도착했을 때까지 아직도 태양이 떠있는 경우가 대부분이었다. 94년 12월만 하더라도 중국 본토를 경유하여 직행코스로 유럽을 가지를 못했다. 유럽으로 가는 비행기는 한국에서 일본으로 갔다가 소련영공을 통해서 시베리아를 거쳐서 유럽으로 갔기 때문에 2시간 이상이 더 걸렸다.

그런데 95년 8월에 유럽을 다시 갔을 때는 중국 본토를 경유하는 유럽 직행항로가 개발되어서 여행시간을 2시간 이상 단축할 수 있었다. 태양의 회전과 역방향으로 한국에서 유럽으로 갈 때보다는 태양의 회전과 같은 방향으로 유럽에서 한국으로 되돌아 올 때에는 2시간 이상 빨리 도착한다는 것을 알 수 있었다.

순례단 일행은 12월 22일에 김포공항에서 에어프랑스를 타고 파리로 출국했다. 그 당시만 해도 캠코더를 갖고 나가려면 쓰던 것도 신고해야 했었는데(국산이라 할지라도), 현재는 규제가 자유로워졌으며 여행 갔다 가져오는 물건의 경우에도 밀수의 혐의가 신고 되었거나 엑스선탐색으로 의심이 나는 경우를 제외하고는 가방검색도 최근에는 생략하고 있다. 일행이 타고 갔던 비행기는 에어버스로서 400여 명이 비행기에 탈 수 있었다. 프랑스 파리로 가는 사람이 많아서 그러했는지 알 수 없었지만 비행기의 탑승인원도 거의 빈 자리가 없을 정도로 붐볐다.

그런데 커튼이 쳐져 있는 중심부에 자리가 많이 비어 있었기 때문에 그리로 가서 편안하게 앉아가야 하겠다고 멋도 모르고 그곳으로 나는 아내와 함께 자리를 옮기기로 했다. 그곳은 비행기에서 담배를 피울 수 있는 유일한 흡연석으로, 다른 자리에 앉아 있는 승객들이 이곳에 와서 담배를 피워대니 11시간 가량 가는 장거리 비행에서 담배연기가 비행기 밖으로 잘 빠지지 않아서 고생을 많이 했다. 파리에서의 귀로에는 이러한 문제점을 알게 되었던 관계로 기내 흡연석을 기피하는데 운이 좋게 성공하였기 때문에 흡연으로 인한 고통을 피할 수 있었다.

파리에는 22일 오후에 도착했으며 비행장에서 버스를 타고 호텔에 도착하여 여장을 풀었다. 파리에 도착한 당일은 너무나 피곤하여 저녁을 먹은 다음 첫날밤을 호텔에서 일찍이 잠자리에 들어 쉬기로 했다. 다음날 아침 호텔에서 조반을 들고 세느 강변으로 해서 시내로 들어가면서 눈에 비친 파리의 모습이 아주 인상적이었다. 일행이 파리에 와있다는 잠재의식 때문에 그러하기도 했겠지만 거리 모습이 깨끗하다는 인상을 받았다.

그러나 파리에 대한 이러한 좋았던 인상은 파리를 두 번, 세 번 다시 방문하게 되자 완전히 깨어져버렸다. 더럽고 사람으로 붐비고 개똥이 거리의 여기저기에 흩어져 있는 지저분한 거리라는 것을 알게 된 현재에는 파리에 대한 인상이 별로 좋지가 않았다. 이것은 마치 우리 부부가 뉴욕시에서 3년 반 동안이나 살면서 그곳이 얼마나 더럽고 시끄러운 곳이었나를 가난한 유학생으로 뼈 속 깊이 체험했던 것과 마찬가지 느낌이었다.

"파리를 본 첫 번째 인상은 실로 환상적이라 할 수 있었소. 파리에 대해서 너무나 많이 들어왔기 때문이었겠지만, 아침에 버스를 타고 세느 강변을 따라 파리 시내 쪽으로 내려가면서 처음 대하는 파리의 모습은 다른 대도시들과는 다른 강한 인상을 주는 특이한 도시입디다."

"나도 파리에 대해서 강한 인상을 받았어요. 회색빛으로 통일된 도시의 모습을 보여주고 있었으며, 건물의 높이도 4~5층의 낮은 아담한 건물들이 이어지고 있었으며 우리나라처럼 요란한 간판들은 하나도 발견할 수 없는 것이 도시 전체가 정결해 보이는군요?"

"기왕에 유럽에 왔으니 열심히 구경하고 돌아갑시다."

"그래야지요. 당신도 비디오 사진 많이 찍으세요. 나도 카메라 사진을 많이 찍을게요."

파리에서 첫 번째 방문했던 곳은 그곳에 계셨던 수녀님에게 성모님께서 발현하셨지만 그러한 사실을 그 수녀님이 다른 사람들에게 알리지 않고 그대로 돌아가셨다는 기적의 메달성당이었다. 순례단은 그곳에서 미사를 드렸다. 그 수녀님의 시신이 유리장 안에 모셔져 있는 것을 캠코더로 촬영하려 했지만 찍혀지지를 않아서 수녀님이 사진 찍혀지기를 원하지 않아서 그런 것이라고 생각하고 신기한 일도 다 있다고 여겼다. 나중에 알고 보니 캠코더가 고장이 나서 그렇게 되었던 것이다. 다행히 그 성당에서 나와 버스 안에서 캠코더를 다시 만져보니 사진이 찍혀져서 성지순례 마칠 때까지 별 탈 없이 촬영할 수 있었다.

기적의 메달성당을 나온 후 일행은 루브르 박물관을 관람하러 갔다. 루브르 박물관에는 그 유명한 레오나르도 다빈치의 명화 '모나리자'와 비너스의 조각상이 있었다. 미국 뉴욕시의 메트로폴리탄 박물관에도 대형 그림이 많이 소장되어 있었지만, 루브르 박물관에는 더 많은 명화들이 있는 것 같았다. '가나의 결혼식'을 묘사한 그림은 대형화면이라 그 앞에서 사진을 찍으려면 찍는 사람이 상당한 거리로 물러서야만 화폭 전체를 사진에 담을 수 있을 정도로 큰 데 놀랐다.

그림을 구경하는 데는 뉴욕시의 구겐하임 현대미술관이 볼만했다. 그림을 평면적으로 보는 것이 아니라 엘리베이터를 타고 맨 위층에 올라가서 아래로 경사져서 내려오는 길을 따라 그림을 감상하면 되도록 설계되어 있는 것이 인상적이었지만, 루브르 박물관의 경우는 그렇게 설계되어 있지를 않았다.

루브르 박물관에는 그림뿐만 아니라 유명한 조각품들도 전시되어 있었다. 루브르 박물관에는 두 번 구경 갔었는데, 거기 가서 미술 관련 책을 사려고 할 때마다 비로소 생각이 났던 일이 있었다. 지금에는 유로화로 책을 살 수 있어서 문제가 없겠지만, 94년과 95년 당시에는 달러는 받지도 않았으며 프랑화를 받겠다고 했는데 충분한 프랑화를 갖고 있지 못했던 나로서는 그때마다 원하는 미술 관련 서적을 살 수가 없었다. 이런 경우를 대비해서 미리 한국에서 만들어서 영어로 사인까지 해 두었던 외환비자카드를 받느냐는 말은 물어보지도 못했으며 또한 물어볼 줄도 몰랐다. 내가 당시만 해도 지금처럼 카드를 사용하는 것이 익숙해져 있지 않았던 때라 그러한 실수는 너무나 당연한 일이었다고 해야 할 것이다.

루브르 박물관은 워낙에 그 규모가 큰 것이었기 때문에 94년에 그곳에 갔을 때 박물관을 구경했던 순서와 95년에 다시 갔을 때의 순서가 아주 상이했다. 94년에는 보지 못 했던 것을 95년에 본 것도 있었고 반대로 94년에는 보았던 것을 95년에는 보지 못 했던 것도 상당수 있었다. 뉴욕시의 메트로폴리탄 박물관과 마찬가지로 루브르 박물관을 제대로 구경하려면 며칠을 가서 보아야 하겠다는 생각이 들었지만 그 정도로 대충 눈요기를 할 수 있었다는 것만으로도 행운이었다 하겠다.

우리 부부가 파리에 도착한 것은 12월 22일 저녁이었다. 23일 오전에는 루브르 박물관 관람 후 비스트로 로맹이라는 대중식당에서 고기와 후렌치 후라이로 점심을 들었고 후식으로 나올 아이스크림은 비행기시간 때문에 먹기를 포기하고 드골 공항에서 비행기를 타고 로마로 향했다. 로마로 향하는 비행기는 알프스산맥을 넘어갔는데 겨울에 보는 알프스산맥은 구름을 뚫고 나온 수많은 봉우리 위에 눈이 하얗게 덮인 것이 실로 장관을 이루고 있었다. 이러한 알프스산맥의 위용을 보여주는 장관은 이스라엘 순례를 마치고 텔아비브에서 파리로 돌아갈 때에 다시 한 번 볼 수 있었다.

알프스산맥을 횡단하는 여행길에 95년 8월에 동참할 수 있어서 이탈리아 북부의 웅장한 알프스산맥을 양옆에 끼고 달렸으며, 오스트리아 인스부르크의 알프스산과 스위스 루체른에서 알프스산맥에 다시 접하면서 3,000미터의 피라투스 산의 정상에까지 콘도라와 케이블카를 타고 오른 다음 산악열차를 타고 경사가 급한 길로 다시 내려왔다.

알프스산맥은 워낙에 범위가 넓기 때문에 04년 11월에 동유럽성지순례를 갔을 때 슬로바키아에서 하루 밤 묵은 파노라마 호텔은 밤늦게 도착했다가 아침 일찍 떠나가느라 동유럽 알프스 산이 있다는 경치 좋은 트레이 국립공원을 구경하지는 못했다. 오스트리아의 잘츠부르크도 알프스산맥에 가까이 있었으며 거기서 얼마 멀지 않은 곳에 있는 잘츠감머구트라는 200여 개의 호수가 있는 곳은 알프스의 빙하가 녹아내려서 생긴 곳이라고 했다. 그곳의 한 호수에서 배를 타고 주변을 둘러보았는데, 저 멀리 알프스산맥의 준령들이 보이는 것이 아주 인상적이었다. 독일 퓌센에 있는 백조의 성은 알프스산 중턱에 지은 독일 바이에른 지역의 성으로서 눈 덮인 산에 자리 잡은 그 성은 참으로 인상적이었으며, 10년 전인 95년에 독일에 가서 라인 강을 따라 내려가면서 고성들을 둘러보았을 때 한 번 가보고 싶었던 성이었다.

로마에는 23일 오후에 도착했으며 공항에서 가까운 호텔에 투숙했다. 겨울이라 오후 4시가 지나면 날도 어두워져서 거리구경을 하는데도 별로 도움이 되지 않았다. 정식 로마구경은 다음날인 12월 24일에 갖기로 하고 저녁을 먹으러 시내에 갔다 왔다. 우리 부부는 가급적 현지 식을 먹고 싶었는데, 다수가 원한다 하여 한식이나 중국음식 또는 일식을 먹는 것이 불만스러웠다. 그러나 일행 중 대부분이 양식을 기피하는 경향이 있어서 어쩔 수 없다는 것이었다.

"나는 로마에 왔는데 이탈리아 음식을 먹지 않고 중국식이나 일식을 주는 것에 불만이 많소. 이런 기회에 현지 식을 먹지 않는다면 언제 현지 식을 먹을 기회가 또 있다는 말이오?"

"나도 당신의 생각에 전적으로 동감이에요. 로마에 와서까지 현지 식을 거부하는 것은 한국민들이 아직 외국여행을 다닐 준비가 되지 않아서 그런 것이 아니겠어요?"

"우리나라 사람들이 외국여행을 앞으로 계속하다 보면 그러한 사정이 많이 개선되지 않겠소. 여보, 안 그렇소?"

24일 오전의 로마구경은 바티칸 박물관을 구경하는 일부터 시작되었다. 일행을 안내한 사람은 로마에서 수도사로서 20여 년간 봉사하다 파계하여 결혼생활을 하면서 딸을 하나 두고 있었는데 고생이 심한 것 같았다.

수도자, 수녀, 또는 신부가 파계하고 나와서 잘 되는 것을 보지 못했다. 아마도 하느님께서 그들을 벌하시기 때문이 아닐까? 그 가이드를 95년에 로마를 다시 방문했을 때 바티칸 박물관에서 일반관광객을 가이드하고 있는 그를 다시 한 번 만나볼 수 있었다. 여름 햇볕에 시커멓게 그을린 그를 다시 한 번 만나보니 참으로 맘이 안 되었다.

바티칸 박물관에 들어가면 우선 2층으로 올라가서 밖으로 나가 옥상위에서 성 베드로 대성당의 대형 돔을 배경으로 기념사진들을 찍으면서, 드디어 몇 년 전부터 환갑 때를 기점으로 하여 유럽 성지순례를 하겠다던 계획이 1년 앞당겨지긴 했지만 뜻대로 이루어진 것에 대하여 하느님께 감사드렸다. 그곳에서 사진들을 찍은 다음에 바티칸 박물관 구경을 했다. 그 어느 세계의 유명 박물관들보다 더 많은 소장품을 전시하고 있는 것 같았다.

박물관의 천정에도 온통 그림으로 가득 차 있었으며 조각과 그림들도 수없이 많았다. 각 시대의 각종 욕조를 전시하고 있는 곳도 있어서 진기하게 여겨졌다. 바티칸 박물관의 전시물들을 구경하고 나면 자연스럽게 씨스티나 소성당으로 연결되어 거기를 거쳐야만 박물관을 빠져 나올 수 있게 되어 있었다.

이곳은 새 교황을 선출하는 곳으로도 유명하지만, 미켈란젤로의 천지창조 천정화와 벽에 그린 최후의 심판화가 특히 유명하다. 나는 캠코더로 천정화를 찍고 있었는데 감시인이 비디오를 못 찍게 해서 중단했지만 천정화는 거의 다 찍은 후였다. 사진기는 플래쉬를 사용하면 그림이나 조각품들을 상하게 하므로 금지하고 있지만, 캠코더는 그렇지 않은데도 사용하지 못하게 하는 이유를 이해할 수가 없었다. 아마도 소장하고 있는 예술품이 허가 없이 사진기에 찍혀서 외부로 유출되는 것을 원하지 않기 때문에 그럴 것이다.

바티칸 박물관을 구경하고 나오면 성 베드로 대성당 옆으로 나오게 되어 있었다. 그곳에는 수돗물을 마시는 곳이 있었지만 화장실 시설은 아주 빈약했다. 외국의 왕궁들, 예컨대 베르사이유궁, 마드리드의 왕궁, 비엔나의 쉔브룬궁 등 1,000 내지 2,000개의 방을 가졌다는 왕궁에 화장실 시설이 전혀 되어있지 않다는 것은 너무나 이상스러운 일이었다. 왕들이나 귀족들은 대소변을 어떻게 처리했을까?

성 베드로 대성당에는 출입문이 5개 있었다. 오른 쪽 끝에 있는 문은 매 50년인 희년에 한 번씩 열리기 때문에 보통 때는 그냥 잠궈둔다. 성 베드로 대성당은 부활절과 성탄 자정미사 때를 제외하고는 실내등을 켜지 않기 때문에 성당 안이 늘 컴컴하여 잘 보이지 않았다. 출입문에서 교황의 제단인 천계까지의 거리가 260미터로서 세계에서 제일 큰 성당이라고 했다.

성당 안은 천정이 높았으며 앞에 보이는 미켈란젤로의 걸작 품인 천계도 웅장한 것이어서 그런지 어마어마하게 큰 성당임에도 그렇게 크게 느껴지지 않았던 것은 일종의 착시현상 때문이었을 것이다. 성 베드로 대성당의 바닥에는 현관에서 제단까지의 거리가 100미터를 넘는 성당들을 모두 기록하고 있었다. 로마에는 그러한 성당이 성 베드로 대성당 이외에도 설지전 대성당, 라테라노 대성당 및 성 바오로 대성당 등 로마의 4대성당이 있었다.

성 베드로 대성당 안에는 여러 가지 조각상들이 있었다. 그 중에서도 유명한 것으로는 미켈란젤로의 피에타상과 청동 베드로상이었다. 베드로상은 사람들이 그 왼쪽 발에 하도 입맞춤을 해서 많이 닳아 있었다. 94년 12월 24일에는 낮에 성당을 구경하러 갔더니 자정미사준비를 위한 좌석배치 때문에 우리 부부는 마음대로 베드로

상이 있는 곳까지 가볼 수가 없었다. 우리 부부는 95년 8월의 두 번째 성 베드로 대성당을 방문했을 때야 비로소 베드로동상을 가서보고 동상의 왼발에 입맞춤을 할 수 있었다. 그때의 로마 가이드는 가톨릭신자가 아니었던지 그 큰 성당내부를 단 10분 동안에 둘러보라고 하여 우리 부부는 94년 12월에 제대로 둘러보지 못했던 피에타상과 청동 베드로상을 서둘러서 둘러보았던 일이 있었다. 그 가이드가 정신이 나간 것이 아니었다면 도대체 그 큰 성당내부를 어떻게 10분 만에 둘러보고 나오라는 말인가? 별로 볼 것도 없는 트레비분수에 가서는 30분이나 보라면서 정작 볼 것이 많았던 성 베드로 대성당에서는 10분 안에 다 보고 나오라는 말을 하다니 그의 처사가 의아해질 수밖에 없었다.

우리 부부가 일행과 함께 자정미사에 참례하기 위하여 성 베드로 대성당에 들어갔을 때는 자정미사를 위한 좌석이 놓여 있었으며 수많은 사람들이 이미 좌석을 차지하고 앉아 있었다. 과연 이 거대한 성당에 얼마나 많은 사람을 좌석에 수용할 수 있는지는 알 수 없었지만, 성당 안에 선 채로 6만 명을 수용할 수 있다니 그 규모의 거대함을 가히 짐작할 수 있을 것이다. 명동성당이 1,000명을 받아들이기에도 힘겨우며 문에서 제대까지의 거리가 60미터밖에 안 된다는 것과 비교할 때 그 규모가 얼마나 거대한 성당이냐 하는 것을 가늠할 수 있을 것이다.

천계의 뒤에 있는 돔은 클 뿐만 아니라 높이도 7~80미터 되는 것 같았다. 밖으로 나가서 엘리베이터를 타고 지상에서 5층 높이의 옥상에 올라갔다. 옥상위에 세워진 성인들의 조각 작품 뒤에서 사진을 찍은 다음 돔 있는데 까지 계단을 타고 올라갔다. 돔에 있는 창문을 통해 아래를 내려다보니 까마득하게 높은 데 올라와 있다는 느낌이 들었다.

거기에서 좁은 계단을 타고 더 위로 올라가면 돔 최상부에 있는 전망대까지 갈 수 있으며 로마시내의 전경을 바라볼 수 있다는 말을 들었지만 시간이 없어서 그렇게 하지를 못했다. 일행의 지도신부님은 성당지하에 내려가서 초대교황인 성 베드로와 몇몇 교황들의 묘지가 있는 곳에 내려가 보았다고 했다.

성 베드로 대성당 앞 광장에서 일행이 다시 모여 기념사진을 찍었다. 광장에 나와서 바라보는 성 베드로 대성당의 모습은 참으로 장관이었다. 광장에는 양쪽으로 날개같이 기둥이 회랑을 형성하며 서있었으며 그 위에는 성인들의 조각상이 놓여 있었다. 그 모습이 마치 천국의 열쇠처럼 보였다. 이집트에서 가져온 람세스 2세의 오베리스크가 광장 한가운데 서있었으며 대규모의 구유가 광장에 설치되어 있었다. 이 광장에는 95년 8월에 다시 방문했었다. 오베리스크가 있는 곳을 쇠줄로 막아놓은 곳에 넘어가서 쉬고 있던 아내에게 간다고 쇠줄을 넘어가다가 균형을 잃어버려 내가 쇠줄을 잡고 한 바퀴 돌아서 엉덩이로 착지를 하였기에 다행히 큰 사고가 나지 않았던 일이 발생했다.

내가 99년에 안산시 고잔역 앞에서 쓰러졌을 때는 순간적으로 의식을 잃어서 왼쪽 다리의 무릎 뼈가 부러지고 안경이 부서지고 입술이 찢어지고 이가 하나 깨지고 오른 쪽 눈썹 위쪽이 찢어지는 등의 부상을 당했다. 95년 성 베드로 광장에서는 나의 몸이 공중으로 한 바퀴 돌면서도 정신을 잃지 않았기 때문에 부상을 당하지 않았던 것 같다.

그러한 일이 발생한 것은 내가 아내가 쉬고 있는 곳에 쳐진 쇠줄이 일직선으로 된 것으로 착각을 하고 그냥 넘어가려고 오른 쪽 다리를 올렸는데, 순간적으로 다시 바라보니 곡선으로 되어 있어서 당황하여 쇠줄을 잡는다는 것이 균형을 잃어서 몸이 공중에서 한 바퀴 회전해 버린 것 같았다. 엉덩이로 착지하면서 목에 걸고 있었던 8미리 캠코더는 내가 손으로 받아서 전혀 손상되지 않았다.

나의 모습을 물끄러미 바라보고 있었던 이탈리아인 노인 하나가 나에게 하는 말이 당신은 피에뜨로 때문에 다치지 않았다고 성 베드로 대성당과 땅에 박힌 무수한 돌들을 가리키며 웃으면서 말했다. 피에뜨로는 이탈리아어로 베드로 또는 돌을 가리키는 말로서 베드로 성인이 인간의 생사에 관한 사항을 관장하고 있는데, 그 베드로 성인이 내가 아직 죽을 때가 아니니 땅바닥에 박아놓은 돌에 찍혀서 크게 부상했거나 죽지 않도록 지켜주셨다는 뜻으로 그렇게 말한 것인데 나도 그의 말에 전적으로 동감이었다.

성 베드로 대성당의 광장에서 벗어난 길가에 있는 서점에서 로마에 관한 한국어판 책자를 샀는데 내가 가진 유일한 한글판 안내책자였다. 여행을 계속 하면서 안내책자들을 사모아서 지금은 그 수효가 4~50권이나 된다. 대부분의 책자가 영어판이지만 독일에 관한 책자는 영어판이 없어서 뮌센에서 10유로를 주고 독일어판을 산 적은 있었다.

내가 여행한 지역이나 국가의 안내책자들을 사서 모으는 이유는 여행을 하면서 사진도 찍고 비디오를 찍는 것만으로는 제아무리 그 것들을 열심히 찍는다고 하더라도 부분적인 것이 될 수밖에 없다. 여행을 끝낸 후에 안내책자를 열심히 본다면 우리 부부의 기억을 되살리고 우리 부부가 보지 못했던 것에 대해서도 알아봄으로써 여행지와 그곳이 속한 국가에 대한 이해를 넓힐 수 있을 것이다.

그날 점심은 성 안젤로성 앞에 있는 이탈리아 식당에서 현지 식을 들었고 비가 내리는 길을 버스를 타고 트레비분수 쪽으로 갔다. 그 곳으로 가는 도중에 일행 중 한 사람이 없어진 것을 뒤늦게 알아내고 그녀를 인솔자가 찾아 나서기로 했다. 지방에서 혼자 올라왔던 할머니였는데 룸메이트로 짝지어준 여자는 지도신부님이 속한 신학교에서 신부님을 따라온 처지라 늘 신부님만 따라 다니느라 짝궁이 있는지 없는지를 전혀 알지도 못하고 관심을 두지를 않아서 그런 일이 발생했던 것이다. 마지막으로 그녀를 본 것이 내가 한글판 로마 안내책자를 산 서점에서였다니 지금까지 배를 곯으면서 그곳에 누군가 찾아오기를 가이드가 가르쳐 준대로 기다려주기만 한다면 다행일 터인데…. 만일 그녀가 우리 일행을 찾아서 다른 데로 가버리기라도 했다면 낭패였을 터인데 인솔자가 그 곳에 다시 갔을 때까지 그곳에 그냥 기다리고 있었다고 했다. 또 한 번은 순례의 막판에 루르드 성모발현 성지를 순례했을 때 일행 중에 한 할머니가 늘 혼자 똑똑한 체 하다가 밤에 혼자서 성지의 물 마시는 곳을 찾아갔다가 호텔로 되돌아오는 길을 잊어 버려서 새벽에 울면서 그곳에 있는 것을 인솔자가 가서 찾아온 일이 있었다. 새벽 일찍 TGV를 타고 파리로 되돌아가야 하는데 그녀가 없어졌으니 찾는데 한바탕 법석을 떨었던 일이 지금도 잊을 수가 없다.

비가 내리는데 이탈리아의 대통령궁이었다는 건물 옆을 지나서 트레비분수로 내려갔다. 이곳은 영화에도 나온 곳이며 뒤로 돌아서서 동전을 머리위로 던지면서 소원을 빌면 로마에 다시 올 수 있다고 했다. 아내가 분수에 동전을 던지며 그런 소원을 빈 덕택이었는지 우리 부부는 다음해인 95년 8월에 로마에 다시 갈 수 있었다. 그때에도 나와 아내가 각각 동전을 하나씩 던졌는데 그 효과 때문이었는지 10년 후인 05년 12월에 로마에 다시 갈 수 있었다.

트레비분수를 본 일행은 코로세움을 구경하러 갔다. 거대한 규모의 실내 원형경기장으로서 이제는 완전히 파괴되었지만, 한 때는 수많은 초대 기도교인들이 이곳에서 사자 밥이 되었다는 것을 생각할 때 날씨도 비가 내려서 우중충하고 우산을 쓰고 구경을 하면서도 으스스한 느낌이 들 정도였다. 구경하는 사람도 우리 일행밖에 없었다. 이 콜로세움은 몇 번의 대지진에도 견디어 냈는데, 귀족들이 그 건축물 속에 있던 철근들을 뽑아다가 자신들의 집을 짓는데 사용했을 정도로 완벽하게 지은 것이었지만 이제는 완전히 폐허가 되어버렸다.

그런데 95년에 그곳에 다시 갔을 때에는 날씨도 화창했고 구경꾼도 많아서 1년 전에 느꼈던 것과는 전혀 별개의 느낌이었으므로 참으로 신기한 일도 있구나 하는 생각을 했다. 동일한 로마시내의 유적도 날씨와 분위기에 따라서는 전혀 다른 느낌과 분위기를 보여줄 수 있구나 하는 것을 새삼스럽게 배웠다.

로마에서 일행은 로마시대에 건설했다는 성문 밖의 아피아가를 통해서 가리스도 카타콤바로 갔다. 그곳에 가는 도중에 쿼바디스도미네(주여 어디로 가시나이까?)라는 작은 교회가 있었다. 이 교회는 베드로가 로마에서의 기독교인들에 대한 박해를 견디지 못하고 이를 피해 로마 밖으로 도망치다가 예수님께서 나타나셔서 로마 쪽으로 걸어가시는 것을 보고 예수님께 여쭈어 본 질문이었다. 예수님의 대답은 순교하러 로마로 간다는 것이었다. 이에 깨달은 바가 있었던 베드로가 로마로 다시 돌아가서 선교활동을 계속하다가 결국에는 잡혀서 십자가에 거꾸로 매달리는 십자가 처형을 받아 순교했다는 이야기가 전해 내려오고 있는 곳이다.

카타콤바는 로마에도 몇 군데 더 있다고 했는데, 일행이 본 가리스토 카타콤바는 일반에게 개방된 지하무덤으로서 지하에 수십 리에 이르는 길이 뚫려 있었다. 일행이 구경한 곳은 극히 일부분이었으며 초기의 기독교 박해시대에 피난처로서 또는 무덤으로서의 역할을 했던 곳이다. 여러 명의 교황님의 무덤과 신부 및 신자들의 무덤이 있던 곳이며 일행은 그곳의 좀 넓은 방에서 미사를 드렸다. 그곳에서 오는 길에 카라카라라는 로마에서 1,000여명이나 한 번에 목욕을 할 수 있었다는 목욕탕의 폐허도 볼 수 있었다.

일행은 설지전 대성당을 방문했는데 이곳은 한 돈 많은 귀족이 그 많은 재산을 어디에 가치 있게 쓸 것인가를 궁리해오던 중에 주님의 천사가 내일 밤에 눈이 내린 곳에 성당을 지으라고 말했다. 그때는 무더운 여름의 한 복중이라 어떻게 그런 일이 일어날 수 있을지 믿을 수가 없었다. 그런데 과연 천사의 말대로 현재 성당이 서있는 자리에만 눈이 내렸으니 기적이라 아니할 수 없었다. 이것을 본 그 귀족 부부는 그곳에 성모 마리아를 위한 성당을 지으니 그곳이 우리 일행이 현재 둘러보고 있는 설지전 대성당이라는 것이다. 성당 속이 너무나 어두워서 잘 볼 수 없었다. 제단에는 베들레헴에서 가져온 예수님께서 그곳에서 탄생하셨다는 말구유를 모셔두고 있다고 했다.

고해성사를 하는 모습도 신기하게 여겨졌다. 우리나라의 경우처럼 신부님이 고해소 안에 계시고 신자가 밖에서 죄를 고백하는 것은 우리나라와 다를 것이 없었다. 우리나라와 아주 다른 점은 신부님이 가리개 안에 계셔서 신부님의 얼굴을 신자가 직접 볼 수 없는 것과 달리 신부님과 신자가 마주앉아서 마치 두 사람이 대화를 나누는 것처럼 고해성사가 행하여지는 것을 보고 참 신기했다. 우리나라의 경우처럼 부활판공이나 대림시기처럼 고해성사에 참여하는 신자들의 떼 지어 줄서있는 모습을 전혀 발견할 수 없는 것도 우리나라에서 볼 수 없는 현상이었다.

"파리는 아직 다 보지를 못해서 무엇이라고 말할 수가 없지만, 로마의 인상은 레오나르도 다빈치 공항에 내렸을 때가 마침 겨울이라 우중충한 모습을 보여주었는데, 로마시내에도 로마시대의 유적들이 사방에 널려 있어서 우중충한 모습을 보여주고 있습디다."

"나도 당신과 같은 느낌을 받았어요. 그러나 로마는 가톨릭교회의 총본산답게 성 베드로 대성당을 비롯하여 로마의 4대성당과 가톨릭관계의 건축물들이 많아서 일생에 한번 꼭 와봐야 할 만한 곳이 아니겠어요?"

"바티칸 박물관도 볼만 했으며, 특히 씨스티나 소성당의 미켈란젤로의 천지창조 천정화와 벽에 그린 최후의 심판화는 정말 걸작이라 아니 할 수 없구려. 성 베드로 대성당도 참으로 거대한 것이 타의 추종을 불허하는 걸작 품이라 아니할 수 없구려. 참으로 대단합디다."

"로마는 현대와 고대가 혼합되어 있는 도시처럼 보이는군요."

"당신이 참으로 적절한 표현을 한 것 같은데 나도 당신과 동감이오."

일행이 다음에 간 곳은 28계단 성당이었다. 이 성당은 예수님께서 유대인들에 의하여 그 계단을 오르락 내리락 하시면서 핍박을 당했던 곳으로 예루살렘에 있던 것을 로마로 옮겨왔다고 한다. 제일 아래 있는 계단에서부터 무릎을 꿇고 주모경을 외우며 한 계단씩 28계단까지 오르고 나면 무릎이 깨어질 정도로 뻐근하고 아팠다. 우리 부부는 그때 28계단 오르기에 참가하여 끝까지 올라가서 고통을 참아냈다는 성취감을 만끽할 수 있었다. 05년 12월에 우리 부부가 로마를 세 번째 방문했을 때도 28계단 성당에 다시 찾아갔지만, 젊은 순례자들만 계단을 오르기로 하고 이미 70세가 넘은 우리 부부는 계단 오르기를 포기하고 옆에 있는 계단으로 걸어 올라갔다 내려왔다.

전해지는 말로는 가톨릭교회에 반기를 들고 소위 종교개혁이라는 것을 단행했던 마틴 루터신부가 젊었을 때 이 계단을 무릎 꿇고 순례자들처럼 한 계단씩 올라가다가 워낙 몸이 뚱뚱했던 그가 무릎 꿇고 힘겹게 오르는 고통을 참아내지 못하고 중도에서 포기하고 걸어내려 오면서 가톨릭교회는 이러한 형식주의를 탈피해야 한다고 주장하면서 종교개혁을 주도하는 계기가 되었다는 것이다.

라떼라노 대성당은 성 계단성당(28계단 성당) 옆에 있으며 바티칸으로 교황청이 옮겨가기 전에 교황청이 있었으며 교황님이 거주하던 성당이었다. 이 성당의 입구에는 컨스탄틴대제의 전신상이 서있었다. 성당의 앞면에는 교황의 제단이 설치되어 있었다. 이 성당에는 윗쪽에 접는 의자가 놓여 있었다. 유럽국가의 대부분의 성당에는 우리나라의 성당처럼 장의자가 고정적으로 설치되어 있는 곳이 별로 많지 않았다. 필요할 때는 의자를 갖다놓고 그렇지 않을 때는 의자를 접어두면 되는 것이다.

고정된 장의자가 없는 또 다른 이유는 성당의 규모에 비하여 미사에 실제로 참여하는 신자들의 숫자가 엄청나게 줄어들었다는 것이다. 국가의 거의 전인구가 가톨릭신자인 국가에서도 이러한 현상이 노골적으로 나타나고 있다는 것은 우리나라의 경우와는 상당히 대조적이라 할 수 있었다. 유럽국가의 신부들은 우리나라의 신부들처럼 신자들 위에 군림하려는 신부는 눈을 씻고 찾아보아도 볼 수가 없다는 것이다.

저녁식사는 한식을 들었는데 워낙 음식이 짜서 냉수를 많이 들이켰다. 호텔에 가서 머물다가 성 베드로 대성당에서 요한 바오로 2세 교황님이 집전하시는 성탄 자정미사에 참석하기 위해서는 밤 9시경에 성당에 입장해야 하며 미사가 완전히 끝나서 호텔에 다시 돌아올 때까지 거의 6시간이나 소변을 참아야 한다고 했다. 왜냐하면 일단 성당에 들어가서 자리를 잡고 앉게 되면 다시 화장실에 가기 위하여 밖으로 나왔다 다시 들어간다는 것은 무척 어려운 일이라고 했다. 뿐만 아니라 설사 밖으로 나갈 수 있다 하더라도 화장실 시설이 불충분하여 한참 기다려야 한다는 것이었다.

지도신부님은 자주 화장실에 가야하기 때문에 미사참례를 처음부터 포기하고 호텔에 남아있기로 했다. 나도 당뇨병 때문에 자주 소변을 봐야 했지만 일생에 한 번 있을까 말까 한 교황님과 함께 드리는 성 베드로 대성당에서의 성탄 자정미사의 참례를 오줌이 좀 마렵다고 해서 포기할 수는 없었다.

그런데 일행에게는 기적 같은 일이 발생했다. 자정미사에 참석하는데 6시간 이상이나 걸렸으며, 짠 음식 때문에 물을 잔뜩 마신 뒤라 소변을 자주 보러갈 것 같았는데 미사가 끝나고 호텔에 돌아갈 때까지 소변이 조금도 마렵지 않았다는 것은 참으로 기적 같은 일이었다고 아니할 수 없었다.

성 베드로 대성당 안에서 일행이 자리 잡은 곳은 제대에서 얼마 떨어지지 않은 곳에 있어서 미사가 진행되는 모습을 아주 잘 볼 수 있었다. 한국에서도 텔레비전을 통해서 교황님이 집전하는 성 베드로 대성당에서의 성탄 자정미사를 본 일이 있었지만, 이렇게 직접 미사에 참례하니 감개무량했다. 미사는 이탈리아어로 바치기 때문에 알아들을 수는 없었다. 나누어 준 이탈리아어로 된 미사안내 책자를 보면서 대충 짐작으로 미사를 드릴 수 있었다. 교황님은 한국에서도 텔레비전을 통하여 또는 88년의 여의도광장에서 개최된 세계성체대회 때 한국을 다시 방문하여 방탄 막을 설치한 차량 안에 타고 계신 것을 멀리서 뵈올 수 있었다.

그런데 성 베드로 대성당 안에서는 일행이 앉아있는 바로 옆으로 입장하시는 교황님을 아주 가까이에서 뵈올 수 있는 영광을 가졌다. 미사를 집전하시는 교황님을 가까운 거리에서 바라볼 수 있는 은혜도 받았다. 캠코더의 배터리를 충전시킬 시간이 없어서 캠코더를 가져오지 못한 것이 못내 아쉬웠다. 카메라는 가져올 수도 있었지만 그런 생각을 전혀 하지를 못했다. 다행히 일행 중에 누군가가 미사를 다 마친 후에 천계를 배경으로 우리 부부의 사진을 한 장 찍은 것을 나중에 보내주었다. 그것이 우리 부부의 유일한 성 베드로 대성당에서 미사를 드렸다는 기념사진으로서 귀중하게 앨범에 넣어서 잘 보관하고 있다.

성탄 자정미사가 진행되는 동안에 성당 안의 모든 전등이 켜져서 성당 안을 밝히고 있었다. 성당 안이 대낮 같이 밝을 뿐만 아니라 전등의 열 때문에 성당 안이 더운 공기로 차있는 것 같았다. 이렇게 성당 안을 밝히는 것은 성탄 때와 부활 때에 두 번 밝히는 것을 제외하고는 평상시에 성당 안이 자연채광을 제외하고는 일행이 낮에 성당을 방문했을 때처럼 어둡게 방치해 둔다고 했다.

한국에서도 해마다 성탄전야는 되풀이해서 돌아오지만 성 베드로 대성당에서의 성탄 자정미사 참례는 우리 부부의 일생에 있어서 잊혀지지 않는 추억거리가 될 것이다. 호텔에 돌아와서 잠을 청했는데 성탄 자정미사에 참례했던 감격이 아직도 가시지 않은 데다가 난방을 어떻게 조정하는지를 잘 몰랐으며 늦은 시간에 호텔 측에 물어보기도 귀찮아서 그냥 냉골에서 너무나 피곤하여 잠을 청할 수밖에 없었다.

다음날인 12월 25일 성탄에는 버스를 타고 프란치스코 성인의 아시시로 향했다. 가는 길에 길가에 사람이 하나도 없다는 진기한 광경을 처음 목격했다. 나중에 아시시에 도착하여 천사들의 성마리아 대성당에 들어가 보니 프란치스코 성인이 수도회를 시작했다는 작은 성당이 대성당 안에 자리 잡고 있는 것이 신기하게 여겨졌다. 그곳에는 밖에서는 개미새끼 한 마리 안 보였던 사람들이 이 성당 안에는 발디딜 틈 하나 없이 모여 있다는 것이 참으로 신기하게 느껴졌다. 일행은 그 성당에 있는 한 방에서 미사를 드렸다.

이곳으로 오는 도중에 휴게소에서 잠깐 쉬면서 카푸치노도 한잔 사마시고 캔디 같은 것도 좀 사고 달러로 계산해 준 후에 그곳을 떠났다. 당시는 1달러에 1500리라를 하던 때라 제대로 물건 값을 치른 줄로 알았는데 나중에 계산을 해보았더니 10달러를 더 준 셈이었다. 속이 좀 상했지만 이탈리아인들도 계산에 밝지를 못한데다 이탈리아 돈을 달러로 환산하는 과정에서 착오가 생겨서 그렇게 된 것이었다. 지금은 유로화로 통일되어 있으니 이러한 착오는 일어날 수 없을 것이지만 그때는 환율의 계산착오로 그런 실수가 다반사로 일어날 수 있었다.

아시시는 언덕 위에 자리 잡은 중세도시의 원형을 그대로 보존하고 있는 도시였다. 그 초입에 있던 한 호텔에서 점심식사를 했는데, 우리 부부는 화장실에 다녀오느라 사전에 식사에 대한 설명을 잘못 들어서 대접같이 큰 접시에 가득 담긴 수프를 하나씩 먹었다. 옆에서 샐러드를 먹는 사람들에게 어떻게 된 일이냐고 물어보았더니 수프나 샐러드 중에 하나를 점심식사로 시키라고 말했다는 것이다. 점심이 따로 나오지 않는다는데 같은 것을 시킬 것이 아니라 샐러드와 수프를 하나씩 시켰더라면 좋았을 걸 하고 후회했지만 무슨 소용이 있겠는가?

점심식사를 끝낸 후에 중세의 거리가 있는 돌이 박힌 길을 걸어서 프란치스코 대성당으로 올라갔다. 성당지하로 들어가는 곳에 있는 벽면에는 '평화'라는 말을 각국어로 적어놓은 것이 신기하게 여겨졌다. 평화의 사도인 프란치스코 성인의 모습을 보는 것 같았다. 성당 안은 어둡고 컴컴했으며 사진이나 비디오촬영이 금지되어 있었다. 성당 안에는 프란치스코 성인의 유품들이 여럿 전시되어 있었는데, 그 중에도 걸레에 가까운 프란치스코 성인이 늘 입고 지내셨다는 누더기 옷도 전시되어 있는 것을 보고 프란치스코 성인이야말로 청빈한 생활을 하면서 주님만을 찬미한 대성인이라는 느낌을 강하게 받았다.

지하성당에서 나와서 계단을 타고 올라가면 지상의 대성당이 있었다. 성당 앞에는 풀로 T자형의 십자가를 만들어 놓았는데, 그것은 프란치스코의 십자가라고 했다. 성당의 정문에서 바라보이는 아시시의 전경은 대부분의 중세도시처럼 도시의 맨 위쪽에는 요새가 있으며 언덕을 내려오면서 도시가 형성되어 있는 것이 최근에 본 다른 도시와는 다른 특이한 모습을 하고 있는 것이 인상적이었다.

성 프란치스코 대성당의 반대쪽에는 에스컬레이터를 타고 올라간 곳에 클라라 성녀의 유해가 모셔져 있는 클라라성당이 있었다. 입구에서 입장권을 일행에게 나누어주던 수녀들이 속한 클라라수녀회는 봉쇄수녀원으로, 수녀님들도 검은 천으로 얼굴을 가리고 있는 것이 으스스하게 느껴졌다. 그 성당의 지하에는 클라라 성녀의 시신이라고 전해오는 얼굴이 좀 검게 보이는 시신을 모셔놓아서 밖에서 사진을 찍을 수 있었다. 유럽에는 썩지 않는 시신과 같은 유물들이 전시되어 있는 곳이 많다고 했다.

12월 26일에는 아침식사 후에 바오로사도께서 로마에서 참수되신 세 분수성당을 방문했다. 성당 속이 어두워서 잘 보이지는 않았지만 성당 안에 있는 바오로 사도가 참수당한 자리에 세 줄기의 분수가 생겨났다는 말이 전해졌다. 05년 12월에 그곳에 다시 방문했을 때는 성당 안이 훤하게 불 밝혀져 있었기 때문에 바오로사도의 목이 땅에 떨어지면서 세 번씩이나 튀었다는 자리를 표시해 놓은 것을 볼 수 있었는데, 그 거리가 놀라울 정도로 길었다.

바오로사도의 치명지를 둘러 본 다음 일행은 로마시계를 벗어난 곳에 있는 성 바오로 기념대성당에 가보았다. 성당의 앞마당에 대검을 잡고 서있는 성 바오로의 전신상이 이색적이었다. 성 바오로의 이러한 모습은 일찍이 본 일이 없었기 때문에 특이하게 여겨졌다. 성당 안에는 좌우양쪽으로 수많은 기둥들이 서있었으며, 그 위에는 역대 교황들의 초상화가 걸려있었다. 현재의 성당은 최근에 지은 것이지만 그 규모에 있어서나 건축양식의 수려함에 있어서 다른 4대성당에 뒤떨어지지 않는 위용을 보여주고 있는 아름다운 성당이었다.

로마에서는 성 바오로 대성당을 마지막으로 돌아보고 시내에 있는 중국집에서 점심식사를 하고 카이로로 가기 위하여 레오나르도 다빈치 국제공항으로 갔다. 카이로행 비행기는 이집트항공사 소속으로서 스튜어디스의 몸집이 유난히 뚱뚱했으며 이탈리아사람들이 많이 타고 있었다. 이탈리아인과 이집트인이 결혼한 사례가 많아서 서로 왕래하느라고 이탈리아에서 이집트로 가는 이탈리아인들이 많다는 것이다. 이집트 비행기의 스튜어디스가 뚱뚱한 이유는 이집트에서는 뚱뚱한 여인이 미인이기 때문이라는 말을 카이로의 가이드에게서 들었다.

일행이 탔던 비행기는 카이로로 직행하는 것이 아니라 룩소르에 착륙하여 승객들을 내려주고 한참 그 공항에서 머물다가 카이로공항에 도착했다. 도착 후에 곧 짐을 챙겨 나가지를 못하고 공항에서 짐을 찾지 못하고 여러 시간 방치해둔 결과 일행 중 한 자매의 짐이 새 가방이었기 때문에 분실되었다고 했다. 그 짐은 운이 나빠서 없어졌지만 안타까운 일은 교우들의 부탁을 받고 아시시에서 샀던 50여개의 장미묵주가 몽땅 없어져버렸으니 다시 가서 살 수도 없지 않은가? 묵주가 없어져서 안타까워하는 것을 본 일행이 그녀에게 묵주를 한 두어 개씩 모아주었다.

카이로의 공항은 무질서해 보였으며 길거리의 교통질서도 엉망이라는 인상을 주었다. 일행이 묵은 호텔은 2차 세계대전 때 미국의 루즈벨트 대통령과 영국의 처칠수상이 카이로회담을 했다는 호텔이었다. 방은 넓었지만 시설은 너무 낡아서 그런 것인지 샤워 물도 잘 안 나오고 고급호텔 치고는 좀 불편하다고 느껴졌다.

다음날 조반을 먹고 사진도 찍을 겸해서 밖으로 나와 보니 넓은 정원이 아름답게 잘 가꾸어져 있었으며, 꽤 넓은 것이 영미의 수뇌가 만날만한 곳이었다는 것을 공감할 수 있는 곳이었다. 그런데 사진을 찍으려니 놀랍게도 호텔 뒤편으로 사진에서만 보던 피라미드가 3개 보이는 것이 아닌가? 경탄의 소리가 입에서 저절로 새어나오고 말았다. 일행이 묵은 호텔이 세계 7대 불가사의의 하나라고 말해지는 기제의 3대 피라미드들이 있는 데서 아주 가까운 거리에 있다는 것을 알게 되었다.

일행은 곧 버스를 타고 3개의 거대 피라미드가 있는 곳을 향해서 갔는데 가이드의 설명을 들으면 나일 강이 남쪽에서 북쪽으로 흐르는 강이며 그러한 강은 세계에서 하나밖에 없다고 가이드가 장담을 했는데 그것은 잘못된 언급이었다. 유럽에 있는 라인 강이 남쪽에 있는 알프스산맥에서 발원하여 스위스, 프랑스, 독일 및 네덜란드를 거쳐서 북해로 들어가는 것을 몰랐던 것 같다.

나는 워낙에 아는 것이 많아서 가이드들이 가끔 헛소리를 하는 것을 알면서도 무안할 것 같아서 모른 척 했다. 그의 말에 의하면 나일 강을 기준으로 그 동쪽은 생명의 땅이며 서쪽은 죽음의 땅이라 했으며 피라미드를 비롯하여 사람이 죽으면 그 죽음의 땅에 묻는다고 했다.

피라미드를 좀 더 잘 보기 위하여 파노라마라는 곳에 가서 3개의 피라미드를 배경으로 사진을 찍었다. 피라미드는 쿠푸왕의 피라미드가 가장 큰 것이었으며, 일행 중에 피라미드 안에 들어가기를 원하는 사람들을 위하여 카메라를 전부 들어가기 전에 맡겼다. 우리 부부도 피라미드 안의 좁은 길을 몸을 숙이고 100여 미터를 올라갔더니 왕의 관이 놓여 있었다는 방에 도달하게 되었다. 무엇 때문에 이런 고생을 하면서 피라미드 안에까지 기어들어왔나 하는 후회도 순간적으로 해보았지만 그것도 좋은 추억으로 간직하기로 했다.

파노라마에서 바라보던 3개의 거대 피라미드 이외에 3개의 작은 피라미드들이 그 옆에 있었다. 큰 피라미드는 파라오의 것이고 작은 피라미드는 왕비의 무덤이라고 했다. 피라미드는 가까이 가서 보면 사방팔방이 1미터의 돌을 쌓아올린 것인데 그것이 정확하게 정상에서 일치하게 되어 멀리서 바라보면 삼각형을 이루고 있었다. 이러한 계산을 5,000년 전에 정확하게 해낸 이집트인들의 수학의 발달에 놀라움을 금할 수 없었다. 쿠푸왕의 피라미드 앞에는 전설의 동물인 스핑크스가 있었다. 스핑크스는 일행이 갔을 때 수리 중에 있었다. 카이로는 1년 내내 비 한방울 내리지 않는 곳으로 카이로의 밖이 바로 사하라사막이 시작되는 곳이라고 했다.

카이로시내로 다시 들어가서 나일 강을 건너서 남쪽으로 가다가 예수님의 성가정이 이집트로 피난 온 곳이라고 전해지는 초라한 성당에서 미사를 드렸다. 또한 노아의 방주처럼 성당내부가 생긴 성당에도 들어가 보았다. 카이로 시내에는 회교사원들의 첨탑이 많이 보였는데, 이스탄불의 경우보다는 그 숫자가 훨씬 적은 것 같았다.

점심을 든 후에 국립박물관에 가보았는데 카메라는 들고 들어갈 수 없었다. 이집트인 현지가이드가 박물관에서 일행을 따라 다녔지만 실제의 설명은 한국인 가이드가 도맡았다. 박물관내에는 어느 나라의 박물관보다 더 많은 미이라와 석관 등의 유물이 있었다.

박물관을 구경한 후 호텔 근처에 있는 파피루스 판매점에서 히브리어로 쓴 10계명을 하나 샀다. 한국에 와서 표구를 해서 벽에 걸어놓고 보니 무슨 말인지는 모르지만 그럴 듯 했다. 저녁에는 카이로 교민들이 다니는 프랑스계 가톨릭 교회에서 지도신부님이 드리는 미사에 그들과 함께 일행도 참례했다.

나일 강의 폭은 한강보다 좁은 것 같지만 카이로의 나일 강변은 대도시의 강답게 선박들도 많고 건물이 줄서있는 모습이 대도시다운 면모를 보여주고 있었다. 한강의 경우 강변의 양쪽에 볼품없는 아파트만 서있어서 살벌한 인상을 보여주는 것과는 대조적이었다. 그런데도 일행 중에 일부는 카이로가 서울보다는 모든 것이 뒤떨어진다고 카이로를 우습게 여기려는 태도를 노골적으로 보여주었다. 버스에서 보이는 집들이 너무 초라하다든가, 길에 다니는 차들이 교통질서를 지키지 않아서 엉망이라든가, 거리가 매우 지저분하다는 것 등을 지적하면서 한국이 그들보다는 모든 면에 있어서 월등하다는 것을 내세우려고 했다. 그런데 막상 순례를 마치고 한국에 돌아와서 보니 서울의 시끌벅적한 광경이 카이로의 그것보다 하나도 나을 것이 없다는 것을 새삼스럽게 깨닫고 부끄러운 마음을 금할 길이 없었던 일이 기억난다.

카이로를 하루 동안 관광하고 난 일행은 다음날 조반을 든 다음 이스라엘을 향한 장거리 버스여행을 시작했다. 가는 길에 보니 모래산이나 언덕도 있었고, 사막위에 공장도 있었고, 큰 건물이나 회교사원들도 볼 수 있었다. 한동안 달려가더니 스웨즈 운하에 도착했다고 하여 일단 일행은 그곳에서 내렸다. 사막 한가운데 파놓은 운하라 폭도 넓고 물도 깊어서 큰 배들도 양쪽으로 어렵지 않게 통과할 수 있었다. 이러한 운하를 건설한 인간의 힘은 대단히 위대한 것이었으며, 스웨즈 운하의 개통으로 지중해에서 운하를 지나서 홍해로 빠질 수 있게 되었다. 이전에 지중해에서 아프리카 대륙의 최남단인 희망봉을 돌아서 항해하여 인도양으로 진출했을 때보다 많은 시간과 노력의 낭비를 줄일 수 있게 된 것은 해양교통의 발달에 있어서 진일보한 것이었다.

일행은 버스를 도강선에 싣고 스웨즈 운하를 가로질러서 시나이반도로 들어갔다. 시나이반도는 67년의 이스라엘 · 이집트 간 6일 전쟁에서 이스라엘군이 이집트에서 빼앗은 것을 일행이 그 곳에 갔던 94년에는 이스라엘이 이집트로 다시 되돌려 주었기 때문에 라파에 있는 국경사무소에서 가자중립지대가 있는 이스라엘로 입국했다. 시나이반도는 중동지역의 대표적인 사막의 모습을 보여주고 있었다. 흰모래로 덮인 사막이 연속되다가 드문드문 푸른 야자수나 기타의 푸른 나무들로 무리를 짓고 있는 오아시스가 나타나곤 했다. 일행이 낙타를 타고 대상을 따라 여행을 하는 것이었다면, 그런 오아시스에서 쉬면서 시원한 물도 마시고 난 다음에 여행을 계속했을 것이다.

라파 국경지대는 이스라엘의 가자중립지대와 연결되는 전략상의 요충지역에 해당하는 곳으로서 입출국수속이 까다로웠다. 나처럼 캠코더를 소지하고 있는 경우에는 출국 시에는 물론 입국 시에도 일일이 소지사실을 기록해야 하므로 무척 번거로웠다. 일행과 함께 평화방송의 개국에 때를 맞추어 젊은 PD와 카메라맨이 커다란 비디오카메라를 갖고 여행을 했는데, 나보다 좀 더 번거로운 단련을 받았을 것이다.

이스라엘로 들어가서 가이드의 인솔을 받아 예루살렘으로 버스를 타고 가면서 느낀 것은 같은 사막의 연속 같은데 이집트와 이스라엘이 너무나 판이하게 다른 것을 보고 신기하게 느껴졌다. 이것은 마치 LA에서 멕시코 국경도시에 갔다가 미국과 멕시코가 같은 대륙의 연속이었는데, 어떻게 멕시코와 미국이 그렇게 하늘과 땅의 차이를 나타낼 수 있었느냐를 느꼈을 때의 묘한 느낌과 아주 흡사한 느낌이 들었다.

이스라엘의 유대인들은 로마제국에 의하여 멸망한 후 2천 년간을 고향에서 쫓겨나서 타국에서 생활하면서 차별대우를 당하거나 배척을 받았다. 특히 2차 세계대전 때는 나치독일에 의하여 폴란드의 아우슈비츠 수용소와 같은 데서 대량학살을 당하는 수모를 겪다가 영국과 미국의 도움으로 아랍지역의 파레스타나를 강점하여 유대인의 국가 이스라엘을 건설하여 지금까지 중동 분쟁의 화약고를 제공하고 있는 셈이었다.

히틀러의 나치독일에 의하여 희생당한 600여만 명의 무고한 유대인들의 비참한 말로를 동정하면서도, 예루살렘에 가서 들은 아랍인에 대한 유대인들의 차별대우를 듣고는 유대인들을 차별하는 것도 무리가 아니라는 생각이 들었다. 예루살렘에 사는 유대인들은 나치의 악몽을 벌써 잊은 듯이 아랍지역에 단수를 단행하여 아랍인들은 마실 물도 없는데 자신들은 그 물로 풀에 물을 주는 일을 서슴없이 하고 있으며, 자신들은 파란색 번호판으로 전국을 운전하고 다닐 수 있는데 반하여 아랍인의 경우에는 노란 번호판을 부착하여 일정지역으로 운전범위를 축소시키고 있는 것 등은 도저히 정상인의 생각으로는 상상할 수 없는 일이었다.

예루살렘으로 가는 길에 휴게소에 잠시 쉬었는데 달러도 받기 때문에 이스라엘의 화폐단위인 세켈로 바꿀 필요 없이 달러로 지불하면 되었지만 가급적 물건을 사지 않기로 했다. 오래간만에 우리 부부가 거의 2주간에 걸친 여행을 함께 하면서 처음에는 한국에서 발 편안 신발이라고 신고 왔는데 여행 중에 발이 아파서 고생을 많이 했다. 그때만 해도 사스 같은 발 편한 신발이 판매되기 전의 일이라 랜드로바와 같이 비교적 편한 신발도 하루에 1만보 내지 2만보를 계속 걷다 보니 발이 몹시 아팠다. 아내는 당장 운동화를 하나 사달라고 했지만, 100달러나 한다는 한국운동화를 구할 수도 없었다. 이스라엘에서 파리로 떠나기 전에 텔아비브의 공항면세점에서 중국 운동화를 나와 아내가 50달러씩 주고 겨우 사서 신을 수가 있어서, 그 후 계속된 여행에서는 신발로 인한 고생을 더 이상 안 해도 되었다.

그런데 95년의 유럽여행 때는 발목이 높은 농구화를 신고 갔으며, 96년의 일본여행 때는 미제 사스를 신고 갔기 때문에 별 고생을 하지 않았다. 그러다가 03년의 성모발현성지 순례 때는 까만 옷으로 일치시켜서 멋 좀 부려보겠다고 엉뚱하게도 265문 밖에 되지 않는 검은 운동화를 신고 갔다가 발이 퉁퉁 부어서 신발 끈을 다 빼놓고도 신발을 잘 신을 수 없어서 많은 고생을 했다. 그 후로는 나의 치수인 275문의 발 편한 신발을 신고 여행을 간 결과 발이 제아무리 부어도 전혀 지장이 없었다.

여행을 한다는 것이 단순히 한 곳에 머물러 있는 것이 아니라 계속 이동해가야 하며 버스에도 탔다 내렸다 하기를 계속해야 하기 때문에 기력이 좋아야 했다. 이에 못지않게 중요한 것은 아무리 걸어도 발이 아프지 않은 발 편한 신발을 신어야 한다는 것이었다. 10년 전의 60대였을 때에 비하면 70세가 넘은 지금에는 힘이 더 많이 든다는 것을 피부로 느낄 수 있었다.

예루살렘은 해발 800미터나 되는 고지대에 위치하고 있었지만 그렇게 높은데 있다는 느낌을 받지 않았다. 예루살렘에서 일행이 묵은 곳은 르네상스 호텔로서 상당히 고급호텔이었다. 다음날은 오전에 올리브 산에 올라가서 예수님께서 승천하셨다는 예수승천 경당에 가보았다. 이 경당은 이슬람교에서 관리하고 있었으며 그 경당 안에는 예수님의 승천 때 발자국이 바위에 새겨져 있었다.

다음에 간 곳은 각국 말로 된 주의 기도문을 모셔놓은 성당으로서 한글로 된 주기도문도 있었다. 그곳에서 좀 아래로 내려간 곳에 예루살렘의 전경이 잘 바라보이는 곳에 주님의 눈물 경당이 있었다. 이 경당을 설계하고 건축한 사람은 나사렛에 있는 성모마리아 성당을 설계하고 건축한 같은 사람이라고 했다. 이 경당은 예수님께서 죄 많은 예루살렘의 멸망을 예언하시면서 슬픔의 눈물을 흘리셨다고 성경에 나오는 바로 그 장소에 지은 경당이었다. 그곳에서 예루살렘 시내를 바라보니 현재는 회교사원이 된 마호메트가 승천했다는 바위 위에 지은 금색 돔을 비롯하여 예루살렘 구도시의 전경이 한 눈에 들어왔다.

유대인들의 돌로 된 무덤들 위에 글씨가 새겨져 있는 것이 멀리서도 뚜렷하게 눈에 들어오고 있어서 특이한 풍경으로서 신기하게 보였다. 그 무덤 속에 있는 사람들은 예수님께서 재림하실 때에 누구보다 먼저 부활하기를 기대하면서 그곳에 묻혀있다고 한다.

그곳에서 좀 더 아래로 내려가서 예수님께서 유대인들에게 잡혀가시기 전에 피눈물을 흘리시면서 하느님께 간절한 기도를 드리셨다는 바위가 있는 곳에 세운 겟세마네 성당에 들어가 보았다. 성당을 지은 지는 얼마 되지 않았으며 그 내부가 워낙 어두워서 잘 보이지 않았지만 나의 캠코더는 빛이 부족한데도 잘 찍혔다. 성당 밖의 정원에 있는 무화과나무는 예수님 시대에도 있었던 것으로 2,000년이 넘었다고 했다. 그렇게 오래된 나무라고 보기에는 어쩐지 석연치가 않았다. 그 이유는 그 정도로 오래된 나무라면 좀 더 고목다운 모습을 보여주었어야 하지 않았을까? 왜냐하면 나의 눈에는 그냥 보통 나무로 밖에 보이지 않았기 때문이다.

겟세마네 성당의 정원을 거쳐 나온 후에 골목 안에 있던 겟세마네 동굴로 갔다. 이곳은 예수님께서 겟세마네 동산에서 기도하고 계실 동안에 제자들이 예수님을 기다리던 곳으로 예수님께서 기도를 끝내시고 돌아와 보니 제자들은 하나같이 깊은 잠에 빠져있는 것을 보시고 한탄을 하셨다는 성경에도 나오는 바로 그 장소였다. 일행은 그곳에서 주님의 기도문을 바쳤다.

그 골목길을 다시 되돌아 나온 곳에 성모마리아 기념성당이 있었다. 지도신부님께서 성모님 공경신심이 일반화 되어간 경위를 말씀하시면서 지역에 따라서는 성모님을 여신으로 모시려 한 일도 있었다는 말씀을 해주셨다. 일행은 그곳에서 젊은 이스라엘 가이드가 한국인들이 특히 큰 소리로 성지에서 떠들고 있는데, 제발 조용히들 해달라고 신신 부탁하는 말을 젊은 친구가 어른들에게 야단을 치는 투로 건방지게 말해서 기분이 좀 상했지만, 그가 하는 말이 잘 못된 말이 아니었음을 알 수 있었기 때문에 그의 말에 유의하기로 했다.

겟세마네 성당이 있던 언덕위에서 바라보이는 길 건너편의 언덕 위에 있는 예루살렘 성의 성문이 벽돌로 막혀 있었다. 이 문은 '황금의 문'으로 예수님께서 재림하실 때 비로소 다시 열릴 때까지 그곳으로 출입하는 것을 금지하기 위하여 막아 두었다는 것이다.

일행은 다마스커스문을 통하여 예루살렘성 안으로 들어갔다. 거기 서있던 유대인이 어떻게 일행을 한국인으로 알아보았는지 "안녕, 한국인들"이라고 영어로 말하는 것을 듣고 얼마나 많은 한국인들이 이곳에 다녀갔기에 그런 인사를 하느냐 말이다. 성문 안으로 들어가다 보니 곧 '통곡의 서벽'이 있는 광장으로 들어가게 되었다. 그곳에서는 이스라엘 병사들이 출입자들을 총을 들고 일일이 감시하고 있는 모습을 볼 수 있었다.

'통곡의 서벽'은 예루살렘 성전이 서기 70년에 로마군에 의하여 파괴될 때 이 서벽만 남겨두고 나머지 성벽을 전부 파괴해 버렸기 때문에 세계각지에 뿔뿔이 헤어졌다가 예루살렘으로 다시 찾아오는 유대인들이 이 서벽에서 통곡하면서 주님께 기도를 올렸다고 하여 '통곡의 서벽'이라 불리게 되었다고 한다. 일행이 그곳을 방문했을 때도 수많은 유대인들이 통곡의 서벽 앞에 모여서 기도를 하고 있는 모습을 볼 수 있었다.

그곳에서 화장실에 모두 다녀온 후 '십자가의 길'로 해서 '성묘성당'에 들어가기 위하여 십자가의 길 제1처를 향하여 아랍인들의 가게가 즐비한 시장골목을 통하여 두 사람씩 짝을 지어 줄을 서서 나아갔다. 일행이 십자가의 길 제1처에 가서 가이드의 설명을 들으면서 이 길이 2,000년 전에 예수님께서 십자가를 메고 골고다의 언덕으로 올라가신 길이었다고 장담할 수는 없지만, 여러 가지 정황으로 볼 때 이 길이 성경의 기록에 가장 가까운 길이라고 볼 수 있다는 것이었다.

십자가의 길(Via Dolorosa-슬픔의 길)은 제1처가 건물 밖에 있었는데, 그 건물은 현재 성당이 되어 있었다. 제2처와 제3처는 모두 성당 안에 있었다. 제4처에서 제9처까지는 아랍인들의 시장터 안에 있어서 시장을 지나가면서 일행이 십자가의 길을 바치면서 갔다. 제10처에서 제13처까지는 성묘성당 내에서 그 위치가 사라져버리고 골고다 언덕위의 예수님 십자가 자리만이 남아 있었다.

성묘성당을 들어가기 위해서는 아르메니아 교회 등 두 곳을 통과해 가야 했는데, 일행은 통과세를 내고 문지기가 지켜보는 가운데 그곳을 통과하여 성묘성당으로 갔다. 성묘성당에는 순례객으로 붐볐으며, 그곳은 6개 종파인 아르메니아 정교회, 그리스 정교회, 로마 가톨릭, 이집트 콥틱, 아비시니아(에디오피아)교회, 시리아 자코빗 등의 교회로 분할 점령되어 있었다. 기이하게도 성묘성당의 문지기는 아랍인의 차지가 되어 있었다.

성묘성당에서는 예수님이 묻히셨던 무덤 속에 들어가서 예수님께서 누워계셨다는 돌 판을 참례했다. 성묘로 들어가는 문 앞에는 등이 켜져 있지 않아서 차례를 기다리기에 무척 어두웠다. 정교회의 수사가 와서 등에 불을 붙이니 성묘 앞이 훤해졌다. 성묘 안에는 예수님께서 십자가에서 돌아가신 지 사흘 만에 부활하실 때까지 무덤 속에 누워계셨다는 돌 판이 있었다.

예수님의 성묘에 들어갔다 나온 일행은 성묘위에 있는 예수님께서 십자가에 못 박혔던 골고다의 언덕을 계단을 타고 올라갔다. 그곳에는 예수님의 십자가가 실제로 땅에 박혀있던 자리도 있었으며, 십자가 밑에서 아드님의 십자가상의 고통을 보면서 견디기 어려워하셨던 성모마리아의 가슴에 큰 칼이 꽂혀있는 조형물도 볼 수 있었다. 그 성스러운 자리도 상이한 교파 간에 분할 점거되어 있다는 말을 들었다. 참으로 한심한 일이라 아니할 수 없다. 십자가에서 내려서 잠시 모셔두었던 석관을 구경하고 버스가 기다리고 있는 성묘성당 밖으로 나갔다.

일행은 성묘성당에 있는 부활성당에서 부활미사를 드렸다. 이 성당에서는 연중 부활미사만 들인다고 하여 신기하게 여겨졌다. 이 성당에서만 그런 것이 아니라 베들레헴의 예수탄생 성당에서는 연중 예수 탄생미사만, 나사렛의 성모마리아 성당에서는 연중 수태고지미사만 드리는 것이 관례로 되어있다고 한다.

예루살렘에서 일행이 가본 곳은 성묘성당 이외에도 시온 산에 있는 최후의 만찬을 예수님께서 제자들과 함께 드셨다고 전해지는 2층 다락방을 구경했으며, 그 밑에 있는 성모마리아 기념성당을 순례했다. 시온 산에서는 다윗왕의 가묘가 있는 곳에도 가보았다. 한국인의 일반관례로는 그런 곳에 가면 의례 모자를 벗게 되어 있어서 모자를 벗고 들어갔더니 그곳을 지키던 사람이 오히려 모자를 쓰라고 성화이기에 모자가 없다고 했더니 종이로 만든 하얀 모자를 주면서 그것을 쓰고 들어가라고 했다.

예루살렘의 르네상스 호텔에 저녁에 들어가기 전에 점심은 식사할만한 마땅한 곳이 예루살렘 시내에 없다하여 가이드의 집에서 음식을 차리게 하여 그곳에 가서 점심식사를 했다. 예루살렘 순례에서 마지막으로 가본 곳은 예루살렘에서 좀 떨어진 산골마을인 아인 카렘이었다. 이곳은 성경에도 나오는 세례자 요한의 어머니 엘리사벳의 조카딸 성모마리아께서 성령으로 인하여 예수님을 잉태하시고 엘리사벳을 방문하여 한동안 묵다 온 곳으로 그들이 서로 대면했다는 곳에 서있는 세례자 요한 탄생기념성당 앞에는 순례단의 지도신부님이 그들의 만남을 한글로 번역한 것이 그곳에 한글로 쓰여 있는 것을 성당 마당에서 발견하시고 반가워하시는 것을 보았다.

다음날인 12월 29일에는 예루살렘을 떠나서 예수님께서 40일간의 단식을 했다고 전해오는 광야를 지나갔다. 풀도 별로 나지 않는 메마른 땅이었다. 광야에서 아래쪽으로 내려다보이는 곳에 프란치스코 수도원이 언덕위에 매달려 있는 모습이 아슬아슬하게 보였다. 그 수도원을 바라보며 일행은 주모경을 바쳤다.

광야를 지나서 여리고에 도착하였는데 이곳은 유대인들이 이집트에서의 노예 신분에서 벗어나기 위하여 모세에게 이끌려 40년간을 꿀과 젖이 흐르는 땅으로 들어가지 못하고 모세도 광야에서 죽은 다음에, 그들의 지도자로 새로 선임된 여호수아가 마침내 여리고를 쳐서 점령함으로써 40년간의 광야에서의 생활을 청산했던 곳이다.

여리고에서는 일행 중에 낙타를 탄 사람도 있었으며 순례단의 회장이었던 나는 일행에게 나누어주기 위하여 오렌지와 과일을 좀 샀다. 일행은 그곳을 떠나서 바다 표면보다 300여미터나 낮은 곳에 있는 사해를 찾아갔다. 비가 부슬부슬 내리는 을씨년스러운 날씨였지만 버스를 내려서 우산을 받쳐 들고 사해로 내려갔다. 가이드의 말이 물이 워낙에 짜서 발을 사해에 담그면 오래된 무좀도 직방으로 나을 것이라는 농담도 했다. 우리 부부는 기왕에 그곳까지 간 것이니 신발을 벗는 것이 약간 귀찮게 느껴지기는 했지만, 양말을 벗고 사해의 물속에 발을 담갔으며 손가락으로 바닷물을 찍어서 맛을 보니 보통 바닷물과는 비교도 되지 않을 정도로 짰다.

때마침 순례단의 총무 직을 맡았던 분이 추운 날씨인데도 옷을 다 벗고 수영복만 입은 채 바다 속으로 성큼성큼 걸어 들어가는 것이 아니겠는가? 그를 보고 일행은 모두 탄성을 질렀다. 어느 정도 바다로 들어간 그가 손발을 다 들고 물위에 드러 누웠는데도 물속으로 가라앉지를 않고 염분이 너무 많아서 물위에 몸이 둥둥 뜨는 것을 보고 모두가 탄성을 질렀다. 말로만 듣던 사해는 과연 사람도 가라앉지를 않아서 물에 빠져서 자살도 할 수 없다는 말이 과연 참말이었구나 하는 것을 일행에게 확인시켜 주었다.

사해의 옆에 위치하는 꿈란은 엣세느파의 거대한 수도원이 있었던 곳으로 현재에는 굉장히 큰 집터만 남아 있었다. 그 규모로 볼 때 굉장히 큰 수도회였다는 것을 알 수 있었다. 엣세느파는 청렴을 신조로 하는 종파로서 자손의 번식을 무시하여 결국에는 대가 끊겨서 소멸해버렸다는 설이 있는가 하면, 다른 설은 로마에 의한 유다제국의 멸망으로 그 세가 쇠하여 사방으로 뿔뿔이 헤어졌기 때문에 그렇게 되었다는 것이었다. 그곳에서 바라보이는 암반의 산 중간에 뚫린 동굴에서는 히브리어로 쓰인 구약성경의 일부가 두루마리로 항아리 속에 들어 있던 것을 그곳에서 양을 치던 목동들이 발견하였다는 기사가 신문에까지 났던 적이 있는 곳이었다.

여행기록을 상세하게 챙기다보면 순서가 뒤바뀔 때도 있었다. 나의 기억으로는 꿈란에 갔다가 예수님의 탄생지였던 베들레헴에 갔다 온 것 같은데, 기억을 더듬어 볼 때 예루살렘에 묵었을 때 베들레헴에 다녀 온 것이 맞는 것 같다. 왜냐하면 꿈란은 예루살렘에서 상당한 거리에 떨어져 있는 곳이라, 그곳에서 베들레헴으로 되돌아 갔다가 다시 갈릴레아 호수 쪽으로 가는 것은 무척 번거로운 일이었기 때문이다.

여하튼 일행이 베들레헴으로 가면서 보니 무장한 이스라엘 군인들이 곳곳에 지키고 있었으며, 검문소가 자주 나타나는데 특히 아랍인에 대한 검색이 아주 엄중한 것처럼 보였다. 예루살렘에서는 유대인 버스 운전사가 아랍인들이 거주하는 지역, 예컨대 예수님께서 라자로와 마리아와 마틸다 자매가 살던 베다니아에 자주 놀러 가셨다고 성경에 기록되어 있는 그곳이 현재는 아랍지역이라 유대인 운전사가 그곳에 가기를 꺼려서 가보지를 못했다.

베들레헴은 팔레스타인 지역의 한복판에 위치하고 있었으며, 비록 일행이 그곳을 방문했을 때가 성탄시기라고는 했지만 전운이 감도는 그곳을 용감하게 찾아 갔었다. 베들레헴은 현재에도 작은 마을이며 예수탄생교회는 출입문의 높이가 낮아서 누구나 머리와 어깨를 숙여야만 그 출입문을 통과할 수 있었다. 가이드의 말처럼 출입문을 그렇게 작게 만든 이유가 적의 침입에 대비하기 위한 측면도 있었다. 그러나 그것보다는 그곳을 방문하는 사람들로 하여금 겸손의 예를 갖추라는 것 같았다. 베들레헴 성당지하에는 예수님 탄생 별자리 구멍이 있었다.

일행이 버스로 들어서기 시작한 갈릴리 지방은 오전에 지나온 광야나 사해의 꿈란 지역과는 비교가 되지 않을 정도로 푸른 나무와

채소가 풍부하게 자라고 있는 지역이었다. 요르단 강가에 있는 세례 터는 예수님께서 꼭 그곳에서 세례자 요한에게 세례를 받은 곳이라고 단정할 수는 없지만 예수님께서 요르단 강가에서 세례 받는 모습을 상상해 보는데 충분히 도움이 될 수 있었다. 요르단 강은 강이라고 하기에는 폭이 너무나 좁은 한국의 좀 큰 개울 같았다.

갈릴리 호수는 바다같이 넓었으며 담수호라 물고기가 살고 있었다. 일행은 그곳에 있는 식당에서 갈릴리 호수에서 유대인들이 잡은 베드로라는 물고기를 튀긴 것을 곁들여 점심식사를 했다. 정작 베드로 물고기를 잡은 유대인들은 베드로라는 사람이 누구인지 알지도 못한다는 말을 듣고 웃기는 이야기라는 생각을 했다.

일행이 꿈란에서 가보았던 사해는 물이 유입되는 곳이라고는 갈릴리 호수물이 요르단 강을 통하여 사해로 유입되고 있을 뿐 사해의 물은 뜨거운 햇빛에 증발되어 현재와 같이 염분이 지나치게 많아서 생물이 살 수 없는 죽은 바다가 되어버린 것이다.

점심식사를 끝낸 일행은 배를 타고 가버나움이 있는 쪽으로 건너 갔다. 갈릴리호수는 상당히 큰 호수로서 바다라고 불리기도 했다. 사실상 갈릴리호수 위에는 바다처럼 갈매기들이 물위를 날고 있었다. 이 호수 위에서 예수님께서 호수 위를 걷기도 하셨고 풍랑이 이는 파도를 꾸짖어 잠잠하게 만들기도 했다. 부활하신 후에 낙담하여 어부로 다시 돌아간 제자들에게 나타나시어 밤새도록 물고기 한 마리 잡지 못한 제자들에게 그물이 찢어질 정도로 물고기를 많이 잡게 해주신 곳도 이 호수에서였으며 배를 타고 설교하신 곳도 바로 이 갈릴리 호수에서였다.

갈릴리호수가의 선착장에는 베드로시대의 배 모형이 정박되어 있는 것을 볼 수 있었다. 고기 낚는 어부들이었던 베드로 등이 사람 낚는 어부가 된 것을 상기할 때 갈릴리 호숫가에서 제자들이 예수님을 만나게 된 것은 그들의 인생행로에 있어서 일대전환을 가져온 계기가 되었던 것이다.

가버나움은 성경에도 나오는 예수님께서 하느님의 말씀을 전파하신 곳으로 '예수님의 도시' 라는 간판이 문 앞에 걸려 있는 곳을 들어가서 베드로 장모님의 집터였다는 곳 위에 지은 기념성당에서 미사를 드렸다. 미사가 끝난 후에 사방으로 둘려진 유리 창문을 통하여 갈릴리호수가 바라보였으며 빨간 색의 그리스정교회 건물도 보였다.

성당에서 얼마 멀지 않은 곳에는 예수님 당시의 무너진 유대교회당이 있었다. 성경에서는 타락한 가버나움의 멸망을 예언하신 장면도 나오는데, 그 당시의 가버나움은 철망 안에 잘 보전되어 있어서 더 이상의 파괴는 진행되지 않고 있었다.

겨울 날씨라 곧 어두워졌지만 일행은 갈릴리호수의 언덕 중턱 위에 있는 진복팔단 성당과 오병이어 성당을 방문했다. 오병이어 성당은 빵 다섯 개와 물고기 두 마리로 예수님의 말씀을 들으러 운집한 5,000여 명을 먹였다는 성경의 말씀을 기념하기 위하여 세운 성당으로서 바닥에 빵 다섯 개와 물고기 두 마리가 모자이크 조각으로 그려져 있었다. 일행이 그곳을 방문했을 때 시끄럽게 굴어서 젊은 청년 하나가 오르간을 신경질적으로 정도 이상 크게 쳐서 일행에게 화풀이를 했던 기억이 난다.

진복8단 성당은 8각형으로 생긴 성당으로서 성당 안에서는 8각의 문을 통하여 갈릴리호수와 주변 경관이 잘 내려다보였다. 진복8

단 성당을 둘러본 다음 주위가 너무나 어두워져서 더 이상 구경을 할 수가 없어서 티베리아에 있는 호텔에서 하루 밤 묵었다.

다음날은 이스라엘에서 마지막 날이었으며 94년의 마지막 날인 12월 31일이었다. 일행은 아침 일찍 일어나서 조반을 든 다음에 베드로 수위권기념성당을 둘러본 후에 가나로 가서 혼인잔치에서 예수님이 첫 번째 기적인 물을 포도주로 변화시켰던 곳에 세워진 성당을 방문했다. 티베리아에서 가나로 가는 도중에 군중들이 예수님을 언덕 아래로 밀어 떨어뜨리려 했다는 가파로운 산정이 보이는 산 밑을 지나갔는데, 이곳은 배를 타고 갈릴리호수 위를 건너오면서 멀리 바라보였던 한 쪽이 낭떨어지로 되어있는 바로 그 산이었다.

가나의 성당에는 예수님 당시의 항아리가 놓여 있었으며 신부님께서는 순례에 참가했던 10여 쌍의 부부들에게 약식의 혼인 갱신예식을 해주셨다. 그 성당을 나오면서 보니 세계 각국 ME부부들이 나름대로 그들의 부부사랑을 벽면에 표시해두었다. 우리 부부도 한국 ME부부들이 벽에 붙여 놓은 ME상징물 속에 우리 부부의 이름도 적어 넣었다.

가나에서 막달레나라는 동네를 지나서 나사렛으로 갔다. 언덕 위에 있는 나사렛 전경이 잘 내려다보이는 길가에 잠시 버스를 세우고 성모마리아 수태고지성당의 모습을 사진으로 찍었다. 그 성당에 들어서니 각국어로 된 성모님이 아기예수를 안고 있는 그림들이 수없이 걸려있는 모습이 눈에 들어왔다. 한국의 성모님 그림도 성당 밖에 걸려있는 것을 사진 찍었다. 성당의 내부에 들어가 보니 일본의 성모님 그림은 한국의 것보다 훨씬 큰 것이 실내에 걸려있는 것을 보고 은근히 부아가 났었다. 아마도 일본이 이 성당건립 때 기부금을 많이 내서 그러한 특권을 누리고 있는 것이나 아닐까 하는 생각마저 들었다.

미사는 지하에 있는 수태고지의 기념물인 성모마리아와 대천사 가브리엘이 서있는 기둥과 떠있는 기둥으로 표시되어 있는 조형물이 있는 지하성당에서 드렸다. 수태고지성당에서 나온 일행은 그 옆에 있는 성가정 성당을 둘러보고 나왔다. 예수님의 아버지 요셉 성인의 직업을 흔히 목수라고 하는데, 이스라엘에 와보니 나무로 만든 물건은 별로 없고 집도 돌로 짓는 것을 볼 때 성 요셉의 직업은 목수가 아니라 석수가 아니었을까 하는 생각을 해보았다.

점심식사는 예수님이 변신을 했다고 전해오는 다볼산이 저 멀리 바라보이는 곳에 있는 식당에서 들었다. 점심식사 후에는 카르멜 산에 있는 기념관에 갔는데, 마당에는 엘리아가 적의 목을 밟고 내리치려는 모습을 한 동상이 서있었다. 또한 마당에는 올리브 나무가 많이 서있었다. 기념관의 옥상으로 올라가니 카르멜 산을 기점으로 하여 사방으로 주변지역의 이정표가 그려져 있는 것이 특이하게 여겨졌다.

그곳에서 지중해변에 있는 가이세리아로 갔다. 일행은 로마시대의 원형극장에 들어가서 주로 자매들이 무대에 올라가서 성가를 불렀는데, 무대의 맞은편 계단 위에 앉아 있으면 노래 소리가 골고루 퍼지는 것이 너무나 신기했다. 가이세리아에는 예수님을 심판한 빌라도총독의 기념물이 있었다. 빌라도총독의 주재지는 원래 가이세리아에 있었는데, 과월절에 예루살렘에 갔다가 예수님이 십자가형을 받도록 한 장본인이 되었던 것이다. 가이세리아에는 해변 가에 있는 헤로데왕이 건설했다는 로마시대의 수로를 구경하고 수로위에 올라가기도 하고 수로를 배경으로 사진도 여러 장 찍었다.

그 다음에 십자군전쟁 때 그곳에 십자군들이 구축해 놓았던 요새 속에 들어가 보기도 했다. 요새의 바닥을 발굴 중이었는데 다른 터가 현재 일행이 볼 수 있는 곳의 아래쪽에 있다는 것을 알 수 있었다. 고고학적 유명장소의 발굴지에 대부분 이러한 현상이 나타나 있었다. 그 이유는 최초에 그 장소에 있었던 도시위에 제2, 제3의 도시가 장구한 기간을 경과하는 중에 서로 겹쳐지게 되기 때문에 그러한 현상이 생기는 것이라고 할 수 있었다.

가이세리아를 떠난 순례단은 이스라엘에서의 마지막 행선지였던 텔아비브로 향했다. 텔아비브에 있는 호텔에서 여장을 풀기 전에 구 항구도시였던 욥바를 가서 잠시 구경했다. 고색이 창연한 구도시의 모습이 이색적인 느낌을 주었다. 이에 비하면 텔아비브는 초현대도시로서 이스라엘의 상업과 교통의 요충지였다. 엄밀하게 말하면 텔아비브에서는 1박을 하는 대신에 새벽 6시에 파리로 출발하는 비행기를 타기 위하여 새벽 4시까지 공항에 도착해야 했기 때문에 새벽 3시에 호텔을 떠날 때까지만 묵기로 했다.

텔아비브 공항에서의 출국수속을 밟았을 때 우리 부부가 영어를 할 줄 모른다고 시치미를 뗄 것을 공연히 영어를 안다고 했다가 공항직원이 영어로 질문을 하면서 짐을 면밀하게 전부 들쳐보고 뒤지는데 많은 단련을 받았다. 아랍 국가들을 드나들어야 하는 여행객들의 경우 구태여 이스라엘에 방문했었다는 사실을 알릴 필요가 없으니 여행객이 원한다면 이스라엘의 비자발급 사실을 여권에 기재하지 않는 것이 관례로 되어 있었다. 이스라엘 출입국을 할 때에는 영어를 모른다고 하는 것이 오히려 도움이 될 것이라는 사실을 우리 부부는 그때야 비로소 알게 되었다.

그런데 그런 연극도 05년 12월에 이스라엘을 재차 방문했을 때는 통하지 않았다. 그동안 하도 많은 한국 사람들이 이스라엘을 방문했기 때문인지 한국어로 된 질문서를 주면서 한국어로 답변을 하라는 데야 어쩔 수 없는 노릇이었다.

비행기가 텔아비브 공항을 95년 1월 1일에 떠나면서 활주로 주변을 보니 공군기지와 공항이 함께 비행장을 사용하는지 공군비행기들이 활주로 주변에 즐비하게 늘어서 있는 모습을 보면서 이스라엘이 주변 아랍국가의 위협에서 국가의 생존을 방어하기 위한 노력이 얼마나 심각한 것이냐 하는 사실을 새삼스럽게 느낄 수 있었다.

"우리 부부가 한국의 성지에는 물론 외국의 성지에도 기회가 있으면 순례하기를 마다하지 않고 있는데, 엄격한 의미에서는 예수님께서 탄생하시고 활동하시다가 십자가에 못 박혀 돌아가셨다가 사흘 만에 부활하신 예루살렘이 있는 이스라엘이 성지 중에 성지라고 할 수 있을 것이요. 우리 부부가 환갑 되기 몇 해 전부터 준비해 왔던 이스라엘 성지순례를 이번에 환갑 되기 1년 전에 올 수 있는 은혜를 받았으니 이제 죽어도 여한이 없을 것 같구려."

"가톨릭 신자로서 죽기 전에 일생에 한 번은 꼭 와봐야 할 만한 곳이며, 이스라엘 성지순례를 통하여 복음서에 나오는 예수님의 행적을 좀 더 잘 이해하게 된 것 같아요."

"이스라엘은 전운이 언제나 감도는 분쟁지역이라 언제나 오고 싶다고 마음대로 올 수 있는 곳이 아니라고 하던데, 우리 부부가 이번에 이스라엘에 올 수 있었다는 것은 운이 아주 좋았기 때문이 아니겠소?"

"이제 우리 부부가 이스라엘까지 올 수 있었으니 더 이상 바랄 것이 무엇이겠어요?"

"당신 말이 맞아요. 기왕에 우리 부부에게 주어진 기회이니 가급적 많은 것을 보고 가도록 합시다. 여보, 안 그렇소?"

이스라엘에서 프랑스의 파리로 가는 비행기 길은 또 한 번 흰 눈이 산봉우리를 하얗게 덮은 웅장한 알프스산맥을 넘어서 파리에 도착했다. 파리에 도착한 일행은 노틀담 대성당 구경을 갔다. 나는 성당 앞 광장에서 색깔 별로 베레모를 한 개에 10달러씩 주고 10개를 샀다. 모자위의 꼭지가 긴 것은 큰 모자이며 짧은 것은 작은 모자라는 것을 구별하지 않고 샀더니 나의 머리가 보기와는 달리 좀 큰 편이라서, 작은 모자는 머리에 잘 맞지 않는다는 것을 집에 돌아와서 모자를 쓰려고 했을 때에야 비로소 깨닫게 되었다.

일행은 지난번에 보지 못했던 파리 관광을 다시 계속하여 개선문 앞에 가서 사진을 찍고 지하도로 해서 개선문에 있는 무명용사의 묘에도 가보았다. 샹제리제 거리로 해서 아직도 남아있는 크리스마스 트리의 흰색 장식을 바라보기도 했고, 콩꼬르드 광장에서 사진을 찍고 그 곳을 구경한 다음 쎄이요궁이 있는 데로 가서 에펠 탑을 배경으로 기념촬영을 했다. 그 곳에서 에펠탑을 바라보는 것이 가장 잘 보였으며 사진도 잘 찍힌다는 말을 들었는데, 이미 날씨가 어두워져서 에펠 탑을 사진에 잘 담는 것이 무척 어려웠다.

저녁은 1월 1일이라 한식 음식점에 가서 떡국을 먹었다. 그 곳은 한국교민들이 많이 모이는 곳인지 발디딜 틈이 없었다. 그런데 떡국이라는 것이 고기국물로 만든 것이 아니라 오뎅국물로 만든 것이었으니, 한국을 떠난 지 얼마 되지 않은 일행에게는 떡국이라고 생각하고 먹기에는 너무 한 것 같았지만, 교민들은 그것이라도 맛이 있다고 열심히 먹는 것을 보고는 무엇인가 찡한 것이 가슴 속에 차올라 옴을 느꼈다.

일행은 저녁식사를 마친 다음 호텔에 가서 두터운 외투를 가방에서 꺼낸 다음 가방은 호텔에 맡겨둔 채 루르드의 성모발현성지로 침대차를 타고갔다. 루르드는 피레네산맥이 있는 곳이라 대단히 추울 것이라는 말을 들었다. 침대차를 타고간 일행이 루르드에는 새벽에 도착했으며 호텔에 들어가 조반을 먹은 다음 루르드성지의 순례를 시작했다. 일행이 루르드를 방문한 것은 95년 1월 2일인 한 겨울로서 순례자들이 거의 없어서 루르드에 있는 대부분의 호텔들은 비어 있었다. 그런데 일행이 묵었던 호텔은 유별나게도 방이 작고 시설도 별로 좋은 편에 속하지 않는 것 같았으며, 식사준비를 하는데도 시간이 좀 걸리는 것 같았다. 뿐만 아니라 호텔에서 성지까지 가는데도 다리를 건너서 한참 가야 했기 때문에 잘못하면 길을 잃을 가능성도 있었다. 사실상 일행 중 한 자매가 밤중에 혼자 성지에 갔다가 돌아오는 길을 잊어 버려서 울고불고 난리가 났던 일이 있었다.

03년 11월에 두 번째로 루르드에 갔을 때는 성지에서 가까운 곳에 있는 호텔에 묵어서 호텔과 성지를 왕래하는데 아무런 지장이 없었던 기억이 나는 것을 보면 95년에 루르드에 갔을 때는 비수기인데도 성지에서 좀 먼 곳에 호텔을 정한 것은 경제적인 이유도 있었겠지만, 아마도 정보의 불충분함 때문에 그렇게 되었던 것이었을 것이다.

여름 한 철의 성수기에는 환자들을 비롯한 순례자들이 너무나 많아서 호텔 잡기도 그렇고 침수를 하는데도 한참 기다려야 하고 또한 너무나 많은 사람들이 기다려야 하며 기다린다고 해서 침수를 할 수 있다는 보장도 없다는 것이었다. 우리 부부는 두 번 루르드에 갔었는데 1월과 11월에 갔기 때문에 침수하는데 기다릴 필요가 없었다. 물론 날씨가 추워서 침수할 때 좀 춥다는 느낌도 들었지만 충분히 견딜만 했으며, 몸에 묻었던 물방울이 남아있는 상태로 옷을 그대로 입었는 데도 전혀 젖지를 않아서 신기하게 느껴졌다.

루르드에 계신 성모님은 왕관을 쓰고 계셨으며 성모님을 기념하기 위하여 지은 기념성당의 맨 아래에는 로사리오 성당이 있으며, 그 위에 또 다른 성당이 있으며, 맨 위에는 대성당이 있었다. 95년 1월에 갔을 때는 중간 성당의 옆에 있는 작은 성당에서 미사를 드렸는데, 03년 11월에 루르드를 다시 방문했을 때에는 중간 성당에서 미사를 드렸다. 이 외에도 루르드에는 2만 명이 들어갈 수 있는 지하성당이 있었다.

95년 1월에 루르드에 갔을 때는 순례자들을 안내해 주던 수녀님이 안 계셨기 때문에 그랬는지 박물관도 보지 못했고 버나뎃드 수녀님의 생가 외에 가난하게 기거하던 코차라는 우옥을 보지 못했다. 03년 11월에 루르드를 다시 갔을 때는 스페인에서 피레네산맥을 좌측으로 멀리 바라보면서 육로로 낮에 루르드에 도착하였기 때문에 밤에 침대차를 타고 와서 호텔로 직행했을 때와는 달리 루르드로 향하는데 있어 좀 더 방향을 올바로 추적할 수 있어서 좋았다.

루르드에는 순례자들이 많이 찾아오는 성지라 성수기에는 수만 명에 이르는 순례자들을 수용하기 위하여 수많은 호텔을 지어놓고 있었다. 루르드는 피레네 산골의 작은 마을이라 루르드 자체로서는 그렇게 많은 호텔이 전혀 필요 없는 것이다. 수많은 순례자들, 특히 전 세계에서 몰려오는 병자들의 행렬이 매년 끊이지 않고 루르드를 방문하기 때문에 그 많은 호텔도 성수기에는 오히려 부족할 정도라고 했다.

성당의 뒷산에는 특이하게 만들어진 십자가의 길이 있었다. 95년 1월에 갔을 때는 우리 부부가 며칠 전에 이스라엘의 예루살렘에서 성묘성당에 이르는 십자가의 길을 바치고 막 돌아 왔는데, 왜 십자가의 길을 루르드에 와서까지 바쳐야 하는가? 그럴 시간이 있으면 다른 것을 좀 더 구경해야지 하는 생각으로 루르드에서 십자가의 길을 바치지 못했다. 03년에 갔을 때는 수녀님께서 십자가의 길을 바칠만한 시간을 허용해 주지를 않아서 십자가의 길을 바칠 기회를 놓쳤다.

루르드에서는 침수도 좋지만 생수를 마음 껏 마시고 물통에다 루르드의 생수를 많이 떠서 한국에 있는 친지들에게 가져가는 사람들도 많이 있었다. 성모님께서 생수의 샘이 나오게 하셨다지만 루르드는 산악지대인 피레네산맥에 있기 때문에 생수가 너무나 물맛이 좋아서 웬만한 속병도 다 나을 것 같은 느낌이 들었다. 따라서 그 물의 효험은 너무나 당연한 일이 아니겠는가? 루르드에서는 피곤한 몸을 일찍이 쉬기로 하고 대부분 잠자리에 들었다. 개중에 저녁식사를 마친 후에 기도도 하다가 돌아왔다고 한다. 우리 부부도 취침하기 전에 성지에 다시 한 번 가서 물도 마시고 기도도 하고 돌아왔다.

루르드에서는 새벽 6시 출발 TGV를 타고 850킬로미터 떨어진 파리까지 6시간 반이나 걸려서 갔다. 한국의 KTX가 프랑스에서 도입되기 전에 타본 것이라 열차가 듣던 대로 굉장히 빠르게 느껴졌다. TGV는 루르드에서 보르도까지는 산악지대도 있어서 시속 200킬로미터로 달렸지만, 그 곳에서 파리까지는 시속 300킬로미터로 달리다 보니 기차가 거의 공중에 떠가는 기분이 들었다. 한국에도 이제는 시간당 350킬로미터를 달릴 수 있는 KTX가 있으니 그 때와 비교할 때 격세지감이 있다.

새벽 일찍이 루르드역에 나가서 플렛홈에서 파리행 TGV를 기다리는데 가슴이 소년처럼 설레임은 어쩔 수 없는 일이었다. 생전 처음 타보는 고속열차라는 데서 오는 흥분은 지극히 당연한 것이었다. 루르드로 올 때에는 밤에 잠을 자면서 침대차를 타고 왔기 때문에 밖을 내다볼 수도 없었으며, 설사 밖을 내다볼 수 있었다 하더라도 칠흑 같은 어둠속에서 무엇을 찾아볼 수 있었겠는가?

그러나 낮에 달리는 TGV에 앉아서 밖을 내다보는 것은 참으로 새로운 체험이 될 수 있었다. 차안은 중앙통로를 가운데 두고 양쪽에 2명씩 앉을 수 있는 별로 큰 규모가 아니었다. 일본의 신간센만하더라도 한 쪽은 2명 다른 쪽은 3명이 앉을 수 있는 넓찍한 내부를 갖고 있었다. 기차는 200킬로미터 또는 300킬로미터의 빠른 속도로 달리고 있는 데도 그렇게 빠른 속도로 달리는 것 같지가 않았으며 진동도 별로 없는 것 같았다.

차창 밖으로 내다보이는 경치는 겨울이라서 그런지 약간 을씨년스러운 감이 없지도 않았지만 푸른 채소나 풀 같은 것이 들판에 나 있는 것이 한국과는 다른 풍경을 보여주었다. 피레네산맥이 있는 곳을 벗어나서 파리방향으로 기차가 달리면서 창밖으로 내다보니 철도주변이 거의 평지와 같아서 그렇게 빠른 속도로 달릴 수 있는 것이 아닌가 하는 생각도 들었다. 물론 한국과 같은 산악국가에서도 터널을 이용하여 고속철이 달리고 있으니 국토가 평지냐 산악지대냐 여부는 별로 중요한 의미를 갖는 것이 아니라 할 수 있었다.

일행은 파리의 몽파르나스 역에 도착해서 점심을 먹은 다음 베르사이유 궁의 구경을 갔다. 베르사이유 궁은 파리에서 10여 킬로미터 떨어진 조용한 마을에 있으며 그 규모도 어마어마하게 컸다. 정원도 굉장히 넓었는데 시간에 쫓긴다 하여 10여분 만에 정원을 둘러보라는 가이드의 말에 거의 뛰다 시피 하면서 사진도 찍으면서 정원을 돌아보니 제대로 볼 수 있을 리가 없었지만 대충 둘러 볼 수밖에 없었다. 겨울이라 그런지 넓은 정원에 꽃 한 송이 없는 것이 썰렁해 보였다.

베르사이유 궁에는 95년 8월에 파리에 다시 갔을 때도 가보았는데, 그때는 더 많은 시간적 여유가 있어서 정원도 자세히 살펴 볼 수 있었다. 정원에는 노란색과 자색 꽃들이 아름답게 피어있어서 겨울에 보았던 풍경과는 완연히 달랐다. 베르사이유 궁은 안을 대충 살펴보는데도 30분은 걸려야 했다. 특히 인상적이었던 것은 단두대의 이슬로 사라진 사치했던 마리 앙트와네트 왕비의 침실과 제1차 세계대전 후에 강화조약을 베르사이유 궁의 거울의 방에서 체결했는데 그 방의 화려함이 가히 상상을 초월하는 것이었다.

베르사이유 궁을 처음 갔을 때 그렇게 빨리 구경하도록 독촉을 받은 이유는 오후 4시에 파리의 외방선교회에서 미사를 드리기로 예약되어 있었기 때문에 시간적 여유가 별로 없었던 것이다. 한국의 가톨릭교회는 처음에 학문적으로 지식인 가운데 서학으로 연구되기 시작했던 것이 신앙을 중심으로 하는 자생종교로 성장했다. 김대건 신부님과 같은 한국인 사제가 나오기 전에 이 외방선교회의 신부와 주교들이 비밀리에 한국에 들어와서 포교활동을 했다. 선교사로 초기에 한국에 파견되었던 그들이 새남터 같은 데서 형장의 이슬로 사라져버렸다. 95년에 그곳에 갔을 때는 미사만 드렸지 외방선교회의 정원 안에는 화장실을 다녀오느라 잠깐 들어갔을 뿐이었다.

그런데 03년 파리에 세 번째로 갔을 때는 선교회의 정원에 들어가서 한국에서 보내온 순교자 선양비 앞에서 사진도 찍었으며, 한국에서 순교한 선교사들의 이름이 선양비 뒷면에 새겨져 있는 것도 살펴보았다. 또한 선교회의 건물 안에 들어가서 미사도 드리고 순교자들의 모습, 특히 베트남에서 희생된 신부님들을 그림으로 그려 놓은 것을 감명 깊게 보았다. 03년의 파리방문은 지나가는 길이었지만 의외로 95년의 파리순례 때보다 파리 외방선교회를 더 자세히 본 셈이었다.

95년의 외방선교회 방문은 유럽 성지순례여행의 마지막이라 그곳을 방문한 후 저녁식사를 마치고 세느 강에서 밤에 유람선을 타기로 했다. 루르드까지 갔다 오는 기차표의 계산이 잘못되어서 환불받은 액수로 에펠탑을 올라가서 파리의 야경을 구경할 수도 있었지만 배를 타기로 결정했다는 것이다. 그런데 막상 밤에 배를 타고 보니 날씨도 추워서 밖에 나가서 구경할 수도 없었고 밖이 너무 어두워서 잘 보이지도 않았다. 나중에 현상을 해서 보았더니 사진도 잘 찍혀지지 않았다. 그래도 파리의 세느 강에서 밤배를 탔다는 것이 얼마나 낭만적인 추억거리가 되는 것이 아니겠는가?

배를 타고 난 후 일행은 호텔에 가서 하루 밤 자고 다음날 한국행 비행기에 탑승함으로써 14박 15일의 긴 여행의 막을 내렸다. 비행기를 타기 전에 다시는 해외여행에 나올 것 같지를 않아서 갖고 있던 달러를 공항의 면세점에서 다 쓰고 가기로 했다. 파리의 면세점이 시중의 물건 값보다 월등하게 비싼 것을 보고는 놀라움을 금할 수 없었지만 몇 가지 물건을 여행기념으로 샀다.

비행기는 파리로 올 때와는 역으로 시베리아를 거쳐서 일본으로 돌아서 다시 한국으로 되돌아오는 길을 택해서 올 수밖에 없어서 중국을 거쳐 오는 것보다 2시간 이상 더 걸렸다. 돌아오는 길에 흡연석을 면할 수 있어서 편안하게 오게 되어 참 다행이었다. 현재는 비행기내에서 흡연을 할 수 없으니 흡연이 이제는 더 이상 문제가 되지 않지만, 그때만 해도 흡연석의 문제는 실로 심각한 문제였다고 할 수 있었다.

9. 유럽 여행

95년에 우연히 교원공제회보를 보았을 때 8월 중에 유럽여행을 갈 계획이 있다는 광고를 보고 그 그룹에 참가하기 위하여 나는 아내와 함께 신청을 했다. 8월 2일에서 13일까지 11박 12일의 여정으로 이탈리아의 로마에서 피렌체를 거쳐 베네치아로 간 다음, 오스트리아의 인스부르크를 경유하여 스위스의 루체룬, 취리히를 거쳐 독일로 가서 라인강을 따라 하이델베르크, 프랑크푸르트. 쾰른을 구경한 후 네덜란드의 암스텔담, 프랑스의 파리, 영국의 런던을 방문하는 여행으로서 중도에 알프스산을 넘어서 아태리에서 오스트리아, 다시 스위스로 들어가는 여름 알프스산 관광여행이기도 했다.

94년에 유럽 성지순례를 왔을 때 하얀 눈이 덮인 알프스 영봉들 위로 비행기를 타고 두 번씩이나 넘나들었기 때문에 언제인가는 그곳에 가보고 싶다는 생각을 하고 있었다. 마침 95년에 알프스산을 횡단하는 교원공제회의 여행계획이 있다하여 더 이상 알아볼 것도 없이 그 여행에 참가하여 아내와 함께 8월 2일에 김포공항을 출발하여 13일까지 11박 12일의 유럽여행을 다녀왔던 것이다.

　로마로 가는 대한항공 점보기는 94년에 파리로 갔을 때와는 달리 신설된 중국대륙 횡단비행을 했기 때문에 시베리아를 경유해서 유럽에 갔을 때보다 2시간 이상을 단축시킬 수 있었다. 94년에는 파리와 로마를 가보았기 때문에 이번에 다시 가게 되는 파리와 로마는 두 번째 가보는 파리와 로마가 되는 셈이다. 서쪽으로 비행할 때에는 목적지에 도착할 때까지 계속해서 해가 따라가기 때문에 일행이 로마의 레오나르도 다빈치공항에 도착했을 때도 당일 오후였다. 94년에 파리에서 로마로 갔을 때는 겨울철이라 날씨도 을씨년스럽고 추웠는데 95년 여름에 가보았던 로마는 녹음이 우거지고 더운 여름 날씨가 맑게 개어 있었다.

　로마에서는 94년에 우리 부부가 이미 보았던 바티칸 박물관과 성 베드로 대성당을 다시 찾아갔다. 94년에는 성탄 자정미사 준비관계로 좌석배치를 위하여 성당 안을 자유롭게 구경할 수 없도록 칸막이를 막아 놓았기 때문에 구경하는데 불편함이 많았다. 그런데 95년에 성 베드로 대성당을 다시 방문했을 때에는 그 모든 것을 치워버려서 성당 안을 자유스럽게 돌아다닐 수는 있었지만, 가이드가 가톨릭 신자가 아니라서 그랬는지 10분 내에 그 큰 성당을 구경하고 나오라니 어떻게 그렇게 짧은 시간 내에 성당 안을 자세히 구경할 수 있다는 말인가? 가이드는 자신의 종교가 무엇이었던 간에 타종교에 대하여 공평해야지 그러한 편협한 행동을 취했다는 것 자체가 가이드로서의 기본이 되어 있지 않은 소치였다고 하겠다.

　우리 부부가 10분이라는 그 짧은 시간 안에 성 베드로 대성당 안에서 할 수 있었던 일은 우선 94년에 왔을 때 미처 보지 못하고 갔던 성 베드로 청동상을 찾아가서 그 왼쪽 발에 우리 부부도 다른 사람들처럼 입맞춤을 했으며, 미켈란젤로의 걸작 품인 성모님이 죽은 예수님을 안고 계신 피에타 상을 다시 한 번 보았던 것이다.

트레비 분수에서는 별로 볼 것도 없었는데 시간을 메우기 위하여 엉뚱하게도 할 일 없이 30분 이상이나 있었다. 이탈리아에서 성악을 전공한다는 가이드의 목소리가 너무나 작아서 마이크를 잡고 설명하는데도 무슨 말을 하는지 잘 알아들을 수가 없을 지경이었다.

트레비 분수에서 도보로 이탈리아를 현대국가로 통일한 엠마누엘 2세 기념관 앞에서 잠시 쉬면서 사진도 찍었다. 기념관 바로 뒤에 폴로 로마나와 같은 유명한 유적지가 있었는데, 그런 것도 보여주지 않았던 가이드의 처사가 못내 못마땅했다. 로마 시내의 지리를 잘 몰라서 그랬던 것인지, 아니면 그런 것이 존재한다는 것 자체를 잘 알지 못해서 그랬는지 간에 가이드가 무척 못마땅했던 것은 마찬가지였다.

기념관에서 콜로세움까지는 도보로 갔는데 로마는 그때 한여름이라 갈증이 날 정도로 더웠다. 로마에는 유적지들이 사방에 산재해 있었으며 다른 대도시의 고층건물이 있는 것과는 분위기부터 달랐다. 콜로세움으로 가는 큰길가에는 로마의 변천을 표시하는 지도가 있어서 흥미롭게 바라보았다. 로마에서는 지하무덤인 가리스도 카타콤바, 거짓말 하는 사람의 팔을 잘라버린다는 전설이 전해오는 '진실의 입'이 있는 성모마리아성당, 로마시대의 실내 경기장이었던 콜로세움 등을 관광했다. 성지순례가 아닌 일반 관광여행의 경우 일행을 기회 있을 때마다 쇼핑하라고 가게에 자주 데려가곤 했다.

95년의 유럽여행 때도 로마에서 가죽제품 전문점, 인스부르크에서 모직제품 전문점, 피렌체의 가죽제품 전문점, 파리의 백화점 및 런던의 바버리전문점 등 계속해서 물건을 사는 데로 가이드들이 안내해 갔다. 그런데 95년 초에는 유럽 성지순례를 마무리 하고 파리의 샤르르 드골공항의 면세점에서야 겨우 자유스럽게 물건을 살 수 있었는데, 어찌된 영문인지 면세점 안의 물건 값이 대단히 비싼 것 같아서 파리에 관한 안내책자만 하나 샀다가 그래도 기념으로 무엇인가를 사야하겠다는 생각으로 130여 달러를 주고 손잡이가 멋있는 우산을 하나 무리해서 샀다. 이번에 귀국하게 되면 외국에 다시나올 기회가 있겠느냐며 자위를 하기도 했다. 그런데 1년도 지나지 않아서 유럽여행을 다시 하게 될 줄이야….

"여름에 다시 보게 되는 로마의 인상은 지난번에 왔을 때와는 어떻게 다르다고 생각되오?"

"로마의 날씨가 한 여름이 되어서 그런지 땀이 날 정도로 덥고 목이 마를 정도이지만, 작년 겨울에 보았던 을씨년스럽던 로마의 모습과는 달리 화창해서 좋군요."

"지난번에 다 보지 못했던 곳을 이번에 빼놓지 말고 다 보고 돌아가기로 해봅시다."

로마관광을 마친 일행은 고속도로를 달려서 르네상스 문명의 대표적인 도시인 피렌체로 갔다. 언덕위의 광장에는 다윗의 나상이 서있었으며 그 언덕위에서 아래로 내려다보이는 피렌체 전경은 매우 인상적이었다. 그 유명한 베키오 다리도 언덕위에서 잘 보였다. 언덕을 내려온 후 피렌체의 중심지로 걸어 들어갔다. 나는 두오모 성당이 있는 곳으로 함께 걸어가면서 캠코더를 계속 찍었다. 94년의 성지순례 때와 95년의 유럽여행 때만 하더라도 지나가는 길을 많이 찍었기 때문에 지금도 당시에 찍은 비디오테이프를 보면 실제로 여행을 하고 있는 것 같았다. 그러다 보니 8미리 테이프를 10통이나 찍곤 했는데, 차츰 여행의 횟수가 늘어남에 따라 테이프의 숫자도 줄어들게 되었다. 6미리 테이프로 캠코더를 바꾼 뒤로는 테이프 한통에 1시간 반 정도 되는 속에 2주간의 여행에 있어서의 주요 장면만 찍으니 그것만으로도 실감이 났다. 8미리테이프는 2시간짜리가 아직도 많이 남아 있는데, 외손자의 자라나는 모습을 기회 있을 때마다 조금씩 찍어두어야 하겠다.

피렌체에서 시청광장 앞의 다윗상과 다른 조각품들이 전시되어 있는 것을 보았으며, 시청 안에 들어가서 작은 분수 앞에서 사진을 찍었다. 두오모 성당의 황금문은 그 조각의 정교함이 돋보였으며 단테의 집에도 가보았다. 이미 말한 바와 같이 피렌체는 대충 구경하고 가죽제품 전문점으로 갔다. 이탈리아의 가죽제품이 좋다지만 그 당시만 해도 안내책자를 사는 것을 제외하고는 별로 관심이 없어서 쇼핑을 하는 사람들을 기다려야 하는 것이 좀 지루하게 느껴졌다. 특별한 경우가 아니라면 관광 중에 쇼핑은 가급적 자제할 필요가 있지 않을까? 그 시간을 절약하여 좀 더 많은 관광을 하는 것이 유익한 것이 아니겠는가?

피렌체를 본 일행은 베네치아를 관광하기 위하여 베네치아 근처에서 하루 밤을 자고 아침 일찍 베네치아로 떠났다. 베네치아로 가는 길은 차량으로 밀려서 지체되는 것 같았다. 베네치아에 가기 위해서는 우선 배를 타고 베네치아까지 가는 항구가 있는 곳으로 가야했다. 베네치아로 가기 위하여 배를 타고 가면서 보니 호화 여객선들도 이쪽 항구에 많이 정박해 있는 것이 눈에 들어오기 시작했다. 베네치아는 바다 한가운데 있는 500여개의 작은 섬들을 연결하여 그 위에 세운 해양도시라고 할 수 있었다. 따라서 섬에서의 교통은 배를 타고 가는 방법밖에 없었다. 큰 배인 버스를 타고 큰 섬과 섬 사이를 왕래하기도 하고 근거리는 콘도라나 택시라는 작은 배를 타고 왕래하는 것은 현재까지 그 관행이 유지되고 있는 셈이다.

베네치아에서 배를 내린 일행은 바닷가를 걸어가다가 통곡의 다리를 바라보면서 사형선고를 받고 마지막으로 그 다리를 건너갔던 죄인도 얼마나 살기를 바랐던가를 상기해 보았다. 마르코 성당이 있는 곳에 중앙광장이 있으며 그곳이 바로 베네치아의 중심지였다. 베네치아에서 점심을 먹은 일행은 인스부르크를 향하여 떠났다.

인스부르크로 가기 위하여 일행은 다시 배를 타고 육지로 나온 다음에 육로로 서북쪽의 이탈리아와 오스트리아의 국경선으로 버스를 타고 올라가야 했다. 광활한 롬바르디아 평야를 가로질러서 북쪽으로 갈수록 이탈리아가 점점 더 부국이라는 인상을 주고 있었다. 고속도로변의 집들도 부유하게 보였으며 길 싸인이나 광고판 같은 것도 이탈리아어 대신에 독일어로 표기되어 있는 것이 특히 눈에 들어왔다. 이 지역은 이전에 오스트리아의 영토였던 것이 후에 이탈리아 영토로 흡수된 곳으로 이탈리아어 대신에 독일어를 여전히 사용하고 있다고 한다. 오스트리아는 중립국이었지만, 별 다른 수속상의 지체 없이 국경통과를 허용 받아 인스부르크를 향하여 버스가 달려갔다. 산이 많은 국가인지라 산과 산 사이에 다리를 놓아 도로를 놓고 있는 것이 산악국가 특유의 모습을 보여주었다.

인스부르크는 뒤쪽에 알프스산맥의 준령들이 바라보이는 곳에 자리 잡은 아담한 산악도시였다. 인스부르크의 알프스 산에서는 두 번씩이나 동계올림픽이 개최되었으며 인스부르크는 티롤지방의 주도이기도 했다. 인스부르크라는 도시명은 도시 한가운데를 흐르는 '인강의 다리' 라는 뜻이었다. 일행이 묵었던 스포텔은 도시의 중심에서 좀 떨어진 곳에 있는 아담하고 깨끗한 곳이었다. 음식도 깔끔하고 침실에는 에어컨도 설치되어 있지 않았지만 저녁에는 선선해서 지내기에 하나도 불편함이 없었다.

아침에 일어나서 창문을 열고 보니 알프스산맥 속에 들어와 있구나 하는 상쾌한 느낌이 강하게 들게 했다. 조반을 든 후 짐을 싸들고 버스에 타니 현지 가이드가 일행과 함께 탑승하여 마리아 테레지아 광장에서부터 안내하기 시작했다. 오면서 살펴보니 인스부르크는 작은 도시였지만 마리아 테레지아 여황제가 머물렀던 궁전이 있었으며 인스부르크 대학에는 노벨상 수상자가 4명이나 있었다. 20명의 한국인 신부님과 수사님들이 이 대학에서 공부를 하고 있다고 했다. 오스트리아는 1인당 국민소득이 25,000달러였으며, 그들의 특히 유명한 기술은 터널공법으로서 한국의 한강 밑의 지하철 터널 공사도 그들의 기술에 힘입은 바 컸다고 했다.

대학의 성당은 크지는 않았지만 볼만했으며, 길가에 있는 샘물의 맛은 유럽의 다른 나라의 물맛과는 달리 최고였으며, 유럽국가 중에 생수를 그냥 마실 수 있는 몇몇 안 되는 국가 중에 하나였다. 그 샘물에서 얼마 떨어지지 않은 곳에 있던 작은 골목에는 가게 이름이 글자로 표시되어 있는 대신에 안경점은 안경테, 커피점은 커피잔 등으로 표시되어 있는 것을 보고 신기하게 느껴졌다. 이렇게 그림으로 가게를 표시하는 관행은 독일의 중세풍 도시인 로덴부르크와 하이델베르크와 같은 도시에서도 그 후에 자주 볼 수 있었다.

괴테 등 유명인사가 묵었다는 호텔 앞에도 가보았으며 황금지붕을 가진 집 앞에서 사진을 찍었다. 일행은 가이드가 안내해 준 황금지붕 옆에 있는 모자제품 전문점에서 아내의 양모 폰처와 나의 모자를 샀으며 길가에서 모자 2개를 더 샀다. 내가 산 모자 중에는 티롤풍의 깃 달린 모자도 있었는데 한동안은 그러한 모자도 썼지만 이제는 더 이상 안 쓴다. 여행 중에 이래저래 모은 모자가 이제는 50여개를 헤아리고 있다.

인스부르크의 시내관광을 오전 중에 간단히 마친 일행은 현지가이드와 작별하고 가이드 없이 스위스의 루체른으로 향했다. 일행과 함께 버스를 운전해 온 이탈리아 운전기사는 이 길을 자주 다녀서 잘 안다고 했다. 나중에 독일의 쾨른에서 암스텔담으로 가는 길을 잘못 들어서 1시간 이상 길을 찾아 헤매긴 했지만…. 이 기사는 이탈리아어 밖에 몰랐으며 영어나 기타의 외국어는 전혀 할 줄을 몰랐기 때문에 그와의 의사소통에 애를 먹었다. 그런데 신기했던 일은 파리 시내에서 오페라하우스를 찾아가는데 길을 잘 몰라서 버스를 세우고 길을 물었다. 기사는 이탈리아어로 말하고 경찰은 프랑스어로 말하던데, 서로 의사소통이 되었는지 제대로 오페라하우스 앞으로 찾아가는 것을 보고 참 신기한 일도 있다고 여겨졌다.

점심식사는 일행이 어제 하루 밤 인스부르크에서 묵었던 호텔에서 싸준 것을 가다가 주변경관도 좋고 화장실도 길가에 있는 공터에서 도시락을 먹고 갔다. 일행이 점심을 먹었던 곳은 뒷길에 산악주택지가 있는 곳으로 베란다에는 꽃들로 장식되어 있었다. 얼마 높지 않은 산정까지 소로가 이어졌으며 산 정상까지 집들이 들어서 있는 아름다운 곳으로 참으로 평화롭다는 좋은 느낌이 들었다.

유럽국가들 중에 EU에 가입한 국가들 간에는 국경을 통과할 때에도 별다른 수속을 밟을 것 없이 고속도로를 그대로 주행해 가면 되었고, 만일 세관에 신고할 물건이 있는 경우에는 길옆에 있는 세관에 가서 신고를 하면 되는 것이었다. 그러나 그때에도 중립 국가를 통과하는 데는 수속이 번잡하고 또한 오래 기다려야만 했다. 이탈리아에서 중립국인 오스트리아에 입국할 때에는 기다리지 않고 곧 입국이 되었는데, 중립국가인 오스트리아에서 중립국가인 스위스로 입국하는 데는 무엇이 문제였는지 입국하기 전에 한참을 기다려야 했다.

나는 어려서부터 스위스는 지상천국이라는 말을 들어서 아주 풍광이 아름답고 잘 사는 나라일 거라는 기대를 걸었다. 그런데 막상 스위스에 입국하여 도로를 달리면서 주변의 경관과 사는 모습을 보니 일행이 방금 거쳐 온 오스트리아보다 훨씬 못산다는 초라한 느낌이 들었다.

94년과 95년에 걸쳐서 두 번씩이나 유럽여행을 하면서 여행을 즐거운 마음으로 할 수 있었던 것은 우리 부부와 함께 여행을 했던 일행이 점잖고 협조적이었기 때문이었을 것이다. 94년의 유럽 성지순례단은 40명이나 되었지만, 그 절반은 부부들이었으며 연령분포는 20대에서 70대까지였지만 가톨릭 신자로서 성지를 순례한다는 공통점 때문에 특별히 튀는 사람도 없어서 14박 15일간의 짧지 않은 순례를 무사히 마칠 수 있었다. 95년의 유럽여행도 30여명의 다수가 참석했는데, 전부 학생들을 가르치는 교직에 종사하고 있었다. 나와 아내만이 대학교수였고 고등학교 교장이 5명, 초등학교 교장이 3명이었으며 대부분의 참석자가 부부였으며 환갑을 맞아서 기넘으로 여행 온 사람이 10여 명이나 되어서 대체로 즐거운 여행을 할 수 있었다. 그 중에 명예퇴직했다는 것을 벼슬인양 내세우면서 아내를 아무런 이유 없이 잠시 괴롭혔던 전직 초등학교 여교사가 있었다는 것이 한 가지 흠이었다고 할 수 있기는 했지만….

그런데 가톨릭신문사 투어 주최의 03년 11월의 서유럽 성모성지 순례와 04년 11월의 동유럽 성지순례에 동참한 한 자매 때문에 여러 사람이 마음의 상처를 받았던 일을 상기할 때 어떻게 그런 사람이 거룩한 성지까지 따라와서 많은 사람들의 기분을 상하게 할 수 있었던 것인지 도무지 당사자인 그 자매의 처신을 이해할 수가 없었다.

가톨릭신문사 투어 주최의 성지순례는 이외에도 04년 5월의 터키와 그리스 성지순례 때는 인원수는 적었지만 5쌍의 부부가 참석하여 비교적 화기애애한 분위기에서 순례여행을 마칠 수 있었으니 그나마 다행스러운 일이었다.

"단체여행을 하는 것이 경비도 적게 들고 외롭지도 않아서 좋은데, 가끔 분수를 알지 못하는 엉뚱한 사람들이 끼어 있어서 분위기를 망치는 경우가 있지 않았소. 그럴 경우에는 아무리 우리 부부가 조심을 하더라도 피해를 받을 수밖에 없으니 그보다 불유쾌하고 신경 쓰이는 일이 또 있겠소?"

"나는 여행 중에 엉뚱한 사람들 때문에 불유쾌했던 일이 가끔 있었는데, 지금도 그러한 사람들을 생각할 때 여행의 즐거웠던 추억마저 반감되어 버리는 것 같은 생각이 드네요."

"그런 사람들이 여행 중에 끼어 있는 것이 바람직한 일은 아니지만, 우리 부부가 어쩔 수 없는 일이니 그런 사람이 있으면 그냥 무시해 버리고 유쾌한 마음으로 여행을 마치도록 합시다."

스위스에서는 루체룬에 가서 가이드를 만나기로 했는데, 호반에 있는 전형적인 스위스 도시임을 곧 알 수 있었다. 대부분의 유럽 구도시들과 마찬가지로 시내에는 전차가 달리고 있었으며, 신·구교 간의 대립이 심했던 도시라는 증거가 도시각처에 그 흔적이 남아 있었다. 시내에서는 '빈사의 사자' 상을 둘러보았다. 그런데 루체룬에 온 일행의 원래 목적은 해발 3,000미터의 필라투스 산을 등정하려는데 있었다. 이 산에는 루체룬 도심에서 좀 떨어진 곳에 있는 콘도라 승강장에서 콘도라를 타고 일정 높이까지 올라간 다음에 그곳에서 거의 수직으로 상승하는 케이블카를 타고 정상까지 올라갔다.

콘도라를 타고 올라가는 도중에 산등성이의 놀이터에서 놀던 어린이와 도보로 산을 올라가는 사람들도 보았다. 수직상승 케이블카는 처음에는 보통 케이블카처럼 비스듬이 올라가다가 갑자기 수직으로 쏜살같이 오르는 것을 보고 깜짝 놀랐다. 정상 휴게소에서 내려다보니 루체룬 호수와 호반의 루체룬시가 아주 잘 보였다. 마치 비행기에서 내려다보이는 것처럼 시내가 한 눈에 들어왔다.

휴게소에서 좀 더 위쪽으로 계단을 타고 올라가면 정상에 이르게 된다고 하던데 거기까지는 올라가지 않았다. 그곳에 올라갔다 온 사람들 말이 안개가 짙게 끼어 있어서 아무것도 보이지를 않아서 구경하지를 못하고 그냥 내려왔다고 말했다. 필라투스산의 정상에서 내려올 때는 케이블카 대신에 산악열차를 타고 내려왔다. 속도가 빨라서 몇 분 안 걸려서 밑에까지 다 내려왔다. 중간에 잠시 정차하여 승객 일부를 하차시키긴 했지만….

필라투스 산 정상까지 올라갔다 온 일행은 취리히로 향했다. 취리히도 다른 유럽의 구도시들과 마찬가지로 전차가 시내를 달리고 있었다. 취리히는 별로 관광할만한 것이 없었으며 중국집에서 저녁 식사를 든 후 호텔에 가서 일찍 쉬었다.

다음날 아침 식사 후 바젤까지 가서 프랑스 국경선을 넘어갔다. 바젤에도 라인 강이 흐르고 있었는데, 오래 전에 이곳에 있는 제약, 화학공업이 오염물질을 라인 강에 무단 방류시켜서 국제분쟁을 일으켰던 일이 있었다. 스위스의 알프스산맥에서 발원하는 라인 강은 스위스에서 프랑스를 거쳐서 독일로 흐른 다음 네덜란드로 해서 북해로 흘러 들어가는 국제하천이었다. 따라서 상류국가인 스위스가 라인 강을 오염시키면 하류에 있는 독일이나 네덜란드는 막대한 피해를 보게 될 수 있으므로, 바젤의 오염사건 발생이후 국제하천으로서의 라인 강의 오염문제를 연안 국가들이 공동이해문제로 다루고 있었다.

스위스에서 프랑스로 들어온 일행의 버스는 북상하면서 다시 독일로 들어가서 속도제한이 없다는 독일의 소위 '아우토반' 고속도로를 타고 하이델베르크를 향하여 북상하기 시작했다. 속도의 제한여부는 승용차의 경우에만 해당하는 것이었다. 버스의 경우는 100킬로미터 이상 달릴 수 없도록 최고속도를 기계적으로 고정시켜놓고 있었으며 트럭은 80킬로미터 이상을 낼 수 없게 하여 대형차량의 충돌로 인한 대형사고의 가능성을 처음부터 차단하고 있었다.

그런데 버스를 타고가면서 보니 승용차의 경우 속도제한이 없다고 하던 말은 잘못 전해진 말이었던 것 같다. 왜냐하면 고속도로변의 승용차의 속도를 130킬로미터로 고정시킨 곳이 많았으며 도시

부근에서는 훨씬 더 그 이하로 속도제한이 강화되고 있는 곳을 자주 볼 수 있었기 때문이다.

하이델베르크에는 두 번이나 가보았다. 95년과 04년에 가본 이 도시는 그 때마다 느낌이 달랐다. 중세의 전형적인 도시였으며 대학도시이기도 한 하이델베르크는 네카르 강변에 자리잡고 있으며, 하이델베르크 원인의 뼈가 이곳에서 발견된 것으로 볼 때 아주 옛날부터 이곳이 인류가 살기에 좋은 장소였던 것임에 틀림없다. 하이델베르크도 다른 유럽의 구도시처럼 전차가 운행 중에 있었으며 중앙역에서 독일 가이드와 만났다.

독일에 광부로 왔다가 그대로 주저앉았다는 나이 지긋하고 구수한 농담을 잘하던 가이드의 안내로 시내의 중국집에서 점심식사를 들고 하이델베르크 고성을 구경하러 갔다. 비록 파괴되긴 했지만 그 규모의 거대함에 놀라움을 금할 수 없었다. 사랑하는 여인에게 하루 밤 사이에 문을 만들어 선물한 성주의 정성도 대단한 것이었다고 아니할 수 없다.

고성의 지하에는 거대한 포도주통이 2개나 있었으며 그 중에 하나는 사다리를 타고 올라가야만 할 정도로 거대한 규모의 나무통이다. 고성위에서 내려다보이는 네카르 강변의 하이델베르크 구도시가 저 아래 펼쳐져 있었다. 95년에 하이델베르크 고성을 방문했을 때에는 일행이 올라갔던 길로 다시 내려왔었다. 04년에 다시 하이델베르크를 방문했을 때에는 고성밑으로 나있는 낭만적인 뒷길로 내려와서 분위기가 훨씬 더 멋지게 느껴졌다.

하이델베르크는 대학도시이긴 하지만 한국이나 다른 외국의 대학캠퍼스에서 흔히 발견할 수 있는 대학본부라든가 강의동, 운동장, 도서관 등이 과연 어디에 위치하는지 잘 구별이 되지 않는 대학촌이었다. 대학건물들이 여기저기에 흩어져 있는 것을 학생들이 잘 알아서 찾아들 가겠지만 잠깐 스쳐가는 일행 같은 관광객들이야 그것을 어떻게 알 수 있겠는가?

95년에는 구도시에 내려가서 본 것이라고는 영화 '황태자의 사랑'에 나오는 맥주집 앞에서 사진을 찍고 고성이 뒤로 보이는 광장에서 사진을 찍은 것이 고작이었다. 그런데 04년에 하이델베르크를 다시 방문했을 때는 95년에 일행이 보았던 광장 이외에 시청 앞 광장에서부터 하이델베르크의 구도시를 좀 더 잘 살펴볼 기회를 가졌으며, 하이델베르크에 대한 인상이 한층 새로워졌다. 04년에 두 번째 갔을 때에는 시청광장 앞에 있는 대학관련 건물들을 다수 보았다. 그곳에 서있는 고딕건물은 가톨릭교회가 아니라 개신교인 루터교회라고 했다. 독일은 교회헌금을 받지 않는 유일한 국가라고 하며 원래는 가톨릭교회였던 상당수가 개신교 교회가 된 곳이 많다는 말을 들었는데, 독일에 와서 보니 그러한 일이 사실이라는 것을 알 수 있었다.

독일에서는 가톨릭교회와 개신교인 루터교회의 2개 종교만이 존재하므로 교회헌금 대신에 세금을 받아 교회경비에 충당한다고 했다. 광장에 있는 교회에는 들어가 보지 못했지만 대학의 성당이라는 한 예수회성당에 들어가 보았다. 다른 가톨릭교회의 아름답던 내부와는 비교도 되지 않는 소박한 장식을 하고 있는 이 교회를 보고 약간 놀라웠다.

하이델베르크에서는 네카르 강 위에 놓인 다리위에서 사진을 찍었다. 다리에서 올려다보이는 고성을 배경으로 사진을 찍기도 했다. 다리위에서 바라보이는 다리입구의 탑도 두 번째 하이델베르크 방문 때에야 비로소 처음으로 볼 수 있었던 것이다. 하이델베르크 구시가지는 걸어서 다닐 수 있는 거리에 볼거리가 많이 있어서 그것들을 신기하게 구경했던 일이 하이델베르크의 즐거운 추억으로 남아있다.

하이델베르크를 구경한 일행은 독일 가이드의 구수한 입담을 들으면서 프랑크푸르트로 향했다. 독일의 고속도로는 나무숲으로 경계선을 이루고 있어서 미국의 파크웨이를 운전했을 때처럼 편안한 느낌이 드는 길들이 많았다. 길에 도로만 있다 보면 좀 살벌한 느낌도 들 수 있었는데, 그러한 의미에서 독일의 도로는 낭만적인 느낌을 주었다.

프랑크푸르트는 제2차 세계대전 후에 도시의 대부분을 새로 건설한 현대식 도시로서 독일 특유의 특색을 갖추지 못한 도시라 할 수 있었다. 일행이 고층건물이 많이 들어선 서울을 마치 현대도시의 전형이라고 자랑하고 싶은 생각이 들지 모르지만, 한강 변에 들어선 멋없는 아파트의 늘어선 모습이 과연 서울의 특색이라고 내세울 만한 것이겠는가? 세계의 그 어느 도시가 한국의 서울처럼 아파트로 멋없이 들어찬 도시가 또 있단 말인가?

프랑크푸르트에서는 괴테의 생가에 가서 구경을 했으며 시장을 구경하고 맥주도 한잔 사마셨다. 프랑크푸르트 기차역이 있는 근처에서 저녁을 먹었는데, 그 근처에는 많은 젊은 마약중독자들이 진을 치고 있는 것을 보고 독일과 같은 경제대국에서 한심한 인간들도 많구나 하는 생각이 들었다.

아침을 먹고 일행이 어제 하루 밤 묵은 호텔을 떠나서 마인츠로 해서 라인 강을 따라 코브렌츠까지 내려가서 쾌룬으로 갔다. 그런데 일행이 본 마인츠에서 코브렌츠 까지의 구간에는 라인 강을 가로지르는 다리가 하나도 없다는 것이었다. 그 이유는 라인 강변의 가장 아름다운 부분의 경관을 훼손시킬 수 없다는 독일 사람들의 자연 사랑의 강인한 의지의 발로가 불편함이 있더라도 그것을 참아내겠다는 무언의 의사표시라는 것을 알 수 있었다. 따라서 양 쪽 강안 길을 차로 여행하는 사람들의 경우 마인츠에서 코브렌트까지는 라인강을 가로지르는 다리가 하나도 없기 때문에 강의 건너편 길로 가기 위해서는 마인츠나 코브렌츠까지 갈 수밖에 없다는 것이었다.

"라인 강변을 가로지르는 다리가 하나도 없다는 것을 보고 나는 정말 충격을 받았소. 독일 사람들이 다리를 놓는 기술이 없어서 다리를 놓지 않았겠소?"

"라인 강변을 버스를 타고 내려가다 보니 강위를 가로지르는 다리를 놓는다는 것이 얼마나 자연 경관을 훼손시키는 일인가 하는 것을 알 수 있을 것 같아요."

"불편함을 감수하더라도 자연환경을 있는 그대로 보호하겠다는 독일인들의 국민성이 라인강변의 풍광을 있는 그대로 유지할 수 있었던 것이 아니겠소? 이런 것은 한국국민이 배워야 할 일이지요. 자연환경에 손을 대는 것만이 개발이라고 생각하려는 잘못된 사고방식이 정말 한국의 문제라고 할 수 있지 않소?"

라인 강 위에는 주로 화물선이 많이 떠 있었는데 강을 거슬러 올라가거나 내려가는 유람선도 많이 눈에 띄었다. 강변에는 고성들이 많이 있었다. 뤼데샤임과 같은 라인 강변에 있는 포도주의 명소는 포도주도 마시고 낭만도 즐길 수 있는 유명한 곳이라고 했다. 버스를 타고 지나가다가 보니 과연 좁은 골목 속에 사람들로 붐비고 있었다.

그 유명한 로렐라이 언덕이 바라보이는 휴게소에서 저 멀리 로렐라이 언덕을 배경으로 사진도 찍고 커피도 마시고 강변을 따라 올라갔다. 이곳의 라인 강은 로렐라이 언덕과 같은 제법 높은 산을 끼고 강물이 흐르기 때문에 깊은 곳은 수심이 50미터가 넘는 곳도 있다고 했다. 그러한 관계로 상당히 상류까지도 큰 배가 올라갈 수 있는 가항수로라고 했다. 일행은 버스 안에 편안히 앉아서 라인 강의 아름다운 경치를 즐기면서 쾨룬을 향하여 코브렌츠까지 라인 강을 따라 북쪽으로 올라갔다.

쾨룬의 대성당은 2개의 고딕식 첨탑을 가진 규모가 어마어마하게 큰 성당으로 600년 전부터 공사를 시작하여 지금까지도 공사가 진행 중에 있다고 했다. 그리하여 쾨룬의 대성당이 완성되는 날이 바로 쾨룬의 역사가 끝나는 날이라는 말까지 생겨나고 있을 정도였다. 쾨룬 대성당은 워낙 크기 때문에 성당 앞에서는 도저히 사진을 찍을 수 없었다. 첨탑의 높이도 워낙 높기 때문에 사람을 넣지 않고 첨탑만 올려다보고 사진을 찍어도 첨탑 하나만이라도 제대로 사진에 집어넣을 수 없을 정도로 상당히 규모가 컸다.

성당 맞은쪽의 쾨룬역 앞에 있는 중국식당에서 점심식사를 하고 나오면서 캠코더로 성당을 찍으려고 시도해 보았다. 성당까지의 거리가 좀 떨어져 있었지만 캠코더로 성당 전체가 잡히지 않아서 여러 컷을 나누어 찍을 수밖에 없었다. 성당 내부도 상당히 컸는데 나중에 그곳을 떠나면서 생각난 것은 중앙제대 옆에 있던 3왕의 묘, 즉 2,000년 전에 베들레헴에서 태어나신 아기예수님을 경배하러 동방에서 왔다는 동방박사 3인의 묘를 말하는 것을 시간이 많이 남아 있었는 데도 보지 못했다는 아쉬움이었다. 어떻게 이들의 묘가 쾌룬 성당에 안치되어 있는 것인지는 알 수 없었지만, 그들의 묘를 거기까지 갔다가 실수로 보지 못하고 왔다는 것이 참으로 후회되었다. 그들의 묘는 후에 안내책자의 사진에서 보기는 했지만, 실제로 3왕의 묘를 보고 그것을 배경으로 사진을 직접 찍은 것과는 상당한 차이가 있는 것이 아니겠는가?

쾌룬에서는 네덜란드의 암스텔담으로 직행했는데 모두들 점심식사의 식곤증으로 잠들이 들었고 기사 혼자서 운전하다가 길을 잃어서 시골 동네를 이리저리 찾아 헤매는 것을 잠에서 깨어난 내가 기사에게 길을 제대로 가르쳐 주어서, 1시간이나 지체한 후에 겨우 제 길로 빠져나올 수 있었다. 암스텔담에는 저녁에 도착하여 운하들이 내려다보이는 호텔에 여장을 풀고 저녁식사를 마친 후에 일찍이 호텔방에서 쉬기로 했다.

암스텔담은 지금까지 우리 부부가 다녀본 유럽의 다른 어떤 나라보다도 영어가 잘 통하는 국가라는 느낌이 들었다. 이번 여행의 마지막 행선지였던 런던에서도 영어가 네덜란드에서 보다 잘 통하지를 않았는데, 그 이유는 아마도 미국식 영어, 특히 알아듣기 힘든 런던의 영어가 부담이 되어서 그랬을 것이다.

호텔에서 새벽에 운하 위로 떠오르는 태양을 바라보는 것도 새로운 체험이 되었다. 암스텔담에서는 호텔에서 아침식사를 든 후에 짐을 챙겨 나온 후 잔세스칸스라는 풍차 촌을 관광했다. 한 때는 수백 개의 풍차들이 그 일대에 있었다던데, 현재는 관광용으로 몇 개의 풍차만이 남아있을 뿐이었다. 풍차 촌에는 95년과 03년에 두 번 가보았는데, 관광객이 풍차 촌으로 들어가는 모습을 본인도 모르는 사이에 스냅사진을 찍어놓았다가 나올 때 사라고 하는데 비싸다는 생각이 들었다.

풍차 촌에는 바다의 높이와 그 바다의 높이보다 2미터나 아래쪽에 있는 네덜란드 땅의 차이를 표시해 놓은 곳이 있었다. 네덜란드 국토의 3분의 1 이상이 이와 같이 바다보다 낮은 땅이므로, 이러한 땅을 바닷물의 범람에서 보호하기 위하여 바닷가에 댐을 쌓는 일이 옛날부터 이루어졌던 것이다. 도시의 이름에도 암스텔담이나 로테르담과 같은 담이라는 말이 붙어있는 것은 댐에 의하여 그 도시가 유지되고 있다는 것을 뜻했다.

암스텔담에는 운하가 길보다 더 많은 것 같았다. 암스텔담에서는 바다에서 운하를 통과하는 배를 탔다. 운하를 타고 가면서 바라본 집들이 나란히 하고 있듯이 서로 바싹 붙어 있었다. 그 이유는 바람이 너무 많이 불어서 강한 바람에 대비하기 위해서라고 했다. 또한 홍수에 대비하기 위해서 라고도 했다. 샌프란시스코의 집들이 서로 붙어있는 것이라든가 LA의 집들이 넓은 뜰에 단층집으로 지어져 있는 것 등이 모두 지진 때문이라는 것과는 아주 대조적이었다. 운하에는 주택용 배들이 정박해 있었는데 그 모양이 가지각색이었다. 제2차 세계대전 후에 주택난이 심각해지자 선박이 주택으로 대용되었던 것이 현재는 아주 선박주택으로 고정되어 버렸다고 했다. 선박주택이 정박하고 있는 그 위의 길가에는 일반주택의 경우와 마찬가지로 자동차가 주차되어 있는 모습이 참으로 신기하게 느껴졌다.

지나가면서 보이는 한 집을 안내방송이 언급했다. 그 집은 폴란드의 아우슈비츠 수용소에서 죽은 '안나 프랑크의 일기'로 유명해진 그녀가 살았던 집으로 잠시 지나가면서 바라보았다. 일행이 승선했던 선착장 앞의 길에도 자전거전용도로가 있었다. 이곳에는 사람들이 서있거나 걸어 다닐 수 없는 도로로서, 만일 사람이 자전거에 의한 사고로 다치게 되더라도 항변할 수 없게 법규로 규정되어 있다하니 네덜란드야 말로 가히 자전거의 천국이라 할 수 있었다.

한국처럼 자전거전용도로가 설치되어 있더라도 사람이 버젓이 그 위를 걸어 다니며, 자전거에게 길을 양보할 생각이 없을 뿐만 아니라 도로위에 짐을 쌓아놓기도 하고 뻔뻔하게 자전거도로 위에 차량을 주차하고 있는 경우와는 전혀 사정이 다르다고 할 수 있었다. 한국의 경우처럼 실용화되지 못하고 있는 도로를 자전거 전용도로라고 할 수 있겠는가?

암스텔담에서는 다이아몬드 컨설팅회사를 방문했다. 일행은 교육자들이라 비싼 다이아몬드를 살만한 처지에 있지를 않았다. 다이아몬드를 컷팅하는 자세한 과정을 견학했는데, 그러한 견학이 다이아몬드에 관심이 없는 사람들에게는 별 도움이 되지 않았을 것이다. 젊었을 때 '티파니에서 조반을' 이라는 영화를 감명 깊게 보았던 추억을 살려서 미국에서 귀국하기 바로 전에 나는 아내와 함께 뉴욕시에 간 김에 다운타운에 있는 티파니 보석상에 들려서 다이아몬드 반지를 하나 사주려고 했던 것이, 웬만한 반지는 수천달러씩이나 되어서 그 계획을 포기하고 수수한 금반지를 하나 사주는 것으로 만족해야 했던 기억이 새삼스럽게 났다.

암스텔담을 대충 살펴본 일행은 파리까지 육로로 가기로 했다. 네덜란드의 농촌풍경에 비하여 벨기에의 풍경이 많이 가난하게 보였으며, 프랑스에 들어오니 농촌도 부유하게 보였다. 길을 가다가 TGV가 달리는 모습을 보았는데 워낙에 빠른 속도로 달려서 그랬는지 마치 총알이 날아가듯 길옆으로 쏜살같이 지나가는 것을 보고 "과연 빠른 기차로구나" 하는 감탄사가 저절로 나왔다. 한국에도 이제는 고속철인 KTX가 한국의 철도 위를 힘차게 달리고 있다는 것을 생각할 때 감회가 새로웠다.

암스텔담을 떠난 후 장거리를 달려서 파리의 오페라하우스 앞에 도착했다. 거기에서 파리 가이드를 만난 후 시내에서 저녁식사를 하고 라데팡스라는 신시가지가 있는 곳의 머큐리 호텔에서 여장을 풀었다. 파리에서 하루 반 동안에 구경했던 것은 루브르 박물관 견학, 에펠탑 앞의 사진촬영, 개선문, 꽁꼬르드 광장, 베르사이유 궁 방문, 라파이에트 백화점에서의 쇼핑, 몽마르트르 언덕의 성심성당과 무명화가들의 작품구경 등 다양한 볼거리들을 구경했다.

파리에서는 저녁을 먹은 후 아내와 함께 걸어서 호텔에서 좀 떨어진 거리에 위치했던 지하철역에 가서 꽁꼬르드 광장까지 가는 1호선 차표 두 장을 구입했다. 지하철을 타려고 기계에 표를 넣어 몇 번 들어가려고 시도했지만 잘 되지를 않아서, 옆에 서있던 젊은 프랑스 여인에게 영어로 어떻게 된 일이냐고 물어보았더니 유창한 영어로 내가 지금 타려고 하는 노선은 2호선이니 꽁꼬르드로 가려면 저기 보이는 1호선 열차에 승차하라고 친절하게 가르쳐주는 것이 아니겠는가?

나는 미국에 있을 때 파리를 다녀온 여자 직장동료에게서 들은 이야기가 기억났다. 그녀의 말에 의하면 프랑스인들은 자부심이 강한 국민이라 프랑스어 이외의 언어는 외국인에게도 사용하려 하지 않는 경향이 강하다는 말을 하면서, 자기가 파리관광을 가서 영어로 질문을 했더니 못 알아 듣겠다고 하여 손짓발짓을 동원하여 억지로 프랑스어로 물어보았더니 영어로 대답하더라고…. 나는 그녀의 말을 들었기 때문에 파리에서 영어를 사용하는 것이 상당히 망설여졌지만, 용기를 내어서 영어로 물어본 결과 친절하게 영어로 대답해 준 것은 젊은 세대의 프랑스인들이 세계화를 지향하고 있어서 영어들을 잘하기 때문에 구세대의 프랑스인들과는 사고방식 자체가 다르다는 것이었다.

파리는 95년의 관광이 94년에 이은 두 번째 관광이라 먼저 번에 본 것을 사실상 두 번째로 보는 셈이었다. 루브르박물관, 개선문, 샹제리제 거리, 베르사이유 궁, 노틀담 대성당 등은 지난번에도 본 것으로 이번에 두 번째로 보는 것이었다. 세느 강의 뱃놀이는 지난번에는 밤에 했지만 이번에는 빠졌으며, 몽마르뜨르 언덕위에는 두 번째 파리방문 때는 버스를 타고 언덕위에까지 올라갔었다. 03년의 세 번째 파리방문 때는 버스를 타고 언덕위에까지 올라가는 대신에 계단을 걸어서 올라갔다. 03년의 파리방문은 그냥 지나쳐가는 경우여서 파리에서 본 것은 노틀담 대성당, 파리 외방선교회, 기적의 메달성당, 에펠탑 앞의 쎄이요 궁, 몽마르뜨르 언덕 위의 성심성당과 성베드로 성당, 개선문 등이었다.

두 번째 파리에 갔을 때 가장 기억에 남는 체험은 호텔에서 걸어서 충분히 갈 수 있는 라데팡스 역까지 아내와 함께 걸어가서 지하철 1호선을 타고 꽁꼬르드 광장에까지 갔다가, 샹제리제 거리를 아내와 함께 산책하여 개선문까지 산책삼아 걸어온 후, 거기서부터 지하철을 타고 라데팡스 역까지 되돌아온 일이었다. 파리의 지하철인 메트로는 한국의 지하철보다 훨씬 가벼워 보였지만 속도는 배나 빠른 것 같았다. 지하철의 문도 한국의 지하철처럼 자동으로 열릴 수도 있었지만, 차내에서 수동으로 열 수도 있다는 것을 처음 알았다.

꽁꼬르드 광장은 현재는 화합의 광장으로서 많은 관광객들이 찾아오는 곳이지만, 프랑스 대혁명 때에는 수많은 사람들이 이곳에서 키로틴의 이슬로 사라졌던 피비린내가 풍기던 광장이기도 했다.

"파리에서는 영어가 통하지를 않는다고 하여 걱정을 했는데, 영어로 길을 물어본 결과 유창한 영어로 답변해주던 젊은 프랑스 여성 덕에 어려움 없이 꽁꼬르드 광장까지 1호선 열차를 타고 무사히 왔으니 얼마나 다행한 일이요? 샹제리제 거리를 한번 걸어서 산책하고 싶었는데 잘 되지 않았소?"

"약간 겁이 나기는 했지만 당신과 함께라면 샹제리제 거리를 산책삼아 못 걸어갈 이유도 없지요?"

"나는 샹제리제 거리에 있는 노천 음식점의 테이블에서 무엇인가 먹고 싶었는데, 오늘은 당신과 함께 그것을 한번 실천해 보고 싶구려."

꽁꼬르드 광장에서 부터 개선문까지 이어지지는 샹제리제 거리는 세계에서 가장 아름다운 거리였으며 많은 사람들이 길거리의 식당에서 음식을 먹고 있었다. 우리 부부는 그곳에서 무엇이든지 먹으려고 음식 값을 물어보았더니 엄청나게 비싸서 포기하고 말았다. 그러나 캔디점에 들려서 사탕도 사먹고 맥도날드 햄버거 집에서 어마어마하게 큰 컵에 따라주던 콜라도 사서 마셨다.

아내의 손을 잡고 거리를 걷고 있었는데, 갑자기 누군가 나의 손을 잡는 것 같아서 뒤를 돌아보았더니 광대가 나의 손을 잡고 좋다고 낄낄 웃고 있는 것이 아니겠는가? 그것을 보고 어리둥절해 하는 나의 모습에 구경꾼들이 즐겁다고 웃고 야단들이었다.

개선문에서는 지하도로 해서 개선문의 바로 아래에 있는 영원한 불이 꺼지지 않는 무명용사의 묘에 가서 개선문을 밤에 올려다보았다. 개선문이 로타리 밖에서 낮에 사진을 찍었을 때와는 달리 거대한 건축물이라는 것을 알 수 있었다. 개선문에서 다시 지하철을 탄 우리 부부는 라데팡스 역으로 되돌아 왔다. 너무 늦었기 때문에 지하철역 위에 있는 신개선문이라는 조형물을 보러가지를 않고 호텔에서 투숙객들을 위하여 나온 차를 타고 호텔로 되돌아왔다.

다음날은 몽마르뜨르 언덕위에 버스를 타고 올라가서 성심성당에도 들어가 보았고 화가들이 그림을 그리거나 전시해 놓은 곳을 구경했다. 몽마르뜨 언덕은 묘지위에 있었는데, 예전에 그 지역 주교가 묘지 있는 아래쪽에서 참수형을 당했다. 처형당한 주교가 자신의 목을 들고 몽마르뜨르 언덕을 걸어 올라갔다는 소름끼치는 전설이 전해오고 있는 곳이기도 했다. 몽마르뜨르 언덕에 흰 페인트를 온몸에 뒤집어 쓴 여자 행위예술가의 모습도 보았으며 아코디온을 구성지게 켜고 있는 거리예술가인 노인의 모습도 엿볼 수 있었다. 점심은 프랑스 식당에서 달팽이요리를 들고 런던행 비행기 시간에 맞추어 라파이엣트 백화점에서 쇼핑도 하고 백화점 구경도 했다.

히스로공항에 내린 일행은 밖으로 나왔는데 대공항의 대합실로는 초라한 느낌마저 들게 했다. 차량으로 가득 찬 런던교외의 고속도로를 거쳐서 빠진 작은 지방도로로 가다가 음식점에 들려서 저녁식사를 들고 숙소로 향했다.

일행의 숙소는 런던 교외에 있는 홀리데이 인으로서 모든 것이 나무로 장식되어 있어서 우아한 모습을 보여주는 호텔이었다. 수영장도 있어서 투숙객이 이용할 수 있었다. 일행이 호텔투숙 후에 자유시간이 주어져서 우리 부부는 거리도 구경하고 영화나 한편 볼까하다가 그만두고 퍼브집에 가서 흑맥주를 시켜마셨다. 호텔로 돌아오는 길에 일행 중에 몇 사람의 부부를 만났다. 우리 부부가 파리에서 지하철을 타고 시내에 갔다 온 것을 알게 된 그들이 나에게 지하철을 타고 런던시내에 갔다가 오자는 말을 하는 것을 길도 잘 모르고 교통비도 상당히 들 것이니 그만두자고 하는 나의 완곡한 거절에 그들도 시내에 갔다 오는 것을 포기하고 그 근처의 퍼브 집에 들어가서 술이나 한잔 들기로 결정하여 즐겁게 놀았다.

다음날은 런던시내에 들어가서 테임즈 강가에서 건너편에 있는 영국 의사당의 빅벤을 배경으로 사진을 찍었으며, 거기에서 강을 건너서 의사당의 뒤쪽에 있는 웨스트민스터 대사원 구경을 갔다. 런던의 시내도로는 매우 좁았으며 오른쪽에 차량핸들이 있었으며 좌측통행을 하기 때문에 길을 건널 때는 한국의 경우처럼 좌측이 아니라 우측을 주시해야지 그렇지 않으면 큰 사고를 당할 수 있었다. 거리에는 빨간색의 2층 버스가 다니고 있었다. 2층 버스는 신형과 구형의 두 가지가 있다고 했다. 신형은 정해진 정차장에서만 타고 내려야 하는데 반하여 구형은 운전기사의 자유재량에 의하여 정차장이 아닌 곳에서도 승·하차를 시킬 수 있는 점이 다르다고 했다. 관광용 2층 버스는 아예 2층에 천장덮개가 없었다.

런던시내의 택시는 꼭 검은 모자를 엎어 놓은 것 같은 모양을 하고 있었는데 요금이 대단히 비싸다고 했다. 런던의 택시기사 직업이 대학졸업자들이 가장 선호하는 선호도 제1의 직업이었으며 수입도 가장 많은 직업이라고 했다. 영국 차량의 운전대가 오른 쪽에 있는 이유는 옛날 마차를 몰 때에 마부가 오른쪽에 앉아서 오른손으로 채찍을 들어 말의 엉덩이를 때리던 습관을 그대로 차에 적용했기 때문에 그렇게 되었다는 것이다.

웨스트민스터 사원을 구경한 일행은 11시에 있다는 버킹검궁의 경비병 교대식을 구경 갔으며 피카디리 써클에 있는 중국음식점에서 점심을 들고 대영박물관 구경을 갔다. 이곳은 박물관뿐만 아니라 도서관도 있었는데 주로 박물관만 구경했다. 영국이 한 때 세계를 지배했던 국가답게 이집트, 로마, 그리스 및 기타의 동양국가에서 전리품으로 약탈해 온 것들을 많이도 소장하고 있구나 하는 일종의 박탈감 같은 느낌이 강하게 들었던 박물관이었다.

박물관을 구경하고 나온 일행은 바버리제품 판매점에 안내되었다. 한국에서 이미 소문을 듣고 왔는지 일행 중에는 그곳에서 1,000달러씩이나 하는 바버리코트들을 주저 없이 사는 것을 우리 부부는 그냥 구경만 했다. 우리 부부가 그런 코트를 사지 않았던 것은 일상생활에 있어서 그런 비싼 코트가 실제로 필요 없다고 판단했기 때문이라고 하는 편이 오히려 좀 더 솔직한 고백이었을 것이다.

런던시내는 4층 이상의 높은 건물이 없었으며 런던에서 가장 번화하다는 피카디리 써클도 기대했던 것과는 달리 좁고 보잘 것 없었다. 일행이 런던을 방문했던 당시에는 여왕도 있었고 여자수상이 통치하던 시절이라서 그랬는지 여권신장이 최고조에 달하여 남자들이 꼼짝 못하는 나라로 영국을 만들었다고 가이드가 말하는 것을 들었는데, 사실이 그런 모양이었다. 하이드파크에서는 부인에게 학대당하고 무시당하는 남편들이 아내를 성토하는 연설을 자주 들을 수 있다고 했다.

런던공항에서는 인스부르크에서 물건을 사고 지불했던 세금을 환불받아서 음료수 등을 사서 마셨다. 나는 영국식 켑을 하나 샀다. 제일 큰 것을 샀음에도 불구하고 영국인의 머리형이 한국인과 달라서 그랬는지 나에게는 작았다. 런던을 떠나기 전에 일행이 단체로 사진을 찍었으며 특히 환갑을 맞은 10여명이 자축하는 의미로 기념사진을 찍기도 했다. 한국으로 돌아가는 길은 유럽으로 왔던 항로를 역순으로 가면 되었다. 동갑인 우리 부부는 환갑기념으로 94년과 95년에 두 번씩이나 유럽을 다녀올 수 있었던 행운을 하느님께서 우리 부부에게 허락해 주신 것을 진심으로 감사드렸다.

10. 일본 여행

　일본에 여행을 갔던 것은 79년에 내가 K대학교 교수로 취직한 지 1개월 만에 보사부 과장의 추천으로 교토의 국제회의장에서 열린 SMON병에 관한 국제회의에 한국대표로 참석했다가 미국에서 만났던 일본교수가 사는 도꾸시마까지 오사카에서 비행기를 타고 갔다 온 일이 있었다. 96년 7월에는 그 교수의 초청으로 아내와 동반하여 3주간의 일본여행을 다녀온 일도 있었다. 일본은 한국과 가장 가까운 이웃이면서 역사적으로 지배와 피지배의 관계에 있었기 때문에 일본인의 한국인에 대한 우월감과 한국인의 일본인에 대한 적대감정은 양자 간에 쉽게 해소할 수 없는 문제로 제기되고 있었다.

　그런데 실제로 일본에 여행을 가서 평범한 일본인들과 만나본 결과 한국에서 대하던 지배자로서의 일본인의 우월감은 그들에게서 찾아볼 수 없었다. 그들 대부분은 한국과 한국인에 대하여 또한 한국과 일본 간의 과거역사에 대하여 전혀 기본적인 지식마저 결여되어 있었다는 사실을 알게 되었다. 내가 배운 것은 지금까지 알고 있었던 일본인에 대한 일반적인 편견이 뜻하지 않은 큰 오류에 빠질 수 있는 위험성이 있다는 새로운 인식의 발견이었다.

내가 63년 1월에 미국유학을 가면서 64년 도쿄 올림픽대회 준비로 눈코 뜰 새 없이 바쁜 모습을 그 곳에 잠시 들려가면서 엿볼 수 있었다. 일본은 한국보다는 확실히 잘 살고 있었지만 그렇다고 해서 한국을 훨씬 능가할 정도로 잘 산다는 생각은 들지 않았다. 도쿄는 서울과는 비교가 되지 않을 정도로 번화하며 도로상에 수많은 차들이 달리고 있었으며, 택시는 총알택시로서 위험부담을 감수해야 할 지경으로 손님을 싣고 무서운 속도로 달리고 있었다. 거리에는 사람의 물결이 홍수를 이루고 있었다.

나는 초등학교 4학년 1학기에 해방이 될 때까지 일본어로 학습을 하였다. 대부분의 동년배들은 일상생활에서 더 이상 일본어를 사용할 일이 없어서 전부 잊어버렸는데, 나의 경우는 예외였다. 특히 6·25 전쟁 때 북한공산군이 서울을 점령했던 3개월간에 집에 있었던 일어책들을 의미도 잘 모르면서 닥치는 대로 독파해 버렸으며, 그 후에도 일어책을 꾸준히 읽어왔던 것이 도움이 되었다. 막상 일본에 와서 보니 일본인들이 서로 주고받는 이야기를 대부분 알아들을 수가 있어서 전혀 낯이 설지를 않았다.

63년 1월에 도쿄에서 잠시 쉬었다 간 것은 일본에 들렸던 것이라고 말하기조차 어려운 일이다. 일본은 74년 9월에 우리 가족이 귀국하면서 도쿄의 하네다 공항에서 한국행 비행기를 갈아타기 위하여 잠시 머물렀는데, 이것이야 말로 일본방문이라고 하기에는 어폐가 있는 일이었다. 본격적으로 일본을 방문하게 된 것은 내가 대학교수로 취직한 지 얼마 되지 않는 4월에 교토의 국제회의장에서 열린 SMON 대책회의의 한국대표로 참가하여 약 1주일간 머물면서 오사카, 교토 및 도쿠시마를 다녀온 일을 일본의 첫 번째 방문이라 할 수 있으며, 일본의 두 번째 방문은 아내와 함께 3주간 도쿠시마 대학의 이케다 교수 초청으로 교환교수 자격으로 일본을 방문하여 도쿠시마는 물론 도쿄, 가마쿠라, 오사카, 교토, 나라, 오카야마 등을 구경하고 귀국했던 것이다.

79년 4월에 교토의 SMON 국제대책회의에 참석했던 것은 보사부의 의정과장의 추천에 의한 것이었다. 나는 처음에는 그 회의가 약품남용의 국제회의로 잘못 알고 갔다. 그 이유는 내가 79년 2월 19일에 연세대학교 대학원에서 '약품의 국제관리에 관한 연구'로 법학박사의 학위를 받았기 때문에 한국대표로 국제회의에 참석한다면 당연히 '약품남용 문제'와 관련이 있는 국제회의일 것이라고 믿었으며 나를 추천해 준 문 과장도 그 회의가 국제마약회의라고 해서 그런 줄 알고 교토까지 갔다. 막상 가서보니 마약과는 전혀 관련이 없는 크리오퀴놀이라는 설사약의 과용으로 생긴 SMON이라는 증상에 관한 국제대책회의로서 약으로 인하여 생긴 병이라고 할 수 있는 소위 '약원병(drug-induced suffering)'에 관한 국제회의라는 것을 교토의 국제회의장에 가서야 비로소 알게 되었다.

좀 더 일찍이 연락을 받았더라면 관련 논문이나 한국의 입장을 담은 페이퍼라도 준비할 수 있었겠지만, 워낙 회의 개최일까지 시간이 촉박하였기 때문에 그냥 회의에만 참석했다가 오기로 했다. 내가 대학에 취직하자마자 나가는 국제회의 참석이라 대학 측에서는 별로 탐탁하게 여기는 눈치가 아니었지만, 한국의 유일한 대표로 참석한다는 점을 강조하여 총장의 여행허락을 받아서 힘겹게 참석했던 국제회의였다. 한국에서 일본행 비행기를 타고 오사카시내

한복판에 있는 이타미 오사카 국제공항에 도착했다.

그 당시만 해도 외국여행을 다니는 사람들이 많지 않을 때라 지금처럼 끌고 다니는 가방은 없었다. 내가 미국에서 사온 샘소나이트 가방도 바퀴가 달려 있지를 않아서 그 큰 가방을 힘겹게 들고 다닐 수밖에 없었다. 오사카공항에서 교토까지 가는 데는 버스나 택시가 있었는데 택시 값은 너무 비싸서 포기하고 버스를 타고 대표단의 숙소였던 미야코 호텔까지 갔다. 나에게 배정된 방은 더블베드가 2개 놓인 호화로운 방이었다. 용돈을 쓰라고 17만엔이나 주니 혼자 쓰고도 남을 액수였다.

이럴 줄 알았다면 아내를 동반해서 올 것을 그랬구나 하는 아쉬운 느낌도 들었지만 다음 기회로 미루기로 했다. 나는 그 후로는 아내와 함께 해외여행을 자주 해서 나의 바람이 채워진 셈이다. 94년 12월의 유럽 성지순례, 95년 8월의 유럽여행, 96년 7월의 일본여행, 02년 9월과 05년 5월의 미국여행, 02년 10월의 캄보디아와 타이랜드 여행, 03년 11월의 성모발현 성지순례, 04년 5월의 터키와 그리스 성지순례, 04년 11월의 동유럽 성지순례, 05년 8월의 북유럽여행, 05년 12월의 이스라엘과 이탈리아 성지순례, 06년 5월의 중국여행, 09년 1~2월의 프랑스와 스페인 수도원 순례 등 13번의 해외여행에 반드시 아내를 동반했다.

교토의 SMON병 국제회의는 설사약을 제조한 제약회사가 주관하여 이 분야의 세계적인 전문가들인 의사, 약사, 대학교수, 보건당국자 등 각국의 전문가들을 소집하여 대규모의 대책회의를 개최함으로써 SMON병으로 인하여 불구가 되었거나 사망한 사람들로 인하여 발생한 사회문제에 대한 책임을 시인하면서도, 원인분석과 대책의 강구에 노력하고 있다는 것을 과시하려는 목적도 있었던 것으로 판단된다.

나는 '약원병', 즉 약으로 인하여 발생한 질병이라는 말을 이 회의에 참가하여 처음 들었다. 이 문제도 어떻게 보면 광의에 있어서의 약품남용 문제라고 할 수 있는데, 그 이유는 SMON병의 사례에 있어서는 의사의 처방 없이 약품을 사용한 남용의 경우라기보다는 의사 처방에 의한 약품의 과다복용, 즉 약품 오용의 경우에 오히려 가깝다고 할 수 있기 때문이었다.

전체회의와 분과회의에서의 주제발표와 토론은 일어와 영어로 행하여졌다. 사이마르 인터내셔널이라는 일본회사가 여행알선에서부터 회의진행과 통역까지 도맡아서 주관하였다. 직통도 아주 정확해서 일어나 영어를 잘 못하는 대표자들도 별로 지장이 없었다. 특히 나의 경우에는 일어와 영어를 별 어려움 없이 알아들을 수 있었기 때문에 그들의 친절한 통역이 전혀 필요하지 않을 정도였다. 회의는 3~4일 계속된 후 대표자들이 약원병에 관한 교토 선언문을 채택서명한 후에 해산을 했다. 회의진행과 교토 시내관광이 번갈아 행하여지면서 회의진행 중에도 별로 지루함을 느낄 시간이 없었다.

교토는 일본의 구 수도였던 유서 깊은 도시로서 일본 특유의 맛을 보여주는 고도(古都)였다. 수백 내지 1,000여 개의 절이 시내에 산재해 있었다. 회의참가자 일행은 헤이안궁, 긴가꾸지, 1천나한, 일본다도의 집 등을 견학했다. 회의 마지막 날인 송별연 때는 일본에서 이제는 더 이상 보기 힘들어진 게이샤들의 가무를 보면서 즐거운 시간을 가졌다.

나는 이 회의를 통하여 '약원병'에 관하여 많은 것을 배웠으며, 비록 시간관계로 논문발표를 할 기회는 없었지만 토론에 적극 참여하여 많은 질문을 하고 논평도 했다. 그 때마다 내가 질문한 요지와 논평의 간략한 내용을 적어달라고 하여 그대로 했더니, 내가 발표한 것을 녹음한 것과 적어준 것을 참고하여 최종적으로 보고서로 작성한 책을 보니 상당히 정확하게 표현되어 있는 것을 보고 놀라움을 금할 수 없었다.

나는 회의가 끝나기 전에 도쿠시마 대학에 있는 이케다교수에게 연락을 취하여 회의가 끝난 후에 도쿠시마를 방문하겠다는 약속을 미리 해놓았기 때문에, 오사카 국제공항까지 버스를 타고 와서 거기서 소형비행기를 타고 도쿠시마로 향했다. 비행장을 떠난 소형비행기는 오사카 시내를 한참 비행하다가 바다를 건너가자 그곳이 바로 시고쿠의 도쿠시마 비행장인 작은 시골공항에 도착했다. 이케다교수는 내가 커네티컷 주립대학교 도서관 전문사서로서 근무하던 70년대 초에 1년간 미국에 교환교수로 왔을 때 사귄 테니스 파트너이기도 했었다. 나보다 한 살 위였던 이 일본인 교수는 나와 친하게 지냈다. 누구든지 일본이나 한국에 먼저 가는 사람이 만나자는 연락을 하기로 약속을 했었는데, 이번에 내가 먼저 도쿠시마에 가서 이케다교수를 만나게 되었던 것이다.

도쿠시마는 중형도시로서 아담한 항구였다. 이케다 교수집에 머물면서 야자수가 자라고 있는 남국 특유의 도시를 잘 구경하고 대접도 잘 받고 며칠을 그곳에서 지내다가, 다시 소형비행기를 타고 오사카 국제공항에 와서 한국행 비행기를 타고 귀국했다.

미국에서 귀국한 후 처음 나가보는 해외여행이라 나도 세이코 시계를 하나 샀고 아내에게도 손목시계를 하나 선물로 사다 주었더니

너무나 좋아했다. 이 사람 저 사람에게 줄 선물을 이것저것 사다보
니 가방이 무거워져서 무거운 가방을 들고 다니느라 애를 먹었다.

우리 부부는 74년에 12년간의 미국생활을 완전 청산하고 영구 귀
국한 당시에는 최고의 품질을 자랑했던 샘소나이트 여행 가방을 아
내 것으로는 핑크색가방을, 나의 것으로는 녹색가방을 하나씩 사들
고 귀국했었다. 그런데 귀국한 후로 해외여행을 나갈 일이 없었고
해서 가방 속에 잘 입지 않는 옷들을 넣어서 베란다에 보관해 두곤
했다. 베란다가 부실해서 비가 오면 물이 새서 간간히 빗물이 새들
어 와서 가방이 젖곤 하더니 결국에는 못쓰게 되었다.

나는 22년간의 교수생활을 하던 중에 다른 교수들처럼 안식년도
한 번 나가보지를 않았다. 그 이유는 나이든 교수가 외국에 나가서
1년씩이나 고생을 사서 하는 것이 부담스럽게 느껴졌기 때문이다.
외국에 나가본 경험이 전혀 없었더라면 혹시 모르겠지만, 외국에
가서 산다는 것 자체가 귀찮고 부담스럽게 여겨져서 안식년을 아예
신청조차 하지 않았던 것이다.

94년에 오래 동안 병고에 시달리시던 장모님께서 타계하심으로
써 우리 부부는 양가부모님께 대한 경제적, 정신적 부담에서 완전
히 해방되어서 홀가분한 마음으로 해외여행을 다닐 수 있게 되었
다. 이미 94년 12월에 유럽 성지순례여행을 다녀왔으며, 95년 8월
에도 유럽여행을 다녀왔다. 96년 7월 8일에서 27일까지의 19박20
일의 3주간에 걸친 일본여행은 도쿠시마 대학의 이케다교수가 그
전년도에 한국에 왔을 때, 나에게 진 신세를 갚기 위하여 나를 교환
교수로 초청함으로써 이루어졌던 것이다. 이번에는 아내가 나와 같
이 일본여행에 동반하여 이케다교수가 마련해준 대학의 숙소에서

3주간 머물기로 했다. 방세는 쌌지만 식사를 해먹을 수 없었기 때문에 무더운 여름철에 고생을 많이 했다.

"79년에 내가 교토에서 개최된 국제회의에 혼자 다녀와서 미안하게 생각했었는데, 이번에는 당신과 함께 일본에 다녀올 수 있어서 얼마나 즐거운지 모르겠구려."

"당신과 함께 여름방학 때 모처럼의 기회를 만들어서 일본에 나온 것이니 많은 것을 구경하고 갑시다. 여보, 진심으로 사랑해요."

일어회화는 미국에 있을 때 이케다교수와 자주 일어로 대화를 해서 의사소통이 잘 되었다. 그것은 아마도 내가 그때까지 일어책을 계속 읽어왔던 덕분이 아니었을까? 이케다교수의 영어는 워낙 신통치를 않아서 영어만으로는 의사소통이 거의 되지 않는 처지에 있었기 때문에, 나를 만난 것을 마치 구세주를 만난 것 같은 편안한 느낌을 받았을 것이다. 이케다교수는 또한 테니스의 명수로서 나와 테니스를 많이 쳤다. 처음 그를 만난 것은 커네티컷 주립대학교 테니스장에서 테니스를 치고 있던 나를 보고 그가 먼저 말을 걸었기 때문이었다.

미국인들은 처음 만나는 사람에게 직업이 무엇이냐, 얼마를 버느냐, 나이가 몇 살이냐는 등의 사생활에 관련된 질문을 취업면담과 같은 공식적인 경우를 제외하고는 일반적으로 그러한 질문을 하는 것 자체가 초면에 큰 실례가 된다고 할 수 있었다. 그런데 이케다교수의 변은 어떤 면에서는 좀 더 현실적인 것임을 곧 알 수 있었다. 왜냐하면 정말로 친구가 될 생각이 있으면 연령, 직업, 취미 등이 비슷해야 친해질 수 있다는 것이었는데, 지당한 말이라고 생각되었다.

나는 일본에 두 번째 가보는 것이었으며 79년 때와는 달리 96년에는 아내와 동행하는 것이라 마음 든든했다. 일본비자는 나의 경우 교환교수로 가는 것이었기 때문에 90일을 복수로 발급해주었다. 아내의 경우는 원래 체재기간이 2주간밖에 되지 않는 것을 나와 동반한다 하여 90일간의 체재를 허용해 주어서 아내와 함께 별 문제 없이 일본을 다녀올 수 있었다.

처음에는 KAL기를 타고 가려고 알아본 결과 현재의 오사카 공항은 내가 79년에 도착했던 오사카 시내의 이다미 국제공항이 아니라 바다 한가운데 있는 인공 섬위에 새로 건설한 간사이국제공항으로 가기 때문에 그전처럼 가려면 그곳에서 버스를 타고 오사카 공항에 가서 소형비행기를 타고 도쿠시마로 가야 하는데, 그것은 엄청난 시간과 추가적인 비용이 드는 일이라는 것을 비로소 알게 되었다.

이케다교수와 상의해 본 결과 한국에서 시고쿠의 다카마츠까지 오는 비행기 편이 있으면 거기까지 마중 나오겠다고 하여 다시 알아본 결과, 아시아나 항공이 김포에서 다카마츠까지 가며 비용도 간사이국제공항으로 가는 것보다 훨씬 저렴하여 그렇게 하기로 했다. 다카마츠는 도쿠시마에서 1시간 이상 떨어진 거리에 있는 도시로서 우리 부부가 7월에 그곳에 도착했을 때에는 비가 내리고 있었으며 공항 대합실에 나오니 이케다교수가 마중 나와 있었다.

점심시간이라 공항에서 스시와 우동으로 점심을 들었다. 나는 다카마츠공항에서 출입국 관리가 일어로 질문해서 일어로 답변하는 등 일어를 사용하기 시작한 것이 일본에 체재한 3주간동안 줄곧 일어를 사용했다.

일본을 구성하는 혼토, 홋카이도, 규슈 및 시고쿠의 4대 섬 중에 가장 작은 시코쿠 섬의 오사카 근처에 위치한 도쿠시마는 중형도시로서 바다에 면해 있는 항구도시였다. 다카마츠에서 도쿠시마까지 연결되는 길은 전형적인 지방도로였으며 도로 변의 집들도 깨끗하며 사는 것이 경제적으로 여유가 있어 보였다. 도로의 일부 구간은 고속도로로 이루어져 있었는데 한국의 고속도로 통행료보다 훨씬 더 비싸다는 인상을 받았다.

나는 96년에 도쿠시마를 두 번째로 방문하는 것이었는데, 79년에 비하여 상당히 발전하고 있다는 활기찬 느낌이 들었다. 79년에는 지금보다 훨씬 더 한가하고 조용하게 느껴졌는데 96년에 다시 가서 보니 그때보다는 좀 더 번창한 도시처럼 느껴졌다. 우리 부부는 도쿠시마 대학본부가 있는 곳에 자리한 숙소의 2층에 있던 가장 큰 방을 차지하여 일본에 체재하는 3주간동안 그곳에서 묵기로 했다. 이케다 교수의 집은 그곳에서 걸어서 갈 수 있는 거리에 있었는데 79년에 내가 며칠 묵은 절간이 있는 공터 옆의 집이었다.

우리 부부가 일본을 방문했던 3주간의 일본 날씨는 거의 매일 섭씨 35도를 넘는 무더운 여름 날씨의 연속으로서, 아침부터 저녁까지 후덥지근하게 무더운 것이 정말 견디기에 힘겨웠다. 숙소에 있는 공중목욕탕에서 아내와 함께 문을 안에서 닫아걸고 매일 목욕을 하고 방안의 에어컨을 켜놓고 벌거벗다시피 누워 있어도 덥기는 마찬가지였다.

"일본의 여름 날씨는 우리나라의 여름 날씨와는 비교도 되지 않을 정도로 무덥지 않소? 둘 다 교직에 몸담고 있는 우리 부부는 여름방학 때에만 나올 수밖에 없어서 7월에 일본에 왔는데 일본이 이렇게 더운 줄은 정말 몰랐소. 허기야 제주도보다도 훨씬 남쪽에 있는 곳이니 그럴 만도 하겠지만…"

"일본이라는 곳이 이렇게 더운 곳일 줄은 전혀 예상도 하지 못했지요."

"앞으로 일본에 다시 올 일이 있더라도 방학 때는 절대로 오지 않을 것이요."

"저도 그 말에는 전적으로 동감이에요."

식사를 해먹을 수 없어서 매끼 사먹어야 했기 때문에 자주 숙소에서 얼마 멀지 않은 도심에 있는 소고백화점에 가서 폐업시간이 가까워져서 싸게 파는 음식을 사다가 저녁을 때우기도 했고, 아침에는 조반을 먹을 수 있는 일식집에 가서 식사를 하기도 했는데 오전부터 찌는 듯이 무더운 날씨는 정말 견디기 힘들었다.

일본은 그 대부분의 지역이 제주도보다 남쪽에 위치하고 있었기 때문에 여름에는 우리 부부가 직접 체험했던 바와 같이 날씨가 참으로 견디기 어려울 지경이었다. 그 뿐만 아니라 여름철에는 수시로 오키나와 방면에서 발생하는 태풍의 영향권 내에 들어있던 규슈나 시고쿠 지방은 그 피해가 때로는 상당히 큰 것으로 알려져 있었다.

우리 부부가 도쿄에 놀러갔다가 돌아오는 날 태풍 때문에 도쿠시마 공항에 무사히 도착할 수 있을지 여부를 무척 염려했다. 다행히 도쿠시마 공항에 도착했을 때 별 탈 없이 무사히 착륙할 수 있었다. 일기예보 기술이 고도로 발달되어 있는 일본의 경우에도 항공기의 무사착륙 여부에 관한 실제적인 문제는 아직도 알아내지 못하고 있는 것 같았다.

도쿠시마에 도착한 당일의 저녁은 이케다 교수집에 가서 스시 등으로 식사를 했으며 집안도 둘러보았다. 부인되는 기요꼬 상은 붓글씨를 잘 써서 상도 받고 이탈리아에서 개최한 국제 서도대회에도 다녀왔다고 했다. 두 아들은 모두 외지에 나가 살고 있었으며, 아이들이 모두 집에 없는 지금은 냉장고가 두 개 있다고 나에게 미소지었는데, 그 말은 그들의 생활도 이전과 비교할 때 말할 수 없을 정도로 향상되었다는 것을 말해주는 것이리라.

우리 부부가 도쿠시마에 체재할 동안에 이케다교수 내외와 함께 도쿠시마 민속춤 추는데도 가보았으며, 나루토에 가서 배를 타고 강물이 소용돌이치는 다리 밑에도 가보았다. 이곳은 79년에 내가 방문했을 때는 나루토 소용돌이 위로 다리를 놓고 있었던 것이 이번에 와보니 다리가 완성된 것을 알 수 있었다. 얼마 후에 도쿠시마에서 버스를 타고 오사카로 가면서 이 다리를 건너가서, 다시 훼리선에 버스를 싣고 본토로 건너 간 일이 있었다.

이케다교수 내외와는 도시를 둘러싸고 있는 수로를 작은 배를 타고 한 바퀴 돌았다. 만조 때가 되자 다리 밑에 물이 너무 차서 간신히 다리 밑을 지나갈 수 있었던 일도 즐거운 추억으로 남아 있다. 그 수로에는 모터보트들도 많이 정박하고 있는 것을 보니 도쿠시마 시민들의 생활수준도 상당한 수준에 이르고 있었다는 것을 미루어 짐작할 수 있었다. 도쿠시마를 떠나기 몇 일전 불꽃놀이 구경을 갔으며 또한 내가 송별을 겸해 일식집에서 저녁식사를 샀다. 우리 부부는 푸짐하게 일본요리를 이것저것 맛볼 기회를 가졌다. 노래방에도 가서 우리 부부는 한국노래를, 그리고 이케다교수 내외는 일본노래를 몇 곡씩 신나게 불렀다.

나는 도쿠시마 대학의 무기화학 교실에서 '한국의 환경문제'에 관한 강연을 했다. 준비는 영어로 했는데 막상 강연을 할 때에는 일어로 발표했고, 질문도 영어로 받은 것도 일어로 답변했다. 강연은 전부 2시간 이상 걸렸다.

도쿠시마에 체재하는 동안 나는 주로 대학도서관에 가서 환경 분야의 책을 읽는데 시간을 보내곤 했다. 한 번은 내가 걸어서 오사카까지 배를 타고 가는 선착장에 갔다가 돌아오느라 얼굴이 새빨갛게 익어버렸다. 오면서 보니 공업단지가 형성되어 있었으며 공장 앞을 지나가면서 들여다보니 공장이라고 볼 수 없을 정도로 청결하고 잘 정돈되어 있는 것을 보고 참으로 인상적이었다.

또한 일본방문에서 놀란 사실은 단 한 대의 차량도 길가에 서 있는 것이 없었다는 것이다. 모든 차량은 집안에 있는 차고나 주차장에 주차되어 있었다. 이러한 현상은 도쿄나 오사카와 같은 큰 도시에서도 마찬가지였다. 파리나 뉴욕과 같은 외국의 대도시는 물론 한국에서도 대로상의 가장자리에 있는 주행선이 전부 주차된 차량들로 빈틈없이 주차되어 있어서, 도로로서의 기능을 전혀 못하고 있는 것과는 전혀 다른 현상이었다.

미국의 대도시의 경우 도로의 가장자리 쪽은 처음부터 도로라기보다는 주차장으로 만들어졌기 때문에, 한국의 경우처럼 차선 하나가 무단 차량주차 때문에 도로의 기능을 전혀 하지 못하여 없어지다시피 하는 것이 아니었다. 도로는 도로대로 제 기능을 행하고 처음부터 도로상의 주차장으로 설치된 주차장도 주차장으로서의 제 기능을 제대로 하고 있는 것이다.

우리 부부는 기왕에 일본구경을 간 기회를 이용하여 도쿄를 구경하기 위하여 비행기를 타고 가서 도쿄의 시나가와의 프린스 호텔에서의 2박 3일의 패키지에 1박을 추가하여 3박 4일로 다녀왔다. 도쿠시마 공항에서 ANA항공으로 도쿄의 하네다 공항까지 갔다. 비행기 내에 설치된 텔레비전 화면을 통하여 비행기의 이착륙을 조종석에 앉아서 보는 것처럼 볼 수 있었다. 본토의 해안선을 따라가는 비행기여행은 즐거웠다. 도쿄 근처에 가까워지자 눈 덮인 후지산의 웅대한 모습이 장관을 이루고 있었다. 바닷가에 있는 하네다공항에 착륙하여 도쿄의 하마마츠까지 모노레일을 타고 가면서 차창 밖을 내다보니 꽉 막혀서 정체되고 있음을 알 수 있었다.

하마마츠에서 시나가와로 가는 길에 순환선인 야마데노선을 갈아타기 위해서는 차표를 개찰구에 내지 않고 그대로 좁은 통로가 있는 옆으로 나오면 되었기에 그대로 했다. 도쿠시마로 돌아올 적에 숙소에서 하네다공항으로 가기 위해서는 야마데노선 전철을 타고 가다가 하마마츠에서 내려서 하네다공항 행 모노레일을 갈아타고 가려면 올 때처럼 좁은 틈으로 그대로 나와야 하는 것을 실수로 그렇게 하지를 못하고, 차표를 개찰구의 기계 속에 넣어버렸더니 꿀꺽 삼켜버리고 감감 무소식이었다. 한국에서처럼 차표 속에 아직도 여분의 돈이 있으면 당연히 다시 튀어 올라오는 것이 아니라, 일단 기계에 넣으면 모든 차표는 다시 사용할 수 없게 되어 버린다는 것을 그 때에야 처음으로 알아차릴 수 있었다.

그리하여 좁은 통로에 서서 겨우 나의 것 하나만 환불 받았는데, 저만치 서있는 아내를 보고서야 아내 것도 환불해 달라고 그 좁은 통로에 또다시 서있게 되었다. 일본인들도 성질이 급한지 바로 뒤에 서있던 일본인이 신경질을 부리는 것을 보고 아차 하는 생각이 들었다. 이런 면에서 보면 그런 불합리한 제도를 개선하지 못하고 있는 일본의 제도가 한국의 것보다 훨씬 원시적인 것 같은 초라한 느낌이 들었다.

　도쿄는 대도시이지만 그렇게 큰 도시라는 인상이 별로 들지 않았다. 우리 부부가 도쿄에서 묵었던 시나가와의 프린스호텔은 조그마한 객실이었지만 모든 것이 편리하게 잘 구비되어 있어서 지내는데 별로 지장이 없었다. 20 몇 층인가에 있었던 우리 부부의 호텔방은 시나가와 역을 드나들던 신간센, 수많은 사람들이 시나가와 역을 드나들던 모습, 호텔주변에 모여들었던 젊은이들의 물결을 바라볼 수 있었으며, 그러한 사람의 홍수 속에 파묻히게 된다면 우리 부부도 그들처럼 젊어지는 느낌이 들게 되었을 것이다.

　도쿠시마의 중앙역은 역사의 빌딩을 높여 놓아서 겉에서 보기에는 굉장히 큰 역처럼 보였지만 막상 그곳에 2량의 전동차를 타고 도착해보니, 2개의 플렛홈 밖에 없는 초라한 시골역과 같은 느낌을 주었다. 이에 반하여 시나가와 역은 14개의 플렛홈에 계속 열차들이 정차하는 대도시 특유의 바쁜 기차역이라는 것을 알 수 있었다.

　시나가와의 프린스호텔에 여장을 푼 후에 우리 부부는 야마데노선을 타고 도쿄 역에 가서 내렸다. 도쿄역의 역사 내는 굉장히 컸으며 마침 퇴근시간이었는지 많은 젊은 남녀들이 모두 정장을 하고 있었으며, 그 무더운 날씨에 남자들이 넥타이를 맨 채 땀을 뻘뻘 흘리고 있는 것이 신기하게 보였다. 물론 사무실과 일반 건물 내가 냉방이 아주 잘 되어 있어서 오히려 추울 정도라 그러한 모습으로 근무하는 것이 하나도 이상할 것이 없었다.

　도쿄에도 지하구역이 오사카처럼 잘 발달되어 있었겠지만 불행하게도 도쿄에서는 그것을 구경할 기회를 갖지 못했다. 도쿄 역에서 얼마 떨어지지 않은 곳에 황궁이 있었으며 황궁 앞의 공원은 넓고 깨끗하게 정비되어 있었다. 니주바시 앞에서 사진을 찍고 주변을 둘러보다가 너무 어두워져서 사진을 찍을 수 없게 되어 호텔로 돌아가서 쉬었다.

다음날 아침에는 호텔숙박비에 아침식사가 포함되었기에 아침식사를 호텔식당에서 들고 순환선인 야마데노선을 타고 우에노 공원을 구경하러 갔다. 가면서 생각을 해보니 그냥 예정대로 우에노 공원 역에서 내릴 것이 아니라 가만히 앉아 있으면, 도쿄의 외곽을 한 바퀴 완전히 돌아서 우에노 역에 다시 도착할 것이니 그때 내리기로 했다. 야마데노선은 서울 지하철 2호선 같은 순환선인데 2호선의 경우는 대부분의 역이 지하에 있어서 지하로 다니기 때문에 지상의 모습은 제한된 일부지역을 제외하고는 전혀 볼 수 없는데 반하여, 야마데노선의 경우는 전구간이 지상으로 다니기 때문에 도쿄의 상이한 모습을 지하철에 그냥 앉아 있으면서도 대충 살펴볼 수 있어서 좋았다.

우에노 공원에는 동물원도 있었고, 국립박물관도 있어서 구경을 잘 했다. 특히 우에노 동물원 내에 철새들이 망이 쳐진 천장도 없는 밖에서 그냥 놓아기르는 것이 신기하게 느껴졌다. 박물관에서 강습하는 서예라든가 일본화 반에 주부들이 배우려고 열심히 다니는 것을 보고, 일본 주부들이 한국 주부들보다 부지런하다는 느낌을 받았다. 우에노 공원에서 시간을 보낸 후에 우에노의 뒷길을 걸어보려고 나선 곳이 아메요코라는 저가품시장으로서, 아내의 말로는 물건 값이 엄청 싸다는 것이었다. 그럭저럭 걸어오다 보니 그 유명한 아키하바라 전자상가 앞에 왔다. 너무나 다리가 아파서 그 안에 들어가서 더 이상 구경할 생각을 포기하고 그곳에서 야마데노선을 타고 호텔로 돌아왔다.

다음날은 조반을 먹은 다음 거리를 구경하러 나갔다. 우선 긴자를 구경하기 전에 히비야 공원을 잠시 둘러 본 다음에, 긴자에 가서 백화점에도 들어갔고 빙수도 사먹으면서 번화가를 오가는 사람들 구경을 했다. 점심은 3대째 같은 장사를 하고 있다는 시아시 우동 집에 가서 희한한 일본식 냉면을 맛있게 먹었다. 일본에는 이 집처럼 우동 한 가지라도 대를 이어가는 장인정신이 유지되고 있는 특이한 국가라 할 수 있었다.

점심을 먹은 다음 날씨도 더운데 이곳저곳 구경하러 다니기도 힘들고 그렇다고 해서 특별히 할 일도 없어서, 시원한 도큐 백화점 안에 들어가서 시간을 보내기로 했다. 생각해보니 오늘이 도쿄에서의 마지막 날이니 무엇인가 기억에 남을 만한 일을 해야 하겠다고 생각을 하다가 문득 가마쿠라의 큰부처를 보러가야 하겠다는 생각이 들어서 부랴부랴 아내와 함께 시나가와 역에 와서 가마쿠라 행 열차에 올라탔다. 가마쿠라 까지는 약 1시간 정도 걸렸다.

가마쿠라 역에 내린 후 곧바로 가마쿠라 큰부처가 있는 곳으로 갈 것이지 엉뚱한 곳에서 시간을 낭비하다가 그곳이 큰부처가 있는 곳으로 가는 길이 아니라는 것을 깨달았다. 뒤늦게 버스를 타고 가마쿠라 큰부처가 있는 절 앞에 도착하니, 오후 5시가 다 되었기에 공연히 이곳까지 오느라고 헛걸음만 친 것이 아닐까 하는 후회스러운 느낌마저 들었다. 다행히 6시에 문을 닫는다 하여 1시간의 여유 시간을 갖게 되었다.

가마쿠라의 큰부처는 막상 와서 보니 소문만 많이 난 것일 뿐 철판을 갖고 만든 것이라는 사실이 부처의 뒷면을 살펴보고 곧 알 수 있었다. 한국의 설악산 소공원에 있는 신흥사 앞의 큰 부처와는 비교도 되지 않을 정도로 훨씬 더 조잡한 부처라는 것을 알 수 있었다.

큰부처가 있던 절에서 가마쿠라 역까지 걸어서 왔는데 길도 좁고 집들도 에도시대의 것처럼 작은 것이 도시전체가 보전지역으로 지정되어 있는 전통적인 일본의 도시라는 느낌이 강하게 들었다. 가마쿠라의 뒷길을 아내와 함께 걷고 보니 에도시대에 살고 있는 것 같은 착각에 사로잡힐 지경이었음은 잊지 못할 추억이 되었다.

도쿠시마에서 교토까지의 여행은 교토에서 2박, 오사카에서 1박을 했다. 오사카까지는 버스를 타고 갔으며 오사카에서 교토까지는 기차를 타고 가서 교토 역 앞에 있는 타워호텔에서 이틀 밤을 묵으면서 교토 시내 관광을 했다. 타워호텔에 있는 타워위의 전망대에서 교토 시내의 전경이 한 눈에 잘 들어왔다. 호텔 바로 앞에 있는 목조건물로서는 그 규모가 거대한 절이 동쪽과 서쪽에 있었다. 절에 들어가 보니 과연 그 규모가 생각했던 것보다 훨씬 더 크다는 것을 알고 놀라움을 금할 수 없었다. 불교의 나라답게 교토에는 크고 작은 절들이 수없이 많았다. 79년에 교토에 왔을 때만큼 많은 곳을 찾아볼 수는 없었다. 그 이유는 날씨도 더운데 걸어서 다니는 것이 번잡하고 힘이 들어서 대충 시내를 둘러보고 다음날은 나라로 구경을 가기로 했다.

나라라는 말은 한국어의 '나라'에서 유래한 것이라고 했다. 나라도 가마쿠라와 마찬가지로 고색이 창연한 고도였다. 나라에서도 걸어서 갈 수 있는 큰 절에 갔다. 사슴을 놓아기르는 것이 인상적이었다. 역으로 돌아오는 길에는 다리도 아프고 날씨도 더워서 버스를 탔다. 버스가 나라역과는 정반대 방향으로 가는 것을 알고는 중간에 내려서 다시 역까지 걸어갔던 기억이 난다. 여하튼 도쿄에서는 가마쿠라를, 그리고 교토에서는 나라를 다녀온 것은 참으로 잘 한 일이었다.

교토에서 2박하고 오전에 호텔을 나와서 오사카까지 기차를 타고 와서 우메다에 있는 오스호텔에 도착했다. 이곳은 비즈니스호텔이라 오후 4시 이전에는 입실이 되지 않았으며 오전 10시 이전에 퇴실을 해야 한다는 것이다. 가방을 들고 구경을 다닐 수도 없어서 카운터에 짐을 좀 맡아 달라고 부탁하고 오사카 시내구경을 나갔다. 우선 지하철을 타고 오사카 성을 구경하러 갔는데, 때마침 그 성을 대대적으로 수리를 하고 있었기 때문에 성에 관하여 아무것도 본 것이 없었다.

시내관광은 지상의 오사카 시내를 구경하는 것보다는 호텔 부근에서 오사카 중심지까지 지하로 연결되어 있는 상가의 거대한 풍경이 훨씬 더 볼만한 구경거리였다. 저녁을 먹어야 했는데 어디에서 무엇을 먹을까 하여 이곳저곳을 살펴보고 있었다. 대부분의 음식점들이 저녁식사 시간임에도 불구하고 손님이 단 한 사람도 없었다. 그런데 한 곳만은 사람들이 계속 꾸역꾸역 몰려오는 것을 보고 도대체 무슨 음식을 팔기에 그러는가 호기심마저 나서 그 음식점 진열대를 살펴보았다. 한국 사람에게도 맛있어 보이는 만두 국이나 갈비찜 같은 것도 있었으며 값도 그다지 비싸지 않다는 것을 알 수 있었다. 우리 부부가 그 집에 들어가서 몇 가지 음식을 시켰더니 맛도 훌륭했고 값도 저렴해서 훌륭한 저녁식사를 먹을 수 있었다.

도쿄의 시나가와에 있는 프린스호텔 주변에도 젊은이들이 무리지어 드나들던 야외 음식점들이 있었다. 호기심이 나서 음식점들의 메뉴를 들여다보았더니 오사카의 그 음식점 메뉴처럼 다양성이 있었으며 가격도 저렴했고 맛도 있었던 기억이 난다. 또한 시나가와에서는 스테이크를 먹으러 들어갔더니, 숙주나물을 프라이팬에 볶아서 스테이크와 함께 내주던 요리가 일품이었다.

일반적으로 한국인들은 일본인들이 적게 먹고 있다고 잘못 생각하고 있다. 그런데 실제로 일본에 와서 보았더니 일본인들은 밥도 먹으면서, 우동이나 나면(가는 국수)을 곁들여 식사하는 대식가들이라는 것을 비로소 알게 되었다. 또한 일본음식은 한국의 일식처럼 짜고 매운 것이 아니라 오히려 달다는 쪽이 옳을 것이다.

도쿠시마에서 우리 부부가 묵었던 대학숙소 가까이에 있던 우동집은 남자 넷이서 운영하고 있었다. 우리 부부가 그 집에 갔을 때는 집이 좀 지저분했던 것이 배탈이라도 날 것처럼 느껴졌다. 이케다 교수 내외와 그곳에 갔을 때에는 그 집이 유명한 우동 집이라는 말을 듣고 기쓰네 우동을 먹어보니 쫄깃쫄깃하고 맛이 있는 것이 참으로 별미라 할 수 있어서, 그 우동집의 진가를 인정해 주었던 일이 있었다. 그런데 한국에 와서 신촌에 일본우동을 전문으로 한다는 집이 있어서 기쓰네 우동을 시켜먹었다. 먹어보니 맛이 전혀 말씀이 아니었으며 기쓰네 우동과는 아주 거리가 먼 것이었다. 한국의 일식이라는 것은 결국 한국인의 입맛에 맞는 한식이라는 것을 깨닫게 되었다. 우리 부부가 오사카에서 묵은 비즈니스호텔인 오스 호텔은 그야말로 오사카에 볼일 보러오는 사람들이 잠만 자고가게 시설이 되어있는 둘이 겨우 잘 수 있는 협소한 호텔이었다. 시나가와의 프린스호텔은 객실의 규모가 작기는 했지만 있을 것이 모두 갖추어져 있어서 일급호텔로서 전혀 손색이 없었다. 이에 반하여 오스 호텔은 말이 좋아서 호텔이지 여인숙이라고 하는 것이 오히려 적절하다 할 정도로 후진 호텔이었다. 오늘 하루 밤만 이곳에서 불편한대로 잠을 청하여 자고 내일 오전 10시 이전에만 퇴실하면 되는 것이었다.

다음날 아침 일어나서 식사할 곳을 찾아서 뒷거리로 나가 보았더니 어제 밤에는 그렇게 휘황찬란하게 빛나던 불빛도 모두 사라졌고 상점들도 전부 문을 닫아걸어서 조반을 들만한 적당한 곳도 발견하기 힘들 것 같았다. 다행히 한 곳만이 우동 등 간단한 조반을 팔고 있어서 간단히 조반을 먹고 호텔주변의 거리를 구경한 다음에 10시 전에 호텔에 가서 짐 싸들고나왔다.

신간센은 오후에 타는데 그때까지 마땅히 있을만한 곳도 없어서 지하쇼핑센터로 해서 도큐 백화점 앞에 가서 시간을 보내기로 했다. 개점시간인 오전 10시 반까지 기다리고 있는데, 우리 부부처럼 백화점에 들어가려고 기다리고 있는 사람들을 보니 덜 외로운 느낌을 받았다.

우리 부부는 백화점 문이 열리자마자 시원한 백화점 속으로 들어가서 이것저것 구경하면서 시간을 보냈다. 점심은 백화점 내에 있는 중국집에서 들었고 신오사카 역으로 오카야마 방면으로 가는 신간센을 타러갔다. 신간센이 도착할 때까지 너무나 시간이 많이 남아서 지루하게 기다리는 시간을 보내다가 시간이 다 되어 위층에 있는 플렛홈으로 신간센을 타러 올라갔다.

오카야마행 신간센은 예정시간에 정확하게 도착하여 잠시 머물다가 곧 출발을 했다. 차안이 텅텅 비어있는 것을 보니 구태여 예약을 할 필요가 없었는데도 나는 도쿠시마에서 좌석예약을 해서 만전을 기했던 것이다. 프랑스에 갔을 때 루르드에서 파리까지 장장 850킬로미터를 6시간 반에 걸쳐 TGV를 타고 온 적이 있었다. 루르드에서 보르도까지는 200킬로미터의 속도로, 보르도에서 파리까지는 300킬로미터의 속도로 달렸는데 거의 기차가 공중에 떠서 달리는 것 같은 기분이 들 정도로 별 다른 진동 없이 고속으로 달려갔다. 현재 한국에서 달리고 있는 KTX는 TGV와 기술합작을 한 고속열차였다.

TGV는 양쪽에 두 자리씩이 중앙통로를 중심으로 분할되어 있는 데 비하여, 신간센은 중앙통로를 중심으로 좌측에는 두 좌석, 우측에는 세 좌석이 배치되어 있었으며 객실 내부도 TGV보다 넓었다. 차체도 신간센이 TGV보다 지상으로부터의 높이가 더 높았다. 당시의 나의 생각으로는 한국의 고속철을 유럽의 TGV보다는 일본의 신간센으로 대체하는 것이 낫지 않을까 여겨졌다. 그 이유는 시간센이 TGV보다 더 빨리 달리는 것 같았는데, 별로 진동을 느낄 수 없었으며 좀 더 편안한 느낌을 받았기 때문이다.

오카야마까지 신간센을 타고 갔던 우리 부부는 그곳에서 마리나기차를 갈아타고 세도오하시를 건너갔다. 이 다리는 세도내해를 가로질러서 혼슈에서 기차로 시고꾸로 넘어가는 다리였다. 2중으로 된 다리위로는 자동차들이 건너다니고 그 아래 다리로는 기차가 다니는 거대한 다리로서, 다카마츠에서 한국행 비행기를 타고 하늘에서 내려다 본 세도오하시는 그야말로 장관을 이루고 있었던 기억이 난다. 마리나기차로 다리를 건너온 다음에 또 다시 도쿠시마 행 2

량의 전동차를 갈아타고 외줄인 기차 길로 산길을 달려서 도쿠시마 역에 도착함으로써 오사카와 교또 여행이 사실상 끝났다.

일본에서 발생한 일 중에 웃기는 일은 아내가 어디서 들은 이야 기였는지 일본에 가면 꼭 코끼리 표 전기밥솥을 사오라고 했다면 서, 일본에 도착했던 날부터 코끼리 표 전기밥솥을 노래 부르다시 피 했다. 이케다교수 내외는 그 밥솥을 처음 들어보는 것인지 잘 모 르는 것 같았다. 그래도 아내는 실망하지 않고 계속 가게를 뒤져서 겨우 한 곳에서 밥솥을 하나 샀는데 100볼트용 밖에 없었다. 그런 데 일본을 떠나던 날 다카마츠 공항 내에 코끼리 표 전기밥솥이 있 었는데, 200볼트짜리라 그것도 사가지고 두 개의 전기밥솥을 하나 씩 사들고 김포공항의 세관을 나섰다. 이를 본 세관원은 우리 부부 에게 감히 말은 못하면서 전기밥솥을 두 개씩이나 사들고 들어온다 고 투덜대더라고 하던 아내의 말을 들었다. 아내는 자신이 원하던 카메라를 샀으며, 나는 만보기를 세 개씩이나 사와서 한동안 요긴 하게 잘 썼는데 오랜 동안 쓰다보니 고장이 나서 폐기했다.

06년 5월에는 베이징, 항저우, 소저우 및 상하이 등을 다녀왔다. 일본이나 중국은 한 두 번으로 그 국가를 전부 보기란 어려우며 또 한 어느 정도 친숙해지기 위해서도 여러 번 가보아야 하는 국가들 일 것이다.

11. 미국 재방문

미국은 74년 9월에 귀국한 후 까맣게 잊고 지내던 국가였다. 우리 부부가 그곳에서 12년간이나 살면서 공부도 하고 취직도 하고 살면서 두 딸을 낳아 기르다가 한국에 와서 살고 있긴 하지만, 언제인가 다시 한 번 방문하고 싶은 국가임에 틀림없었다.

미국 재방문의 기회는 귀국한 지 만 28년 만에 드디어 찾아왔다. 02년 9월에 작은딸이 미국유학을 간 직후인 9월 27일에서 10월 18일까지 21박 22일로 서부지역의 패키지여행을 포함하는 3주간의 여행을 하기 위하여 우리 부부가 곧 작은딸을 뒤따라 미국 땅을 다시 밟게 되었다. 1인당 비용은 오픈시즌이었기 때문에 비행기 왕복 여비를 포함해서 110만원 밖에 되지를 않았다. 그런데 옵션으로 제공되는 것을 전부 보려면 2인당 650달러(약 65만원)를 추가로 내야 했으니 인하된 부분을 전부 되돌려주는 것 같아서 기분이 별로 좋지를 않았다. 미국 왕복 비행기는 UA를 탔다. 미국 비행기였는데 의자간의 간격이 상상외로 좁았으며 나리타공항에서 갈아탄 샌프란시스코 행 UA기는 스튜어디스가 모두 할머니들이라는 것이 특이하게 느껴졌다.

미국의 서부지역, 특히 LA는 74년 9월, 02년 9월, 05년 5월, 13년 5월, 14년 12월 등 다섯 번씩이나 가보았다. 74년 9월에 귀국하면서 LA지역에 1주일간 머물고 간 일이 있었다. 02년 9월에 다시 가보게 되었던 LA는 역시 자동차도 많았고 한인들도 많이 살고 있는 곳임을 새삼스럽게 깨닫게 되었다. 미국에 도착한 후 처음부터 LA에 간 것이 아니었다. 미국의 도착지는 나리타공항에서 갈아탄 UA가 가는 샌프란시스코공항이었다.

좀 날씨가 쌀쌀할 것이라는 말을 듣고 까만 점퍼를 갈아입었다. 공항에서 가이드의 지시사항을 간단히 듣고 버스를 타고 공항 근처에 있는 호텔에 가서 가방을 호텔 방에 두고 샌프란시스코 구경을 나갔다. 몇 그룹이 합쳐져서 거의 50여 명에 가까운 사람들이 함께 다녔다. 일행은 서부지역을 구경하려는 사람들이 대부분이었지만 개중에는 동부지역까지 여행을 계속하게 되는 그룹도 섞여있었다. 희한한 사실은 함께 미국에 왔던 사람 중에 예정대로 한국에 되돌아가는 사람은 50여 명 중에 불과 2~3명밖에 없었다는 사실이었다.

샌프란시스코는 1900년의 대지진으로 도시 전체가 파괴되는 내용을 소재로 한 흑백영화인 '샌프란시스코'란 영화를 내가 초등학생 때 보고 눈물지었던 감격이 서려있는 도시라 특별한 기대를 걸었는데, 막상 샌프란시스코의 전경이 잘 보인다는 트윈마운틴 언덕에 올라가서 내려다 본 샌프란시스코는 작고 너무나 초라하게 느껴졌다. 시내에 언덕이 많기로 유명하며 샌프란시스코의 가파른 언덕길을 배경으로 박진감 넘치는 추격전을 벌이던 영화를 어릴 적에 감

명 깊게 보았던 내가, 막상 샌프란시스코에 갔을 때에는 언덕이 그렇게 가파르게 높은 것도 아니었다,

점심식사는 샌프란시스코 시내의 한 한식집에서 들었는데 한식 맛이 별로였다. 관광버스도 한인이 운전했으며 가이드도 어렸을 적에 부모님을 따라 이민 온 한인이 맡았다. 가이드는 아주 능숙하게 많은 사람들을 자기 생각대로 이끌어가는 재주가 있는 것 같았다. 점심식사를 한 후에 일행은 휘셔맨즈와프라는 부둣가에 있는 제38 부두에 가서 구경을 했다. 금문교까지 갔다가 되돌아오는 배를 타기로 한 사람은 배를 타고, 배를 타지 않는 사람은 어시장을 둘러보는 등 그동안 시간을 보내라고 가이드가 말했다.

우리 부부는 부둣가에 사진 몇 장을 찍고 금문교까지 갔다 오는 배를 탔다. 부둣가에 있는 바위 위에는 바다물범들이 일광욕을 하는지 배를 깔고 떼를 지어 누워있는 것이 장관이었다. 배가 그 옆을 지나가는 섬 위에는 옛날에 감옥이었던 육중한 건물이 보였으며, 저 멀리 금문교의 육중한 자태가 보이는 방향으로 배가 달려가고 있었다. 왼쪽으로는 샌프란시스코의 전경이 바라보이는 것이 장관을 이루고 있었다. 금문교는 물결이 사납고 바람이 세차게 부는 곳에 거대한 다리를 연결해 놓은 교량건축물의 최대 걸작품이라 할 수 있었다.

우리 부부는 금문교 바로 밑에까지 배를 타고 가서 견고한 교량 건축물을 다리 아래에서 위로 바라볼 수 있는 기회를 가졌다. 과연 듣던 대로 거대한 건축물임에 틀림이 없었다. 배가 다시 부두로 되돌아온 후에는 일행이 금문교 공원에 가서 금문교를 건너가기 전에 금문교를 배경으로 하여 사진을 찍었다. 그런 다음 일행은 금문교

를 건너가서 반대편에서 다리를 바라보며 다시 금문교를 배경으로 하여 사진을 찍었다. 저 멀리 샌프란시스코가 한 눈에 들어왔다. 가이드의 말에 의하면 샌프란시스코는 동성연애자들의 천국이라고 했다.

샌프란시스코는 우리 부부가 02년 9월에 그곳을 갔을 때 버스를 타고 단체로 관광을 했다. 그런 다음 차를 운전하고 샌프란시스코를 지나서 금문교를 두 번 건너가느라 02년 9월에 단체관광이 LA에서 해산된 후에 얼마 되지 않아서 작은 처남의 도요다 승용차로 미국도 101번 도로를 타고 샌프란시스코에 다시 올라왔다가 시내에서 길을 잃어서 고생했던 일이 있었다. 남쪽에서 101번 북쪽 길을 따라 시내로 들어왔던 우리 부부가 길 표시를 잃어버렸다. 인내심을 갖고 좀 더 시내에서 길을 찾아볼 것이지 엉뚱한 외국인에게 길을 잘못 물어본 결과 버클리까지 잘못 갔다가 되돌아왔던 일이 있었다.

캘리포니아대학교 버클리 캠퍼스에는 가보지 못했지만 거리가 좀 지저분하다는 느낌을 받았다. 기왕에 그곳으로 건너가게 된 것이니 연료도 넣고 맥도날드 햄버거로 점심도 먹은 후에 그 햄버거집 여종업원이 가르쳐준 대로 리치몬드 브릿지를 건너 라파엘에서 101번 도로를 타고 북쪽으로 가는 길을 택하기로 했다. 그녀의 말은 베이브릿지를 타고 샌프란시스코로 다시 들어가게 되면 2달러의 통행료를 내야 하는데 리치몬드 브릿지로 가게 되면 그러한 통행료를 낼 필요가 없다는 것이었다.

그녀의 말대로 리치몬드 브릿지로 향하던 중에 또 길을 잃어버려서 결국에는 베이브릿지를 건너서 2달러의 통행료를 내고 길을 잃었던 자리로 되돌아오고야 말았다. 샌프란시스코에서 금문교나 베이브릿지를 타고 밖으로 나가는 차량에 대해서는 통행료를 받지 않지만 밖에서 다리를 건너서 시내로 들어오는 차량에 대해서는 차량당 2달러의 통행료를 받는다는 것이다.

엉뚱한 사람에게 길을 물었다가 시간만 낭비한 셈이다. 원래 시내에서 길을 잃었던 자리로 되돌아온 후에 다시 101번 북쪽 방향 길 표시를 찾아보았더니 한 불럭 더 가서 내가 찾던 길 표시가 나오는 것이 아니겠는가? 그 길 표시를 따라 갔더니 시내를 거쳐 좀 복잡하게 가기는 했지만 결국 금문교를 무사히 건널 수 있었다.

샌프란시스코에서 하룻밤 묵고 다음날 아침에는 짐을 챙겨서 호텔을 떠났다. 샌프란시스코의 그 부두에 다시 가서 아침식사를 하고 요세미티 국립공원으로 향했다. 중도에 산골에 있는 중국 음식점에서 점심식사를 들었는데, 음식이 일품이었으며 샌프란시스코의 어설픈 한식보다 훨씬 나았다. 요세미티라는 말은 아메리칸 인디안 말로 '곰이 나오는 곳'이라는 뜻이라고 했다. 공원 내에 야생하고 있는 곰들이 많이 있다고 했는데 일행은 그러한 곰을 한 마리도 만나지 못했다.

요세미티공원은 숲이 우거지고 산세가 높은 경관이 아주 수려한 국립공원이다. 1,000미터 이상 높이의 단일 화강함 바위인 엘카피탄을 배경으로 하여 가이드가 우리 부부의 사진을 찍어주었는데, 워낙 높은 바위라 그 바위를 사진에 전부 넣기 위해서는 가이드가 드러누워서 사진을 찍어야만 했다. 요세미티 폭포구경을 갔지만 물이 말라서 폭포구경을 할 수 없었지만 기왕에 간 것이니 그 앞에서 사진을 찍었다. 폭포수도 없는 폭포 앞에서 말이다.

그곳을 구경한 일행은 베이커스필드 근처에 있는 곡창지대인 후레즈노에서 1박을 하고 다음 날은 라스베가스로 향했다. 가는 길에 있던 폐쇄된 구리광산은 옛 모습이 그대로 남아있는 갈리코라는 곳으로 잠시 둘러보고 라스베가스로 향했다. 점심은 중도의 스테이크 하우스에서 들었는데, 고기에서 피가 뚝뚝 떨어질 정도로 연한 고기를 우리 부부는 오래간만에 참 맛있게 잘 먹었다. 일행 중 대부분은 배가 고프다고 식당에 도착하자마자 밥과 김치로 미리 배를 채웠기 때문에, 그렇게 맛이 있는 스테이크 고기를 먹을 더 이상의 배가 남아 있지도 않았을 뿐만 아니라, 시뻘건 피가 새어나오는 그런 고기를 거침없이 먹을 만한 미식가들도 별로 많지 않았을 것이다. 라스베가스로 가게 되는 주간 초고속도로 15번 도로는 캘리포니아주의 모하비사막과 네바다주의 사막으로 연결되는 고속도로로 사막을 가로 지르는 길이라 거의 일직선에 가까웠다.

이 길은 우리 부부가 05년 5월에 라스베가스를 떠나서 이 길로 내려오다가 연료가 부족하여 주유소를 찾아보았지만 주유소를 금방 찾지를 못하여 고생했던 길이다. 내가 이전에 듣기에 네바다주는 하늘과 땅과 고속도로밖에 없는 곳이므로, 만일 그곳을 여행하게 되는 경우에는 반드시 연료를 충분히 탱크에 채우고 고속도로를 타야 한다는 것이었다. 이 길 주변에는 사막만 있는 것이 아니라, 저 멀리에는 제법 돌산들도 보이는 것이 이집트의 시나이반도에서 접했던 사막의 풍경과는 아주 다르다는 느낌이 들었다.

라스베가스는 도박의 도시답게 세계에서 가장 큰 호텔을 비롯하여 많은 호텔들이 즐비하게 있어서 그 야경이 과연 휘황찬란한 데 놀랐다. 라스베가스에서는 라스베가스 쇼도 구경했으며, 분수가 음악에 맞추어 춤을 추는 희한한 광경도 보았다. 천정에 설치된 수십만 개의 전구가 연출했던 등불 쇼도 구경하는 등 볼거리가 많았는데 우리 부부는 남들처럼 도박은 하지 않았다.

라스베가스를 구경한 다음 행선지인 그랜드캐년으로 가보았다. 관망대에서 캐년을 바라보고 사진만 찍는 것보다는 경비행기를 타고 캐년 상공에서 캐년 전체를 내려다보면서 캠코더에 그 전체 모습을 담는 것이 우리 부부에게는 큰 기념이 되었다. 그랜드캐년은 74년에 디트로이트에서 LA로 가던 귀국길에 비행기 위에서 내려다보면서 참으로 굉장하구나 하는 느낌을 받았다. 28년이 지난 02년에 다시 미국에 와서 이렇게 찾아보게 되는구나 하는 것을 생각할 때 참으로 감개가 무량했다. 그랜드캐년은 캐년 밑에 굽이굽이 흐르고 있는 콜로라도 강이 강 유역을 침식시켜서 형성된 것으로 그 규모가 큰 데 놀랐다. 그랜드캐년을 구경하고 난 후 리프린이라는 라스베가스보다는 작지만 역시 도박도시인 곳에서 하룻밤을 묵고 LA로 돌아왔다.

LA는 74년에 귀국할 때 들렸었는데, 그때 가 보았던 헐리우드의 차이나시어터를 다시 찾아가서 배우들의 발자국과 손을 찍어놓은 것을 구경했으며, 그 곳에서 샌드위치로 점심식사를 하고 유니버샬 영화촬영소를 구경갔다. 세트들이 합판으로 엉성하게 만들어 놓은 것이 아니라 실제의 집처럼 지어놓은 것이 견고해 보였다. 어떻게 보면 디즈니랜드처럼 주로 어린이들을 위한 조형물처럼 설치되어 있는 유니버샬 영화 촬영소였지만, 영화촬영은 이렇게 하는 것이구나 하는 개념을 가질 수 있게 해주어서 영화를 이해하는데 많은 도움이 되었다. 유니버샬 촬영소는 13년 5월에 우리 부부의 혼인 50

주년 기념차 큰딸네와 작은딸이 살고 있는 LA에 들렸을 때 우리 부부는 그곳에 갔었기 때문에 큰딸네만 구경하러 갔다.

코리아타운은 28년 전인 74년에 귀국할 때 보았던 것과는 몰라보게 변해 있었다. 그때는 올림픽 불르바드에 주로 있던 초라하기 짝이 없는 모습이었는데, 02년에 가서보니 주로 LA의 중심지인 월샤이어 가에 자리 잡은 코리아타운이 전혀 다른 모습으로 변한 것을 보고 28년이라는 세월은 참으로 긴 기간이었구나 하는 것을 새삼스럽게 깨달을 수 있었다. 그런데 13년 5월에 다시 가본 올림픽 불루바드는 74년에 보았던 모습과 별로 변한 것은 없는 것 같은데, 코리아타운으로서 확고하게 자리를 잡은 것 같았다.

나흘간의 서부지역 단체관광은 LA에서 하룻밤을 더 자야 끝이 나는 것이었지만, 우리 부부는 더 이상 할 일도 없었고 밤늦게까지 일하던 작은처남 내외와 연락이 되어서 호텔로 차를 갖고 데리러 온다하여 기다렸더니, 밤 11시가 다 되어서야 우리 부부를 데리러 호텔에 도착했다.

LA국제공항 근처에 있는 호텔에서 산 버나디노에 있는 작은처남 집까지 가는 데는 거의 2시간이나 걸려서 새벽 1시가 다 되어서야 그 집에 도착할 수 있었다. 작은처남은 우리 부부가 귀국한 후 얼마 지나지 않아서 결혼식을 올리고 부부가 미국으로 이민 갔다. 전처는 가게에서 일하다가 흑인들이 서로 총 쏘며 싸우는 것을 보겠다고 가게 바닥에 엎드려 있다가 고개를 드는 바람에 그 순간 날아온 유탄에 맞아 사망했다. 현재의 처남댁은 후취인데 전처보다는 친절하고 너그러운 사람 같았다.

우리 부부를 공항 옆 호텔까지 데리러 온 차는 검은 색 벤츠였으며 밤인데도 처남댁이 능숙하게 차를 잘 몰았다. 작은처남과는 거의 25년만에 다시 만나보는 것인데 일만 열심히 해서 그런지, 몹시 야윈 모습인 부부가 모두 옷도 제대로 사 입지 않고 일만 하는 것 같았다. 만 65세가 거의 다 된 작은처남은 이제는 일을 그만하고 쉴 수도 있을 것 같았는데, 그런 결심을 하기에는 좀 망설여지는 모양이었다.

우리 부부는 별채에서 지냈으며 그들이 보유하고 있는 자동차 중에 도요다 승용차를 우리 부부가 미국에 체재하는 동안 약 2주간을 빌려주어서, 우리 부부는 연료만 넣고 사용하면 되었다. 그런 연유로 우리 부부는 레드우드를 보기 위하여 오릭까지 101번 도로를 따라 올라갔다 왔다. 우리 부부는 작은처남 집에서 잠을 자고 난 다음 날 작은딸이 살고 있는 발렌시아로 찾아가서, 이틀 밤을 묵은 다음에 약 1주일간 여행을 갔다 오기로 했다.

우선 LA에서 바닷가로 내려갔다가 바닷가를 끼고 북쪽으로 올라갈 생각이었는데, 결국에는 그 방법을 포기하고 LA 시내로 다시 들어왔다가 101번 도로를 타고 북상하기로 했다. 그러다보니 LA를 벗어나는 시간이 러시아워 때문에 상당히 지체되어서 첫 번째 숙박 예정지였던 산타바바라까지 가는데 너무나 많은 시간이 걸렸다. 잠을 자려면 중도에 그렇게 많은 모텔 중 하나에서 잠을 자고 갈 것이지 무엇 때문에 산타바바라까지 가서 자겠다는 고집을 부렸단 말인가? 밤늦게 산타바바라에 도착하고 보니 시내에서는 모텔을 찾을 수도 없었고, 가파른 길을 따라 올라간 산위의 호텔은 하루 밤 숙박비가 350 달러나 된다니 몇 시간 자지도 않을 것이라 그냥 포기하고 다시 밑으로 내려오고 말았다.

우리 부부는 아무데서나 잘 수가 없어서 24시간 여는 가게가 딸린 주유소에 차를 세우고 주인의 양해 하에 밝은 데서 잠을 자기로 했다. 나는 차속에서 잠을 자본 경험이 있었지만 아내는 이번이 처음이라 잠을 제대로 자지를 못했다고 했다. 더욱이 차속이 추워서 떠느라 잠을 못 잤다고 했다. 여행 중에 갖고 다니던 큰 가방만 열어 보았더라도 무엇인가 덮고 잘 것이 트렁크 속에 있지 않았겠는가?

여행 중이었던 우리 부부는 큰 가방을 두 개씩이나 차 트렁크에 넣고 다녔으면서도 그 속에 들어 있을 두꺼운 옷이나 덮을 것을 가방에서 꺼낼 생각도 하지 않았다니…. 그것들을 꺼냈더라면 아내의 추위정도는 충분히 면할 수 있었을 것이다. 새벽 5시경 잠을 깬 나와 아내는 커피라도 한잔 마시고 아침 일찍이 길을 떠나기로 했다.

"여보 차속이 불편해서 잠이라도 제대로 잤소?"

"당신은 몹시 피곤했던지 코까지 골면서 단잠을 잘도 자더군요."

"나는 한국에서 주일학교 교장할 때 학생들 데리고 강원도의 작은 시골 초등학교에 여름 수련회를 갔다가 잘 데가 없어서 차속에서 잠을 잤던 일이 있었소."

"주일학교 수련회를 갔었는데 왜 차속에서 잤나요?"

"워낙 작은 시골 초등학교라 학생들과 봉사 나온 자모들이 각자 방을 차지하고 보니 지도신부님과 나는 잠잘 곳이 없습디다."

"그래서 당신과 신부님이 차속에서 함께 잤나요?"

"신부님도 자기 차를 가져왔기 때문에 자기 차에서 잠을 잤지요."

"그때도 오늘밤처럼 몸이 떨리도록 추웠나요?"

"아니오. 그때는 한 여름이라 지금처럼 춥지는 않았소."

"여보, 한국에서는 차속에 추우면 덮을 담요 같은 것을 갖고 다녔는데, 이 차에는 그럴만한 아무 것도 없군요."

"그러게 말이요. 그런데 미국에 와서 보니 작은처남이 돈은 좀 번 것 같은데, 지금까지도 돈 버느라 고생이 심한 것 같구려."

"작은 동생은 자랄 때 아들이라고 얼마나 귀하게 자랐는지 모르겠어요. 나는 딸이라고 부모님들이 별로 신경을 쓰지 않았는데 말이에요."

"그래도 당신은 똑똑하니까 인생을 멋있게 살지 않았소? 모처럼 이번에 오래간만에 만난 남매사이니 회포를 충분히 풀고 갈 수 있도록 합시다."

우리 부부가 차속에 덮을 것이 아무 것도 없다고 엉뚱한 불평을 서로 주고받으면서도 차를 타고 여행을 하는데 어찌하여 여행가방 속에 두꺼운 옷이나 코트 같은 것이라도 들어 있으리라는 것에 생각이 미치지 못하고 떨고만 있었다니…. 그 후 한국에서 큰딸이 우리 부부의 이야기를 듣고 '왜 트렁크 속을 찾아보지 않았느냐?'고 반문할 때까지는 그러한 사실을 미처 깨닫지 못하고 있었다.

커피와 간단히 요기할 것을 먹고 화장실 볼일을 마친 우리 부부는 칠흑 같은 어둠을 뚫고 101번 도로를 북상해서 샌프란시스코 방향으로 올라가고 있었다. 한참 가다가 하늘이 훤히 밝아오기 시작했다. 가다보니 길가에 휴게소가 있어서 차를 세우고 화장실도 다녀오고 잠시 쉬었다 가기로 했다.

미국의 동부지역의 고속도로는 통행료를 받는 유료도로이기 때문에 그러한지 우리나라의 고속도로처럼 주유소, 식당 및 때로는 숙박시설까지 휴게소에 완비되어 있어서 주유, 화장실 및 숙박문제를 거의 걱정하지 않고 여행을 할 수 있었다. 이에 반하여 서부지역에서는 도로변에 휴게소가 있으면 그 곳에서 해결할 수 있지만 그렇지 않은 경우에는 도로 변에 대형 수퍼마켓이 있으면 그곳에서, 아니면 동네를 찾아 들어가서 주유소에서 일을 봐야 하는 불편함이 있었다. 특히, 주간 초고속도로를 통행하는 경우에는 빨리 갈 수 있다는 장점은 있어서 좋았지만 주유소, 화장실 또는 숙박시설을 찾아간다는 것이 여간 고역이 아니었다.

맥도날드 햄버거는 우리나라에서도 잘 팔리고 있었다. 라스베가스에서 먹었던 햄버거는 무슨 행사기간이라면서 후렌치후라이 튀긴 감자를 우리나라 것의 배나 되는 큰 봉지에 든 것을 2개나 주었는데, 그런 줄도 모르고 그것을 2개나 주문했던 우리 부부는 4개의 튀김감자를 먹어야만 했다. 마침 동행중인 한국인 부부가 그곳에 있기에 튀김감자를 주문하기 전에 그들에게 일부를 넘겨주었다. 미국에 02년에 다시 가보니 우리 부부가 74년에 귀국하기 전에 미국에서 살 때보다 아주 뚱뚱한 여자들이 그동안 왜 그렇게 많이 늘었는가 했더니 바로 이러한 기름진 음식들을 많이 먹고 있었기 때문이었다는 것을 금방 알 수 있었다.

샌프란시스코와 주변지역을 연결하고 있는 큰 다리로는 우리 부부가 잘못 건너갔다가 되돌아온 베이브릿지와 금문교, 그리고 우리 부부가 LA로 되돌아올 때 라파엘에서 건넜던 리치몬드 브릿지가 있다. 우리 부부가 샌프란시스코를 지나서 101번 도로를 타고 계속 북상했던 이유는 거목지대였던 그 유명한 레드우드를 보기 위한 것이었기 때문에 딱히 어디로 가야겠다는 확실한 목표는 없었다. 그리하여 중도에 유키야라는 자그마한 도시가 나오기에 그곳에 가서 첫 번째 나타난 모텔에서 묵고 가기로 했다.

모텔을 잡고 가만히 생각해보니 뚜렷한 목표도 없이 무작정 자꾸만 북쪽으로 올라가는 것도 무의미한 일이라 이 모텔에서 3일간 묵으면서 주변지역을 구경하기로 했다. 모텔의 백인 할머니 직원이 나에게 한국에서 왔느냐고 물으면서 모텔주인이 한국인이니 디스카운트를 받을 수 있는지 여부를 알아보아서 그 결과를 연락해 주겠다고 했다. 그 할머니에게 레드우드가 얼마나 가면 있느냐고 물었더니, 이곳에서 조금만 더 가면 레드우드가 있다고 말해 주었다.

2층 방으로 올라가는 복도가 카펫트까지 깔려 있었지만 삐꺽거리는 소리가 나는 것이 약간 불안했다. 짐을 방까지 올려가서 잠시 쉬고 있었는데 그 할머니가 전화를 걸어서 한국인 주인이 모텔 숙박비를 15퍼센트를 할인해 주겠다고 했다는 것이다. 방속의 가구도 고풍스럽게 차려놓은 것이 이곳에서 3일간 묵고 가기로 한 것은 참 잘한 일이었다는 생각이 들었다.

저녁을 먹기 위하여 그 근처를 살펴보았더니 거리가 무척 깨끗했으며 주택들도 비싼 것 같았으며 주민들이 사는 모습도 여유 있어 보였다. 백인, 특히 나이든 은퇴한 백인들이 많이 눈에 뜨이는 것을 보니 아마도 백인 은퇴자들이 선호하는 소도시였던 것 같았다. 쇼핑센터 근처의 스테이크하우스는 고기 맛도 좋았고 서비스도 만족스러웠다.

모텔에서 하루 밤을 자고 다음날 아침 북쪽으로 출발하려 했더니 간단한 아침식사가 준비되어 있어서 그걸 먹고 떠났다. 미국에서 자동차 여행을 하다 묵은 모텔의 상당수가 간단한 아침식사를 제공해 주었다. 이것도 72년에 플로리다 여행을 할 때와는 변모한 현상의 하나라 할 수 있었다.

유키야를 벗어나서 북쪽으로 얼마쯤 올라가다 보니 과연 거목들이 길가에 가로수처럼 줄을 지어 서있었다. 아마도 이것이 모텔의 할머니 직원이 말했던 레드우드로구나 하는 생각을 했지만, 레드우드국립공원이 있다는 오릭까지 올라가려면 아직도 한참을 더 올라가야 하니 이곳은 아직도 시작에 불과하다는 판단을 하고 계속 올라가 보기로 했다. 그러나 나의 판단이 잘못되었다는 것은 국립공원이 있다는 오릭까지 한참 올라가 보고서야 비로소 깨닫게 되었던 사실이었다.

중도에서 레드우드 주립공원을 한 곳 들어가 보았는데, 과연 그 나무의 굵기가 큰 자동차도 충분히 지나갈 수 있을 정도로 컸으며 얼마나 높이 솟아있는지 나무 아래에서는 그 끝이 보이지 않을 정도였다. 마치 우리 부부는 걸리버여행기의 대인국에 와있다는 착각에 빠지는 느낌마저 들었다. 레드우드 국립공원이 있다는 오릭에 왔는데도 주립공원과 다른 국립공원의 구획이 뚜렷이 그어진 아무 표시도 발견할 수가 없었다. 다른 국립공원들처럼 입장료를 받는 국립공원의 입구도 없었다. 다만 지금까지 보아온 거목의 한 연속의 일부에 불과했던 것 같았으며 국립공원이라고 해서 별다른 특색이 없었다.

유끼아의 모텔에서 너무 멀리 올라왔기 때문에 낮에는 아내가 운전하는데 별 문제가 없었지만 칠흑 같은 밤중에 구불구불한 밤길을 운전해서 유키야까지 되돌아가느라 내가 고생 많이 했으며 밤늦게야 겨우 모텔에 돌아올 수 있었다.

다음날은 하루 종일 모텔에서 쉬면서 늦장을 부렸으며, 그 다음날은 주일이라 모텔근처에 있는 가톨릭교회에 가서 미사를 드렸다. 현대식으로 멋지게 지어놓은 단층교회는 유럽국가의 대성당들과는 달리 소박한 분위기를 보여주었으며, 미사도 청년미사가 되어서 그런지 우리나라의 경건한 분위기와는 많은 차이가 있었으며, 쇼핑센터에도 가보았고, 점심을 먹은 다음 모텔에 와서 쉬기로 했다.

우리 부부는 유키야의 모텔에서 3박을 하면서 충분히 휴식을 취한 다음 LA로 되돌아가려는데, 아침에 한국인 모텔주인이 인사차 우리 부부를 만나서 귀로에 머물만한 하워드 존슨 모텔도 소개해 주었다. 그 모텔주인은 한국인으로서 자기가 하던 것을 그에게 물려주었다고 했다. 돌아가는 길도 자세히 잘 가르쳐 주어서 그 모텔까지 편하게 잘 갈 수 있었다.

내가 학생으로 미국에 유학을 갔던 60년대 초만 하더라도 한국인으로서는 모텔주인을 하는 사람은 없었다. 그런데 이제는 모텔주인 뿐만 아니라 LA의 대규모 한국식품점 주인이 대규모 농장주인도 겸해서 자기농장에서 대량생산한 농작물을 저렴한 가격으로 판매하니 많은 한인들이 그 가게를 이용하여 식품점이 날로 번창하고 있는 모습을 직접 눈으로 확인할 수 있었다.

레드우드를 보러가다가 점심을 먹으러 들어간 작은 마을의 피자집은 주로 주문만 받고 있었는데 그 맛이 정말 일품이었다. LA에서는 자동차가 많아서 처음에 101번 도로를 타고 북상하면서도 LA근처에서는 내가 주로 운전을 했다. 유키야에서 레드우드를 구경하러 갈 때에는 길에도 차가 붐비지 않았기 때문에 아내가 운전을 하게 되었고 차츰 용기도 제법 생겨서 작은딸이 있는 발렌시아까지도 아내가 운전을 해갔으며 LA의 차가 많은 고속도로 위에서도 척척 운전을 할 수 있을 정도로 아내의 운전 실력이 발전했다.

돌아오는 길은 한국인 모텔주인이 가르쳐 준대로 101번 도로를 타고 샌프란시스코 근처의 라파엘까지 내려가서 리치몬드 브릿지를 타고 바다를 건너가니 저 멀리 샌프란시스코가 보이는 것이 감개가 무량했다. 그 길로 계속 내려가다가 주간 초고속도로 5번과 연결되는 곳에서 다시 5번 도로를 갈아타고 계속 남쪽으로 내려가다가 한국인이 경영한다는 하워드 존슨 모텔에서 하루 밤을 묵었다.

유키야 모텔주인의 이야기를 했더니 모텔 숙박비도 깎아주고 잘 대해 주었다. 다음날은 여주인이 점심까지 새로 지어서 우리 부부를 대접해 주었다. 이 모텔은 굉장히 규모가 컸으며 길에서 볼 수 있었던 어마어마하게 큰 트럭들이 주차하고 있는 거대한 주차장까지 갖고 있었다. 잠시 모텔 방에서 쉬다가 저녁을 들기 위하여 구내식당에 가서 스테이크를 시켰더니 굉장히 큰 스테이크가 나왔다. 기름 냄새도 나는 것 같은 것이 맛이 별로 없었다. 아마도 몸집이 건장한 트럭운전사만을 상대하다 보니, 우리 부부에게는 전혀 맛이 없는 것이 아니었을까?

다음날 아침 그곳 모텔주인 말이 그곳에서 조금 동북쪽으로 가면 스콰이어 국립공원이 레드우드 못지않게 구경할만한 곳이라 하여 점심 전에 그곳에 갔다가 돌아오기로 했다. 스콰이어 나무도 레드우드와 마찬가지로 캘리포니아주에서 자라는 거목으로서 레드우드가 해안을 따라 자라고 있는 것과는 달리 스콰이어는 국립공원이 있는 특정지역의 6,000피트(2,000미터) 이상 되는 산위에서 자라는 거목들로서 큰 나무들이 줄지어 서있는 것을 보게되니 실로 장관이라 할 수 있었다. 그 거목들 옆에 사람이 서게 되면 아주 작은 인형처럼 보였으며, 그 거목들의 밑에서 나무들을 쳐다 보면 그 끝이 보이지 않을 정도였다. 이렇게 나무가 크게 자라려면 수백 년 또는 수천 년의 수많은 세월이 걸렸을 것이다. 그런데 그러한 거목들이 하나도 아니고 떼를 지어 자라고 있는 것을 보고 우리 부부는 놀라움을 금할 수 없었다.

모텔에 가서 여주인이 준비한 한식을 점심으로 오래간만에 맛있게 들고 5번 도로를 타고 발렌시아까지 오는 데는 4~5시간이 더 걸렸다. 길 양쪽에는 농작물이나 과일나무들이 끝도 보이지 않을 정도로 경작되고 있는 것을 보고 바로 이곳이 그 유명한 캘리포니아주의 곡창지대라는 것을 실감할 수 있었다.

발렌시아는 부자동네인 것 같았으며 작은딸이 칼아츠 대학원에서 애니메이션 공부를 시작한 칼아츠가 있는 곳이다. 우리 부부가 북쪽으로 여행을 떠나기 전에 잠깐 둘러보고서야 참으로 작지만 아름다운 캠퍼스라는 생각을 했다. 이 학교는 월트 디즈니재단에서 설립한 예술학교로서 졸업생들의 취업이 잘 된다고 했다. 이 학교를 졸업하면 미국에서 취직하고 사는 데도 도움이 될 것이며 한국에 나오는 경우에도 좋을 것이라 생각되었다. 작은딸은 칼아츠를 졸업하고 LA에 있는 애니메이션 회사에 취직하고 있으며, 사위도 그 방면공부를 UCLA 대학원에서 마치고 둘이 애니메이터로 돈을 잘 벌어서 최근에 발렌시아 근처의 스티븐슨 랜치에 집을 샀다. 고급주택가이며 학군도 좋다 한다. 14년 크리스마스이브에 작은딸이 우리 부부를 초청해 주어서 작은딸 집에 방문하여 작은딸의 커피테이블도 사주고 손자와 손녀에게 장난감도 사주고 2주간 딸네 집에서 보내다가 왔다. 미국간 지 10여년 만에 그렇게 성공한 작은딸을 대하니 참으로 대견하게 여겨졌다.

큰딸은 서울미대를 졸업하고 서울디자인재단의 팀장으로 있으며, 외아들까지 낳고 홍익대학교 대학원에서 예술학 박사학위를 받았다. 두 딸이 모두 자기 분야에서 열심히 살고 있는 모습을 보고 있는 우리 부부는 두 딸이 훌륭하게 자라준 것을 자랑스럽게 생각하고 있으며 하느님께 감사드리고 있다.

작은딸이 살고 있는 발렌시아에서 작은처남이 사는 산 버나디노까지는 고속도로를 타고가도 약 2시간 걸리는 거리에 있었다. 작은처남이 경영하고 있는 주류잡화점은 시내에 있으며 집은 백인들의 주택지인 언덕위에 대지가 제법 넓은 풀장이 딸린 단층집이었다. 별채를 지어서 우리 부부처럼 손님이 오면 묵게 하고 있었다. 집의 북쪽 담장 넘어는 낭떠러지라 도둑이 들 수는 없을 것 같았지만, 아무 것도 없는 벌판에 가까운 공터라 밤에는 좀 무섭게 느껴지기도 했다.

마당에는 선인장들이 있어서 그런지 시큼한 냄새가 났다. 몇 년 전에 어떻게 불이 옮겨 붙었는지 집에 있는 나무들을 전부 태운 일이 있었다는 작은처남의 말을 듣고 화재의 무방비지대로구나 하는 생각을 해보았던 일이 있었다. 그런데 실제로 몇 년 전의 캘리포니아 대화재로 그 집에 있었던 벤츠차, 가재도구와 집 자체가 모두 타버려서 다른 곳에 집을 새로 지었다는 말을 듣고 작은처남은 참으로 운도 나쁜 사람이구나 하는 생각을 했다.

작은처남이 하루는 일 나가기 전에 우리 부부에게 구경시켜 줄곳이 있다하여 함께 벤츠를 타고 집 뒤로 보이는 산으로 올라갔다. 아래에서 볼 때에는 작은 산처럼 보였지만 막상 산위에 올라가 보니 산세도 험하고 호수도 있고 겨울에는 눈도 많이 온다고 했다. 더 위쪽으로 올라갔더니 에로헤드 호수라고 부자들이 거대한 별장들을 갖고 있다는 큰 호수에 가서 배를 타고 구경을 했다.

작은처남 집에 머물면서 팜스프링즈와 샌디아고에 다녀왔다. 팜스프링즈는 처남 집에서 1시간 반 정도의 거리에 있는 사막 한가운데 건설된 사막도시였다. 그 주변에는 풍력발전기가 수백 대 설치되어 있었다. 바람에 의하여 발전기의 세 날개가 한꺼번에 돌아가는 모습은 이곳에서만 볼 수 있는 장관이었다. 사막도시라서 그런지 태양광선도 강력하여 그 광선이 반사되어 공중으로 되돌아오는 복사열 때문에 몹시 뜨겁다는 느낌이 들었다.

그 곳에는 아신타 국립공원으로 올라가는 케이블카가 있어서 정상까지 그것을 타고 올라갔다. 우리 부부는 처음에 케이블카가 한국의 케이블카처럼 몸체가 고정되어 있는 것이지, 이 케이블카처럼 케이블카의 몸체 전체가 빙빙 돌아간다는 것을 의식하지 못하고 있었다. 캠코더를 찍으려고 뒤쪽에 서있었는데, 나중에 보니 앞쪽으로 돌아가 있어서 케이블카의 뒤쪽에서 보이던 경치를 찍을 수가 없었다. 일반 케이블카처럼 좀 더 잘 보려고 앞쪽이나 뒤쪽에 서려고 노력할 필요가 없다는 것이다. 케이블카의 어느 쪽에 서있더라도 케이블카가 회전하기 때문에 어디서나 경치를 잘 볼 수 있도록 한 장점이 있다는 것이다.

산위에 올라가서 보니 아래는 사막이며 산자체가 돌산이었다. 그런데 뒤쪽은 믿을 수 없을 정도로 숲이 우거진 별천지였다. 등산을 하는 사람들은 케이블카를 타고 산위에까지 올라온 후에 거기서부터 걸어서 산을 타게 된다고 했는데, 그 말뜻을 이해할 수 있을 것 같았다. 산 아래는 무척 더웠는데, 산위는 시원한 것이 초가을 날씨 같았다.

　작은처남이 살고 있는 산 버나디노의 산 아래는 별로 나무가 자라지 않는 것 같았는데, 산 위의 분위기는 나무도 우거지고 기온도 서늘한 것이 전혀 다른 모습을 보여준 것도 이와 유사한 경우였다고 하겠다. 산 위에는 눈이 하도 많이 와서 차량통행이 두절되는 일까지 종종 발생한다고 했다. 워낙에 땅이 넓은 캘리포니아주라고 하지만 우리 부부의 상상을 초월할 지경이었다.

　팜스프링즈에서 돌아오는 길에 이곳에 오기 전에 보아두었던 쇼핑센터를 찾아가보기로 했다. 그런데 케이블카를 타는 대기 장소에서는 음식 값이 너무나 비쌌기 때문에 간단한 요기만 하고 좀 더 제대로 된 점심은 집에 돌아가는 길에 먹기로 했다. 마침 맥도날드 햄버거집이 있어서 좀 늦은 감이 있었지만 햄버거로 점심을 들고 거기서 얼마 떨어져 있지 않은 곳에 있는 카바존의 쇼핑센터를 구경하러 갔다. 그곳의 쇼핑센터는 빙둘러가며 볼 수 있도록 가게들이 연결되어 있어서 쇼핑하기에 편리했다. 그곳의 가게들은 전문화되어 있어서, 예를 들면 부엌도구를 파는 가게, 구두만 파는 가게, 블루진만 파는 가게 등 업종의 전문화는 물론 가게의 규모도 웬만한 슈퍼마켓을 능가하는 크기로서 우리 부부가 이 근처에 살고 있었다면 거의 매일 쇼핑을 왔을만한 장소로서 무척 인상적이었다.

　한국에 돌아오기 전에 샌디아고에 있는 수족관을 구경하러 갔다. 작은처남이 살고 있던 산 버나디노에서 거기까지 가는데 2시간, 또 거기에서 구경하고 되돌아오는데 2시간이 걸렸다. 최소한 수족관을 제대로 구경하려면 오전 9시 문 열 때까지 대어가야지 우리 부부처럼 11시가 다 되어서 점심시간에 겨우 그 곳에 도착을 하였으니 좀 구경하다가 점심부터 들어야 했다. 그날이 노동절이라 방문객으로 붐볐다. 점심을 매점에서 간단히 들고 별로 구경한 것이 많지 않았는데, 벌써 돌아갈 시간이 되어서 수족관 관람은 좀 아쉬운 감도 있었지만 그 정도로 마무리 짓고 오후 4시 반경 그곳을 떠나 산 버나디노로 되돌아 왔다. 샌디아고의 수족관이 잘 되어 있다고는 하나 어디까지나 어린이들을 위주로 만든 것 같았으며, 어른들인 우리 부부에게는 어린이의 장난감 정도로 느껴졌을 뿐이다.

작은딸에게는 떠나기 전에 한 번 더 다시 가서 저녁식사도 함께 하고 하루 밤 함께 자고 왔다. 우리 부부는 작은딸이 미국유학 간지 며칠 되지를 않아서 곧 뒤 따라 갔던 극성부모라 할 수 있었다.

우리 부부는 05년 5월 12일에서 6월 4일까지 24박 25일로 칼아츠 대학원의 작은딸 졸업식에도 참석할 겸 해서 미국을 세 번째로 방문하게 되었다. 작은딸은 2년 전에 결혼했으며 사위는 UCLA 대학원에서 같은 애니메이션 분야를 공부하고 있었다. 02년에 작은딸을 혼자 유학 보냈을 때보다는 한결 마음이 놓였다. 02년에는 우리 부부가 공항에 가는 일 등을 작은처남 내외가 보살펴줬지만, 05년 5월에 LA에 갔을 때는 작은딸과 사위가 그 일을 돌봐주었으며 또한 둘이 살고 있는 UCLA 학생아파트에서 며칠간 쉴 수 있었다는 것이 가슴 뿌듯했다.

작은딸의 칼아츠 대학원 졸업식은 1주일 후에 있었지만 그보다 1주일 앞서서 작은딸의 졸업 작품발표회가 있어서 졸업식 1주일 전에 LA에 갔다. 칼아츠의 졸업식은 저녁에 시작되었으며 통상적인 대학졸업식과는 달리 가운도 입지 않고 평상복을 입은 학생들이 졸업생인지 아니면 졸업식을 축하해 주러 온 하객인지 구별할 수 없는 상태에서 학과별로 졸업장을 한사람씩 직접 나가서 탔다. 작은딸이 졸업장을 타고 났을 때는 밤 10시 가까이 되어서 작은딸의 졸업식 축하차 산 버나디노에서 모처럼 참석했던 작은처남 내외에게 스테이크를 사서 저녁대접을 하려던 우리 부부의 계획도 시간이 너무 늦어서 그들이 미리 가버렸기 때문에 무산되어 버렸다.

작은딸의 졸업식이 끝난 다음날 우리 부부는 도요다캠리를 렌터카해서 약 10일간의 일정으로 02년에 레드우드를 보러 올라갔던 때보다 더 멀리 시애틀, 캐나다의 벤쿠버, 옐로스톤 국립공원, 썰트 레이크씨티와 라스베가스를 경유하여 작은처남이 살고 있는 산 버나디노의 하이랜드에 새로 산 집까지 장장 5,000마일, 거의 8,000 킬로미터의 장거리 여행을 나와 아내가 번갈아 운전해 가면서 우리 부부가 모두 70이 넘은 나이에 감히 감행하여 서부지역의 일부를 장거리 여행을 하면서 철저하게 둘러보았다.

나는 왼쪽 눈의 백내장수술을 받은 지 1개월도 지나지 않았으며, 오른쪽 눈은 백내장이 심해서 잘 보이지도 않는 눈으로 젊은 나이도 아닌 고령에 젊은이들도 감히 실행에 옮기기를 주저하는 어찌보면 무모하다고까지 할 수 있었던 여행을 무사히 끝낸 것은 실로 기적 같은 일이었다고 하겠다.

LA에 있는 에비스 렌터카에서 도요다캠리를 빌려서 하루에 차량대여료와 보험을 합쳐 60달러 정도로 10일을 사용했다. 차량임대료 600달러와 연료요금이 300여 달러로서 렌터비는 1,000달러 미만이었다. 모텔 숙박비는 1일 평균 50달러로 10일에 500달러에 추가비용 200달러를 가산해서 700달러, 식대 1일 50달러로 10일 식대 500달러로 총 2,000여 달러의 비용이 든 것으로 계산되었다. 72년도의 플로리다 여행 때 15일간의 총 경비 700달러와 거의 비슷한 수준의 비용을 들인 셈이다.

LA를 떠나서 국도 101번 도로를 갈아타고 샌프란시스코를 지날 때까지는 내가 우선 운전하기로 했다. 02년에 미국에 왔을 때 갔던 똑같은 길을 따라 제일 먼저 지난번에 모텔을 잡지 못하여 차속에서 잠을 잤던 산타 바바라를 낮에 들어가 보기로 했다. 그때는 밤늦게 그 곳에 도착하여 모텔을 찾느라 밤길을 헤맸기 때문에 거의 아무 것도 본 것이 없었다. 구소련의 후르시쵸프 수상도 산타 바바라에 왔다가 도시의 아름다움에 감탄했다는 그곳이 얼마나 아름다운가를 꼭 다시 한 번 가서 확인하고 싶었다. 그러나 막상 낮에 가서 보았던 산타 바바라는 스페인풍의 비교적 깨끗한 도시이기는 했지만, 넋을 잃을 정도의 도시는 아니었다. 식품점에서 산 샌드위치를 해변가 주차장에 가서 차를 세운 다음 점심으로 들고 갔다. 101번 도로를 타고 샌프란시스코를 향하여 별 문제없이 북상해 올라갔다. 샌프란시스코 부근에 다가 오면서 도로포장 공사를 대대적으로 하고 있는지 길도 울퉁불퉁하고 차선도 제대로 그어져 있지를 않았다. 거기에다 북쪽으로 진행하고 있었는데, 오후의 태양광선이 바로 정면으로 비치는 데는 선글라스를 쓰고도 눈이 부셔서 운전하기가 아주 힘이 들었다. 이번에도 샌프란시스코에서 예외 없이 또 길을 잃기는 했지만, 지난번처럼 길을 묻지 않고 대충 방향을 잡아서 시내를 달려가다 보니, 금문교로 향하는 길 표시가 나와서 그대로 따라 갔더니 어렵지 않게 금문교를 건널 수 있었다.

우리 부부는 첫날의 여행은 이쯤에서 마감하기로 하고 첫 번째 나오는 모텔을 찾아 들어가기로 했다. 길가에 있던 모텔은 낡은 곳인데도 더블베드가 3개나 있는 방이라며 75달러를 달라고 했다. 좀 비싸다는 생각이 들었지만 피곤해서 더 이상 따질 기력도 없어서 그냥 자기로 했다.

"샌프란시스코 근처의 고속도로가 왜 그리 엉망이었는지 모르겠소?"

"여보, 나도 당신이 눈도 잘 보이지 않는데 햇빛을 정면으로 받고 힘겹게 운전하는 모습이 참 안되어 보입디다."

"아니 미국 같은 부자나라의 길이 왜 하필 그 지경이란 말이요?"

"당신도 눈이 잘 보이지를 않으니 제대로 가지를 못하고 자꾸만 옆으로 밀리는 것이 뒤에 오는 차와 충돌사고라도 나면 어쩌나 정말 조마조마 했어요."

"아마 다른 운전자들이라고 해서 그러한 악조건 하에서는 나보다 별로 더 잘할 수는 없었을 것이오."

"그런데 여보, 낮에 산타 바바라를 다시 가본 느낌은 어땠어요?"

"당신이 우리 부부 결혼 며칠 전에 뉴욕시에 와서 나를 만나자마자 입에 침이 마를 정도로 칭찬을 해서 캘리포니아주에 다시 갈 일이 있으면 꼭 가보기로 벼르고 있었는데, 지난번에 미국 왔을 때 그곳에서 하도 고생을 많이 해서 첫인상이 아주 좋지를 않았소. 헌데 낮에 가보았는데도 듣던 것보다는 훨씬 별로입디다."

"당신은 아마도 지난번 일 때문에 산타 바바라에 대한 악감정이 아직도 마음속에 남아있어서 그럴 것이에요. 나의 경우에는 미국에 처음 와서 오빠가 당시에 살고 있던 그곳에 갔으니 도시전체가 이국적이고 아름답게 보였을 수밖에 없었겠지요."

"그런데 여보, 우리 부부가 오늘 얻은 이 방에 더블베드가 3개나 있는데, 무엇 때문에 그렇게 많은 침대가 필요하단 말이에요? 가서 다른 작은 방으로 바꿔달랄까?"

"이미 숙박비를 지불했는데 바꿔달라고 한다고 바꿔주겠소? 시장한데 뭘 좀 먹을 데나 있는지 나가봅시다."

우리 부부는 이쯤에서 단념하고 식당을 찾아가 볼까 했으나, 거리도 멀고 밤길에 위험할 것도 같아서 단념하고 그 대신 가까운 거리에 있던 세븐일레븐에 가서 음료수와 과자 같은 것을 사다가 궁한 대로 요기를 했다. 72년에 플로리다를 여행했을 때에는 취사도구를 한 가방에 넣고 갔기 때문에 식사문제가 해결되었지만, 이번 여행에서는 그런 준비를 하지 못했기 때문에 식사문제를 해결하는 데 어려움이 많았다.

02년의 미국 서부여행 중에 3일간 모텔에서 묵었던 유키야에서는 식품점에서 샌드위치를 만들어주는 것을 하나씩 사서 음료수와 함께 정문입구에 있던 돌 위에 걸터앉아서 점심을 들었다. 마침 그곳을 지나가던 허름한 옷차림을 한 미국 여자거지가 우리 부부도 자기처럼 구걸해 먹는 사람으로 오해했는지 반갑게 인사하며 지나갔다. 나중에 그 식품점에서 나를 다시 만난 그녀가 "사회보장연금을 받느냐? 식품보조비를 받느냐?"는 등 미국에서 살고 있지 않은 우리 부부에게는 전혀 관련이 없는 질문을 계속 던지면서 흐뭇해하던 모습을 보면서 참 어이없는 일도 다 겪는다는 야릇한 느낌이 들었다.

캘리포니아주는 워낙 길어서 주경계선을 벗어나서 오리건주에 들어오는데도 꼬박 이틀이 걸린 셈이다. 겨울에 눈이 많이 와서 실

종사고도 간간히 보고되고 있는 오리건주의 해안선에는 높은 파도가 일고 있었으며 숲은 원시림처럼 우거졌다. 포트랜드를 거쳐서 워싱톤주로 들어간 후 시애틀 근처에 와서 하루 밤 묵었다. 그곳에서 퀄리티인에 들어갔는데 욕조도 디럭스한 것이 숙박비도 별로 비싸지 않았다. 아마도 홀리데이인에 버금가는 고급모텔 체인인 모양이다.

시애틀은 미국서부 제일의 미항이라지만 중심지는 한적한 지방도시의 모습을 하고 있었다. 바로 그곳에서 몇 년 전에 세계박람회가 개최되었던 도시라고는 도저히 믿어지지 않는 모습을 하고 있었으니 말이다. 시애틀을 떠나면서 계획에도 없었던 캐나다의 벤쿠버를 한 번 가보기로 하고 국경선으로 차를 몰았다.

미국에 입국수속을 밟았을 때는 사진촬영과 지문촬영을 했는데, 캐나다 세관에서는 그런 절차를 밟지 않고 유효기간 6개월의 입국 비자를 발급해주었다. 벤쿠버는 캐나다 서부의 대도시답게 지역도 넓었고 고층건물도 많이 눈에 띄었다. 시내를 다니다 보니 한국음식점이 있어서 그 가게 앞에 차를 세우고 나는 된장찌개를, 아내는 비빔밥을 시켰다. 한국에서 먹던 것처럼 맛이 있었다. 한국에서 이민 온 지 얼마 되지 않았다는 주인내외의 말을 듣고 역시 한국음식 맛이 여전히 남아있다는 것은 그런 연유 때문이었구나 하는 생각을 했다. 이민 온지 오래된 식당주인들은 한국음식 맛을 더 이상 유지하지 못하고 한국음식 특유의 맛이 가버린 집들이 상당수 있었으니 하는 말이다. 그들이 꼭 한 번 들렀다 가라고 가르쳐준 시립공원을 어렵게 찾아내서 구경한 후 아내와 앞으로의 일정을 상의했다.

"캐나다는 미국과 별로 차이가 없어서 별달리 구경할 것이 없는 것 같구려. 시간이 된다면 훼리보트를 타고 빅토리아 섬까지 다녀올 수도 있었을 터인데, 그렇게 하자면 꼬박 하루를 더 소비해야 할 것 같고…. 어떻게 하는 것이 좋을 것 같소?"

"여보, 캐나다에서 특별히 볼 것이 없다면 여기서 하루 밤을 모텔에서 자는 것보다는 그냥 미국으로 다시 돌아가면 어떨까요?"

"나도 방금 그런 생각을 하고 있었소. 들리는 말에 캐나다의 모텔은 미국의 모텔보다 많이 비싸다던데. 그냥 다시 미국으로 돌아갑시다. 6개월간 비자를 받았지만 캐나다에서 하루 밤도 지나지 않고 그냥 돌아간다는 것이 좀 섭섭하긴 하지만 말이요."

결국 우리 부부는 캐나다에 정을 붙이지 못하고 미국 국경선으로 향했다. 그런데 시내에서 국경선으로 가는 길 표시를 찾는데 좀 어려움이 있기는 했지만 국경선으로 되돌아오고야 말았다. 캐나다의 세관에서는 문제없이 통과되었는데, 미국의 세관에서는 무엇을 좀 조사해야 하겠다고 차를 대라는 것이었다. 세관에 가서 알아보았더니 트렁크를 좀 열어보라면서 여행 중에 먹기 위하여 이것저것 먹을 것을 싣고 다니던 것 중에 자몽 2개를 압수하겠다고 말했다. 우리 부부는 그 길로 캘리포니아주로 되돌아가는 것이 아님에도 불구하고 캘리포니아주의 번호판을 달고 있는 차는 주 규정상 자몽이나 오렌지 같은 과일을 주내로 반입할 수 없기 때문에 그렇게 한 것이라고 친절하게 설명해 주었다. 차 트렁크 안에는 더 비싼 과일들도 있었는데 여검사관이 우리 부부를 많이 봐주었던 것 같다.

워싱톤주에서는 시간이 되면 12,000피트(4,000미터) 높이의 눈 덮인 레이니에 산을 한번 차를 타고 올라가 보고 싶었지만 갈 길이 멀었고 또한 위험부담도 클 것 같아서 그만 포기하기로 했다. 국경선

부근에 있는 한인 경영의 모텔에서 하루 밤을 잤다. 한인 모텔주인은 숙박료도 대폭 할인해 주었다. 방안에 들어가서 전등을 켜려고 했더니 전구가 하나도 없어서 전구를 껴달라고 했더니 주인이 하는 말이 투숙객 중에 전구마저 훔쳐가는 사람들이 있어서 전구를 빼놓아 두었다는 말을 듣고 부자나라 미국인데 너무 한 일이 아닌가 하고 아연해질 수밖에 없었다.

우리 부부는 다음날 시애틀을 우측으로 끼고 스포케인 방향으로 주간 초고속도로인 90번 도로를 타고 와이오밍주에 있는 옐로스톤 국립공원을 향하여 동쪽으로 차를 몰아갔다. 워싱톤주, 아이다오주 및 몬타나주 등 3개 주를 지나면서 높은 산들도 많이 넘었다. 이 90번 도로는 우리 부부가 13년 5월에 혼인 50주년 기념차 큰 딸네와 함께 미국여행을 갔을 때 보스톤 근처에서 이 길을 타고 시카고까지 여행을 했던 동부의 반대쪽 길이다. 록키산맥이 가까이에 있어서 그런지 90번 도로는 거의 산길을 넘어가는 가파른 도로가 많이 있는 험난한 도로처럼 여겨졌다. 가다보니 산악지역이 끝나게 되면, 사막 같은 황무지가 한동안 계속되다가, 또다시 산길이 이어지고 하면서 계속 달리다 보니 연료도 거의 바닥이 나게 되었다. 초조하게 차를 계속 몰고 가다 보니 주유소와 식당이 있다는 표시가 있었다.

그 표시를 따라 얼마쯤 가 보았더니 그리 넓지 않은 공간에 주유소와 아담한 식당이 보였다. 주유를 마치고 숙박할 장소가 그 근처에 있느냐고 주유소 여주인에게 물었더니 그곳에서 조금 가다가 첫번째 만나는 출구로 나가면 그곳에 '슈퍼8'이라는 모텔이 있는데, 숙박비도 저렴하고 숙박시설도 수준급일 것이라면서 우리 부부에게 친절하게 가르쳐주었다. 우리 부부는 그녀가 알려준 대로 잠은 오늘 그곳에 가서 자기로 하고, 우선 저녁식사부터 해결하기 위하여 거기에 있는 아담한 식당으로 계단을 타고 올라갔다.

그 식당은 밖에서도 아담하게 보였지만, 내부의 시설도 품위 있어 보여서 산골에 있는 시골식당 같지가 않았다. 식사를 주문받고 음식을 혼자서 날라다 주는 퉁퉁하게 생긴 중년부인이 우리 부부에게 시니어들에게는 경제적인 1인당 7달러 50센트로 제공되는 스테이크를 맛보라고 추천해주었다. 그것을 주문해서 먹어보았더니 과연 그녀의 말대로 고기도 연했고 맛도 훌륭했다. 잘 먹었다고 그녀에게 감사하고 음식 값을 계산한 후 슈퍼8 모텔을 찾아 나섰다.

깊은 산속이었던 아이다오주에서 그렇게 훌륭한 저녁식사를 든 것도 좋은 추억으로 남게 되었으며, 그 근처에 있는 슈퍼8 모텔은 처음 묵는 모텔이었지만 서부지역에서는 꽤 알려진 모텔체인으로서 우리 부부는 나머지 일정 모두를 가는 곳마다 있는 슈퍼8 모텔에서 묵었다. 피로한 몸을 일찍이 모텔에 들어가서 충분히 휴식을 취한 다음, 우리 부부는 다음날 아침 모텔 측에서 제공해주는 아침식사를 하러 갔다. 차려놓은 음식도 다양했고 양도 풍부했으므로 오랜만에 아침식사를 잘 들었다.

그날아침 식사에는 남녀 노인들이 간편한 복장을 하고 떼 지어 아침식사를 하고 있는 것을 보았는데, 도대체가 무엇을 하는 노인들인가 의아해졌다. 나중에 알아보았더니 자전거를 함께 타기 위하여 이곳에 온 취미 클럽의 회원들이라는 말을 듣고, 미국 노인들은 참으로 노년기를 멋지게 즐기고 있다는 부러운 생각마저 들었다.

우리 부부는 90번 도로를 계속 동쪽으로 달려서 몬타나주의 리빙

스톤에서 미국 국도 89번 도로를 타고, 와이오밍주에 있는 옐로스톤 국립공원의 북쪽입구 앞에까지 가서 그 곳에 있는 슈퍼8 모텔에 들어가서 하루 밤을 지내기로 했다. 저녁은 국립공원 입구에 있는 식당에 가서 피자를 사먹었는데 맛이 일품이었다.

옐로스톤 국립공원은 미국에서 최초로, 그리고 아마도 세계에서도 최초로 지정된 국립공원제도의 시작이었다. 몬타나주, 와이오밍주 및 아이다오주 등 3개 주의 광활한 지역에 걸쳐있는 천연공원으로서 화장실 및 숙박시설을 포함하는 인공시설이 거의 허용되지 않는, 불편하기 짝이 없는 그야말로 대표적인 천연국립공원이었다. 우리 부부가 5월에 그곳에 갔는데도 산위에는 물론 길가에도 아직 녹지 않은 눈이 남아 있으며, 광천수와 수증기가 수시로 지상으로 뿜어 올라오는 것이 장관이었다. 도로상에는 비쏜이라고 부르는 야생 소들이 자유롭게 차도 위를 걸어 다니고 있었다.

차량 한 대당 20달러를 받는 입장료만 내면 한 주일 또는 한 달이라도 공원 내에서 묵을 수 있지만, 숙식이나 화장실문제 등을 자체 해결해야 하는 불편함이 있는 천연 국립공원의 전형이었다. 공원에 입장할 때 공원지도 한 장을 주었는데, 공원 내의 모든 활동은 이 지도 한 장에 의존해야만 했다. 공원 내에는 도로표시도 없으니 여행자들이 알아서 지도에 의존하건 감으로 찾아다니건 스스로 알아서 다녀야 했다. 우리 부부는 사람들이 몰려있는 곳을 주로 찾아가서 몇 군데 구경한 다음, 갈 길이 멀었기 때문에 남쪽으로 내려가는 길로 접어들어 차를 몰아갔다.

공원 내에는 길 표시 같은 것이 전혀 존재하고 있지 않았기 때문에, 도대체가 어디로 가고 있는 것인지 짐작도 할 수가 없었다. 아마도 한 시간 이상 방향도 모른 체 그렇게 차를 몰고 내려갔더니 공원 남쪽 문 같은 것이 있었으며 양쪽으로 갈라지는 길이 나타났다. 나는 운전하고 있는 아내에게 오른 쪽 길로 방향을 잡으라고 말해 주었다.

나의 판단으로는 북쪽 문에서 들어와서 공원관리 사무실에 잠깐 들렀다가 계속 남쪽으로 내려가면서, 눈에 뜨였던 장소를 몇 군데 들렀다가 다시 계속해서 남쪽이라고 추정되는 방향으로 내려왔으니, 공원의 남쪽 문을 나선 것이 분명했다. 그곳에서 갈라지던 길의 우측방향을 택해야 서쪽으로 가는 것이 아니겠느냐 하는 판단을 했던 것인데, 그러한 나의 판단은 옳은 것이었다.

그런데 공원을 벗어나서 아무리 서쪽으로 내려갔어도 마을이 나오지 않았고 길표시도 없었으니, 마치 여전히 공원 내에서 길을 못 찾아 헤매고 있다는 착각마저 들 지경이었다. 그래도 인내심을 잃지 않고 작은 동네라도 눈에 뜨일 때까지 가보겠다는 생각으로 나무가 울창한 시골길을 계속 내려가다 보니, 드디어 주유소가 있는 작은 동네가 나타났다. 연료도 넣고 화장실도 다녀온 후 주간 초고속도로인 15번 도로를 타려면 어떻게 가면 되느냐고 물었다. 조금 가면 작은 마을이 있는데 그곳에서 아이다오 휠즈까지 가게 되는 몇 번 도로를 타고 가라고 가르쳐 주었지만, 길 번호도 잊어버렸고 그곳으로 가는 방향도 묻고 또 물어서 가까스로 아이다오 휠즈까지 갔다.

그곳에서 저녁식사를 간단히 하고 15번 도로를 타고 좀 내려가다가 피곤하기도 하고 날도 어두워져서 도로변에 있는 동네로 빠져나가서 모텔을 잡고 쉬기로 했다. 다음날은 유타주에 있는 환상의 도시, 몰몬교의 본산인 썰트레이크시티를 구경하러 가기로 했다. 15번 도로는 산을 뚫어서 만든 도로로서, 도로 주변 마을로 찾아들어가지 않으면 주유도, 식사도, 숙박문제도 해결할 수 없는 도로상에는 편의시설이 하나도 없는 불편한 도로였다.

썰트레이크시티에 가까워 오면서 도로 왼쪽으로는 흰 눈이 덮인 높은 산들이 자리 잡고 있었던 산악의 풍경이 실로 장관을 이루고 있었다. 길을 잘못 들어 썰트레이크시티로 빠지는 출구 바로 전에 있는 출구로 빠져서 한참을 헤매다가 가게에 가서 물었더니, 이곳은 썰트레이크시티가 아니라 고속도로로 5마일 정도 더 가야 그 곳에 갈 수 있다고 했다. 마침 그 곳에 있던 한 노신사가 지금 썰트레이크시티까지 갈 것인데, 자기 차를 따라오면 그곳까지 인도해주겠다고 하여 그 차가 가는 데로 따라가서 편안하게 썰트레이크시티의 중심부까지 무사히 갈 수 있었다.

썰트레이크시티는 미국에서 흔히 보기 힘든 시내에 전차가 다니는 유럽풍의 깨끗한 도시였다. 차를 타고 시내를 달리다 보니 흰색으로 햇빛에 빛나는 몰몬교의 총본산인 사원이 있어서 차를 세우고 그 앞에서 사진이라도 몇 장 찍으려고 했지만, 주차할 곳이 마땅하지 않았다. 그곳에서 차를 몰고 좀 올라간 곳에 있는 쇼핑센터에서 점심으로 맥도날드 햄버거를 사먹고 차를 그냥 그곳 주차장에 주차시키고, 아내와 함께 캠코더와 카메라만 들고 걸어서 다시 몰몬교 사원이 있던 도시중심부로 갔다. 웬만한 미국의 도시였다면 대충 도시를 둘러보고 그냥 지나쳐 갔을 것이었지만, 썰트레이크시티만은 그 도시 속에 직접 들어가서 그곳에 사는 사람들과 함께 시내를 걸으면서, 생각도 하고 느껴보고 싶은 욕망이 강력하게 들었던 도시였다.

그 도시는 몰몬교의 총본산이 있는 도시답게 도시 곳곳에 몰몬교 사원들이 산재해 있다. 유럽의 가톨릭대성당 같은 모습을 하고 있는 곳도 더러 있었다. 시내에서 만나는 사람들이 그 도시사람들이었는지 관광객들이었는지는 알 수 없었지만, 모두가 친절해 보였다. 우리 부부는 썰트레이크시티를 구경하는데 예정에도 없던 시간을 많이 써버려서, 15번 도로에 들어섰을 때는 이미 날이 어두워지고 있었다. 썰트레이크시티에서 하루 밤 자고 다음날 아침에 산길을 운전해 가야 할 것을, 무리하게 밤길을 나서고야 말았던 것이다.

예상했던 대로 15번 도로는 그 부근에서는 거의 험한 산길이나 마찬가지였으며, 비가 내려서 길도 미끄러운 밤길운전은 나에게 큰 부담을 안겨주었다. 왼쪽 눈의 백내장수술을 한 지 얼마 되지 않아서 눈도 잘 안보이고, 낮에 산길을 운전해 오느라고 벌레들이 차 앞 유리창을 받아서 말라죽어 버린 것이, 비가 내리자 유리창에 불빛이 비치면 분산이 되어 시야를 어지럽혔다. 우리 부부는 가능하면 빨리 모텔을 찾아 들어가고 싶었지만, 험한 산길이어서 그랬는지 모텔은 나타나지 않았고 운전하기는 힘이 들어서 그 자리에 차를 세우고 주저앉고 싶은 마음만이 간절했다. 무엇 때문에 70이 넘은 이 나이에 이 고생을 사서 하느냐 말이다.

다행히 얼마 가지를 않아서 불빛이 훤해지면서 출구번호가 나와서, 그리로 주저 없이 나갔더니 슈퍼8 모텔이 나타났다. 어찌나 반가웠던지 우선 그 건너편에 있는 주유소에 가서 가득 주유를 하고 음식점을 찾았지만, 식당은 이미 9시가 지나버려서 모두 문을 닫았고 간이판매소만 문을 열고 있었다. 간단히 먹을 것과 음료수를 사들고 슈퍼8 모텔로 가서 방을 잡고 빨리 쉬기로 했다.

다음날은 라스베가스에 잠시 들려서 점심이나 사먹고 작은처남 집이 있는 산 버나디노의 하이랜드까지 내려가기로 일정을 정했다. 어제 밤의 칠흑 같은 험한 산길에서의 밤길운전은 나를 몹시 괴롭혔지만, 아내가 다음날 운전하는 밝은 날의 산길운전은 오히려 상쾌한 신선감마저 주는 전혀 다른 느낌이었다. 캘리포니아주의 LA에서 출발하여 오레곤주, 워싱톤주, 캐나다의 브리티시 컬럼비아주, 아이다오주, 몬타나주, 와이오밍주, 유타주, 엘리조나주, 네바다주를 거쳐 캘리포니아주의 산 버나디노까지 장장 8,000킬로미터를 달려온 장거리 여행의 마지막 여정이었다. 엘리조나주를 지나오는데 바위산을 깎아서 길을 냈는지 길 좌우에 높은 바위산이 병풍처럼 둘려있는 것이 실로 장관을 이루고 있었다. 엘리조나주는 곳곳에 서부영화에서 흔히 볼 수 있었던 바위의 지층이 거의 깎아내려서, 그 일부만이 우뚝 솟아있는 희한한 모습을 한 바위들이 눈에 띄었다.

라스베가스는 지난 02년에 관광객으로 관광버스를 타고 와서 구경을 잘 하고 간 후, 이번이 두 번째로 가보는 곳이다. 차로 그곳에 다시 가보는 것도 처음이며, 간단히 점심만 그곳에서 들고 가려는 계획이었다. 멋도 모르고 시내까지 차를 몰고 들어갔다가 차들이 길에 그대로 서있다시피 꿈적도 하지 않는 것을 보고, 이러다간 점심도 굶을 것 같아서 차를 돌려서 그곳을 다시 빠져나오고 말았다. 점심을 먹을 만한 곳도 없어서 그 근처에 있던 맥도날드 햄버거 집을 찾아갔다.

이번 서부지역 여행을 하면서 햄버거를 물리도록 먹었기 때문에 가능하면 다른 음식을 먹고 싶었지만, 다른 음식점을 찾을 수 없었으니 어쩔 수 없는 일이 아니겠는가? 여행 중에 무엇보다도 가장 고통스러웠던 일은 식사문제를 해결하는 것이었다. 운 좋게 아이다오주의 산속에 있었던 음식점에서 먹었던 스테이크나 옐로스톤 국립공원 북쪽 문 입구에 있었던 음식점에서 먹은 피자 같은 음식을 언제나 먹을 수 있다면야, 무슨 문제가 있겠느냐마는 현실은 그렇지가 않았으니 문제가 아니겠는가? 식빵과 마가린 및 잼을 사서 갖고 다니며 먹어도 보았지만, 그것을 매일 먹는 일도 고통스러운 일이었다.

한국에도 있는 켄터키치킨을 사먹고 싶었지만, 여행 중에 한 곳도 발견하지를 못했으니 포기할 수밖에 없었다. 슈퍼에서 켄터키치킨은 아니었지만 세일로 파는 치킨을 샀는데, 6달러에 12개나 주었다. 한국에서 파는 치킨보다는 크기도 하고 살도 찐 것이 2개만 먹었는데도 배도 불러오고 물려버렸다. 나머지를 버릴 수도 없어서 그냥 차에 갖고 다니다가 결국에는 더 먹지 못하고 버려버렸다.

라스베가스로 들어가는 길은 별 문제없이 들어갔지만, 15번 도로로 다시 되돌아 나오는 길은 이 사람 저 사람에게 물어보아서 그들이 가라는 대로 가보았지만 출구를 찾지를 못했다. 산 버나디노까지 해전에 들어가야 했기 때문에 마지막으로 한 주유소에 가서 또한 번 같은 말을 물어보았더니, 그 주인이 가르쳐준 길이 제대로 된입구라 수월하게 15번 도로에 올라탈 수 있었다. 그곳에서 주유를할까 말까 하다가 큰 길이니 가다가 주유를 하면 되려니 하고 그냥나섰던 것이 실수였다.

네바다주는 하늘과 고속도로와 사막밖에 없는 곳이니, 이곳을 지날 때는 반드시 주유를 가득 한 후 출발하라고 들었던 말을 소홀히 했던 일을 후회했지만 별수가 없었다. 연료가 반탱크만 남은 상태에서 용감하게 고속도로에 올라섰으니, 문제가 생길 것은 이미 예견되었던 일이 아니겠는가? 연료가 자꾸만 내려가는데, 정말로 주유소는 나타날 생각도 않고 연료가 중도에서 떨어지면 어떻게 하나 걱정만 더해갔다.

다행히 길가에 주유소가 있다는 표시가 나와서 반가운 나머지 그곳으로 가보았더니, 더 이상 주유를 하지 않는 폐쇄된 주유소라는 것이었다. 실망이 이만저만이 아니었다. 가까운 주유소가 있느냐고 물었더니, 주인아주머니가 하는 말이 고속도로로 약 5마일 정도 내려가면 있다고 했다. 그녀의 말을 믿고 5마일 이상 달려왔는데도, 주유소는 나타날 생각을 하지 않았다. 한 5마일은 족히 더 갔을 때에야 주유소가 있다는 표시가 나와서, 그곳에 가서 가까스로 주유를 할 수 있었다,

이곳도 시골이라 우리나라 시골사람들처럼 길을 물으면, 저 산 너머라든지, 한 4~5리 가면 된다고 아무렇지도 않게 말하는 것이, 산을 몇 개나 넘거나 5리가 아니라 10리나 20리를 가야 하는 경우가 있듯이 이곳 사람들의 거리감각도 그런 식이었던가 보다.

주유를 가득했으니 여기서 산 버나디노까지는 더 이상의 주유걱정 없이 거기까지 가기만 하면 되는 것이었다. 하이랜드에 있는 작은처남이 새로 산 집까지는 해전에 들어가서 그간의 무리했던 장거리여행을 그곳에서 마감하기로 했다. 원래의 계획대로라면 LA까지 가서 차를 돌려주고 작은딸 집에 가서 한국 갈 때까지 쉴 생각이었지만, 그 계획을 변경하여 렌터카를 이곳에서 돌려주고 작은처남

집에서 며칠 묵다가 미국을 떠나기 하루 전에, 작은딸에게 가서 하루 밤 자고 다음날 오전에 한국으로 출발하기로 정했다.

작은처남은 아내보다 3살 아래인 남동생으로 한국에서는 아들이라고 아주 귀하게 자랐다. 지난번 02년에 미국 왔을 때는 우리 부부가 처남집의 별채에서 묵었지만, 밤늦게 가게에서 돌아왔다가 아침 일찍이 또 가게에 나가다 보니 우리 부부와 함께 지낼 시간도 없었다. 이번에 미국에 다시 와서 보니 작은처남도 만 65세가 지나서 은퇴하였으며, 사회보장연금 및 기타의 수입원으로 구태여 일을 하지 않아도 여생을 편안하게 지낼 수 있다는 판단 하에 가게도 처제 부부에게 넘겨주었고, 그동안 미국 와서 30여 년간 돈 버느라 고생만 했던 심신의 피로를 풀면서 정원가꾸기와 집 가꾸기 등으로 노년을 편히 쉬고 있어서, 이번에는 우리 부부와 함께 옛날이야기에 꽃을 피우기도 하고 담소도 하면서 여유 있게 지낼 수 있는 시간도 오래간만에 가질 수 있어서 마음이 흐뭇했다.

작은처남 내외와는 랜터카도 그 근처에 반납했고, 샌디아고 근처의 오션사이드 비치에 구경을 갔다가, 그 근처에 살고 있는 작은처남댁의 언니가 어베인에서 회를 우리 부부에게 대접 하겠다 하여 아주 잘 먹었다. 부동산업을 하고 있는 그녀는 성격도 서글서글한 것이 사업도 잘 하는 모양이었다.

나는 동부지역인 뉴욕시와 커네티컷주에서 12년간을 아내와 함께 살면서 처음 4년간은 공부와 돈벌이로 고달픈 생활을 했지만, 커네티컷주로 이사 간 후에는 풍족한 생활은 아니었지만 두 딸을 낳고 키우면서 비교적 편안한 전원생활을 즐겼다. 그후 두 번씩이나 미국의 서부지역을 방문하면서 젊은 시절의 미국생활을 회상할 기회를 가질 수 있었다. 인생은 다시 살 수 없는 것이지만, 좀 더 여건이 좋았고 누군가 나의 앞날에 관심을 갖고 지도해주고 경제적인 뒷받침까지 해줄 수 있었다면, 나의 일생은 지금까지와는 전혀 다른 방향을 걸었을 수도 있었으리라는 생각을 해보았다.

나의 젊은 시절의 미국행은 자의적인 행동이었다기보다는 군복무를 단축하기 위한 방법의 하나로 미국 유학귀휴의 길을 택했던 것이었으며, 경제적인 뒷받침도 없이 무작정 덤벼본 젊은 날의 만용에 가까운 행동이었지만, 미국에서 공부도 어느 수준에서 끝내고 직장생활도 할 수 있었다는 것은 물론 아내의 도움이 있었기 때문에 가능한 일이었지만, 그것은 하나의 기적에 가까운 일이었다고 생각된다.

정상적인 생각을 갖고 있었다면 내가 취했던 무모한 방법으로 미국유학을 가지는 않았을 것이다. 그러나 나의 경우처럼 군 생활에서 하루 빨리 벗어날 수 있는 방법이 유학귀휴밖에 없었다고 하는 절박한 경우에 처했더라면, 돈 한 푼 없었어도 누구나 나와 같은 선택을 할 수밖에 없지 않았을까? 그런데 이러한 선택이 나의 경우처럼 반드시 성공할 수 있으리라는 보장은 없는 것이 아니겠는가?

나의 경우 그나마 최소한의 공부와 직장생활을 미국이라는 한국과는 전혀 다른 이질적인 거대사회에서 달성할 수 있었던 것만은 나의 노력의 대가였는지, 아니면 운이 억세게 좋아서 그렇게 된 것이었는지 간에 있는 그대로 인정해 주어야 할 것이다. 인간의 일생이 자기의 능력에 의하여 좌우될 수 있는 것인지, 아니면 타고난 운이 그것을 결정해 준 것이었는지 아무도 모른다.

우리 부부는 혼인 50주년이 되는 13년 5월에 여행계획을 세웠었는데, 기왕이면 우리 부부가 젊은 시절을 보냈던 미국으로 행선지를 정하기로 했다. 혼인날짜는 50년 전인 7월 27일이었지만 7월은 여름이라 덥기 때문에, 미리 혼인기념일보다 2개월 앞서서 10일간의 미국여행을 하기로 했다. 마침 큰딸네가 우리 부부와 함께 여행을 함께 하겠다면서 우리 부부의 2등 왕복비행기표와 뉴욕시에서의 3박 및 시카고에서의 2박 호텔비용을 대주기로 하여 편안하게 미국을 다녀올 수 있었다. 시위와 외손자도 이번 여행에 동행을 했다.

우리 부부의 여행계획은 우선 작은딸네가 사는 LA에 가서 3박을 하고 뉴욕시에 비행기로 가서 시내호텔에서 묵으면서 내가 공부를 했던 컬럼비아대학교를 방문하고, 우리 부부가 결혼식을 올렸던 아쎈션 가톨릭교회와 우리 부부가 신혼 때 살았던 작은 아파트 앞에 가보았다. 50년이라는 세월이 지났지만 하나도 변한 것 같지가 않았다. 내가 비용을 쓰기 위하여 7,000 달러를 갖고 가기도 했지만, LA에서 작은딸이 용돈을 쓰라고 내게 2,000 달러를 주었기 때문에 식사와 차비는 모두 내가 댔으며, 뉴욕시에서 시카고까지 가는 하루에 400 달러나 되는 밴차용비와 연료대 및 중도에 2박 한 모텔비용은 모두 내가 댔다.

운전은 사위와 큰딸이 번갈아가면서 해서 중도에 우리 부부가 두 딸을 키우면서 편안하게 살았던 스토아즈와 아이들이 태어났던 윌리만틱의 윈드햄병원을 찾아보고 보스턴 가는 길로 가다가 주간 초고속도로 90번을 타고 시카고까지 중도에 2박을 하면서 갔다. 우리 부부끼리 여행을 했으면 뉴욕시에서 스토아즈를 들렀다가 LA까지 직행을 할 계획이었기 때문에 시카고에는 들르지 않았을 터이지만,

큰딸이 시카고를 보고 싶어 하여 들렀는데 구경거리도 많아서 잘 한 것 같았다. 큰딸네와 시카고에서 헤어지고 LA까지 내가 차를 몰고 가려고 했던 우리 부부의 여행계획은 내가 병이 났고 우리 부부끼리 먼길을 운전해 가는 것이 무리일 것 같아서 도중에 포기하고, 시카고에서 큰딸네와 함께 귀국하여 10일간의 감격의 미국여행은 끝을 맺었다. LA에 있는 외손자에게 외할아버지인 내가 여행갔다 다시 와서 장난감을 사주겠다고 했던 약속을 지키지 못한 것이 좀 미안하긴 했다.

그 후에 다녀온 미국여행은 스티븐슨 랜치에 집을 산 작은딸의 초청으로 우리 부부가 14년 크리스마스 이브에 그녀의 집에 가서 2주간을 함께 지내다가 15년 1월 6일에 귀국한 것이다. 침실이 5개이며 화장실이 3개 있으며 뜰이 200여 평이나 되는 큰 집을 샀다. 작은딸이 공부했던 발렌씨아 근처에 있는 스티븐슨 랜치는 부촌이며 학군이 전국에서 가장 우수한 지역이라 한다. 집을 처음 산 선물로 내가 커피테이블을 하나 사주었고, 커피메이커도 사주었다. 손자와 손녀들에게 장난감을 5개씩이나 사주고 왔다. 큰딸의 아들인 외손자는 한국에 있기 때문에 내가 외손자가 자랄 때에 장난감을 수도 없이 사준 것에 비하면 그들에게 사준 장난감의 숫자는 결코 많은 것이 아니다.

작은딸은 우리 부부에게 대접을 하겠다고 아침저녁으로 메뉴를 짜서 음식을 만들어주었는데, 아내를 닮아서 그런지 음식을 잘 만드는 것 같았다. 맛이 있었다. 물론 외식을 하기도 했지만…. 원래는 작은 딸이 집을 사면 큰딸네와 함께 방문하기로 했던 것인데, 디자인재단의 팀장으로 근무하는 큰딸이 도저히 시간을 낼 수가 없어서 작은딸이 비행기표를 보내주면서 초청을 한 김에 80세의 고령인 우리 부부가 이번에 좀 무리한 일이기는 했지만 작은딸네를 다녀왔다. 좋은 집을 산 것은 좋지만, 작은딸은 직장이 LA에 있기 때문에 새벽 6시에 출근을 해야 하며, 사위가 손자는 초등학교에, 딸은 유아원에 데려다 주고 출근을 한다고 한다. 일찍 출근을 했기 때문에 일찍 퇴근 할 수 있는 작은딸이 퇴근 시에 손자와 손녀를 데려온다는 것이다.

큰딸은 바쁜 직장생활을 하면서도 우리 부부에게 효도를 한다고 매주 한 번씩 우리 부부에게 저녁을 사주려고 온다. 작은딸은 미국에 있기 때문에 그렇게 하지는 못하지만, 매주 한 번씩 전화를 걸어서 우리 부부의 안부를 묻는다. 두 딸이 모두 효녀들이다. 나는 총각시절에 만일 결혼을 하게 되면 아들 셋을 낳겠다고 은근히 기대하고 있었는데, 실제로 아내와 결혼을 하고 보니 딸 둘을 낳고 말았다. 딸들이 모두 똑똑해서 좋은 대학도 나왔고 좋은 직장에서 열심히 일하고 있으니 참으로 대견하게 생각된다.

12. 동남아시아 여행

　내가 가장 가고 싶었던 국가들은 역시 유럽의 국가들이었으며, 가장 가고 싶지 않았던 국가들은 동남아시아 국가들이었다. 그 중 캄보디아와 같은 국가는 정말 다시는 가고 싶지 않은 국가였다. 02년 10월 23일에서 28일까지 5박 6일의 여행을 초등학교 동창인 수송회원들과 함께 약 1주일간 캄보디아의 앙코르 왓트와 태국의 방콕과 파타야 해변가를 다녀왔다.

　앙코르 왓트까지 가게 되었던 캄보디아의 도로사정이 나빠서 무척 고생을 했던 것은 물론 한 동문 부인의 뻔뻔한 행동 때문에 다시는 함께 여행하고 싶은 생각이 싹 가셨던, 즐겁지 못했던 여행이었다. 30여 년간의 수송회 모임에서 처음으로 부부동반의 해외여행이었으니 추억도 많고 즐거워야 했던 동남아시아 여행이 아니었던가?

　그런데 자기생각만 했던 이상한 여자가 하나 끼어들게 됨으로써 분위기가 엉망진창이 되었고 씁쓸한 뒷맛을 남기게 되었던 것은 참으로 아쉬운 일이었다. 여행참가자들이 동년배들로서 함께 늙어가고 있던 처지라 가이드가 사전에 앞자리를 서로 양보해 가면서 번

갈아 앉으라고 주의를 주었는데도 수송회원들보다 젊었던 그녀가 계속 앞자리에 앉아서 빈축을 샀는가 하면, 혼자서만 그렇게 하는 것이 좀 면구스러웠던지 처음에는 우리 부부에게 접근하려고 했지만 받아들여지지 않자, 이번에는 다리가 불편했던 동문의 처와 한통속이 되었는지 자기의 자리는 물론 그들의 앞자리까지 잡아주었던 몰염치한 짓거리를 여행 중에 계속했기 때문에 다른 사람들의 눈살을 찌푸리게 했다. 앞으로는 더 이상 초등학교 동문들과 해외여행을 할 일이 없을 것이니 그런 일은 더 이상 염려할 필요도 없게 되었다.

동남아시아 여행은 우리 부부가 거의 3주간의 미국여행을 마치고 돌아온 후 얼마 되지 않아서 가게 되었던 여행이었으며, 우리나라는 그때가 10월이었지만 동남아시아 지역의 방콕과 캄보디아는 무더운 여름 날씨였다. 비행기로 6시간 정도를 타고 갔다. 방콕까지 KAL기로 갔었는데 스카이패스 마일리지 가산을 잊어버리고 안했던 것 같다. 그간 해외여행을 여러 차례 다녀왔지만 KAL기를 타고 다녔던 것은 95년 8월에 로마에 갔다가 런던에서 돌아왔던 경우에 불과했는데, 그때에도 마일리지 가산을 하지 않았기 때문에 손해를 보았다. 04년 11월의 동유럽 5개국 성지순례 때 KAL기를 타고 프라하에 갔다가 프랑크푸르트에서 되돌아 왔던 마일리지가 가산되어 겨우 70,000마일 이상이 축적되어 05년 5월에 미국 갈 때에는 내가 비행기 표만은 무료로 다녀올 수 있었다. 따라서 작은딸의 졸업식에 다녀왔던 05년에는 나의 무료 항공권으로 인하여, 지출할 필요가 없어진 LA까지의 왕복여비로 약 2주간의 서부지역 여행비용에 많은 보탬이 되었던 것이 사실이었다.

방콕에 도착한 일행은 캄보디아의 국경선에 가까운 호텔에서 하루 밤 묵었다. 호텔 옆에는 강물이 흐르고 있었는데 오물냄새가 나는 더러운 하천이었다는 것을 나중에 알 수 있었다. 캄보디아 국경선에는 막노동을 하러 온 인부들로 들끓었으며, 거지꼴인 아이들이 물건을 사라고 구걸하고 있는 모습이 그 나라에서 생존하는 것 자체가 얼마나 심각한 문제이냐하는 것을 충분히 입증해 주고도 남음이 있었다.

　앙코르 왓트와 같은 세계적인 문화재를 만들어 낸 크메르민족이 프랑스의 지배에서 벗어나서 국가발전을 기한다는 구실로 채택했던 공산주의는 수많은 반대파들을 대량 학살한 오명을 남기고도, 전혀 발전을 기할 수 없었기 때문에 현재는 가장 가난한 국가로 전락해 버렸던 것이다.

　공산주의를 채택하여 부강해졌던 국가의 예는 지구상에 하나도 찾아볼 수 없다. 중국이 공산주의 대신에 경제발전을 지향함으로써 경제적으로 장족의 발전을 달성하고 있다는 것이라든가, 독일이 통일 후에 동독을 흡수함으로써 겪게 되었던 고통분담의 어려움이라든가, 북한이 인권과 생활상이 얼마나 비참한 상태에 있는가 하는 것 등은 지금까지 외부세계에 노출되었던 정보만으로도 미루어 짐작할 수 있었던 일들이다.

　캄보디아의 음식은 비록 한식이라 하여 일행에게 내놓았던 음식도 입에 맞지를 않았으며, 현지식은 음식에 쳤던 비위가 상하게 했던 향 때문에 먹기 힘들었다. 화장실도 수세식이 구비되어 있는 곳은 모르겠지만 그렇지 못한 곳에서는, 특히 나처럼 왼발의 무릎 뼈를 다쳐서 구부리고 앉아서 일을 보는 것이 아주 힘든 경우에는 말할 수 없이 고통스러웠다. 특히, 비포장도로를 달렸던 60년대에 한국에서 쓰다 버렸다는 낡은 버스들이 탈탈거리고 비포장 도로 위를 달렸을 때에는 그나마 앞자리에 있었다면 좀 나았겠지만 뒷자리에 앉아있다 보니, 길 위에 수없이 뚫려있는 홈 속으로 버스가 오르락내리락 제멋대로 춤을 출 때에는 정말로 견디기 어려웠다.

더욱이 시엠립까지 이렇게 육로로 가기에는 너무나 시간이 많이 걸린다 하여 헤드라이트도 없는 보트를 타고 강가에 원시인들처럼 사람들이 살고 있는 강위를 전속력으로 달려가던 배속에 타고 가면서, 만일 배가 가다가 전복이라도 된다면 빠져 나올 수도 없어서 모두가 물고기 밥이 되어 버릴지도 모른다는 생각을 하자 섬뜩해지는 느낌마저 들었다.

좀 더 싸게 가려고 목숨을 건 부질없는 모험을 그 나이에 감히 겁도 없이 감행했던 것이 후회스러웠다. 추가적인 부담을 감수했다면 한국에서 프놈펜까지 비행기를 타고 간 후에, 거기에서 시엠립까지 소형비행기로 갔다가 앙코르 왓트 구경을 하고 다시 타이랜드의 방콕으로 비행기를 타고 갔었다면, 그런 불필요한 고생은 하지 않았어도 좋았을 것이다.(그런데 몇 년 전에 프놈펜에서 시엠립으로 가는 비행기가 악천후에 추락하여 한국 관광객들이 여러 명 희생되었던 일이 있기는 했지만.)

버스여행은 유럽이나 미국처럼 도로와 숙박시설이 완비되어 있는 곳에서만 가능한 일이라 하겠다. 캄보디아는 생각했던 것보다 더 못살았기 때문에 캄보디아인들을 볼 적에 측은한 마음까지 들었다. 아마도 100년 전의 한국인들의 미개했던 모습을 보았던 서양 사람들도 모르긴 하지만 일행이 캄보디아인들에게 갖고 있었던 연민의 정을 느꼈을 것이다.

앙코르 왓트는 일행이 그곳까지 정말 고생하면서 힘들게 가긴 했지만 정말 일생에 한 번 꼭 보아두어야 하는 걸작품이라 할 수 있었다. 1천 년 전에 어떻게 그러한 거대한 걸작품을 만들어낼 수 있었는지 경탄할 만한 일이었다. 그리고 그러한 걸작품이 400여 년간 밀림 속에 파묻혀 있었으며, 또한 이를 발견했던 프랑스인들이 어떻게 감히 그러한 문화재를 찾아내기 위하여 밀림에 불을 질러서 새까맣게 타버리도록 훼손할 수 있었다는 것인지 도저히 납득할 수 없었다. 더욱이 파괴되었던 부분을 시멘트로 막아버렸다니 그 돌조각품들은 영구적으로 훼손되었을 것이다. 유럽 각지에 흩어져 있는 로마의 유적에 대해서는 파괴된 채로 유적을 그대로 보전하였으면 하였지, 그러한 무식한 방법으로 관리하는 것을 본 일은 한 번도 없었는데도 말이다.

앙고르톰이라는 옛 궁터에 있는 나무들은 뿌리가 땅밖으로 드러나서 뱀처럼 엉겨있는 모습이 실로 신기하게 느껴졌다. 앙코르 왓트의 벽에 양각으로 조각된 여러 가지 모습을 바라보면서 그 예술성은 고사하고, 그러한 조각품을 만드는데 얼마나 많은 석공들이 고생을 했을까 하는 생각을 먼저 하게 되었다.

시엠립에서 캄보디아 국경선에 있는 호텔까지 돌아오는 길은 훨씬 더 고통스러운 일이었다. 원래의 예정은 올 때처럼 모터보트를 타고 되돌아가기로 되어 있어서 배를 타려고 선착장에 갔지만, 배가 일행을 데리러 오지 않았다는 것이다. 하는 수 없이 다른 교통편을 강구했다는 것이 낡은 택시를 이용한 육상으로의 귀환이었다. 조그만 택시 안에 운전기사를 포함하여 5명이 타고 갔는데, 비에 젖고 땀에 찌든 남자들 몸에서 났던 역한 냄새는 참으로 참기 어려운 것이었다. 자동차가 빗물로 고여 있는 강물속이나 웅덩이로 들어가서 달리게 된다는 것을 미리 알았더라면, 내가 가지고 갔던 가방을 무릎에라도 안고 차를 타고 왔을 터인데 보통의 택시로만 생각하고 트렁크 속에 짐을 넣어두었다가 나중에 호텔에 도착하여 보니, 트렁크 속에 물이 흥건히 젖어 있어서 가방속이 다 젖고 정말 말씀이 아니었다.

그 낡은 택시는 우리 부부를 태우고 강 위에 있는 비포장인데다 도로 전체가 그야말로 구멍투성이였던 길을 쏜살같이 달렸기 때문에, 차속에 앉아있는 것만도 고통스러운 일이었지만, 만일의 경우 사고가 나서 저 밑에 흐르고 있는 강물 속으로 굴러 떨어지는 것이나 아닌지 전전긍긍했다. 인원수가 많아서 택시를 여러 대 빌렸는데, 중도에 다른 택시들이 고장 나서 고생하고 있는 것을 목격했고 우리 부부가 타고 있던 택시는 과연 안전한 것이었는지 불안하기 짝이 없었다.

밤 12시가 다 되어서야 겨우 호텔에 도착한 일행은 마치 지옥에라도 갔다가 겨우 살아서 탈출해 온 것 같은 으스스한 느낌마저 들었다. 일행이 하루 밤 묵기로 한 호텔은 카지노를 겸하고 있어서, 식당도 24시간 영업을 하고 있는 곳으로 늦은 밤인데도 사람들로 붐비고 있었다. 음식은 일행의 구미에 맞는 것이 별로 없었으며, 비위에 약했던 아내는 파인애플만 먹고 견디어 보기로 했을 정도였다.

호텔에는 한국식의 만두 같은 것이 있었는데, 동행했던 여행사 여사장이 친절하게 우리 부부에게 잘 해준다고 이것저것 향료를 넣어주었다. 정말이지 그것만은 먹을 수가 없어서 입에 하나도 대지 않고 그대로 버렸던 일이 생각난다. 캄보디아는 입국허가도 까다로웠지만 출국하기도 만만치가 않았던 국가라는 것을 출국 때 깨닫게 되었다.

"캄보디아는 앙코르 왓트를 보기 위하여 어렵사리 다녀오기는 했지만, 두 번 다시 가고 싶지 않은 국가라 여겨지는구려."

"그것은 나도 동감이에요. 아무리 앙코르 왓트가 일생에 꼭 한번 봐두어야 할 만한 예술품이라지만 그 곳을 보러갔다 온 대가가 너무나 크네요."

"캄보디아가 가난한 국가라는 말은 들었지만 실제로 와서 보니 내가 생각했던 것보다 훨씬 더 비참하다는 것을 알게 되었소. 공산주의를 한다고 수많은 사람들을 죽인 '크메르루즈'는 오히려 국가발전을 수십 년 후퇴시켜서, 캄보디아를 가난하게 만드는데 큰 몫을 한 셈이 되었다는 것을 눈으로 확인할 수 있었소."

"타이랜드는 몇 년 전에 가보았지만 캄보디아처럼 가난하고 비참해 보이지는 않더군요. 캄보디아에서 우울해졌던 기분을 타이랜드에 가서 풀도록 해요."

캄보디아를 떠나서 타이랜드에 들어왔더니 사는 모습이 캄보디아보다는 훨씬 잘 살고 있다는 느낌을 받았다. 일행은 방콕 시내에 들어가는 대신에 해양휴양지인 파타야로 가서 호텔에 들었다. 우리 부부가 배정 받은 방은 바다가 바라보이는 전망이 훌륭한 방이었다. 그곳에서 이틀 밤 묵으면서 코끼리 쇼를 구경하러 가 보았다. 코끼리가 축구하는 앞발로 공을 차서 골대에 넣었던 묘기는 실로 수준급이었다. 또한 타이랜드의 과일도 사먹었으며, 정부에서 경영하는 보석전시장에 가서 보석들을 구경했으며, 면세점에도 들렸다.

한약제와 코브라의 독으로 만들었다는 무좀약도 샀으며, 세계의 유명건축물을 미니어처로 만들어 놓았던 장소에 가서 구경했다.

특별히 돈을 내서 바다가재를 먹으러 가기도 했으며, 게이쇼도 구경 갔는데 이 쇼는 파리의 리도쇼와 라스베가스의 쇼와 더불어 세계의 3대 쇼로 알려져 있는 것이었다. 우리 부부는 그중에 파리의 리도쇼를 제외하고 라스베가스쇼와 방콕의 게이쇼를 보았다. 특히 게이쇼의 경우 불빛에 보는 남자들이 화장을 하고 여자들처럼 쇼를 했는데, 여자들보다 훨씬 더 예뻤으며 쇼가 끝난 다음에 밖에 나와 있는 그들의 모습이 태국인이라 얼굴이 새까맣기는 했지만 키도 늘씬하게 컸고 잘 생겼다.

파타야의 바다경치는 호텔에서 바라볼 적에 일품이었으며, 모터보트를 타고 바다 건너편에 있는 해수욕장에 가서 수영을 하고 왔다. 모래사장도 깨끗했고 부드러웠으며 바닷물도 따뜻했던 것이 수영하기 아주 좋았다. 이렇게 아름다웠던 해변휴양지도 몇 해 전의 지진해일로 폐허가 되다시피 했다는 말을 듣고는 참으로 허망하다는 생각마저 들었다.

방콕을 떠나던 날 일행은 왕궁과 에메랄드 불상이 있는 사원구경을 했다. 금 도금을 해서 부처표면을 완전히 황금빛으로 만들어 놓은 것을 보고, 백성들이 살고 있는 모습은 별로였는데 왕궁과 그에 딸린 사원은 너무나 사치한다는 것을 새삼스럽게 깨닫게 되었다.

아내가 94년 봄에 친구들과 동남아시아 여행을 갔을 때의 방콕의 모습을 비디오로 보았다. 오토바이가 무질서하게 떼를 지어 다니던 모습을 비디오사진을 통해서 보았는데, 02년 내가 보았던 방콕의 모습은 그렇게 볼품없이 보이지를 않았던 것을 보면 그동안 교통질서가 많이 정비되었다는 것을 알 수 있었다. 수송회는 03년에도 뉴질랜드의 남북섬 횡단여행을 다녀왔는데, 우리 부부는 가톨릭신문 투어에서 주관했던 서유럽 성모발현성지 순례여행과 겹쳐서 따라가지 못했지만 원시림에 가까운 자연환경만 바라보는 것도 재미가 없을 것 같아서, 별로 가고 싶지 않았다는 것이 좀 더 솔직한 고백일 것이다.

13. 성모성지

　가톨릭신문 투어에서 주관했던 03년 11월의 서유럽 성모발현성
지 순례여행, 04년 5월의 터키와 그리스 바오로사도 전도지 순례여
행, 04년 11월의 동유럽 5개국 성지순례 여행은 순례지들이 세계의
가장 번창했던 문명의 소재지였던 유럽에 있었기에, 모든 면에서
다른 어떤 국가들보다도 볼거리가 많았으며, 언제든지 다시 가보고
싶은 곳이었다. 엄밀한 의미에서 성지라 하면 예루살렘만을 지칭하
는 것이라 할 수 있는데, 만일 성지를 그러한 좁은 의미로 국한시킨
다면 기독교와 관련하여 더 이상 가볼 만한 곳이 없어지게 되는 셈
이다. 따라서 기독교의 전파와 관련이 있는 곳을 전부 성지에 포함
시킨다면 성지의 범위는 훨씬 더 넓어져서 우리 부부가 가톨릭신문
투어의 주관으로 방문했던 모든 곳이 그러한 의미의 성지가 될 수
있었다.

　가톨릭신문 투어는 여러 가지 유럽 성지순례 프로그램을 많이 개
발하고 있었으며 경비가 좀 들기는 했지만 의의 있는 프로그램들이
많았기 때문에, 우리 부부는 그러한 프로그램들에 거의 모두 다 참

가했던 셈이다. 그런데 문제는 참석인원이 20명에 훨씬 미치지 못했기 때문에 1인당 지불해야 할 공동경비의 부담액수가 상당히 많아지긴 했지만, 소수의 인원이 다녔기 때문에 좋은 점도 많았다.

94년의 유럽 성지순례 여행은 평화방송이 주관했던 것이긴 하지만 참가인원이 40명을 넘었기 때문에 관리하는데 좀 어려운 점이 있었지만, 추가경비문제는 걱정할 필요도 없었으며 일행이 훈련 받았던 대로 1인당 미화 1달러를 내면 되었던 것으로 지금까지 알고 있었다. 그런데 지난 번 동유럽 성지순례여행을 갔을 때 신부님 말씀이 성지미사 때 10여 명밖에 되지 않았던 순례자들이 1달러씩 내고나면 겨우 10여 달러밖에 되지 않는 것을 보고, 신부님이 낯 뜨거워져서 신부님이 미사예물로 받은 돈에서 20유로 정도를 추가로 헌금하셨다는 말씀을 듣고는 다음부터는 공동경비로 거둔 돈으로 술이나 사마시고 남은 돈을 나누어 갖곤 했던 방법 대신에, 많지도 않았던 미사봉헌 때마다 추가헌금으로 써야겠다고 결심했다. 참가인원이 40명이나 되었던 경우에는 비록 각자 1달러씩 헌금으로 내더라도 40달러는 충분히 넘을 수 있었으니 별달리 신경을 쓸 필요가 없었던 것이다.

03년 11월 12일에서 23일까지 11박 12일의 성모발현 성지순례 여행을 다녀왔다. 11일에 네덜란드의 항공기를 인천공항에서 타고 암스텔담까지 간 다음에 암스텔담 공항에서 여러 시간 기다린 후에 리스본으로 직행하는 좀 작은 네덜란드 항공기를 타고 리스본에 도착했던 시간은 한국을 출발한 지 25시간이나 지났던 시각이었다. 나는 이러한 많은 시간의 소비로 인하여 처음부터 지쳐버렸으며, 블랙진 바지를 입고 가서 멋 좀 낸다고 치수 265문의 검정색 운동화를 신고 갔다가 걸음을 많이 걸으면서 발이 부어오르기 시작하자 신발이 작아져서 신을 수가 없었다. 신발끈을 전부 풀어 버렸는데도 여전히 신발을 신을 수가 없었으니, 멋을 내는 것도 좋았지만 발이 아파서 고생만 많이 했다. 04년 5월과 11월의 터키·그리스 및 동유럽 성지순례 여행 때는 치수 275문의 편안한 신발을 신고 갔더니, 비록 걸음을 많이 걸어서 발이 좀 부었어도 그것을 별로 느낄 수도 없었으며 발이 아파서 더 이상 고생할 필요도 없었다.

리스본은 항구도시이면서도 구 도시의 도로가 전차 길과 함께 사용되고 있는 아주 인상적인 도시였다. 구도시에 있는 왕궁은 유럽의 다른 국가들인 스페인이나 프랑스의 경우처럼 큰 것은 아니었지만 광장에 둘러 싸여 있는 것이 화려해 보였다. 그런데 나중에 알고 보았더니 그것은 왕궁이 아니라 시장의 상가건물로서 리스본 도시의 중심부에 해당하는 곳이었다.

일행은 리스본 시내구경을 가기 전에 일행이 일박했던 호텔 근처에 있는 에드와르도 7세 공원을 구경했는데 인간의 남녀성기 모양을 묘사한 분수대는 이색적이었으며, 잘 가꾸어진 왕의 동상 앞에 펼쳐져 있던 정원은 참으로 아름다웠다. 리스본 구시가지에 있는 파도바의 안토니오 성인의 기념성당에서 성지순례 여행의 첫 번째 미사를 드렸으며, 전차 길을 따라 구시가지를 구경하러 올라가면서 주교좌성당 앞에서 사진 한 장을 찍었다. 구시가지는 수백 년이 지난 중세의 도시 분위기였지만, 오래된 구도시를 우리나라의 경우처럼 재건축이나 재개발을 하여 전부 없애버리겠다는 생각은 처음부터 하지 않고 있었기 때문에, 그렇게 오래된 지역이 지금까지 보존되고 있다는 것을 알 수 있었다.

리스본에서는 예르니모 성인의 수도원과 정원을 들어가 보았는데, 정원에서 볼 수 있는 수도원의 창문장식은 모두 물고기 형상을 하고 있는 것이 특색이었다. 예르니모 성인은 히브리어로 되어 있는 성경을 베들레헴에 있는 동굴 속에서 라틴어로 번역했던 분으로, 어두운 동굴 속에서 촛불을 켜놓고 성경 번역일에 종사했다가 실명까지 하고 말았다는 말을 94년에 베들레헴을 방문했을 때 들었다. 예르니모 성인이 기거했다는 좁은 동굴방에 들어가서 성인의 청빈했던 모습을 접할 수 있었는데, 이번에 이렇게 크고 화려한 예르니모 성인의 수도원을 대하게 되니 격세지감이 있었다.

그 수도원에서 머지않은 곳에 있는 이민자의 기념탑과 베들레헴탑을 구경했다. 이민자의 기념탑은 신세계로의 이민을 상징적으로 표현했던 기념탑이며, 베들레헴탑은 유네스코 세계문화유산으로 지정된 건물로서 1515년에서 1521년 사이에 지어진 건축물이며, 그 건축물의 원래 목적은 선박의 접근을 관리하려는 데 있었다. 그후 이 건물은 감옥으로 바뀌었다.

강가를 끼고 리스본을 빠져나오다 보니 1966년에 건조되었다는 미국 샌프란시스코의 금문교를 닮은 '4월 25일의 다리'가 안개 속에 희미하게 보였으며, 다리의 저쪽에는 82미터의 축대위에 서있는 28미터 높이의 예수님상이 보인다고 가이드가 말했는데, 버스 속에서는 그 모습을 캠코더에 담는데 실패했다. 리스본에서 화티마로 가는 길가에 있었던 로마시대에 만들었다는 거대한 수로를 지나갔는데, 버스 안에서 이를 캠코더에 담는데는 역시 실패했다.

포르투갈의 성모발현성지인 화티마에는 오후에 도착했다. 화티마는 루씨아, 프란치스코 및 아신타의 세 목동이 그곳에 발현하신 성모님을 만나 뵈었다는 곳으로 프란치스코와 아신타는 이미 선종하여 화티마의 대성당 제단 앞의 양측에 묻혀있었다. 그런데 세 목동 중 루씨아만이 일행이 화티마를 방문했을 당시에 92세의 수녀로서 생존하고 계셨다고 했는데 얼마 전에 돌아가셨다.

일행이 루씨아의 생가와 프란치스코와 아신타의 생가들을 방문했는데 초라한 시골집들이었다. 아내는 그곳에서 20유로를 주고 실로 짠 둥근 밥상보를 하나 샀는데 중국제였다. 일행은 또한 십자가의 길과 예수님의 두 발이 겹쳐져서 대못이 박혀있는 대신에 두 발에 대못이 각각 박혀있는 십자고상(하느님이심을 뜻함)과 그 밑에 있는 쿠바난민들이 지었다는 작은 교회를 사진 찍었다. 또한 천사가 세 목동에게 성모님의 발현을 고지했다는 모습을 조각한 조형물도 보았고 사진도 찍었다.

화티마에는 대형 성물판매점이 있어서 올리브 나무로 만들었다는 묵주를 하나 샀다. 내가 이탈리아의 아시시에 갔을 때 성 프란치스코의 장미묵주를 샀는데, 이 두 묵주는 언제나 하나는 바지 주머니 속에 그리고 다른 하나는 가방 속에 넣고 다니고 있다.

다음날 아침에는 조반을 마친 후 화티마의 성모님 대성당을 참배하러 갔는데, 우리 부부가 미사전례를 맡게 되었기에 정장을 하고 갔다. 대성당의 탑까지의 높이가 상당히 높았기 때문에 가까이에서 사진을 찍으면 대성당 전체의 모습이 제대로 잡히지를 않아서, 상당히 물러난 거리 밖에서 사진을 찍지 않으면 안 되었다. 대성당이 있는 광장에는 30만 명이 서서 미사를 드릴 수 있는 넓이라고 했다.

성모님께서 상수리나무 위에서 발현하셨다는 곳에는 소성당이 지어져 있었으며, 왕관을 쓰신 성모님상이 유리거울 속에 모셔져 있었다. 일행의 미사는 그 뒤에 있는 작은 성당에서 바쳐졌다. 우리 부부는 화티마에 와서 미사전례와 독서를 할 수 있도록 허락해주신 주님께 감사드렸다.

화티마를 순례한 일행은 스페인의 사라망카로 넘어갔다. 사라망 카는 인구 6만 명의 전형적인 중세도시로서 가히 건축박물관이라 할 만큼 도시 전체가 중후한 모습을 띠고 있었으며, 거리를 오가는 사람들의 모습에서도 사라망카에 살고 있다는 것을 자랑으로 여기 고 있는 것 같았다. 일행은 사라망카에서 현재 대학기숙사로 쓰여 지고 있는 건물의 벽에 365개의 조개껍질을 벽에 붙여서 지은 중세 건물을 밖에서 바라보았다. 그 다음에는 소위 구주교좌성당과 신주 교좌성당이 나란히 서있는 성당지붕 위로 올라갔다. 어디에서 그 많은 새들이 와서 지저귀고 있는 것인지 시끄러울 지경이었다. 성 당을 조명으로 밝히고 있었기 때문에 그런 것 같지는 않았는데 실 로 알 수 없는 노릇이었다.

사라망카에서는 프라쎄마졸이라는 중앙시장거리가 있는 곳을 가 보았는데, 유럽의 대부분 구도시에는 이와 비슷한 중앙시장이 자리 잡고 있으며 외부에서 이 광장으로 들어갔다 나갔다 할 수 있는 문 이 있었다. 마드리드에도 사라망카보다 규모가 훨씬 큰 프라쎄마졸 이 있다고 했지만 시간이 없어서 그곳을 구경하지는 못했다. 일행 이 사라망카에서 보았던 것이 중앙시장 중에는 가장 아름다운 곳이 라는 말을 나중에 전해 듣고는 위안을 받았다.

다음날 호텔에서 조식 후에 알바데또로메스에 가서 대 데레사 묘 를 순례했다. 그곳에는 대 데레사가 선종하기 전에 병석에 누워있 었다는 침대가 있는 방을 볼 수 있었으며, 그 방에서 대 데레사가 선종했다고 한다. 대 데레사의 출생지는 아빌라였는데 병들어 죽게 되자 돌봐줄 친척이 있는 이곳에 와서 선종을 했다는 것이다. 알바데또로메스의 대 데레사 묘지성당 순례 후 그녀의 생가가 있는 아빌라로 이동하여 대 데레사가 어렸을 때 사라센의 침공을 피하여 도망치다가 성 밖에서 잡혔다는 말이 전해오는 장소에서, 현재도 그대로 남아있는 아빌라성을 배경으로 기념사진을 찍었다.

아빌라의 성곽을 넘어서 대 데레사의 탄생기념성당 안에서 사진을 찍었는데, 실내에서는 잘 찍히던 캠코더가 밖에 나오기만 하면 사진이 잘 찍히지를 않아서, 성당의 모습을 밖에서는 캠코더에 담지를 못했던 것이 못내 아쉬운 일이었다. 나중에 캠코더 후면에 있는 노출조정 장치를 작동시켰더니 캠코더가 제대로 찍혔다. 그것도 모르고 캠코더가 고장난 것으로 여겼다.

나는 2층에 전시하고 있는 대 데레사의 유물과 그 시대의 주교의 예복들을 전시하고 있는 곳을 돌아보면서 캠코더에 전시물들을 전부 담았는데, 그것이 아빌라였는지 아니면 대 데레사가 선종한 알바데또로메스였는지 구분이 잘 안되었다. 캠코더가 제대로 찍혔을 때라고 한다면 알바데또로메스일 가능성이 훨씬 더 컸다. 왜냐하면 그날은 비가 와서 우산을 쓰고 다녀야 할 정도로 습하여 캠코더가 작동을 잘 하지 않았던 것이었다면, 아빌라가 아니었을 것이기 때문이다.(그런데 이 문제는 2009년 2월에 아빌라의 카르멜 수도원을 방문했다가 2층의 전시실이 바로 그곳이었다는 것을 재확인했다.)

아빌라의 성곽은 구도시를 둘러싸고 있는 중세의 성곽으로서 상당히 높았으며 견고하게 지어져 있었다. 아직도 유럽에는 중세의 성곽들이 그대로 남아있는 도시들이 많았다. 아빌라는 스페인에서도 드물게 볼 수 있는 아름다운 성곽이 그대로 남아있는 대표적인 도시 중에 하나였다. 아빌라를 순례한 후 스페인의 수도인 마드리드로 이동했다.

마드리드에서 제일 첫 번째 방문했던 곳은 스페인광장으로서 이곳에는 돈키호테의 저자인 세르반테스의 사망 300주년을 기념하기 위한 기념탑과 돈키호테와 시종 산초의 말탄 모습을 조각해 놓은 동상 앞에서 기념사진을 찍었는데, 기념탑의 바로 뒤에 기념탑보다 훨씬 높은 호텔건물이 배경으로 떡 뻗치고 있어서 그 기념탑이 오히려 선명하게 나타나지를 못했던 것이 한 가지 흠이라고 할 수 있었지만, 그런대로 마드리드의 명물은 바로 이 스페인 광장이라고 할 수 있었다.

마드리드에서는 도착한 날 밤에 컬럼버스의 기념탑이 있는 곳을 방문했는데, 그곳에는 상당히 폭이 넓은 인공폭포가 있어서 물이 떨어지는 소리가 실로 요란했다. 폭포물이 떨어지는 맞은 편 벽에는 유럽에 있는 스페인의 지도와 컬럼버스가 인도로 항해를 하여 도달했다고 착각하고 있던 서인도제도가 모자이크로 만들어져 있었다. 컬럼버스는 원래 이탈리아의 제노아 사람이었는데, 스페인의 이사벨여왕의 후원을 받아 신대륙을 발견했기 때문에 스페인 사람으로 오해하기 쉬웠다.

성 이시도르성당은 왕궁을 마주보고 있었는데, 그 규모가 거대했으며 소위 지하 무덤성당이라고 불리는 곳에도 가보았다. 아직도 돈만 있으면 무덤성당에 묻힐 자리를 살 수 있다는 여분의 무덤자리가 많이 있는 것을 알 수 있었다. 우리나라의 죽은 사람에 대한 두려운 감정과는 달리 죽은 사람도 산에 갖다 묻는 대신에 성당 안에 무덤을 만들어서 죽은 사람에 대한 소외감을 갖지 않고 있으며, 이 무덤성당에서는 심지어 결혼식까지도 전혀 거리낌 없이 행하여 진다는 말을 듣고 놀라운 느낌을 억누르기 어려웠다.

현재의 스페인 국왕이 거주하고 있는 왕궁은 다른 곳에 있었으며 그곳은 관광을 할 수 없었다. 일행이 구경했던 왕궁은 성 이시도르 성당의 맞은 쪽 광장 건너편에 있었는데, 방이 2,300개나 된다는 왕궁이지만 일행이 실제로 들어가 볼 수 있었던 방은 40여 개에 불과했다.

왕은 침실이나 집무실 이외에 담배피우는 방, 카드게임하는 방, 커피마시는 방, 신문 보는 방 등 평민들은 도저히 상상도 할 수 없는 호화스러운 방들을 수없이 갖고 있는 것을 보고 과거의 제왕들은 이러한 호화스러운 생활을 했으면서, 전 국민들을 노예 취급했을 것을 생각하니 울화가 치밀었다.

왕궁을 구경한 다음에는 왕궁 앞에 있는 피혁제품 판매점에 들렀다. 나는 내 것과 큰 사위에게 선물할 가죽혁대를 하나씩 샀다. 나의 새로 산 혁대는 만보기를 달고 다녔더니 혁대의 표면이 반들반들하게 미끄러서 그랬는지 부르고스의 주교좌성당에서 미사를 드리던 중에 만보기가 없어졌던 것을 알게 되었다. 다행히 내가 앉아있던 바로 뒷좌석의 바닥에 떨어져 있는 것을 알고 얼마나 다행스럽게 여겼는지 모르겠다. 만일 만보기가 거기에서 영영 없어졌더라면 여행 중에 있던 내가 과연 어떻게 어디에 가서 잃어버릴 뻔했던 그 만보기를 찾아낼 수 있었다는 말인가?

마드리드를 떠난 일행은 한 때 스페인의 수도였던 대표적인 중세 도시 또레도를 방문했다. 또레도로 들어가는 길목에 있는 또레도 강물위에 가로질러 놓은 로마시대에 건조되었다는 다리를 보았다. 도시로 들어가기 전에 또레도 시내가 잘 바라보였던 언덕위로 버스가 일행을 태우고 갔다. 그 언덕위에서 사진도 찍고 또레도의 전경을 구경하기도 했다.

또레도는 강물이 굽이굽이 흘러가고 있는 언덕 위에 자리 잡은 고색창연한 중세도시라는 인상이 강하게 들었다. 도시로 들어가는 길은 시내로 내려가서 에스컬레이터로 가서 가장 밑에 있는 에스컬레이터를 걸어서 올라간 다음, 거기서부터는 움직이고 있는 에스컬레이터를 타고 일곱 개인가 여덟 개인가를 계속 타고 끝까지 올라갔다. 에스컬레이터에서 내린 후에는 바닥에 돌이 박혀서 제대로 걷기에도 불편했으며, 비가 내려서 미끄럽기까지 했던 길을 구불구불 걸어 올라가서 주교좌성당이 있는 언덕위에까지 올라갔다.

가다가 보니 길이 바뀔 때마다 세 갈래 길이 나타나서 혼란을 일으키게 했는데, 그 길 중에 하나만이 제대로 올라가는 길이고 나머지 둘은 다만 적이 침입해 들어왔을 때 적을 혼란시키기 위하여 허구로 만들어 놓았던 길이라는 말을 가이드가 해주어서, 나는 참 신통하게 도시설계를 했다고 감탄해 마지않았다.

언덕위에 다 올라간 다음 일행은 성 또메성당에서 엘그레꼬의 그 유명한 '올가즈백작의 장례식' 이라는 벽화를 구경했다. 이 그림은 그의 최대 걸작품으로 12세기에 올가즈백작의 기부로 지어진 아름다운 오래된 성 또메성당 벽면에 그려져 있는 것을 먼저 감상했다.

또레도에서는 주교좌성당을 방문하기 전에 금속세공품을 공장도가격으로 판매하고 있는 곳을 방문하여 나는 돈키호테와 시종 산초가 조각된 금세공의 회중시계를 하나 25유로를 주고 샀는데, 배

터리로 가는 시계로 시간도 잘 맞았다.(그런데 몇 년 쓰지 않아서 고장이 나
버렸는데 수리비가 시계 값에 맞먹는다 하여 그냥 폐품으로 갖고 있다.) 그 시계는
정장을 할 때 그 금도금한 회중시계를 차고 다니는데, 대부분의 경
우 양복바지에 작은 허리주머니가 안으로 달려 있어서 회중시계를
몸에 지니고 다닐 수 있어서 좋았다.

또레도의 주교좌성당에는 제단이 있는 성당 이외에도 주교들의
초상화를 모아놓은 방과 성화와 조각품들을 모아놓은 방이 있어서,
미사를 드리고 난 후에 그것을 전부 돌아보는 데도 상당한 시간이
걸렸다. 주교좌성당 앞에는 책을 팔고 있는 서점이 있었으며 엘그
레꼬의 그림도 복사본이기는 했지만 거기에서 팔고 있어서 밖에 전
시하고 있던 4매의 그림을 각각 하나씩 달라고 영어로 말을 했더니,
영어를 못한다면서 똑같은 그림을 4매 주기에 마침 일행과 함께 있
었던 스페인 또레도 현지 가이드의 도움을 받아서 겨우 각각 다른
그림을 4매 구입할 수 있었다. 집에 와서 표구를 해서 벽에 걸어놓
고 보고 있는데 과연 명작임에는 틀림없는 것 같았다. 그림 이외에
도 영어판 스페인 안내책자를 한권 샀다.

나는 여행을 하면서 캠코더로 동영상도 찍고 영문판 안내책자도
사모아서 여행이 끝난 다음에 동영상도 열심히 보고 안내책자도 전
부 읽어서, 여행을 다녀온 나라와 지역을 숙지한 다음에 지금 내가
하고 있듯이 여행의 체험담을 상세하게 기록으로 남기는 작업을 하
고 있다. 기록을 하다 보니 순서도 바뀌고 기억이 잘 나지 않는 것
도 많아서 그 기록의 정확도에 문제점이 있기는 했지만, 그런대로
그러한 기록 작성 자체가 나의 생활기록의 중대한 일부가 되었다는
점에서 그 중요성을 인정할 수 있었다.

토레도 주교좌성당까지 올라가는데 에스컬레이터를 타고 한참 올라가다가 또 돌이 박혔던 가파른 언덕길을 힘들게 걸어서 올라갔었다. 그런데 그 곳에서 밖으로 나올 때는 비교적 완만한 길로 해서 다리를 건너서 쉽게 밖으로 나왔으며, 버스가 정차하고 있는 곳에서 조명등이 밝게 비치고 있는 주교좌성당을 배경으로 사진을 한 장 찍었지만 워낙 거리가 멀어서 사진이 잘 나오지 않았다.

다음날은 조식 후에 마드리드를 떠나서 부르고스를 거쳐서 프랑스와의 국경선 가까이에 있는 산세바스티안까지 가기로 했다. 부르고스는 10세기의 사라센의 침공에서 부르고스를 방어하여 구한 엘시드로 알려져 있던 곤잘레스 디아즈의 고향이기도 했으며, 주교좌성당의 제단 앞에는 엘시드와 그 부인의 아무런 장식도 없는 소박한 무덤이 있었다. 영화로도 유명했던 '엘시드'가 그토록 소박한 무덤에 묻혀 있으리라고는 상상도 할 수 없는 일이었다.

일행은 부르고스의 주교좌성당 내에서 미사를 바쳤으며, 미사 후에 나는 성당 내에서 부르고스 안내책자를 하나 샀다. 주교좌성당을 넣고 사진을 찍으려 했더니 역광이라 얼굴이 까맣게 나올 것이라고 생각했는데, 실제로 찍힌 사진을 보니 얼굴이 새까맣게 나왔다. 그뿐만 아니라 성당이 워낙 컸기 때문에 성당 전체를 사진에 담을 수도 없었으며, 캠코더를 갖고도 성당 전체를 한 번에 담기는 불가능했다. 성당을 제대로 담으려면 상당한 거리를 떨어져서 찍어야만 했다.

산세바스티안은 대서양 해안에 면한 휴양도시였는데 일행이 도착했던 시기는 11월이라 낮이 짧아서 그랬는지 해안을 따라서 걸어가는데, 어두워서 아무것도 보이지 않았지만 자유시간이 주어졌기 때문에 바닷가에 놓인 길 위를 걸어보았다. 아내와 함께 오래간만에 바닷가를 거니는 느낌, 그것도 대서양에 면한 스페인 휴양지의 해변가를 거니는 느낌은 무엇이라 표현하기 어려울 지경으로 즐거운 일이었다. 해변가에서 바라보이는 산위에 불빛이 보이는 호텔이 있었는데 그 호텔에서 하룻밤 묵는다는 말을 들었다. 일행이 다시 모여서 함께 버스를 타고 산정에 있는 머큐리호텔에 올라가서 하룻밤 잤는데, 불빛이 밝혀져 있는 바닷가의 풍경이 한 눈에 들어오는 것이 낭만적인 느낌을 주었다.

02년에 미국 가서 야간에 산타 바바라에 들려서 하룻밤 잘 모텔을 찾아보았다. 시내에는 아예 모텔이 없어서 그런지 숙소를 구할 수가 없어서 힘들게 경사가 심한 산길을 올라간 곳에 산세바스티안의 경우처럼 호텔이 있어서 가격을 물어보았더니, 하룻밤 그것도 새벽까지 몇 시간 남지도 않았는데 숙박비가 350달러라는 말을 듣고 그냥 산 아래로 내려왔던 기억이 나서 산세바스티안의 산정호텔에서 머물렀던 하루 밤의 감회가 특히 남다른 바가 있었다.

"포르투갈과 스페인은 우리나라에서 오기 쉽지 않은 곳인데, 이번에 성모발현 성지순례를 위하여 포르투갈의 리스본을 거쳐서 화티마를 순례하고, 스페인의 사라망카, 알바데또로메스, 아빌라, 마드리드, 또레도, 부르고스를 거쳐서 산세바스티안까지 왔는데, 비록 스페인의 일부지역이기는 하지만 이번에 두 나라를 본 것은 운이 좋았던 것 같구려."

"나도 당신의 말대로 이번 기회에 포르투갈이나 스페인을 구경할 수 있었던 것을 행운이라 생각하며, 스페인이 그렇게 대성당과 가톨릭 유적지가 많은 곳인지는 미처 몰랐어요."

"나도 한국에 있을 때는 포르투갈이나 스페인은 별 볼일 없는 국가로 업신여기려는 경향이 있었는데, 막상 와서 보니 이탈리아나 프랑스보다 문화가 훨씬 더 발달한 국가라는 것을 비로소 깨닫게 되는 계기가 되었던 것 같지 않소? 역시 사람은 세계의 이곳저곳을 다녀봐야만 말할 자격이 있는 것이 아닐까 하는 생각이 드는구려."

"이번에 스페인을 새롭게 인식하게 된 것은 우리 부부의 큰 수확이라 할 수 있지 않겠어요?"

다음날 아침에는 조식 후에 프랑스의 루르드를 향하여 출발했다. 산세바스티안에서 프랑스 국경선까지는 얼마 걸리지 않았으며, 프랑스 국경선을 넘는데 별 문제가 없어서 스페인에서 프랑스로 그대로 이어지는 여행의 연속처럼 느껴졌다.

프랑스로 들어선 다음에 버스는 멀리 눈 덮인 산봉우리들이 바라다 보이는 피레네산맥을 오른 쪽에 두고 계속 진행하다가 포라는 곳에서 피레네산맥 쪽으로 올라가다 보니 루르드라는 표시가 나타났다. 시골길로 한참 들어갔더니 루르드 시내가 나와서 성지에서 얼마 멀지 않은 곳에 숙소를 정했다. 95년 1월에 루르드를 방문했을 때는 파리에서 침대차를 타고 밤중에 루르드까지 왔기 때문에, 루르드가 피레네산맥에 있다는 말은 들었지만 방향감각이 잘 서지를 않았었는데, 이번에 버스를 타고 스페인에서 육로로 낮에 루르드에 도착하게 되니 방향감각도 확실해졌고 루르드가 어떤 곳인지 좀 더 정확하게 알 수 있어서 좋았다.

이번에 루르드 방문 때에는 95년 1월과는 달리 한국수녀님이 계셔서 안내를 잘 해주신 것은 좋았지만 번잡해서 그러셨는지는 알 수 없지만, 일행이 침수하러 가는 것을 처음에는 꺼리는 것 같았다.

젊은 신부님도 혼자 결정하는 것이 부담이 되셨던지 순례단의 회장이었던 나에게 침수여부를 다수결로 결정해주기를 원하서서, 루르드까지 와서 침수도 하지 못하고 간다고 해서야 말이 되지 않는다는 식으로 내가 분위기를 유도하여 만장일치로 침수를 하기로 결정했다. 수녀님도 하는 수 없이 일행의 결정에 따르기로 하여 우선 루르드의 박물관을 둘러보고, 버나뎃드 수녀의 생가와 그들이 살았던 우옥인 코차를 방문한 후에 침수를 하러 갔다.

11월 중순이라 침수하는데 좀 춥게 느껴지기는 했지만, 95년 1월에도 별 문제없이 침수하지를 않았던가? 11월이라 다른 순례자들이 거의 없어서 일행은 오래 기다릴 필요도 없이 곧 침수를 마칠 수 있었다. 형제들의 경우에는 숫자가 적어서 침수 전에 생수를 마실 수도 있었다.

그런데 95년 1월의 순례자들과는 달리 아무도 생수를 특별히 떠 가지고 한국에 가져가는 사람은 없는 것 같았다. 이번 루르드 순례 때는 지난번에 보지 못했던 로사리오성당과 제일 위에 있는 대성당과 일행이 미사를 드렸던 중간성당, 그리고 지난번에 보았던 2만 명을 수용할 수 있다는 지하대성당을 전부 볼 수 있었던 것은 행운이었다.

루르드에서 95년에 그랬던 것처럼 새벽에 TGV를 타고 850킬로미터 떨어져 있는 파리의 몽파르나스 역까지 6시간 반이나 걸려서 도착했다. 이번에 두 번째로 타보는 TGV는 루르드에서 보르도까지 시속 200킬로미터의 속도로, 그리고 거기에서 파리까지는 시속 300킬로미터의 속력으로 달렸으며 점심은 일행이 묵었던 루르드의 호텔에서 싸준 도시락을 참으로 맛있게 먹었다.

파리에는 이번에 세 번째로 오는 길이라 최초로 파리를 방문했을 때 느꼈던 신비감은 전혀 없었고 차량과 사람이 많고 지저분한 오래된 도시라는 인상밖에 들지를 않았다. 파리에 도착했던 그날 오후에는 우선 노트르담 대성당을 방문했는데, 스페인에서 그보다 거대한 성당들을 수없이 많이 보아왔기 때문에 그런 것이었는지 노틀르담 대성당을 첫 번째 보았을 때와는 달리 조금도 크다거나 아름답게 보이지를 않았다. 그 다음에 일행이 방문했던 곳은 우리나라에도 많은 선교사들을 한국 가톨릭교회의 초기 수난시기에 파견하여, 수많은 신부님과 주교님들이 우리나라에서 순교했던 파리 외방선교회를 방문하여 미사를 드렸다. 이번에 드린 미사가 지난 95년 1월에 이곳에서 드린 미사에 이어 두 번째로 파리 외방선교회에서 드리는 미사였다.

일행은 성당 안에 전시되어 있는 순교하신 선교사들, 특히 베트남에서 순교하신 분들의 유품들과 그림들을 참관했고 정원에 나가서 한국에서 순교하신 선교사들의 이름이 새겨져 있는 한국교회가 기증했다는 순교 선양비 앞에서 사진들을 찍었다.

성모님께서 그 성당에 계셨던 수녀님께 발현하셨는데 수녀님께서는 돌아가시기 바로 직전까지는 그 사실을 발설하지 않으셨다는 기적의 메달성당은 파리 외방선교회에서 얼마 떨어지지 않은 곳에 있었다. 이 성당의 이번 방문은 95년 1월의 유럽 성지순례 때의 방문에 이어 두 번째 방문이 되는 것이다.

에펠탑은 세 번씩이나 파리에 갔으면서도 한 번도 탑 위에 올라가 본 일이 없었으며, 다만 에펠탑이 잘 보이는 쎄이요궁에 세 번다 가서 에펠탑을 배경으로 하여 사진을 찍었던 것이 고작이었다.

그런데 03년에 그곳에 갔을 때는 쎄이요궁을 수리하는지 합판으로 전부 막아놓아서, 에펠탑을 배경으로 사진을 찍는다는 것 자체가 불편하게 여겨질 지경이었다. 이러한 현상은 일행이 개선문을 보러 갔을 때에도 개선문의 아래 부분을 전부 흰 합판으로 막아놓아서, 개선문을 배경으로 사진을 찍는데 별로 좋은 모습이 아니었던 것과 유사했다는 기억이 났다.

몽마르뜨르 언덕은 95년 8월의 두 번째 파리방문 때에 이어 이번에도 그곳에 올라가 보았다. 지난번에 버스를 타고 올라갔을 때와는 달리 이번에는 언덕 밑에서부터 계단을 타고 올라갔다. 성심성당을 둘러본 우리 부부는 일행과 합류하고 싶었지만, 계단을 올라오다가 중도에서 화장실에 가는 등 잠시 지체했더니 일행이 전부 다른 데로 가버렸는지 만날 수가 없었다. 나는 아내와 함께 성 베드로 성당에도 들어가 보았고, 화가들이 그림을 그리고 있는 데도 가보았는데 별로 신명이 나지를 않았다. 몽마르뜨르 언덕은 그곳 주교가 이교도들에 의하여 그곳에서 참수를 당하자, 잘려진 자기 목을 들고 언덕 위에까지 걸어 올라갔다는 소름끼치는 일화가 있는 순교자의 언덕이라는 뜻을 갖고 있는 곳이었다.

나는 이번 여행 중에 작은 신발을 신고 왔기 때문에 발이 부었고 아파서 고생을 많이 했다. 그런 연유로 이미 힘들게 구경했던 곳을 또다시 구경한다는 데에 별로 흥이 나지를 않았다. 다리가 아파서 버스를 탔다 내렸다 하는 것 자체가 귀찮게 느껴져서 개선문을 보러간다고 모두들 내렸는데도 우리 부부는 그대로 버스 속에 머물러 있었더니, 운전기사가 개선문을 사진 찍기 가장 좋은 장소에 주차를 시켜서 우리 부부도 마지못해 내려서 개선문을 배경으로 한 사진을 세 번째로 찍었다.

파리를 대충 구경한 일행은 파리를 떠나서 반뇌를 향하여 출발했다. 성모발현성지가 있는 반뇌는 리에즈시 근처의 룩셈부르크 공화국과의 국경선 가까이에 위치하고 있었다. 일행이 반뇌에서 묵었던 숙소는 외부에서 볼 때에는 성곽처럼 멋있게 생겼는데, 식당에서 식사할 때도 자원봉사자들이 와서 도와주었던 아주 조촐한 곳이었다. 그런데 숙소에서 샤워를 하니 바닥에 고인 물이 잘 빠져나가지를 않아서 고생을 했던 기억이 난다.

반뇌는 숲이 우거진 장소에 위치하고 있었으며 현재는 작은 성당이 지어져있는 그 곳에서 한 소녀에게 성모님께서 여러 번 발현하셔서, 가난한 이들을 위하여 기도하고 도와주라는 메시지를 전달했다. 그녀는 일행이 방문했을 때에도 살아있다고 했는데, 루르드의 버나뎃드나 화티마의 루씨아와는 달리 수녀가 되지 않았고 결혼을 했지만 남편에게 늘 두들겨 맞는 불행한 결혼생활을 하고 있다고 했으며, 생활이 곤궁하여 조카딸이 반뇌에서 경영하고 있던 성물가게에 의존해야 하는 가난한 생활을 하고 있다고 했다.

반뇌에서 성모님께서 발현하셨다는 작은 성당 옆에 있는 성당에서 일행이 미사를 드렸다. 미사를 드린 후에는 생수가 나오는 곳에서 물을 마셨고 십자가의 길을 바쳤다. 십자가의 길을 바친 후에는 반뇌성지를 둘러보고 사진도 찍었다.

반뇌성지 순례를 마친 후에 일행은 네덜란드의 암스텔담을 향하여 떠났는데, 낮이 짧아서 네덜란드의 암스텔담 노보텔호텔에 당도했더니 벌써 한밤중이 되었다. 일행이 그곳의 현지가이드와 만나자고 약속했던 시간보다 버스가 빨리 도착했기 때문에, 가이드가 아직 도착하지를 않아서 그가 도착할 때까지 기다렸다. 그가 도착한 후에 일행은 저녁식사를 하러 한식집에 가서 식사를 한 후 그날은 호텔에 돌아와서 그대로 휴식을 취했다.

다음날은 조식 후에 호텔 가까운 곳에 있는 독일교회를 찾아갔는데, 조그만 집에 교회라는 것을 표시해주고 있는 십자가도 밖에서 찾아볼 수 없는 평범한 집이었다. 이곳에서 예수님과 공동보석자인 성모 마리아가 이다 페르데만에게 발현하셨다고 했다. 일행이 지금까지 다녀왔던 화티마, 루르드 및 반뇌에 발현하셨다는 성모님의 모습과는 전혀 다른 모습의 성모님이셨다,

지구를 밟고 서계셨던 성모님의 등 뒤에 십자가가 있는 성모님은 모든 민족의 어머님이시며 세계평화의 어머님이시라고 설명하고 있었다. 일행은 그 작은 교회에서 미사를 드렸는데 훤칠하게 키가 크고 잘 생긴 서양 수녀들이 미사수건도 하지 않은 생머리를 하고 있었던 것이 특이하게 여겨졌다.

그런데 일행이 지금까지 순례했던 성모발현성지 가운데 암스텔담의 성모님만은 가슴에 와 닿지를 않았던 것이 우리 부부에게는 이상스럽게 느껴졌다. 아마도 화티마, 루르드, 반뇌는 물론 파리의 기적의 메달성당만 해도 성모님께서 그곳에 발현하셨다는데 대하여 전혀 의심의 여지가 있을 수 없었다. 그러나 암스탈담에 있는 작은 독일교회에서 가정부인 이다 페르데만 여형제들에게 니타나셨다는 성모 마리아님은 일행이 통상적으로 알고 있었던 성모님과는 여러 가지 면에서 상이한 성모님처럼 느껴졌던 것이 우리 부부의 솔직한 고백이었다고 할 수 있었다.

암스텔담은 95년 8월의 유럽방문 이후 이번이 두 번째 방문이었

다. 이번에는 시간관계상 암스텔담 시내에 들어가 볼 기회도 없이 잔세스칸스이라는 풍차마을을 방문하고 암스텔담 관광을 아쉬운 대로 끝마칠 수밖에 없었다. 다행히 95년 8월에 암스텔담을 방문했을 때 그나마 반나절이기는 했지만 시내를 대충 관광했기 때문에 덜 서운했다는 말이 더 어울릴 것이다. 암스텔담 공항은 일행이 포르투갈의 리스본으로 가는 비행기를 기다리기 위하여 공항에서 머문 일이 있었다. 공항의 규모가 상당히 컸다는 느낌이 들었는데, 한국행 비행기를 타기 위하여 버스를 타고 찾아갔던 공항의 규모가 외부에서 볼 적에도 상당히 크다는 느낌을 받았다. 한국행 비행기를 타기 위하여 기다리는 동안에 선물로 주기 위한 초콜릿을 몇 가지 샀는데 값도 적당했으며 선물로도 훌륭했다. 한국행 비행기를 탐으로써 11박 12일간의 서유럽 성모발현성지 5개국 순례를 마감했다.

14. 터키 · 그리스 여행

　가톨릭신문 투어가 주관했던 우리 부부가 두 번째 참가했던 성지
순례 여행은 04년 5월 17일에서 29일까지 12박 13일간의 성 바오
로 사도의 전도여행지였던 터키와 그리스의 성지순례 여행이었다.
이 지역은 그 대부분이 유적으로만 남아있다는 것이 서유럽이나 동
유럽의 성지순례 여행 때와는 확연히 달랐다. 이 순례 여행은 인천
공항에서 터키항공기를 타고 터키의 이스탄불에 도착함으로써 시
작되었다.

　터키는 이슬람 국가였으며 그리스는 그리스정교회의 국가였기
때문에 순례 중에 미사 드리는 것이 용이한 일이 아니었다. 그런데
터키에서는 오히려 가톨릭교회들이 있어서 그 곳에서 미사를 드릴
수 있었다. 문제는 같은 기독교 국가였던 그리스의 경우 그리스정
교회 내에서는 미사를 드릴 장소도 없었다. 그렇다고 해서 일행에
게 교회를 빌려주는 경우도 있을 수 없었기 때문에 그리스 순례 때
는 과연 어디에서 미사를 드렸는지 아니면 드리지 않았는지 조차
잘 기억이 나지를 않았다.

이스탄불은 서유럽에서는 아직도 콘스탄티노플로 부르고 있는 인구 1,300만 명의 대도시로서 보스포러스 해협, 마르마라 해 및 다다넬스 해협에 의하여 3퍼센트의 유럽지역과 97퍼센트의 아시아지역으로 구분되어 있다. 터키는 이 3퍼센트의 유럽대륙에 속한 지역을 근거로 하여 EU에 가입하려는 시도를 계속하고 있지만 유럽 국가들은 터키를 유럽공동체의 일원으로 받아들이기를 꺼리고 있다. 터키는 한때 오스만터키제국에 의하여 유럽의 대부분을 점령했던 일이 있었으며, 그리스도 400여 년간 오스만터키의 지배하에 있었다.

　이스탄불은 내가 가보았던 도시 중에 가장 이국적인 맛을 풍겨주는 도시로서 좀 더 시간적 여유가 많았다면 약 1주일간 머물면서 도시의 여러 곳을 세밀하게 살펴보고 싶은 유혹을 받았던 매력 넘치는 도시였다. 이스탄불에서 일행이 우선 가보았던 곳은 다리를 건너서 유럽 쪽에 있는 골든혼이라는 내만을 끼고 있는 이스탄불의 구도시였다. 구도시에서 제일 먼저 보았던 것은 그곳의 중앙공원이라고 할 수 있는 하이드로폼에 있는 독일황제 카이젤 빌헬름 2세가 터키에 기증했다는 지붕이 덮혀있는 평화의 상징인 분수대였다. 하이드로폼에는 분수대 이외에도 이집트에서 가져오다가 운반 중에 아래 부분이 두 동강 나서, 그 높이가 30여 미터에서 19미터로 줄어들었다는 오벨리스크와 그 뒤쪽에 있던 이집트의 오벨리스크와는 모양이 아주 상이한 콘스탄틴대제의 오벨리스크가 서있는 모습을 볼 수 있었다. 그리고 구리 뱀이 구불구불 기어오르다가 중간에서 잘려버린 청동 조형물도 있었다.

　일행은 불루모스크로 가서 구경하기로 했다. 그 내부가 푸른색으로 장식되어 있다고 하여 생긴 말이었다. 이슬람 사원의 첨탑은 그들의 성지인 메카를 향하고 있었으며, 이를 중심으로 하여 사원이 지어져 있으며, 모든 신자들은 하루에 세 번 메카를 향하여 예배를 드리는 것이 의무로 되어 있다고 했다. 모스크 안에는 붉은 색 계통의 카펫트가 깔려 있을 뿐 기타의 특별한 장식은 없는 것 같았다. 그리하여 종교 가운데 가장 돈이 적게 드는 종교가 회교사원의 유지라고 하는 농담이 생겼을 지경이라고 한다. 불루모스크의 규모는 상당히 큰 것이었으며 내부에 있는 여러 개의 돔들이 철근 같은 것을 전혀 넣지 않고 건조한 것이라고 했으니 그 기술의 오묘함에 감탄할 뿐이다.

불루모스크는 마주하고 서있는 소피아성당에 견줄 만한 모스크를 짓겠다고 하여 오늘날과 같은 거대한 모스크가 지어졌던 것이라고 했다. 불루모스크의 첨탑은 큰 것이 여섯 개나 되었으며, 작은 것은 첨탑이 여러 개 있는 것이 소피아성당 쪽에서 바라보면 그 모습이 실로 장관이었다.

소피아성당은 불루모스크와 서로 마주 대하고 있는데, 처음에는 성당으로 지어졌던 것이 그 후에 모스크로 변조되어 벽에 만들어 붙였던 모자이크 성화들이 회칠로 손상이 되었던 것을 일행이 갔을 당시에 원상복구하려고 시도하고 있었지만, 제대로 복구하는 것이 상당히 어려운 것 같았다. 소피아성당은 현재 박물관이 되어 있어서 입장권을 받고 일반인의 관람에 개방되어 있었다. 일행이 소피아성당을 방문했을 때에는 아래층에 모자이크 그림을 병풍처럼 만들어서 전시하고 있는 것이 신기하게 여겨졌으며, 여러 가지 색깔의 무늬를 가진 머리 수건들을 쓰고 그 병풍 앞에서 구경하고 있던 터키여성들의 모습이 마냥 신기하게만 여겨져서, 그 모습을 사진에 담았더니 소피아성당의 분위기와 잘 어울려서 보기에 아주 좋았다.

소피아성당의 돔도 철근 하나 사용하지 않고 만들었다는 것으로 세계적인 걸작품이라고 했는데, 나는 그 분야의 전문가가 아니어서 그랬는지 별로 실감할 수가 없었다. 소피아성당의 2층에는 손상된 벽에 있는 모자이크 그림을 부분적으로 복원했던 것들을 볼 수 있었다. 예수 그리스도를 중심으로 왼쪽에는 성모마리아, 오른쪽에는 대천사 가브리엘의 모자이크가 부분적으로 복원되어 있었다. 그리스도의 얼굴모습이 유대인이라기보다는 아랍인을 더 많이 닮았던 것 같았는데 그 모습이 그리스에 갔을 때 보니 대표적인 아이콘화의 예수님 모습의 전형이라는 것을 알 수 있었다.

모자이크 벽화가 거의 완전히 복원되었던 것 중에는 그리스도를 가운데 두고 왼쪽에는 콘스탄틴 모뉴마크스 5세 황제와 오른쪽에 쪼아 황후가 함께 있는 모자이크 벽화와 성모마리아와 아기 예수를 중심으로 왼쪽에는 콤네노스 2세 황제와 오른쪽에 이레인 황후가 있는 모자이크 벽화가 복원되었다. 또한 성모마리아와 아기 예수를 중심으로 왼쪽에는 유스티나 황제와 오른쪽에 콘스탄틴 대제의 모자이크 벽화도 있었다. 여하튼 이스탄불은 동로마제국의 수도로서의 위엄을 사방에 떨쳤던 그 전신이 콘스탄티노플이기도 했던 역사적인 지역이었다.

"이스탄불이야말로 이슬람도시 중에 가장 특이한 도시처럼 여겨지는구려. 우리 부부가 보았던 다른 이슬람도시로는 카이로가 있었는데, 이슬람도시의 냄새가 짙게 풍기는 도시로는 카이로보다는 이스탄불 쪽이라는 생각이 드는구려. 모스크의 규모와 숫자에 있어서도 이스탄불 쪽이 훨씬 더 인상적입니다."

"나도 카이로에 갔을 때는 동행들이 은근히 카이로를 무시하려는 태도를 보여서 나도 그들과 한통속이 되어서 카이로를 무시하려는 경향이 강했었는데, 이스탄불에 와서는 그러한 내색을 하는 일행이 한사람도 없었어요."

"이스탄불은 역시 동로마제국의 콘스탄티노플의 전통을 이어받은 도시답게 도시전체가 풍기는 냄새가 다른 도시에서는 찾아볼 수 없는 특이성을 지니고 있는 것 같구려. 아직 이스탄불을 완전히 보았다고 말할 수 있는 처지는 아니지만 말이요."

소피아성당을 순례하고 나온 일행은 공항에 가서 터키 동남부지역에 위치하는 아다나로 비행기를 타고 1시간 이상 날아갔다. 아다나 비행장은 우리나라의 시골버스 정류장 같은 소규모 비행장으로서 버스를 타고 와서 짐을 찾아들고 정거장으로 걸어가는 것 같은 가벼운 느낌을 주었던 공항이며 도시 자체도 조용했고 사람들이 별로 붐비지도 않는 것이 이스탄불과는 아주 대조적이었다.

아다나에서 하루 밤을 지낸 일행은 그 다음날부터 본격적으로 바오로사도의 전도여행지를 따라 터키의 성지순례여행이 본격적으로 시작되었다. 터키의 서남부 해안지역인 소아시아는 이스라엘에서 바다로 접근하기 용이한 지역에 위치하고 있었기 때문에 바오로사도의 시대에도 접근이 용이했겠지만 일행이 버스를 타고 가는 데도 광장히 멀게 느껴졌다. 바오로사도의 시대에는 걷거나 아니면 나귀 정도를 타고 다녔을 것이니 육로여행의 어려움과 고통이 얼마나 심했겠는가 하는 것은 가히 짐작할 수 있는 일이었다.

아다나를 떠나서 제일 먼저 방문했던 곳은 원래는 시리아의 영역

내에 있었지만 현재는 터키의 국경 내에 있는 시리아의 안티오키아였다. 일행이 터키순례여행에서 방문했던 안티오키아가 두 곳이나 있었는데, 그 하나는 일행이 지금 방문하고 있는 시리아의 안티오키아이며 다른 하나는 며칠 후에 방문하기로 되어있는 비씨디아의 안티오키아이다.

시리아의 안티오키아는 바닷가에 위치하고 있었으며, 여러 곳에 세워졌던 알렉산드리아 중의 하나였던 알렉산드리아가 그 근처에 있는 제법 규모가 컸던 해안도시다. 일행이 방문했던 곳은 시리아의 안티오키아가 저 아래에 펼쳐져 있는 언덕위에 있는 성 베드로 사도가 그 곳에서 설교했다는 동굴성당이었다. 전기시설이 되어 있어서 동굴성당 안을 밝힐 수 있는 등을 켤 수 있었다.

일행이 그 곳에 도착했을 때는 그날이 바로 터키의 독립기념일인 국경일이라 학교가 쉬었기 때문에 그랬는지 많은 학생 관광객들이 동굴성당 앞에 있는 마당에 서있었다. 일행은 그들이 빠져나갈 때까지 잠시 기다려야 했다. 처음에 동굴에 들어갔을 때는 아무 것도 보이지 않았다. 잠시 어둠에 익숙해지기를 기다렸더니 돌로 된 제단이 눈에 들어왔으며 곧이어 전등까지 켜져서 견딜 만 했다. 터키에 와서 드리는 두 번째 미사였다. 첫 번째 미사는 이스탄불을 떠나오기 전에 이스탄불에 있는 가톨릭교회에서 미사를 드렸다. 그 성당에 계셨던 연로한 이탈리아 신부님은 친절하게 일행을 미사 후에 사제관으로 초대하여 커피와 다과를 베풀어주셨다. 이 성당은 일행이 터키를 떠나기 전에도 이스탄불에 다시 들려서 그 성당에서 터키에서의 마지막 미사를 드렸으며 미사 후에는 역시 그 신부님의 커피와 와인대접을 잘 받았다.

그런데 시리아의 동굴성당에서의 미사는 색다른 맛이 있었으며 베드로시대의 미사모습을 연상할 수 있는 분위기를 조성해 주었다. 특히 미사를 집전하셨던 신부님의 사도 바오로에 대한 강론말씀을 감명 깊게 잘 들었다. 신부님이 영성체를 주시는 동안에 터키여성 몇이 일행의 뒤를 따라 성체를 모시고 있어서 터키에도 가톨릭신자가 많구나 하는 생각이 들었는데, 그들은 사실은 가톨릭 신자들이 아니라 그냥 일행의 흉내를 내본 성체모독이라 할 수 있었다.

동굴성당에서 미사를 바친 후 동굴 앞마당에서 기념사진들을 찍었다. 터키학생들은 우리 부부가 영어를 잘 하는 것을 보고 자기네들의 영어실력을 시험해보려고 했는지 말을 걸어왔기에 대꾸를 해 보았더니, 제법 영어를 잘 하는 편이라 대견하게 여겨졌다.

시리아의 안티오키아를 떠난 일행은 바오로사도의 생가가 있었다는 다르소를 향했다. 막상 다르소에 도착해보니 바오로사도의 생가가 있었다는 집터와 우물이 있었다는 우물에서는 아직도 시원한 물을 퍼 올릴 수 있었다. 이런 것들을 제외하고는 바오로사도와 실제로 관련이 있었다는 어떠한 증거도 발견할 수 없었다. 옛날에는 다르소까지도 강물을 타고 배가 올라갈 수 있을 정도로 강물이 깊었으며 클레오파트라와 안토니오도 배를 타고 이곳까지 올라왔다고 했다.

다르소를 떠난 일행은 좁은 산길을 벗어나서 카파도키아 지방으로 갔다. 카파도키아에서 묵었던 호텔은 지하에 잡화를 팔고 있는 가게가 있어서 외손자의 작은 류색을 하나 샀으며 카파도키아의 요상하게 생긴 바위들의 그림엽서를 샀다. 가게주인이 장사수완이 좋아서 물건 값이 얼마인데 우리 부부에게는 특별히 싸게 판다고 너스레를 떨어서 자연스럽게 그가 부르는 값으로 물건을 사주었던 기억이 난다. 저녁식사를 한 호텔식당은 다른 곳에서도 마찬가지였지만 커피가 아침식사 때는 공짜로 마실 수 있었는데, 저녁식사시간 때 커피를 마시고 싶으면 돈을 주고 사먹어야만 했다. 신부님 커피와 나의 커피를 시키고 두 잔에 5달러라 하여 10달러를 주었더니 거스름으로 5달러를 돌려주는 대신에 터키리라로 돌려주어서 그것을 달러로 바꾸어 받는데 무척 애를 먹었다.

한 번은 홍차를 한잔 마시고 1달러를 주었더니 50만 터키리라를 주기에 이 돈으로 무엇을 할 수 있느냐를 알아보았더니, 화장실요금이 1인당 25만 터키리라이니 2명이 화장실에 갈 수 있는 액수라고 했다. 그런데 그나마 파묵카레라는 온천지역에 갔더니 간이화장실의 사용료가 1인당 50만 터키리라라 하여, 소변이 마렵기는 했지만 호텔에 올 때까지 오기로 꾹 참았던 일이 있었다. 결국 그 돈은 터키에서 써보지 못하고 간수하다가 터키 출국에 임박하여 혹시 가이드가 그 돈을 보태 쓸 수 있을지도 모른다는 생각에서 인솔자에게 주고 말았다.

양가죽제품을 전문으로 판매하고 있던 곳을 갔을 때 가죽옷은 비싸고 소용도 될 것 같지 않았기 때문에 사지 않기로 하고 가장 싼 제품인 돈지갑을 몇 개 샀는데, 그것이 전부 80달러나 되었다. 터키 돈으로 물경 1억2천5백만 터키리라라니 우리나라 돈으로 치면 거의 집 한 채 값에 해당하는 셈이었으니 웃기지도 않는 일이었다.

카파도키아 지방은 옛날에 바다 속에 있었던 지층이 땅위로 솟아오르면서 희한하게 생긴 바위들이 오랜 세월을 거치면서 이상한 모습의 바위로 풍화작용을 하게 되었던 결과라고 했다. 에버레스트산맥이 높이 솟아오르게 되었던 것도 바다 속에 있던 바위가 솟아올라서 그렇게 높은 산맥이 형성되었던 것과 같은 이치라고 했다. 카파도키아 지방에서는 과연 요상하고 희한하게 생긴 바위들이 수도 없이 펼쳐져 있는 것이 참으로 신기하게 느껴졌다.

그런데 캠코더로 카파도키아의 바위들을 찍고 있었는데, 카메라에 배터리가 다 되었다는 신호가 깜박거리다가 배터리가 완전 방전되어 버렸다. 어떻게 된 영문인지를 몰라서 어리둥절하다가 캠코더를 마지막 사용했던 것이 바오로사도의 다르소 생가였는데, 분명히 캠코더사용 후 스위치를 꺼놓았었다. 그것이 어떻게 켜진 상태로 바뀌어서 밤새도록 켜진 상태로 배터리가 완전 방전 일보직전에까지 놓여있게 되었는지 알 수가 없었다.

작년 11월의 서유럽 성모발현성지 순례여행 때는 배터리를 완전 충전하여 6시간 이상 사용할 수 있는 배터리 하나로 거의 2주간을 충분히 쓰고도 여분이 남을 정도였다. 이번에도 그 배터리를 완전 충전시켰고 또한 2시간 이상 사용가능한 보조배터리까지 가져갔으니 별문제 없으리라는 잘못된 판단 하에 충전기를 갖고 가지 않았기 때문에 큰 낭패를 당할 뻔 했다.

카파도키아에는 버섯처럼 생긴 바위들 이외에도 수도원, 성당, 식당 등으로 사용되었다는 동굴이 뚫려있는 바위들이 많이 있었다. 이러한 바위들의 모습을 좀 더 잘 보기 위하여 전망이 좋은 괴레뫼 골짜기에 가서 단체사진도 찍었다. 비둘기 골짜기에서 영업을 하고 있는 식당에서 점심을 들었고, 홍차 한 잔씩을 후식으로 받아들고 식당옆 벽에 기대어 놓은 장의자에 앉아서 홍차를 들면서 그 계곡을 바라보는 멋을 내기도 했다. 기타 여러 계곡들을 더 방문했던 것 같은데 그 이름들을 일일이 기억해낼 수가 없다.

카파도키아에서는 창문이 많은 아파트처럼 생긴 곳도 있어서 신기하게 느껴졌다. 또한 지하 7~8층 깊이까지 들어가 볼 수 있는 2만여 명이 살 수 있다는 지하도시를 구경했다. 로마에 있는 카타콤바처럼 미로로 연결되어 있어서 그 구조가 아주 복잡하게 배치되어 있었으며, 지하와 지상간의 통풍이 잘 되도록 만들어 놓은 통풍장치는 실로 과학적인 걸작 품이라 할 수 있었다.

카파도키아를 구경한 후에 수천 미터 높이에 있는 산길을 타고 비씨디아의 안티오키아로 향했다. 중도에서 넓은 호수 가에 있는 식당에서 생선 요리로 점심식사를 들고 산길을 돌아 비씨디아의 안티오키아에 도착했다. 이곳은 철망을 쳐 놓아서 입장료를 내고 문으로 들어가야 옛날의 비씨디아의 안티오키아를 구경할 수 있었다. 현재 외부에 있는 도시는 그 후에 발전된 신도시에 해당되었다. 철망 안으로 들어가 보았더니 교회가 자리 잡고 있었던 터와 주춧돌만이 남아있을 뿐이었다.

비씨디아의 안티오키아를 순례한 일행은 성경에도 나오는 이고니온인 현재의 콘야에 오후 늦게 도착하여 오래간만에 힐톤과 같은 1급 호텔에 투숙하게 되었다. 나는 호텔에 캠코더배터리를 충전시켜줄 수 있는 장비를 혹시 비치하고 있느냐고 호텔직원에게 물었다. 그랬더니 그가 유창한 영어로 호텔에는 그런 장비가 없지만, 옆에 있는 면세점의 카메라점에서는 그러한 서비스를 해줄지도 모르겠다고 친절하게 알려주는 것이었다.

우리 부부는 호텔에서 저녁식사를 부리나케 들자마자 방에 올라가서 캠코더를 갖고 아내와 함께 그 면세점으로 가서 카메라점이 어디에 있는지 알아보았다. 가게 안에 있는 점원이 친절하게 알려준 카메라점을 찾아가서 나의 절박한 사정을 말했지만, 영어를 잘 알아듣지 못하는 카메라점의 점원이 처음에는 내가 배터리를 사려는 것으로 알았는지 배터리를 내놓는 것이 아니겠는가? 다시 내가 그에게 상세하게 원하는 것이 무엇인지를 설명해주었더니 알았다면서 팔려고 진열해 놓았던 소니 캠코더를 박스 채 갖고 와서, 박스를 뜯고 한 번도 사용한 적이 없었던 충전기를 내주면서 내가 배터리충전을 할 수 있도록 허용해주는 친절을 베푸는 것이 아니겠는가?

9시에 점포를 닫는다고 했는데 그때까지 1시간 반이나 남아있어서 4시간 가까이 사용할 수 있는 분량을 충전할 수 있었다. 2시간짜리 보조배터리와 함께 사용하면 여행 끝날 때까지 별문제가 없어서 배터리방전으로 인한 위기를 무사히 면할 수 있었다. 카메라점에서 배터리가 충전되기를 기다리고 있을 동안에 가게점원은 친절하게 홍차까지 대접해주었고, 충전료를 지불하겠다고 했더니 무슨 말이냐 하면서 그런 것 전혀 받을 생각을 하지 않았던 것을 보고는 듣던 대로 터키인들의 친절함을 피부로 느낄 수 있었다.

"터키인들이 친절하다는 말은 들었지만 팔려고 진열하고 있던 한 번도 사용한 적이 없는 새 배터리의 충전기로 나의 캠코더 배터리를 충전할 수 있게 편의를 봐주다니, 우리나라 사람이었다면 과연 그러한 편의를 봐주었겠소? 아마도 모르긴 하지만 돈을 내겠다고 했어도 그런 편의를 봐주지 않았을 거요."

"당신처럼 정확한 사람이 어쩌다가 여행 가방이 커서 가방 속에 충전기 정도는 넣고 다닐만한 여유가 많았는데, 충전기를 집에 놓고 왔다는 것을 이해하기 어렵군요?"

"지난번에 성모발현 성지를 순례했을 때는 6시간짜리와 2시간짜리 배터리 2개만 가지면 중도에 재충전할 필요가 없었는데, 이번에 내가 실수 했던 것은 캠코더를 사용하지 않을 때는 배터리를 캠코더에서 분리해서 보관했어야 배터리를 오래 사용할 수 있다는 것을 여행 중에 깜빡했었다는 것이었소. 이번에 다행히 친절한 터키인을 만나서 완전 방전된 배터리를 충전할 수 있어서 여행마칠 때까지 캠코더를 찍는 데는 지장이 없을 것 같구려."

"정말로 터키인들의 친절은 우리 부부의 상상을 초월하는 것 같네요. 덕택에 우리 부부에게는 얼마나 다행한 일이었냐 말이에요."

순례여행의 기록을 하다 보니 이고니온과 비씨디아의 안티오키아의 순서가 뒤바뀌었다. 카파도키아에서 이고니온인 콘야에 와서 힐튼 호텔에서 하루 밤 자면서 캠코더의 배터리를 충전했으며, 다음날 비씨디아의 안티오키아로 구경을 갔던 것이 맞는 것인지, 아니면 카파도키아에서 콘야로 오는 길에 비씨디아의 안티오끼아를 들렸다 온 것은 아니었는지 기억이 잘 나지를 않는다.

그리고 온천휴양지였던 파묵카레에 가기 전과 후에 요한 묵시록에 나오는 기독교 초기의 7대교회였던 라오디케아, 필라델피아, 사르디스, 에페소, 스미르나, 티아테리아 및 페르가몬 교회의 유적지들을 방문하기는 했는데, 나는 그 방문순서도 명확히 기억나지 않았으며 어느 것이 어느 것이었는지 확인하는 것도 쉽지가 않았다.

7대 교회 중에 방문했던 기둥만 몇 개 서있었던 라오디케아 교회를 보고 요한묵시록에 "차지도 뜨겁지도 않은 라오디케아 교회야 네가 살아남을 수 있다고 생각하느냐?" 라고 적혀있는 성경의 말씀이 기억났다. 7대 교회를 방문했던 순서가 어떻게 되어 있었는지 기억할 수는 없지만 지금까지 생생하게 기억으로 남아있는 것은 필라델피아교회의 굵은 벽돌기둥, 페르가몬교회의 반파되었던 붉은 벽돌의 벽, 사르디스교회에 아직도 남아있는 여러 가지 종류의 기둥, 그리고 에페소의 거대한 사도 요한교회 터와 교회 안에 있는 사도 요한의 묘지 등은 특히 인상적이었다. 스미르나교회에 한 줄로 서 있는 교회건물의 기둥들과 티아테리아교회의 무너진 기둥더미 등이 7대교회의 존재를 묵묵히 말해주고 있을 뿐이다.

순례여행 중에 갈라디아지방은 비씨디아의 안티오키아가 있던 곳에서 부분적으로 방문했던 곳이며, 골로사이는 가보지는 않았지만 현재는 그곳을 식별할만한 아무것도 존재하지 않았던 완만한 언덕이라고 했다. 파묵카레는 석회수였던 온천물이 흐르면서 석회가 쌓여서 먼 데서 바라보면 눈이 쌓인 것처럼 희게 보여서 장관을 이루고 있었다. 우리 부부와 함께 갔던 일행은 신을 벗고 온천물이 흐르고 있는 곳에 들어가 보기도 했으며, 호텔에 돌아와서 진흙 온천에도 들어가 보았다고 했다. 우리 부부는 수영장이든 온천이든 간에 호텔부대시설을 이용하는데 별로 흥미가 없어서 그냥 지나쳐 버렸다.

파묵카레의 위쪽에는 히에라폴리스라는 고대도시의 유적지가 남아 있었으며, 어디서 모아온 것이었는지 수백 개에 달하는 석관들이 있는 것이 특이하게 보였다. 우리나라의 둘레석과 같은 것을 두른 둥근 봉분도 몇 개 있었다. 그 근처에 존재했던 고대 리디아왕국에서 사용했던 묘지의 형식이라고 했다. 히에라폴리스에서 일행은 옛날의 리디아 왕국이 존재했었던 장소라는 현대의 리디아에 가서 재래시장을 구경했는데, 천막을 치고 장사를 하는 모습이 우리나라의 재래시장의 모습과 거의 흡사했다. 재래시장은 뉴욕과 같은 세계적인 도시에도 어김없이 존재하고 있었는데, 터키의 리디아에서 보았던 재래시장은 5일장이었다. 뉴욕시의 재래시장은 위로 기차가 선로위로 달리고 있는 그 밑에 정착하고 있는 상설시장으로서 물건 값을 깎아주기도 했으며 덤으로 더 주기도 했던 것이 영락없는 우리나라의 재래시장과 다를 바가 없었다.

그런데 뉴욕시의 타임스퀘어에 있는 가게에서 팔고 있었던 물건의 값은 재래시장과는 달리 믿을 수가 없었다. 왜냐하면 사람 얼굴을 보아가며 물건 값을 제멋대로 매기거나 터무니없이 깎아주기도 했다. 그 상인들의 생각으로는 외국인 관광객이라는 것이 한 번 다녀가면 언제 다시 오랴하는 오산에서 연유하는 것이라고 했는데, 그러한 몰지각한 상인들 때문에 미국에 대한 인식이 잘못 선전되고 있다는 것은 엄청난 규모에 달하는 손실을 가져오게 될 것이 아니겠는가?

터키 순례 중에 가장 인상적이었던 곳은 에페소의 고대 로마 유적지라 할 수 있었다. 이미 살펴본 바와 같이 에페소의 사도요한 교회의 유적지는 초기 7대 교회중의 하나로서 7대 교회 중에 그 규모가 가장 큰 교회였다. 에페소는 또한 성모마리아께서 예수님이 십자가형을 당하여 돌아가셨다가 부활하시고 승천하신 후에 사도요한과 에페소로 피난 오셔서 살았다는 마리아의 집이 있었다. 목발을 짚고 그 곳까지 힘들게 찾아왔던 장애자들이 자신들의 장애가 기적적으로 고쳐졌다는 사실을 깨닫고 목발을 버리고 간 것들이 천정에 걸려있었다. 일행은 성모마리아의 집밖에 있는 작은 야외교회에서 미사를 드렸다.

여행 중에 이탈리아의 작은 예수회의 수녀님 두 분이 큰 성당을 사복을 입고 지키고 있는 모습을 대하게 되어 연민의 정을 느끼면서 그 성당에서 미사를 바쳤는데, 그 성당이 7대 교회의 하나였던 스미르나교회가 있는 스미르나에 위치하고 있던 것으로 기억된다. 워낙에 이슬람 도시의 한가운데 있는 성당이라 늘 문을 닫아두었으며, 그들 자신의 안전을 위하여 확실하지 않은 경우에는 성당 문을 무단 방문객에게 열어주지 않고 있다는 말을 들었다.

에페소에서는 로마시대의 고대 에페소를 발굴해낸 고대도시였던 에페소를 관람했는데, 과연 그 규모도 굉장했지만 발굴된 유적들의 정교함에 놀라움과 탄성이 저절로 나옴을 억제할 수 없었다. 그 도시에는 원형극장도 있었으며 도서관과 시장도 있었다. 에페소의 폐허를 벗어나기 전에 성모마리아 성당 터가 있었던 장소에 가보았다. 성당 터의 규모로 볼 때 그 위에 세워져 있었던 성당의 규모가 얼마나 큰 것이었는지 미루어 짐작할 수 있었다. 또한 에페소의 고대도시 유적지에는 2만 명을 수용할 수 있는 원형극장이 있었는데, 이러한 규모의 극장은 오늘날은 물론 당시에는 굉장히 큰 규모의 극장이었을 것이다.

호텔은 에게 해변 가에 있는 구시다시에서 하루 밤 묵었다. 원래는 고층호텔로 예약되었던 것인데 직접 와서 보았더니 그 예약되었던 방들은 이미 다른 손님들에게 넘겨주었고, 일행에게는 방갈로를 남겨두었기 때문에 계약위반이 되었던 것을 일행에게 깊이 사과했다. 사과하는 의미로 일행에게 저녁식사 때 와인 두병을 제공해주었고 방마다 과일 바구니를 하나씩 갖다 주겠다고 했다.

경치 좋은 바닷가에서 와인도 마시고 싱싱한 이국의 과일도 먹을 수 있었기 때문에 방을 잘못 배정했던 호텔 측의 잘못을 그런대로 용서해 주기로 했다. 다음 날도 해변 가인 아이발릭에서 묵었다. 햇볕이 따가웠지만 해변을 끼고 산책로가 잘 만들어져 있어서 산책하기에 좋았다.

그 다음날 아이발릭을 떠난 일행은 7대 교회중의 마지막 교회였던 페르가몬교회를 방문하고 난 후에 이즈미르의 주교좌성당에서 미사를 드린 후 트로아스로 향했다. 트로아스는 호머의 일리아드에 나오는 스파르타와 트로이간의 전쟁 때에 트로이성이 있었던 곳으로 독일인에 의하여 그 장소가 발견되었다고 했다,

트로이성이 있었던 장소는 여섯, 일곱 겹으로 덮어놓은 것을 구별해내는 작업이 일행이 그곳을 방문했을 때 한창 진행 중에 있었다. 트로아스에는 트로이의 상징인 목마가 전시되어 있었으며 일행 중에 일부는 목마위에까지 올라갔다가 내려왔다. 트로이를 구경한 일행은 다다넬스 해협을 훼리선을 타고 터키의 아시아지역에서 유럽지역으로 넘어간 후 그리스 국경선이 있는 곳까지 버스를 타고 갔다.

그리스 국경선에서는 터키의 가이드가 일행을 내려주고 간 대신에 그리스 쪽의 가이드가 일행을 마중하러 와있었다. 그리스의 버스는 터키의 버스보다는 덜 좋았지만 그런대로 쓸 만 했다. 일행이 그리스에서 처음 묵었던 곳은 네아폴리스라고 불려지고 있는 카발라로서, 이곳은 트로아스에서 사도 바오로가 마케도니아인이 도와달라고 하는 계시를 꿈속에서 보고 바다를 건너서 유럽에 전도 여행차 최초로 당도했던 장소로서 사도 바오로 기념경당이 있어서 그 앞에서 사진을 찍었다. 카발라에서 일행이 묵었던 호텔에서 밖을

내다보았더니 대부분의 다른 그리스 도시처럼 아클로폴리스 언덕이 있었으며, 그 언덕위에까지 그리스 특유의 흰 집들이 빽빽하게 들어차 있었다.

다음날 일행은 카발라를 떠나서 필립비를 구경하러 갔었는데, 현재는 기둥 몇 개의 유적만이 남아있는 고대도시인 필립비가 있었던 곳이었다. 필립비는 마케도니아의 영웅 알렉산더 대왕의 아버지였던 필립비 2세가 만들었던 도시로서 현대에는 그 흔적만이 남아있을 뿐이다. 필립비에는 옛날의 왕궁 터와 돌로 포장된 옛 도로와 원형극장 등이 있었다.

필립비의 유적을 살펴 본 다음 필립비 시내에 있는 리디아 기념경당을 둘러보았다. 전형적인 그리스 정교회로서 가톨릭교회와는 달리 안에서 미사를 드릴 수 없게 되어 있는 것이 이 곳 뿐만 아니라 다른 모든 그리스 정교회의 특색이라 하겠다. 그리스에서는 마치 한국에서 절에 다니는 것처럼 신자들에게 규칙적인 의무가 아니라 필요할 때에 교회에 가면 된다고 했다. 가톨릭교회와 개신교의 존재에만 익숙해 있었던 나에게는 그리스 정교회처럼 자유로운 교회의 존재와 이슬람처럼 평화애호의 종교를 대하면서, 가톨릭교회만이 유일한 인류구원의 종교가 아니라는 것을 새삼스럽게 느낄 수 있는 계기가 되어, 그 후로는 모든 것을 가톨릭교회의 입장에서만 판단해서는 안 되겠다는 생각을 하게 되었다.

사흘 동안 그리스에서 머물렀던 기간에 미사라고는 단 한 번 리디아 기념경당 밖의 개울물 소리가 요란하게 들렸던 개울가에 마련되어 있던 계단위에 앉아서, 그리스에서 처음이자 마지막이었던 미사를 드렸다. 햇볕이 워낙 따가웠기 때문에 미사 드리기에 좀 고통스러웠지만 그런대로 기억에 남을 만 했다.

그리스에도 가톨릭교회가 존재하고 있었겠지만 일행이 순례했던 지역에는 아마도 일행에게 미사를 드리라고 빌려줄만한 가톨릭교회는 물론 그리스 정교회도 존재하지 않았기 때문에, 미사를 드릴 기회가 더 이상 없었다고 해도 과언이 아니었다.

필립비를 구경한 일행은 데살로니끼로 가서 바오로 기념교회를 방문했는데, 그 교회의 문 앞에 그리스 정교회의 역대 총주교들의 이름이 순서대로 나와 있었다. 로마 가톨릭교회의 초대교황이 베드로 사도였던 것처럼, 그리스교회의 초대 총주교가 바오로 사도였다는 사실을 그 교회의 역대 총주교들의 명단에서 발견하게 되었던 것은 우리 부부에게 신선한 자극제가 될 수 있었다.

데살로니끼는 그리스에서 아테네 다음으로 큰 도시로서 04년 아테네 올림픽의 일부가 이곳에서도 개최된다고 하여 준비가 한창이었다. 데살로니끼 대학은 학생수가 40만 명이 넘어 거의 인구의 반수 이상이 학생이라는 놀라운 사실을 가이드를 통해서 들었다. 데살로니끼에서는 화이트타워를 바닷가에 가서 구경했는데, 이 탑은 중세기의 요새로서 건설되었던 것이며 한때는 감옥으로도 사용되었던 기념비적인 건물이라 할 수 있었다. 또한 그 해변 가에는 알렉산더대왕의 기마상이 조각되어 있었다.

그 해변으로 가는 도중에 성문처럼 생긴 갈레리우스의 아치를 버스 안에서 바라보면서 사진을 찍었다. 데살로니끼 시내에서는12사도의 기념교회를 보러갔는데, 문이 닫혀 있어서 교회 안에 들어가 보지는 못했고 밖에서만 기념성당을 둘러보고 아쉬었지만, 밖에서 교회를 배경으로 하여 기념사진만 찍을 수밖에 없었다. 일행은 또한 그리스 정교회의 주교좌 교회라고 할 수 있는 성 디미트리오스 교회를 들어가 보았다. 그리고 데살로니끼에서는 또 다른 그리스 정교회를 참관했는데, 그것이 무슨 교회였으며 또한 무슨 특별한 의미를 가진 교회였는지 잘 기억이 나지를 않았다. 데살로니끼를 구경한 일행은 메테오라로 향했으며 그 곳에 도착한 후 숙식을 하면서 잠시 호텔주변을 둘러보고 일찍이 잠자리에 들었다.

메테오라는 다음날 조식 후에 버스를 타고 올라가면서 보니 우뚝 솟아있는 절벽위에 수도원들이 지어져 있었다. 어떻게 그 높은 곳에 헬리콥터도 없던 그 옛날에 현재 일행이 볼 수 있는 수도원을 지을 수 있었을까 하는 것은 하나의 수수께끼 같은 신비라 할 수 있었다. 메테오라에서는 두 군데의 여자수도원들을 방문했는데, 아래에서 바라보면 절벽위에 수도원이 지어져 있는 것 같았지만 버스를 타고 올라오다 보니 바위들이 독립되어 있는 것이 아니라 뒤쪽으로 서로 연결되어 있다는 것을 알 수 있었다.

그런데 도로로 연결될 수 없는 바위위에 있는 수도원까지는 이쪽과 바위위로 케이블로 연결하여 케이블카처럼 건너갔다 건너오기도 했는가 하면, 바위 밑에서 위까지 계단을 굴속에 파서 오르락내리락 했으며, 아니면 망 속에 사람을 실어서 바위위로 올렸다 내렸다 하는 방법 등을 사용하기도 했다. 수도원에 입장할 때에는 바지를 입은 여성의 경우 한 사람의 예외도 없이 수도원에서 임시로 빌려주는 치마를 착용하고 구경을 한 다음, 나갈 때는 수도원 측에 돌려주어야 했다.

일행이 방문했던 수도원의 분위기는 검소한 생활을 권장했으며, 모든 것을 절약하는 생활을 강조하고 있었다는 분위기를 느낄 수 있었다. 모든 생필품도 자급자족을 원칙으로 하고 있었다. 옛날에는 수도원으로의 유일한 출입수단이 망을 타고 사람이 오르락내리락 할 수밖에 없었던 바위위에 수도원이 있었는데, 현재는 관광객들을 위하여 계단을 만들어 놓았기 때문에 계단으로 쉽게 올라갔다 내려올 수 있게 되었다. 일행은 대메테오라 수도원에 계단을 걸어 올라가서 들어가 보았다.

이 수도원에는 그곳에서 수도하다 죽은 수도자들의 백골을 납골당에 보관하고 있는 장소를 밖에서 들여다 볼 수 있었다. 그들의 백골을 바라보면서 우리 부부는 사람이 죽은 다음에는 누구나 예외없이 이처럼 모두가 백골로 변해버리는데, 그러한 백골들에서 빈부의 격차나 신분의 차이를 어떻게 찾아볼 수 있단 말인가 하는 새로운 발견을 한 것 같았다.

메테오라를 구경하고 나온 후 점심을 먹으면서 내가 일행에게 하우스와인을 한잔씩 사주었다. 메테오라에서 얼마 멀지않은 곳에 있는 아이콘의 제작소에 가서 40유로를 주고 가장 저렴한 '활동하시는 성모마리아' 아이콘을 하나 샀는데 얼굴이 새까만 성모님이었다. 동유럽 순례여행 때 폴란드의 체스토코바에서 보았던 성화와 독일의 알퇴팅에서 보았던 동상과 내가 샀던 아이콘의 까만 성모님과 무슨 상관관계가 있었던 것은 아니었을까?

그리스 정교회는 로마 가톨릭교회와는 달리 성상을 교회 안에 모시는 대신에 성화인 아이콘이 예술적으로 크게 발달하고 있었던 국가의 종교였다. 이번 기회에 아이콘이 어떠한 과정을 거쳐서 만들어지느냐를 자세히 살펴 볼 수 있는 좋은 기회를 가질 수 있었던 것은 참으로 잊을 수 없는 체험이었다고 하겠다.

그 곳에서 아테네로 가는 길은 높고 험한 산길을 거쳐서 가야 했는데, 산을 넘어서 한참을 내려간 곳에 자연 상태 그대로 밖으로 흘러내려오던 유황온천이 있어서 일행의 대부분이 옷을 벗고 수영복 차림으로 온천물에 몸을 담갔다. 우리 부부는 온천물에 그냥 발만 담갔다. 계속 흐르는 물이 따뜻했으며 유황냄새가 풍겨 나오는 것이 참으로 질이 좋은 유황온천이라는 느낌을 받았다. 이러한 곳이 우리나라에 있었다면 그대로 내버려 두지를 않고 개발을 한다 어쩐다 하면서 난리를 쳐서, 돈벌이를 하느라고 그리스에서처럼 자연 상태 그대로 방치해 두지는 않았을 것이다.

그런데 유황온천이 있던 그 장소는 고대 페르시아의 다리우스 1세가 50여만 명의 대군을 이끌고 그리스를 침공해왔던 페르시아와 그리스 전쟁 때, 스파르타의 레오니다스왕과 300명의 그 부하 결사대의 용사들이 페르시아 대군을 맞아 싸우다가 단 한명도 살아남지 못하고 그곳에서 전사해버린 슬픈 역사를 지니고 있는 바로 이곳에 역사적인 기념비가 세워져 있었다.

그 곳에서 좀 더 내려가다 보면 밑에 흐르는 강물을 중심으로 2개의 산봉우리가 병풍처럼 둘러져 있는 곳을 지나게 되었다. 이곳과 관련이 있는 슬픈 사랑이야기를 가이드가 슬픈 어조로 일행에게 들려주었다. 그 2개의 산봉우리를 배경으로 하여 사진 찍기 좋은 곳에서 기념사진을 찍었으며, 마침 그 곳에 있던 집시가족의 사진도 슬쩍 찍었다.

아테네는 아티나라고도 불렀으며 일행이 그곳에 갔을 당시에는 그해 8월에 개최될 예정인 04년 하계올림픽대회를 준비하느라 한창 바쁜 열기를 보여주고 있었다. 공항에서 경기장까지 연결되는 지하철 공사는 한국의 한화건설에서 맡았다는데, 전동차의 성능이 우수하다는 칭찬을 받고 있다는 이야기를 가이드가 해주었다. 시내의 도로는 한창 정비 중에 있었으며 아직도 준비가 덜 된 경기장 공사가 올림픽 개최 때까지 마무리가 잘 될 것인지 염려하고 있다고 했다. 만일 그 공사하청을 지금처럼 공사 진행을 부지하세월로 진행하고 있는 동유럽국가에 줄 것이 아니라, 한국에 주었더라면 벌써 모든 공사가 마무리 되지 않았겠느냐 하는 이야기를 가이드가 해주었다. 아테네는 길도 좁고 차와 사람이 많아서 무척 혼잡하게 느껴졌다. 아테네 시내관광은 내일로 미루고 오늘은 호텔에 일찍 들어가서 쉬기로 했다.

다음날은 고린토스에 가서 관광하고 오후에는 아테네에 돌아와서 그 유명한 아크로폴리스 언덕위에 있는 파르테논 신전 등을 구경한 다음, 이스탄불로 비행기를 타고 되돌아가기로 계획이 되어 있었다. 고린토스로 가면서 버스 속에서 바라 본 에게 해는 터키에서도 그렇게 보였지만, 바닷물 색이 파란 잉크를 풀어놓은 것처럼 푸르고 아름다웠다. 연일 날씨가 맑았던 것도 그 원인 중에 하나였겠지만, 우리나라의 바닷물의 색과는 비교가 되지 않을 정도로 파란 것이 무척 인상적이었다.

고린토스는 바오로 사도가 장기간 머물면서 전교했던 지역이다. 그곳에서 볼만했던 것은 에게 해와 아드리아 해를 좁은 협곡의 운하로 연결해 놓았던 고린토 운하였다. 큰 배 한척이 겨우 지나갈만한 이 운하는 스웨즈 운하가 사막 한가운데를 파놓은 것과는 달리 바위산을 반으로 쪼개놓은 아주 어려운 작업이었다고 했다.

옛 고린토스 자리에 있던 박물관에는 고대 고린토스의 유물들이 많이 전시되어 있었다. 그 중에서도 특히 일행의 눈을 끈 것은 박물관의 마당에 있는 동상들이 하나같이 몸통은 있었지만 머리가 없는 것이 이상하게 여겨졌다. 가이드에게 물었더니 몸통은 이미 만들어져 있으니 필요한 경우에 얼굴만 만들어서 달면 된다는 이야기를 해주어서 그들의 지혜와 그 조각상의 참뜻을 비로소 알게 되었다.

고린토스에는 또한 기둥만 몇 개 남아있는 아폴로 신전의 유적이 있었으며, 고린토스의 수원지였던 피레네 우물도 구경했다. 원래의 고대 고린토스는 눈앞에 보이는 500미터 이상의 언덕위에 있었던 것이 그 후에 지상으로 내려왔다는 말도 가이드가 해주었다. 고린토스는 바오로 사도 시대에는 상당히 번성했던 도시였으며 교통의 요충지였다고 했다. 따라서 바오로 사도가 이 지역을 전교의 마지막 보루로 삼았던 것도 결코 우연한 일이 아니었을 것이다.

고린토스를 순례한 일행은 버스를 타고 다시 아테네로 돌아왔다. 아테네의 아크로폴리스 언덕으로 올라가면서 현재까지 거의 원형대로 남아있는 디오니소스 극장과 헤로드 아티쿠스 무대를 구경했다. 이곳에서는 오늘날에도 옛날처럼 연극이 공연되고 있다고 했다. 아테네의 아크로폴리스가 그리스의 다른 도시국가들의 것보다 도시 한복판의 높은 곳에 위치하며, 그 언덕위에는 파르테논 신전이 서있었다. 전쟁 등으로 현재에는 많은 부분이 파괴되어서 기둥만 남은 앙상한 모습을 보여주었다. 비록 파괴된 유적이긴 했지만 걸작품임을 부인할 수 없었다. 유네스코의 문화재복구반에서 파르테논 신전의 원상복구를 추진 중에 있었다. 파르테논 신전은 아테네의 여신 아테나를 기리기 위하여 만든 아테나신전으로서 에페소에 있는 아테나신전도 상당히 큰 규모의 것이었지만 아테네의 파르테논 신전에 견줄만한 것은 못되었다고 하겠다.

아크로폴리스의 파르테논 신전의 폐허를 둘러본 일행은 그 옆에 있던 아크로폴리스 박물관을 견학했다. 문 앞에는 지혜의 동물이라 할 수 있는 미네르바의 부엉이가 조각되어 있었다. 박물관 안에는 기원전 6세기경에 만든 세 몸 달린 악마의 조각상, 생각하는 아테나 상, 크레아스 신상 등 상당수의 조각과 그림들이 전시되어 있었다. 아크로폴리스의 파르테논 신전의 모습은 아크로폴리스에 직접 올라가서 근접한 거리에서 보는 것보다는 버스에 타려고 밑으로 내려와서 올려다보았더니, 훨씬 더 잘 보여서 그것을 배경으로 사진을 몇 장 찍었다. 나중에 찍혀진 사진을 보니 참 좋았다.

아테네에서 떠나기 전에 올리브 비누를 싸게 파는 곳이 있어서, 그곳에 가서 10유로를 주고 세수 비누 열 개를 사면 한 개를 덤으로 준다고 하여 처음에 50개를 샀다. 덤으로 5개를 합쳐서 55개나 되었는데 일행 중에 비누를 더 구입하고 싶어 했던 자매에게 11개를 양보하고 44개만 한국으로 가져왔다. 한국에 돌아와서 선물로 일부를 나누어 주었지만 아직도 많이 남아있다. 아테네에서는 최초의 세계 올림픽이 열렸던 경기장을 구경하고 사진도 찍었다.

아테네에서 비행기를 타고 이스탄불에 도착한 일행은 한국에서 이스탄불에 처음 도착했을 때 하루 밤 묵었던 호텔에서 하루 밤을 다시 묵었다. 다음날은 한국으로 돌아가기 전에 이스탄불에서 그동안 보지 못했던 것을 좀 더 보충관광하기 위하여 블루모스크와 소피아성당이 있는 옆에 소재하는 토카피 궁 구경을 갔다. 그곳에 있는 왕실박물관에서 어린이 주먹 크기의 다이아몬드라든가 보석이 박혀있는 단도가 전시되어 있었으며, 궁의 연못이 있는 정원의 정자에서 사진을 찍기도 했다. 궁에서 바라보이는 보스포러스 다리를 배경으로 사진도 찍었다. 궁을 구경하고 나온 후에는 거기서 얼마 멀지않은 곳에 있는 재래시장인 그랜드바자를 구경하러 갔다. 우리나라의 평화시장처럼 가게들이 종류별로 몰려있었으며, 시장이 지붕이 있는 건물 내에 있어서 아늑한 느낌은 물론 편안한 느낌마저 들었던 정겨운 재래시장이었다. 그곳을 방문하기 전에 가이드가 겁을 잔뜩 주었기 때문에 복마전 같은 곳인 줄 알았다가, 실제로 그곳에 가보았더니 가게에 물건들이 잘 진열되어 있었으며, 상인들도 친절했던 것이 듣던 바와는 달리 흥미로운 시장이었다.

다만 물건 값만은 정찰제가 아니었으므로 도대체 얼마짜리 물건을 몇 배나 부풀려서 파는 것이었는지 그것을 잘 알 수가 없었다. 아내가 산 쿠션커버를 나중에 집에 가져다 놓고 보았더니 이국적인 냄새가 물씬 풍기는 것이 보기 좋았다. 아내는 몇 개 더 사올걸 그랬다고 하면서 좀 아쉬워했다. 값도 그렇게 많이 지불하지 않았던 것 같았다.

비행장으로 가는 길은 보스포러스 해협을 따라서 내려가면서 해협을 따라 지어져 있는 터키 특유의 집들을 감상하면서 갔다. 순례단은 거의 2주일에 가까운 바빴던 순례일정을 마치고 한국으로 돌아간다는 것을 생각할 때, 마음이 편해졌던 것은 역시 일행이 살고 있는 한국이 그 어느 나라보다도 어머니의 품과 같은 편안한 느낌을 주었기 때문에 그러한 것이 아니겠는가?

그래도 나에게는 터키의 이스탄불이 이국적인 모습을 뚜렷하게 보여주었던 매력 있는 도시였으며, 기회가 된다면 다시 한 번 방문하고 싶은 도시임에는 틀림없는 사실이었다고 해야 할 것이다.

15. 동유럽 여행

　동유럽 5개국 성지순례였던 체코, 폴란드, 헝가리, 오스트리아 및 독일을 04년 11월 1일에서 13일까지 다녀온 12박 13일의 여행은 갑작스럽게 이루어진 것이었다. 몇 년 전에 가톨릭신문사에서 동유럽 성지순례여행을 계획했다가 단 5명만이 신청을 했기 때문에 계획 자체가 취소되어 버렸다는 말을 듣고 지난 번 서유럽 성모발현 성지 순례여행 때 인솔자로 왔던 가톨릭신문투어의 이부장에게 건의했던 것이 갑자기 여행계획으로 채택되어, 2주간의 여유밖에 없었던 촉박한 시간에 신청하여 성원미달로 성사가 될 수 있을지 염려도 했지만 14명이 신청하여 겨우 출발할 수 있게 되었다는 말을 나중에 듣게 되었다.

　오스트리아와 독일은 95년 8월에 한번 다녀온 일이 있었지만 동유럽의 체코, 폴란드, 헝가리는 처음 가보는 국가들이었다. 그러한 점에서 나는 이번 동유럽 5개국 성지순례에 많은 기대를 걸고 있었다. 인원수도 신부님을 포함하여 14명밖에 되지 않아서 이동하기에도 좋은 인원수였다.

첫날의 여정은 체코의 프라하까지 KAL기를 타고 가는 것이었다. 그동안 유럽여행을 자주 다녔는데 그때마다 비행기는 KAL이 아니라 에어프랑스. 네덜란드 비행기, 터키비행기 등을 타고 다녔기 때문에 스카이패스의 마일리지 축적에 별로 도움이 되지를 않았다. 이번에 동유럽에 다녀옴으로써 마일리지가 충분히 7만 마일을 축적할 수 있게 되어서 내년에 작은딸을 만나러 작은딸의 칼아츠 대학원 졸업식 때 LA까지 가는 여비를 나는 무료로 갈 수 있게 되었다.

11월 1일 오후에 인천공항을 떠난 비행기가 같은 날 오후에 프라하공항에 도착했다. 그렇게 시간이 많이 지나지도 않았던 것 같은데 벌써 어두워져 있었다. 순례여행을 하다 보니 11월은 날씨도 추워서 두꺼운 반코트를 입어야 할 뿐만 아니라 날씨도 오후 3~4시만 되어도 금방 어두워졌기 때문에 계획했던 것을 전부 구경할 수 없다는 것이 아쉬움으로 남게 됨은 어쩔 수 없는 일이었다. 프라하에서는 이틀 밤을 묵었는데 첫날은 프라하에 도착하면서 묵었고, 다음날은 프라하 시내관광을 마치고 폴란드의 바르샤바로 비행기를 타고 떠나기 전에 하루 밤 더 묵었다.

인구 120만 명의 프라하는 흔히 '백탑의 도시'(괴테가 프라하에 여행 왔다가 붙인 이름), '유럽의 음악학원', '북쪽의 로마' 라고도 불리어지고 있는 유럽에서 가장 아름다운 도시로 손꼽히고 있었다. 과연 프라하 시내, 특히 구도시에 가보면 그 말이 무슨 뜻인지를 실감하게 된다. 몰다우 강을 옆에 끼고 있는 프라하는 그렇게 큰 도시라는 인상을 주지 않았다. 일행이 프라하에서 제일 먼저 찾아간 곳은 전차길과 버스길이 겹쳐있던 곳에 있는 작은 아기예수 성당으로서, 그곳에서 성지순례의 첫 번째 미사를 드렸다. 그 다음에 성당에서 걸어서 그 유명한 몰다우 강위에 놓여있는 칼로스 다리로 갔다. 다리의 양쪽 출입구에는 성문과 같은 문이 있었으며, 다리위에는 십자가고상을 비롯하여 여러 가지 모습의 조각상들이 다리의 양쪽을 장식하고 있었다. 이 다리는 아주 단단하게 건조된 다리로서 몰다우 강에 큰 홍수가 지더라도 떠내려가지 않을 정도로 견고성을 유지하고 있는 다리라고 했다.

칼로스 다리를 보고난 후 점심을 먹고 일행은 대통령 궁이 있는 광장 앞의 건축양식들을 구경했는데, 가이드의 말이 그곳에 고딕, 로마네스크, 르네상스, 바로크, 로꼬꼬 등의 모든 건축양식이 전부 망라되어 있다고 가이드가 말했지만, 건축양식의 기본도 몰랐던 일행에게는 별 도움이 되는 것 같지 않았다.

비트성녀를 기념하여 지었다는 비트대성당에 가기 위해서는 대통령 궁으로 들어가야 했다. 대통령 궁을 지키고 있는 경비병들은 그 옆에서 사진을 찍어도 또는 말을 걸어도 요지부동이었다. 대통령 궁의 정문을 통과해서 들어갔더니 고딕형식의 대성당이 앞에 나타났는데, 이것이 그 유명한 비트대성당이라고 했다. 성당 내부가 뉴욕의 성 패트릭 대성당만큼 어마어마하게 큰 성당이었다.

비트대성당은 유럽 국가들의 대성당이 모두 그러하듯이 내부가 제단을 향하여 십자가 형태로 되어 있었으며, 가로지른 십자가의 오른 쪽에는 또한 별도의 출입문이 있었다. 밖으로 나가서 성당을 바라보았더니 일행이 방금 들어갔다 나온 성당도 2개의 첨탑을 가진 출입문이 따로 있었다. 성당 오른 쪽 옆으로 가보았더니 거기에도 출입문을 따로 가진 성당이 지어져 있었으며 첨탑과 출입문이 별도로 있어서 전혀 다른 성당이라는 것을 알 수 있었다. 그 신비한 모습을 사진 찍으면서 놀라움을 금할 수 없었다.

그 성당의 앞 쪽에는 대통령 궁이 있어서 이곳을 시내에서 바라보면 언덕위에 성당을 가진 요새처럼 보여서 '프라하 성' 이라고 불리어지고 있었다. 그곳에서 얼마 멀지 않은 곳에 외무성 건물이 있으며, 그 건너편에는 로레타 성당이 있었다. 그 성당에는 종 27개가 있어서 매 시간마다 아름다운 음악소리 같은 종소리가 울리고 있었다. 성당의 뒤 쪽에는 수도원이 있었다. 뜰에 동굴을 모방하여 인공적으로 만든 곳에 독일에서 모셔왔다는 성가정이 모셔져 있었다. 밖에는 정상적인 성모님상이 한쪽 구석에 있었으며, 다른 쪽에는 블랙마돈나의 동상이 있어서 신비하게 느껴졌다.

성당 밖으로 나와 보았더니 불에 그을린 것처럼 새까맣게 변색된 조각들이 있어서 어떻게 된 연유를 물었더니 사암으로 조각했던 것이 변색이 되어서 그렇게 보이는 것이라고 했다. 폴란드와 독일에 갔더니 블랙마돈나의 초상화 또는 동상을 숭상하는 풍조가 있었다. 아마도 체코에서도 그러한 풍조가 남아있어서 처음부터 그곳에 블랙마돈나를 조각했던 것이 아니었을까 하는 의심마저 들었다.

프라하 성을 구경한 일행은 시내를 내려다보면서 계단을 걸어서 내려왔는데, 오다가 옛날에 감옥으로 사용했다는 건물이 있었던 곳을 들렀다. 지하에 1인 감옥이 있다고 하여 구경하러 내려갔다. 사람하나가 겨우 들어가서 꼼짝달싹 할 수 없는 좁은 공간에 사람을 세워서 가두었다니 얼마나 잔인한 일이었는가?

프라하 성에서 완전히 시내로 내려온 일행은 황금골목(황금소로)을 구경하러 갔다. 이 골목에는 중세의 연금술사, 황금세공사와 성의 일꾼들이 살고 있었기 때문에 그러한 이름이 붙게 되었다고 했다. 소로 한쪽에 들어서 있는 16개의 집들은 어른들이 허리를 굽혀야 겨우 들어갈 수 있을 정도로 작은 집들이었다.

그 중에 체코의 작가 프란츠 카프카의 작업실이 있었던 집도 그곳에 있었으며, 밖에는 프란츠 카프카라고 써놓은 큰 명패가 걸려 있었다. 일행은 좁은 계단으로 해서 2층으로 올라갔더니 복도에 중세기의 갑옷들이 진열되어 있는 것만 볼 수 있었을 뿐, 다른 것은 더 이상 볼만한 것이 없어서 그냥 내려와 버렸다.

시내에 다시 들어온 일행은 프라하의 봄으로 유명했던, 소련군이 탱크를 앞세우고 국립박물관 앞에 있는 대로상에 진입하여 탱크를 세워둔 채 프라하 시민들의 반소시위를 진압했다는 장소를 구경하러 갔다. 그곳에서 그 거리를 배경으로 하여 사진을 찍었다. 그 근처에 있는 백화점이라기보다는 할인점에 가까운 가게를 구경하기도 했다. 화장실이 어디에 있느냐고 경비에게 물었더니 2층으로 가라고 하여 가보았더니 2층이 아니라 3층이라는 사실을 알게 되었다. 체코를 비롯한 대부분의 유럽국가에서는 0층을 사용하고 있었기 때문에 1층이면 2층, 2층이면 3층을 뜻하는 것으로 그러한 사실을 몰랐던 일행이 실수를 했던 셈이다.

04년 5월에 유럽공동체에 신규가입 했던 체코, 폴란드 및 헝가리 등 동유럽 3개국의 경우 아직까지도 자기네 돈인 크로네를 받으려고 하지, 유로화를 받으려 하지를 않아서 애를 많이 먹었다. 프라하에 관한 안내책자는 영문판을 유로화로 살 수 있었지만, 체코에 관한 영문 안내책자는 그 근처에 있는 책방에 가서 찾아냈으나 유로화를 받지 않는다 하여 비자카드로 샀다.

프라하 시내에는 전차를 타고 여러 곳으로 이동해 갈 수 있다는 것이 편리해 보였으며, 러쉬아워 때는 제법 혼잡하구나 하는 느낌이 들었다. 신도시에서 구도시로 건너가는 길은 작은 다리 하나를 건너가면 되었는데, 그곳이 바로 구도시라고 했다. 이스탄불만 하더라도 구도시에 가려면 버스를 타고 아시아지역의 터키와 유럽지역의 터키를 연결해 주고 있는 교량을 건너서 유럽지역에 있는 구도시에 진입하게 되어있었다. 대부분의 유럽국가의 도시들과는 달리 구도시에 전차가 없었던 것을 보니 이스탄불은 프라하와는 비교도 되지 않을 정도의 큰 규모를 가진 뉴욕시에 상당하는 대도시였기 때문이었으리라.

프라하의 구도시에 가서 일행이 보았던 것은 구도시의 중심부에 위치하는 광장으로서 후스운동, 프라하시민운동 등 프라하의 역사적인 사건들이 일어났던 무대였다. 1621년에는 합스부르크 왕가에 반기를 들었던 27명의 민족지도자들이 이곳에서 공개처형 당했다고 한다. 이곳에는 시민들이 앉아서 쉴 수 있는 휴식처가 많았으며 종교개혁자 후스의 동상이 이 광장 안에 세워져 있었다. 이 광장 주변에 구시청사, 트윈교회, 킨스키 궁들이 들어서 있었으며 중세의 모습을 그대로 간직한 주거지가 그대로 남아있었다. 날이 일찍이 어두워져서 앞에 바라보이던 투윈교회가 잘 보이지 않았었는데, 오후 5시가 되면서 트윈교회에 간접조명이 들어오면서 광장주변이 아름다운 모습으로 변하는 것을 사진에 담았다. 나중에 현상해서 보았더니 참 잘 나왔다.

구시청사는 시의회 창립결정후인 1338년에 건조된 이후 수세기에 걸친 확장공사에 따라 여러 채의 건물이 이어서 지어졌다. 이 시청사에는 67.5미터의 탑에 독특한 장치의 천문시계가 설치되어 있었다. 매시간 울리는 종소리와 함께 2개의 창이 열리고 그리스도의 12사도를 본뜬 인형들이 하나씩 모습을 나타내며 지나가던 것이 사람들의 눈길을 끌었다. 밑에 있는 2개의 시계는 천체의 회전과 시계의 이동변화를 나타냈다.

이 시계는 일행이 그곳에 갔을 때는 오후 5시가 좀 지난 시간이었으므로 6시 정각에 치는 종을 보기 위해서는 그 옆에 있던 크리스탈 제품을 판매하고 있는 집에 들어가서 제품을 구경하면서 시계가 칠 시간까지 기다리기로 했다. 6시까지 기다리기에 좀 지루하기는 했지만 6시까지 달리 다른 데 갈만한 곳도 없었기에 그곳에서 그냥 기다리기로 했다. 그 가게에 전시되어 있었던 크리스털 제품들을 보니 그 대부분이 고가의 제품들이었기 때문에, 그러한 고가품을 사려는 사람들은 일행 중에는 한 사람도 없었다. 그나마 그 비싼 물건들을 사려는 동양 사람들은 일본사람들이었으며, 그들은 비싼 크리스탈 제품을 사기도 했고 그곳에서 누군가를 기다리기 위하여 의자에 앉아있기도 했다.

시계가 치는 6시가 다 되어 크리스탈 가게에서 기다리던 일행이 시계탑 앞으로 나가보았더니 벌써 수많은 사람들이 모여들어서 시계가 치게 될 때를 기다리고 있었다. 무심코 기다리다가 옆을 바라보니 가무잡잡하게 생긴 여인들이 일행이 있는 가까이에 붙어있는 것이 이상하게 여겨졌다. 시계를 치는 것에만 온 정신을 빼앗기지 않고 그 여자들의 일거수일투족을 예의 주시하고 있었기 때문에 별일은 일어나지 않았다. 일행 중에는 자매들 가방이 반쯤 열려져 있었더라고 했다. 아내의 경우도 손가방에 손을 대려고 하여 쳐다봐

주었더니 슬그머니 뒤로 물러서더라고 하는 말을 듣고 집단 소매치기들이었다는 것을 뒤늦게 알 수 있었다. 가이드가 이러한 사실을 알고 있었다면 미리 일행에게 소매치기에 주의하라고 이야기해 주었더라면 얼마나 좋았을까 하는 아쉬운 생각마저 들었다. 그들이 떼를 지어 일행에게 몰려들었던 것은 아마도 돈 많은 일본인 관광객으로 오해했던 것일 수도 있었을 것이다.

다음날 조식 후에 프라하를 출발하여 비행기로 폴란드의 바르샤바 공항에 도착하였다. 이 공항에 일행을 마중하러 나왔던 버스가 프랑크푸르트 공항까지 일행을 데려다 줄 버스라고 했다. 바르샤바 시내는 공항에서 들어오면서 대충 설명을 들었는데, 그 중에 북한이 지어주었다고 하는 30여 층의 가장 높은 건물이 있었다. 이 건물은 바르샤바 사람들이 북한을 기피하는 의미에서 그 건물을 쳐다보려하지 않고 있다. 따라서 가장 행복한 사람이란 그 건물 내에서 근무하고 있는 사람들로서, 그들은 그 건물을 쳐다보지 않아도 되었기 때문이라고 하는 말까지 나오고 있을 정도라고 가이드가 말해 주었다. 바르샤바도 그렇지만 일행이 보고 왔던 프라하를 비롯하여 일행이 그 후에 방문한 거의 모든 유럽 도시들이, 서울이나 뉴욕에서 쉽게 발견할 수 있는 고층 빌딩들을 발견할 수 없었다는 것이 인상적이었다.

바르샤바에서는 구도시에서 볼 수 있었던 것이 구도시의 초입에 있는 왕궁과 구도시내에 있는 성당으로서 블랙마돈나의 모사본이 보관되어 있었다. 교황 요한 바오로 2세 성하께서도 다녀가셨다는 표시가 정문 앞 벽에 새겨져 있는 성당을 방문했다. 블랙마돈나의 원본은 일행이 오후에 가기로 되어 있는 체스토코바에 있는 야스나코라 수도원에 있었다. 이 초상화의 유래는 아랍인들이 서유럽에 침공해 들어왔을 때 블랙마돈나의 초상화가 걸려있는 것을 보고 그것을 떼어서 다른 곳으로 옮겨놓으려고 했지만, 벽에서 떨어지지를 않아서 성급해진 한 아랍 장수가 칼로 초상화를 내리쳤더니 칼을 맞은 볼에서 실제로 피가 흘러내렸다고 했다. 지금 체스토코바의 야스나코라 수도원에 보관되어 있는 블랙마돈나의 초상화 볼에도 두 줄의 칼자국이 왼쪽 볼에 나 있는 것을 볼 수 있었다.

바르샤바의 구도시에는 퀴리부인이 젊었을 때 공부했던 생가가 있는 집 앞에 가보았다. 가이드의 말이 퀴리부인이 기거했던 2층 방에는 책상 이외에는 별도로 앉을 수 있는 의자가 하나도 없었다고 했다. 그 이유는 앉을 자리가 없으니 찾아온 손님도 오래 머물 수 없어서, 곧 돌아갈 수밖에 없었기 때문에 공부하는데 방해를 받을 필요가 없었다고 했다.

구시가의 중심부에는 유럽의 다른 도시들의 경우와 마찬가지로 시장광장이 있었다. 그곳에는 서점도 있어서 바르샤바와 크라카우 및 폴란드에 관한 영문 안내책자들을 유로화를 주고 살 수 있어서 다행이었다. 구도시를 구경한 일행은 와지엔카 공원을 구경하러 갔다. 공원의 정문에 들어섰더니 작은 연못 옆에 쇼팽의 동상이 있었으며, 공원 내에 산책로가 잘 정비되어 있어서 공원 내에서 걸어 다니는 것만으로도 충분한 산책이 될 수 있었다. 이 공원은 원래 왕궁이었던 것을 공원으로 만들게 되었던 것이라 연못가에 왕궁의 건물들이 이곳저곳에 산재해 있었다. 바르샤바 관광은 체스토코바로 가는 도중에 잠깐 들려서 둘러본 것이었기 때문에, 미진하고 아쉬운 점이 있기는 했지만 그런대로 자위할 수밖에 없었다.

체스토코바에 오후 늦게 도착했더니 가이드의 말이 좀 있다가 오후 5시 반부터 수도원에서 미사가 바쳐지는데, 일행도 미사에 참례하기를 원했기 때문에 미사부터 바치기로 했다. 미사는 수도원의 작은 성당에서 정면에 블랙마돈나의 초상화를 제단위에 걸어놓고 폴란드 말로 드리는 미사라 잘 알아들을 수는 없었지만, 미사의 진행은 대충 짐작할 수 있어서 그대로 따라 미사를 드렸다.

우리나라의 미사와는 달리 의자에 앉아있는 사람도 있었고, 무릎을 꿇고 있는 사람도 있었고, 앞으로 앉아있는 사람, 옆으로 앉아있는 사람도 있었듯이 아주 자유스러운 분위기에서 미사를 드리는 것이 우리나라의 격식에 맞춘 미사와는 전혀 격식부터가 다른 것 같았다. 미사가 끝난 다음에 제대 앞까지 걸어 나가서 제대위에 걸려있는 블랙마돈나의 원본 초상화를 자세히 들여다보았다. 성당을 나오다보니 아우슈비츠 수용소에서 순교하셨던 콜베신부님의 초상화가 걸려있었다. 그분에 대하여 잘 알지도 못했던 자매들이 이러쿵저러쿵 엉뚱한 소리들을 했는데, 나중에 알고 보았더니 아우슈비츠 수용소에서 다른 사람 대신에 돌아가셨던 신부님이라 했다.

그날은 호텔에 와서 잤으며 다음날은 아침에 다시 야스나코라 수도원을 방문했다. 어제는 너무 어두워서 찍지 못했던 야스나코라 수도원의 첨탑이 잘 들어갈 수 있도록 사진에 담았으며 수도원의 성당도 제대로 둘러보았고 의자에도 앉아보면서 사진도 찍었다. 블랙마돈나의 엽서도 몇 장 샀다. 야스나코라 수도원을 다시 한 번 둘러본 다음에 체스토코바를 떠나서 제2차 세계대전 당시에 나치독일에 의하여 유대인을 대량 학살했던 악명 높은 아우슈비츠 수용소가 있는 폴란드의 오스비엔씸으로 향했다.

오스비엔씸에서 일행이 가보았던 곳은 아우슈비츠 제1수용소였
는데, 현재는 아우슈비츠 박물관이 되어있는 곳이었다. 영화 '쉰들
러 리스트'에 나왔던 아우슈비츠는 제2수용소로서 제1수용소보다
규모도 크며 유대인들을 대량 수용하기 위하여, 수용소 안에까지
기차에 실어서 아우슈비츠 수용소까지 운송해 와서는 유대인의 대
부분을 도착즉시 처형해버렸다고 했다.

아우슈비츠 수용소에서 처형된 유대인의 희생자가 최소한 150만
명이상일 것이라고 했는데, 그것은 이곳에 실려 왔던 유대인들이
거의 전부 처형되었다고 볼 때 대충 맞아떨어지는 숫자라 할 수 있
었다. 제2차 세계대전 중에 나치독일에 의하여 희생된 유대인이 6
백만 명이상으로 추정되고 있었다. 그중에 3분의 2에 해당하는 4백
만 명이나 아우슈비츠 한 곳에서만 희생되었을 것이라는 주장은 지
나친 숫자라 할 수 있었다.

아우슈비츠 제1수용소는 박물관이 되어 일반인에게 공개되고 있
었으며, 제2수용소는 파괴해 버리려다가 영화 세트장으로 보존하
기로 결정하여 '쉰들러 리스트'와 같은 유대인 수용소 이야기를 다
룬 장소가 제2수용소였다고 한다.

아우슈비츠 제1수용소를 구경하면서 많은 것을 생각할 수 있게
해주었다. 도대체 인간이 어떻게 해서 그렇게까지 악랄해질 수 있
는가? 가스실에서 속임수로 유대인들을 대량학살한 후에 그 옆에
있는 화장장으로 시체를 끌고 가서 처분해 버렸으며, 처분하기 전
에 안경도 벗기고 신발과 옷 등은 샤워 실에 들어오기 전에 이미 전
부 벗어버리고 가방도 밖에 놓아두었을 것이다. 시체를 화장하기
전에 머리를 박박 깎았고 금반지나 금니와 같은 것을 전부 뽑아 내

버렸다는 것은 박물관 안에 전시되어 있는 수많은 사람들의 머리카락, 그것으로 만들었다는 옷감이 전시되어 있는 것을 보니 소름이 끼칠 지경이었다.

그들이 신고 왔던 신발, 들고 왔던 가방, 아기들이 입었던 베넷저고리들을 보았을 때 그들이 아기들마저 마구 죽여 버릴 정도로 악랄했다는 현실을 보면서, 악마라는 것이 존재하고 있으며 유대인들을 대량학살했던 나치독일의 하수인들이야 말로 악마가 아니고 무엇이겠는가?

유대인들이 처형당했던 가스실, 시체를 화장했던 화장장, 유대인들이 갇혀있던 감방, 벌거벗겨져서 총살형을 당했다던 가운데 뜰 등을 관람하면서 만감이 교차하게 되었던 것은 우리 부부만의 감회는 아니었을 것이다.

"아우슈비츠 제1수용소가 이제는 박물관이 되어서 누구나 자유롭게 출입할 수 있는 곳인데, 그 옛날에는 유대인의 경우 이곳에 한번 끌려왔다면 살아서 다시 바깥세상을 보기란 거의 불가능한 일이었다는 것을 생각할 때 인생의 무상함을 새삼스럽게 느끼게 되는구려."

"나도 아우슈비츠 수용소에 와서 보고서야 나치 독일이 얼마나 악랄한 행위를 자행했는지 하는 것을 처음 알게 되었어요."

"나는 이우슈비츠 수용소를 꼭 한번 와보고 싶었소. 책에서 읽어서 대충 알고 있기는 했지만, 이곳에 와보기 전에는 나도 나치가 유대인에 대하여 이 정도로 악랄했는지는 정말 상상할 수가 없었소. 인간의 인간에 대한 잔인성을 새삼 깊이 느끼게 되는 계기가 되었다고 할 수 있지 않소?"

유네스코 지정 세계문화유산 제1호였던 비에리스카 소금광산은 그 규모의 거대함 뿐만 아니라, 소금광부들이 소금에 새겨놓았던 조각품의 정교함은 참으로 최고의 경지에 이르고 있는 것 같았다. 100미터 이상을 나무계단을 타고 내려가서 소금광산을 구경한 다음, 엘리베이터를 타고 다시 지상으로 올라왔다. 습기가 소금광산 안에 차는 것을 방지하기 위하여 밀폐된 문이 여기저기에 설치되어 있는 것을 볼 수 있었으며, 특수한 장소를 제외하고는 통로가 어둡고 바닥은 사람들이 많이 다녀서 반질반질했고 미끄럽기까지 했다. 터널같이 되어있는 장소에는 불이 잘 밝혀져 있어서 흰 눈 같은 소금이 천정, 벽, 바닥의 구별 없이 하얗게 응고되어 있는 것이 장관을 이루고 있었다.

지하에는 호수도 있었는데 더 이상 소금이 녹지를 않아서 그 모습을 유지할 수 있었다고 한다. 지하성당은 하얀 샹드리에 등, 벽에 그림처럼 장식해 놓았던 최후의 만찬, 기타 조각품들, 실물 크기의 요한 바오로 2세 교황님 등은 실로 걸작품이라 할 수 있었다. 이 성당의 천정과 바닥 및 벽이 전부 소금이라는 말을 듣고 우리 부부는 벌어진 입을 한동안 다물기도 힘들 정도로 깊은 감명을 받았다.

요한 바오로 2세 교황님의 생가는 바도비체라는 소도시의 중앙광장에 있는 마리아 성당 옆의 상당히 규모가 큰 2층 건물이었으며, 이곳에서 4세까지 자랐다고 한다. 그 건물의 2층이 일반에게 개방되어 있었는데, 2층에는 교황님 관련 사진과 자료들이 전시되어 있었다. 건물내부가 상당히 크다는 것으로 볼 때 교황님은 상당히 부유한 가정에서 태어나셨음을 알 수 있었다. 그리고 집 옆에 성당이 있다는 것은 교황님이 나시기 전부터 훌륭한 하느님의 시종이 될 것을 예비해주셨던 증거가 되었던 것이 아니었을까?

교황님의 생가가 있는 바도비체를 방문했던 일행은 교황님이 되시기 전에 추기경님으로 계셨던 크라카우의 중앙광장을 방문했다. 크라카우는 바르샤바로 폴란드의 수도가 옮겨가기 전까지 오랫동안 폴란드의 수도였던 곳으로 폴란드의 중심지가 되는 곳이었다. 나치독일의 아우슈비츠 수용소가 크라카우 근처에 설치되었던 이유도 유럽 전체로 볼 적에 이곳이 유럽의 거의 중앙에 자리 잡고 있는 장소였기 때문이라고 했다.

크라카우 중앙광장의 한 가운데는 2층으로 된 시장건물이 딱 버티고 있어서 시계를 가리고 있었던 것 등은 별로 좋은 광경이 아니었지만, 오히려 그 건물이 있었기 때문에 이 광장이 살아나고 있었으며 또한 명물이 되고 있었다는 역설적인 논리가 성립되고 있을 정도였다.

광장의 한쪽에는 종탑의 높이가 상이한 성당이 있었는데, 이 성모마리아 성당은 교황님이 크라카우의 추기경님으로 계실 때의 주교좌성당으로서 성당의 내부는 사진을 찍을 수 없다하여 유감스럽게도 그 아름다운 모습을 사진에 담을 수는 없었지만, 그 내부가 너무나 아름다운 성당이었다. 이 성당의 2개의 종탑의 크기가 상이하게 되었던 것은 형제가 탑 하나씩을 각각 맡아서 경쟁적으로 누가 먼저 종탑을 완성할 것이냐를 겨루게 되었다. 형이 동생보다 먼저 탑을 완성하였기 때문에 기분이 좋아서 여행을 떠났다가 돌아와 보았더니 동생이 완성되었던 형의 종탑보다 더 높이 쌓아올리고 의기양양하고 있었다. 이를 본 형이 분을 참지 못하여 동생을 칼로 쳐죽이고 자신도 자살해 버렸다는 슬픈 이야기가 그 종탑들과 관련하여 전해오고 있다고 했다.

반대편 귀퉁이에 있는 탑 같은 일부만 남아있는 건물이 시청건물이라 했으며 또한 건너편에는 돔만 있는 성당 건물도 있었다. 일행이 서있던 자리에서 옆으로 바라보이는 광장 안에 지어놓은 시장건물 위층은 분명히 2층으로 올라가는 계단이 있는 교회건물이었다. 그 건물주변에는 꽃을 파는 야외점포가 있었으며 수많은 비둘기들이 땅에서 사람들이 던져준 먹이를 주워 먹기도 했고 하늘을 날았다 땅에 내려 앉았다가를 되풀이 하고 있었다. 우리 부부는 가게에 들어가서 구경하면서 큰 보석함 하나와 작은 보석함 둘, 그리고 종탑의 높이가 다른 성 마리아성당과 교황님이 그려진 둥근 목재장식품을 샀다.

크라카우 관광을 마친 일행은 폴란드의 남쪽으로 내려가서 슬로바키아 국경선까지 갔다. 슬로바키아는 현재 체코공화국과 분리되어 있었으며 영토의 대부분이 산악지대라는 인상을 받았다. 슬로바키아는 단지 도로를 타고 지나가기만 했지 사실상 그 나라에 대해서 특별히 구경했던 것이 아무것도 없었다. 슬로바키아에서는 버스가 가다가 멈춰선 가게 두 군데서 나는 외손자에게 줄 장난감을 하나씩 샀다. 그 하나는 원숭이 머리가 끝에 하나씩 달린 아기베개이고, 다른 하나는 빨간 옷과 모자를 쓴 곰 인형이었다. 한 곳에서는 다행히 유로화를 받아서 문제가 없었으며, 다른 곳에서는 유로화는 받지만 잔돈이 없다하여 거스름돈 대신에 초콜렛를 받았다.

해가 떨어진 후 깊은 산속에 있었던 타트리 국립공원에 도착해서 호텔에 묵었다. 이곳은 유명한 동유럽 알프스산맥이 있는 휴양지라고 했지만 어두워서 아무것도 볼 수 없었다. 다음날 아침에는 조식을 끝마치자마자 부지런히 부다페스트로 떠나야 했기 때문에 그 지역의 관광이란 생각도 할 수 없었다. 일행이 숙박하기로 되어있는 호텔이름과 똑같은 호텔이 두 군데 있었다는 것도 모르고 호텔을 찾아다니느라 운전기사가 고생을 했다. 일행이 묵은 호텔은 계단이 많아서 우리 부부처럼 무거운 짐만 갖지 않았더라면 계단을 올라다니느라 고생을 하지 않아도 좋았을 것이었다.

시내호텔이 아니라 산속호텔이 되어서 그랬는지 음식도 맛있었고 와인도 저렴했으며 음료값도 적절했다. 호텔이름은 파노라마호텔이었는데 전망이 어떻게 보이는지 아침에 버스를 타려고 호텔마당에 나왔지만 알 수가 없었다. 일행이 하루 밤 잠잤던 호텔은 20여 층은 되는 것 같았는데 그 건축양식이 계단식으로 되어 있어서 아주 희한하게 여겨졌다. 그 건물전체를 사진에 넣으려면 호텔에서 상당히 뒤쪽으로 물러서야만 겨우 호텔을 사진에 담을 수 있을 정도로 산속에 있는 호텔치고는 상당히 높은 건물이었다.

일행이 묵었던 곳은 슬로바키아 국경선에서부터 계속 산길로 올라왔던 것으로 미루어 볼 때 상당히 높이 올라왔다는 것을 실감할 수 있었다. 부다페스트에는 점심 전에 도착하여 세 군데나 있다는 한식집 중에 가장 좋다는 식당에 가서 점심을 들었다. 점심 후에는 제일 먼저 영웅광장에 가서 사진을 찍었는데 날씨가 몹시 추웠다. 그 광장에 있는 기마상과 기타의 동상들은 청동으로 만들어진 것이었기 때문에 그런지 전부 푸른색을 띠고 있었다.

버스를 타고 겔레르트 언덕에 올라가서 보았더니 다뉴브 강을 끼고 있는 부다페스트가 저아래 한 눈에 내려다보이는 것이 참으로 인상적이었다. 부다페스트는 다뉴브 강을 사이에 두고 부다와 페스트의 2대 구역으로 나뉘어졌으며, 이 2대 구역을 합쳐서 부다페스트를 형성한다고 했다. 부다페스트에 흐르고 있는 다뉴브 강이 그곳에서 얼마 떨어지지 않은 곳에 있는 오스트리아의 비엔나까지 흘러가서 도나우 강이 되었는데, 두 강의 명칭은 조금 다를 뿐 동일한 강이었다.

오스트리아와 헝가리는 한 때 오스트로-헝가리 제국을 형성할 정도로 밀접한 관계를 맺고 있었다. 실제로 와서 보니 두 나라는 서로 가까운 거리에 있다는 것을 알 수 있었다. 폴란드가 러시아, 프러시아 및 오스트리아의 3개국의 분할점령으로 지도상에서 없어졌다는 것과 스웨덴의 침공을 자주 받았다는 이야기를 들었다. 스웨덴은 북해를 건너서 있었으며 위의 3개국은 폴란드의 주변 국가들이었다. 폴란드의 경우는 우리나라가 주변의 러시아, 중국, 일본 및 미국의 강력한 영향 하에 놓여 있었다는 것과 유사한 처지에 있었다.

일행이 둘러본 체코, 폴란드 및 헝가리의 3개국은 러시아의 영향을 받아서 제2차 세계대전 후에 공산국가가 되었으나, 소련의 붕괴 이후 공산진영에서 벗어나서 04년 5월에 유럽공동체의 회원국가로 정식으로 가입했다. 내가 미국유학 갔을 때에 같은 집에서 세 들어 살았던 헝가리인 이발사가 있었다. 소련군이 56년에 부다페스트에 탱크를 앞세우고 침공했을 때 피난민으로 미국까지 오게 되었는데, 전직이 이발사였던 그가 미국까지 피난 와야 할 아무런 이유도 없었다. 그런데 미국서 이발사 노릇을 하려면 어느 정도의 영어실력이 있어야 했는데, 불행하게도 그는 영어실력이 부족하여 이발사는 되지 못했고 빵공장에 다니면서 연명하고 있는 것을 보고 안타까운 생각마저 들었다.

부다페스트에서 부다성을 방문했었는데 좀 지대가 높은 곳에 있는 이곳은 부다페스트의 상징 제1호로서 이곳에는 왕궁과 어부의 요새, 마티아스 성당이 들어서 있는 우람한 모습은 사람들의 발길이 끊이지 않게 하였으며, 밤에 보았던 경관은 아름다움의 극치를 나타내고 있었다. 어부의 요새는 부다 언덕의 마티아스 성당 재건 때 만들어진 성채로서 어부의 요새라는 명칭이 붙게 되었던 것은 근처에 있는 어시장에서 유래했다. 부다페스트도 그렇지만 대부분의 유럽도시들의 시청청사가 고딕양식으로 지어진 것이 가톨릭교회가 아닌가 하는 착각을 주었으며, 일몰 후에는 건물에 화려한 불빛을 밝혀서 아랍의 왕궁건물이 아닌가 하는 상이한 인상을 주기도 했다.

부다페스트에서는 시내에 있는 왕궁구경을 갔으며, 다뉴브 강에서 밤에 배를 타고 국회의사당, 법원건물 등과 왕궁, 시청 등의 주요 건물들을 구경했는데, 날씨가 너무 추워서 밖에 나가서 구경하지는 못했다. 배속에서 사진을 찍었는데도 춥다는 느낌이 들었다. 10년 전에 파리의 세느강에서 밤에 배를 타고 파리의 야경을 찍었는데 날씨도 추웠고 밖이 너무 어두워서 사진이 제대로 찍히지를 않았다. 이에 비하면 다뉴브 강에서 배를 타고 뱃속에서 바라보았던 부다페스트는 간접조명이 발달해서 그런지 야경이 멋지게 눈앞에 전개되었으며 사진도 그런대로 잘 찍혔다. 시내관광이 대충 끝난 다음에 관절염 연고제를 파는 집에 가서 연고를 샀다.

부다페스트에서 오스트리아의 비엔나까지는 얼마 멀리 떨어져 있지를 않아서 오전 중에 비엔나에 도착할 수 있었다. 버스를 타고 시내를 들어가면서 보니 건물 하나하나가 그야말로 예술품이라 할 수 있을 정도로 아름다운 집들의 연속이었다. 비엔나에서 일행이 제일 먼저 가보았던 곳은 시립 공원 내에 있는 돌로 만든 아치 앞에 바이올린을 켜고 서있는 황금빛의 왈츠음악의 대가인 요한 스트라우스의 동상 앞이었다. 그 곳에서 나는 아내와 함께 동상 앞에 서서 기념사진을 찍었다. 그 아름다운 황금색동상에 어떤 짓궂은 사람이 빨간 페인트를 뿌려놓아서 보기도 흉했고 원상복구 하는데도 애를 많이 먹었다고 했다. 공원 안에 꽃으로 장식되어 있는 시계 앞에서도 사진을 찍었다.

점심식사는 슈테판대성당 옆 골목으로 들어가서 있는 식당에서 했다. 슈테판대성당은 워낙에 거대한 성당이었으므로 사진 한 장에 성당을 전부 담을 수도 없었다. 성당의 옆에 있는 정문 앞에 있는 2개의 첨탑도 한 번에 사진에 담을 수 없었으며, 성당의 옆에 있는 첨탑도 워낙에 높았으므로 그것을 사진에 담는 것은 처음부터 불가능하였기에 포기했다.

이 슈테판대성당에서는 오후에 미사를 드렸다. 십자가형으로 생긴 성당내부의 주제단 옆에 있는 부속제단에서 지도신부님이 미사를 드렸는데, 신부님이 옛날식으로 제대를 향해 미사를 드리셨던 것이 좀 생소하게 느껴졌다. 나중에 신부님 말씀이 미사를 드렸을 때 제단에 전등이 없어서 성경을 읽을 수도 없었으며, 성체도 없어서 미사 중에 주제단에 가서 가져와야 하는 등의 어려움을 당해야 했던 일을 나중에 말씀하시는 것을 듣고, 대성당이라고 해야 별수 없구나 하는 생각이 들었다.

오히려 작은 성당이었다면 좀 더 친절하지 않았을까 하는 생각마저 들었다. 비엔나 중심가를 구경한 후 쉔브른 궁전 구경을 갔다. 방이 1,300개나 되었으며 베르사이유 궁전보다는 좀 규모가 작았지만 비슷하게 생긴 것이, 일행이 구경했던 방들도 화려했고 아름다웠던 것이 베르사이유 궁전에 비하여 손색이 조금도 없었다.

비엔나에서 저녁은 맥주홀에 가서 먹었다. 커다란 유리관에 부어 놓은 맥주가 수도꼭지를 타고 일곱 잔 정도 나오는 것이 하나에 17유로라 하여 일행의 회장이었던 내가 그것을 2개 주문하여 일행에게 한턱냈다.

비엔나까지 와서 이 정도의 맥주는 마셔봐야 하는 것이 아니겠는가? 이 맥주 집은 비엔나에서 제법 유명한 집인 듯 꽤 규모가 컸으며 빈자리가 하나도 없이 손님으로 꽉 들어차 있었다. 이러한 맥주 집이 만일 우리나라에 개점했다면, 맥주꾼들의 많은 사랑을 받았을 것임에 틀림없었을 것이다.

비엔나에서 하루 밤 자고 잘츠버그로 향하면서, 중간에 멜크수도원을 방문했으며 그곳에서 미사를 드렸다. 상당히 규모가 큰 수도원이었으며 수도원의 성당도 화려한 장식이 되어 있었다. 멜크수도원은 바로크양식으로 된 유럽 최대의 수도원이기도 했다. 이 수도원은 또한 베네딕토 수도원의 본원이기도 했다. 이 수도원은 수많은 회화와 조각이 보관되어 있었다. 특히 9만의 장서가 소장되어 있다는 도서관과 호화로운 성당, 보물전시실이 있었으며, 테라스에서 바라본 멜크 구시가의 풍경도 아름다웠다.

잘츠버그는 강과 높은 산을 끼고 좁은 지역에 자리 잡고 있었다. 일행은 잘츠버그에 도착해서 그곳에 머물지 않고, 거기서 얼마 떨어지지 않은 곳에 있는 빙하가 녹아서 만들어졌다는 200여개의 호수가 있다는 것 중 한 호수를 찾아갔다. 이곳은 잘츠가머구드라고 불렀다. 호수는 제법 컸으며 호수 물도 잔잔했다. 배를 타고 그 호수를 구경했던 멋은 실로 일품이었다. 저 멀리 눈 덮인 알프스 산의 영봉들이 바라보이는 것이 마치 신비의 세계에 와있다는 착각이 들게 했다. 이곳에서 보았던 알프스 산의 모습은 95년 8월에 인스부르크에서 바라보았던 알프스산과는 또 다른 운치를 보여주고 있었다.

배를 타고난 후 호숫가에 있는 가게에 들러서 화장실에도 갔고 선물도 샀다. 값도 싸고 모양도 그럴듯한 머그를 하나 사려고 했더니, 가게주인이 중국제라 하면서 오스트리아산인 작은 술잔을 사라고 했다. 우리나라에서도 대부분의 제품이 중국산이었는데, 여행을 하다보면 이러한 사실이 좀 더 절실하게 실감되었다.

잘츠버그에서는 모차르트의 생가를 방문했으며, 높은 언덕위에 있는 요새에 올라가서 슈베르트가 보리수노래를 작곡하는데 영감을 받았다는 천년 묵은 보리수와 그 앞에 있는 우물을 관찰했다. '성문앞, 우물가에 서있는 보리수를….' 요새에서 내려다보이는 잘츠버그 시내는 길쭉한 것이 별로 크지 않았으며, 중요한 장소들이 간접 조명되어서 멀리서도 잘 보였으며 강을 끼고 있는 도시전체가 어둠속에서 그 모습을 드러내고 있었다.

다음날은 호텔에서 조식 후에 독일의 뮌헨에서 약 110킬로미터 떨어진 곳에 있는 고대 바이에른 영주의 고향이자 가톨릭신앙의 중심지였던 알퇴팅에 도착했다. 시장거리의 중앙에 작은 성당이 있었는데, 그 안의 제단 뒤에는 얼굴이 검고 검은 옷을 입고 금관을 쓰고 있는 블랙마돈나의 작은 동상이 안치되어 있었다. 이 성모상은 물에 빠져서 거의 죽게 되었던 아이의 부모가 아이를 살려달라고 성모님께 간절히 애원하면서 기도했는데, 그 아이를 성모님께서 살려 주신 일이 있었다. 그 이후로 이곳이 성지가 되어 많은 순례자들이 다녀가고 있다고 한다.

나는 처음에 방문했던 성당에도 모셔져 있던 사람 크기의 블랙마돈나의 동상을 캠코더로 찍느라 좀 지체되어 밖으로 나와 보았더니, 일행이 모두 어디론가 사라져 버려서 약간 당황했지만 시장터의 중앙에 있는 그 성당으로 갔을 거라는 짐작으로 그 성당 안으로 들어가 보았다. 일행은 한 사람도 찾아볼 수 없었고 독일 사람들만 몇 명 성당 안에 있는 것을 발견했을 뿐이었다.

나는 제단 뒤로 일행이 블랙마돈나 동상을 보려고 전부 들어가 버렸는지도 모르고 일행을 놓쳤다는 생각으로 성당 밖으로 나왔다. 일행을 찾으려고 버스가 정차해 있는 곳을 가보려고 했지만 길을 찾아낼 수가 없어서, 길거리를 헤매다가 할 수 없이 다시 그 성당으로 가보았더니 마침 일행이 성당에서 나오고 있었다. 그들과 자연스럽게 합류하였으니 아무도 내가 길을 잃어버렸다는 것을 눈치 채지 못했다. 다만 아내만이 나를 찾지 못해서 안절부절 했을 뿐이었다. 내가 길을 잃어버렸다는 말을 들은 가이드가 친절하게도 점심식사 할 식당이 어디인지를 가르쳐주면서, 우리 부부가 그 작은 교회에 다시 한 번 가서 블랙마돈나의 동상을 보고오라고 하여 다녀왔다.

뮌헨은 가이드가 살고 있는 곳이었으며 올림픽경기가 열렸던 도시이기도 했다. 시청건물인 구청사는 물론 신청사도 고딕양식으로 지어진 교회 같았다. 독일에서는 가톨릭성당들이 개신교인 루터교회에 빼앗겨서, 밖에서 건물만 보아서는 그것이 가톨릭교회인지 개신교 교회인지 구별하기가 쉽지 않았다. 듣기에는 독일의 종교는 가톨릭교회와 루터교회 밖에 없기 때문에 우리나라의 경우처럼 교회마다 헌금을 별도로 바치는 대신에 정부에서 종교세를 받아서 교회경비에 충당하고 있다고 했다.

독일 남동부 바이에른의 주도였던 뮌헨은 남프랑스 산지의 북쪽 도나우 강 사이의 고원지대 중앙에 위치하고 있었으며, 알프스산맥에서 발원한 이자르 강이 시내를 관류하고 있었다. 뮌헨은 독일에서 베를린, 함부르크에 이어 세 번째로 큰 도시였다. 뮌헨이라는 이름은 수도사를 의미했던 몬쉔이라는 말에서 유래했다. 뮌헨은 예로부터 상업도시로서 발전했으며 중세에는 특히 소금교역이 성행했으며, 현재는 바이에른 최대의 공업도시가 되었다. 광학, 전기기계, 정밀기계. 자동차 등의 현대공업뿐만 아니라 맥주양조, 공예, 출판, 인쇄와 같은 전통공업도 성행하고, 북쪽 근교에 대규모 공업단지가 조성되었다.

72년에 하계올림픽이 개최되었고 이것을 계기로 지하철이 개통되었다. 이자르 강 좌안의 시벽(현재의 순환도로)으로 둘러싸여 있는 구시가지에는 괘종 시계탑이 있는 시청사, 양파형 둥근 지붕 탑이 있는 푸라우엔 성당, 독일 르네상스 양식인 성 미카엘 성당, 옛성관, 조폐소, 옛궁전 양조소 등 유서 깊은 건물들이 많았다. 각 방면으로 도로가 연결되어 있는 뮌헨의 핵심지역에는 은행, 보험회사와 대기업의 사무소가 집중되어 있는 중심업무 지구이기도 했으며 백화점, 전문점, 레스토랑 등도 많았다.

뮌헨에서는 지하철 중앙역에 있는 화장실에 갔었는데 냄새가 어떻게 그렇게 지독했는지, 그리고 이것이 대독일의 화장실인지 도저히 납득할 수가 없었다. 이러한 느낌은 여행을 마치고 프랑크푸르트의 공항에서 탑승시간을 기다리면서 사용했던 공항 화장실의 악취가 뮌헨의 자하철 중앙역의 악취와 막상막하였던 것을 보고 더 이상 할 말을 잃을 수밖에 없었다. 뮌헨에서는 백화점이었는지 할인점이었는지 잘 구분이 가지 않았던 곳의 서점에서 독일어판 독일 안내책자를 10유로를 주고 샀는데, 책도 두껍고 사진도 많은데 비하여 값이 무척 싸다고 느껴졌다.

일행은 그날 저녁에 뮌헨에서 묵는 대신에 다음날 방문하기로 예정되어 있었던 퓌센 근처에서 머물기로 했다. 다음날 아침 식사 후에 일행이 비스 성당에 방문했을 때는 흰 눈이 많이 내려서 성당의 설경이 아름다운 전원풍경을 보여주고 있었다. 비스 성당에 모셔져 있는 쇠사슬에 묶여 채찍질 당하시던 예수님 상에서 피눈물이 흐르는 기적이 일어났다. 이 소문이 급속도로 세상에 전해지면서 이 마을은 순례지로서의 역사가 시작되었다. 이웃마을에서 뿐만 아니라 심지어는 보헤미아, 헝가리, 스위스 등과 같은 먼 지역에서도 순례자들이 모여들었다.

이 성당의 두드러진 특징은 내부에 있는 중앙제단 양측의 기둥들에서 볼 수 있었다. 기둥들은 우리를 구원하신 예수 그리스도의 피를 상징하는 붉은 빛깔을 띠고 있었다. 특히 제단가운데 안치되어 있는 쇠사슬에 묶이신 예수 그리스도의 그림은 우리 인간을 위하여 생명을 바치신 예수님과 예수의 부활로 인한 화해와 용서, 그리고 하느님 나라의 영광과 축복을 드러내고 있었으며, 다시 오시는 구세주 예수의 모습을 잘 드러내 보여주었다. 한 마디로 비스성당은 구원의 신비신학을 보여주는 아름다운 성당이었다.

18세기 전반기에 프랑스에서 유행했던 화려한 건축양식이었던 로꼬꼬 양식의 걸작으로서 평가되었던 비스 성당은 유네스코가 지정한 세계 문화유산으로 등록되어 있었다. 외양은 겸손하면서 주위 경관에 어울리도록 단순하게 건축되었으므로, 그 안에 영광스러운 것이 있을까 의심스러웠다. 그러나 문지방을 넘어서면 그 아름다움과 찬란함에 놀라면서, 외따로 떨어진 곳에 이처럼 영광이 가득한 성당을 지을 수 있었을까 실로 감탄하게 되었다.

오버라메가우에서는 베드로와 바오로성당에 가보았는데 성당 밖에는 나무로 사슴모양을 만들어 놓은 것이 인상적이었으며, 성당 안마당에는 묘지가 있는 것이 지금까지 보아왔던 다른 성당의 모습과는 상이했다. 이곳은 특히 목각의 성물제작이 예술적으로 발달했던 곳으로 유명했다. 특이한 모습으로 뾰족하게 솟아있는 산봉우리를 중심으로 마을이 형성되어 있는 이곳은 동네사람들로 구성된 예수 수난극의 공연이 예수의 수난을 거의 사실적으로 나타내고 있었으며, 마을사람 전체가 실제로 이 연극에 참가하고 있다는 점에서 특히 유명했다.

오버라메가우의 유명한 볼거리의 또 하나는 에탈수도원의 프라우엔 성당이었다. 에탈이라는 말은 '맹세의 계곡', '약속의 계곡'을 의미했으며, 성모 마리아를 위하여 수도원이 이곳에 있었다. 거대한 돔을 가진 수도원과 성당이 있는 에탈은 40년 만에 완공된 그 수도원 성당을 이웃 로덴부르크에서 가져온 사암불럭으로 지었다는 직경 25미터의 12면으로 되어 있는 건물이었다.

다각형 건물의 중앙에 야자수처럼 거대한 기둥이 거대한 아치형 천장을 떠받치고 있었으며, 그 밑에 감실과 하얀 성모마리아 상을 가진 제대가 있었다. 12각형의 고딕양식 성당으로서 제단에는 루드비히 황제가 생전에 이탈리아 피사에서 직접 가져왔다는 대리석으로 제작된 성모상이 안치되어 있었다.

에탈의 마돈나로 불리어졌던 성모자상은 아기 예수가 성모마리아 무릎에 서서 마리아의 사랑스러운 눈빛을 마주하면서 성모님의 왼뺨을 손으로 비비는 모습을 하고 있었다. 어머니와 아들의 가장 사랑스러운 모습을 형상화했던 이 성모상으로 인하여 에탈 수도원은 15세기 이래 순례지로 각광받고 있었으며, 지금도 해마다 더 많은 순례자들이 이곳을 찾아오고 있었다.

성당내부는 흰 대리석과 금도금장식, 그리고 천정화로 정교하게 꾸며져 있었다. 천장 돔에 설치되었던 11개의 장미창은 성당내부의 구석구석으로 햇볕을 내려 보내고 있었다. 제대 안쪽에는 성모마리아가 승천했던 모습의 대형벽화가 있었고, 그 밑에 에탈의 마돈나가 자리 잡고 있었다. 또한 중앙제대 주위로 '부활예수', '성가정', '성 베네딕토', '성 세바스티안', '성녀 카타리나'의 조각상이 있는 소제대가 놓여 있었다.

퓌센에서 4킬로미터 떨어진 곳에 슈반가우 숲이 펼쳐져 있었는데, 그 숲 한 자락에 월트 디즈니가 디즈니랜드의 성을 지었을 때 그 성을 모델로 삼았다는 노이슈반슈타인 성이 있었다. 이 성은 중세 기사전설에 매료되었던 바이에른 국왕 루드비히 2세에 의하여 건축되었다. 성의 아름다움 뒤에 숨겨졌던 루드비히 2세의 고독했으며 기구했던 운명은 지금도 많은 사람들의 관심을 불러일으키고 있어서, '동화의 나라' 라고 불리어졌던 퓌센을 더욱 신비스럽게 만들고 있었다.

노이슈반슈타인 성은 퓌센을 상징했던 성으로 이미 설명한 바와 같이 루드비히 2세에 의하여 건축되었는데, 바그너를 좋아했던 루드비히 2세가 16세 때 오페라 '로렌그린' 중 백조의 전설에서 동기를 얻어 지었던 성으로 중세의 분위기가 느껴졌다. 그는 19세 때 부왕이 죽었으며, 왕위에 오른 후 바그너의 세계에 있었던 중세풍의 성을 건설할 것을 생각했다. 주위의 반대에도 불구하고 그는 1869년 건축에 착수하여 17년 만에 완성을 보았으나, 이 성이 완성되기 전에 그는 반대파로부터 미친 사람으로 몰려서 왕위에서 쫓겨났으며, 그 사흘 후에 뮌헨 교외의 슈타른베르크 호수에서 시체로 발견되었다. 17년의 세월을 소비하여 지었던 이 성에서 루드비히 2세가 거주했던 것은 겨우 102일, 그리고 그가 그렇게 존경했던 바그너도 이 성의 완성을 보지 못하고 세상을 떠났다.

동화 같은 삶을 살기를 원했던 루드비히 2세의 화려한 성을 보기 위하여 매년 수없이 많은 관광객들이 이곳으로 몰려오고 있다. 전설 같은 신비로운 꿈과 숨을 멎게 했던 주변경관 또한 사람들을 이곳으로 이끄는 요소였다. 디즈니랜드 성의 모델이 되었던 이 성에는 '새로운 백조의 성'이라는 뜻의 '노이슈반슈타인'이란 이름이 붙여졌다. 이 성은 이름과 같이 백조의 모습과 비슷하여 환상적인 모양을 하고 있었다.

노이슈반슈타인 성에 올라가는 초입에 있는 언덕위에는 호엔슈반가우 성이 있었는데, 이것은 낡은 성을 재건축한 성으로 바이에른 왕가의 황태자 막시밀리암이 오래된 성을 신고딕 양식으로 재건하였다. 노이슈반슈타인 성의 건축자였던 루드비히 2세는 그의 어린 시절을 이곳에서 보내면서 환상의 세계를 꿈꾸게 되었고 노이슈반슈타인 성을 설계하게 되었다. 일행은 그 성에는 올라가 보지를 못했다.

퓌센을 떠나서 로덴부르크를 향하여 로맨틱가도를 달려가다가 베네딕토 수도원을 구경하려고 오토보이렌에 들렸지만, 수도원은 수리중이라 들어가지 못했고 그 옆에 있는 성당에만 들어가 보았다. 성당은 화려한 바로크 양식의 건물위에 있는 빨간 지붕이 동화적 분위기를 나타냈는가 하면, 시계가 있는 쌍둥이 탑은 엄숙함을 느끼게 했다. 남북 480미터, 동서 430미터의 성당과 수도원을 겸한 건물구조는 예수님이 달리셨던 십자가의 형태로 배치되었으며, 성당, 사제관, 수도원, 그리고 여름별장, 손님방과 학교, 본관 및 봉사지역으로 나누어져 있었다.

이 구도는 왕이신 그리스도의 몸과 비교할 수 있었는데, 약간 기울어졌던 성당은 십자가에 달리셨던 예수님의 머리, 사제관은 몸통, 수도원과 여름별장은 오른 팔, 손님방과 학교와 본관은 왼팔, 통제구역은 다리를 상징했다. 이것은 앞으로 세워질 이상적인 그리스도인들의 국가를 나타내기도 했다.

로덴부르크는 로맨틱 가도의 하이라이트로 산위에 성벽으로 둘러싸인 곳에 있는 작은 중세의 모습을 그대로 간직하고 있는 도시로서 마치 중세로 타임머신을 타고 온 것 같은 착각에 빠져들게 했다. 타우버 강의 계곡에 자리 잡고 있었으며, 원래의 지명은 '타우버강 위쪽에 있는 로텐부르크'였는데, 줄여서 로덴부르크라고 표기되었다. 중세의 모습이 많이 남아있어 중세의 보석이라 일컬어졌으며, 그곳을 찾았던 관광객이 연간 100만 명에 이르렀다. 13~16세기에 지어졌던 시청사에는 높이 60미터의 종탑이 있었는데 고딕양식과 르네상스양식이 복합적으로 섞여 있었다. 이곳에는 중세 범죄박물관, 장난감박물관 등이 있었으며 크리스마스 장식을 전문적으로 다루고 있는 상당히 규모가 큰 가게도 있었다. 시내에 있는 대부분의 전문점들은 그 가게의 특색을 그림으로 나타내고 있는 것이 무척 인상적이었다. 주요 산업은 섬유업, 인쇄업, 플라스틱 제조업, 전자부품업 등이었다.

로댄부르크에서 하이델베르크로 가는 도중에 하이브론이라는 작은 도시에 들렸었는데, 이곳에 머문 이유는 네카르 계곡을 구경하기 위한 것이었지만, 그럴만한 시간적 여유도 없었기 때문에 원래의 계획이 변경되었다고 했다. 다른 가이드들과는 달리 오토보이렌, 로덴부르크 및 하이델베르크를 안내했던 가이드는 하이델베르크에서는 그렇지 않았지만 오토보이렌과 하이브론에서는 한 장소에 일행을 데려다 놓고는 그 도시를 구경하고 언제까지 그곳에 다시 모이라는 말만 하고는 어디론지 사라져버렸다가, 일행이 다시 만나자고 했던 장소에 전부 모인 후에야 늦게 다시 나타나서 합류하곤 했던 것이 상당히 못 마땅하게 여겨졌다.

말도 생소하고 길에도 익숙하지 못했던 일행에게 자유 시간을 주는 대신에, 일행과 함께 행동을 하면서 일행 중의 누군가 물건을 사는데 말이 짧아서 어려움을 당한다면, 그런 사람을 도와주기도 하고 일행과 함께 있어야 안심도 되었을 터인데, 어디론가 사라져버렸다가 나중에 나타났다는 것은 가이드로서 완전 직무유기가 아니겠는가? 하이브론에서는 그 도시전체가 일행이 어디에서나 볼 수 있는 소도시라 거리구경도 할 만한 것이 별로 없었으며, 할인점에나 들어가서 자유 시간을 보낼 수밖에 없었다는 것은 참으로 유감스러운 일이었다.

하이델베르크는 이번이 두 번째로 가보는 것인데, 95년 8월에 갔을 때와는 좀 다른 감회를 느낄 수 있었다. 두 번 다 육로로 갔다. 95년에는 이탈리아의 로마를 출발하여 피렌체와 베테치아를 거쳐서 오스트리아의 인스부르크, 스위스의 루체른과 취리히를 거쳐서 독일의 라인 강을 따라 북상하여 하이델베르크 중앙 역 앞에 도착하여 독일 가이드를 만났다. 그 때 하이델베르크에서 보았던 것은 고성과 영화 '황태자의 사랑'에 나왔던 맥주 집 정도였다.

그런데 이번에는 폴란드의 바르샤바를 출발했던 일행이 체스토코바와 크라카우를 거쳐서 헝가리의 부다페스트, 오스트리아의 비엔나, 독일의 뮌헨을 보았으며 퓌센에서 로덴부르크까지 이어졌던 로맨틱가도를 타고 북상한 후 하이델베르크에 이르렀던 것이다. 일행과 동행했던 가이드가 하이델베르크에 도착한 후로는 신들린 사람처럼 일행을 고성과 중세의 모습이 아직까지 많이 남아있는 구도시를 자세하게 안내해 주어서, 하이델베르크에 대하여 95년 때와는 달리 참신한 인상을 우리 부부가 가질 수 있게 해주었다.

아마도 가이드가 하이델베르크에 대하여 잘 알고 있었던 것으로 미루어 볼 때 가이드가 하이델베르크 대학교에서 공부하고 있는 학생이었을 것으로 추정되었다. 고성에 갔을 때만 하더라도 고성으로의 통상적인 출입구 대신에 고성 밑으로 뚫려 있는 좀 더 낭만적인 길을 택하여 고성에서 일행이 내려올 수 있게 했다는 것이라든가, 시청 앞을 지나서 하이델베르크의 중심가를 걸어서 예수회의 가톨릭교회에 갔던 일이라든가, 네카르 강에 놓여있는 다리 위를 일행이 걸어볼 수 있게 했던 것 등은 하이델베르크에서 살고 있는 사람이 아니고서는 도저히 흉내 낼 수 없는 일이라고 생각되었다.

하이델베르크에 대해서는 한국 있었을 때부터 선망의 대상이 되어 있었다. 아는 교수 하나가 하이델베르크에서 공부하여 학위를 받았는가 하면, 한 유명한 독일 방송인이 한국여자와 결혼하여 한국국적을 취득하여 한국인이 되었는데, 그 사람의 고향이 하이델베르크라 하여 관심을 가졌다. 95년에 독일에 갔을 때 하이델베르크에서 가이드의 무성의한 안내를 받고는 크게 실망했던 내가 이번에는 하이델베르크에 관한 여러 가지 새로운 것들을 충분히 볼 수 있었기 때문에, 과연 하이델베르크는 독일의 대표적인 도시 중에 하나라는 것을 비로소 우리 부부가 인정할 수 있었다.

일행이 하이델베르크 관광을 마친 후 프랑크푸르트 공항까지 가서 거기에서 한국행 비행기를 탐으로써 동유럽 성지순례의 긴 여정이 마침내 막을 내리게 되었다. 이번에 다녀본 체코, 폴란드, 슬로바키아, 헝가리, 오스트리아 및 독일 등 동유럽 제국은 엄밀히 말하면 동유럽 국가들이라기보다는 중부유럽에 속하는 국가들이라고 할 수 있었다. 이들 국가 중에 독일과 오스트리아-헝가리는 유럽을 한때 지배했던 국가들로서 문화가 고도로 발달된 국가들이었다. 이번에 이들 국가를 다녀옴으로서. 이들 국가들이 과연 어떻게 살고 있느냐를 직접 보고 체험할 수 있는 기회를 갖게 되었던 것은 참으로 의의 있는 일이었다 하겠다.

16. 북유럽 여행

   가톨릭신문 투어가 주관했던 스칸디나비아 3개 국가인 스웨덴, 노르웨이, 덴마크와 핀란드를 포함하는 북유럽 4개국의 문화탐방은 05년 8월 6일부터 14일까지 8박 9일간의 여행이 핀란드의 헬싱키에서 시작되었다. 스칸디나비아 반도로 가는 직항로가 없었기 때문에 상하이로 KAL기를 타고 가서 거기에서 덴마크의 코펜하겐으로 가는 스칸디나비아 항공을 갈아탈 예정이었는데, 당일 인천공항에 나가 보았더니 상하이에는 태풍 때문에 직접갈 수 없었고 일단 베이징으로 가서 비행기를 갈아타고 가야 한다는 것이었다.

   큰딸과 큰사위가 모처럼 새벽잠도 설치고 새벽 일찍이 인천공항까지 데려다 준 것까지는 고마운 일이었는데, 우리 부부를 공항에 내려주고 안산 집으로 가다가 중도에서 생각을 해보았더니 큰딸이 갖고 있던 안산아파트 현관열쇠를 아파트 안에 두고 왔다는데 생각이 미쳤다는 것이다. 그 자리에서 되돌려 인천공항까지 오는데 우리 부부에게 전화로 연락을 했지만, 그동안에 혹시 비행기가 이륙을 하면 어떻게 하나 걱정이 태산 같았다고 했다. 우리 부부도 딸의 전갈을 받고 초조하게 기다렸는데, 다행히 비행기를 타기 직전에 큰딸이 와주어서 내가 갖고 있던 현관열쇠를 큰딸에게 전해줄 수 있었다. 만일 열쇠를 우리 부부가 딸에게 건네주지를 못했다면, 우리 부부가 여행을 마치고 돌아오는 10일간 아파트에 들어가서 큰딸의 물건을 꺼내오지도 못하는 비상사태가 발생했을 수도 있었을 것이다.

이렇게 새벽부터 우리 부부의 정신을 빼놓은 데다 사람들이 많아서 출국수속이 지연되어 비행기 타는 데까지의 거리가 멀어서 10여 분을 걸어야 했는데, 출발시간은 다 되어오고 걸어가면서도 안절부절 하고 있었다. 때마침 베이징 행 승객을 태워다 주는 운송차가 지나가면서 승객을 부르고 있어서 그것을 타고 겨우 시간에 대어갈 수 있었다.

중국의 베이징공항에서는 우리 부부가 내려서 입국하는 것도 아니었는데, 마치 입국하는 것처럼 공항에서 짐을 찾았다가 다시 출국수속을 밟아야 하는 번잡한 절차를 밟아야 했다. 02년에 미국 갈 때에는 일본 도쿄의 나리타공항에서 UA기를 갈아타고 갔는데, 갈 때에는 물론 돌아올 때에도 중국의 베이징공항에서처럼 번잡한 입출국수속이라는 것은 전혀 없었으며, 공항에서 비행기 갈아타는 시간까지 기다렸다가 비행기를 바꿔 타고 가면 되었던 것과는 하늘과 땅의 차이가 있었다.

북유럽여행을 갔을 때에는 베이징공항과 상하이공항에서 비행기를 갈아타기만 했을 뿐 실제로 베이징이나 상하이를 관광했던 것이 아니었기 때문에 중국의 변화를 피부로 느낄 수는 없었지만, 공항에서의 번잡한 수속만을 볼 때에는 중국이 아직도 한참 멀었다는 생각이 들었다.

스칸디나비아 항공이라고 하는 경우에도 그 비행기가 어느 나라의 비행기냐에 따라서 대우가 달랐다. 국제선의 경우에는 승객을 대우함에 있어서 별달리 큰 차이가 있는 것 같지 않았는데, 스칸디나비아 국가 간을 다녔던 항공기의 경우 차이가 큰 것 같았다. 예를 들면 헬싱키로 갔던 소형비행기의 경우 음료수 정도는 아무리 가까운 거리를 가는 것이라 하더라도 무료로 주는 것이 관례였는데, 승객에게 돈을 내고 사먹으라고 했으니 너무나 심한 것이 아니겠는가?

이에 비하여 노르웨이의 베르겐에서 덴마크의 코펜하겐까지 갔던 비행기는 거의 비슷한 거리를 갔는데도 음료는 물론 식사까지 무료로 제공해주었다. 결국 같은 스칸디나비아 항공소속이라 하더라도 스웨덴 비행기냐, 노르웨이 비행기냐, 덴마크 비행기냐 아니면 핀란드 비행기냐에 따라 대우가 다른 것 같았다. 아마도 일행이 코펜하겐에서 헬싱키까지 타고 갔던 비행기는 핀란드 소속이 아니었을까?

인천공항에서 일행이 베이징 행 비행기를 타고 가서 베이징공항에서 스칸디나비아 항공을 타고 코펜하겐까지 갔다. 코펜하겐 공항에서 한참 기다린 후에 덴마크에서 헬싱키까지 비행하여 호텔에 도착해 보았더니 한국에서 떠난 지 24시간이 훨씬 넘어있는 새벽 6시였다. 한국의 시간을 알아본 후 한국까지의 통화요금이 6유로라 하기에 좀 비싸다는 생각도 들었지만, 큰딸이 열쇠문제를 잘 해결했다는 것을 전화를 통하여 확인할 수 있어서 비로소 안심이 되었다. 인천공항에서 비행기를 탈 때부터 문제가 발생하였고 하루 종일 비행기를 타고 오느라 너무나 고생이 많았고 바빴던 하루가 이미 지난 셈이었지만, 호텔방에 가서 잠시 눈을 부친 후 다음 일정에 참가하기로 했다.

헬싱키에서는 워낙 도시 자체가 작았기 때문에 별로 볼 것이 없었다. 시내도 조금 왔다갔다 하다보면 또다시 제자리에 돌아 오곤 했다. 도시의 중심부에 대통령관저가 있었는데, 관청이라기보다는 보통 가정집처럼 보이는 것이 아주 소탈하게 느껴졌다. 호텔은 시내에서 좀 떨어진 곳에 있었는데, 시내까지 들어오다가 핀란드의 작곡가 시벨리우스를 기념하는 공원을 잠시 둘러보았다. 우리 부부가 다녀보았던 각 도시마다 그들이 기리던 음악가들이 있었다. 프라하의 스메타나, 바르샤바의 쇼팽, 헬싱키의 시벨리우스, 베르겐의 그리크, 잘츠버그의 모차르트와 슈베르트 등이 그 대표적인 예라 할 수 있었다. 개신교국가였던 스칸디나비아 제국에서는 가톨릭 교회를 구경하기 힘들었으며 헬싱키의 시내중심에 소위 개신교의 총본산이 있다하여 들어가 보았더니 교회 내에 아무런 장식도 없는 소박한 교회로서 개신교의 총본산이라고 보기에는 어딘가 어폐가 있다는 느낌마저 들었다. 러시아 정교회 한 군데를 가보았는데, 그곳에서는 예배를 드리고 있었으며 오히려 총본산이라고 했던 교회보다 훨씬 나았던 것 같다.

가이드가 신부님께 미사를 개신교회를 빌려서 드리기로 예약해 두었다고 하기에 그런 개신교회도 있는 것인지 기대가 컸었는데, 가이드가 일행을 데리고 갔던 암굴교회라는 곳을 보고는 모두가 아연해질 수밖에 없었다. 가이드가 가톨릭교회에 대하여 모른다 해도 그렇게 무식한 줄은 정말 몰랐다. 일반에게 공개되어 있는 교회 안에 별실도 따로 없는 것 같았는데 어디서 미사를 드리라는 말이냐? 신부님은 앞으로 이들 국가에서는 교회에서 미사 드리는 것을 완전히 포기하셨으며 그 대신 지도신부님이 여행 중에 매일 아침 신부님 방에서 미사를 드리고 그날 일정을 시작하기로 했다.

헬싱키에서의 점심식사는 가이드의 친척이 얼마 전에 개업했다는 육개장 집에 가서 들었는데 음식 맛이 그런대로 괜찮았다. 시내에서 좀 떨어져 있는 곳에 있는 민속촌에도 가보았고 쓰던 물건들을 내다파는 벼룩시장에도 가보았는데 별로 볼거리가 되지도 못했다. 그 곳에서 나는 헬싱키의 안내책자를 주로 사진으로 만들어낸 사람이 직접 팔고 있는 저자의 책을 사주었더니, 고맙다면서 책에 서명까지 해주었다.

헬싱키에서 스웨덴의 스톡홀름까지는 3,000여명이 함께 탈 수 있다는 호화여객선을 타고 배에서 하루 밤을 자면서 갔다. 뷔페가 스칸디나비아 국가에서 유래했기 때문에 그런지 항구를 떠나가는 여객선에서 바다경치를 바라보면서 뷔페를 들었던 멋은 참으로 낭만적이기까지 했다. 저녁식사는 1인당 30유로, 아침식사는 10유로였다. 특히 저녁식사의 경우 와인과 맥주는 마음대로 마실 수 있었으며, 음식은 해산물이 주종을 이루고 있었다. 서울에 있는 국립의료원 스칸디나비아 클럽 뷔페가 그 나라들의 뷔페를 본 땄기 때문에 맛이 있었다. 한때는 뷔페를 바이킹이라고 불렀던 것도 바이킹족의 후예인 스칸디나비아인들의 음식문화에서 유래했기 때문일 것이다.

배안에서 물건들을 팔고 있는 상점들과 크고 작은 식당들이 즐비했으며 선내의 면세점은 물건 값이 아주 저렴했다. 가게들과 식당들이 즐비했던 중앙통로는 천정까지 뚫려있었는데, 선박의 7층 높이에 해당하는 그 곳에서 최상층까지가 12층이었던 것을 감안할 때 선박의 크기가 얼마나 거대한지를 가히 짐작할 수 있을 것이다.

선실은 겨우 사람이 잘 수 있는 작은 침대가 2개 놓여있어서 무척 비좁았지만 하루 밤 그럭저럭 견디기로 했다. 여객선은 밤새 달리는 것이 아니라 밤중에는 어떤 섬에 있는 항구에 정박하여 밤을 새운 다음 새벽에 다시 출발하여 스톡홀름으로 향했다. 우리 부부는 아침에 상갑판위에 올라가서 사진도 찍었고, 많은 섬들 사이로 지나가는 경치를 감상하기도 했으며, 일행이 탄 것과 똑같은 호화여객선이 저 건너편으로 지나가는 것을 사진에 담으면서 생전 처음 타보는 호화여객선의 멋을 마음껏 즐겼다.

스톡홀름 항구에서 여행 가방을 들고 밖으로 나오는데 손잡이의 나사가 빠져서 고생을 했다. 호텔에 가서 가방 안에 있던 모든 짐을 빼내고 가방을 살펴보았더니, 나사가 빠진 것이라 빠진 나사를 찾아서 단단히 조여 주었더니 그 후로는 별문제가 없었다. 스톡홀름 시내는 호수의 도시라 할 만큼 시내가 호수로 둘러싸여 있는 아름다운 도시였다. 시내를 전망할 수 있는 높은 탑 위에 있는 식당에서 점심을 들었고, 나무로 만들었다는 거대한 전함이 전시되어 있는 박물관에 가서 구경했다.

이 군함은 나무로 만들었지만 너무나 견고하게 만들어서 가히 바다의 요새라 칭할 만했다. 그러나 불행하게도 진수한 지 얼마 되지를 않아서 그 커다란 몸체가 균형을 잡지 못하고 바닷속에 그대로 가라앉아 버렸다고 한다. 그 후에 그 배를 바다에서 건져내서 전시하고 있는데, 선체를 제대로 보기 위해서는 아래층에서만 배를 쳐다볼 것이 아니라 선체의 높이만큼 쌓아올린 계단을 타고 올라가면서 보아야 그 큰 배를 제대로 볼 수 있다는 것이다.

전함박물관 옆에 있는 민속박물관에도 가보았는데, 특히 눈에 띠었던 바구니와 광주리를 엮은 것을 전시하고 있었다. 개중에는 사람의 키보다 훨씬 더 큰 것이 전시되어 있는 것이 인상적이었다.

왕궁은 휴일이라 문이 닫혀서 구경할 수 없었으며, 그 대신에 왕궁 옆에 있는 마차박물관을 구경했다. 다양한 형태의 마차들이 지하에 있는 마차박물관에 전시되어 있었다. 처음에 박물관에 들어갔을 때에는 어두워서 잘 보이지를 않았다. 차츰 어둠에 익숙해져서 자세히 마차들을 둘러보았더니, 마차의 장식이 굉장히 화려하고 사치했던 것을 목격하고 우리 부부는 놀라움을 금할 수 없었다.

크리스탈 제품들을 판매하는 곳에도 가보았는데, 제품은 고급스러워 보였지만 값이 너무 비싸서 살 엄두를 낼 수 없었다. 일행 중에는 크리스탈 목걸이를 구매하는 분도 있었는데, 그 목걸이를 목에 걸기에 좀 무겁지 않았을까?

일행은 재래시장에도 들려보았는데 헬싱키에서 보았던 쓰던 물건들을 내놓고 팔고 있는 시장과는 분위기부터가 다른 것 같았다. 체리를 2유로어치 샀고 천도복숭아를 3개에 2유로주고 샀다. 스톡홀름에서는 일정이 짧아서 그 정도로 구경을 마치고 노르웨이의 오슬로로 비행기를 타고 갔다.

오슬로에 도착한 후 공항호텔에서 묵으면서 저녁식사 때 공동경비로 와인을 사마셨는데 하우스와인 한 병에 40유로씩이나 받았다. 노르웨이는 추운 지방이라 포도를 재배할 수 없어서 자체생산하는 포도가 없었기 때문에 와인을 제조할 수 없으며, 그 대신 전량을 이탈리아나 프랑스 등지에서 수입해야 함으로 그렇게 와인 값이 비싸다는 것이다. 이탈리아나 프랑스 등에서는 와인 한 병에 10유로 밖에 안하던 것이 노르웨이에서는 거의 4배에 해당하는 엄청나게 비싼 40유로를 받고 있다는 것이다. 이러한 사실을 전혀 모르고 있던 나는 호텔에 투숙했을 때 회장으로서 일행에게 와인 한잔씩을 돌리기 위하여 와인 3병을 샀다가 60유로를 지불하고도 추가적으로 60유로를 더 내야했던 현실에 직면하여, 어쩔 수 없이 내가 60유로를 냈고 나머지 60유로는 공동경비로 충당하기로 해서 내가 겨우 위기를 면할 수 있었던 웃기지도 않는 일까지 생겼다. 이탈리아나 프랑스의 경우였다면 내가 낸 60유로로 와인을 6병이나 살 수 있었던 액수였지만 노르웨이에서는 그 돈으로 와인을 한 병 반밖에 살 수 없다는 것은 너무나 큰 차이가 있었던 것이며, 돈은 돈대로 쓰고도 화끈한 효과가 없었으니 속이 상할 일이 아니겠는가?

오슬로에서는 한국의 김 대통령이 노벨평화상을 수상 받았다는 시청사 건물을 방문하여 밖에서 사진도 찍었다. 가이드가 하는 말이 김 대통령이 노벨평화상을 받으러 올 적에 정식으로 초청받은 정원 외에 120명이나 초과로 한국에서 데리고 왔기 때문에, 식장에도 들어가지 못하고 시청 밖에서 기다리느라 국제망신만 당했다는 것이다. 한국식으로 직접 현지에 가서 떼를 써보면 어떻게 되겠지 하는 안이한 생각으로 그런 어처구니없는 일을 벌였다니 참 한심한 노릇이었다 아니할 수 없다.

노벨상은 문학, 의학, 화학, 물리학, 경제학 등은 스웨덴의 왕립 한림원에서 수여하고 노벨평화상만 이 곳 노르웨이의 오슬로시청에서 수여하고 있었기 때문에, 김 대통령의 경우에도 스웨덴의 스톡홀름이 아니라 노르웨이의 오슬로에 가서 상을 수여받았던 것이다.

오슬로에서는 성행위장면을 조각상으로 만들어서 전시해 놓은 비지란드라는 조각공원을 방문했다. 조각공원의 경내도 유난히 컸지만 그 공원 내에 여러 가지 형상의 성행위를 묘사한 수많은 조각상들이 거의 인체의 크기로 돌을 깎아서 만들어낸 작가의 예술적인 노력에 감탄을 금할 수 없었다.

바이킹들의 배들을 전시해놓은 박물관을 방문했는데, 그것은 바다 위에 떠있는 배가 아니라 죽은 사람들을 장사지내기 위하여 땅속에 시신과 함께 묻어두었던 것을 발굴하여 전시하고 있다는 말을 듣고 신기한 장례풍속도 다 있구나 하는 생각마저 들었다.

노르웨이에서 3박을 하면서 스위스의 자연보다는 훨씬 규모가 크고 아름다웠던 노르웨이의 자연경관을 살펴보았다. 동계올림픽이 개최되었던 릴리함멜의 스키점프장에 가보았는데, 하절기에도 슬로프에 나있는 풀 위에 물을 뿌리고 눈 위에서와 같이 열심히 연습을 하니까 메달권에 들어갈 수 있는 것이지, 우리나라 선수들처럼 겨울에만 연습을 해가지고서는 도저히 세계적인 선수들과는 겨룰 수 없다는 것을 새삼 뼈저리게 느낄 수 있었다.

연어들이 역류해 올라가는 하천을 따라 올라가다 전염병 때문에 모두 죽어버리고 8명만 살아남았다는 동네를 지나, 노르웨이의 자연 속에 묻혀있는 호텔에서 하루 밤을 지냈다. 다음날은 노르웨이 특유의 지형인 휘요르드를 구경하러 갔다. 배를 타고 가는데 바람이 하도 세게 불어서 8월이었는데도 만일을 위하여 가져갔던 파카를 모자까지 썼다. 그렇게 중무장한 우리 부부가 추위에 떨 필요 없이, 산위에서 눈이 녹은 물이 폭포가 되어 수없이 흘러내리는 장관을 구경했으며 사진도 많이 찍었다.

우리 부부는 또한 산악열차를 타고 올라가서 무서운 위세로 내려쏟아지던 폭포를 배경으로 사진도 찍고 음악소리에 맞추어 나타나는 요정도 구경했다. 산위에 아직까지 빙하로 남아있는 곳을 구경하러 갔다. 이제는 많이 녹아내려서 이전과 같은 모습을 보여주지는 않았지만, 아직도 빙하로서의 모습을 간직하고 있는 빙하를 배경으로 사진도 찍었고 빙하의 어름도 먹어보았다.

빙하와 만년설의 차이점은 빙하가 빙하시대 때 지상을 덮었던 어름이 녹아내리는 것인데 반하여, 만년설은 고산지대의 눈이 녹지를 않고 쌓이고 쌓여서 형성된 것이라는데 그 차이점이 있었다. 빙하는 햇볕에 푸른 빛을 띤다고 한다.

노르웨이에는 발가락 4개, 손가락 4개를 가진 도깨비전설이 있는 국가로 유명하다. 9월 중순이 되면 벌써 눈이 오기 시작하여 거의 6개월 이상 겨울이 계속되는 나라이다. 또한 백야현상 때문에 밤이 거의 없는 기간도 있다고 하여 참 살기에 좋지 않은 국가일 것 같은데, 겨울에는 스키도 타고 나름대로 삶을 즐기며 산다는 말을 듣고는 과연 그럴 수도 있겠구나 하는 생각을 해보았다.

베르겐은 한 때 노르웨이의 수도였다는 아름다운 도시였다. 해산물이 싱싱하고 싸서 캐비아를 샀는데 너무 많이 사온 것 같다. 베르겐에는 세계적인 작곡가 그리크의 생가가 있는 넓은 터에 그의 무덤까지 바위 속에 만들어 놓은 것이 무척 인상적이었다.

베르겐에서 비행기를 타고 덴마크의 수도 코펜하겐 공항에 도착했던 직후부터 도둑을 맞을 뻔하여 기분이 잡쳤다. 공항에서 내려

캠코더와 작은 손가방을 둘러매고 일행과 함께 버스를 타려고 걸어가고 있었는데, 웬 젊은 서양 녀석이 나의 등에 피가 묻었으니 살펴보라고 엉뚱한 이야기를 하는 것이 아니겠는가? 무의식적으로 캠코더와 작은 손가방을 땅에 내려놓고 점퍼를 벗어 살펴보려고 했는데, 마침 뒤따르던 지도신부님이 캠코더와 손가방을 자기에게 주고 옷에 무엇이 묻었는지 살펴보라고 하셨다. 점퍼를 벗고 보았더니 언제 나에게 케첩을 뿌렸는지 피처럼 보였으며 하도 많이 뿌려서 냄새도 지독하게 났다.

나중에 자세히 살펴보았더니 금년 5월에 미국 갔다 사와서, 한 번도 입지 않았다가 이번 여행 때 처음으로 입게 된 블랙진 바지에도 케첩을 잔뜩 뿌려놓아서, 그것을 닦아내는 데 많은 시간이 걸렸다. 아마도 내가 돈이 있어 보였는지 나의 물건을 훔치기 위하여 나의 주의력을 순간적으로 다른 데로 돌려서 도둑질을 하려했던 것이 결국 실패로 돌아가 버렸던 것이다. 해외여행을 갈 때마다 도둑에 주의하라는 말을 수없이 들어 왔지만, 이번처럼 실제로 내가 도둑을 맞을 뻔했던 것은 처음 있는 일이다.

"여보 내가 헬싱키, 스톡홀름, 오슬로 및 베르겐과 같은 작은 도시에서는 별일이 없었는데, 코펜하겐 공항에 내리자마자 도둑당할 뻔했던 일은 결코 유쾌한 일이 아니잖소?"

"나도 관광지에 도둑이 많다는 말은 여러 번 주의사항으로 듣기는 했지만, 당신의 경우처럼 실제로 도둑을 당할 뻔한 적은 이번이 처음이지요? 앞으로 조심해야 하겠어요."

"속이 상하는 일은 새로 미국서 사온 후 한 번도 입지 않다가, 이번에 여행 온다고 처음 입은 블랙진 바지와 검은 색 점퍼에 케첩을 잔뜩 뿌려 놓아서 엉망으로 헌옷이 되다시피 만들어 놓았으니, 그게 속이 상하지를 않소. 검은 색 점퍼의 경우는 세탁을 해서 원상복구를 했지만, 블랙진은 여러 번 물빨래를 하다 보니 색이 바래져서 화방에서 검은 물감을 사다가 염색을 했더니, 좀 나아진 것 같기는 했지만 원래의 모습으로 회복되지를 않는구려."

"코펜하겐과 같은 큰 도시에 오고 보니, 다른 작은 도시에서는 일어나지 않았던 일들이 일어나는군요. 빨리 우리 부부가 사는 안산으로 돌아가고 싶어지는군요."

지금까지 우리 부부가 거쳐 왔던 헬싱키, 스톡홀름, 오슬로, 베르겐과 같은 도시들이 인구 몇 10만 명의 소도시들이었는데 비하여 코펜하겐은 인구 100만 명이 넘는 대도시였다. 코펜하겐은 여왕이 있어서 왕궁도 구경했고, 동화작가였던 안데르센의 동상이 있는 시청 앞 광장은 사람들도 많았고 번화한 거리였으며, 일행이 묵은 호텔거리에 있는 호텔은 무척 후져보였다.

소문만 요란했던 인어공주의 동상은 생각했던 것보다 무척 작았다. 가는 곳마다 거대한 가톨릭성당들을 보면서 순례여행을 했던 다른 유럽 국가들과는 달리 스칸디나비아 국가들의 경우는 순례할 만한 특별한 성당도 보지 못한 채 이것 저것 관광만 하면서 다니다 보니 가톨릭신문투어에서 이름 붙였듯이 '문화탐방'에 불과했으며, 얻은 소득이라고는 별로 없었던 것 같은데, 여행비용은 유럽의 다른 지역보다 월등하게 비쌌다.

코펜하겐에서 중국의 상하이까지 오는 데는 공항에서 부부의 좌석을 신청했더니 앞자리를 주어서 편안하게 왔다. 상하이공항에서는 갈 적에 베이징에서 그랬던 것처럼 그냥 공항을 통과하는 여객이었음에도 불구하고 짐을 찾아서 일단 입국신고를 했으며, 한국행 비행기를 타기 전에 다시 짐을 부지런히 부쳐서 출국수속을 밟아야 했던 번잡한 절차를 거쳤다. 상하이에서 인천까지는 1시간 반 정도밖에는 걸리지 않아서 비행기가 뜨는가 했더니 금방 내리는 것 같았다.

나는 92년부터 당뇨와 고혈압을 앓고 있는데 더하여 부정맥까지 있어서 높은 데 올라가려면 숨이 차고 힘이 들어서 등산을 포기한 지는 이미 오래되었다. 나는 혈압을 철저히 관리하기 위하여 의사가 처방해준 약을 빠짐없이 먹고 있으며, 장기 해외여행을 다녀올 때는 미리 여행기간 동안에 먹을 약을 챙겨갖고 가곤 했다. 이번 여행에서는 아내가 여러 번 나에게 약을 챙겼느냐고 물었지만, 내가 미리 약을 챙겼던 것이 확실한 사실이었기에 아내에게 약을 틀림없이 챙겼다고 대답했고 그에 대한 것은 전혀 의심하지를 않았다.

현지에 가서도 혈압 약을 전혀 먹지를 않았지만 그러한 사실을 의식하지도 못했다. 귀국한 후 집에서 혈압 약을 먹다가 여행 중에 혈압 약을 전혀 먹지를 않았다는 것을 깨닫게 되어 놀랐지만 어쩔 수 없는 일이었다. 아내 말로는 내가 혈압 약을 먹지 않아서 그랬는지 말이 한동안 얼얼해졌다고 했다. 혈압 약을 먹다가 다 나았다고 끊은 친구남편이 죽기까지 했다는데…. 앞으로 각별히 조심해야 하겠다.

17. 이스라엘 · 이탈리아 여행

　이스라엘, 이탈리아 성지순례여행은 05년 12월 16일부터 26일까지 10박 11일로 다녀왔다. 새로 교황님이 되신 베네딕토 16세 교황님과의 첫 번째 성 베드로 대성당에서의 성탄 자정미사이기에 94년 때처럼 많은 신자들이 이번에도 순례여행에 참가하는 줄로 기대했었다. 막상 순례여행길에 오르고 보았더니 신부님과 인솔자를 포함해서 8명의 순례자가 다녀왔던 조촐한 순례여행으로서, 순례자였던 우리 부부에게는 좋았지만 주최 측인 가톨릭신문투어는 적자를 면하지 못했을 것이다. 이번 여행에서는 04년 동유럽여행 때 함께 다녀왔던 전 신부님과 식복사가 함께 했으며, 다른 순례자들은 남녀 할 것 없이 미혼이었으며 이스라엘과 로마의 가이드도 모두 미혼이었고 결혼한 사람은 우리 부부밖에 없었다.

　이스라엘과 이탈리아 성지순례는 94년에 이어 두 번째로 가는 것으로서 지난번에 가보았던 데를 다시 갈 때에는 감회가 새로웠으며, 처음으로 가보는 곳이 있으면 새로운 은혜를 받게 된다는 것을 실감하게 되었다. 이번 순례여행은 인천에서 로마까지 KAL기로 간 다음 10년 동안에 굉장히 커졌던 레오나르도 다빈치 공항 내에서 작은 버스를 타고 다른 청사로 갔다. 거기서 이스라엘 행 비행기를 타야 할 시간까지 지루하게 기다리다가, 앞 의자와 나의 두발이 꼭 끼어서 꼼짝도 할 수 없는 작은 비행기를 타고 이스라엘로 향했다.

이스라엘의 텔아비브 공항에 내려서 입국수속을 밟을 때에 지난 94년 때(정확하게 95년 1월 1일)에 영어를 한다고 말했다가 단련을 받았던 바가 있어서 공항직원이 영어로 물어도 모른다고 일관했더니, 이상하다는 듯이 나를 유심히 바라보는 것이 멋쩍기까지 했었다. 텔아비브에서 내린 일행은 그곳까지 예루살렘에서 마중 나온 소형 버스를 타고 가이드와 함께 예루살렘까지 약 1시간 걸려서 갔다.

94년에 육로로 가자중립지역에서 예루살렘으로 타고 갔을 적에는 언덕길이 많았다는 것을 별로 느끼지 못했었다. 그때는 다른 길이 되어서 그랬는지 언덕길을 오르락내리락 하면서 가다보니, 우리나라의 백운대의 높이에 해당하는 해발 800 미터의 고도에 예루살렘이라는 옛 도시가 자리 잡고 있다는 것을 실감할 수 있었다.

예루살렘의 호텔에 도착했을 때는 유대인의 안식일이라 음식도 익힌 것은 없었으며, 엘리베이터 버튼을 누르는 것도 노동이라 하여 모든 엘리베이터의 버튼을 4층 건물이었던 호텔의 4층까지 엘리베이터가 일단 올라가게 맞추어 놓은 후, 한 층씩 내려오면서 문이 열리게 되어 있어서, 2층에 묵었던 우리 부부는 계단으로 올라 다니는 것이 오히려 훨씬 더 편했다. 돈의 여유가 있는 유대인들은 안식일에 집에서 일을 하는 대신에 호텔에 와서 편하게 지내고 있는 것을 그 호텔에서 실제로 목격했다.

예루살렘에서는 올리브산 위에 있는 주의 기도문 성당을 제일 먼저 가본 후, 아래로 내려오면서 주의 눈물 성당, 겟세마네 성당 및 성당마당에 있는 예수님시대부터 존재했었다는 무화과나무들, 그곳에서 마주 보였던 예루살렘 성벽에 예수님 재림 때까지 벽돌로 막아 놓았다는 황금의 문, 예루살렘 성안에 있는 통곡의 서벽, 시온산의 예수님과 제자들의 최후의 만찬장, 다윗왕의 가묘, 성모님 영면기념성당, 아랍인 장터 내에 있는 십자가의 길, 예수님 성묘 성당과 골고다의 언덕을 순례했다.

94년에도 그랬었지만 성묘 성당에서는 매일 부활절 미사만을 드리고 있었는데, 이번에도 예외 없이 부활절미사를 바쳤다. 마찬가지로 예수님이 탄생하셨던 베들레헴에서는 언제나 주님 탄생미사를, 그리고 성모 마리아께서 천사의 수태고지를 받았다는 나사렛의 수태고지 동굴에서는 언제나 수태고지미사를 드리고 있다고 했다. 일행은 인원수가 적어서 운 좋게 수태고지 동굴 안에서 미사를 드릴 수 있었다.

예수님의 성묘 성당은 로마 가톨릭, 이집트의 콥틱, 아르메니아 정교회, 그리스 정교회, 시리아 자코비트, 아비시니아 교회 등 6개 종파의 교회에 의하여 분할되어 있었으며, 기이하게도 문지기는 아랍인이라고 했다. 성묘 성당 앞마당에서 단체기념사진을 찍었다. 예루살렘에 머무는 동안에 아인카렘이라는 산골마을에 가서 성모 마리아께서 사촌인 엘리사벳을 만나러 갔었던 자리에 세웠다는 성당과 세례자 요한 탄생 성당에도 가보았다.

예루살렘에서 6킬로미터 밖에 되지 않는다는 베들레헴을 방문했는데, 유대인들이 팔레스타인 지역을 외부와 봉쇄하기 위하여 설치했다는 높이 솟아있는 방위 벽과 국경선처럼 엄격하게 서로 지키고 있는 이스라엘과 팔레스타인 군의 경비는 여타의 국경선보다 더 엄격하게 느껴졌다. 베들레헴에서는 예수님의 탄생성당을 방문했으며 입구의 낮고 작은 문의 의미를 다시 한 번 묵상했다. 예수님 탄생동굴에서 묵상하고 94년 때는 보지 못했던 꽤 넓은 베들레헴 성당의 본당을 들어가 볼 기회가 있었다. 베들레헴 근처에 있는 목동들의 성당에도 가보았는데 인도인들이 많이 있었다.

일행은 예루살렘에서 2박하고 갈릴리 호숫가의 기부쯔 방갈로에서 2박하면서 갈릴리호수 주변을 둘러보았다. 갈릴리 호숫가에서는 호수에서 베드로고기를 직접 잡고 있는 유대인 어부가 베드로 성인이 누구인지 전혀 모르고 있는 기름에 튀긴 그 물고기를 또 먹어보았는데 맛이 별로 없었다.

호수는 10년 전보다 폭이 훨씬 더 좁아진 것 같았으며, 실제로도 침식되어서 호수가 차츰 작아지고 있다는 말을 들었다. 티베리아에서는 배를 타고 호수 위를 다녀보았고, 예수님의 도시인 가버나움의 베드로 장모의 집터 위에 지었다는 성당에 들어가 보았는데 94년에는 이곳에서 미사를 드렸다. 다 무너진 예수님 시대의 유대교 회당도 또다시 살펴보았다.

진복8단 성당, 오병이어 성당, 베드로 수위권 성당, 가나, 나사렛, 갈릴리 상류지역에 있는 가이세리아와 단신전 등을 살펴본 다음에 지중해연안에 있는 가이세리아의 헤롯왕의 로마수로를 잠시 둘러본 다음 예루살렘으로 돌아오는 길에 엠마오 발굴지로 향했다. 너무 어두워서 자세히 볼 수는 없었지만 교회 터가 상당히 넓다는 느낌이 들었다.

예루살렘에 다시 돌아왔을 때는 안식일이 아니어서 지난번과 같은 불편한 점은 없었으며, 호텔에서 외손자에게 줄 낙타와 이스라엘에 관한 영문 안내책자를 하나 샀다. 아내의 망가진 카메라에 부친 테이프가 느슨해져서 배터리가 흔들렸기 때문에 사진이 제대로 찍히지를 않았던 것을 배터리가 다 된 줄로 알고 여분의 배터리를 샀다가 나중에 그럴 필요가 없다는 것을 발견하고 전기용 테이프를 하나 사려고 했더니 가게에 없다고 했다. 가게 여주인이 호텔의 전기기사에게 혹시나 여분의 전기테이프를 갖고 있는지 알아보겠다고 하더니, 전기기사가 나에게 직접 와서 무슨 일이냐고 물어보기에 사정을 이야기해 주었더니 새 테이프를 나에게 공짜로 가져다주어서 지금까지 요긴하게 쓰고 있는 중이다.

이스라엘은 출국 때도 영어를 모른다고 했더니 얼마나 많은 한국사람들이 이스라엘을 방문했기에 그러는지 한국어로 된 질문과 답변서를 주면서, 두 명씩 함께 나누어 읽고 대답하라는 것이었다. 영어는 몰라도 한국어까지 모른다고 할 수는 없지 않겠는가? 결국 싫어도 답변을 할 수밖에…. 내가 여행가방 속에 넣어두었던 영문 이스라엘 안내책자가 X선에 나타났는지, 짐을 풀어보라고 하여 책을 꺼내서 이리저리 비쳐보는 데는 놀라지 않을 수 없었다.

이탈리아에서는 가이드가 친절하게 프란치스코 성인의 아시시에서 꿈에 나타나셨다는 프란치스코의 다미아노 십자가가 모셔져 있는 다미아노 수도원에 갔다가, 프란치스코 대성당과 글라라 성당을 방문했다.

성 프란치스코 대성당 앞뜰에는 사람 크기의 인형으로 만들어진 성탄 말구유를 보면서 감탄을 금할 수 없었다. 다미아노에서 중세의 모습이 그대로 남아있는 아시시의 거리를 걸어서, 성 프란치스코 대성당까지 일행이 함께 걸어왔던 체험은 특히 기억에 남을만한 일이었다.

이번 여행에서는 여러 가지 종류의 파스타도 맛보았고, 자정미사를 가기 전에 로마시내에서 먹었던 피자는 작고, 얇고, 가늘었던 것이 참으로 별미라 할 수 있었다. 우리 부부는 기왕이면 현지 식을 먹고 싶었다. 대부분의 사람들이 현지 식을 잘 먹지 못한다는 가정 하에 한식이나 중국음식점에 갔는데, 그 자체가 한국인의 입맛에 맞는 것도 아닐 바에야 구태여 해외여행을 하면서까지 그런 음식을 찾을 필요는 없는 것이 아닐까?

산위에 있는 중세도시 오르비에또는 케이블카와 버스를 타고 올라가야 했는데, 케이블카를 타고 올라갔던 곳에서 저 밑에 있는 도시를 전망해 볼 수 있는 공원이 있어서 그곳을 구경했고, 또 다시 버스를 타고 성혈이 묻은 미사포를 모셔두었다는 오르비에또 대성당에 가서 성당 안을 둘러보았다. 스페인의 대성당들처럼 성상들로 장식된 화려한 것과는 달리 소박한 맛을 주는 대성당이었다.

성당 맞은편에 있는 작은 골목길에는 수제도자기를 진열해서 팔고 있는 가게들이 많이 있었는데, 값도 비쌌고 가져가는데 깨질 염려도 있어서 나는 성당을 그려 넣은 작은 접시 하나를 샀고 아내는 샐러드 섞는 수저를 샀다. 로마에 다다르기 전에 디비나 아모레 성모 발현 성지를 들렀는데, 성모님의 각기 다른 모습의 초상화들이 수백 개나 걸려있는 것이 특히 인상적이었다.

우리 부부는 이번에 로마를 세 번째 방문하는 것이었는데, 지금까지 구경 못했던 고대 로마의 발상지 겸 중심지였던 폴로 로마노, 그곳에 있는 성 베드로와 성 바오로 감옥, 빅토르 엠마누엘 2세 기넘관, 성 베드로 대성당, 예수님의 탄생구유를 제단에 모셔두었다는 설지전 대성당, 라테라노 대성당, 예수님을 그 계단위에서 핍박했으며 마틴 루터신부가 그 계단을 무릎 꿇고 기도하며 올라가다가 몸이 뚱뚱했던 그가 힘에 부쳐서 그 계단을 다 오르지 못하고 그냥 걸어서 내려온 후 이러한 불필요한 형식을 없애기 위하여 종교개혁을 감행하는데 직접적인 계기가 되었다는 성계단 성당, 그 성계단 성당에서 일행 중에 젊은 사람들은 주모경을 외우며 우리 부부가 환갑 전이었던 94년에 이곳에 왔을 때 그렇게 했던 것처럼 한 계단씩 올라갔지만, 70세가 넘은 우리 부부는 아래에서 젊은이들이 올라가는 것을 지켜보다가 옆에 있는 계단으로 올라갔다 내려왔다.

설지전 대성당 길 건너편에 있는 성모 마리아성당, 예수님의 십자가를 셋으로 나누어 예루살렘, 콘스탄티노플 및 로마에 분산배치했는데, 로마의 성 십자가는 성 십자가성당의 제단위에 모셔져 있다고 하는데 그곳도 방문했다. 트레비분수, 콜로세움, 가리스도 카타콤바, 진실의 입이 있는 성모 마리아성당, 바오로 사도의 치명지에 세운 세 분수성당의 내부가 94년과는 달리 불이 훤히 밝혀져 있어서, 94년에는 잘 볼 수 없었던 바오로 사도의 목이 땅에 떨어지면서 세 번 튀었다는 거리를 보니 의외로 상당히 멀리 튀었다는 것을 보고 놀라움을 금할 수 없었다.

성 베드로 대성당에서의 자정미사는 94년 때와는 달리 좌석권이 없었고 선착순으로 들어가야 했는데, 제법 쌀쌀한 겨울날씨에 2시간 이상 밖에서 떨고 있자니 자못 고통스러웠다. 그나마 가이드의 기지로 새치기를 해서 뒷자리나마 끼어 앉을 수 있었다는 즐겁지 않은 기억을 회상할 때, 80세가 되었을 때도 자정미사를 참석하여

60세, 70세 및 80세에 이르는 세 번의 자정미사 참석을 달성하려 했던 나의 계획을 성 베드로 대성당에 입장하는 것이 너무나 힘들었기 때문에 아주 포기해버리기로 했다. 그대신 80세가 된 14년 성탄전야에는 작은딸네가 있는 미국을 방문하여 그녀가 새로 산 집에서 2주간 묵다가 15년 1월 6일에 돌아왔다.

94년에는 성 베드로 대성당의 화장실시설도 미비했고 미사 중에 화장실을 들락날락하는 것이 무척 어렵다는 말을 지난번에 들었던 터이라 이번에도 많이 걱정을 했었다. 이번에 가서보니 화장실이 두 군데나 현대식으로 개조되어 있었으며 미사 중에 화장실 때문에 나올 일도 없었던 것을 참으로 다행스럽게 생각했다. 미사는 94년 때처럼 이탈리아어로 진행되었는데 무슨 말인지 하나도 못 알아듣겠다. 우리 부부가 구유 옆에 앉아있었기 때문에 교황님이 미사드리는 모습은 너무나 거리가 멀어서 캠코더로 찍기 어려웠지만 아기예수를 구유로 모시고 오시던 교황님의 모습은 가까이에서 캠코더로 잘 찍을 수 있었다. 그런데 나만이 의자위에 올라가서 캠코더를 찍는 것이 아니라 너도나도 그렇게 하고 있었으니, 사람들에 가려서 캠코더를 찍기가 쉽지가 않았다.

성 베드로 대성당에 입장하려고 줄서 있었는데, 처음에 있던 한 줄이 두 줄이 되었고 나중에는 열 줄도 넘어서다보니 누가 서있던 줄이 진짜 줄이었는지 도저히 알아낼 수도 없는 혼란을 가져오고 있었다. 바티칸 박물관내에서는 진열된 전시물에 영향을 미치기 때문에 플래쉬를 터뜨릴 수 없도록 되어 있었는데, 감시자들의 제지에도 아랑곳 하지 않고 계속해서 수없이 플래쉬가 터지는가 하면, 캠코더도 못 찍게 절대 금지하고 있는 씨스타나 소성당내의 미켈란젤로의 천지창조 천정화를 향해 플래쉬를 마구 터뜨리던 사람들의 의식구조는 과연 어떤 것이었을까 몹시 궁금했다.

바티칸 박물관에는 94년, 95년 및 05년에 세 번 들어갔는데 94년과 95년에는 구출입구로 들어갔기 때문에, 에스컬레이터를 타고 2층으로 올라가면 성 베드로 대성당의 돔이 보이는 곳이 나타나서 거기에서 돔을 배경으로 사진을 찍곤 했다. 05년에 가보았더니 신출입구로 올라가게 되어 넓은 광장에 조각품들이 있는 곳에 들어가게 되어, 10년이라는 세월이 아주 긴 세월로서 강산도 변한다는 말을 실감할 수 있었다. 성 베드로 대성당도 94년과 95년에는 마음대로 들어갔다 나왔다 할 수 있었는데, 05년에 가보니 성당에 일단 들어갔다가 실수로 밖으로 나오고 보면 다시 들어가기 어려워서, 사정사정해서 겨우 들어갔던 일을 새삼스럽게 기억해내고 씁쓸한 기분을 맛보았던 일이 있었다.

다음날인 성탄절에는 비가 내렸는데도 로마의 명품 비를 맞으면서 스페인광장을 포함하여 로마에서 아직 보지 못했던 몇 군데를 더 둘러본 다음에, 레오나르도 다빈치 공항에서 한국행 비행기를 탔다. 크리스마스가 되어서 그랬는지 좌석이 텅텅 비었기 때문에 넓게 앉아갈 수 있도록 다른 자리를 마련해 주겠다고 하는 스튜어디스의 친절한 배려를 우리 부부는 완곡하게 거절하고, 현재 앉아 있는 자리에서 좀 불편할지는 모르지만 함께 앉아서 가기로 했다.

"나는 80세가 될 때에도 성베드로 대성당의 성탄 자정미사에 참석하러 오기로 계획을 세웠었는데, 이번에 성당에 입장하는데 하도 고생을 해서 그 계획 자체를 포기하기로 했소."

"잘 했어요. 그러지 않아도 남들은 로마에 한 번도 오지 못하는데,

우리 부부는 이번이 세 번째 로마방문이고 예루살렘에도 두 번째 다녀오는 것이니 무슨 여한이 더 있겠어요?"

"그동안 유럽의 대부분 국가를 다녀왔으며, 로마도 세 번, 파리도 세 번, 예루살렘도 두 번, 아시시도 두 번, 기타 유럽의 대부분의 국가들을 가볼 수 있었으니 그만하면 충분하다고 생각되는구려."

"나도 당신의 생각에 전적으로 동감이에요."

우리 부부는 이렇게 서로 간에 다짐을 하면서 우리 부부의 해외 여행을 이 정도로 만족해 하면서 일단 마무리 짓기로 했다.

18. 중국 여행

　베이징, 항저우, 소저우 및 상하이를 둘러온 중국여행은 06년 5월 13일부터 18일까지 5박 6일로 인천공항에서 텐진 비행장으로 떠나면서 시작되었다. 베이징과 상하이 공항에서 비행기를 갈아타기 위하여 내렸던 적은 있었지만, 이것을 갖고는 중국여행을 갔다 왔다고 말할 수는 없을 것이다.

　인천과 텐진은 너무나 가까운 거리에 있어서 1시간 반 정도 후에 비행기로 텐진 공항에 도착했으며, 이상한 사투리를 쓰는 연변에서 기차를 30시간 이상 타고 왔다는 가이드의 인도로 공항 근처의 중국식당(한국이 아닌 중국에서 식사하러 가는 중국식당은 당연히 중국식당임)에서 조별로 식사를 함께 했다. 2조에 속했던 우리 부부는 다른 두 부부와 초등학생을 동반한 젊은 부부와 함께 9명으로 한조를 이루었다. 인원점검 등 기타로 조의 편성은 여러모로 도움이 되었다. 점심식사 후에 버스를 타고 베이징으로 향했다. 텐진 시내를 볼 기회는 없었다.

　텐진에서 베이징까지의 거리는 2시간 정도 걸린다고 했는데 한

동안 가다가 보았더니 이미 베이징의 외곽에 도착했는지 집들도 많아졌고 차츰 차량과 함께 자전거를 타고 가는 사람들이 늘어났고 좀 더 가니 자동차 도로들이 있는 것이 베이징 시내에 다 왔다는 느낌이 들었다.

베이징에는 오후 3시경 도착했는데 시간이 남아있어서 옛날에 황제가 기우제를 지냈다는 천단공원을 구경했으며, 베이징의 명동 거리라 할 수 있는 왕구정 거리를 구경갔었다. 발 마사지를 했으며 저녁식사는 10시경 들고 호텔로 갔다.

다음 날은 호텔에서 조식 후 황실의 정원이라는 이화원에 가서 청나라 말기 서태후의 사치를 구경했다. 이곳에 배를 타고오기 위하여 자금성에서 이화원까지 운하를 파기까지 했다는 사치는 그 극에 달했다는 느낌이 들었다. 그 규모면에 있어서나 사치함에 있어서 타의 추종을 불허했으며 항저우, 소저우 및 상하이에서 보았던 개인정원은 규모도 작고 아기자기하기는 했지만 이화원에는 도저히 필적할 수 없는 것이었다.

구도시에 가서 삼륜차를 타고 구경했으며, 베이징대학 의학부라는 데를 방문하여 그곳에서 교수라는 사람들에게 진단도 받고 한약제를 처방받아 사는 사람들도 있었다. 몇 년 전에 큰딸과 작은딸 자매가 베이징에 갔다가 특히 약을 좋아했던 큰딸이 그들의 권유에 속아서 30만원 어치의 한약재를 사들고 왔다가 그냥 버려버렸다는 말을 들었는데, 그 곳이 바로 이 곳이었구나 하는 생각을 잠시 해보았다.

만리장성에는 케이블카를 타고 올라가보았다. 해발 1천 미터위의 산정에 쌓아올렸던 만리장성은 과연 세계 7대 불가사이의 하나라는데 이의를 달 사람은 아무도 없을 정도로 길고 방대한 것이었다.

　베이징으로 돌아오는 길에 명조의 13대 황제의 지하무덤을 발굴해 놓은 지하궁전이었던 정릉으로 내려가 보았다. 황제 한 사람을 위한 무덤의 규모와 발굴해 놓은 부장품의 규모는 상상을 초월하는 것이었다. 살아있었을 때 얼마나 큰 민생고를 끼쳤으면 황제의 아들이 선황의 덕을 기리기 위하여 썼다는 송덕비의 비문에는 아무것도 쓸 수 없었다는데, 그 아들의 절박했던 심정을 가히 짐작할 수 있을 것 같았다.

　베이징에서 2박하고 떠나던 3일째의 오전에는 천안문광장에 갔는데, 과연 대국인 중국답게 그 규모도 굉장히 컸으며 전인민회의당 건물, 혁명기념탑의 규모도 굉장히 컸다. 천안문 앞에는 마오쩌둥의 대형초상화가 걸려 있었다.

　천안문은 자금성으로 들어가는 문중의 하나였다. 천안문을 통하여 들어가 본 고궁의 규모는 어마어마하게 큰 것이었으며, 자금성의 규모도 대단히 컸다. 우리나라의 경복궁과 같은 궁전은 자금성의 축소판과 같다는 인상을 받았다. 지붕위의 기와도 황금기와로 번쩍번쩍 빛나는 것이 경탄을 금할 수 없게 했다.

　"자금성의 규모는 우리나라 궁전의 수십 배가 되는구려. 중국과 비교할 때 우리나라의 모든 것은 어린이가 어른을 상대로 하는 것 같은 것이 아니겠소."

　"중국에 와서 보니 모든 것이 우리나라와는 비교가 되지 않을 정도로 규모가 큰 데 놀라지 않을 수 없군요. 궁전의 규모는 물론 황실의 별궁이라는 이화원의 규모도 한국에서는 감히 상상도 할 수 없는 것이 아니에요."

"베이징과 만리장성만 보아도 중국이 얼마나 강대국가였느냐를 알 수 있지 않소. 좀 늦은 감이 있기는 하지만 이번 기회에 중국에 잘 와본 것 같지 않소?"

"나도 그렇게 생각해요. 한국은 우리 부부가 사는 곳이고, 일본과 중국을 본 것은 동양 3개국을 다 본 셈이 아니겠어요?"

"당신이 참으로 적절한 표현을 한 것 같구려. 중국을 제대로 보려면 여러 번 중국을 방문해야 한다고들 하던데, 이번에 베이징과 상하이를 비롯하여 항저우와 소저우까지 보게 되었으니 중국문명의 중심지를 둘러보는 셈치고 그런대로 만족합시다."

베이징 관광을 마치고 비행장에 일찌감치 나왔지만 4시간이나 비행기가 연착이 되어서, 항저우에 도착한 후 겨우 역사가극을 구경했으며, 그 날은 늦은 식사를 들고 호텔에 가서 묵었다. 서호를 끼고 있는 호반의 도시였던 항저우는 희한한 한국어 발음을 하는 가이드가 너무나 열의에 넘쳐서 많은 것을 보여주려고 했기 때문에, 상하이에서 항저우까지 마중 나왔던 상하이 가이드가 계획하고 있었던 일정표마저 많이 깎아 먹었다고 불평하는 말을 들었다.

항저우에서는 서호에서 배를 탔는데 안개가 많이 껴서 호수의 풍경이 잘 보이지를 않았다. 목조로 된 영흥사라는 큰 절에도 구경 갔는데, 나무로만 지은 절의 규모가 일본의 교토에서 우리 부부가 보았던 동서에 나뉘어 각각 지어졌던 목조의 2개 대찰을 합친 것 보다 더 컸다는 것을 처음 보고는 놀라움을 금할 수 없었다. 항저우 시내가 잘 보인다는 5층탑 위에도 올라가 보았다.

항저우와 소저우는 상하이로 가는 길목에 있었으며, 특히 소저우는 남북을 연결하는 대운하가 지나가고 있었다. 시내에도 대소운하가 있는 중국의 베니스라고 불리는 교통의 요충이었다. 베이징과는 달리 오토바이나 자전거에 모터를 단 것을 많이 타고 다녀서 베이징의 자전거와는 대조를 이루고 있었다. 베이징에서도 한 때는 오토바이나 모터를 단 자전거의 통행을 허용했으나, 너무나 사고가 많이 나서 자전거의 시내통행만 허용하게 되었다고 가이드가 말해주었다.

소저우는 특히 비단의 산지로서 유명했다. 나는 사위 것과 자신의 실크타이 하나씩 기념으로 샀다. 오래전에 큰딸과 작은딸이 공동으로 중국에서 사다준 실크 자켓도 바로 이 소저우에서 사왔다는 것을 알 수 있었다. 소저우에서는 탑이 피사의 사탑처럼 한쪽으로 기울어져 있는 호구탑을 구경했으며, 바로 그 곳에 있던 운하 위에서 배를 타고 올라갔다. 배에서 한 동네에 내려 보았는데, 사는 모습이 몇 10년 전의 우리나라와 비슷했다. 배안에서 트럼프카드 뒷면에 소저우의 사진들이 인쇄되어 있는 것을 1천원 주고 하나 샀다.

중국을 가는데 한화만 가져가도 충분히 사용할 수 있다는 사실을 알지 못하고, 미화로 100달러 2매, 50달러 2매, 10달러 17매, 1달러 30매 도합 500달러를 갖고 갔었다. 중국에서는 달러를 잘 받지 않았으며 오히려 한국 돈을 더 좋아했으며, 한화만 있으면 무엇이든지 살 수 있었다. 그러다 보니 달러는 부피가 커서 지갑에 넣고 다니기에 불편했다. 내가 100달러짜리 지폐 한 장을 잃어버렸는데, 도대체 어디에서 잃어버렸는지 기억해낼 수가 없어서 이번 여행 중에 손실만 본 셈이다.

아내는 지금까지 여러 번 해외여행을 했지만 건강하게 아무 탈 없이 잘 견디어 주었는데, 이번 중국여행에서는 아내가 이상한 행동을 해서 내가 많이 힘들었다. 떠나는 날부터 일찍 잠을 자지를 않았고 밤늦게까지 텔레비전 영화를 보다가 몇 시간 자지도 못하고, 새벽 4시부터 서둘러 조반도 간단히 먹고 새벽 6시에 출발하는 공항버스를 타기 위하여, 5시 반에 모범택시를 전화로 불러서 타고 안산 터미널로 갔다.

아내가 이렇게 무리를 하다 보니 결국은 버스를 타고 가다 토하기까지 했다. 비행기 타기 전에 비행기 멀미방지를 위해 귀밑에 붙이는 멀미약을 귀밑에 붙였는데, 그것이 여행 중에 문제가 생기게 했던 것 같았다. 인천공항에서 멀미약을 살 적에 그 약은 부작용이 있을 수도 있으니 이상이 있으면 당장 떼어버리라는 약사의 말을 들었다.

아내가 호텔에 들어가서 이상한 행동을 나타냈던 것이 멀미약으로 인한 부작용인지 모르고, 그것을 떼어버릴 생각을 하지 않고 그대로 붙여두고 있었으니 그 약에 대해서 몰라도 너무 몰랐던 것이 아니었는가? 아내는 호텔에 들어간 후 잠을 자지 않고 여행 가방에 넣어두었던 짐을 전부 방안에 펴놓고 정리한다고 했는가 하면, 관광하면서 엉뚱한 사람들을 만났다고 하는가 하면, 한 번은 내가 아내에게 잘 간수해 달라고 일부러 맡겨둔 나의 여권을 호텔의 책상 서랍 속에 집어넣어 두고는 어디에 두었는지 그것을 기억해내지 못하여 내가 여권을 찾느라 잠도 못자고 한동안 애를 먹었으며, 겨우 여권을 찾아낸 후에 아내에게 몹시 화를 냈던 일까지 있었다. 여권을 아내가 잘 보관하고 있을 것으로 믿고 나의 여권을 그대로 호텔에 두고 그냥 나왔더라면 어떻게 되었을까를 생각하면, 지금도 가

숨이 답답해질 지경이다. 그때의 아내의 이상했던 행동들이 멀미약의 부작용 때문이었다는 것을 재빨리 눈치 채고 귀밑에 붙여두고 있던 약을 즉각 떼내어 버렸다면, 공연한 헛고생을 하지 않아도 되었을 것이다.

상하이는 중국에 갈 일이 있다면 꼭 한 번 가고 싶었던 곳이었는데, 막상 가서 보았더니 우리 부부가 젊었을 때 잠시 살았던 뉴욕시처럼 정이 드는 곳이기도 했다. 내가 젊었다면 한 번 살아보고 싶은 곳이다. 중국의 젊은이들도 베이징보다는 상하이를 선호하고 있었으며, 상하이로 진출하는 것이 출세 길이 훨씬 더 빠르다고 믿고 있었으며 또한 사실이 그러하다는 것이다.

황포 강가에 있는 상하이는 고층아파트도 밀집되어 있었으며, 뉴욕시의 맨해튼 같지는 않지만 도심에는 고층빌딩도 즐비했다. 88층의 고층빌딩도 있었으며 고층의 동방 탑 위에도 올라가서 상하이의 야경을 한 눈에 내려다보기도 했다. 상하이는 별로 볼거리는 없었지만 대한민국 임시정부가 초기 몇 년간 자리 잡았던 구청사 자리는 역사적인 의미를 갖는 곳이었다. 그러나 너무나 보잘 것 없어서 서글프게 느껴졌다.

"상하이는 일생에 꼭 한번 오고 싶었던 곳이요. 90년대 초에 중국 성지순례를 3박4일로 갈 기회가 있어서 한 번 다녀오려 했는데, 사스 전염병 때문에 못가지 않았소? 그때 중국에 갈 수 있었다면 상하이를 구경할 수 있었을 터인데 말이요."

"그때보다 10년이나 훨씬 지나서 상하이에 오질 않았어요. 당신의 감회는 참으로 남다르겠어요? 그렇게 상하이를 오고 싶어 했으니 말이에요."

"상하이는 뉴욕시 같기도 하여 정이 드는 데는 대한민국 임시정부의 청사가 초기 몇 년간 있었던 곳이라 특히 인상적이었던 것 같구려."

"나도 상하이는 낯익은 곳이라는 인상이 드는데요."

"베이징과 상하이를 보았으니 중국의 대표적인 두 도시를 본 것이며, 그에 더하여 항저우와 소저우까지 보았으니 여한은 없구려."

상하이에서 1박하고 다음날 우리 부부는 후진으로 시속 435킬로미터로 달리던 자기부상열차를 타고 상하이 국제공항까지 갔는데 아무런 동요도 없었다. 그러한 초고속으로 달렸는데 전혀 속도감을 느낄 수 없었다.

이번 중국여행의 주관사는 하나여행사로서 02년에 미국 갈 적에도 이용해 보았으며, 이번에도 이용해 보았더니 가톨릭신문투어와는 비교가 되지 않을 정도로 완벽하게 조직되어 있었으며, 서울에서 따라 온 하나여행사의 인솔자는 모든 면에서 나무랄 데가 없는 장래가 유망한 청년이었다.

중국은 국토는 미국과 거의 비슷한 면적을 갖고 있지만 인구는 미국의 거의 5배나 많은 국가였다. 중국은 외부세계와 경제적으로는 개방되어 있지만 본질적으로는 공산주의국가였다. 한국과는 옛날부터 밀접한 관련이 있었으며 과거의 역사를 볼 때 다른 어느 국가보다 중국의 영향을 많이 받아왔던 것이 사실이다.

중국에 가서 중국의 건축양식과 문화를 살펴보았더니 한국왕궁의 건축양식은 그야말로 중국의 것을 그대로 축소해서 옮겨다 놓은 것 같았다. 중국음식은 한국에서 먹었던 것과는 상당한 차이가 있기는 했지만, 소문으로 듣던 바와는 달리 먹을 만해서 동남아국가에서 겪었던 거와 같은 음식으로 인한 불편은 전혀 겪지를 않았다.

중국에서는 일행이 머물렀던 호텔에서도 영어를 말할 줄 아는 직원이 별로 없어서 중국말을 모르면 의사소통에 있어서 사실상 어려움이 많았다. 외국화폐도 한화는 군소리 없이 받지만 달러로 지불하려고 하는 경우 환율을 잘 몰라서 엉뚱하게 많은 액수를 요구했기 때문에, 가이드의 도움 없이 달러로 물건 값을 지불하려고 시도했다가는 엉뚱한 봉변을 당할 수도 있다는 것이다.

중국에서는 서태후의 이화원 이외에 개인의 크고 작은 정원들을 많이 구경했는데, 이들 정원이 좋았었는지 뚜렷하게 감이 잘 잡히지 않았으며, 이 정원이 저 정원 같아서 통 감을 잡을 수 없었다는 것이 나의 솔직한 고백이라 할 수 있었다.

항저우에 갔을 때는 좋은 차라 하여 용정차와 국화차를 사왔다. 중국여행에서 돌아온 직후에는 좋다는 차를 거의 매일같이 아내와 함께 마셨는데, 얼마 지나지 않아서 거의 마시지 않게 되었다. 한국인들은 중국인들과는 달리 차를 잘 마시지 않는 민족이라, 우리 부부도 차에 관한 한 중국인과 같은 애착은 별로 없었기 때문에 그랬을 것이다.

여하튼 중국여행은 우리 부부에게 중국에 대하여 많은 것을 새롭게 배우는 계기가 되었다고 할 수 있을 것이다.

19. 프랑스·스페인 여행

　09년 1월 30일에서 2월 11일까지 12박 13일의 프랑스·스페인 수도원 순례는 우리 부부가 75세의 나이로 아마도 마지막이 될 성지순례 여행이라 할 것이다. 07년 8월에도 로마에 갈 예정이었지만 내가 뇌진탕으로 쓰러져서 따라가지 못하고, 베네딕토 교황님의 가정축복장만 나중에 우리 부부에게 전달되었다. 10년 2월에도 발칸 반도의 여행기회가 있었지만 주최 측에서 우리 부부가 여행하기에 너무 고령이라 하여 여행에 동참하는 것을 날씨가 춥다는 등의 이유를 들어 기피하기에, 별로 볼 것도 없을 것 같아서 결국은 그곳에 가지 않기로 했다.

　내가 07년에 집에서 쓰러져서 로마행을 포기한 후로는 더 이상 성지순례 가는 것을 사실상 포기했었는데, 이번에 프랑스와 스페인의 수도원 방문에 또 다시 동참하기로 아내와 상의하여 결정했다. 떠나는 날 아내는 중국 갔을 때처럼 잠을 설치고 아침 일찍 떠나는 바람에 인천공항까지 가는 버스 내에서 토했으며, 파리까지 가는 비행기 내에서도 토하는 등 끝까지 순례여행을 마칠 수 있을지 의심이 날 지경이었다. 끝까지 갈 수 없다면 중도에 집으로 돌아가자고 했지만, 아내가 끝까지 견디어 보겠다 하여 여행을 계속하기로 했다.

인천공항에 나가보니 포항의 전 바오로 신부와 식복사가 나와 있었다. 여러 번 동행을 했던 신부님과 식복사로서 오래간만에 그들을 만나게 되니 반가웠다. 북유럽 여행 때 함께 갔던 대구시청에 근무한다는 안젤라도 다시 만났다. 우리 부부를 포함하여 전주에서 온 부부와 수원에서 온 부부 등 3쌍의 부부가 참가했다. 지도신부님은 대구가톨릭대학교 신학대학장으로 있는 김정우 요한 신부님으로 나이든 우리 부부를 친부모처럼 끔찍하게 보살펴주었다. 인솔자인 류 아네스는 젊은 여자가 분위기를 잘 조정하고 대구의 젊은 부자부인들이 많이 참석했기 때문인지, 그들이 와인을 끊임없이 댔을 뿐만 아니라 가톨릭신문 투어에서도 와인을 계속 대접해주어서, 나는 와인을 살 기회도 없었으며 또한 살 필요도 없는 최초의 순례여행이었다.

총 23명이 참가한 분위기 좋은 순례단이었으며, 이전처럼 참가인원수 때문에 신경을 쓸 필요도 없었다. 1월 30일 당일에 파리에 도착한 일행은 파리의 호텔에서 하룻밤을 묵었다. 인천공항을 출발한 비행기는 해가 지는 서쪽으로 계속 비행하여 파리에 도착했을 때까지 해가 아직도 떠있었다. 이번 여행에서는 파리에서 비행기를 타고 내리고 했지만 파리 시내에는 들어가 본 일이 없었다. 파리 시내를 가로질러 세느강변을 지나가기는 했지만 파리에 대해서는 아무것도 본 것이 없었다.

다음날은 조식 후에 퐁트네 수도원을 방문했다. 현존 시토회 수도원 중 가장 오래된 수도원으로서 현재는 수도원으로서의 역할을 하고 있지 않았지만, 꽤 큰 규모의 성당을 방문했으며 수도원의 정원은 참으로 아름답게 잘 가꾸어져 있는 것이 특히 인상적이었다.

점심식사 후에는 언덕위에 있는 로마네스크 예술의 보고 베즐레의 마드레인 성당을 찾아갔다. 천식을 앓는 전 바오로 신부는 언덕을 올라가면서 숨이 찬지 천식 약을 코에 연방 넣고 있었으며, 부정맥을 앓고 있던 나는 제법 가파른 언덕길을 걸어 올라가는 데 숨이 찼다. 전 신부는 나보다 한 살이 아래이니 나이를 많이 먹은 셈이며, 식복사와 매년 한두 군데씩 성지를 여행하고 있다 하니 갔던데 또 가곤 하는 셈이다. 마드레인 성당은 마리아 막달레나를 기리는 성당으로서 성당 내는 성당을 수리하느라 좀 어수선해 보이긴 했지만 그곳에서 미사를 드렸다. 성당에서 좀 내려온 곳에 커피숍 같은 작은 가게가 있어서 화장실도 다녀오고 커피도 한잔 시켜마셨다.

제3일인 2월 1일은 주일인데 오전에 조식 후에 르와르로 이동하여 베네딕토 성인의 유해가 모셔져 있는 성 베노이트 수도원에서 수사들이 바치는 미사에 참여하여 영성체도 했다. 프랑스어로 바치는 미사를 알아듣지는 못했지만 참으로 경건하게 느껴졌다. 성당 내에는 파이프 오르간이 여러 대 설치되어 있는 것이 인상적이었다.

점심 후에는 사르트르로 이동하여 성 바오로 여자수도원에서 미사를 드렸다. 사르트르 대성당은 고딕양식으로 된 규모가 큰 성당이기 때문에, 이 성당을 사진에 담으려면 멀리 떨어져서 찍어야지 가까이에서 찍으면 성당을 사진에 넣을 수 없었다. 대성당의 뒤쪽에는 현재 대구에서 4명의 한국 수녀님들이 이 수녀원에 있는 나이

든 수녀님들을 보살펴주고 있었는데, 그 수녀님들이 일찍이 한국에
와서 봉사해주었던 답례를 해주고 있는 것이라고 했다. 일행은 수
녀원 성당에서 미사를 바쳤다.

이번 성지순례 때는 미사안내를 전담하는 자매님이 있어서 순례
참가자들은 미사안내라든지 독서에 신경을 쓸 필요가 없었다. 이전
처럼 순례 중에 독서를 해야 하는 압박감 같은 것은 받을 필요가 없
었다. 05년에 이스라엘을 두 번째 방문했을 때는 백내장 수술을 한
지 얼마 되지 않았을 때라 그랬는지, 독서를 하려는데 잘 보이지를
않아서 고생 많이 했던 적이 있었다.

그날 저녁에는 그레고리오 성가 본산인 쏠렘 수도원 바로 앞에서
잠을 자고 다음 날은 조식 후 걸어서 쏠렘 수도원에 가서 밖에서 줄
을 서서, 미사참례 하러 오는 수사들을 기다렸다가 그들을 따라서
성당으로 가서 함께 미사를 바쳤다. 그 지역 주교까지 참석한 미사
의 분위기는 참으로 엄격했으며, 음악 전례로 진행된 현지의 수도
원 미사라는 것이 이런 것이구나 하는 성스러운 감격의 체험을 한
셈이다.

오후에는 미카엘 대천사 발현지로 알려져 있는 노르망디의 몽쌩
미셸 수도원을 방문했다. 함박눈이 내리는 속에 잠시 버스가 멈춰
선 틈을 타서 저 멀리 보이는 수도원을 캠코더에 담았는데, 수도원
의 사진은 일행이 묵은 호텔의 창문에서 좀 더 선명하게 찍혔다. 사
진에서도 본 일이 있으며 직접 다녀왔다는 사람이 캠코더로 찍어온
것을 텔레비전에서 보고 우리 부부도 그곳에 한 번 다녀와야지 했
던 것이 이번에 실현된 셈이다.

이 수도원은 제일 상층에 성당을 지어놓아서 그곳까지 올라가려

면 계단을 여러 개 올라간 다음에, 마지막에는 줄까지 잡고 가파른 계단을 올라가야만 했다. 올라가기가 무척 힘이 들었기 때문에 끝까지 올라간 우리 부부는 일종의 성취감 같은 것마저 맛보았다. 이 수도원에는 성당도 있으며 수도원도 있는 제법 규모가 큰 수도원으로서, 처음부터 현재의 모습을 갖춘 것이 아니라 처음에는 제일 밑바닥 밖에 없었는데 하나씩 현재의 모습이 될 때까지 쌓아올라 갔다는 것이다.

아내가 이번 여행 출발 때부터 안산에서 인천공항까지 오는 버스에서 토했으며 파리까지 오는 비행기 안에서도 토하는 등 건강상태가 최악이었는데, 다행히 아직까지는 별 탈 없이 견디고 있는 셈이다. 여행 중에 프랑스와 스페인의 식당에서 나오는 그 많은 맛있는 음식들을 하나도 들지 못하고 있으니, 돈이 아깝다는 것은 고사하고 아내가 전혀 먹지를 못하니 속이 상한다. 조반은 호텔에서 드는데 낮에 먹겠다고 빵 같은 것을 종이에 싸갖고 몰래나오곤 했지만, 가방에 들고 다니다가 먹기보다는 그대로 버리곤 하는 것을 보니 답답할 지경이었다.

세 부부 중에 우리 부부는 전주에서 왔다는 한의사 부부와 친하게 지냈다. 자기가 갖고 다니는 카메라는 500여만 원을 주고 샀다하며, 망원렌즈를 부착해서 무거운 것을 갖고 다닌다. 요즘에는 카메라 값이 싸져서, 나는 70여만 원을 주고 케논 카메라를 사서 가져갔으며, 귀국한 후 26만 원을 주고 망원렌즈를 부착하여 100만원 미만으로 망원렌즈 카메라를 마련하여 사진 찍는데 재미를 붙이고 있는 중이다.

올림푸스 카메라를 14만원주고 샀는데 배터리가 약해서 3만원

주고 배터리를 하나 더 마련했으니 이제 사진 찍는 데는 문제가 없게 되었다. 사진 찍기에 제일 좋은 카메라는 30여만 원 주고 산 쏘니 핸디캠으로서 필름도 필요 없는 카메라였다. 내장된 4기가와 추가한 8기가 칩으로 동영상과 사진을 거의 무한대로 찍을 수 있다. 최근에 마련한 14시간짜리, 새로 구입한 7시간짜리 및 2시간짜리 배터리를 다 합치면 23시간이나 계속 찍을 수 있으니 그 핸디캠 하나만 가지면 사진 찍는 문제는 완전히 해결되는 셈이다. 이전에는 테이프와 필름을 한 없이 챙겼는데 이제는 그럴 필요가 없어졌다. 그런데 이제는 고령으로 여행을 더 이상 다니지 않기로 했으니, 사진 찍을 일도 별로 없게 되어서 사진 찍기 좋은 카메라가 있다 한들 무슨 소용이 있다는 말인가?

제5일인 2월 3일에는 호텔 조식 후 580년에 세워진 프랑스 내에서 가장 오래된 수도원중 하나인 아르정탱 여자수도원을 방문하여 수도원미사에 수녀들과 함께 참여했다. 안내를 맡은 수녀님은 계속 미소를 짓고 일행을 반기는 모습이 무척 좋았다. 미사는 한국의 베론 성지에서 처럼 칸막이가 되어있는 곳에서는 수녀님들이 미사를 드리고, 일행은 교회의 의자에 앉아서 미사를 드렸다. 수도원 내에서는 사진을 찍을 수 없었고, 사진은 밖에 나와서 수도원 성당을 배경으로 찍었다;

아르정탱 수도원 방문을 마친 일행은 파리로 돌아와서 오르레앙 공항근처에서 하루 밤 묵었다. 저녁식사 후에 우리 부부는 근처에 있는 슈퍼마켓에 가서 먹을 것을 좀 샀다. 사과는 낱개로 사는 것이 아니라 봉투에 넣어서 사야 싸다는 것을 알고 나중에 그렇게 하니 사기가 편하다는 것을 알 수 있었다.

제6일인 2월 4일에는 파리에서 작은 비행기를 타고 작은 프랑스 공항인 비알리츠까지 비행한 다음에, 버스를 타고 스페인 국경선을 넘어 산세바스티안 시내에서 스페인 가이드를 만났다. 03년에 보았던 산세바스티안은 해안휴양지였지만 이번에 보는 산 세바스티안은 시내 한복판이라 느낌이 달랐다.

스페인 가이드는 아르헨티나에서 살다가 스페인으로 왔다는 사람으로 가이드 하는데 열심이었다. 그가 일행을 제일 먼저 인도해 간 곳은 로욜라의 이냐시오 생가와 성당이 있는 곳이었다. 예수회 창설자의 한사람인 그는 부잣집 귀족자제로서 자기 집터에 지었다는 이냐시오 기념성당의 규모도 상당히 큰 것이었다. 이냐시오가 최후를 맞이했다는 작은 성당에서 일행은 미사를 바치고 아내는 그곳에서 사진을 찍었다.

저녁에 도착한 부르고스에서는 아무것도 하지를 못했다. 성당문은 잠겨 있었고 비는 내려치고 바람이 세게 불어서 나는 성당까지 가다가, 쓰고 가던 작은 우산이 세찬 바람에 살이 나가서 그것을 버리고, 마침 그곳에 있던 가게에서 6유로를 주고 검은 접이식 우산을 하나 샀지만 그 후 한 번도 그 우산을 사용해 본 일이 없다.

다음날은 산토 도밍고 실로스 수도원을 방문하기 전에 베드로 수도원을 방문했다. 일정에 포함되어 있지는 않았지만 정원에 크고 작은 폭포들이 산재해 있는 참으로 아름다운 수도원이었다. 나는 아래까지 내려갔다가 올라오는데 힘이 들었다. 배낭에 카메라까지 넣고 올라오는데 힘이 많이 들었다. 확실히 나이가 75세에 이르고 보니 이전처럼 자유자재로 일행을 따라다닐 수 없는 것이 문제인 것 같았다. 이제는 더 이상 이런 순례여행에 따라다닐 나이는 아닌 것 같았다. 내가 너무나 힘들어 하니까 지도신부님이 나의 배낭을 대신 둘러매고 올라가 주어서 훨씬 힘이 덜 들었다.

지도신부인 김 요한 신부님은 비엔나에서 6년간 신학공부를 했기 때문에 독일어가 영어보다 친숙해서 그런지, 내가 영어로 된 안내책자를 사 모으는 것처럼 김 신부님은 독일어로 된 안내책자를 미리 읽고, 그 내용을 요약해서 일행에게 설명해주는 열의까지 보여주고 있었다.

베드로수도원을 순례한 후 실로스 수도원을 방문했는데, 이 수도원은 건축, 조각, 회화 및 음악을 포함하는 문화적, 미적, 종교적 및 공동체의 가치를 좀 더 높은 수준으로 높여주고 있었다. 중앙에 있는 크로이스터는 로마네스크 예술의 대표적인 걸작 품이라 할 수 있었다.

아빌라에는 오후에 도착하여 대 데레사가 아랍인의 침공을 피하여 도망치다가 붙잡혔다는 곳에 세워진 기념물을 배경으로 기념사진을 찍었다. 사진을 찍고 보니 그 배후에 있는 아빌라성이 자연스럽게 사진에 찍히게 되었다. 그 앞에 있는 카르멜 수도원에 들려서 한국인 수사와 사진도 찍고 기념관 2층에 진열된 대 데레사의 유물들을 두 번째로 살펴보았다.

호텔에 들어가기 전에 아빌라성을 따라 한 바퀴 걸어갔으며, 대 데레사 기념성당에도 가보았다. 아빌라를 떠난 일행은 다음날 에스고리알 수도원을 방문했다. 진눈깨비가 흩날리는 속에 수도원에 입장했다. 우선 수도원의 도서관에 들어가 보았더니 서가에 모든 책들이 거꾸로 꽂혀 있는 것이 하도 이상해서 안내인에게 질문했더니 두 가지 이유로 그렇게 했다는 것이다. 첫 번째로는 책표지를 금박으로 했기 때문에 바로 꽂으면 서가가 너무 화려해서 방문객들이 거부감을 갖게 되며, 두 번째로 거꾸로 책을 꽂으면 통풍이 잘 되어 책을 오래 보전할 수 있다는 것이다.

지하에는 스페인 역대 왕들의 관이 보관되어 있는 장소가 있어서 인상 깊게 보았다. 어린 나이에 죽은 무덤들도 잘 정비해놓은 것이 특이하게 보였다. 전쟁기념관에 있는 전쟁을 묘사한 그림들도 인상적이었다.

똘레도에 도착한 후 대성당과 산또 또메성당을 순례했다. 03년에는 대성당까지 올라오는데 너무나 힘이 들었던 것과는 달리 대성당 가까이 까지 버스를 타고 올라올 수 있어서 힘이 덜 들었다. 03년에는 대성당 안이 어둡고 시꺼멓게 보였던 것이 09년에 다시 와서 보니 성당 안을 흰 페인트로 칠했는지, 훨씬 훤해졌으며 조명도 밝아져서 성당 안이 밝게 잘 보이고 있는 것도 큰 변화라 할 수 있었다. 엘그레꼬의 올가즈백작의 매장을 벽화로 그려놓은 산또 또메성당을 또 다시 방문했다.

똘레도를 둘러본 일행은 마드리드로 이동하여 다음날 아침에 성이사돌 성당에서 미사를 드리고 그 앞에 있는 왕궁에는 들어가 보지를 못하고 그곳에서 조금 가면 있는 스페인광장에 가서 사진을 찍었다. 03년에 세르반테스 탄생 300주년 기념탑을 배경으로 사진을 찍었을 때는 붉은 벽돌로 지은 20여 층의 호텔건물이 떡 버티고 있어서 별로 보기가 좋지 않았었는데, 이번에 갔을 때는 호텔이 수리 중에 있어서 붉은 벽돌이 차양 막으로 가려져서 사진을 찍는데 별 지장이 없었다. 그 기념탑을 배경으로 단체사진도 찍고 우리 부부의 사진도 찍고 탑 뒤로 이동하여 돈키호테와 시종 산초를 배경으로 여러 장의 사진을 찍었다.

제9일인 2월 7일에는 저녁에 사라고사에 도착하여 호텔에 들어가서 쉬기로 했다. 필라 성모님을 모셔놓은 대성당은 다음날 오전에 방문하기로 하고 석식 후에 날씨가 쌀쌀하기는 했지만 사진기를 갖고 다리위에서 잘 보이는 성당을 카메라에 담기 위하여 성당을 찍어보았는데, 사진이 붉은 빛을 많이 띠고 있었다. 같은 위치에서 다음날 오전에 찍은 사진들은 제 빛을 띠고 있어서 안심이 되었다. 사라고사 대성당은 필라 성모님을 모시고 있는 곳으로, 일행이 성당구경을 갔을 때는 이미 많은 신자들이 성당에 와서 미사를 드리고 있었다.

아내는 이곳에서 기념품을 여러 가지 샀다. 처음에는 아는 사람들에게 주겠다고 사기 시작한 것이 다른 사람들에게 선물로 주는 대신에 아내가 모두 갖기로 했다. 가죽지갑 같은 것은 좀 더 많이 사올 것을 그랬다고 후회를 하던데, 아내의 경우 언제나 가져간 돈을 써서 사고 싶은 것을 살 것이지, 물건을 사는데 돈을 아끼느라 제대로 사지를 못했다가 집에 와서는 좀 더 사올 걸 하고 후회하는 것을 보게 된다.

사라고사에서 순례를 마치고 나온 일행은 설악산의 울산바위와 같은 높은 산 중턱에 수도원을 지어놓은 몽쎄랏으로 대형버스를 타고 올라갔다. 큰 가방을 하나씩 끌고 쩔쩔매고 있는 우리 부부의 짐을 2개나 김 신부님이 끌고 뛰어 올라가다시피 하여 호텔 정문 앞까지 짐을 부려놓는 것을 보고 정말 감사드렸다. 다른 어떤 신부가 지도신부처럼 우리 부부에게 이처럼 친절하게 대해주겠는가?

몽쎄랏에서는 블랙마돈나의 작은 동상이 모셔져 있는 소 성당에서 미사를 두 번이나 드렸다. 동행한 전 바오로 신부님이 오르간을 그렇게 잘 치는 줄을 몰랐다가 이번 순례여행에서 기회 있을 때마다 오르간 연주를 해주어서 미사가 훨씬 더 멋지게 여겨졌다.

본당에서는 몽쎄랏 소년합창단의 노래를 들었다. 이 소년합창단은 1,000년의 역사를 갖고 있는 단체로 비엔나 소년합창단보다도 오래된 소년합창단이라는 것을 처음 알게 되었다. 이 에스꼴라니아 소년합창단과 함께 하는 낮 기도에 참석한 후, 그들의 합창을 담은 CD 두장을 50유로나 주고 사왔는데 집에 와서 들어보니 참 멋지다는 생각이 들었다.

몽쎄랏에서는 케이블카를 타고 내려가서 블랙마돈나의 작은 동상이 있는 산타코바까지 걸어서 올라갔었는데 숨이 많이 찼다. 블랙마돈나는 작은 동굴 속에 모셔져 있었다. 폴란드의 블랙마돈나의 초상화와 독일 알퇴팅과 스페인의 몽쎄랏의 블랙마돈나 동상과 어떤 연관을 갖고 있는 것인지는 알 수 없었지만, 블랙마돈나에 대한 신심도 유럽에 일찍이 퍼져 있었다는 것을 알 수 있을 것 같았다. 그 케이블카를 타고 산 위에까지도 올라갔었다.

제11일째인 2월 9일에는 이번 여행의 마지막 행선지인 바르셀로나에 도착했다. 바르셀로나에서는 가우디의 집을 사진 찍었으며, 가우디의 소공원에 가서 그의 아기자기한 작품들을 살펴 보았다. 버리는 유리조각들을 갖고 만들었다는 의자 등은 참으로 기발한 발상인 것 같았다. 그 아래 있는 건물들은 가우디의 작품으로서 아기자기한 맛이 있었다.

마지막 날인 2월 10일에는 바르셀로나 대성당에서 미사를 드렸다. 대성당은 대대적인 수리를 진행 중에 있었다. 마지막으로 가본 곳은 가우디의 필생의 작품인 성가정성당이었다. 캠코더는 찍지 못했지만 카메라에 담아온 성가정성당은 참으로 걸작품이라고 아니할 수 없을 것이다. 현재도 계속 지어지고 있는 이 성당은 앞으로도 몇 백 년이 걸려야 한다는 말을 하고 있는 이 성당이야 말로 바르셀로나의 이정표가 된다는 것을 인정해야 하지 않을까?

photo Gallery

아내의 자리, 함께한 삶

▲
네덜란드 잔세스칸스에서
(1995)

◄
예루살렘,
주의기도경당(1994)

이탈리아, 로마 성베드로대성당 앞에서(1995)

두 딸과 함께 아파트앞 초등학교를 뒤로하고(2001)

▲
캄보디아,
시엠립 앙고르톰의 뿌리가
드러난 나무앞에서(2002)

◀
샌프란시스코
금문교 공원에서
(2002)

▲
파티마 성모성지에서
미사전례를 하는
우리 부부
(2003)

◀
터키, 카파도키아
뒤에 요상한 모습의
바위가 보인다
(2004)

▲
터키의 트로아스에서, 뒤에 트로이의 목마가 보인다(2004)

▲
오스트리아,
비엔나의 시립공원에 있는 요한 스트라우스 동상앞에서(2004)

▲
헝가리
부다페스트의
영웅광장
(2004)

◀
폴란드,
크라카우의 주교좌
성당앞에서,
첨탑의 높이가 상이한데
주목할 것
(2004)

혼인 46주년(2009) 스페인, 마드리드 스페인 광장

▲
혼인 48주년(2011) 안산 성마리아 성당, 혼인 갱신식

혼인 50주년(2013), 미국 컬럼비아 대학교 본관 앞

신현덕 수필집

아내의 자리, 함께 한 삶

초판인쇄 2015년 07월 10일 **초판발행** 2015년 07월 15일

지은이 **신현덕**
펴낸이 **이혜숙** 펴낸곳 **신세림출판사**
등록일 **1991년 12월 24일 제2-1298호**

100-015 서울특별시 중구 충무로5가 19-9 부성B/D 702호
전화 **02-2264-1972** 팩스 **02-2264-1973**
E-mail : shinselim72@hanmail.net

정가 **15,000원**

ISBN **978-89-5800-156-0, 03810**